LUCY ROBINSON

Verliebt in einen Unbekannten

W0333307

GOLDMANN
Lesen erleben

Buch

Charley Lamberts Leben ist perfekt. Sie hat eine erfolgreiche Karriere und eine hübsche Wohnung in Edinburgh. Na gut, ihr Mitbewohner Sam ist ein Fast-Food-süchtiger Schönling und notorischer Weiberheld, aber von ihm einmal abgesehen könnte es kaum besser laufen. Doch dann bricht sie sich das Bein, muss noch im Krankenhaus erfahren, dass ihr Chef, in den sie seit Jahren mehr oder minder heimlich verliebt ist, bald heiratet, und wird dann auch noch zu wochenlanger Bettruhe verdonnert. Das bedeutet, sie muss ihren Traumjob für eine Weile an ihre intrigante Stellvertreterin abgeben, die nur auf eine solche Gelegenheit gewartet hat. Außerdem konnte Charley noch nie tatenlos herumsitzen und verliert beinahe den Verstand. Aus Langeweile beginnt sie einsamen Herzen im Internet zu helfen, indem sie charmante E-Mails im Namen einer Reihe von Singlefrauen schreibt, die sich einfach nicht an die Männer verkaufen können. Bald entsteht daraus ein blühendes Geschäft, denn immer mehr verzweifelte Frauen wenden sich an sie. Bis sie sich ausgerechnet in die E-Mails des Auserwählten einer ihrer Kundinnen verliebt …

Weitere Informationen zu Lucy Robinson
sowie zu lieferbaren Titeln der Autorin
finden Sie am Ende des Buches.

Lucy Robinson

Verliebt in einen Unbekannten

Roman

Aus dem Englischen
von Kristina Lake-Zapp

GOLDMANN

Die englische Originalausgabe erschien 2013
unter dem Titel »A Passionate Love Affair with a Total Stranger«
bei Penguin Books, London.

Dieses Buch ist auch als E-Book erhältlich.

MIX
Papier aus verantwortungsvollen Quellen
FSC® C014496
FSC
www.fsc.org

Verlagsgruppe Random House FSC® N001967
Das FSC®-zertifizierte Papier *München Super* für dieses Buch
liefert Arctic Paper Mochenwangen GmbH.

1. Auflage
Deutsche Erstveröffentlichung April 2014
Copyright © der Originalausgabe 2013 by Lucy Robinson
Copyright © der deutschsprachigen Ausgabe 2014
by Wilhelm Goldmann Verlag, München,
in der Verlagsgruppe Random House GmbH
Umschlaggestaltung: UNO Werbeagentur, München
Umschlagmotiv: FinePic®, München
Redaktion: Martina Klüver
MR · Herstellung: Str.
Satz: omnisatz GmbH, Berlin
Druck und Bindung: GGP Media GmbH, Pößneck
Printed in Germany
ISBN: 978-3-442-48012-8
www.goldmann-verlag.de

Besuchen Sie den Goldmann Verlag im Netz:

Für George
Danke fürs Warten

Kapitel eins

Mal ehrlich?, fragte ich mich und blickte auf die Szene, die sich unterhalb von mir entfaltete. *Ist mein Leben perfekt?*

Plötzlich beschämt zog ich die Knie unters Kinn und schlang die Arme um meine Beine. Nur die blödesten aller Blödiane hockten herum und zerbrachen sich den Kopf darüber, ob ihr Leben perfekt war oder nicht.

Ich betrachtete mein eigenhändig zubereitetes Picknick – mit all dem verlegenen Stolz, den Leonardo empfunden haben mochte, als er zurücktrat, um sein Abendmahlsbild zu bewundern – und konnte nicht leugnen, dass es in der Tat ziemlich gut aussah. Dem Cover einer *Besuchen Sie Edinburgh!*-Broschüre nicht ganz unähnlich.

Es war einer der seltenen Sonnentage, und die Leute, die unter mir Champagner tranken, waren allesamt ausgesprochen schön, kultiviert, darauf bedacht, am oberen Ende der Gesellschaftsskala mitzumischen. Als ich ein hässlicher Teenager war, der davon träumte, »es bis ganz nach oben zu schaffen«, hatte ich mir meine Freunde später einmal genau so vorgestellt. Und da saßen sie nun, hübsch um eine große Picknickdecke im Schottenkaromuster verteilt, im Holyrood Park, den Highlands am Rande von Edinburgh, und hatten ihre Teller mit leckeren Speisen beladen, für die ich extra auf dem Bauernmarkt einkaufen gegangen war.

Ich strahlte. *Ich* hatte das auf die Beine gestellt! *Ich* hatte dieses Picknick vorbereitet! Deshalb gestattete ich mir, mir diskret selbst auf die Schulter zu klopfen, und fragte mich, wie aus jenem hässlichen Teenager – Riese Charley aus East Linton – Charlotte Lambert hatte werden können, Leiterin der Unternehmenskommunikation bei einem der weltgrößten Pharmakonzerne, Besitzerin einer Eigentumswohnung in der Broughton Street und eine Frau mit genügend coolen Freunden, um binnen weniger Stunden ein hochglanzbroschürenreifes Picknick zu organisieren. Was wollte ich mehr, außer vielleicht einen gutaussehenden Mann, der dazu auch noch etwas von Wein und Käse verstand?

»Sieh dir das mal an!«, flüsterte ich Malcolm, dem Labrador, zu. Ich spielte für meine Eltern den Hundesitter, während diese mal wieder in einem Vier-Sterne-Hotel in Indien mit der Suche nach sich selbst beschäftigt waren. Malcolm warf mir einen schmachtenden Blick zu, der mich überzeugen sollte, ihm mein Sandwich zu überlassen.

»Aber natürlich«, murmelte ich und reichte es ihm. »Entschuldige, Malcolm, du bist sicher halb verhungert.«

Hailey, meine kleine, dralle beste Freundin, löste sich von Matty, ihrem Freund, und marschierte den Hügel hinauf auf mich zu. »Hallo, Malcolm!«, rief sie und betrachtete grinsend den sandwichverschlingenden Labrador an meiner Seite. Hailey vergötterte Malcolm.

Was für gewöhnlich auf Gegenseitigkeit beruhte, doch im Augenblick war der Hund zu beschäftigt, um sie wahrzunehmen.

»Ich sagte: ›Hallo, Malcolm!‹«, wiederholte sie und blieb lachend vor uns stehen.

Malcolm schluckte sein Sandwich hinunter, dann schenkte er Hailey seine volle Aufmerksamkeit und wedelte mit dem Schwanz, als hinge sein Leben davon ab. Hailey schlang die Arme um ihn und drückte sein erfreutes Gesicht an ihren üppigen Busen. »Super gemacht, Chas«, lobte sie mich dann und schob Malcolm von sich. »Das Picknick ist absolut brillant!«

Ich grinste bescheiden. »Na ja, ich finde, es ist ganz gut gelungen, Hails. Eigentlich sogar sehr gut ...«

Sie setzte sich neben mich ins Gras. »Alles in Ordnung?«, fragte sie beiläufig.

»Selbstverständlich!«

Sie zog skeptisch die Augenbrauen in die Höhe.

»Was soll das?«, fragte ich sie.

Sie antwortete mit einem wissenden Blick, der gar nichts erklärte.

»Ich wollte nur hören, ob es dir gutgeht«, erwiderte sie dann mit jener sanft-säuselnden Stimme, mit der man normalerweise auf bockige Kleinkinder einredet.

»Ich bin glücklich! Wirklich, Hails! Sam hat sich gestern Abend verlobt ... Und wir alle sind hier zusammen und genießen diesen wundervollen Augenblick!«

Hailey schüttelte den Kopf. »Eigentlich wollte ich wissen, ob du es gestern Nacht überhaupt ins Bett geschafft hast, Chas.«

Aha.

»Aber selbstverständlich«, antwortete ich lebhaft.

Natürlich log ich. Sam und Yvonne, frisch verlobt und sturzbetrunken, hatten gegen halb fünf Uhr morgens meine Wohnung auf der Jagd nach weiteren Cocktails verlassen und Hailey und meine Zwillingsschwester Ness mitgeschleift. Als sie weg gewesen waren, hatte ich einen Einkaufszettel und eine To-do-Liste erstellt, außerdem meine Kleider für den nächsten Tag herausgelegt. Als ich damit fertig war, war es sechs Uhr gewesen – Zeit, zum Bauernmarkt zu fahren. Den Morgen hatte ich damit verbracht, Teller und Gläser zu organisieren, Champagner und Picknickdecken zu kaufen und jede Menge unnütze Dinge aufzustöbern wie zum Beispiel kleine Orchideen im

Topf und Plastikumhänge für den Fall, dass es anfangen würde zu regnen. Beflügelt von meiner Mission, von Adrenalin und Koffein angefeuert, hatte ich mich wilden Fantasien hingegeben, wie es wohl wäre, wenn es mir gelänge, das perfekteste Picknick in der gesamten Geschichte Schottlands zustande zu bringen. Es dürfte nicht einfach nur gut sein, es müsste schlichtweg *umwerfend* werden.

Wie jedes Mal, wenn ich vor einer Herausforderung stand, war jegliche Müdigkeit wie weggeblasen.

Doch jetzt, da ich zur Ruhe kam, spürte ich, wie müde ich tatsächlich war. Todmüde, um genau zu sein. Während ich die Leute unter mir betrachtete, beschlich mich eine plötzliche Unruhe. Als Wohnungsgenossin des verruchten Samuel Bowes (der gestern Abend alle Welt damit verblüfft hatte, seiner Freundin Yvonne nach nur drei Monaten einen Heiratsantrag zu machen) war es meine Pflicht gewesen, als strahlende, patente Gastgeberin bis zum Ende der kleinen Feier – frühestens gegen drei Uhr morgens, tatsächlich wurde es um einiges später – bei den Gästen zu bleiben. Morgen – am Sonntag – müsste ich gleich in der Früh zu meinem Mandarinkurs, anschließend zum Personal Training, außerdem musste ich für die Firma einen Brief aufsetzen, den ein Kurier um dreizehn Uhr abholen würde. Nachmittags würde ich meiner ehrenamtlichen Tätigkeit im Hundeasyl nachgehen, anschließend mit meiner Cousine Tee trinken und dann noch mindestens vier Stunden für die Präsentation am Montagmorgen am Schreibtisch sitzen. Im Idealfall würde ich auch noch die Wohnung aufräumen und versuchen, zu John Lewis zu kommen, um ein Backblech zu kaufen. Und meine Beine rasieren. Und meine monatliche Buchhaltung machen. Und … Ernüchtert hielt ich inne. Wie um alles auf der Welt sollte ich bei dieser ellenlangen To-do-Liste jemals zum Schlafen kommen?

Plötzlich flackerte vor meinem inneren Auge ein Bild meines Betts auf – tadellos gemacht, die duftigen Laken straff gezurrt –, und ich wurde schwach vor Verlangen. Energisch kämpfte ich dagegen an. Selbst Menschen mit einem perfekten Leben litten ab und an unter Schlafmangel.

»Wie ist es dazu gekommen?«, drang Haileys Stimme in meine Gedanken. Sie blickte zu Sam hinüber, der trotz all meiner Bemühungen, ein gediegenes Festmahl zu offerieren, mit einem Tütenweißbrot und einem Glas Nutella unter dem Arm durch die Gegend schlenderte. Dann und wann entfernte er sich von seinen Gesprächspartnern, um eine Scheibe Brot aus der Tüte zu ziehen und ins Glas zu tauchen. Dabei grinste er die ganze Zeit über wie entrückt, unfassbar glücklich. Ich schüttelte den Kopf, genauso amüsiert wie Hailey über den Verlauf, den die Dinge am gestrigen Abend genommen hatten.

»Ich kapier's nicht, Chas«, fuhr sie fort. »Ich meine, *Sam*? Wie zum Teufel hat er es geschafft, sich vor uns zu verloben? Das ist doch … das ist doch …« Sie verstummte, offensichtlich verwirrt.

»Verrückt«, ergänzte ich. Sie nickte.

Es *war* verrückt. Sam nahm alles mit, was er kriegen konnte. Seit Menschengedenken – zumindest solange Hailey und ich denken konnten – schlich sich jeden Samstagmorgen eine andere junge Frau im Freitagnacht-Outfit und mit zerwühltem Haar aus seinem Schlafzimmer und aus der Wohnung. Ein, zwei Stunden später kam Sam im Morgenmantel ins Wohnzimmer geschlurft, bereit, den Rest des Tages mit Brot- und Nutellaessen zu verbringen. Manchmal bestellte er sich eine Pizza, gelegentlich verschwand er, um ein ausgiebiges Bad zu nehmen, doch niemals reagierte er auf die »Letzte Nacht war GROSSARTIG«-Nachrichten, die ausnahmslos ein paar Stunden später auf seiner Mailbox eingingen. Die Mädels waren verrückt nach ihm: Er war ein echt cooler Typ, der absolute Charmeur. Und ein megageiler Hund.

Sams One-Night-Stands hatten genauso zur Samstagmorgenroutine gehört wie mein Zehn-Kilometer-Lauf im Holyrood Park und das Vollkornrosinenbrötchen, das ich mir danach genehmigte. Doch dann war Yvonne gekommen, und alles hatte sich verändert.

Veränderungen gefielen mir gar nicht, Ungewissheit noch weniger. Yvonne in ihren hauchzarten Blumenmusterröcken, in denen ich ausgesehen hätte wie ein schwergewichtiger Transvestit, brachte außer einem Hauch Miss Dior sowohl Veränderung als auch Ungewissheit mit sich. So wie es aussah, hatte ich meinen zuverlässigen, notorischen Schürzenjäger und Mitbewohner verloren und sah mich nun einem absolut unzurechnungsfähigen Schnösel gegenüber, der Dinge tat, wie seiner Freundin einen Heiratsantrag zu machen, während wir gerade mein bestes Fusion-Risotto verspeisten.

Ein Stück hügelabwärts nahm Sams Freund Nelson gerade ein Baguette von der Picknickdecke und versuchte, Sam damit in den Hintern zu stechen. Sam ignorierte ihn und suchte stattdessen Yvonnes Blick, die ihm von der gegenüberliegenden Seite der riesigen Decke aus zuwinkte. Ein schmalziges Lächeln trat auf sein Gesicht, und Hailey und ich brachen gleichzeitig in Gelächter aus.

»Sieh ihn dir nur an!«, schrie sie.

»Ich weiß. Wie sollen wir das nur verschmerzen, Hailey?«

»Vermutlich gar nicht. Wann wird er ausziehen?«

Ich zuckte die Achseln. »Keine Ahnung. Seit die beiden in den frühen Morgenstunden in die Nacht hinausgetorkelt sind, habe ich noch nicht mit ihm gesprochen.«

Doch es war unvermeidlich, dass er gehen würde, dachte ich, nicht ohne einen Anflug von Traurigkeit. Als ich ihm damals das Zimmer vermietet hatte, waren wir übereingekommen, dass Sam ausziehen würde, sollte einer von uns beiden dem oder der Richtigen begegnen, doch bislang war das offenbar nicht passiert. In den vergangenen acht Jahren hatte ich lediglich eine dem Untergang geweihte Beziehung geführt, während Sam den Großteil der weiblichen Einwohner Edinburghs flachgelegt hatte. Wir waren zu einer Art ungleichem Paar zusammengewachsen, ich mit meinem Hochleistungsjob und meiner obsessiven Leidenschaft für gesundes Essen und sportliche Ertüchtigung, Sam mit seiner auf Eis gelegten Schauspielerkarriere und seinen lausigen Maßstäben, Ernährung und Bewegung betreffend.

Doch trotz seiner – freundlich ausgedrückt – ausgesprochen saloppen Lebensweise wusste ich, dass ich ihn wirklich vermissen würde.

»Was wirst du tun?«, erkundigte sich Hailey.

»Äh, was?« Mein BlackBerry vibrierte in meiner Tasche.

»Wirst du dir einen neuen Mitbewohner suchen?« Hailey blickte genervt auf meine Hand, die in der Tasche verschwand, und für den Bruchteil einer Sekunde erwog ich, das Gespräch nicht anzunehmen.

Doch wie gesagt: Der Gedanke währte nur den Bruchteil einer Sekunde. Bei der Arbeit ging es momentan recht turbulent zu, es wäre inakzeptabel, könnte man mich plötzlich nicht mehr erreichen. Vielleicht sogar ein Kündigungsgrund. Hailey sah mich verärgert an, als ich mich meldete: »Charlotte Lambert.«

»Charlotte, hi, hier spricht Brigitte von Salutech Deutschland.«

»Hallo, Brigitte«, murmelte ich und drehte Hailey den Rücken zu in dem sinnlosen Versuch, das Telefonat abzuschirmen.

Es war der sechste Anruf, seit das Picknick begonnen hatte, doch zu meiner Erleichterung ließ meine Freundin es bei bösen Blicken bewenden. Sie war die aberwitzigen Anforderungen gewohnt, die mein Job mit sich brachte.

Als ich ein paar Minuten später auflegte, machte sie einfach dort weiter, wo sie aufgehört hatte, einen resignierten Ausdruck im Gesicht. »Wirst du dir einen anderen Untermieter suchen?«

»Um Himmels willen, nein! Ich hätte schon die ganzen Jahre über keinen Mitbewohner gebraucht, doch ich liebe Sam nun einmal – das ist alles.« Ich gähnte. Die bleierne Müdigkeit machte mir zu schaffen.

Hailey lächelte. »Er ist ein Stinkstiefel, aber es fällt einem schwer, ihn nicht zu mögen.«

Unter uns trabte Sam zu Yvonne hinüber, legte seine Arme um ihre schmale Taille und bedeckte ihr Gesicht mit Küssen. Yvonne sprang auf und ab und stieß kleine, spitze Schreie aus.

»Ach herrjemine!«, sagte Hailey kopfschüttelnd.

»Du bist die Nächste, Hailey«, bemerkte ich. Und als könnte er uns hören, warf Matty ihr eine Kusshand zu. Ich kicherte. Matty war noch besessener von Hailey als Sam von Yvonne. Er war ein lebhafter, rotwangiger Outdoor-Typ, nicht viel größer als sie. Die beiden waren verrückt nacheinander. Er vergötterte jeden Zentimeter von ihr, einschließlich ihrer seltsam geformten kleinen Hammerzehen.

»Ach, hör doch auf!« Sie errötete, als wäre sie ein Schulmädchen. »Ob du es glaubst oder nicht, Chas, ich fände das toll!«, fügte sie enthusiastisch hinzu, dann senkte sie ihre Stimme. »Kannst du dir das vorstellen? Ich, als Braut? Du, meine Brautjungfer?«

Ich konnte es mir vorstellen. Hailey würde den Mittelgang entlangmarschieren, ganz das kleine Energiebündel, das sie war, und jeden, der ihr in die Quere käme, mit ihrem gigantischen, hochgeschnürten, schneeweißen Busen aus dem Weg räumen. Selbst an einem normalen Tag waren ihre Brüste so ausladend, dass man ein Schachbrett darauf abstellen konnte; ich konnte mir nur vage ausmalen, was eine Korsage bewirken würde.

»Mein Gott, Charley, ich bin dir ja so dankbar«, sagte sie plötzlich. »Ohne dein Zutun hätte sich Matty niemals mit mir verabredet.«

»Sei doch nicht albern. Er stand auf dich. Ich habe bloß ein bisschen gekuppelt.«

»Das stimmt nicht«, widersprach Hailey, als Matty sie zu sich den Hügel hinabwinkte. »Du hast absolute Wunder vollbracht. Ich stehe tief in deiner Schuld.«

Ich liebte es, meinen Freunden etwas Gutes zu tun, und Matty für Hailey an Land zu ziehen hatte sich als nicht allzu schwer herausgestellt. Er war sofort Feuer und Flamme gewesen.

»Ach, Chas«, sagte sie jetzt und stand auf, um zu ihrem Freund zurückzukehren. »Fast hätte ich es vergessen. Gestern stand ein großartiger Artikel in der Zeitung über einen Amerikaner, der damit ein Riesengeschäft macht.« Sie wühlte in ihrer Handtasche, die so groß war, dass sie mühelos selbst hineingepasst hätte. »Da haben wir's ja schon.« Sie reichte mir eine zusammengefaltete Zeitungsseite. »Ich denke, du solltest der britische Ableger seiner Firma werden.«

Sie klopfte sich ab, dann beugte sie sich vor und küsste mich auf die Wange. »Gut gemacht, Charley«, lobte sie mich. »Heute feierst du einen weiteren Triumph. Du bist einfach umwerfend und absolut kompetent … also gönn dir jetzt mal eine Pause. Die Party läuft auch von allein weiter.«

Ich nickte gehorsam, wohl wissend, dass mir das niemals gelingen würde. Es war ja schön und gut, ein Fest zu genießen, doch *irgendwer* musste schließlich hinter den Kulissen wirken, um alles in Gang zu halten. Und das war schlicht und ergreifend meine Aufgabe. Nachdenklich kaute ich auf meinem Daumen und fragte mich, ob ich die Gläser nachfüllen sollte, doch Hailey, die hügelabwärts Richtung Matty verschwand, warf mir einen warnenden Blick zu. Na gut, beschloss ich, es wäre durchaus vernünftig, ein paar Minuten auszuruhen.

Ich gähnte wieder und schlug die Zeitung auf.

STOCKBLINDES BLIND DATE

Das Glück lacht, wenn die Vielbeschäftigten und Unbeholfenen ihr Liebesleben in die Hände gewitzter Fremder legen

Gilly, 29, arbeitet als A & R Assistant Manager bei EMI Records in New York und spart seit drei Jahren für ihre Traumhochzeit in den Hamptons. Um sich ihren Wunsch erfüllen zu können, hat sie einen Zusatzjob angenommen. Gilly arbeitet von zu Hause aus und teilt sich ihre Stunden frei ein.

Doch die junge Frau pflegt nicht etwa Daten ein, und sie verkauft auch keine Kosmetikartikel.

Gilly flirtet mit anderen Männern.

Während ihr Verlobter am Abend das Essen zubereitet, macht Gilly fremde Männer mit sexy E-Mails verrückt und lässt nicht eher locker, bis sie ihnen das Versprechen zu einem Blind Date abringt.

Willkommen in der faszinierenden Welt von Cyber Love Assistants – einer neuen Spezies von Internetautoren, die selbst Amerikas verzweifeltsten Singles Hoffnung machen – und nicht selten zum Happyend führen.

Cyber Love Assistants – die geniale Idee von Steve Sampson aus Boston, Massachusetts – engagiert Ghostwriter für diejenigen, denen entweder die Zeit oder das Talent zum Online-Dating fehlt. Seine Mitarbeiter, die im Durchschnitt fünfzehn Dollar pro Mail erhalten, schreiben für

Männer und Frauen jeglichen Alters, die alle eins gemeinsam haben: die chronische Unfähigkeit, sich der Sprache der Liebe zu bedienen.

Peter aus Hoboken, 46, ist Geschäftsführer einer mehrere Millionen Dollar schweren Beratungsfirma für Software-Entwicklung. Nach dem Tod seiner Ehefrau vor zehn Jahren machte er sich auf die Suche nach einer neuen Partnerin. Doch, so stellte er bald fest, »das ist einfach nichts für mich. Ich sehe mir die Profile all dieser forschen Frauen an und habe keine Ahnung, was ich ihnen schreiben soll.«

Am Freitag trifft Peter sich nun mit Lindsey, einer Marketingleiterin aus dem West Village. Lindsey weiß natürlich nicht, dass die herzlichen, witzigen E-Mails, die sie dazu bewogen haben, den Freitagabend mit Peter zu verbringen, in Wirklichkeit von einem gesichtslosen Fremden im Auftrag von Cyber Love Assistants verfasst wurden.

»Natürlich hätte ich die E-Mails gerne selbst geschrieben. Aber ich kann doch nicht einfach hier rumsitzen und das Leben an mir vorbeistreichen lassen«, sagt er. »Wenn ich diese Phase des Balzrituals nicht in andere Hände gebe, dann bleibe ich mein Lebtag allein.«

Hat er vor, Lindsey dies zu beichten, sollte zwischen ihnen tatsächlich der sprichwörtliche Funke überspringen?

»Das weiß ich noch nicht. Es ist schon ziemlich beschämend, sein eigenes Liebesleben jemand anderem zu überantworten.«

Gilly ist da anderer Meinung. »Das ist eine wundervolle Idee! Die Frauen, für die ich schreibe, sind wirklich dankbar!«, schwärmt sie begeistert. »Warum sollten sich die

Menschen die Chance auf Liebe entgehen lassen, nur weil sie sich nicht aufs Online-Flirten verstehen?«

Ich blickte den Hügel hinab zu Hailey, die Erdbeeren in Mattys geöffneten Mund warf. Meine Freundin war ein wahrer Schatz, ein wirklich wunderbarer Mensch, aber ein Ass im Flirten? Gott bewahre! Ich dachte an die erste Mail, die sie nach ihrer Anmeldung bei einer Singlebörse verfasst hatte. Sie war einfach Mitleid erweckend gewesen: *Hey!! Dein Profil ist echt toll!! Obwohl ich mich frage, wer die Tussi ist, die du da im Arm hältst, etwa deine Exfrau?!? Ich habe das ganze Wochenende frei, wenn du also Lust hast … ;)*

Als ich ihr mitteilte, dass das der schlechteste Annäherungsversuch sei, den ich je gelesen hatte, war sie aufrichtig erstaunt gewesen.

»Was *meinst* du damit, ich soll geheimnisvoll und zurückhaltend sein? Wer behauptet das?«, hatte sie mit schamglühendem Gesicht geknurrt.

Ich war sprachlos gewesen. Und dann war mir aufgegangen, dass es nichts brachte, ihr das Spielchen zu erklären: Entweder man hatte es drauf oder eben nicht. Ohne zu zögern, verbot ich ihr, auch nur ein einziges Wort zu schreiben, und ernannte mich zu ihrem offiziellen Ghostwriter. Matty, der sie an jenem Abend unter seinen Favoritinnen gelistet hatte, war kinderleicht zu knacken gewesen.

Es klang so, als hätte Gilly, 29, aus Brooklyn, ein ähnliches Talent, verbale Liebespfeile zu versenden. Mir gefiel, was sie schrieb.

Ich las weiter und fing an zu kichern. Ja – sie wusste, wie's ging. Lustig, ein bisschen frech und voller spielerischer Ironie.

Samstag wäre großartig, hatte Gilly anstelle von Sarah aus North Arlington geschrieben. *Aber Verabredungen zum Mittag-*

essen mag ich gar nicht. Wenn du mich nämlich am helllichten Tage siehst, bist du von meiner ätherischen Schönheit vermutlich so geblendet, dass du glatt rückwärts in den Hudson fällst. Wie wär's, wenn wir uns stattdessen am frühen Abend treffen?

Ich nickte anerkennend. Vielleicht könnte das Ganze noch ein kleines bisschen herzlicher klingen, doch es war definitiv besser als das, was die arme Sarah aus North Arlington fabriziert hätte. *Es ist einfach toll, einen Ghostwriter zu haben*, schwärmte diese. *Sobald ich online bin, weiß ich einfach nicht, was ich schreiben soll. Meist lasse ich nur eine Schimpfkanonade gegen meinen Exmann vom Stapel … Diese geheimnisvolle Frau hat mein Leben gerettet!*

> Steve Sampson, CEO von Cyber Love Assistants, weist eindringlich darauf hin, dass der Erfolg seines Unternehmens keineswegs belächelt werden sollte, so aberwitzig die Idee zunächst auch klingen mag. »Im Augenblick beschäftigen wir über hundert Ghostwriter«, erklärt er, »deren Dienste von mehr als viertausend Online-Partnersuchenden genutzt werden. Noch beschränkt sich dieser Service auf die USA, doch nicht nur Amerikaner brauchen Hilfe beim Internet-Dating. Ich hoffe, die Dienste meiner Firma binnen der nächsten Jahre auf Großbritannien ausweiten zu können.«

Ich lehnte mich zurück. »Nein, das wirst du nicht«, sagte ich laut. »Denn das werde ich tun.«

Ach, tatsächlich?, fragte ich mich und musste lachen. Meine Reaktion war spontan erfolgt, doch um ehrlich zu sein, gefiel mir dieser Gedanke.

Es würde mir nicht im Traum einfallen, meine glücklosen Freunde für meine Ghostwriter-Dienste zur Kasse zu bitten, schließlich tippte ich meine Flirty-Mails mit einer Leichtigkeit in die Tastatur, gegen die selbst Sam nicht anstinken konnte. Doch das Ganze in ein Geschäftsmodell zu verwandeln, ein paar raffinierte Ideen hinzuzufügen … *das* war eine Herausforderung ganz nach meinem Geschmack. Charley, die Powerfrau, setzte sich ungeduldig auf. Steve Sampson aus Boston lockte mich aus der Reserve: Mir gefiel die Vorstellung, es mit ihm aufzunehmen.

Mein Handy piepte in meiner Handtasche. Ich kramte es hervor und seufzte. So verführerisch diese Idee auch war, sie war nicht mehr als ein Luftschloss. Die Arbeit nahm mich mehr in Anspruch denn je, und Margot, meine Stellvertreterin, hatte in der letzten Zeit keinen Hehl daraus gemacht, dass sie auf meinen Job scharf war. Ich musste meine Stellung verteidigen, als hinge mein Leben davon ab: Außerplanmäßige Aktivitäten, ganz gleich wie reizvoll, standen bis auf Weiteres völlig außer Frage.

Doch als ich nun aufs Display blickte, war Margot augenblicklich vergessen.

Denn die Person, die mir eine SMS geschickt hatte, war John. Vor Aufregung verspürte ich eine wahre Explosion in meinen Fortpflanzungsorganen. John MacAllister? An einem Samstag?

Lambert, bist du dieses Wochenende in der Stadt? Ich würde dich morgen Abend gern zum Essen einladen. Um acht im Tower. J. x

J. und ein Kuss? J. UND EIN KUSS? *Immer mit der Ruhe, Charley*, rief ich mich selbst zur Ordnung. *Bleib mal schön auf dem Boden.* »HAILEY!«, brüllte ich, alles andere als auf dem Boden bleibend. Hailey war in eine innige Umarmung mit Matty versunken, verträumt blickten die beiden hinüber zur Burg. *Bleib auf dem Boden, Charley*, ermahnte ich mich noch einmal, doch mein Mund klappte ganz von allein auf. »HAILEEEEEEEEEY!« Ich sprang auf und rannte den Hügel hinab zu meinen um die Picknickdecke versammelten Freunden.

Endlich! Endlich! John und ich hatten eine Verabredung! AN EINEM WOCHENENDE! Die Bedeutung dieser Einladung war nicht zu unterschätzen.

Matty säuselte weiter schmalziges Zeug in Haileys Ohr, während ich noch einen Zahn zulegte.

Vermutlich hätte ich das Gefälle bei diesem Tempo sogar bewältigen können, hätte ich meine Laufschuhe getragen, in meinen Riemchensandalen ging das allerdings gar nicht. Gerade, als ich den Mund öffnete, um erneut »HAILEY!« zu brüllen, traf meine jämmerlich glatte Ledersohle auf einen flachen Stein. Mein Bein schoss nach vorn und zwang mich in einen peinlichen Spagat. Ich spürte, wie ich wie in Zeitlupe durch die Luft flog, während sich mein Rock um meinen Kopf bauschte. Als ich auf ein paar gefährlich aussehenden Felsbrocken zur Landung ansetzte, schoss mir der Gedanke durch den Kopf, was Sam wohl ohne mich als Gastgeberin dieses Picknicks anfangen sollte.

Und dann schlug ich mit dem Kopf auf dem Stein auf, was die Rädchen in meinem Hirn vermutlich zum ersten Mal in zweiunddreißig Jahren zum Aussetzen zwang.

Kapitel zwei

Verwirrt und mehr als nur ein bisschen erstaunt schloss ich die Augen, dann öffnete ich eins mit einem fast unmerklichen Blinzeln. Allmächtiger. Ich hatte richtig gesehen: John MacAllister saß an meinem Bett.

Ich war zu schockiert, um glücklich zu sein, und freudig erregt war ich schon gar nicht. Diese Situation – die ich mir seit über sieben Jahren in meiner Fantasie ausmalte – war viel zu unglaubwürdig, um wahr zu sein.

War das etwa ein Tagtraum?

Nach kurzem Nachdenken öffnete ich beide Augen. Wenn John *tatsächlich* an meinem Bett saß, wäre ich schön blöd, die Gelegenheit ungenutzt verstreichen zu lassen.

John MacAllister saß *tatsächlich* an meinem Bett. Ohne in meine Richtung zu schauen, tippte er abwesend auf seinem BlackBerry herum. *Aber er saß an meinem Bett.* Was zum Teufel ging hier vor?

Krampfhaft versuchte ich zu rekonstruieren, was passiert war.

Irgendwo ganz am Rande meines Bewusstseins meinte ich mich zu erinnern, dass John und ich eine Verabredung hatten. Oder war sie vielleicht schon vorbei? Wachte ich auf, völlig verkatert, nach einer Nacht voll wildem, glorreichem Sex, ohne etwas davon im Gedächtnis behalten zu haben? Hoffentlich nicht. Es wäre eine maßlose Verschwendung, nach all den Jahren endlich mit John MacAllister geschlafen zu haben und mich nicht mehr daran erinnern zu können.

Ein flüchtiger Blick abwärts zeigte mir, dass wir keinen Sex gehabt hatten, denn dort, wo ich zwei aufgerichtete Nippel und ein im Schritt offenes Höschen erwartet hatte (obwohl ich nie so eins besessen hatte), war ein langes blaues Nachthemd zu sehen und eine dieser fadenscheinigen Decken mit breitem Polyestersaum. Wie schade! Das war definitiv kein postkoitales Szenario.

Ich konzentrierte mich, so gut ich konnte, und versuchte herauszufinden, was hier vorging. Die Sachlage war verworren, so viel stand fest. Genauso wenig, wie ich im Schritt offene Höschen besaß, kannte ich dieses blaue Nachthemd und die gelbe Polyestersaum-Decke. Und um noch mehr Verwirrung zu stiften, schien John meinen Fuß zu halten, und zwar keineswegs auf die typisch glückselige Art und Weise wie nach einem gelungenen Beischlaf, sondern eher auf … Ach, nein. Bitte, bitte NICHT. Mein Fuß steckte in einem riesigen Gips, der sich ein gutes Stück das Bein hinaufzog, unten ragten neckisch meine Zehen hervor.

An meinem Handgelenk bemerkte ich ein Plastikband, an dem ein Schildchen mit meinem Namen darauf baumelte. Ein Schlauch führte unter einem sauberen weißen Pflaster in meine Ellenbeuge. Ich vernahm verhaltene Gespräche, leises Schnarchen, gedämpftes Piepsen. Mein Hals brannte, unterhalb meines Bauchnabels schmerzte alles höllisch, und mit tödlicher, entsetzlicher Gewissheit wurde mir klar, dass ich mich im Krankenhaus befand.

Ein grauer Vorhang umschloss John und mich wie eine Zelle der Verdammnis. John tippte weiter auf seinem BlackBerry.

Ich schloss die Augen, am Boden zerstört. Was um alles auf der Welt war passiert? War ich während unseres Dates vor einen Bus geraten? Betrunken zu Boden gegangen?

Nein, teilte mir eine Stimme in meinem Kopf resigniert mit, als die Erinnerung an die vergangenen vierundzwanzig Stunden zurückkehrte. *Nein, das ist nicht während deiner Verabredung mit John passiert. Das Date hat nämlich gar nicht stattgefunden. Du hast deine Chance verspielt, indem du mit der Wucht eines URZEIT-ELEFANTEN den Hügel hinuntergetrampelt bist.*

Großartige Leistung, du Volltrottel.

In stummer Verzweiflung wand ich mich unter meiner gelben Polyesterdecke. Warum hatte John von allen Momenten in meinem Leben ausgerechnet diesen gewählt, um an meinem Bett zu sitzen?

Als ich die Augen wieder öffnete, sah er mich an mit einem Lächeln, das mich den Tränen nahebrachte. Ich hatte seit Jahren nicht mehr geweint. Charley Lambert war keine Heulsuse. Ich schluckte mühsam.

»Sieh an, sieh an!«, sagte er. »Hallo, Schlafmütze.«

»Scheiße«, erwiderte ich unglücklich.

John schnaubte und schob sein BlackBerry in eine Lederschutzhülle. Seine strahlenden Röntgenaugen bohrten sich amüsiert in meine. »Charlotte Lambert. Das hatte ich jetzt eigentlich nicht hören wollen!«

»Entschuldige. Aber ich … ich …« Ich biss mir auf die Lippe. *Reiß dich zusammen, du schwachsinnige Kuh!*, befahl ich mir selbst. *Wenn du vor ihm in Tränen ausbrichst, ist alles aus!*

Seit ich John zum ersten Mal begegnet war, stand es außer Frage, dass der außergewöhnlich harte Panzer, den ich bei meiner Arbeit anlegte, ein Hauptgrund für die Gefühle war, die er mir entgegenbrachte. Auch jetzt unterdrückte ich mit eiserner Beherrschung meine Tränen. *Weg mit euch!*, befahl ich ihnen streng.

Lächelnd beobachtete John den erbitterten Kampf, der in meinem Gesicht stattfand. Und dann tat er etwas Merkwürdiges: Er nahm meine Hand. *John MacAllister nahm meine Hand.* Plötzlich wurde mir schwindelig. Mein glorreicher, superattraktiver, mächtiger und ausgesprochen maskuliner Boss – einer der drei Männer in Edinburgh, die Manns genug waren, mir den Hof zu machen – saß an meinem Bett und hielt meine Hand. Plötzlich hilflos, fing ich an zu zittern, das gebrochene Bein wurde zur Nebensache.

John hatte mich von dem Moment an verrückt gemacht, in dem er vor nunmehr sieben Jahren – am 26. Juni 2005, um genau zu sein – in die Abteilung für Unternehmenskommunikation der Salutech Pharmaceutical Holdings spaziert war; damals hatte ich mich gerade an meinem winzigen Schreibtisch in der Ecke niedergelassen, der eigentlich Anfängern und Aushilfen vorbehalten war.

Ich war fünfundzwanzig und hatte nichts als peinlichen Unsinn geredet. Meinen Job bei der Pressestelle des Edinburgher Fußballvereins Hibernian FC hatte ich gekündigt und ging mit einem gutaussehenden Arzt namens Dr. Nathan Gillies. Ich sprühte vor Begeisterung über meine (extrem) wichtige neue Rolle als stellvertretende Leiterin der Abteilung für Kommunikation, Public Relations und öffentliche Angelegenheiten bei Salutech, einem der größten Pharmamultis der Welt, und das hier in Schottland. Ich strömte unangebrachtes professionelles Selbstvertrauen aus, genau wie Malcolm, der Labrador, unangenehme Gerüche verströmte, wenn er dringend Gassi gehen musste. Ich war bereit, eine ganz große Nummer zu werden.

Bei meiner Ankunft in den flugzeughallengroßen Geschäftsräumen an der A1 Nähe Newcraighall hatte sich schlagartig herausgestellt, dass ich keineswegs dort war, um eine große Nummer zu werden. Nicht mal eine kleine. Ich war einzig und allein da, um den großen Nummern zuzuarbeiten, die meine Vorgesetzten waren, oder – wie Hailey treffend bemerkte – um in jede Menge Hintern zu kriechen. Binnen drei Stunden wusste ich, dass es ein Fehler gewesen war, meine Stelle beim

Hibernian FC zu kündigen. Meine neue Chefin, Angélique, war eine kleine, böse Frau aus Kanada, deren Vorgesetzter sich derart vehement weigerte, mich wahrzunehmen, dass ich gezwungen war, hin und wieder die Toilette aufzusuchen, um im Spiegel nachzuschauen, ob ich tatsächlich existierte.

Ja, das tat ich. Aber nur ganz am Rande. Plötzlich wirkte die große Kanone Lambert wie ein schüchternes Kind. Mein Spiegelbild erinnerte mich gewaltig an ein Foto von mir als Elfjähriger, Minuten bevor sich der Vorhang zur Aulabühne der East Linton Primary School hob. *Der Zauberer von Oz* wurde aufgeführt, und ich spielte die Rolle des Blechmanns, Zuversicht heuchelnd, Panik schiebend. Jetzt, vierzehn Jahre später, starrte mir ein ähnlich verängstigtes Mädchen aus dem Spiegel entgegen. Neben seiner rechten Augenbraue bildete sich ein Eiterpickel (ein *Eiterpickel*? Welche Fünfundzwanzigjährige bekam noch *Eiterpickel*?), und ihre »nette« kirschrote Bluse bildete einen grauenvollen Kontrast zu ihrem so gar nicht netten, dafür aber ebenfalls kirschroten Gesicht.

Warum zum Teufel hatte ich bloß bei den Hibs aufgehört? Dort hatte ich jeden Tag gelacht, hatte jeden gekannt, dort arbeitete meine beste Freundin!

Hailey. Ich brauchte Hailey. Ans Waschbecken gelehnt drückte ich die Kurzwahltaste 2 und versuchte, vor Angst nicht ohnmächtig zu werden.

»Hi, Chas. Was gibt's?«, fragte Hailey leicht keuchend, begleitet von Tellerklappern und dem Gebrüll verschwitzter Köche. Ich spürte, wie sich mein Herz schmerzhaft zusammenzog.

»Nun, kurz gesagt: Ich hasse meinen neuen Job, meine Vorgesetzte ist ein fieses Miststück, und der Chef der Presseabteilung sieht mich nicht einmal an«, stieß ich hervor, schwer in Versuchung, den Eiterpickel auszudrücken, doch ich entschied mich dafür, es lieber sein zu lassen.

»Hast du denn wenigstens versucht, ihm einen guten Tag zu wünschen?«, fragte meine Freundin. »Mensch, Paul! Beeilung! Du hast fünf Minuten, um die zweihundert Gedecke fertig zu machen!«, brüllte sie. Ein entfernter Aufschrei und das Fluchen des Kochs drangen durch die Leitung. Hailey war Bankettmanagerin bei den Hibs und verbrachte viel Zeit damit, Leute zusammenzustauchen. Als ich dort in der Pressestelle gearbeitet hatte, im ersten Stock, gute hundert Meter von ihr entfernt, konnte ich ihre Stimme stets so deutlich hören, als brüllte sie mir direkt ins Ohr.

Ich grinste. »Ach, Hailey, ich vermisse das alles so. Ich vermisse die Köche und ihre derben Sprüche. Ich vermisse dich. Glaubst du, dass sie mich verklagen, wenn ich einfach so abhaue?«

»Reiß dich zusammen, verdammt noch mal!« Sie kicherte. Ich liebte es, Hailey anzurufen, wenn ich einen praktischen Ratschlag brauchte. Sie redete nicht um den heißen Brei herum. »Charley, ich will davon nichts wissen. Du hast uns wegen dieses superschicken Pharmajobs verlassen, weil du für Großes geschaffen bist. Für *Gigantisches.* Es ist dein erster Tag. Was hast du erwartet?«

Ich dachte kurz über ihre Worte nach. Sie hatte recht. Dieser neue Job war eine große Sache, ein gewaltiger Coup für jemanden in meinem Alter. Immerhin war Salutech eine Riesenfirma. »Es ist nicht so leicht, Großes zu vollbringen, wenn niemand mit dir redet«, widersprach ich störrisch.

Ich hörte, wie sich Hailey absolut verbotenerweise eine Zigarette ansteckte, mit dem Telefon ans Fenster trat und den Rauch hinausblies. »Ahmad! Zum Teufel! BEWEG DICH!«, brüllte sie. »Richtig, Chas«, fuhr sie dann mit etwas leiserer Stimme fort. »Wie ich schon sagte: Es ist dein erster Arbeitstag. Nicht einmal du kannst binnen drei Stunden sämtliche Mitarbeiter für dich gewinnen, du Spinnerin. Außerdem bist du gesund und gut gebaut, was dir in dieser Situation von Nutzen sein kann. Gibt es dort denn niemanden, mit dem du flirten kannst?«

Ich drückte mich vom Waschbeckenrand ab und straffte die Schultern, womit ich einen Handföhn auslöste. »Hailey Bresner«, rief ich. »Ich habe diese Stelle wegen meiner Fähigkeiten bekommen, nicht wegen meines Sexappeals. Ich werde meinem Boss auf keinen Fall schöne Augen machen! Ich bin hier, um für frischen Wind zu sorgen, innovative Ideen zu liefern, neue Strategien umzusetzen, außerdem soll ich die Auslandsbeziehungen von Salutech pflegen.« Der Handföhn setzte aus, und ich brüllte aus voller Lunge in den hallenden Waschraum hinein.

Am anderen Ende der Leitung entstand eine kurze Pause, dann hörte ich Hailey kichern. »Genau«, erwiderte sie.

»Oh«, sagte ich und musste ebenfalls lachen. »Ja, richtig. Danke, Hails.«

»Gern geschehen. RORY! WIRST DU DIR WOHL DIE HÄNDE WASCHEN, NACHDEM DU DEINEN SCHWANZ ANGEFASST HAST! Charley, meine Liebe, du hast gewaltiges Potential. Das ist doch ein Spaziergang für dich!«

Das gefiel mir. Gewaltiges Potential. »Danke, Miss Holz vor der Hütte.«

»So gerne ich dir weiter Zucker in den Hintern blasen würde, Chas – ich habe dafür zu sorgen, dass gleich zweihundert Gedecke für den Geburtstagslunch des Bürgermeisters von Edinburgh rausgehen. Du schaffst es!«

»Danke, Hails. Ich vermisse dich.« Ich seufzte.

Sie zog noch einmal an ihrer Zigarette, und ich konnte ihr Grinsen durch die Leitung spüren. »Verzieh dich«, sagte sie nicht unfreundlich. Dann: »AHMAAAD! VERFLUCHT NOCH MAL!«

Die Leitung war tot.

Richtig, dachte ich und begegnete meinem Spiegelbild mit einem entschlossenen Blick. *Zeit, den Hintern hochzukriegen. Ich bin Charlotte Lambert. Eine schottische Amazone. Die furchtloseste Frau von ganz East Linton, ach was, von ganz Schottland, nein, von der ganzen WELT. Ich schaffe das!* Wenn ich das Gefühl hatte, alle Stricke würden reißen, wiederholte ich dieses Mantra, und für gewöhnlich erfüllte es seinen Zweck.

Ich steckte mein Handy zurück in die Tasche und beschloss, den Eiterpickel auszuquetschen. Sei's drum. Also beugte ich mich vor, drückte mit meinen frisch manikürten Fingernägeln zu und wurde sofort mit einer kleinen gelben Expulsion belohnt.

»Das ist ja ekelhaft«, sagte Angélique, die in diesem Augenblick die Toilette betrat.

Ich hatte das Gefühl zu sterben.

Doch dann, zehn Minuten später, gerade als die Fingernagelabdrücke verschwunden waren, wurde ich wieder lebendig. Äußerst lebendig. Denn ein sehr großer Mann betrat das Büro. Er warf mir einen Blick zu, und augenblicklich war ich ihm verfallen. Er hatte durchdringende dunkle Augen, in denen Schalk und Verruchtheit standen. Er hatte seine Krawatte abgelegt – es war ein warmer Junitag –, und das kleine, sichtbare Dreieck von Hals und Brust – gebräunt, gesprenkelt mit Haaren und kleinen Schweißperlen – gab mir den Rest. Noch bevor er den Mund öffnen konnte, hätte ich am liebsten mein Gesicht in diesem Dreieck vergraben und mit den Zähnen seine Hemdknöpfe geöffnet.

»Hallo, wen haben wir denn da?«, fragte er. Seine Stimme war tief und samtig, und er hatte einen leichten Akzent. Sein strahlendes Lächeln, gepaart mit seinen Röntgenaugen, war mehr, als ich ertragen konnte. Ich hatte den Eindruck, er könnte alles sehen.

»Ist das die unhöfliche Kurzform von ›Hallo, willkommen, wie ist denn Ihr Name?‹«, schoss ich zurück. Angélique schnappte nach Luft.

Der Mann grinste, und ich spürte, wie Teile meines Körpers ein Eigenleben zu entwickeln begannen. Gehirnzellen brutzelten, unanständige Bereiche fingen an zu explodieren, meine Haut kribbelte und wurde glühend heiß. Er lachte lässig. Das Bermudadreieck unter seinem geöffneten Hemdkragen vibrierte leicht, und ich musste mich abwenden, bevor ich mich in diesem Anblick verlor und vielleicht nie wiederfand. »Hmm. Sie haben recht. Das war etwas unhöflich von mir. Aber so bin ich nun mal …«, fügte er hinzu, und mir blieb gerade genug Zeit, um zu begreifen, was ich mit diesem Mann tun musste. Zumindest würde ich alles daransetzen, es zu versuchen. »Ich fange einfach noch mal von vorn an. Hallo, willkommen. Ich bin John MacAllister, Vorstandsvorsitzender von Salutech. Und wie ist Ihr Name?«

Ich zuckte nicht mit der Wimper. »Hallo, John MacAllister, Vorstandsvorsitzender. Ich bin Charlotte Lambert, seit heute Morgen stellvertretende Leiterin der Abteilung Kommunikation und Public Relations. Ich bin hier, um dabei zu helfen, die neue PR-Strategie umzusetzen.«

»Im Augenblick hilft sie mir dabei, die Zeitungsausschnitte vom letzten Jahr zu sortieren«, unterbrach mich Angélique.

John MacAllister hob die Hand. Mir fiel auf, dass er keinen Ehering trug. *JA!* »Ich bin mir sicher, sie wird größere Herausforderungen meistern als das«, bemerkte er, und seine Augen schweiften kurz hinab zu meinen Beinen.

Gott sei Dank absolvierte ich ein allmorgendliches Lauftraining, und das bereits um sechs Uhr früh. »Das hoffe ich«, erwiderte ich knapp. »Ich liebe Herausforderungen.« John lächelte mich an und zwinkerte mir wissend zu. Alles, was ich in jenem Augenblick hörte, war das Knirschen der Rädchen in meinem Gehirn, die mir unmissverständlich zu verstehen gaben, dass alles, was ich bisher über Männer zu wissen geglaubt hatte, hinfällig war. Zwischen mir und Dr. Nathan Gillies war es aus. Er mochte zwar gut aussehen – und einen Doktortitel besitzen –, doch im warmen Schein von Johns Blick fühlte ich mich plötzlich imstande, mir die Wahrheit einzugestehen: Dr. Nathan Gillies war im Grunde ein Arschloch. Er riss permanent Witze über meine Größe und wollte nur mittwochs mit mir schlafen, wenn er früher von der Schicht im Krankenhaus kam. Ständig machte er abfällige Bemerkungen über Lesben, wenn er in der Nähe meiner lesbischen Zwillingsschwester war, und – das war das Schlimmste von allem – meine Großmutter Helen konnte ihn nicht ausstehen. Was nie ein gutes Zeichen war.

Sie würde den Mann vorziehen, der vor mir stand. O ja, das würde sie. Und ich würde unverzüglich Dr. Nathan Gillies den Laufpass geben. Ich wollte diesen dreisten und mehr als ausreichend großen Gott haben, der da vor mir stand.

Dabei hatte ich vor nicht mal fünfzehn Minuten getönt, ich sei nicht hier, um irgendwelchen Männern schöne Augen zu machen.

»Arme kleine Lambert«, sagte John leise und rückte ein paar Zentimeter dichter an meine gelbe Polyesterdecke heran.

Ich versteifte mich misstrauisch. Unanständiges Flirten war ich von John MacAllister gewohnt, Mitgefühl und Freundlichkeit nicht. War er hier, um mich zu feuern? Einen schwer zu deutenden Ausdruck im Gesicht blickte er auf mich hinab.

»Warum bist du hier?«, fragte ich zaghaft. *Weil du zart und bedauernswert bist mit deinem gebrochenen Bein und ich dich auf meine starken Arme nehmen und mit dir in meinem Jaguar davonfahren möchte, zu meinem Haus am See, diesem architektonischen Meisterwerk*, suggerierte ich ihm. *Wir könnten bei einem Single Malt zusammensitzen und den Sonnenuntergang betrachten, und dann werde ich vorsichtig einen Teil deines Gipses am Oberschenkel herausschneiden, damit wir uns lieben können.*

John lächelte wieder, diesmal aber so gekünstelt, dass ich kein Kribbeln in meinem gipsbehinderten Schritt verspürte. Und wenn doch, dann vor Furcht.

»John? Steht es so schlimm um mein Bein?«, fragte ich mit gezwungener Ruhe. »Bist du hier, um mich zur Kündigung zu bewegen?«

Ein merkwürdiger Ausdruck trat auf sein Gesicht. Dann schüttelte er den Kopf. »Lambert«, sagte er leise und sah mir direkt in die Augen. »Vertrau mir, wenn ich dir sage, dass mich absolut *nichts* dazu bringen könnte, dich aus meinem Team zu werfen.« Er strich mit seinem Daumen sanft über meine Handfläche.

Der Teufel sollte ihn holen! Ihn und seine tiefe, samtige Stimme. Und seine *Augen*. Nicht zu vergessen seinen warmen, liebevoll streichelnden Daumen!

Zum millionsten, nein, zum billionsten Male binnen der vergangenen sieben Jahre entzündete sich ein Funke der Hoffnung in meiner Brust. Männer in glücklichen Beziehungen sprachen nicht so mit Frauen, es sei denn … Sie besuchten nicht die Leiterin der Presse-und-Kommunikations-Abteilung im Krankenhaus, und sie hielten schon gar nicht mit ihr Händchen, es sei denn … *Er hielt mit mir Händchen! Er flirtete mit mir!* Seine Affäre mit der verheirateten Frau musste vorbei sein. *Er wollte mich.*

»Nun, John MacAllister«, wandte ich zögernd ein. Jetzt, da mir klar war, dass John mit mir flirtete, fing ich an, mich zu entspannen, denn jetzt wusste ich genau, wie ich mit ihm umzugehen hatte. »Ich würde sagen, mir geht's ziemlich gut, gebrochenes Bein hin oder her. Mit Sicherheit hüpfe ich bald schon wieder durchs Büro.« John grinste. »Oder zumindest durch die Altstadt, auf dem Weg ins Restaurant. Vorausgesetzt die Einladung zum Essen steht noch.«

»Das sind ja wunderbare Neuigkeiten, Lambert. Der Arzt geht also davon aus, dass du bald schon wieder hüpfen kannst?«

Ich versuchte, die Achseln zu zucken, doch ich war zu schwach, deshalb zog ich lediglich ein belämmertes Gesicht. »Keine Ahnung. Du bist der Erste, den ich zu Gesicht bekomme, seit ich zu mir gekommen bin.«

Johns Augen blitzten. »Das ist nicht ganz richtig. Du bist operiert worden und vor etwa acht Stunden zu Bewusstsein gekommen«, teilte er mir mit. »Deine Zwillingsschwester war hier. Vanessa, stimmt's? Sie hat mir erzählt, deine Eltern seien auf dem Weg von Indien hierher, und deine jüngere Schwester reist von London an.«

»Ja, Katy wohnt in London ...« Ich starrte ihn an. »Moment mal. Ich bin aus der Narkose erwacht, und dann habe ich *acht Stunden* geschlafen? Im Ernst?«

»Ja, im Ernst. Du hast Vanessa angeblich angestarrt und ihren Ellbogen umklammert, dann bist du in Tiefschlaf gefallen. Du bist süß, Lambert. Die Schwestern sagten, sie hätten noch nie jemanden gesehen, der sich so verzweifelt nach einem Nickerchen gesehnt hätte.«

Wieder strich er mir mit seinem Daumen über die Handfläche. Plötzlich war ich dankbar für mein gebrochenes Bein. Es hatte mir John MacAllister beschert, endlich.

»Woher wusstest du, dass ich hier bin?«, fragte ich ihn.

»Fraser Cassidy hat mich angerufen. Er sagte, du hättest eine größere OP hinter dir. Da ich ohnehin in der Nähe des Krankenhauses war, dachte ich, ich könnte schnell mal vorbeischauen. Du weißt schon, gutes Verhältnis zu den Angestellten und so weiter.«

»Wenn Fraser Cassidy dir das mitgeteilt hat, ist er ein ziemlich schlechter Arzt«, sagte ich. »Seit wann hat er das Recht, vertrauliche Patienteninformationen an den Chef des ortsansässigen Pharmaunternehmens weiterzuleiten?«

Johns Röntgenaugen starrten direkt auf das glimmende Fünkchen der Hoffnung in meiner Brust. »In Anbetracht dessen, dass er einer unserer geschätztesten Konsiliarärzte ist, während du einer unserer geschätztesten Mitarbeiter bist, halte ich das für durchaus vertretbar. Außerdem weiß er um unsere spezielle Beziehung.«

Verflixt. Das Fünkchen der Hoffnung hatte sich zu einem gewaltigen Flächenbrand ausgewachsen. »Wir haben keine spezielle Beziehung«, widersprach ich. »Es sei denn, du hättest es schamlos ausgenutzt, dass ich unter Narkose stand.«

John lachte leise. »Ach, Lambert«, murmelte er, ohne den Blick von mir zu wenden. »Was sollen wir bloß mit dir machen? Acht Stunden weg vom Fenster, und schon fängst du an, von sexueller Belästigung zu fantasieren.«

Ich fingerte an meiner grässlichen gelben Decke herum und erwiderte nichts. War viel zu verwirrt, um zu sprechen. Seit unserem unglückseligen Geknutsche, das ich nun seit drei Jahren vergeblich zu vergessen versuchte, hatte mir John nicht mehr so viel Aufmerksamkeit geschenkt. Er hatte mich am 26. Juni 2009 geküsst, fast auf den Tag genau vier Jahre nach unserer ersten Begegnung. Es lief gut für mich bei Salutech: Ich hatte es gerade zur Bereichsleiterin Interne Kommunikation gebracht und visierte nun den Chefposten an. Es war fünf Uhr siebenunddreißig, wir hatten das Geschäftsjahresende gefeiert, und John und ich steckten in der Besenkammer eines der teuersten Countryclubs in Schottland.

Ganze vier Jahre hatte ich mich danach gesehnt, dass er meine Hand hielt, und nun, endlich, tat er genau das. Er hielt meine Hand, und zwar für volle drei Minuten, dann führte er mich von der Lounge hinunter ins leere Untergeschoss, wo er auf eine Kammer voller Putzutensilien gestoßen war. Er hatte mich auf ein Bänkchen zwischen Besen und Wischmopps gedrückt und mir direkt ins Gesicht geblickt. Sprachlos spürte ich, wie meine Knie zu Gummi wurden.

»Seit vier Jahren versuche ich nun Tag für Tag, das nicht zu tun«, sagte er. »Charley Lambert, du verfluchte *Hexe* mit deiner schmalen Taille, den langen Beinen, diesem *Selbstvertrauen* und … Ach Gott, Lambert, ich halt's nicht mehr aus.«

Seine Augen – voller Begierde und leicht zornig – verrieten mir alles, was ich wissen musste. Sex mit ihm würde das Ungeheuerlichste und Verdorbenste sein, was ich je angestellt hatte.

Und damit stürzte ich mich auf ihn. Ich hatte keine Wahl: entweder das, oder ich würde vor Lust explodieren.

Er war heiß, trocken und köstlich. Ich war außer mir, völlig rasend vor Verlangen und feucht. Sofort drückte er mich gegen die Wand. *»Fuck«*, murmelte er. *»Fuck.«*

»Ja«, keuchte ich atemlos. »So schnell wie möglich. Bei dir?« Er beugte sich hinab und fing an, meinen Nacken zu küssen, heftig und drängend. In meinem Körper entzündete sich ein Feuerwerk. Ein seltsames Stöhnen füllte die Besenkammer, und ich stellte fest, dass es von mir kam. Ich klang wie ein Tier.

John hielt eine Sekunde inne und sah mich an. »Ja. Bei mir. Herrgott, Lambert, das wird nicht halten, ganz bestimmt nicht.« Auch er gab ein animalisches Stöhnen von sich.

Ich tat das einzig Vernünftige: Ich fing an, seine Jeans aufzuknöpfen.

Und dann passierte es. Die größte Abfuhr meines Lebens. Es war wie der Untergang des Universums. »Lambert, nein, ich kann das nicht«, keuchte er plötzlich. »Ich kann nicht. Ich habe mir geschworen … ich …« Ein gurgelnder Laut entrang sich seiner Kehle, der eher danach klang, als würde er gerade gehenkt, als dass seine Männlichkeit aus seiner Jeans befreit wurde.

»Sei nicht albern«, zischte ich. »Wir kommen doch beide um, wenn wir's nicht tun. Ich befehle dir, John Mac Allister, NIMM MICH, *JETZT*!«

John starrte mich mit irrwitziger Verzweiflung an. »Ich kann nicht, Charley. Wenn es schiefgeht und ich dich bei Salutech verliere, bin ich total aufgeschmissen. Das Risiko darf ich nicht eingehen.«

»ICH KÜNDIGE!«, rief ich mit schriller Stimme. »ES IST MIR SCHEISSEGAL! HÖR JETZT NICHT AUF! ICH FLEHE DICH AN, HÖR JETZT NICHT AUF!«

John keuchte. »Die Sache ist die …«, sagte er vage und begegnete meinem panischen Blick, »die Sache ist die: Wir ernennen dich offiziell zur Leiterin der Unternehmenskommunikation. Für sämtliche Bereiche. Du hast den Job, Lambert – *Allmächtiger, ich will dich.* Du wirst dich eine Zeitlang einarbeiten, bis alles glattläuft, und dann lancierst du das wichtigste Produkt, das wir je auf den Markt gebracht haben. Da kann ich doch nicht ausgerechnet jetzt anfangen, mit dir rumzumachen.« In seiner Verzweiflung griff er mir ins Haar und schloss die Faust um eine Strähne. »Aaargh«, fügte er zähneknirschend hinzu.

»Was meinst du damit, ich habe den Job?«, krächzte ich. »Das kannst du doch nicht einfach so verkünden! Du musst mir ein finanzielles Angebot unterbreiten, und dann muss ich mit dir darüber sprechen, und dann – ach Gott, was rede ich da eigentlich? Das ist doch *scheißegal.* Morgen ist morgen. Jetzt ist jetzt. Bitte. Ich flehe dich an. Hör auf, mich so zu quälen. Uns beide.«

John sah mich einige peinigende Sekunden lang an, dann ließ er sich neben mich auf das Bänkchen fallen, zog mich auf seinen Schoß und küsste mich wild, wobei er sich nur unterbrach, um mir mein Kleid über den Kopf zu ziehen. Ich wand mich, schnappte nach Luft und spürte einen steinharten, steil aufgerichteten MacAllister zwischen meinen Beinen. Schnell drehte ich mich so, dass er meinen BH öffnen konnte. John griff um mich herum, um an den Verschluss zu gelangen, und vergrub dabei sein Gesicht zwischen meinen Brüsten. Er biss in einen meiner Nippel, doch es tat nicht weh. Gar nicht. Im Gegenteil. Ich geriet völlig außer Rand und Band. Endlich passierte es. Meine Vagina wurde zum Vulkan, voller flüssiger, pulsierender Lava. Bald wäre John da drin. Jesus, Maria und Joseph! Endlich!

»Jesus, Maria und Joseph!«, ertönte da ein Schrei. Eher ein schrilles Kreischen. »Bei allen Heiligen!«

War ich das? Nein. So etwas hätte ich niemals gesagt. War es John? Nein. John, dessen Kopf immer noch zwischen meinen Brüsten steckte, erstarrte.

Langsam drehte ich mich zur Tür. Sie war offen. Eine Frau in einem schwarzen Kleid mit weißer Schürze, etwa in Granny Helens Alter, stand im Türrahmen. Sie trug ein kleines weißes Häubchen auf dem Kopf und einen Eimer in der Hand. Und sie sah aus, als würde sie jeden Augenblick einen Herzinfarkt erleiden.

Ich schaute zurück zu John, der wieder zum CEO von Salutech Pharmaceutical geworden war. Er wich meinem Blick aus.

Es war vorbei.

Den Sex hatte ich mir also abschminken können. Genau wie jetzt, wie ich irritiert feststellte. John hielt meine Hand und sah mich auf exakt dieselbe Art und Weise an, wie er es in jener Nacht getan hatte. Doch jetzt war ich in Polyester gewandet, ein Gips reichte bis hinauf an mein Allerheiligstes, und nur wenige Meter entfernt befand sich eine ganze Armada von resoluten Krankenschwestern, Kranken und Verletzten. Es würde definitiv keinen Sex geben. Keine Leidenschaft. Nur die Qual, dass John meine Hand hielt mit dem Versprechen auf absolut nichts.

Während ich versuchte, den Flächenbrand der Hoffnung in meiner Brust zu löschen – von meinen Intimteilen ganz zu schweigen –, dämmerte mir langsam, dass es mir körperlich grauenhaft ging. Ich hatte kein Gefühl im linken Bein, meine Kehle brannte immer noch, und mir war eiskalt. Für ein paar Sekunden verschwamm John vor meinen Augen.

»Charley? Alles in Ordnung?«

Sein Gesicht näherte sich meinem. Ich konnte Zahnpasta riechen und den Hauch eines unaufdringlichen, erlesenen Männerdufts. (Zahnpasta? Männerduft? War das wirklich von Bedeutung?) »Ja«, erwiderte ich schwach. »Ich war nur plötzlich so müde. Ich … ich glaube, ich muss ein bisschen schlafen.« *Leg dich doch zu mir und mach Löffelchen*, flehten meine Augen.

John berührte mit der Hand meine Wange. »Ich verziehe mich dann mal«, sagte er. »Versprich mir, dass du dich etwas ausruhst, okay? Die Arbeit kann warten.«

»Ich kann doch von hier aus arbeiten, bis ich an Krücken gehen kann …«, schlug ich vor, doch er legte mir einen Finger auf die Lippen. Hätte ich mich nicht so elend gefühlt, hätte ich hineingebissen. »Na schön«, gab ich nach. »Ich werde mich ausruhen.«

Wir wussten beide, dass das geflunkert war.

Dann passierte etwas noch Unglaublicheres. John beugte sich vor und küsste mich sanft auf den Mund. Seine Lippen verweilten kurz auf meinen, dann richtete er sich wieder auf und lächelte mich an. Mir wurde ganz schwummerig. Ich war soeben liebevoll geküsst worden. Von John MacAllister! Dem

Mann, welcher – wie ich durchaus zufrieden zugeben musste – der einzige Grund für mein Singledasein nach meiner Trennung von Dr. Nathan Gillies vor sieben Jahren gewesen war. *Zu beschäftigt für die Liebe* – was für ein Schwachsinn! Ich wollte schlicht und einfach John.

John MacAllister, John MacAllister!, sang mein Kopf zur Melodie von »Bread of Heaven«. *Kiss me till I want no more! (Want no more …)*

»John MacAllister!«, sagte eine Stimme, die nicht in meinem Kopf war. Mein Jubelgesang löste sich schlagartig in der abgestandenen Krankenhausluft auf. Es handelte sich um eine Stimme, die ziemlich selbstzufrieden klang; eine Stimme, die ich unter keinen Umständen hören wollte. *Bitte, lass es nicht Dr. Nathan Gillies sein,* betete ich, als der Vorhang schwungvoll zur Seite gerissen wurde und kein anderer als Dr. Nathan Gillies hereinmarschierte.

Warum musste ich von allen Krankenhäusern Edinburghs ausgerechnet in diesem landen und dann auch noch auf seiner Station? Das konnte doch nicht wahr sein! Er lächelte kurz, dann nahm er die Karte am Ende meines Bettes zur Hand. »Hi, Charley«, sagte er forsch. »John.« Sie schüttelten sich die Hände.

Ich schloss die Augen. Das letzte Mal, als ich Nathan gesehen hatte, war 2006 gewesen. Damals hatte er mir erklärt, dass ich »gestört und unnahbar« sei, ein »verkorkster Workaholic«, der eine »jämmerliche Obsession für seinen Boss« hegte, »der sowieso *nie*« etwas mit mir anfangen würde. Zu verblüfft, um auch nur ein Wort hervorzubringen, hatte ich auf meinem Bett gesessen und ihm dabei zugesehen, wie er durch meine Wohnung marschierte, um die Sachen einzusammeln, die er während unserer gemeinsamen Zeit bei mir gelassen hatte – eine einsame Zahnbürste. Dann war er aus meinem Leben verschwunden.

Nachdem ich geschlagene vierundzwanzig Stunden schluchzend auf dem Sofa gehockt hatte, befahl mir Hailey, mich zusammenzureißen, während mir Sam, mein Mitbewohner, aus dem entlegensten Winkel des Wohnzimmers peinlich berührte Blicke zuwarf. Ich kam zu dem Schluss, dass Nathan ein Arschloch war und dass ich nur allzu bald über ihn hinweg wäre, doch mein Stolz hatte ganz schön etwas abbekommen. Ich hatte verschiedene Rachepläne geschmiedet, die sich wie folgt zusammenfassen lassen:

1. John und ich heiraten (worüber landesweit groß in den Nachrichten berichtet würde).
2. John und ich führen zusammen Salutech (dito).
3. Wir leiten ein Projekt, in dem ein Heilmittel gegen Krebs entwickelt wird (internationale Berichterstattung).
4. Wir retten damit die Welt (ebenfalls internationale Berichterstattung).
5. Nathan erfährt davon in der Zeitung, verschluckt sich an seiner eigenen Galle und erstickt langsam und qualvoll (worüber nirgendwo berichtet würde, weil es niemanden interessierte).

Die Tatsache, dass er nun an meinem Krankenbett stand und mein Schicksal in seinen Händen hielt, während er großspurig mit John plauderte (der mich tatsächlich abgewiesen hatte – zumindest bis jetzt), war ziemlich niederschmetternd.

»Gratuliere!«, sagte Nathan gerade zu John und fasste ihn auf völlig überflüssige, männertypische Weise am Ellbogen. Offenbar hatte er den Leitfaden zur Einführung unseres neuen, bahnbrechenden Medikaments Simitol gelesen, den ich kürzlich in Umlauf gebracht hatte – mit Sicherheit das Größte, was die Pharmaindustrie in den letzten zwanzig Jahren hervorgebracht hatte.

»Danke«, sagte John mit unbehaglichem Gesicht.

»Auf diese Neuheit haben wir lange gewartet«, bellte Nathan. In seinen Augen flackerte etwas Hinterhältiges, das mir gar nicht gefiel. John dachte offenbar das Gleiche, denn er nickte nur knapp, zog den Vorhang hinter sich zu und verschwand mit großen Schritten. Ich schloss die Augen und lauschte dem Scharren seiner Ledersohlen auf dem Linoleum. *Hast du mitbekommen, was hier gerade passiert ist?*, schrie ich Nathan stumm an. *Er hat mich geküsst! Und hast du nicht gesehen, wie er mich angeschaut hat? Er wollte mir gerade etwas sagen! Wie konntest du nur einfach so hereinplatzen, du widerlicher Mistkerl?*

Als ich die Augen wieder öffnete, betrachtete mich Nathan mit leicht boshaftem Gesichtsausdruck über sein Klemmbrett hinweg. »So, Charlotte«, sagte er. Die einzigen Menschen, die mich Charlotte nannten, waren Granny Helen, wenn sie sauer war, und ich selbst, wenn ich mir aufmunternde Worte zusprach. Mein Exfreund genoss die Situation offensichtlich.

»So, Nathan. Was für eine nette Überraschung«, erwiderte ich unangenehm berührt. Er ignorierte meine Worte.

»Du hast dir an zwei Stellen eine Schienbeinfraktur zugezogen. Es wird einige Zeit dauern, bis das verheilt ist. Die gute Nachricht lautet, dass die Operation erfolgreich war, weshalb du in ungefähr einer Woche hier raus sein solltest.«

Ich starrte ihn verblüfft an. »Ich habe mir das Bein gleich zweimal gebrochen?«

»Ja. Zudem bestand der Verdacht auf eine Schädelfraktur, der sich zum Glück nicht bestätigt hat. Du hast jede Menge Weichteilschädigungen davongetragen, mit mehreren oberflächlichen Verletzungen an Armen und Beinen von den Felsbrocken, auf die du aufgeprallt bist. Ach, ich nehme außerdem an, dass du dir das Becken gebrochen hast, deshalb schicke ich dich gleich zum CT.«

»*Du* hast mich operiert?«, fragte ich.

Er nickte knapp.

Das wurde ja immer schlimmer!

Meine Gedanken rasten, als ich versuchte, mir die Konsequenzen eines doppelt gebrochenen Schienbeins und einer möglichen Beckenfraktur auszumalen. Nathan beobachtete mich mit boshaftem Amüsement, wohl wissend, was in meinem Kopf vor sich ging. »Nein, Charlotte, du wirst in diesem Jahr nicht wieder laufen können. Vielleicht nie mehr. Nein, du kannst nicht so bald zur Arbeit zurückkehren. Und nein, ich befürworte nicht, dass du in eine Privatklinik verlegt wirst.«

Ich zermarterte mir das Hirn nach einer zufriedenstellenden Erklärung, warum ich so lange mit diesem Kerl zusammen gewesen war. Hailey beharrte darauf, dass ich unbedingt einen Arzt zum Freund hatte haben wollen, doch das überzeugte mich nicht ganz. Tief im Innern vermutete ich, dass es eher etwas mit seiner chronischen Unabkömmlichkeit zu tun hatte. Das war es, was ihn für mich zum perfekten Mann machte. Während unserer Beziehung hatte ich alles, was ich an Befriedigung zum Leben brauchte, aus meiner Arbeit gezogen. Wir hatten uns vier Jahre lang dreimal die Woche getroffen (Sex am Mittwoch), ohne uns wirklich näherzukommen.

Doch heute war ich drauf und dran, die Beherrschung zu verlieren. *Lass dich von diesem Mistkerl nicht weichklopfen!*, hörte ich Hailey in mein Ohr zischen. »Also … nur um mir Klarheit zu verschaffen, wann kann ich mich wieder an die Arbeit machen, so Pi mal Daumen?«, fragte ich ihn.

»Ich weiß es nicht«, antwortete er genervt. »In ein paar Wochen. Vielleicht dauert es auch länger, sollte sich meine Vermutung, dein Becken betreffend, bestätigen.«

Ich starrte ihn wie betäubt an. »*Wochen?* Aber … wir lancieren gerade Simitol! Es wird das Gesicht der Medizin komplett verändern!«

Er hob die Hand, um mich zu unterbrechen. »Charley, das ist nicht verhandelbar. Ich bin sicher, John findet jemanden, der deine Arbeit übernimmt, während du wieder zu Kräften kommst.« Er strahlte in dem Bewusstsein, dass das das Schlimmste war, was er mir hätte mitteilen können.

Ich fühlte, wie meine Gesichtszüge entgleisten. »Das ist der wichtigste Augenblick in der Geschichte von Salutech«, brachte ich mit schwacher Stimme hervor. »Und ich kann nicht dabei sein.«

Nathan schüttelte den Kopf. »Es ist, wie ich schon sagte, Charley. Ich werde dafür sorgen, dass John MacAllister über alles informiert wird, solltest du versucht sein, früher als angeraten zur Arbeit zurückzukehren.«

Ich schluckte schwer, meine Augen brannten. Das war zu viel. »Wie viele Wochen? Drei? Vier?«, flüsterte ich.

Er steckte meine Karte zurück ans Fußende meines Bettes und zuckte unverbindlich die Achseln. »Wir werden sehen.« Dann warf er einen streitlustigen Blick in meine Richtung. »Wo wir gerade von John sprechen … was meinst du? Interessante Neuigkeiten, nicht wahr?«

»Was?«, fragte ich erschöpft. »Dass wir die Zulassung für Simitol bekommen haben?«

»Nein. Dass John und Susan Faulkner sich verloben«, sagte er und starrte mich durchdringend an.

Ich starrte zurück. »Susan Faulkner ist verheiratet«, erwiderte ich unsicher. »Das ist doch nichts als eine lächerliche kleine Affäre.« Die Tatsache, dass diese lächerliche kleine Affäre inzwischen drei Jahre andauerte, ließ ich lieber unerwähnt.

Nathan lächelte. »Nicht mehr! John hat vorhin Fraser Cassidy angerufen, um ihm die gute Nachricht zu verkünden. Offenbar ist Susan seit gestern geschieden, und John hat ihr auf der Stelle einen Antrag gemacht. Ich bin erstaunt, dass er das nicht erwähnt hat.«

Ich schluckte erneut. Mein Hals fühlte sich an, als schluckte ich Nägel. »Hat ganz schön gedauert, findest du nicht?«, setzte mir Nathan, der Blut roch, weiter zu. »John hat Susan wie lange angefleht, ihren Mann zu verlassen? Drei Jahre?«

»Aber …« Meine Stimme versagte. Es war mir inzwischen egal, was Nathan von mir dachte. »Aber … er hat mich doch zum Essen eingeladen … für morgen Abend … Das sollte unser erstes gemeinsames Date werden …«

Mit einem triumphierenden Grinsen wandte sich Nathan zum Gehen. Jetzt hatte er endlich seine Rache. »Das bezweifle ich, Charlotte.«

Kapitel drei

Jemand spielte »You Are My Sunshine« auf einem Banjo in meiner Krankenkabine. Es war eine ziemlich erbärmliche Darbietung, die noch erbärmlicher wurde, als eine dünne, näselnde Stimme einen Halbton zu hoch zu singen begann.

»Um Gottes willen, Christian«, sagte die Stimme meiner Mutter. »Das arme Mädchen hat schon genug durchgemacht.«

»Das wird ihr helfen«, erwiderte Dad im Brustton der Überzeugung. »Selbst die Tomaten gedeihen besser, wenn man für sie singt. Sieh nur, Jane! Sie wacht auf! Es hat funktioniert!«

Mum, groß und sonnengebräunt, fing an zu lächeln. Ich sah zu ihr auf. Stark und kompetent ragte sie vor meinem Bett auf, und ich fühlte mich in Sicherheit. Mum würde Ordnung in dieses Chaos bringen.

»Hallo, mein armer Schatz«, sagte sie sanft.

»Charley! Mein geliebtes Mädchen!« Dad sprang auf und warf sein Banjo neben mein gesundes Bein aufs Bett. Mum seufzte verzweifelt, als er sich auf mich stürzte und mir einen Kuss auf die Stirn drückte. »Christian … wirst du bitte vorsichtig mit ihr umgehen?«

Ich lachte, dann zuckte ich zusammen, als eine wahre Monsterwelle des Schmerzes von irgendwo unterhalb meiner Hüften über mir zusammenbrach. »Hi, Dad. Hi, Mum. Ähm, es tut mir leid.«

Mum strich mir das Haar aus dem Gesicht. »Charley, Liebling, es gibt nichts, wofür du dich entschuldigen müsstest. *Uns* tut es leid. Wir sind so schnell wir konnten zurückgekommen, doch du weißt ja, wie das ist – in Indien geht nichts wirklich schnell …« Sie verstummte erschrocken, als es irgendwo über meinem Kopf zu piepsen anfing. »Was hat das zu bedeuten, Christian?«, fragte sie.

Dad betrachtete die Maschinen. »Keine Ahnung!«, erwiderte er schließlich munter. »Sie ist am Leben! Sieh sie dir nur an! Unser süßes kleines Mädchen! Schlägt sich wacker!«

Mum warf ihm einen strengen Blick zu und öffnete den Vorhang meiner Kabine. »Schwester, würden Sie bitte reinkommen und meiner Tochter helfen?«, verlangte sie mit fester Stimme. Meine direkte, selbstsichere Mutter. Die in jeder Krise die Ruhe bewahrte. Meine besten Eigenschaften hatte ich von meiner Mutter geerbt.

Nun ja, dachte ich, zumindest die meisten. Liebevoll sah ich Dad an, der die Decke von meinem Bein gezogen hatte und voller Erstaunen meinen Gips betrachtete. »Weißt du was, Charley? Das Ding sieht immer noch aus wie die Gipsverbände von früher, als ich Arzt im Praktikum war! Hat sich seitdem scheinbar nichts geändert. Nicht das kleinste bisschen! Oh, hallo, Schwester. Hier drinnen ist der Alarm losgegangen. Haben Sie eine Ahnung, was das bedeutet?«

Ich kicherte, trotz des Alarms. Dad trug immer noch die Badehose, die er vermutlich angehabt hatte, als der Anruf einging.

Die Schwester kam zu uns hinübergeschlendert. Es war dieselbe mürrische Kuh, die sich geweigert hatte, mir Sterbehilfe zu leisten, nachdem Dr. Nathan Gillies vorhin abgerauscht war, doch Dads unschuldiges, fast kindliches Lächeln brachte sie zum Schmelzen. »Das ist nichts, worüber Sie sich Sorgen machen müssten«, erklärte sie schroff. »Es ist lediglich Zeit für die nächste Diclofenac.«

»Als ich noch Assistenzarzt war, haben wir freitagsabends Diclofenac genommen«, teilte mein Vater ihr mit. »Ach ja, die guten alten Zeiten!«, fügte er hinzu und starrte glückselig in die Ferne.

Die Schwester verließ meine Krankenzelle, augenscheinlich abgestoßen.

»Wie viel Uhr ist es, Mum?«, fragte ich.

»Halb zwölf vorbei.«

»Ach, Mum, so spät schon … Ihr solltet euch ein bisschen hinlegen und versuchen zu schlafen. Kommt doch morgen früh wieder«, sagte ich schwach.

Mum nahm meine Hand. »Charley, Liebes, es ist halb zwölf mittags.«

»Was? Wie ist denn das möglich?«

Dad kicherte. »Du musst wohl im Koma gelegen haben, Charley-Schätzchen!«

»Wie bitte?« Ich umklammerte die Bettseite.

»CHRISTIAN!«, schimpfte Mum. Sie erhob nur selten die Stimme, doch wenn sie laut wurde, dann brachte das den gesamten Verkehr zum Erliegen. Die Station jenseits des grauen Vorhangs erstarrte in tiefem Entsetzen. Nur das schüchterne *Piep, piep, piep* einer Maschine überzeugte mich, dass ihr Ausbruch nicht alles zu Stein hatte erstarren lassen.

»*Christian*, deine Tochter hatte soeben das erschreckendste Erlebnis ihres Lebens, also reiß dich zusammen und *WAG ES JA NICHT*, irgendwelche Witze übers Koma zu reißen.«

»Das war doch nur so ein Spruch, Jane«, erwiderte Dad vorwurfsvoll und verzog sich mit seinem Banjo in eine Ecke. Ich fing seinen Blick auf und lächelte ihm verstohlen zu, während Mum meine Decke zurechtzog. Dad verbrachte den Großteil seines Lebens in der Ecke. Ich besaß hunderte Fotos von Familientreffen, auf denen Mum, Vanessa und Katy um den Esstisch herum saßen, während Dad in die Ecke verbannt war und hinter Mums Rücken Malcolm, den Labrador, umarmte oder ein zerknirschtes Gesicht zur Schau trug.

»Ja, Charley«, fuhr Mum leise fort. »Es ist Sonntagnachmittag. Nachdem du gestern Nachmittag Besuch von deinem Chef hattest, hast du fünfzehn Stunden geschlafen.«

Dad streckte seine Arme und Finger hinter ihrem Rücken aus und tat so, als wäre er ein Faultier, doch mir war nicht nach Lachen zumute.

John. Natürlich. John war verlobt. Ein Gefühl entsetzlicher Leere beschlich mich, und ich musste mich mit aller Kraft auf die Hundemarke an meinem Handgelenk konzentrieren, um nicht in Tränen auszubrechen. 1. *Nicht weinen.* 2. *DU DARFST NICHT WEINEN*, befahl die Stimme in meinem Kopf energisch. Ich gehorchte, doch ich war mir nicht sicher, wie lange ich noch durchhalten würde. Meine Aversion gegen die Tränen wurde von Minute zu Minute weniger nachvollziehbar.

Mum zog sich den Stuhl heran und setzte sich. »So, Liebes«, sagte sie entschlossen und zog Block und Bleistift hervor. Ihre geschäftsmäßige Stimme bedeutete, dass sie von nun an die Dinge in die Hand nehmen würde. Dad begann, auf seinem Banjo zu klimpern.

Mum warf einen frustrierten Blick in seine Richtung. »Ness sagte, du wolltest das Krankenhaus wechseln. Ich halte das für keine gute Idee, Schatz. Es klingt so, als solltest du mindestens eine weitere Woche auf keinen Fall verlegt werden. Es ist besser, wenn du hierbleibst, einverstanden?«

»*Ich* habe das zu Vanessa gesagt?«

»Ja, sie war hier, als du aus dem OP gekommen bist. Du wolltest offenbar in eine Privatklinik verlegt werden, wo du dich besser um deine Arbeit kümmern könntest.«

Ich lächelte. »Das klingt gut.«

»Nun, das kommt überhaupt nicht in Frage. Die Ärzte hier

haben dich operiert, also bleibst du«, fuhr Mum fort. »Und wenn es dir so gut geht, dass du entlassen wirst, kommst du mit uns nach East Linton. Du wirst nicht arbeiten, solange du so schwach bist.«

Ich nickte, doch unter der Decke kreuzte ich meine Finger. Wenn mir irgendetwas half, mit meinem schlagartig vermurksten Leben zurechtzukommen, dann war es meine Arbeit. Ein großartiges Allheilmittel.

»Also, ich habe mit Sam gesprochen und ihm etwas Geld überwiesen, damit er eine Putzfrau kommen lässt, während du im Krankenhaus liegst. Mich schaudert bei der Vorstellung, wie deine Wohnung sonst aussehen wird.«

»Danke, Mum. Das ist eine gute Idee.«

»Weiter. Ich weiß, dass dein Chef hier war, trotzdem habe ich Salutech offiziell von dem Unfall informiert. Alles ist in Ordnung, es müssten nur ein paar Formulare ausgefüllt werden, doch darüber solltest du dir momentan nicht den Kopf zerbrechen.«

Ich verspürte einen Anflug von Furcht. »Klang es wirklich so, als sei alles in Ordnung?«

»Wie meinst du das, Liebes?«

»Mein Job ist nie anstrengender oder wichtiger gewesen als im Augenblick. Ich mache mir wirklich Sorgen, dass sie mich rauskicken werden, Mum.«

Mum schüttelte den Kopf. »Sei nicht albern. Das würde gegen sämtliche Arbeitsrechte Schottlands verstoßen.«

Ich wünschte mir inständig, ich hätte Mums unerschütterliche Überzeugung geerbt.

Mum war Sprechstundenhilfe in Dads Hausarztpraxis in East Linton, der netten Kleinstadt, in der ich aufgewachsen war. Obwohl Dad der Doktor war, war ich mir ziemlich sicher, dass es Mums resoluter Umgang mit den Kranken war, der die Einheimischen davon abhielt, das neue Ärztehaus in Dunbar aufzusuchen. Stattdessen hielten sie Dad die Treue.

»So sicher wäre ich mir da nicht«, gab ich vorsichtig zu bedenken. »Ich mache mir Sorgen. Ich habe hart gearbeitet, Mum.«

»Ja, mein Liebes, das weiß ich. Doch harte Arbeit wird auch belohnt. Alles wird gut.«

»Und wenn nicht, schmeiße ich eine Bombe auf den Laden«, warf Dad ein. Mum ignorierte ihn.

Bitte, bitte mach, dass sie recht hat, flehte ich inständig. Die Forschungsabteilung bei Salutech hatte mehr als zehn Jahre gebraucht, um Simitol zu entwickeln, den ersten Impfstoff gegen HIV. Es war ein Durchbruch, dem keine andere Pharmagesellschaft auch nur ansatzweise nahegekommen war, und nach jahrelangen klinischen Studien wurde es endlich auf den Markt gebracht. Jetzt, in den letzten Monaten vor der Einführung, musste ich das Zepter übernehmen. Meine Aufgabe war es, dafür zu sorgen, dass die Regierung und die Ärzteschaft begriffen, dass Simitol *die* Innovation der letzten zwanzig Jahre war. Dass unser Produkt den Ausbruch von AIDS – bis dato ein unausweichliches Todesurteil – tatsächlich verhindern konnte und somit finanzielle Langzeitförderung verdiente. Unseren Vertretern musste ich vermitteln, welche Unterstützung wir bereits von Patientenverbänden erhalten hatten, damit sie Simitol guten Gewissens verkaufen konnten.

Für das öffentliche Gesicht einer Firma verantwortlich zu sein, während diese Medizingeschichte schrieb, war ein gigantischer Kraftakt für jedermann, ganz zu schweigen von einer jungen Frau von zweiunddreißig Jahren. Ans Bett gefesselt zu sein war da einfach inakzeptabel. Ich hatte mich selbst ins Aus geschossen.

»So, mein Schatz, könntest du uns jetzt bitte erzählen, was genau eigentlich passiert ist?«, fragte Mum und nahm meine

Hand. »Warum bist du in Sandalen die Salisbury Crags hinuntergerannt?«

Zwei gewaltige Brüste erschienen in meiner Krankenzelle, gefolgt von Hailey, dann kam Matty. »Weil sie einfach nicht aufhören kann zu rennen!«, antwortete meine beste Freundin. »Hallo, Chas! Du Arme! Alles klar?« Sie küsste meine Eltern zur Begrüßung. »Christian, wie geht es dir?«

Dad liebte Hailey. »Ach, wunderbar!«, rief er begeistert. »Und du musst der berühmte Matthew sein! Willkommen, junger Mann!«

Matty strahlte über sein ganzes rundes Gesicht. »Wie nett, Sie kennenzulernen, Dr. Lambert«, sagte er aufgeregt, als stünde er Haileys Vater gegenüber, nicht meinem. »Hallo, Charley«, wandte er sich dann munter an mich. »Alles okay?«

»Nicht wirklich«, brummelte ich. Bei John hatte ich Tapferkeit geheuchelt, doch anscheinend fehlte mir dafür jetzt die Kraft. »Es ist schwer zu sagen, welcher Körperteil mir am meisten wehtut.« *Wahrscheinlich mein gebrochenes Herz*, dachte ich traurig. Matty nickte mitleidsvoll, ließ sich allerdings gleich von dem vielfältigen elektronischen Equipment hinter meinem Bett ablenken. Hailey beschäftigte sich derweil intensiv mit der offenen Schachtel Schokopralinen auf meinem Nachttisch. Was für ein fantastisches, wenngleich seltsames Paar sie abgaben! Hailey, klein und kurvig, sah aus wie eine verruchte Country-&-Western-Sängerin mit ihren langen goldenen Locken und dem Cowboyhemd; Matty, in Trekkinghose und Multifunktionsfleece, eine Spiegelbrille auf dem Kopf, ging vermutlich nie ohne Kompass aus dem Haus.

Einen Augenblick betrachtete ich die beiden, die mit meinen Eltern plauderten. Hailey warf sich Pralinen in den Mund, als wären sie Weintrauben. Ich wünschte, ich würde mich so wenig um meine Figur scheren wie sie sich um ihre.

Dann traf mich die Erkenntnis wie ein Blitzschlag: Nun, da John sich verlobt hatte, war meine Figur schnurzpiepegal. *Scheiß aufs Schlanksein*, dachte ich grimmig. *Ach was, scheiß auf alles.* »Wisst ihr was?«, fiel ich ihnen ins Wort. Alle starrten mich an. »Ich bin am *VERHUNGERN*. Her mit den Pralinen, Hailey!«

»Ich dachte, du isst keine Pralinen«, sagte meine Freundin erstaunt.

»Jetzt schon. Wer hat sie eigentlich mitgebracht?«

»Ich«, erwiderte Hailey.

Ich kicherte, doch ich hörte abrupt damit auf, als erneut schmerzhafte Pfeile durch meinen Hals schossen. »Danke, Hails. Wie nett von dir, ein Geschenk mitzubringen, das du selbst verspeist.«

Dad brüllte vor Lachen. »Sie hat eben einen gesegneten Appetit! Das kann ich dir nicht verdenken, Hailey, irgendwer muss schließlich Pralinen essen! Dieses absurde Biofutter, das Charley in sich hineinstopft!« Er verdrehte die Augen und zwinkerte ihr zu.

In dem Augenblick gesellte sich Sam zu uns, wunderschön mit seinem leicht verwegenen Look, eine stylishe Sonnenbrille auf der Stirn, ein Geschenk unter dem Arm. Obwohl es Juni war, hatte er das Geschenk in Weihnachtspapier gewickelt. »Hi, Chas«, begrüßte er mich, als käme er soeben in unser Wohnzimmer geschlendert. »Was läuft?«

Hailey warf ihm einen verzweifelten Blick zu. »Was läuft? Sie wurde bewusstlos von deiner Verlobungsparty abtransportiert, Sam. *Das* läuft.«

Sam nahm die Pralinenschachtel. »Stimmt.« Seine großen grünen Augen leuchteten in kindlicher Freude, als er seine Auswahl traf. Ich ertappte mich dabei, dass ich über ihn lächelte wie eine nachsichtige Mutter. Obwohl er der bestaussehende Mann in ganz Edinburgh war, hatte ich nie mehr gewollt, als ihn zu bemuttern: Ich hatte ihm den Nacken massiert, hatte ihm gesundes Essen vorgesetzt … solche Dinge eben. Mit ihm ins Bett hätte ich nicht um alles in der Welt gewollt – zum Teil weil er Frauen gegenüber echt ein Schwein war, doch hauptsächlich, weil ich schon so lange mit ihm zusammenwohnte. Ich wusste, dass Sam im Grunde ein großes Kind war.

An dem Tag, an dem wir uns kennenlernten, trug Sam sein T-Shirt auf links, und abgesehen von seinem unglaublich guten Aussehen unterschied er sich in nichts von der Flut netter Jungs, die durch die Flure unseres Wohnheims schlurften. Sie alle wirkten leicht verloren ohne ihr gemütliches Elternhaus und ihre bügelnden Mütter (auch wenn ihnen das Unileben mit seinen Möglichkeiten zu schier unbegrenzter Sauferei und Vögelei mehr als genug Trost bot). Sam hatte einen schrecklichen Kater und war versehentlich ein Stockwerk zu früh aus dem Fahrstuhl gestiegen, so dass er in Haileys und meinem Zimmer in der neunten Etage landete anstatt in seinem eigenen Zimmer in der zehnten.

»Oh, hallo«, sagte er, überrascht, wenngleich völlig unbeeindruckt, dass zwei Mädchen auf dem Fußboden saßen und über einem Edgar-Allan-Poe-Gedicht brüteten, das sie angeblich liebten, aber nicht wirklich verstanden.

»Hallo«, erwiderten wir, leicht eingeschüchtert ob der Schönheit des jungen Mannes, der da – *ganz aus freien Stücken* – in unser Zimmer spaziert kam. Schlussendlich ging Sam auf, dass er sich vertan hatte, doch er machte keinerlei Anstalten, sich zurückzuziehen. Stattdessen durchquerte er das Zimmer und öffnete die Flasche Glenfiddich, die Dad mir zum Abschied geschenkt hatte. Dann ließ er sich auf unser Sofa fallen und machte sich über den Whisky her, während er laut überlegte, wie es ihm wohl gelungen sein mochte, so viele Frauen abzuschleppen. Auf seinem Gesicht lag ein Ausdruck aufrichtigen Erstaunens. »Dabei habe ich es gar nicht drauf angelegt«, grübelte er und schaute mich verwirrt an. »Neulich bin ich ins Theater gegangen, und irgendein Mädchen hat mich anschließend noch auf ein Glas zu sich eingeladen und mir dort plötzlich ihre Brüste ins Gesicht gedrückt. Das war echt krass …«

Hailey und ich schüttelten erstaunt die Köpfe, auch wenn wir das Verhalten des Mädchens sehr gut nachvollziehen konnten.

Trotzdem war uns beiden klar, dass wir niemals so weit gehen würden, egal, wie gut er aussah. Es wäre einfach nicht richtig. Und so wurden wir zu einem ungleichen Dreigespann: ich, eine schlaksige Streberin, die nervös wurde, sobald sie der Bibliothek den Rücken kehrte; Hailey mit ihrem eher klassischen Studentenleben aus Alkohol, sporadischen Vorlesungsbesuchen und gescheiterten Liebschaften – und Sam, der sich durch sein Studium der Theaterwissenschaften treiben ließ, sich für seine Bühnenproduktionen die Haare lang züchtete und eine Schar wild gewordener Mädchen in seinem Kielwasser hinterließ. Er sammelte sie überall auf. Einmal sah ich, wie er eine Kommilitonin im Supermarkt abschleppte, obwohl er eine oberpeinliche Hose aus dem Theaterfundus trug. Ich versteckte mich hinter einem riesigen Turm aus Gummibärchen und beobachtete ihn neidisch. Warum gelang es mir, die ich mir immer so viel Mühe gab, mich tadellos zu kleiden, nicht einmal, den Männern ein Lächeln zu entlocken? Sie schienen es eher mit der Angst zu tun zu bekommen und schnurstracks vor mir davonzulaufen.

Sam warf sich eine Praline in den Mund, während Dad einen misstönenden Akkord auf seinem Banjo anschlug, der mich in die Gegenwart zurückholte. »Nun, jetzt ist die Mannschaft fast komplett. Fehlen nur noch Nessie …« (so nannte er meine Zwillingsschwester gerne) »… und die kleine Katy, und wir können eine Party feiern! Soll ich losgehen und uns Pizza holen?«

»Christian.« Mum seufzte. »Ich … Ach, egal. Komm, lassen

wir Charley und ihre Freunde eine Weile allein. Wir schauen später noch einmal vorbei.«

Dad sah enttäuscht aus, doch er stand auf und nahm sein Banjo. »Na schön. Bye, Schätzchen!« Er drückte mir einen dicken Schmatz auf die Stirn. »Ich schmuggle Malcolm später herein. War mir immer schon schleierhaft, warum man keine Tiere ins Krankenhaus mitbringen darf.« Er marschierte aus meiner Krankenkabine, wobei er »You Are My Sunshine« noch schiefer vor sich hin pfiff, als er es gesungen hatte. Sam ließ sich grinsend auf seinen Stuhl in der Ecke fallen.

»Himmelherrgott«, sagte meine Mutter und folgte Dad hinaus. »Manchmal könnte ich ihm wirklich eine verpassen, Charley.«

Ich versuchte zu lachen, doch es tat zu weh. »Ihr seid wirklich wie füreinander geschaffen«, krächzte ich. Mum zuckte die Achseln und warf mir einen Luftkuss zu. Ganz gleich, wie seltsam ihre Ehe auf einen Außenstehenden wirken mochte – und vermutlich auch auf die beiden selbst –, sie funktionierte.

Ich hatte mir oft vorgestellt, John und ich wären verheiratet. Natürlich würden wir mit Salutech bis über beide Ohren beschäftigt sein, doch wir würden dafür sorgen, uns Zeitfenster zu schaffen, um an unserem großen, blank polierten Kiefernholztisch in Johns Haus am See gemeinsam zu essen. Wir hätten schöne, freche, clevere, musikalisch ausgesprochen begabte Kinder, die schon mit zehn mindestens fünf verschiedene Sprachen sprechen konnten. Als echte Sportskanonen waren sie mit Abstand die beliebtesten Kinder der ganzen Schule.

Hör auf damit, befahl ich mir selbst. *Tu's nicht.*

Ausnahmsweise gehorchte ich. Ich wollte mir nicht mal annähernd eingestehen, dass aus einer langfristigen Zukunft mit John nun nichts mehr würde. *Das war doch von Anfang an unmöglich, du Volltrottel*, zischte mir eine Stimme in meinem Kopf zu. *Warum sollte er sich für eine Spinnerin wie dich interessieren, noch dazu in diesem Zustand?*

Hailey nahm Sam die Pralinen ab und reichte mir eine, doch ich war derart überwältigt von Traurigkeit, dass ich sie lediglich auf meiner Handfläche hin und her rollte. »Wo ist Vanessa?«, fragte ich schließlich. Wenn mir ausgesprochen elend zumute war, wollte ich immer Ness an meiner Seite haben, meine sechsundzwanzig Minuten ältere Zwillingsschwester, mit der ich mich so eng verbunden fühlte. Unsere jüngere Schwester Katy, die fast zehn Jahre später zur Welt gekommen war (das Ergebnis einer von Mums und Dads pseudospirituellen Asienreisen), amüsierte sich oft darüber, wie unterschiedlich wir doch waren. In meinen Augen war ich ein riesiges Monster, Ness dagegen eine kleine, zierliche Blumenfee. Ich stellte mir ihre freundlichen blauen Augen in ihrem zarten Gesicht vor, umrahmt von dem dunklen Kurzhaarschnitt, und gab mir alle Mühe, nicht in Tränen auszubrechen.

»Sie wird jede Minute hier sein«, erwiderte Hailey. »Sie war die ganze Nacht bei dir, deine Eltern haben sie zum Schlafen nach Hause geschickt.«

»Wow«, murmelte ich, gerührt und dankbar. Mich beschlich das ungute Gefühl, dass ich Ness in den kommenden Wochen dringend brauchen würde.

Es entstand eine Pause.

»Tut mir leid, dass ich deine Party versaut habe, Sam«, sagte ich schließlich.

Er lachte leise und schüttelte den Kopf. »Chas«, korrigierte er mich, »du warst einsame Spitze! Wie oft kommt ein arbeitsloser Schauspieler schon dazu, in einem Rettungshubschrauber über Edinburgh zu fliegen? Es war GROSSARTIG!«

»Ach, Samuel Bowes. Du bist wirklich ein unerträglicher Knallkopf«, seufzte Hailey.

»Dito«, gab dieser zurück.

»Äh, *wie bitte*?«, unterbrach ich. »Ich wurde im Helikopter hergebracht?«

Sam zog eine Dose Bier aus seiner Umhängetasche. »Natürlich. Welcher Rettungswagen fährt schon in die Salisbury Crags?«

Ich starrte ihn schockiert an. »Und *du* hast mich begleitet?«

Sam nickte begeistert. »Ja, zum Teufel! Ich habe sofort ›Erster!‹ geschrien. Schließlich war das *meine* Party, und ich wollte das um nichts auf der Welt verpassen.«

Hailey versuchte, missbilligend dreinzublicken, doch es gelang ihr nicht, sich das Lachen zu verkneifen. »Ich hab alles versucht, an deiner Seite zu bleiben, Chas«, sagte sie. »Auch Ness wollte mitfliegen, doch wie du weißt, hat sie Flugangst. Und gegen Sam hatten wir ohnehin keine Chance, so laut, wie der gebrüllt hat.« Matty nickte bestätigend, grün vor Neid. Ein Flug im Rettungshubschrauber wäre genau das Richtige für ihn gewesen.

Ich lächelte. »Und wie hat dir der Flug gefallen, Bowes?«

»Wahnsinn! Ein bisschen zu kurz, außerdem macht der Vogel einen Höllenlärm, doch die Sanitäter hatten dich mit Schmerz- und Beruhigungsmitteln vollgepumpt, also hast wenigstens du die Klappe gehalten.« Er warf mir einen prüfenden Blick zu, um festzustellen, ob ich noch immer amüsiert dreinblickte. Ja, das tat ich. Seine Gesichtszüge wurden weicher. »Chas, es war echt entsetzlich. Wir sind alle total froh, dass es dir gutgeht.«

Plötzlich stellte ich fest, dass ich noch immer die Praline in der Hand hielt. Rasch warf ich sie mir in den Mund. Meine selbstauferlegte Vollwert/selbstgekocht-Diät konnte mich mal. Wozu das Ganze? Für John war ich nie attraktiv genug gewesen. Die frühmorgendliche Joggerei, die ewigen Abstecher zum Beetroot Deli, zum Bauernmarkt, zu Crombies. Alles bio, fair gehandelt, hochwertig und verflucht hochpreisig. *Was für eine elende Zeitverschwendung!*, spottete die Stimme in meinem Kopf. Von jetzt an gäbe es für mich nichts als Pralinen.

Eine Sekunde später spuckte ich etwas Pappsüßes, Klebriges aus. »Hailey!«, jammerte ich, entsetzt, doch keineswegs überrascht. Mit Hailey war nicht gut Pralinen teilen. »Mein Bein ist gebrochen, und zwar gleich zweimal, also gib mir gefälligst eine von den Leckeren, du schreckliches Mädchen!« Sie reichte mir eine Karamellpraline.

»Du hältst mich also für einen unerträglichen Knallkopf?«, fragte Sam sie mit einem milden Lächeln und kratzte sich die Eier. Ich betrachtete ihn mit der üblichen Mischung aus Faszination und Entsetzen und fragte mich wieder einmal, wie er sich nur hatte verloben können.

Plötzlich wurde der Vorhang beiseitegezogen, und Katy trat in meine Krankenkabine. Sie sah aus, als wäre sie einer Ostlondoner Kunstgalerie entsprungen. Sie trug eine altmodische Kniebundhose, ein funkelndes, bauchfreies Bustier und hatte sich eine seltsame Federkonstruktion in ihr kurzgeschnittenes Haar geclipst. In ihren Ohrläppchen baumelte klassischer Perlenohrschmuck, ihr Augen-Make-up war verschmiert, was ihrem Look etwas Verruchtes und gleichzeitig Verletzliches verlieh. Ein Lächeln stahl sich auf mein Gesicht. Ich bekam Katy viel zu selten zu sehen: Sie war in London eine angesagte Elektro-Pop-Sängerin und viel zu beschäftigt, um sich häufiger mit ihren beiden uralten Schwestern in Edinburgh zu treffen.

»Charley!«, rief sie, beugte sich vor und küsste mich. »Ach du lieber Himmel!«

»Ich weiß«, sagte ich reuevoll, als sie meine Hand drückte. »Das passiert eben, wenn jemand mit meiner Größe sich einbildet, er sei sportlich.«

»Nein!«, protestierte sie. »Du bist supersportlich! Du hast Nessie und mich mit deiner ewigen Lauferei schrecklich beschämt!« Sie spähte in die Pralinenschachtel, während ich Sam einen raschen Blick zuwarf, der meine kleine Schwester – wie nicht anders zu erwarten – ziemlich plump anstarrte. Als er sah, wie ich die Stirn runzelte, hob er abwehrend die Hände. Abgesehen von der Tatsache, dass Sam nicht länger das Recht hatte, andere Mädchen außer seiner Verlobten anzustarren, hatte ich ihm vor ein paar Jahren angedroht, ihn höchstpersönlich zu kastrieren, sollte er es auch nur wagen, den Arm meiner Schwester anzufassen. (Damals hatte ich ihn dabei ertappt, wie er auf meiner Geburtstagsparty Katy mit seinem berüchtigten Shakespeare-Gewäsch umgarnte.)

Katy, die von meiner Fatwa nichts ahnte, ließ sich auf Sams Knie fallen. »Hi, Süßer«, sagte sie und tätschelte sein Bein, wohl wissend, dass sämtliche Kerle sie heiß fanden. Darum bewunderte ich sie. Sam warf mir einen hilflosen, leicht verängstigten Blick zu. Ich zog warnend die Augenbraue hoch, auch wenn ich wusste, dass alles in Ordnung war.

Sam war verliebt. Er würde heiraten. Das Undenkbare war eingetreten.

»Entschuldige, Charley, ich sehe aus, als käme ich direkt vom Straßenstrich«, sagte Katy und streifte ihre schmerzhaft aussehenden Highheels ab. »Ich war noch gar nicht im Bett, der Gig ging bis drei Uhr morgens. Anschließend habe ich Nessies SMS gelesen und erfahren, dass du hier bist. Leider war keiner mehr nüchtern genug, um mich nach Edinburgh zu fahren, also haben Ruben und ich am Bahnhof King's Cross auf den ersten Zug gewartet.«

»Das hättet ihr doch nicht tun müssen«, sagte ich und hustete. Mein Gott, tat mir der Hals weh! »Wer ist eigentlich Ruben?«

»Ach, er ist kurzzeitig unser Bassist. Wir haben was miteinander – nichts Ernstes.« Sie drehte sich um und kniff Sam in die Nase. »Ich hab die Neuigkeiten gehört! Das ist ja irre, Sam!«

Sam wirkte erfreut und verlegen zugleich. Ich versuchte, mich leicht aufzurichten, um herauszufinden, ob er ein bisschen zu sehr genoss, dass Katy auf seinen Knien saß, doch mein Becken schmerzte so höllisch, dass ich für einen kurzen Moment ohnmächtig wurde.

Als ich wieder zu mir kam, beugte sich Hailey mit angstvollem Gesicht über mich, während Matty die mürrische Krankenschwester in meine Kabine zerrte. »Sie ist einfach zurückgesackt«, erklärte er panisch.

»Was ist passiert?«, fragte die Schwester und blickte sich irritiert um.

»Ich habe versucht, mich zu bewegen. Es hat schrecklich wehgetan«, antwortete ich schwach.

»Ts, ts, ts«, erwiderte Schwester Miesepeter kopfschüttelnd. »Sie dürfen sich nicht bewegen, junge Frau. Das haben wir Ihnen doch gesagt. Sie rühren sich keinen Millimeter, haben Sie mich verstanden?«

Ich schloss erschöpft die Augen.

»Ich werde Ihre Schmerzmitteldosis erhöhen«, versprach sie. »Die Ergebnisse der Computertomographie werden auch bald da sein. Der Doktor schaut dann vorbei und bespricht sie mit Ihnen.«

Damit schlurfte sie hinaus. Katy machte ein entsetztes Gesicht. »Mensch, Charley, bist du wirklich okay?«, fragte sie sichtlich erschüttert.

»Es geht mir großartig«, flüsterte ich, doch ich machte keinem etwas vor, am wenigsten mir selbst. Ich fühlte mich grauenvoll, sowohl körperlich als auch seelisch. Ich hatte Angst vor den Wahnsinnsschmerzen, Angst, dass ich für immer hierbleiben müsste, in den Klauen des bösartigen Dr. Nathan Gillies, während Margot bei Salutech mein Büro stürmte und meinen Platz einnahm. Doch noch viel schlimmer als all das war der

Schmerz über Johns Verlobung. Das war das Ende. Es gab nichts mehr zu kämpfen, ich war erledigt.

»John hat sich verlobt«, stieß ich hervor. »Mit der verheirateten Frau. Die jetzt offenbar nicht mehr verheiratet ist.«

Alle schwiegen.

Dann sagte Hailey leise: »Scheiße.« Wieder fühlte ich, wie meine Gesichtszüge entgleisten, wieder versuchte ich, mich zusammenzureißen.

Sam, der nur mit Gefühlen umgehen konnte, wenn es sich um seine eigenen handelte oder wenn er auf der Bühne stand, kratzte sich am Kopf. »Ich habe dir ein Geschenk mitgebracht, Chas«, verkündete er verlegen. Die anderen sahen ihn an, wie immer verblüfft über sein Timing.

»Ähm, danke«, murmelte ich, dankbar für die Ablenkung, und lächelte tapfer das in Weihnachtspapier gewickelte Päckchen an. Sam hatte es mit Tesa zugepflastert, so dass Matty mir mit seinem Schweizer Armeemesser zu Hilfe kommen musste, als ich mit steifen Fingern daran herumfummelte.

»Wow«, stieß ich überrascht hervor, als mir etwas Glattes, Glänzendes aus dem Geschenkpapier entgegenfiel. Es war ein brandneues iPhone. »Sam … du hast doch gar nicht das Geld, mir solche teuren Dinge zu kaufen. Was hast du dir nur dabei …?«

Sams Lächeln glich dem eines Heiligen. »Du hattest dein Handy in der Hand, als du den Hügel hinuntergerannt bist«, erklärte er. »Es ist in tausend Stücke zerschmettert. Ich habe dir ein neues von dem Geld gekauft, das ich bei der klinischen Studie verdient habe, die du mir vermittelt hast. Sieh mal – es ist alles schon eingerichtet, mit deinem Adressbuch und allem Drum und Dran. Dein Anbieter hat mich sogar ein paar Apps kostenlos runterladen lassen, sozusagen als Genesungsgeschenk.« Er strahlte selbstzufrieden. Trotz meiner Pein lächelte ich zurück und erfreute mich an seiner Freude, etwas Vernünftiges zustande gebracht zu haben. Die Stimmung an meinem Krankenbett hellte sich ein wenig auf, und Hailey befasste sich wieder mit meinen Pralinen.

»Komm her«, bat ich Sam und drückte ihm einen dicken Kuss auf die Wange. »Du bist wirklich ein Schatz. Danke.«

»Ähm, pro Kabine sind im Höchstfall drei Besucher zugelassen«, verkündete eine näselnde Stimme.

Hailey erstarrte, eine Praline mit Erdbeercremefüllung verharrte nur Zentimeter von ihrem Mund entfernt in der Luft. »Das ist Nathan Gillies«, sagte sie langsam und mit weit aufgerissenen Augen.

Dr. Nathan Gillies blickte sie verärgert an. »Ich bin Chirurg, Hailey, das habe ich dir schon einmal erklärt. Es heißt also *Doktor* Nathan Gillies.«

»Ein Arsch bist du trotzdem«, murmelte Hailey ziemlich laut. Katy lachte. Ich wurde knallrot. *Doktor* Nathan Gillies hielt schließlich mein Schicksal in seinen Händen, da wollte ich nicht, dass ihn einer meiner Freunde verärgerte!

Er sah uns in meiner überfüllten Kabine nacheinander an. »Wäre es möglich, dass wir ein Gespräch unter vier Augen führen?«, fragte er mich gereizt. Mit einem ominösen Gesichtsausdruck bedeutete Hailey den anderen zu gehen und zog den Vorhang vor.

Ich lächelte: Die Spitzen von vier Paar Schuhen ragten darunter hervor.

Nathan räusperte sich. »Charlotte, ich habe ziemlich schlechte Nachrichten. Das CT hat ergeben, dass der Beckenknochen gebrochen ist, genau wie ich befürchtet hatte. Dadurch wird sich die Genesungszeit um einiges verzögern.«

Ein Panik-Tsunami türmte sich in mir auf, doch ich zwang mich, ruhig zu bleiben. »Wie viel länger?«

»Zu diesem Zeitpunkt lässt sich das unmöglich vorhersagen«, teilte er mir mit. Seine Stimme klang gelangweilt.

Ich atmete tief durch. »Du musst doch irgendeine Vorstellung haben«, hakte ich mit so viel Geduld nach, wie ich aufbringen konnte.

Ein Telefon klingelte. Ich stellte fest, dass es das neue iPhone auf meinem Bauch war.

»Ich bezweifle, dass du vor Oktober wieder zur Arbeit gehen kannst.«

Ich rechnete schnell nach. Er musste sich vertan haben. Es war Ende Juni. »Nein. Das sind ja drei Monate«, sagte ich mit der festesten Stimme, die ich zustande brachte. »Das muss ein Irrtum sein.«

Das Handy hörte auf zu klingeln. Nathan schüttelte den Kopf. »Es tut mir leid, Charlotte, es wird eine Weile dauern, bis die schweren Verletzungen verheilt sind. Ich sehe morgen wieder nach dir.«

Als er den Vorhang beiseitezog, blickte ich in vier entsetzte Gesichter. Katy, Sam, Hailey und Matty standen wie angewurzelt vor dem Vorhang.

Mein Handy fing wieder an zu klingeln. Wie betäubt blickte ich aufs Display. Dann erwachte ich aus meiner Starre. *Es war John.* »Sam«, rief ich mit drängender Stimme. »Wie nehme ich den Anruf an? SAM!«

Sam sprang zu mir. »Du gleitest mit dem Finger an diesem … Vielleicht solltest du dich besser ausruhen, Chas«, sagte er, als er sah, dass der Anruf von John kam.

Ich ignorierte ihn. »John?«

»Charley. Wie geht es dir?«

Mein Herz brach noch ein klein wenig mehr. John war tatsächlich verlobt, sonst hätte er mich Lambert genannt. »Grauenvoll.«

Er zögerte. »Ich weiß, das entspricht nicht gerade der ärztlichen Schweigepflicht, aber ich habe von deinem Beckenbruch erfahren. Ähm … ganz schönes Pech, nicht wahr? Hör mal, Charley, ich bin am Flughafen, ich kann also nicht lange reden, aber ich wollte dir noch einmal versichern, dass du dir keine Sorgen um deine Stelle machen musst. Ich habe beschlossen, Margot Pearson deine Aufgaben zu übertragen, bis du zurückkommst, damit brauchen wir keine Leute von außen, und alles bleibt beim Alten. Außerdem verbiete ich dir, dich während der nächsten drei Monate dem Firmengebäude zu nähern. Du musst dich wirklich erholen, verstehst du?«

Ich griff nach der Pralinenschachtel und steckte mir etwas Großes, Quadratisches in den Mund. Warum ausgerechnet Margot? *Lieber Gott*, betete ich, *bitte nicht sie!* Ich würde meine Stelle nie wiederbekommen, wenn sie sich erst einmal eingenistet hätte!

»Ich denke, ich könnte sehr gut von hier aus arbeiten, John«, widersprach ich ohne rechte Überzeugung.

»Nein«, beschied er mich kurz angebunden und erhob die Stimme, um die Abflugdurchsage im Hintergrund zu übertönen. »Nein, du wirst viel zu schwach zum Arbeiten sein. Margot kann dir zwar nicht das Wasser reichen, aber sie ist mit dem Produkt vertraut. Sie kennt die internen Abläufe und hat deine Kontakte. Mir bleibt keine andere Wahl.«

Ich erwiderte nichts, doch ich hatte das Gefühl, als hätte mir soeben jemand die Luft abgedreht.

»Nun, Charley, ich wollte nur, dass du das weißt. Ich dachte, du freust dich, wenn wir die Angelegenheit firmenintern re…«

»Gibt's sonst noch was?«, fiel ich ihm ins Wort.

Es entstand ein kurzes Schweigen. »Das ist der letzte Aufruf für den Flug Nummer V6000 nach Los Angeles«, ertönte die Ansage im Hintergrund.

»Ja, Charley, ich …« John war ausnahmsweise einmal sprachlos. Dann sagte er lahm: »Ich habe mich verlobt. Das sind doch gute Nachrichten, oder?«

Die erste Träne seit sechs Jahren rollte langsam an meiner Nase herab. »Wow«, flüsterte ich. »Natürlich sind das gute Nachrichten. Absolut.«

»Ich, ähm, ich wollte es dir persönlich mitteilen«, murmelte John. Er klang, als stünde er selbst kurz davor, in Tränen auszubrechen. »Doch du hattest diesen Unfall und … Hör mal, ich muss jetzt auflegen. Susan und ich werden auf einem Weingut in Kalifornien heiraten. Im engen Kreis. Keine große Sache. Das ist ein weiterer Grund, warum ich möchte, dass Margot das Zepter übernimmt. Ich kann nur weg, wenn ich weiß, dass das Geschick der Firma in den Händen von jemandem liegt, der unsere Firmenphilosophie kennt und pflegt.«

Ich nickte, stumme Tränen liefen mir übers Gesicht. »Mach's gut, John.« Damit legte ich auf.

Matty und Sam gingen als Erste. Sie tauschten einen Blick aus, der besagte: *Das hier ist nicht der rechte Ort für einen Mann.* Matty gab Hailey einen raschen Kuss und verdrückte sich; Sam schenkte mir ein schiefes Lächeln und winkte Katy förmlich zu, nur um auf der sicheren Seite zu sein.

Hailey war ganz offensichtlich mit ihrer Weisheit am Ende, was das Wrack anbetraf, das zitternd vor ihr lag. Eine gefühlte Ewigkeit stand sie vor meinem Bett, hielt meine Hand und sagte nichts. Ich weinte nicht länger stumm vor mich hin, sondern fing laut an zu heulen. Wenn Hailey die Sache nicht richten konnte, dann konnte es niemand. Doch nach einer langen, schmerzvollen Weile, während deren ich schon dachte, ich würde mich niemals berappeln, traf ich eine Entscheidung und gab Hailey ein Zeichen, mir ein Taschentuch vor die Nase zu halten.

Ich hatte beschlossen, eine To-do-Liste zu erstellen. Organisation war die einzige mir bekannte Möglichkeit, die Kontrolle wiederzuerlangen, wenn um mich herum die Welt verrücktspielte: To-do-Listen gaben mir Sicherheit, Ruhe und ein Ziel. »So«, sagte ich und schaltete erschöpft in den Charley-die-Powerfrau-Modus. »Katy, du gehst zu mir nach Hause und legst dich ins Bett. Äh, nein, es ist besser, du gehst zu Ness. Ich möchte nicht, dass Sam dich belästigt. Hailey, du musst mir helfen, meinen Terminplaner durchzusehen.«

Hailey nickte erleichtert. »Exzellenter Plan«, murmelte sie und nahm meinen Moleskine vom Nachttisch. »Obwohl das eine ganz schöne Arbeit sein wird, Chas.« Wir beide lächelten tapfer.

Katy sammelte ihre Sachen zusammen. »Ich komme später wieder, Schwesterherz«, sagte sie müde. »Du wirst darüber hinwegkommen. Ich bin John bloß einmal begegnet, und da trug er echt mittelalterliche Klamotten. Chinos, das muss man sich mal vorstellen!« Sie küsste mich und trat hinter den Vorhang.

Hailey beäugte meinen Kalender mit panischem Blick und zog sich einen Stuhl an mein Bett. »Mein lieber Schwan, Chas«, stieß sie hervor und starrte auf die Kästchen mit den sauber eingetragenen Terminen. »Mir wird ja schon vom Hinschauen schwindelig!«

Ein paar Minuten lief alles glatt. Hailey schrieb mehrere Telefonnummern ab und versprach mir, verschiedene Leute anzurufen: den Leiter des Hundeasyls, in dem ich ehrenamtlich tätig war; den Koch von dem französischen Bistro in der Broughton Street, der mir beibrachte, wie man perfekt backte; die kleine Frau, bei der ich Mandarin lernte, und das lärmige Mädchen mit den vielen Armreifen, das in dem Brasilian Waxing Studio arbeitete, zu dem ich immer ging. Die Tapezierer, die ich für Juli bestellt hatte; meinen Personal Trainer; den Mann, den ich wegen Klavierstunden angesprochen hatte, und viele mehr. Dann kamen wir zu meiner Mitgliedschaft im Fitnessstudio, und es wurde komplizierter. »Nun, ich denke, das sollte ich AUF DER STELLE für dich kündigen«, sagte Hailey und machte sich eine Notiz.

»Nein! Kommt gar nicht in Frage!«

Hailey blickte demonstrativ auf mein gebrochenes Bein, und ich beschwor sie innerlich, nichts zu sagen. Ich konnte das Fitnessstudio nicht aufgeben. Damit würde ich mir meine Niederlage eingestehen. Ich musste mir einfach sicher sein, dass ich eines Tages dorthin zurückkehren würde, auch wenn ich dafür vier Monate lang umsonst Mitgliedsbeitrag bezahlen müsste. Hailey musterte prüfend mein Gesicht, dann strich sie »Mitgliedschaft im Fitnessstudio kündigen« wortlos von ihrer Liste. Ich warf meiner Busenfreundin einen dankbaren Blick zu.

»Dienstag: Videokonferenz mit der Niederlassung in Deutschland um sieben Uhr dreißig, Briefing mit John um zehn, Meeting mit Edward von BMJ um eins, Treffen mit den französischen Außendienstmitarbeitern um drei, mit dem Firmenvorstand um sechs. Was soll das? Wer um alles auf der Welt trifft sich nach Feierabend mit dem Firmenvorstand?«

»Mein Arbeitstag endet nicht um achtzehn Uhr«, murmelte ich. »Mach dir keine Gedanken wegen der Geschäftstermine, Margot hat sich zweifelsohne längst in mein Outlook eingehackt. Konzentrieren wir uns lieber auf die Termine, die nichts mit der Arbeit zu tun haben.«

»Bei einem Kalender wie diesem solltest du keine weiteren Termine haben, Charley Lambert«, warf Hailey ein.

Es entstand eine unbehagliche Pause, dann versuchte ich vergeblich, etwas zu meiner Verteidigung hervorzubringen. *Sie versteht es ja doch nicht*, sagte ich zu mir selbst. *Vielleicht verbringt sie ihre Abende gern mit Matty auf dem Sofa, aber ich erwarte mir mehr vom Leben als das!*

Plötzlich verspürte ich einen Anflug von Panik. Es würde mir gar nichts anderes übrig bleiben, als während der nächsten Monate abends auf dem Sofa zu sitzen. Wie zum Teufel sollte ich das nur aushalten? WIR LANCIERTEN SIMITOL! DA MUSSTE ICH VOR ORT SEIN! Ich beäugte den Monitor mit meinen Vitalwerten und fragte mich, ob ich mich wohl selber ausknocken könnte.

»Okay, Chas, was sonst noch?«, erkundigte sich Hailey ein paar Minuten später.

Ich dachte an die öde Wüste der Stille und Untätigkeit, die sich vor mir erstreckte – Stunden, Tage, Monate. Keine Projekte, keine Termine, kein wohliges Gefühl der Zufriedenheit, wenn ich etwas auf meiner Liste der zu erledigenden Dinge abhaken konnte, kein Adrenalinschub, wenn die Einführung von Simitol näher rückte.

»Nichts«, flüsterte ich. »Nichts sonst.«

»Ach, Charley«, sagte Hailey und streckte tröstend die Hand nach meiner aus. »Sag das nicht! Du hast eine Pause gebraucht. Endlich können wir mal wieder zusammen rumhängen. Ich vermisse dich«, fügte sie eindringlich hinzu.

Ich wollte sie fragen, was sie damit meinte, doch ich brachte kein Wort heraus.

»Jedes Mal, wenn wir etwas ausmachen, erscheinst du entweder erst um Mitternacht, oder du sagst ab«, fuhr sie fort. »Ich meine, du könntest ruhig mal eine Pause einlegen.«

»Ich will aber nicht«, murmelte ich. In diesem Moment schlüpfte Ness in meine Kabine. Allein ihr Anblick trieb mir erneut die Tränen in die Augen. »Ich habe einfach zu viel um die Ohren. Du verstehst das nicht. Ich werde mir nächstes Jahr eine Auszeit gönnen …«

Ness trat an mein Bett und küsste mich auf die Stirn. »Eine Pause klingt mir nach einer wunderbaren Idee«, sagte sie leise. »Wenngleich es mir sehr leidtut, dass diese Pause unter solchen Bedingungen stattfinden muss.« Sie schnitt eine Grimasse, als wüsste sie genau, was ich durchmachte.

»Ich brauche keine Pause«, widersprach ich. Ein mächtiger Schluchzer entrang sich meiner schmerzenden Kehle und hallte bis weit hinter die grauen Vorhänge meiner Krankenkabine.

»Jetzt geht's los«, knurrte ein Mann in der Zelle neben meiner. Er klang wie ein frühzeitlicher Höhlenmensch.

»Halt verdammt noch mal die Klappe«, zischte Hailey dem Vorhang zwischen uns zu.

Ness nahm ihr die Packung mit Taschentüchern ab und tupfte mir die Wangen. Sie sah so wunderschön gesund aus in ihren hochtaillierten Shorts und der gestreiften Weste. Neben ihr fühlte ich mich riesig und unbeholfen. »Doch, Charley, du musst einmal zur Ruhe kommen«, protestierte sie. »Du hast dir immerhin das Bein gebrochen …«

Aber davon wollte ich nichts wissen. »Du verstehst das nicht«, jammerte ich, wohl wissend, wie erbärmlich kindisch ich klang, doch ich konnte seltsamerweise nicht aufhören. Entsetzliche Panik wallte in mir auf, die sich jede Sekunde Bahn brechen würde. »Du weißt nicht, was es bedeutet, so eingespannt zu sein wie ich. Na gut, vielleicht tue ich manchmal tatsächlich zu viel, und vielleicht sollte ich das künftig überdenken, aber im Augenblick, Nessie, muss ich *arbeiten*. Ich – ach Gott, es bringt ja ohnehin nichts …« Ich verstummte gequält. Was nutzte es, meinen Terminplan zu erklären oder gar zu rechtfertigen, wenn mein Gegenüber dem Luxus eines Acht-Stunden-Tags frönte? *Wer* konnte abends schon in der Badewanne hocken, sich was zu essen kochen und Brettspiele spielen? Herrgott noch mal!

»Das ist alles allein *deine* Entscheidung«, bemerkte Hailey sanft, als würde sie meine Gedanken lesen.

Ich ignorierte sie, dann fing ich mit neuerlicher Verzweiflung an zu schluchzen, als mein Blick auf meinen Moleskine fiel, in dem sämtliche privaten Termine nun mit Haileys pinkfarbenem Stift durchgestrichen waren. »Ich kann das nicht«, schluchzte ich. »Im wahrsten Sinne des Wortes: Ich kann das nicht. Wenn ihr das nicht versteht, gut, aber ihr müsst mir glauben, wenn ich euch sage, dass das hier ein *absolutes Desaster* ist.«

Haileys Gesichtsausdruck zeigte, dass sie mir nicht wirklich Glauben schenken wollte. Ness gab sich etwas mehr Mühe, doch auch sie scheiterte. Und so gab ich auf. Und fühlte mich völlig alleingelassen. Weinend schlug ich die Hände vors Gesicht. Ich weinte und weinte und hörte auch nicht damit auf, als der Höhlenmensch nebenan mich eine »dämliche Loserin« nannte, woraufhin Hailey aus der Kabine stampfte, um ihm eins überzubraten, während Ness sie mühsam zurückzerrte.

Zunächst weinte ich aus reinem Frust, auf unbestimmte Zeit in einem Gips gefangen zu sein, doch dann schossen mir jede Menge weitere Gründe für meine Verzweiflung durch den Kopf, bis ich irgendwann den Eindruck hatte, einer sarkastischen Kabarett-Innenshow beizuwohnen. Ich weinte über die Qual, die es mir bereitete, meinen kostbaren Job Margot Pearson zu überlassen, über den Verlust meiner Unabhängigkeit, über die Möglichkeit, dass mein Bein vielleicht dauerhaften Schaden genommen hatte. Ich weinte über all die Jahre, die ich mit sinnloser Verzweiflung um John gekämpft hatte, um all den Naturreis, die teuren Haarschnitte, die so mühevoll verfassten witzigen E-Mails. Alles umsonst! John hatte sich entschieden, einer verheirateten Frau einen Antrag zu machen, einer Frau, mit der er eine Affäre begonnen hatte, kurz nachdem er vor drei Jahren in der Besenkammer über meine Brüste hergefallen war. *Du Schwachkopf!*, krähte die Stimme in meinem Kopf. *In der Zeit, die du damit verplempert hast, um ihn herumzuschwarwenzeln, hättest du längst heiraten können. Ein Kind kriegen können! Ein weiteres Instrument erlernen, glücklich sein können!* Deshalb weinte ich, und mir fielen immer mehr Gründe ein.

Ich weinte, bis meine beste Freundin und meine Schwester nach einer guten halben Stunde aufgaben und die Krankenschwester riefen. »Könnten Sie ihr bitte etwas Starkes zur Beruhigung geben?«, fragte Hailey höflich.

Die Schwester war nur zu froh, endlich einschreiten zu dürfen.

Irgendwann in der Nacht erwachte ich, nachdem das aufdringliche Klingeln des Krankenhaustelefons neben meinem Bett mich aus meinen seltsamen Träumen gerissen hatte. Benebelt öffnete ich die Augen und fixierte das rote Licht, das munter oben auf dem Hörer blinkte.

Ein, zwei Sekunden überlegte ich, ob ich es einfach ignorieren sollte. Niemand rief mitten in der Nacht im Krankenhaus an. Doch was, wenn es John war, der mich von Kalifornien aus zu erreichen versuchte, um mir mitzuteilen, dass er einen schrecklichen Fehler gemacht hatte? Dann würde ich froh sein, den Anruf angenommen zu haben, dachte ich, streckte die Hand aus und griff nach dem Hörer.

»Hallo?«, flüsterte ich verstohlen. Unter keinen Umständen wollte ich den Höhlenmenschen in der Kabine nebenan aufwecken.

Es folgte eine kurze Pause. Dann: »Hallo.« Granny Helens erfreute Stimme.

Ich blickte auf die Uhr. Es war vier Uhr sechsunddreißig. Zum ersten Mal seit über vierundzwanzig Stunden musste ich lächeln. Natürlich würde meine Großmutter um vier Uhr sechsunddreißig anrufen, wie könnte es auch anders sein? »Hallo, Granny.« Ich ließ mich in die Kissen zurücksinken. »Ist es nicht ein bisschen spät für einen Anruf?«

Meine Großmutter ignorierte meinen Einwand. »Ich habe von Vanessa erfahren, dass du dich selbst bemitleidest«, sagte sie. Es klang, als würde sie essen. Ich wusste auch, was sie aß: dunklen, saftigen jamaikanischen Lebkuchen. Granny Helen lebte in dem zu unserem Haus gehörenden Cottage, wo sie oft bis in die frühen Morgenstunden saß, Lebkuchen mampfte und furchterregend klingende Bücher verschlang, die Lesebrille auf der Nasenspitze. Neben ihr stand für gewöhnlich ein Glas Scotch, auf ihrem Grammophon dudelte leise eine dramatische Dvořák-Symphonie. Als ich sie mir in dieser vertrauten Szenerie vorstellte, fühlte ich mich plötzlich getröstet. »Nun?«, hakte sie nach. »Suhlst du dich nun in Selbstmitleid oder nicht?«

Ich überlegte, ob ich flunkern sollte, doch meine zweiunddreißigjährige Erfahrung belehrte mich eines Besseren. »Ja«, gab ich zu. »Aber das kann man mir wohl kaum zum Vorwurf machen …«

»Unsinn!«, blaffte sie. »Wenn die Jungs aus dem Krieg nach Hause kamen, hatten sie gebrochene Knochen selbst an Stellen, an denen es gar keine Knochen gab, Charlotte. Sie hatten nicht bloß einen doppelten Schienbeinbruch wie du, sie hatten sich die Beine zwanzigfach gebrochen! Trotzdem humpelten sie an Krücken weiter. Wo bleibt dein Kampfgeist?«

»Wir leben im Jahr 2012«, erinnerte ich sie. »Ich bin zu einem Picknick gegangen und nicht in den Kampf gegen die Deutschen gezogen! Da darf ich doch wohl ein bisschen frustriert sein!« Natürlich wusste ich, dass sie mir das nicht durchgehen lassen würde.

»Nein«, widersprach sie vehement. »Nein, Charlotte, das darfst du nicht. Ich werde Christian bitten, mich morgen zu dir ins Krankenhaus zu fahren, und bis dahin möchte ich, dass du dich zusammenreißt und aufhörst zu schmollen. Herrgott, Mädchen! In ein paar Wochen bist du wieder putzmunter! Es hätte weitaus schlimmer kommen können!«

Wir schwiegen, ich missmutig, sie grimmig.

»Hör zu, Charlotte«, fuhr sie nach einer kurzen Weile mit weniger scharfer Stimme fort. »Denk mal darüber nach, womit du dich während deiner Genesungszeit beschäftigen möchtest, und teil mir morgen mit, zu welchem Schluss du gekommen bist. Es muss doch etwas geben, was du tun kannst. Ich persönlich empfehle dir Modellbau. Dein Großvater hat's geliebt! Hat sein übereifriges Hirn zur Ruhe kommen lassen.«

»Na schön«, erwiderte ich automatisch, obwohl ich ganz genau wusste, dass das Modellbauen bei mir keine derartige Wirkung erzielen würde. Nichts würde mich glücklich machen, solange ich nicht aufstehen und wieder zur Arbeit gehen könnte.

»Wunderbar. Und jetzt schlaf«, befahl sie mir, als hätte ich nicht genau das zuvor versucht.

»Bye, Granny.« Ich legte den Hörer auf, dann knipste ich die kleine Leselampe an, starrte niedergeschlagen auf den Stapel Zeitschriften und Bücher neben meinem Bett und fragte mich, ob meine Großmutter auch nur ansatzweise verstand, wie mein Leben lief. Welche einzelne Beschäftigung sollte mir all die Dinge ersetzen, mit denen ich mich Tag für Tag befasste?

Ich versuchte, weder zu schmollen noch zu grollen – mitunter hatte ich das Gefühl, Granny Helen würde mich noch lange Zeit nach unseren Gesprächen beobachten –, zog eine Zeitung hervor und überflog die Seiten, als könnte mir das helfen.

Zu meiner Überraschung tat es das tatsächlich.

Plötzlich hatte ich einen Geistesblitz. »Ach du liebe Güte!«, wisperte ich. »Das ist die Lösung!«

»Schieb dir deine Lösung in den Hintern!«, knurrte der Höhlenmensch neben mir.

Ich erstarrte, bis ich wieder sein ochsenhaftes Schnarchen vernahm, dann öffnete ich mein Notizbuch. In meinen Adern entflammte ein Fünkchen Hoffnung. Granny Helen hatte recht, wie immer. Ich brauchte ein Hobby, damit ich nicht durchdrehte. Und mir war gerade eins eingefallen.

Kapitel vier

12. September 2012, zehn Wochen später

Ich musste weg von meinem Schreibtisch, weil ich mich nicht mehr halten konnte vor Lachen, schrieb Iain. Warum zum Teufel habe ich Anmachkneipen nach einem Mädchen wie dir abgesucht? Besteht die Chance, dass wir uns heute Abend sehen?

»Hihi!«, kicherte ich. »So ein Schwachkopf.«

Sam, der vor dem Herd stand, blickte sich um. »Hm?«

»Ach, nichts. Nur ein Typ, der sich in eine meiner Klientinnen verknallt hat. Er reißt sich ein Bein aus, um sich heute Abend mit ihr zu treffen. ICH LIEBE ES, Sam!«

Sam kam zu mir rüber, die Pfanne in der Hand, wobei er gelegentlich die Fetzen des weltschlechtesten Omeletts umrührte.

»O mein Gott«, stieß ich entsetzt hervor und betrachtete die Sauerei. »Yvonne kann sich glücklich schätzen, einen so talentierten Koch wie dich zu heiraten.«

Er grinste. »Absolut, Chas. Trotzdem: Das Zeug hat Proteine und Vitamine, genau wie du es wolltest. Sieh mal, ich habe auch noch etwas Kartoffelpüree gemacht, damit du deine gesunden Kohlehydrate bekommst, oder was immer das war«, fügte er hinzu und deutete auf eine Schüssel mit weißem Matsch, durchsetzt von dunklen Kartoffelschalenschnipseln.

Plötzlich verspürte ich eine riesige Woge der Liebe für Sam

über mich hinwegschwappen, gefolgt von Verdruss, weil ich nicht einfach aufspringen und ihn umarmen konnte. Während der letzten Wochen war er ein wahrer Engel gewesen. Seit Mum mich von zu Hause entlassen hatte, hatte er mir unzählige Mahlzeiten gekocht, und auch wenn sie ekelig gewesen waren, hatte er mir kein einziges Mal Weißbrot oder Nutella vorgesetzt. Er hatte mich in meinen Rollstuhl gehievt und wieder heraus (in den »Panzer«, wie er ihn getauft hatte), hatte mir geholfen, mich auf Krücken durch die Wohnung zu schleppen, und er hatte sich regelrecht darum gerissen, mich bei meiner frischgebackenen Firma First Date Aid mit herzerwärmender Begeisterung zu unterstützen.

Seine Mitwirkung an meinem Unternehmen war völlig unerwartet gekommen. Er hatte den August damit verbracht, in der ganzen Stadt Flyer zu verteilen, und gerade erst hatte er sich ganz spontan eine Woche ans Telefon gehängt und mit wichtigtuerischen Vertriebsleuten um günstige Anzeigen gefeilscht. Ich hatte ihn vom Sofa aus beobachtet, auf dem ich mich in meiner Jogginghose fläzte, und erstaunt zugehört. Wer hätte gedacht, dass in Samuel Bowes ein ausgefuchster Geschäftsmann steckte? Die Jobs, die Sam annahm, um sich als beschäftigungsloser Schauspieler über Wasser zu halten, waren für gewöhnlich so anspruchslos wie möglich. Meistens arbeitete er für Werbefirmen, wenn diese ihre schicken Events ausrichteten, denn er sah umwerfend aus, konnte ausgesprochen charmant sein und brachte ältere Damen dazu, sich jung und besonders zu fühlen. Außerdem bettelte er mich regelmäßig an, ihn in klinischen Studien bei Salutech unterzubringen, weil er das (erschreckenderweise) als leicht verdientes Geld betrachtete. »Ich meine, im Grunde nehme ich doch bloß ein paar Medikamente, beantworte Fragen und dann … schaue ich, ob ich noch lebe!«, sagte er zu mir. »Was soll daran nicht toll sein?« Vor Kurzem erst hatte ich ihn in eine Versuchsreihe für ein konzentrationsförderndes Mittel eingeschleust. Er war begeistert gewesen. »Ich werde dafür bezahlt, Speed zu nehmen!«, hatte er Yvonne kichernd verkündet.

Es gab also durchaus Gründe, warum ich Sam als potentiellen Geschäftsmann abgeschrieben hatte.

Dennoch war First Date Aid – *Erste Hilfe fürs erste Date* – nun dank seiner Unterstützung überall präsent, sogar im *Scotsman*. Es war Sam irgendwie gelungen, mir ein brillantes Feature zu verschaffen, und seitdem strömten die Anfragen nur so herein. Inzwischen hatte First Date Aid nicht weniger als achtundsechzig hoffnungslose Dating-Kandidaten gewonnen. Achtundsechzig! Nur drei Wochen nach der Geschäftseröffnung!

Um das wiedergutzumachen, würde ich so viele seiner grauenvollen Omeletts plus Kartoffelpampe in mich hineinschaufeln wie nötig. Das neue Geschäft war alles, was mich davon abhielt, vollends durchzudrehen. »Das sieht tatsächlich nach perfekten Kohlehydraten aus«, versicherte ich ihm. »Du weißt gar nicht, wie dankbar ich dir bin, Bowes. Für das Essen, für deine Hilfe bei First Date Aid, für alles.« Ich öffnete ein Dialogfenster und fing an, Joannas Antwort an den armen alten Iain zu tippen.

»Das ist doch das Mindeste, was ich für dich tun kann«, sagte Sam nach einem kurzen Augenblick. »Ich weiß, dass ich dir oft ein Dorn im Auge bin, Chas. Unordentlich, chaotisch, Weiberheld, immer in Verzug mit der Miete.«

Ich sah ihn überrascht an. Ich hatte gar nicht gewusst, dass Sam zu solch einer Selbstwahrnehmung fähig war.

»Außerdem«, fügte er hinzu, »genieße ich es. Es ist gut, etwas zu tun zu haben.«

Er wandte sich abrupt um, und ich spürte einen Moment die Melancholie, die von ihm ausging. Natürlich war es schön für ihn, etwas zu haben, mit dem er sich beschäftigen konnte.

Das Fringe Festival mit all seinen lärmigen Schauspielern, die sich auf der Royal Mile volllaufen ließen, war für diesen Sommer vorbei, und er hatte seit zwei Jahren nicht mal ein Vorsprechen gehabt. Hätte ich nicht mein neues Unternehmen gegründet, wäre ich wahnsinnig geworden – wie musste es da erst ihm gehen, nach Jahren ohne ein Engagement? Als er das Omelett aus der Pfanne kratzte, versuchte ich mit geballter mentaler Kraft, einen Theaterdirektor dazu zu bringen, dem Abhilfe zu schaffen.

Ich wandte mich wieder meinem Bildschirm zu, und ohne groß nachzudenken oder mich vorzubereiten, verfasste ich Joannas Antwort an Iain. Wieder staunte ich, wie leicht mir das Flirten doch fiel: Ich legte nur die Hand auf die Tastatur, und schon flossen die Worte förmlich aus mir heraus. Natürlich lag das nicht zuletzt am jahrelangen Training. Ich hatte unzählige Flirty-Mails und -Textnachrichten an John verfasst.

Ach, Iain. Ich verstehe, wie dringend das Ganze für dich ist. Das ist doch nur menschlich … Aber Vorsicht! Vielleicht sehe ich ja aus wie ein Fleischkloß. Wie würde dir das gefallen? Wenn du bereit bist, das Risiko einzugehen, könnten wir uns nächste Woche Mittwoch treffen – in einer Anmachkneipe von mir aus, dann fühlst du dich gleich heimisch. Ich freue mich schon.

Jo X

»Perfekt«, sagte Sam, der über meine Schulter hinweg mitgelesen hatte. »Frech. Nimmt sich nicht zu ernst … Bekundet Interesse, hält ihn aber trotzdem hin. Chas, meine Gute, du bist der Hammer!«

Er rauschte ab, um den grauenhaften Fraß auf meinen Teller zu schaufeln, und ich warf einen Blick in den Spiegel. Mal schauen, wie der Hammer des Abends aussah. Eine adrette, halbwegs gepflegte junge Frau blickte mir entgegen, das Gesicht umrahmt von einem ordentlich geschnittenen braunen Bob mit einem übertrieben geraden Pony. Sie war groß, sportlich, und sie konnte erkennen (heute, aber keineswegs immer), dass sie ziemlich attraktiv war.

»Du machst schon wieder dein komisches Spiegelgesicht!«, kicherte Sam vom Herd aus.

Ich zuckte zusammen, wohl wissend, dass er recht hatte. Mein Spiegelgesicht sollte mich klug und interessant wirken lassen, doch in Wirklichkeit ließ es mich beängstigend aussehen und ein wenig so, als litte ich unter Verstopfung. Ich wusste das, weil ich es wiederholt auf Fotos aufgesetzt hatte, stets ohne Erfolg. »Ähm, wie geht's Yvonne?«, fragte ich, eifrig darauf bedacht, von mir abzulenken. »Ich habe sie seit – ähm, wie lange ist das jetzt her? – drei Tagen nicht mehr gesehen.«

»Hier, bitte sehr.« Sam stellte einen Teller mit vielfarbigen Klumpen vor mich hin. Ich haute rein, um ihn nicht zu beleidigen. »Yvonne geht's großartig«, sagte er und verzog das Gesicht zu einem süßlichen Grinsen. »Du hast sie nur länger nicht zu Gesicht bekommen, weil sie nebenbei zu studieren begonnen hat.«

»Ach, tatsächlich? Gut! Welches Fach?«

»Kommunikationswissenschaften. Du machst Yvonnes Traumjob.«

»Wirklich?«

»Ja, Chas, wirklich«, sagte Sam leicht verschnupft. »Sie mag vielleicht ein bisschen albern sein, aber sie ist verdammt klug.«

Ein unangenehmes Schweigen entstand.

»Sam, es tut mir leid. Das hat sich ja furchtbar angehört.« Ich legte meine Gabel beiseite. »So habe ich das nicht gemeint. Ich bin mir sicher, dass sich Yvonne hervorragend für einen solchen

Job eignet. Ich bin im Moment einfach ein bisschen empfindlich, was meine Stelle angeht. Die Situation mit Margot … Grrr!«

»Margot ist die Tussi, die deine Aufgaben vorübergehend übernommen hat?«, fragte Sam und drückte sich Ketchup aufs Essen.

»Ich halte sie für eine Obertussi – sie trägt nichts anderes als ultrakurze Minis und Highheels.«

»Tussi«, bestätigte Sam. »Vertrau mir, Chas, da sind mir so einige untergekommen.«

Normalerweise hätte ich gegrinst, doch mir war das Grinsen vergangen. Die Margot-Angst, gegen die ich seit Wochen ankämpfte, meldete sich zurück. Die Erfahrung, ihr meine kostbaren Aufgaben bis ins letzte Detail übertragen zu müssen, war sogar noch demütigender gewesen, als ich mir vorgestellt hatte, und – was noch schlimmer war – sie schien wunderbar ohne mich zurechtzukommen. »Du kannst mich jederzeit anrufen«, hatte ich im Juni zu ihr gesagt, als sie selbstgefällig ins Krankenhaus geschneit kam, um sich von mir briefen zu lassen. »Es gibt keinen Grund, stumm vor sich hin zu leiden.« Immerhin hatte ich die Verantwortung, die Regierung und die gesamte Pharmaindustrie von unserem neuen Medikament zu überzeugen, in ihre Hände gelegt. Eine gewaltige Aufgabe. Eine monumentale Aufgabe. *Meine* Aufgabe. Meine Chance, mich in der Firma zu beweisen.

»Sicher«, hatte sie brüsk erwidert. »Wie du vielleicht weißt, bin ich damit vertraut. Ich bin in meiner letzten Firma für die Markteinführung eines Milliardenprodukts verantwortlich gewesen.« Und damit marschierte sie aus meiner Krankenkabine, sichtlich erfreut über meine zahlreichen Frakturen. Nun hatte sie den Job in der Tasche, auf den ich meine ganze Karriere über hingearbeitet hatte.

»Also, Chas, wie ist der letzte Stand der Dinge?« Sam stellte die Ketchup-Flasche beiseite und nickte in Richtung meines Computers.

Ich war erleichtert, dass er nicht beleidigt war wegen Yvonne. »Der letzte Stand der Dinge, Samuel Bowes, ist ausgesprochen gut! Achtundsechzig Leute haben sich angemeldet, für sechzehn von ihnen bin ich bereits tätig. Sechzehn! Sechzehn Menschen sitzen wie festgeklebt vor ihren Bildschirmen und warten darauf, eine Nachricht von mir zu bekommen. Kannst du dir vorstellen, wie aufregend das ist?«

Sam grinste. »Genial … Irgendwelche heißen Schnecken darunter?«

»Bowes! Halt dich da raus!«

Er zuckte die Achseln. Die Katze ließ das Mausen nicht. Ich nahm einen weiteren Löffel von seinem Eier-Massaker (das überraschend gut schmeckte), dann legte ich die Gabel erneut beiseite. »Hör mal, Sam«, sagte ich. »Ohne dieses Projekt wäre ich verrückt geworden. Ich danke dir so sehr für all deine Hilfe und Unterstützung.«

»Es liegt auch in meinem Interesse, dich beschäftigt zu halten, Chas. Du, hier eingesperrt, ohne etwas zu tun … mein Gott.« Er schauderte.

Ich musste unwillkürlich lachen. »Ich bin halt der geborene Macher. So ticke ich eben.«

»Ich weiß. Und wenn du nichts zu tun hast, mutierst du zum Monster. Zu einem der schrecklichsten Monster, denen ich je begegnet bin.«

Er hatte recht.

Wir schwiegen einträchtig.

»Ähm, Chas.«

»Ja?«

Er errötete verlegen. »Ich … wir … haben uns gefragt, wie es dir wohl so geht wegen, ähm, du weißt schon. Ness hat mir erzählt, du hättest dich im Krankenhaus darüber ausgelassen … dass du dein Leben verschwendet hättest und so …« Er spießte eine verbrannte Zwiebel auf. »Ich weiß, dass du nicht darüber reden möchtest, aber … mmppfff … mmppfff …« Er verstummte, und mir dämmerte, dass ich ihn vermutlich noch nie so verlegen gesehen hatte.

Und plötzlich schämte ich mich. Was für ein Ungeheuer war ich eigentlich? Der arme, liebenswerte Sam war mit einem Sack Kartoffeln und einem Karton voller Eier in den Krieg gezogen – für mich –, doch er hatte Angst, mich zu fragen, wie es mir *ging*?

»Sam, selbstverständlich kannst du mich fragen, wie es mir geht! Der einzige Grund, warum ich gesagt habe, ich wolle nicht darüber reden, ist der, dass es nichts zu reden gibt! Der Unsinn, den ich Ness erzählt habe, war nichts als selbstmitleidiges Geschwafel! Ich war völlig neben der Kappe von all den Schmerz- und Beruhigungsmitteln!«

Er zog skeptisch eine Braue in die Höhe, doch er vermied es, mir in die Augen zu blicken. Stattdessen schnappte er sich mit den Fingern ein riesiges Stück Eierpampe, tunkte es in eine Ketchup-Pfütze und schaufelte es sich in den Mund.

»Sam«, versuchte ich es noch einmal, fest entschlossen, ihn dazu zu bringen, mir zu glauben, »alles läuft großartig. Ich habe mein eigenes Unternehmen gegründet. Ich nehme meine Mandarinstunden, und laut meiner Physiotherapeutin bin ich meinem Zeitplan weit voraus! Vermutlich kann ich schon bald wieder zur Arbeit gehen! Wenn ich weiter solche Fortschritte mache, bin ich sogar rechtzeitig zur Markteinführung von Simitol wieder da! Alles läuft wunderbar!«

Sam wirkte zutiefst erleichtert. »Klingt super, Chas.«

Ich ertappte mich dabei, dass ich inständig hoffte, er würde mir glauben. Alles *lief* wunderbar. Nicht nur, dass ich weiter Chinesisch lernte und ein kleines Start-up-Unternehmen führte, ich schrieb außerdem einen Blog und erreichte regelmäßig mein Leseziel von einem historischen Roman pro Woche (niveaulose Lektüre zählte nicht). *Zudem* hatte ich einen anonymen Twitter-Account eingerichtet, der binnen fünf Wochen mehr als zweihundert Follower aufweisen konnte. Ich war vielleicht nicht in der Lage, so viel zu bewältigen wie sonst, aber ich hatte mich, anders als erwartet, ganz und gar nicht gelangweilt.

Und ich war ziemlich stolz darauf, dass ich mich so kreativ beschäftigte, während ich ans Bett gefesselt war.

Später, nachdem der arme Sam mich seitlich aus dem »Panzer« ins Bett gehievt hatte, fuhr ich meinen Laptop hoch. Iain hatte Joanna bereits zurückgeschrieben (natürlich) und wartete nun seinerseits atemlos auf »ihre« Antwort. »Mitglied ist im Augenblick online!«, verkündete sein Profil. Es tat mir ein bisschen leid für den guten alten Iain, der jetzt mit Sicherheit in seinem Schlafzimmer in Tooting auf und ab tigerte und alle paar Minuten seinen Browser aktualisierte, »nur um sicherzugehen«. Er war definitiv online-verliebt.

Auch meine jüngere Schwester Katy hatte sich letztes Jahr im Internet-Dating versucht – nicht weil sie es nötig hätte, nein, sondern ganz einfach, weil sie es »echt saukomisch« fand. Doch sie hatte ihr Profil zwei Wochen später gelöscht, weil sie sich binnen vierzehn Tagen »dreimal cyberverliebt« hatte. Sie hatte mir von allnächtlichen E-Mails berichtet und dass sie manchmal nicht ein Wort von einer Unterhaltung mitbekommen hatte, weil sie ständig mit ihrem Handy beschäftigt gewesen war. Scheinbar hatte sie einmal einen ganzen Nachmittag damit verbracht, die Columbia Road auf und ab zu schlendern, weil irgendein Typ, in den sie sich »verliebt« hatte, dort arbeitete und sie sich nicht mehr die drei Tage bis zu ihrer Verabredung gedulden konnte.

Katy war nicht verrückt. Jung, ja, unvernünftig, definitiv …

aber verrückt, nein. Liebe im Internet musste daher ein weitverbreitetes Phänomen sein.

Als ich Matty für Hailey an Land gezogen hatte, war mir bewusst geworden, wie real dieses Phänomen war. Trotz der Tatsache, dass er als Landschaftsgärtner tätig war und jeden Tag in der Wildnis von Fife arbeitete, schien er permanent online zu sein – seine Antworten waren stets binnen Sekunden erfolgt. (Wie ich Matty kannte, hatte er vermutlich einen WLAN-Hotspot auf dem Anwesen von Falkland Palace ausfindig gemacht und den Empfang mit Hilfe eines Drahtkleiderbügels und eines Eierkartons verstärkt.)

Nach meiner erfolgreichen Kuppelei tat ich das Gleiche für meine Cousine Anna mit Peter aus Glasgow, für meine Schulfreundin Michelle mit Sean aus Berwick und für viele andere, die mich darum baten. Sie wählten die Männer aus, ich schrieb die E-Mails.

Jeder Einzelne ging mir an die Angel, obwohl ich persönlich gar nichts während unserer Flirts empfunden hatte. Vielleicht lag es daran, dass ich so tat, als wäre ich jemand anders – auf jeden Fall blieb ich emotional völlig unbeteiligt, vielleicht war ich auch einfach nur blockiert. Trotz allem erkannte ich, dass diese Internet-Liebschaften kein Spaß waren. Erwachsene Männer warfen ihren Stolz über Bord und sich selbst zu Füßen all dieser Cybergirls.

»Ich weiß, was du durchmachst, Iain, alter Kumpel«, sagte ich zu meinem Computer. »Halt durch.«

»O MANN!«, schrieb Joanna auf MSN, sobald ich mich eingeloggt hatte (unter dem originellen Namen »First Date Aid Charlotte«). Offensichtlich befand sie sich in einem ähnlichen Zustand wie Iain. Ich grinste.

First Date Aid Charlotte: Hi, Jo.
FluffyJo 79: Hi!!!!!!!!!!!!!!!
First Date Aid Charlotte: Ich denke, es ist das Beste, du wartest bis morgen mit deiner Antwort an Iain, okay? Liebe Grüße, Charlotte
FluffyJo 79: SUPER!!! Ich weiß, dass du recht hast, aber ich würde ihm so gerne antworten, am liebsten SOFORT!!!!
First Date Aid Charlotte: Das ist der Grund, weshalb du mich brauchst! ☺

Sicherheitshalber fügte ich den Smiley ein, obwohl so etwas im Grunde gegen jegliche meiner Überzeugungen verstieß.

FluffyJo 79: Danke, Charlotte!! Ohne dich würde dieses Date niemals zustande kommen!! Jetzt bleibt mir noch Zeit, loszuziehen und mir ein paar Klamotten zu kaufen, außerdem gehe ich am Wochenende zum Frisör! Wahnsinn!
First Date Aid Charlotte: Nein! Kauf dir keine Kla…

Ich brach mitten im Wort ab und löschte meine Antwort. Manchmal musste ich mich zwingen, daran zu denken, dass ich nicht mehr war als ein einfacher Ghostwriter, kein Singlecoach.

Der Modus Operandi, den ich für First Date Aid eingeführt hatte, war simpel: Wenn ein Klient Kontakt mit mir aufnahm, machte ich mich, so gut ich konnte, mit ihm vertraut, dann richtete ich einen Internet-Dating-Account für ihn ein. Alle Kunden hatten uneingeschränkten Zugriff auf ihr Profil, damit sie die hin- und hergehenden E-Mails verfolgen konnten. Bislang funktionierte das wunderbar, doch Jo war so aus dem Häuschen wegen Iain, dass sie mir gefühlte tausend Mails pro Tag schickte, um den Stand der Dinge zu kommentieren.

FluffyJo 79: Du glaubst also nicht, dass er das Interesse verliert, wenn ich mit meiner Antwort bis morgen warte???

Ich warf einen Blick auf Iains Profil. Er war online.

First Date Aid Charlotte: Nein, ich denke nicht, dass er das Interesse verlieren wird. Geh jetzt ins Bett. ☺

Ich schloss das Nachrichtenfenster und wendete mich wieder meinem Posteingang zu. Eine neue Klientin, Shelley Cartwright, hatte mir während des Abendessens geschrieben. Ich ließ den Mauspfeil über ihrem Namen schweben und spielte mit dem Gedanken, ihre Nachricht erst morgen zu lesen. Es war schon spät, und ich war müde.

Natürlich klickte ich doch darauf und stöhnte. Es war, als stünde ich einem wütenden Bären gegenüber.

Hallo,
ich habe die Anzeige im *Evening Standard* gelesen. (Der *Evening Standard* war Sams jüngster Triumph gewesen; seinetwegen hatte ich lediglich ein Sechstel der üblichen Anzeigengebühr bezahlt.) Da ich einfach zu beschäftigt bin, um meine Zeit im Internet zu vertrödeln, würde ich euch gerne für zwei Wochen buchen. Ich habe mir auf love.com zwei passende Männer ausgesucht, Stuart und William; die Links zu ihren Profilen findet ihr im Anhang. Könntet ihr bitte Dates mit den beiden ausmachen, soweit sie verfügbar sind? Ich könnte es mir am 26. und am 29. September einrichten. Am besten passen würde es mir in der Canary Wharf, in der Nähe meiner Arbeit, oder an der London Bridge, dort wohne ich. Ich weise darauf hin, dass in den Nachrichten, die ihr in

meinem Namen versendet, keinerlei Kürzel (kein Küsschen-X, kein Umarmungs-O) oder Schimpfwörter verwendet werden dürfen. Bitte schickt mir die Rechnung und den Vertrag per E-Mail zu. Ihr könnt das Foto aus dem Anhang für meinen Online-Dating-Account verwenden, außerdem habe ich eine kurze Vita beigefügt.

Mit freundlichen Grüßen

Shelley

Ich lachte in mich hinein. »Ich bin einfach zu beschäftigt, um meine Zeit im Internet zu vertrödeln«? Warum verspürten so viele meiner Klienten das dringende Bedürfnis, mich wissen zu lassen, dass sie weit über die Online-Flirtereien erhaben waren? Ich zählte schon gar nicht mehr mit, wie viele Mails von dieser Art ich bekam. Wem versuchten sie etwas vorzumachen? *Hey, du, Internet-Frau, ich bin mit meiner Partnersuche komplett gescheitert, bringe nicht mal mehr ein Internet-Date zustande, und weißt du was? Das ist DEINE Schuld. Schreib ein paar E-Mails für mich, und ich werfe dir ein paar Pennys zu. PS: ICH BIN ETWAS BESSERES ALS DU.*

Aber Geschäft war Geschäft. Und Charley, die Powerfrau, liebte Herausforderungen.

Liebe Shelley,

danke, dass du dich mit deinem Anliegen an uns gewendet hast. Wir freuen uns, mit dir zusammenzuarbeiten, doch zunächst brauchen wir ein paar nähere Details. Wenn du einen kurzen Blick auf unsere »Wie es funktioniert«-Seite wirfst, erfährst du, wie viel wir von dir wissen müssen, bevor wir die E-Mails für dich verschicken können. Das ist wichtig, denn die Nachrichten sollen authentisch sein.

Bitte ruf uns an oder schick uns eine Selbstauskunft mit

etwa 600 Wörtern (s. Vorlage auf unserer Website). In der Zwischenzeit beginnen wir mit der Erstellung deines Profils und informieren uns bezüglich der beiden Männer, die dir gefallen.

Mit freundlichen Grüßen
Charlotte Lambert
Geschäftsführerin First Date Aid

Ich loggte mich in love.com ein und klickte auf Shelleys Foto. Sie trug einen Hosenanzug. »Gebildet, guter Job, Jahreseinkommen über hunderttausend Pfund« hatte sie in das »Gesucht«-Feld eingetragen. Das war nie ein gutes Zeichen. Erst gestern hatte ich einer verärgerten Frau, Jenny aus Manchester, erklären müssen, dass der Grund, warum Giles (ebenfalls aus Manchester) nicht auf die E-Mail antwortete, keineswegs bei mir zu suchen war, sondern in den finanziellen »Anforderungen«, die in ihrem Profil aufgelistet waren. Vermutlich hatte sie ihn damit verprellt. Der arme Giles war ein scheuer Millionär, und ich war mir ziemlich sicher, dass Einträge wie Jennys (»Ich lasse mich gern zu teuren Cocktails ausführen und kann nicht behaupten, dass ich mich mit einer läppischen Swarovski-Kette zufriedengebe!«) ihn zu Tode erschreckten.

Auch Shelleys kurze Selbstdarstellung war ein Desaster: *Ich bin ehrgeizig, erfolgreich, und ich arbeite extrem hart: Zeitverschwender sind nicht mein Ding.*

Toller Eröffnungsschachzug, dachte ich grimmig und machte mir ein paar schnelle Notizen.

Ich bin nicht hier, um Freunde zu finden, ich suche nach einem Mann, dessen Ziel es ist, eine gleichgesinnte, beruflich erfolgreiche Frau für eine langfristige Bindung kennenzulernen. (Ich zuckte zusammen.)

Ich bin Single, weil mich meine Tätigkeit als Unternehmensberaterin sehr stark in Anspruch nimmt. Trotzdem glaube ich, dass ich viel zu geben habe, daher nutze ich die Gelegenheit zum Online-Dating. Wenn du in London lebst und dir mein Profil gefällt, nimm bitte Kontakt auf, damit wir ein Treffen vereinbaren können.

Shelley

Ich seufzte. Wenn sich Shelleys Bemühungen um »zwischenmenschliche Nähe« darauf beschränkten, dann möge Gott all die gebildeten, beruflich erfolgreichen Beziehungsinteressierten schützen, die sie sich unter den Nagel reißen wollte. Ich betrachtete ihr entschiedenes Gesicht. Shelley war äußerst attraktiv und gut getroffen – sie trug einen gepflegten Bob mit Pony und eine sehr teuer aussehende Brille ... Der Anzug stand ihr umwerfend gut. Doch wo war ihre Wärme? Ihre Herzlichkeit? Was würde ein potentieller Partner anderes in diesem Gesicht sehen als eine eiskalte Karrierebesessene, die nie Zeit hätte, abends mit ihm ein Glas Wein zu trinken? Bevor Yvonne am Abend gekommen war und von ihrem Seminar erzählt hatte, hatten Sam und ich am Fenster gesessen und eine Flasche Wein miteinander getrunken. Gut, wir waren kein Paar, aber der Punkt war, dass Paare *genau das* taten. Sie saßen zusammen, plauderten miteinander, entspannten sich. Ich würde Shelleys Profil komplett umschreiben müssen, bevor wir loslegen konnten.

Muss erst mal ein bisschen runterkommen, kritzelte ich in mein Notizbuch, dann rief ich bei love.com den ersten der von ihr anvisierten Männer auf.

Plötzlich hielt ich inne.

Muss erst mal ein bisschen runterkommen? Hatte ich diesen Satz nicht vor Kurzem erst gehört? Ich öffnete noch einmal Shelleys

Profil. *Ich bin Single, weil mich meine Tätigkeit zu stark in Anspruch nimmt.* Ich schluckte und klickte ihr Foto an. *Ich bin ehrgeizig, erfolgreich, und ich arbeite extrem hart*, schrieb Shelley mit ihrem übertrieben geraden Pony, ihrer teuren Brille und ihren edlen Klamotten. Shelley, deren Profil die Männer von ihrer Suchliste streichen würden, weil sie genau wussten, dass diese Frau niemals vor zehn Uhr abends zu Hause wäre. Shelley, deren Profil lautstark »ALPTRAUM!« schrie.

Stellt euch vor, ihr wärt ein Mann, der mich noch nie zuvor gesehen hat. Würdet ihr mich auf den ersten Blick für einen Alptraum halten?, textete ich Hailey und Ness.

Ja, meine Liebe, schrieb Hailey zurück.

Natürlich nicht!, antwortete Ness, was so viel bedeutete wie Ja.

Mist. Verdammter Mist. Ich *war* ein Alptraum!

»War, Charley, die Betonung liegt auf *war*«, murmelte ich und stellte mein Handy aus. *Du hast dich verändert, seit du dir das Bein gebrochen hast! Du sitzt mit deinem Mitbewohner am Fenster und trinkst ein Glas Wein. Du plauderst mit deinen Freunden am Telefon. Du verbringst Zeit bei deinen Eltern auf dem Land. Und du hast seit Wochen nicht mehr* richtig *gearbeitet!*

Ja, aber nur, weil du dich kaum rühren kannst und dir absolut keine Wahl bleibt, gab ich zu. In einem Teil meines Gehirns (einem Teil, den ich mit aller Macht zu begraben versuchte) meldete sich eine Stimme zu Wort, die dreist behauptete, dass ich mich ganz und gar nicht verändert hätte. Dass ich genauso sei wie die Frau mit dem akkuraten Pony auf meinem Computermonitor.

Ich blickte in den Spiegel und sah eine junge Frau, die ebenfalls einen kurzen, dunklen Bob mit einem übertrieben gerade geschnittenen Pony trug, dazu eine ganz ähnliche Brille, und wenn ich schon keinen edlen Hosenanzug anhatte, so hatte ich doch inzwischen meine Jogginghose gegen einen edlen Pyjama eingetauscht.

Diese Tatsache war alles andere als angenehm. Shelley, der ich nie im Leben begegnet war, war mir weitaus ähnlicher, als es meine Zwillingsschwester, die liebenswerte, entspannte, künstlerisch ambitionierte Ness, je gewesen war.

Ich speicherte Shelleys bevorzugte Dates in ihrem Favoritenordner und öffnete, um mich abzulenken, eins der beiden Männerprofile. Stuart war der Typ, den ich gerne als »mau« bezeichnete. Es war absolut nichts verkehrt mit ihm – er sah gut aus, war offenbar vermögend, machte einen recht intelligenten Eindruck … doch er war eben … mau. Nichtssagend. An ihm war nichts Außergewöhnliches – weder im positiven noch im negativen Sinne –, nichts Seltsames, nichts Besonderes. Nichts, was ihn von der Masse unterschied. Er arbeitete im Finanzsektor und wohnte vermutlich bereits in einem roten Backsteinhaus in Surrey, das die Frau seiner love.com-Wahl eines Tages beziehen würde.

Ich verstand nicht, warum meine Klienten wollten, dass ich Männern wie Stuart E-Mails schrieb. Was sollte das bringen? Männer wie er standen nicht auf Fantasie oder Humor; sie wollten nicht mal witzig flirten und schon gar keine subtile Zuwendung. Es wäre einfacher, sie ließen ihre persönlichen Assistentinnen einen Termin für ein fünfundvierzigminütiges Mittagessen im Club Gascon vereinbaren.

Ich gähnte, plötzlich erschöpft. Es war Zeit zu schlafen. Den anderen Mann (William?) würde ich mir morgen vornehmen. Solange mir Shelley keinen weiteren Einblick in ihr Innenleben gewährte, verschwendete ich nur meine Zeit.

Ich knipste das Licht aus und drehte mich in die Beatles-überqueren-die-Abbey-Road-Position, die im Augenblick die einzige Möglichkeit bot, ein wenig Schlaf zu finden. Der Tag war nicht allzu schlecht gelaufen, wirklich nicht: Ich hatte nur zweimal an Johns bevorstehende Hochzeit gedacht, die Physiotherapeutin meinte, ich könnte bald wieder ohne Krücken laufen, und – das war das Beste von allem – meine persönliche Assistentin Cassie hatte mir eine SMS geschickt, die besagte, dass Margot alle im Büro in den Wahnsinn trieb.

Vierzig Minuten später war ich immer noch nicht eingeschlafen, gepeinigt von Grübeleien über Shelley Viel-zu-beschäftigt-für-die-Liebe Cartwright. Ich war *nicht* so schlimm wie sie. Ganz bestimmt nicht! Schließlich war ich mit Dr. Nathan Gillies zusammen gewesen, und das ganze vier Jahre lang!

Nein, das half auch nichts. Nicht ein einziges Mal in diesen vier Jahren, so musste ich mir jetzt eingestehen, waren wir sonntagmorgens zusammen aufgewacht, hatten uns gestreckt und uns anschließend schlafzerzaust in die Kissen zurücksinken lassen, nur um Stunden später mit Frühstücksspeck und Zeitung am Tisch zu sitzen. Die Wahrheit war, dass Dr. Nathan Gillies sonntags für gewöhnlich seine Privatpatienten besuchte und ich laufen ging, mit Hailey einen Powerbrunch einnahm, ein bisschen arbeitete und den Rest des Tages im Hundeasyl verbrachte. Manchmal, wenn ich den Eindruck hatte, etwas Künstlerisches tun zu müssen, nahm ich Unterricht im Kohlezeichnen bei einem sanftstimmigen Transvestiten in Bruntsfield.

Keine Zeit zum Ausspannen oder ziellosen Sich-treiben-Lassen. Nur tonnenweise Verpflichtungen.

Trotzdem: Mein Gesichtsausdruck war wärmer als Shelleys! Außerdem hatte ich jede Menge Humor! Einen herzlichen, albernen, selbstironischen Sinn für Humor, wie meine Freunde behaupteten. Der arme alte Iain hatte sich dank *meiner* E-Mails in Joanna verliebt! Ich! War! Ein! Warmherziger! Freundlicher! Mensch!

Mein Bein begann unerträglich zu jucken. Ich knipste das Licht wieder an und griff nach dem geradegebogenen Drahtkleiderbügel, den Dad mir mitgebracht hatte, damit ich mich unter dem Gips kratzen konnte. (»Hör nicht auf das, was diese jämmerlichen Ärzte sagen«, hatte er mir zugeflüstert. »Dein Bein wird schon nicht abfallen, nur weil du es mit einem Kleiderbügel kratzt, mein Mädchen!«)

Als ich den Bügel zurück auf den Nachttisch legte, fiel mein Blick auf meinen Salutech-Sicherheitsausweis, der immer noch an seinem Band an dem Haken neben der Tür baumelte. Ich angelte mit meiner Krücke danach und betrachtete ihn. Verflucht! Verflucht! Verflucht! Mein Gesichtsausdruck war definitiv *nicht* wärmer als Shelleys. Vielleicht mochte ich den Sinn für Humor haben, der ihr fehlte, doch man musste sich schon sehr anstrengen, diesen in meiner ernsten, wichtigtuerischen Haltung zu entdecken.

»Zur Hölle mit dir, Shelley Cartwright«, sagte ich laut und schob den Drahtbügel erneut unter meinen Gips. Es fühlte sich grauenhaft darunter an, als wäre meine Haut mit geschmolzenem Karamell überzogen. Ich zuckte zusammen.

Nach einer Weile machte ich das Licht wieder aus und legte mich im Bett zurecht, dann drückte ich den Lichtschalter erneut und richtete mich wieder auf. »Blöde Tusse«, knurrte ich und fuhr meinen Laptop hoch. Ich war hellwach und total genervt, und ich wusste, was mir in dieser Situation als Einziges helfen könnte: Arbeit. Ich loggte mich wieder bei love.com ein und entwarf binnen zehn Minuten ein neues Profil für Shelley. Als ich mich zurücklehnte, um mein Werk zu bewundern, stellte ich zu meiner Belustigung fest, dass Mervyn aus West Glamorgan, 22, sie bereits zu seinen Favoriten hinzugefügt hatte. »Viel Glück, junger Mann.«

Ach du grüne Neune! Mervyn hatte ihr sogar schon eine Nachricht geschickt! Obwohl ich wusste, dass es etwas dreist war, mich in Shelleys Posteingang einzuhacken, bevor ich mit ihr am Telefon gesprochen hatte, öffnete ich die Mail. Immerhin war ich mit einem gebrochenen Juckbein ans Bett gefesselt, meine Stellvertreterin hatte sich meinen Job unter den Nagel gerissen, und mein Mitbewohner kreierte seltsam verunfallte Pfannengerichte, die ich essen musste. Da stand mir mit Sicherheit ein wenig vergnügliche Ablenkung zu.

Hi, Shelli (ich musste grinsen),
ich bin Mervyn, dein walisischer Lover. Eine Frau wie du braucht einen Mann in jedem Hafen, hab ich recht? Daher dachte ich, du könntest mich in deinen Hafen lassen. Ich habe gerade mein Psychologiestudium an der Universität von Bangor abgeschlossen mit summa cum laude (»Alter Lügner!«, kicherte ich), und nur für den Fall, dass du es wissen möchtest: Ich habe einen großen Schwanz, Baby, den ich dir gerne in deine enge, frustrierte …

»MERVYN!«, kreischte ich. »ALLMÄCHTIGER!«

Ich hörte, wie Sam aus dem Bett schoss, und hielt den Atem an in der Hoffnung, dass er mich einfach ignorierte.

Doch den Gefallen tat er mir nicht. »Chas? Was zum Teufel ist hier los? Alles in Ordnung?«, fragte er und kam, ohne zu klopfen, in mein Zimmer gestürmt. Abgesehen von seiner Lesebrille war er komplett nackt und hielt sich die Hand vor seine Männlichkeit.

»Ach du liebe Güte! Raus mit dir, du schrecklicher Kerl!«

Sam rührte sich nicht vom Fleck. Meine Augen mieden sorgfältig, was sich ihnen da präsentierte, trotzdem sah ich, dass er seine Eier zurechtrückte, während er auf meine Antwort wartete. Pfui.

Ich seufzte. »Entschuldige mein Geschrei, Bowes. Ich konnte nicht schlafen, also habe ich mich bei love.com eingeloggt. Dieser Spinner hat meiner neuen Klientin gerade eine Mail geschrieben. Er will seinen großen … ach, igitt, ich glaube, ich bringe es nicht über mich, seine Worte zu wiederholen.«

Sam lachte in sich hinein. »Mir gefällt sein Stil.«

»Du bist abscheulich. Es tut mir leid, dass ich dich geweckt habe, Sam, aber von mir aus kannst du jetzt ruhig wieder schlafen gehen. Zusammen mit deinem nackten Pimmel.«

Sam schlurfte von dannen, und ich bedeckte mein Gesicht mit einem Kissen, um nicht seinen Hintern anzustarren. Es war wirklich lieb von ihm, sich so um mich zu kümmern, doch es gab Grenzen. Vielleicht sollte er besser bald mit Yvonne zusammenziehen, immerhin waren die beiden verlobt …

Aha! Siehst du? Du bist *nett. Du bist nicht wie Shelley! Du bist suuupernett, denn du bringst es nicht übers Herz, Sam rauszuschmeißen, obwohl er so abartig ist, seinen Sack vor dir zu richten. Du bist nett, Charley! Großmütig! Liebenswert!*

Erbärmlich, sagte die Stimme in meinem Kopf, doch ich beschloss, sie zu ignorieren.

»Nun, ich denke, ich werde Mervyn nicht antworten«, beschied ich knapp. Verstand man das unter Internet-Dating, wenn man zweiundzwanzig war?

Ich klickte Shelleys nächstes Opfer an, William, sechsunddreißig, aus London. Schon was das Foto anbetraf, war ich ziemlich beeindruckt von ihrer Wahl. William sah wirklich ausgesprochen gut aus. Er trug einen grobgerippten Pullover mit Polokragen, der an einem Fashion Victim wie Sam unerträglich overdressed ausgeschaut hätte, an dem auf klassische Weise attraktiven William mit seinem markanten Kinn, überzogen von einem dunklen, edel wirkenden Bartschatten, jedoch einfach nur schick aussah. Mit seinen großen, gepflegten Händen erinnerte er darin ein wenig an einen Architekten aus Farringdon, und … O nein, EIN ARZT!

William war Arzt. Noch dazu ein HNO-Chirurg. Ich hegte

eine ungesunde Vorliebe für Chirurgen. Interessiert scrollte ich mich durch sein Profil.

Shelley Cartwright lag mit diesem Typen vermutlich gar nicht so daneben. Er hatte Folgendes geschrieben:

> Ach, verflixt, ein riesiges leeres Feld vor mir. Findet das noch jemand außer mir so schrecklich schwer? Ich habe das Gefühl, ich sollte etwas wahnsinnig Cleveres schreiben und das Ganze am besten noch mit Zitaten des Balzac-Romans würzen, den ich gerade lese, vielleicht auch eine Prise meiner vielfältigen Musiksammlung hinzufügen, doch mir fehlt die Kraft dazu. Ist es in Ordnung, so aufrichtig zu sein? Ich habe nämlich nicht vor, monatelang auf clever zu machen und mich mit einer Million Frauen zu treffen, ich suche nach dem Rhabarber für meinen Kuchen. Nach der Sahne für mein Eis. Nach dem Brötchen für mein Hotdog.
>
> Sorry. Zotige Witze werden wahrscheinlich keinen vom Hocker reißen, selbst wenn sie durch den love.com-Filter schlüpfen. Trotzdem bekommst du vielleicht eine allgemeine Vorstellung von dem, was ich mir wünsche.
>
> Ich wünsche mir … einfach nur eine nette Frau. Das ist alles.

Nach ein paar Sekunden stellte ich fest, dass ich das Foto von Williams Profil anlächelte. Ja, ich blickte ihm tatsächlich grinsend in die Augen. Wie kindisch von mir! Schließlich mailte ich attraktiven Männern auf Wunsch meiner Kundinnen, doch da war etwas an William, das ich einfach … liebenswert fand.

Kurz überlegte ich, ob ich selbst Mitglied bei love.com werden sollte, in der Hoffnung, vielleicht ein Date mit ihm landen zu können. Ich mochte diesen stoppelbärtigen Doktor. Seine Augen (ruhig, braun), sein Lächeln (die Lippen leicht nach oben gezogen, als hätte gerade jemand in einer totenstillen Bibliothek eine Zote gerissen) und sein Haar (klassischer Männerschnitt, doch ein winziges bisschen durcheinander) – hmmm. Er war göttlich, dachte ich, und er erinnerte mich an Sean Connery. Er sah sogar aus wie ein Erwachsener. Aber wie ein lustiger.

Ich malte mir aus, wie es wohl sein mochte, sonntagmorgens neben William aufzuwachen. Er trüge seine Bartstoppeln, nicht jedoch seinen Pulli. Er wäre groß und warm und ruhig, und er würde aufwachen und rausgehen, um mit Biovollkornbrot und pochierten Eiern zurückzukommen. Seine Hinterbacken sähen aus wie zwei perfekt gebackene Muffins. Er würde nicht zur Arbeit gehen und ich nicht zum Hundeasyl. Vielleicht würden wir später ein Perlhuhn in den Ofen schieben.

Ich runzelte die Stirn und kniff mich fest in die Brust. *Charlotte Lambert, so geht man nicht mit einer neuen Klientin um!* Doch binnen Sekunden kehrten meine Gedanken zurück zu William, und ich grinste hilflos sein Foto an.

Bin scharf auf das Wunschdate einer Klientin, simste ich Hailey. Es war Mittwochnacht, halb zwei. Am Abend hatte ein großes Dinner bei den Hibs stattgefunden, und ich wusste, dass sie um ein ganzes Meer von Spanholztischen herumgestiefelt war, weinbefleckte Tischdecken auf einen riesigen Stapel geworfen und mit dem Barpersonal geschwatzt hatte. So wie ich sie kannte, hatte sie vermutlich die Rauchmelder deaktiviert, damit sie während des Aufräumens rauchen konnten.

Nein, schrieb sie umgehend zurück. *Lass ihn in Ruhe.*

Guter Ratschlag.

Ich blickte wieder auf den Bildschirm. Eine leuchtend blaue Blase erschien plötzlich unten links auf dem Monitor. »Jemand hat dich seinen Favoriten hinzugefügt«, stand darin. Ich klickte weiter.

Es war William. William hielt mich für heiß! William interessierte sich für mich!

Doch binnen Sekunden fiel es mir wieder ein. William hielt nicht *mich* für heiß. Er hielt Shelley für heiß. Ich spürte, wie ich meine Stacheln aufstellte. *Warum?* Shelley war kalt und berechnend. Ich dagegen war warm und lustig! Zumindest war es mein Wunsch, nein, mein Ziel, warm und lustig zu werden! War das ihr Ziel? Nein! Zur Hölle mit Shelley Cartwright!

Eine weitere Blase erschien. »Jemand hat dir eine Nachricht geschickt!«

Zu meinem Erstaunen spürte ich, wie sich mein Puls beschleunigte. Ich blickte durchs Zimmer zum Spiegel. »Hoffst du wirklich, dass die Nachricht von William ist?«, fragte ich mich selbst.

»Ja. Was ist schon dabei?«, blaffte ich ungeduldig zurück.

Ich klickte die Mail an. Sie war von William.

Hallo!
Danke, dass du mich zu deinen Favoriten hinzugefügt hast. Bist du dir sicher? Ich habe den Tag damit verbracht, in der Nase eines älteren Herrn zu wühlen, und würde durchaus verstehen, wenn das dein Interesse an mir mindert. Mir gefiel dein toughes Foto, also dachte ich, ich befreunde mich mal mit dir.

(Befreunden? Offensichtlich bin ich achtzehn Jahre alt. Oder sind wir jetzt auf Facebook?)

Ich versuchte, mir das Grinsen zu verkneifen, doch es war hoffnungslos. William sah nicht nur gut aus, er war auch noch lustig. Und vielleicht sogar richtig nett. Ich konnte ihn unmöglich zu einer Verabredung mit der barschen Shelley schicken! Er passte genau in mein Beuteschema: gutaussehend, humorvoll, *Arzt* …

Bum! Meine Heilige Dreifaltigkeit! Zwar hatte er nicht jenen teuflischen Sexappeal wie John, doch ehrlich gesagt hatte mir das rein gar nichts gebracht. Fairerweise musste ich zugeben, dass ich nicht wusste, wie dieser tatsächlich im Bett war, konnte also nicht behaupten, er wäre heißer als … Mir wollte partout nichts Passendes einfallen. Als ein Hotdog meinetwegen.

Ich las noch einmal Williams E-Mail. Es war klar, dass William nicht der Typ Mann war, der einen auf eine schnelle Nummer in eine Besenkammer zerrte, nur um kurz darauf seine Meinung zu ändern und etwas mit einer verheirateten Multimillionärin anzufangen. Genauso unwahrscheinlich war, dass er flirtend an einem Krankenhausbett saß, wie John es getan hatte, einen AUF DEN MUND KÜSSTE und anschließend zum Flugplatz fuhr, um sich mit seiner Verlobten zu treffen. Nein. William würde Händchen haltend am Bett sitzen und einen bis zur Bewusstlosigkeit küssen, bevor er zu seiner täglichen Visite aufbrach. Sämtliche Schwestern wären in ihn verliebt, die Patientinnen ebenfalls, doch er hätte nur Augen für eine einzige Frau …

SHELLEY. Verflixt. Ich fasste ihr Profil erneut ins Auge. Sie war frostiger als der steinharte Burger in den tiefsten Tiefen meines Gefrierfachs. Die Versuchung war groß, William eine Antwort zu schicken und ihre abschätzige Bemerkung dort hineinzukopieren (»Ich bin viel zu beschäftigt, um meine Zeit mit der Suche nach einer Internet-Liebe zu vertrödeln«), doch vermutlich konnte ich mir solch eine Keule bei meiner jungen Firma nicht erlauben.

Ich seufzte, da ich genau wusste, was ich zu tun hatte. Ich musste Shelley Cartwright helfen, einen Mann zu finden. Und wenn es sich bei dieser Liebe um William handelte, den perfekten, gutaussehenden Doktor, der so sehr nach meinem Geschmack war, dann gab es absolut gar nichts dagegen einzuwenden.

Schließlich war ich Charley Lambert, die schottische Amazone. Ich mochte zwar momentan nicht in der Lage sein, das Gesicht der Pharmaindustrie zu verändern, doch das würde mich nicht davon abhalten, die Welt auf andere Art und Weise zu erobern. Meine First-Date-Aid-Agentur würde ein Riesenerfolg werden, und niemand, nicht einmal der liebenswerte William, könnte mich von diesem Ziel abbringen.

Ich warf ihm einen letzten schnellen Blick zu, dann beschloss ich, endlich zu schlafen. Und beobachtete, wie meine Hand wie ferngesteuert zur Maus griff, auf Antworten drückte und anfing, ihm eine Nachricht zu schreiben.

Kapitel fünf

»Nun ja, ich dachte, William wäre echt prima für dich, deshalb habe ich ihm direkt geantwortet«, sagte ich leichthin. »Ich halte ihn für eine ausgezeichnete Wahl, was deine Verabredungszeitnische am sechsundzwanzigsten September angeht.«

»Verstehe«, erwiderte Shelley kurz angebunden. »Könnten wir bitte fortfahren? Ich habe genau vier Minuten.«

Ich konnte ruhigen Gewissens sagen, dass ich Shelley Cartwright nicht sonderlich mochte. Laut eigener Aussage befand sie sich im Augenblick in der Smithson-International-Zentrale, genauer gesagt, im Sitzungssaal 2305 des Vorstands. Ich stellte mir die Szene vor: eine frustrierte, kluge Frau, mir selbst nicht unähnlich, die mit finsterem Blick die futuristisch anmutende Canary Wharf, Londons gewaltiges Wirtschaftszentrum, überblickte. Gestresst, hektisch, verlegen.

Ich malte mir aus, ich wäre an ihrer Stelle. Würde im Vorstandssitzungssaal bei Salutech stehen und auf den unablässigen Verkehrsstrom auf der A1 zum Fort Kinnaird Retail Park blicken, einem beliebten Einkaufszentrum. Ich wäre ebenfalls gestresst, hektisch und verlegen. Ich machte Shelley nicht zum Vorwurf, dass sie sich so unbehaglich fühlte, dennoch wäre ich auf keinen Fall so unhöflich gewesen wie sie.

»Natürlich können wir es kurz machen«, sagte ich freundlich. »Vielleicht fangen wir mit deinen früheren Beziehungen an. Warst du lange allein?« *Charley, du blöde Kuh!*, dachte ich und spürte, wie sich Shelleys Nackenhaare sträubten.

»Ich bin seit fünf Jahren Single«, erwiderte sie knapp. Ich stellte mir vor, wie eine zornige Röte auf ihr geschäftsmäßiges Gesicht trat. »Das liegt an meinem Job. Ich glaube nicht, dass das etwas zur Sache tut.«

»Es geht ausschließlich darum, dass ich deine Antworten korrekt verfasse«, erklärte ich. »Manche Männer fragen schon früh nach solchen Dingen.«

»Dann sind sie nichts für mich«, beschied Shelley knapp. »Schlechte Manieren.«

Trotz meiner zunehmenden Gereiztheit lächelte ich. Das waren genau die Worte, die ich gesagt hätte. »Da draußen gibt es viele Männer mit schlechten Manieren«, pflichtete ich ihr bei. »Ich werde mein Bestes tun, um sie auszusieben.« Ich räusperte mich. »Nun, der erste Mann auf deiner Liste, Stuart, klingt so, als befände er sich in einer ähnlichen Situation wie du. Viel beschäftigt und trotzdem aufrichtig an einer Beziehung interessiert.«

»Genau wie der zweite, William«, sagte sie. »Ich denke, er ist meine erste Wahl.«

Ich versuchte, nicht den Mut zu verlieren. »Wie ich schon sagte: Ich habe bereits begonnen, E-Mails mit ihm auszutauschen. Wir können schon bald ein Date vereinbaren.«

»Ich dachte, bevor du nicht sämtliche persönlichen Informationen von mir hast, könntest du nicht mit der Korrespondenz beginnen.«

»Da hast du vollkommen recht. Genau aus diesem Grund habe ich das Ganze sehr oberflächlich gehalten. Wir sind noch weit davon entfernt, ins Detail zu gehen.«

Oberflächlich? In meiner Magengegend machte sich leichte Panik bemerkbar. Ich spielte ein gefährliches Spiel.

»Na schön, Charlotte. Die Referenzen auf deiner Seite sind hervorragend. Ich vertraue dir.«

Sie wird dir die Hände abhacken, sollte sie je herausfinden, was du getan hast, dachte ich.

»Wie stark bist du denn im Augenblick eingespannt?«, erkundigte ich mich und versuchte, meine Sorge mit einem geschäftsmäßigen Ton zu überspielen.

»Sehr. Ich muss morgens um zwanzig nach sechs los und komme abends erst nach halb neun zurück«, sagte sie. »Im Augenblick besuche ich an zwei Abenden pro Woche einen Business-Spanisch-Kurs, weil wir vorhaben, nach Zentralamerika zu expandieren, außerdem leite ich einmal die Woche einen Buchclub, um sicherzustellen, dass sich meine Gedanken nicht ausschließlich um die Arbeit drehen. Ich jogge täglich und gehe, wenn möglich, ins Fitnessstudio. Leider arbeite ich auch an den meisten Wochenenden.«

Ich schnitt eine Grimasse. »Wow.«

»Ja, ich habe ein ausgefülltes Leben, was ich für äußerst befriedigend halte. Dennoch bin ich der Meinung, dass dieses Leben keineswegs meine Fähigkeit, eine Beziehung zu führen, beeinträchtigt«, fuhr Shelley lebhaft fort.

Es klang, als sprächen wir über ihre Fähigkeit, einen Hedgefonds zu verwalten. »Was machst du denn gerne in deiner Freizeit?«

Es entstand eine Pause.

»Normalerweise habe ich nur mitten in der Nacht, wenn ich schlafe, nichts zu tun.« Sie stieß ein unangenehm hohles Lachen aus.

Ich seufzte. Shelley war ein hoffnungsloser Fall. Und ich offenbar genauso. Unsere Terminpläne waren nahezu identisch. Obwohl mich das traurig stimmte, fuhr ich mit meiner strahlendsten Kundenbetreuerinnenstimme fort: »Richtig. Dann lass uns jetzt daruber reden, was du bei einem Mann schätzt.«

01.46 Uhr

Hi, William,
darf ich fragen, warum du jemandem in der Nase herumwühlst? Ich dachte, HNO-Chirurgie wäre heutzutage etwas subtiler.

Allerdings wird mein Interesse an dir dadurch nicht gemindert … obwohl es ein bisschen auf deine Antwort, meine obige Frage betreffend, ankommt.

Shelley

02.14 Uhr

Entschuldige, das war unhöflich von mir. Natürlich habe ich niemandem im wahrsten Sinne des Wortes in der Nase herumgewühlt. In Wirklichkeit habe ich einem Mann ein Fiberoptikkabel in die Nase eingeführt. In dieser Nase geschehen seltsame Dinge, und es war mein Job, diesen Dingen auf den Grund zu gehen. Könnten wir jetzt aufhören, darüber zu reden? Ich hätte nie auf das Thema zu sprechen kommen dürfen, das muss ja abstoßend klingen!

Erzähl mir von deinem Powerjob in der City! Leute wie du faszinieren mich. Trägst du jeden Tag solche Anzüge? Du siehst sehr gut darin aus. Normalerweise jagen mir Frauen in Hosenanzügen eine Heidenangst ein, doch dann habe ich dein Foto gesehen …

William

02.45 Uhr

Hallo, William,
so schlimm ist mein Job gar nicht. Ja, er erfordert viel Einsatz, aber das gefällt mir, gerade weil er strategisches Denken und Zielstrebigkeit erfordert. Und eine gehörige Prise Mut.

Im Grunde ganz ähnlich wie Verabredungen.

Aber ich bin kein Ungeheuer! Es gibt nichts, wovor du dich fürchten müsstest. Mein Hosenanzug ist eine Art Rüstung, der Konkurrenten abschrecken soll. Nicht nette Männer.

S.

Sobald ich diese Nachricht abgeschickt hatte, kam ich mir albern vor. War es wirklich geistreich, William einen »netten Mann« zu nennen? Meine Nerven flatterten, als ich in meinen Postausgang blickte und feststellte, dass William meine Mail bereits geöffnet hatte. Irgendwo in London las er in diesem Augenblick meine Worte. Mir wurde leicht übel. War das, was ich geschrieben hatte, okay? Verkaufte ich mich gut?

»Grrr!«, knurrte ich mein Schlafzimmer an. »Das hat dich doch gar nicht zu interessieren, schließlich ist es nicht deine Korrespondenz! HÖR AUF DAMIT!«

03.05 Uhr

Wie schön, dass du mich »nett« findest! Obwohl du doch gar nicht wissen kannst, ob das auch stimmt. Gestern zum Beispiel habe ich eine Sechzehn-Stunden-Schicht hinter mich gebracht, bin anschließend in einen Bus der Linie 30 eingestiegen und habe meinen Sitzplatz NICHT dem alten Mann angeboten, der an der nächsten Haltestelle zustieg. Das macht mir immer noch zu schaffen. Er wirkte so enttäuscht. Doch ich konnte nicht, Shelley. Ich war so müde, dass ich kaum aufrecht stehen konnte. Genau wie jetzt. Doch dieser betörende Internetchat hält mich wach.

Dein Profil klingt so, als wärst du sehr, sehr beschäftigt. Bist du sicher, dass du Zeit für ein Date findest? Ich hoffe es, denn ich würde mich liebend gern mit dir treffen. Ich würde dir auch keine Kabel in die Nase einführen.

William x

Ich grinste aufgeregt und fing an zu tippen.

03.16 Uhr

Natürlich habe ich Zeit für eine Verabredung! Ich finde, es ist wichtig, auch mal was zu tun, das nichts mit dem Job zu tun hat – ich verbringe so viel Zeit bei der Arbeit, dass ich das nahezu als meine Pflicht ansehe. Ich will sicher sein, dass mein Leben rundläuft. (Sich verabreden zählt zu den außerberuflichen Dingen.)

S.

03.29 Uhr

Dem stimme ich zu. Wenn man den Großteil seines Lebens in den tiefen Höhlen eines Londoner Krankenhauses verbringt, ist es wichtig sicherzustellen, dass sich das Gehirn noch mit anderem befasst als mit kraniomandibulärer Dysfunktion und kraniofazialen Prothesen (oder, keine Ahnung, Fusionen und globaler Expansion in deinem Fall?). Ich sollte wirklich versuchen, mehr zu sein wie du. Mir mehr Zeit für andere Dinge nehmen.

Wie dem auch sei. Du hast gar nichts Näheres zu einem

Treffen geschrieben. Womöglich weil ich dir von dem Mann im Bus erzählt habe? (Oder habe ich das Thema »Verabredung« zu schnell angeschnitten? Ich habe keine Ahnung, wie ich mich in dieser Situation verhalten soll. Erwartest du von mir, dass ich die Richtung vorgebe? Ich fühle mich sicherer, wenn die Frauen mich einladen, mit ihnen auszugehen. Das ist einfacher und bietet mir weniger Gelegenheit, mich zum Affen zu machen.)

Das ist die am wenigsten machohafte E-Mail, die ich je gesendet habe. Die Dinge entwickeln sich sehr schnell in meinen Augen.

W. x

Ich schlang die Arme um mich, unfähig, das Grinsen einzustellen. Ich liebte Nicht-Macho William mit seinen kraniofazialen Prothesen! Ich liebte es, dass er mich zweimal binnen der letzten beiden Stunden um ein Date gebeten hatte!

»Nein«, wies ich mich in die Schranken, doch weniger streng als beim letzten Mal.

03.42 Uhr

Das ist schon in Ordnung. Ich mag keine Machos. Sie sind mir stets ein wenig unangenehm. Und wenn wir schon beim Thema sind: Wie entsetzlich, dass du nicht für den armen, alten Mann im Bus aufgestanden bist!

Nein, daran liegt es nicht, dass ich nicht näher auf deine Bitte um ein Treffen eingegangen bin – wir kennen uns doch erst seit zwei Stunden! Könnten wir uns nicht wenigstens noch ein paar Tage mailen? Ich genieße das sehr.

Gruß von Shelley, die jetzt definitiv ins Bett geht

Ins Bett gehen, denkste! Ich war nie wacher gewesen.

04.02 Uhr

Nein! Bleib wach, Shelley! Das hier ist doch viel lustiger als schlafen! In mir steckt mehr als der unflätige Knilch, der seinen Sitzplatz im Bus nicht räumen wollte.

Obwohl, manchmal frage ich mich wirklich, ob ich nicht doch ein Mistkerl bin. Aus keinem besonderen Grund, einfach aus dem allgemeinen Gefühl, ich könnte es besser machen. Verstehst du das?

Ich freue mich wirklich, dass du nicht zu beschäftigt bist, dich mit mir zu verabreden. Deiner letzten Antwort nach zu urteilen bist du jemand, der erwartet, zu einer Wildwasser-Raftingtour und Drachenfliegen eingeladen zu werden, gefolgt von Tee in einem Literatursalon aus den 1920ern und einer Nacht im Greenwich-Observatorium, wo du etwas über die komplexen astronomischen Gesetze erfährst.

Vielleicht mische ich die Dinge etwas auf, indem ich vorschlage, dass wir uns einfach zu einem Glas Wein zusammensetzen.

Denk nicht mal dran, schlafen zu gehen. Ich mag dich.

X

Als ob ich daran denken würde! Ich saß aufrecht im Bett und überprüfte alle zwanzig Sekunden Shelleys Posteingang.

04.23 Uhr

Halte ich mich für einen schlechten Menschen? Nein, nicht wirklich. Ich spende Geld für wohltätige Zwecke, außerdem bin ich einmal die Woche ehrenamtlich beschäftigt. Genauer gesagt setze ich mich für herrenlose Hunde ein. Oh, natürlich würde *ich* jederzeit meinen Platz für einen armen, alten Mann freimachen. Ha.

Ich denke, ich könnte mich auf ein Sitzdate einlassen, obwohl ich da an meine Schranken stoße. Das Action-und Astro-Date, das du zuvor beschrieben hast, klingt sehr viel spannender, Dr. William.

S.

Blöde Shelley mit ihren blöden Anweisungen, fluchte ich innerlich und kämpfte den Drang nieder, eine ganze Reihe XXXXXX hinter mein zwangloses »S.« zu tippen. KussKussKussKussKuss. Ich *wollte* William küssen. Sowohl via E-Mail als auch im echten Leben. *Das wird sich schon ergeben*, dachte ich, dann warf ich einen Blick in den Spiegel. Meine Wangen waren gerötet, mein Blick leicht irre, als hätte ich völlig die Kontrolle über mich selbst verloren.

Das Gefühl, nicht mehr Herrin meiner selbst zu sein, war kein angenehmes, trotzdem genoss ich diesen unüberlegten Austausch, den ich einfach köstlich und nahezu umwerfend komisch fand.

»Sie haben eine neue Nachricht!«, blinkte es mir aus der Dialogblase auf meinem Bildschirm entgegen. Ich verspürte einen Anflug purer Freude. Die Sekunden, die es dauerte, die Nachricht zu laden, waren eine wahre Folter. *Zum Teufel, Charlotte Lambert, angebliche schottische Amazone, das ist gar nicht gut*, sagte ich streng zu mir. Dann erschien der Text, und ich vergaß alles andere.

04.41 Uhr

Aber, aber, Shelley, das ist nicht fair. Ich vertraue dir an, dass ich glaube, ich könnte mich bessern, und du kommst mir mit deinen Wohltaten und deiner blöden ehrenamtlichen Tätigkeit. Ha! Du magst vielleicht schön sein, aber ich glaube nicht, dass du perfekt bist.
Komm schon … x

PS: Ist deine Haut wirklich so glatt? Auf dem Foto sieht es so aus, als seist du aus Alabaster gemeißelt.

PPS: Ähm, sorry. Es ist schon spät. Vielleicht habe ich mich ein bisschen hinreißen lassen. Dieses Internet-Dating ist eine gefährliche Sache, findest du nicht? Sind all die Gefühle echt? Oder sind sie bloß eine verrückte Online-Fantasie? Schließlich könntest du genauso gut ein alter Mann sein.

PPPS: Nein, im Grunde glaube ich nicht, dass du ein alter Mann bist.

Ich lachte laut auf. »Von wegen alter Mann, William«, kicherte ich und tippte auf Antworten.

Und dann zögerte ich. William war rührend ehrlich mir gegenüber gewesen. Würde ich ihm mit einer albernen Flirty-Mail ausweichen, oder würde ich tatsächlich über seine Worte nachdenken?

Ich nahm meine Hände von der Tastatur. War ich perfekt? (Ganz offensichtlich nicht.) Gab es Dinge an mir, die ich gern ändern würde? *Ja,* dachte ich zu meiner Überraschung. *Ja, in der Tat.* Mich vor ein paar Stunden in Shelley wiederzuentdecken hatte zu ein paar äußerst unschönen Erkenntnissen geführt. Und William hatte es gleich gemerkt. Wie machte er das nur?

Doch bevor ich weiter darüber nachdenken konnte, schrieb ich schon wieder.

05.01 Uhr

Ob ich wohl etwas besser machen könnte?
Das ist eine Frage, die ich mir nie zuvor gestellt habe. Nun, ich habe sie mir schon gestellt, doch ich habe »etwas besser machen«, »mich verbessern« immer in dem Sinn verstanden, dass ich vielleicht noch härter arbeiten, noch mehr erreichen könnte. Aber jetzt, wo du mich fragst, wird mir klar (ähm, gerade jetzt, in diesem Augenblick), dass ich nicht besonders gut mit mir zurechtkomme, wenn ich untätig herumsitze. Du hast voll ins Schwarze getroffen mit deiner Vermutung, dass ich ein Date vorziehen würde, bei dem wir innerhalb von drei Stunden ungefähr eine Million Dinge tun. Ich ertrage keinen Stillstand – das treibt mich in den Wahnsinn. Das ist nicht gut, oder?

Und jetzt (woher kommt das bloß??? Grrr!!) frage ich mich auch noch, ob ich vielleicht etwas weniger arbeiten sollte … Mein Job frisst den Großteil meiner Zeit und meiner psychischen Kraft. Doch wie soll ich das schaffen, ohne zu kündigen?

Ach, du meine Güte. Das ist ein Stich ins Wespennest, William. Ins Wespennest.

Ich drückte auf Senden und fühlte mich elend. »Du schreibst für Shelley«, redete ich mir halbherzig ein. »Diese Zeilen sind nicht in deinem, sondern in ihrem Namen verfasst.« Doch nichts von unserer bisherigen Korrespondenz hatte irgendetwas mit Shelley zu tun, und bei dieser Mail war es nicht anders. Das hier war zu hundert Prozent ich, und zwar nicht nur die oberflächliche Charley. Ich hatte Dinge geschrieben, die ich noch nie zuvor ausgesprochen hatte. Nie zuvor gedacht hatte. Ich las meine letzte Nachricht noch einmal durch und fühlte mich noch verwirrter. Diese Beobachtungen, mein Leben betreffend, waren alles andere als angenehm.

William schrieb fast augenblicklich zurück.

05.03 Uhr

Hältst du dich für eine Perfektionistin?

Ich atmete langsam aus. Das alles wurde ein bisschen zu tiefgründig. Trotzdem traf er ins Schwarze. Wieder einmal. War ich eine Perfektionistin? Verdammt noch mal, sicher war ich das! Ich war die größte Perfektionistin auf dem ganzen Planeten! Ich riss mir ein Bein aus, um das perfekte Risotto zu kochen, den perfekten Wein zu kaufen, die perfekte Angestellte zu sein. Ich wurde wütend auf mich selbst, wenn ich meine perfekte Laufzeit durch den Holyrood Park auch nur um eine Zehntelsekunde verfehlte. Eine Zehntelsekunde? Du lieber Himmel! Leicht benommen schlug ich mir die Hand vors Gesicht.

05.10 Uhr

Die Antwort ist klar: ja. Ich bin in der Tat eine fürchterliche Perfektionistin. Und ich verstehe nicht, warum ich das jetzt erst bemerke.

Ehrlich, William, ich bin absolut gnadenlos zu mir selbst. Wenn ich wüsste, wie ich es anstellen sollte, wäre ich gern netter zu mir.

Ich denke, das gilt zweifelsohne auch für meine Beziehungen. Ich glaube, ich würde mich mit Männern sehr viel leichter tun, wenn ich nur lernen könnte, mich so zu akzeptieren, wie ich bin – normal, ganz und gar nicht perfekt. Ich wünschte, ich würde nicht meine ganze Zeit damit verbringen, so zu tun, als wäre ich besser, als ich tatsächlich bin.

05.13 Uhr

William, es tut mir leid, es ist schon spät, ich weiß auch nicht, was in mich gefahren ist. Bitte ignorier meine letzte Nachricht. Das klingt ja so, als wäre ich ein einsamer, abgedrehter Psychopath, der gerade einen Kurs zum Amateurpsychologen absolviert hat.

05.17 Uhr

Unsinn. Das klingt, als wärst du ein leibhaftiges menschliches Wesen. Die Sorte Mensch, die ich wirklich gern kennenlernen würde. Ich verstehe, was du meinst, denn in vielerlei Hinsicht – wenn auch aus gegenteiligen Gründen – stecke ich in einer ganz ähnlichen Situation. Du würdest die Dinge liebend gern lockerer nehmen; ich würde liebend gern losziehen und mehr aus mir machen. Du würdest liebend gern weniger arbeiten; ich würde liebend gern mehr tun. Ich würde so gern die Karriereleiter emporklettern, aber ich habe Angst davor zu versagen.

Shelley – das hört sich einfach toll an. Hättest du gedacht, dass wir dieses Gespräch nach nur vier Stunden führen würden? Hättest du gedacht, du würdest einen völlig Fremden mögen? Zum Teufel damit! So empfinde ich eben.

Ich mag dich, und ich würde dich liebend gern einmal treffen. Hast du diese Woche Zeit?

05.24 Uhr

Was meinst du damit, du würdest gern die Karriereleiter emporklettern? Du bist HNO-Chirurg!

05.41 Uhr

Ja, das bin ich. Ich hatte es nur vergessen. Sieh einfach darüber hinweg. Ich bin ganz oben, Baby. Du solltest mich um ein Date anbetteln. Ich könnte meine Finger in deine Nase und sonst wohin stecken. Wann treffen wir uns denn nun?
X

»Bist du jetzt völlig durchgeknallt?«, fragte Hailey und starrte bestürzt auf meinen Laptop.

Ich schaute sie hilflos an. »Ach Gott, Hailey, findest du das so schlimm?«

Hailey fing an zu lachen. »Äh, ja? Verdammt noch mal, Chas, du hast gerade einen Seelenstriptease vor einem Fremden hingelegt, und das auch noch im Namen deiner Klientin! Ohne auch nur *irgendetwas* über die beiden zu wissen! Was wird Shelley sagen, wenn sie das liest?«

Ich zuckte die Achseln.

Hailey kniff die Augen zusammen. »Du hast doch nicht etwa vor, ihr diese Nachrichten zu zeigen, oder?«

Ich schloss die Augen. »Vermutlich nicht.«

Hailey schwieg. Dann räusperte sie sich und sagte: »Charlotte Lambert, ich habe den Eindruck, du planst, Shelley aus dem Weg zu räumen und dir William selbst zu angeln.«

Ich riss die Augen wieder auf. »Vielleicht. O Gott, Hailey, ist das schrecklich. Ich weiß nicht, wie ich damit aufhören soll.«

»Das kann ich dir genau sagen. Du machst AUF DER STELLE ein Date für die zwei aus, dann gibst du ihr das Passwort für IHR GANZ PERSÖNLICHES Dating-Profil, damit sie die E-Mails lesen kann – genau wie du es auf deiner Website versprichst. Und dann steigst du aus der Sache aus und nimmst NIE WIEDER Kontakt mit den beiden auf.« Sie verschränkte die Arme vor ihrem mächtigen Vorbau.

Ich erwiderte nichts, zutiefst beschämt.

Hailey war nach der Arbeit vorbeigekommen, um mich zum Fischessen abzuholen: »Ich möchte, dass du was Anständiges in den Magen bekommst«, hatte sie gesagt, mich in den Panzer verfrachtet und die Broughton Street zu einem Fish-&-Chips-Laden hinaufgeschoben. Meine Unfähigkeit, mich mit ihr zu unterhalten – ich war zu beschäftigt mit William –, war nicht unbemerkt geblieben. Nach einem kurzen Verhör hatte ich klein beigegeben und ihr meinen Laptop ausgehändigt, den ich mitgenommen hatte, nur für den Fall, dass der Fish-&-Chips-Laden WLAN hatte. William hatte mir tatsächlich eine E-Mail geschickt.

O Mann, ich drehte wahrhaftig durch.

Dass Hailey augenblicklich ein Word-Dokument entdeckte, das ich minimiert hatte – ich hatte mich in die Datenback der Ärztekammer eingehackt und zahlreiche Details über zwölf HNO-Chirurgen namens William zusammengetragen –, war nicht gerade hilfreich, genauso wenig wie die nicht abgeschickte Doodle-Umfrage zu dem Thema, wie ich Shelley Cartwright vergiften könnte.

»CHAS.«

»Entschuldige. Ich weiß. Ich muss den beiden ein Date vermitteln.«

»Was ist bloß los mit dir, du Psycho! Verwandle dich bloß nicht in eine dieser bescheuerten Frauen, die sich wegen ihrer kindischen Besessenheit von einem Mann die Karriere ruinieren«, ermahnte sie mich. Türkische Technomusik wummerte aus den Lautsprechern hinter uns, und Hailey, die einer Wurst im Schlafrock den Garaus machte, sah in dem seltsam rosa Neonlicht sogar noch beängstigender aus. Obwohl ich mich mit aller Macht dagegen sträubte, fühlte ich mich von ihrem Ton verletzt. Hailey war immer schon ziemlich herrisch gewesen, doch langsam wurde es mir zu viel.

Als sie meine Empörung bemerkte, schraubte sie ein wenig zurück. »Na komm schon, meine Liebe. Du bist superprofessionell, schieß dir doch kein Eigentor! Charley, *kümmere dich* um dein neues Geschäft. Es ist brillant!«

Ich lehnte mich im Panzer zurück und seufzte. Sie hatte recht. Es wäre ein grauenhafter Fehler zu versuchen, William für mich selbst an Land zu ziehen, und zwar nicht nur auf beruflicher Ebene. Doch abgesehen davon – wie sollte ich mich je mit ihm treffen, ohne ihm gestehen zu müssen, wer ich war und was ich getan hatte? Ich könnte mir wohl kaum irgendeine schreckliche Krankheit ins Trommelfell injizieren und mich anschließend zu ihm überweisen lassen.

Trotzdem war die Vorstellung, ihn sang- und klanglos aufzugeben, ziemlich niederschmetternd. Ja, zwischen John und mir knisterte die Luft vor aufgeladener Sexualität, doch mit William hatte ich das Gefühl, mich erstmals auf einer emotionalen Ebene zu bewegen. Eine emotionale Ebene, die mir half, mein Leben auf bislang unbekannte Art und Weise zu betrachten. Das hatte doch mit Sicherheit etwas zu bedeuten!

Hör auf damit!, flehte ich mich innerlich selbst an. *Du hast vier Stunden mit ihm geemailt. Zwischen euch besteht keinerlei emotionale Bindung. Ihr kennt euch doch nicht einmal!* Die Endlosschleife in meinem Kopf lief immer weiter, doch sie führte zu nichts.

»CHARLOTTE!«, bellte eine Stimme, mit der ich in meinem Stammimbiss nicht gerechnet hatte. Ich sah auf, und da war sie: Granny Helen. Majestätisch thronte sie in ihrem Rollstuhl, einen atemlosen Sam hinter sich. Er trug einen schmuddeligen Trainingsanzug aus seiner Unizeit, auf seiner Stirn standen Schweißperlen von der kurzen Strecke hügelaufwärts. Trotzdem sah er supergut aus.

»Bowes? Granny Helen? Ich … Was ist denn los?«

»Ich wollte dich überraschen«, teilte mir meine Großmutter mit. »Wollte mal sehen, was dein neues Unternehmen so macht. Ich hatte nicht damit gerechnet, dass du hier in Würstchenform gepresste Fleischabfälle in dich hineinstopfst. Bist du krank?«

»Ich bin in der Tat auch ein wenig überrascht, Chas.« Sam lachte leise. »Du hast nicht zufällig einen Vollkorn-Wrap unter dem Tisch versteckt?« Er wendete Granny Helens Rollstuhl und parkte sie neben mir.

Kurzzeitig war ich sprachlos. Ich hatte nicht erwartet, im Fish-&-Chips-Laden an der Ecke Rollstuhl an Rollstuhl mit meiner Großmutter zu sitzen. Wir beiden mussten einen seltsamen Anblick bieten. Granny Helen sah sehr gepflegt aus, ihr Haar war zu einem Knoten geschlungen und im Nacken festgesteckt. (Mum frisierte Granny jeden Morgen.) An ihren Ohrläppchen hingen Perlen, ihr Make-up war tadellos. Sie duftete nach Puder und Parfüm und Kindheit. Ich war ziemlich businessmäßig gekleidet, wie immer. Ja, wir gaben ein außergewöhnliches Paar ab.

Hailey, die offenbar derselben Meinung war, lächelte. »Ihr zwei seht süß aus.« Sie beugte sich vor, um meine Großmutter auf die Wange zu küssen, die diese ihr entgegenstreckte. »Wie bist du hergekommen?«, fragte sie.

»Christian hat mich gebracht«, antwortete Granny Helen. »Er wollte mitkommen, um nach Charlotte zu sehen, aber ich habe es ihm untersagt. Ich verbringe viel zu wenig Zeit mit meiner Enkelin.« Sie schnaubte. »Selbst als sie sich zu Hause in East Linton erholt hat, ist sie die ganze Zeit über mit diesem verflixten Unternehmen beschäftigt gewesen.«

Sie spähte mich herausfordernd über den Rand ihrer Brille hinweg an, doch ich ging nicht darauf ein. Gegen Granny Helen in den Kampf zu ziehen war absolut sinnlos, selbst wenn sie im Unrecht war. In diesem Fall jedoch war sie im Recht. Ich seufzte, während Hailey lächelte. Anscheinend freute sie sich, eine Verbündete gefunden zu haben. »Hört, hört!«, sagte sie. Sam schlurfte davon, um einen Orangensaft für meine Großmutter zu bestellen.

Während sich Hailey und Granny Helen darüber austauschten, wie schwierig es doch sei, mich mal zu fassen zu kriegen, beobachtete ich Sam, der gerade seine eigene Bestellung aufgab – eine frittierte Teigtasche mit Pommes, was sonst? – und in der Tasche seiner Trainingshose nach Kleingeld kramte.

Ich war überrascht, dass er körperlich in der Lage gewesen war, Granny Helen in ihrem Rollstuhl den Hügel hinaufzuschieben. Er war heute Mittag fix und fertig in die Küche getaumelt und hatte etwas von einem Vögelmarathon gebrummelt, den Yvonne und er in der Nacht aufgestellt hatten. Seitdem hatte er sich in einem Zustand benommener Erschöpfung befunden. Während er sich auf dem Sofa gefläzt und *Dr. Who* geschaut hatte, hatte ich versucht, mir Dr. William aus dem Kopf zu schlagen, indem ich rund dreißig E-Mails für meine Klienten verfasste.

Es hatte nicht funktioniert.

Als Sam für sein Essen bezahlte, unternahm ich die gewaltige mentale Anstrengung, William zu den Akten zu legen, wenigstens für den Augenblick. Granny Helen hatte den ganzen Weg auf sich genommen, um mich zu besuchen, und meine beiden engsten Freunde hatten alles darangesetzt, die Lambert-Damen den Hügel hinaufzukutschieren. Ich war ihnen etwas schuldig, zumindest meine volle Aufmerksamkeit.

Sam kehrte an unseren Tisch zurück, reichte meiner Großmutter ihren Orangensaft und öffnete eine Dose Cola für sich selbst. »Prost«, sagte er abwesend, dann schlug er seine Zähne in den frittierten Fladen. Sam beim Essen zuzuschauen war ganz ähnlich, wie Malcolm seine volle Schüssel hinzustellen, und ich musterte ihn mit der üblichen Mischung aus zärtlicher Zuneigung und Verzweiflung.

»Du schlingst dein Essen runter wie Malcolm«, sagte Granny Helen zu ihm. Sie hatte die Angewohnheit, Dinge auszusprechen, die andere Leute lieber für sich behielten. Sam zuckte die Achseln. Das war für ihn nichts Neues. »Trotzdem bist du ein ausgesprochen hübscher junger Mann«, fügte sie hinzu. Sam errötete.

»Ja, nicht wahr?«, pflichtete Hailey ihr bei. »Was für eine Verschwendung! Stell dir vor, es gäbe einen netten, treuen Kerl, der so aussieht wie er!«

Sam zwinkerte unbekümmert. »Ich *bin* ein netter Kerl. Und treu bin ich auch. Seit wir zusammen sind, war ich Yvonne die ganze Zeit über treu.«

»Sechs Monate sind ja nicht gerade der Weltrekord«, wiegelte Hailey ab. Granny Helen lächelte verschmitzt und betrachtete Sams Gesicht. Sie liebte es, Geschichten über sein für gewöhnlich skandalöses Liebesleben zu hören, da diese sie angeblich stets daran erinnerten, wie glücklich sie sich schätzen konnte, mit Granddad Jack verheiratet gewesen zu sein.

»Das nicht«, gab Sam zu, »aber es ist mein persönlicher Rekord.« Er schnitt einen käseeckenförmigen Schnitz aus seiner seltsamen Teigtasche und steckte ihn gespielt vornehm in den Mund.

Es entstand eine Pause.

Dann: »Ich nehme eine von diesen Teigtaschen!«, rief Granny Helen dem Mann an den Fritteusen zu. »Aufhören!«, schimpfte sie, als Sam, Hailey und ich schallend auflachten. »Also, Charlotte, wie läuft das Geschäft, meine Liebe?«

Ich errötete und hoffte inständig, dass Hailey nichts von meiner beschämenden E-Mail-Korrespondenz mit William letzte Nacht erwähnte. »Es läuft gut«, antwortete ich. »Sam war mir eine enorme Hilfe, gerade was die Publicity anbetrifft. Dank seiner Bemühungen habe ich schon fast siebzig Klienten! Ist das nicht fantastisch?«

Granny Helen schüttelte den Kopf. »Ich hätte verdammt sein wollen, wäre diese Sache kein Renner geworden. Charlotte«, fuhr sie mit ihrer strengsten Stimme fort, »ich hoffe nur, du hast nicht vor, das Ganze weiterzuverfolgen, wenn du bei Salutech wieder durchstartest. Denn lass mich eins klarstellen, mein liebes Mädchen: Du kannst nicht beides machen.«

Meine Freunde nickten zustimmend, und Hailey blickte mit fragend hochgezogener Augenbraue auf meinen Fisch. Da mir bereits übel von dem vielen Fett war, schob ich den Rest zu ihr rüber.

Genau dieser Gedanke hatte mich bereits während der vergangenen Wochen beschäftigt. Ich hatte First Date Aid gegründet, weil ich sonst meinen Verstand verloren hätte, doch nun hatte ich es geschafft: Meine Agentur lief – und zwar ziemlich gut –, und die Idee, sie an den Nagel zu hängen oder, noch schlimmer, zu verkaufen, war schrecklich. Ich liebte meine *Erste Hilfe fürs erste Date.* Wann immer ich mich niedergeschlagen und frustriert wegen meines Beins fühlte, rastlos und nervös wegen meiner erzwungenen Untätigkeit, hauchte sie mir wieder Leben ein. Zudem konnte ich nicht leugnen, dass es mir einen gewissen Kick gab zu sehen, wie mein Geschäftsmodell Früchte trug und Steve Sampson in Boston Konkurrenz machte. Wie könnte ich First Date Aid in die Hände eines anderen legen? Einfach zusehen, wie sich meine harte Arbeit bei einer Online-Finanztransaktion auflöste?

Doch genauso gut könnte ich mich fragen, wie ich damit weitermachen sollte, wenn ich zu Salutech zurückkehrte. Ich hatte bei der Physiotherapie alles gegeben, nur um rechtzeitig zur Markteinführung von Simitol wieder da zu sein: Ich könnte mich doch nicht einfach einen halben Tag meiner Arbeit widmen und die andere Hälfte damit verbringen, E-Mails an meine Dating-Klienten zu schreiben. Schon an einem ganz normalen Arbeitstag bei Salutech gab es kaum eine freie Sekunde.

First Date Aid würde viel Zeit in Anspruch nehmen. Es ging nicht einfach nur ums Flirten, nein, es steckte auch viel administrativer Aufwand dahinter. Das Geld, das Marketing, die Kundenpflege, die Website.

Gestern Morgen hatte ich meinen Vertrag mit Salutech durchgeschaut auf der Suche nach einer Klausel, die es mir untersagte, nebenbei mein eigenes Geschäft zu führen. Im Grunde sprach nichts dagegen, solange ich keinen ihrer Computer benutzte oder etwas von meiner bezahlten Arbeitszeit abzwackte. Doch mein Vertrag war nicht wirklich relevant. Wenn ich aufflog, wäre ich ruck, zuck draußen, da würden sie schon einen Weg finden. Salutech liebte mich, bis hin in die Zentrale in Washington, doch nur, weil man dort wusste, dass man meine ungeteilte Aufmerksamkeit besaß.

Ich überlegte. *Keine Sorge,* dachte ich stur. *Ich werde meine kleine Firma nicht aufgeben. Ich werde mir die Zeit dafür nehmen. Basta.*

Ich würde ein Zeitfenster finden. Das tat ich doch immer. Irgendwie.

»Wir werden sehen«, sagte ich zu Granny Helen, die soeben ihre Teigtasche serviert bekam.

Der Ladenbesitzer, vermutlich völlig perplex über die Anwesenheit einer älteren Dame mit Perlenohrringen in seiner Bude, hatte einen Stängel welker Petersilie darauf drapiert und legte – mit rührender Ehrfurcht – ein Plastikbesteck und ein zu einem Dreieck gefaltetes Stück Küchenrolle vor sie hin. Granny Helen dankte ihm gnädig, dann wandte sie sich wieder mir zu, mit Augen wie Pistolenkugeln. »Ach, wir werden ja sehen«, murmelte sie unheilvoll.

Ich blickte auf die Uhr. Vermutlich würden weitere zwei Stunden vergehen, bevor ich William endlich eine Nachricht schicken könnte. Nur um Shelleys Verabredung mit ihm zu organisieren, versteht sich. Mehr nicht.

22.45 Uhr

Hallo, William,

Ich lehnte mich zurück und streckte meine Finger. »Fass dich kurz«, ermahnte ich mich, als ich feststellte, dass mein Herz schneller zu klopfen anfing. »Er ist nicht dein Flirt!«

entschuldige, dass ich deine letzte Nachricht erst jetzt beantworte. Ich hatte einen schwierigen Arbeitstag und konnte nicht online gehen.

Ja, ich würde gerne mit dir ausgehen. Passt dir der 26. September?

Shelley

Ich stand auf, um mir einen Tee zu machen, da ich nicht wusste, was ich sonst mit mir anfangen sollte.

23.03 Uhr

Aha! Shelley! Guten Abend!

Der 26. passt gut, obwohl ich bis dahin wahrscheinlich vor lauter Neugier gestorben bin.

Ich möchte mich entschuldigen, sollte dir unser Gespräch gestern Nacht zu sehr unter die Haut gegangen sein. Das Problem ist, dass ich dich ein bisschen zu gern mag für ein x-beliebiges Mädel aus dem Internet.

Du hast etwas Besonderes an dir.

Doch ich möchte dich nicht verschrecken, also belassen wir es bei Mittwoch, dem 26. September, und in der Zwischenzeit werde ich losziehen und jede Menge Tussis abschleppen.

x

Nein, ein absolutes, glasklares Nein, ermahnte ich mich. Wag es ja nicht!

Doch ich war machtlos.

23.05 Uhr

Was meinst du damit, ich hätte etwas Besonderes an mir?

S. x

Ich hatte inzwischen gegen so viele Regeln verstoßen, dass es auf einen Kuss auch nicht mehr ankam. Ich war wirklich wahnsinnig.

23.12 Uhr

AHA! Shelley ist immer noch ONLINE. Gut. So, hmmm, was ist denn so besonders an dir …

Es ist nicht so, dass ich dich wirklich attraktiv finde (auch wenn ich es doch tue, nur fürs Protokoll!), es ist eher so, dass ich etwas unglaublich Süßes, Mädchenhaftes hinter dieser abschreckenden Business-Fassade spüre, die du um dich herum aufgebaut hast. Bist du wirklich so, oder steckt tatsächlich noch jemand anders in dir? Letzte Nacht habe ich diesen Eindruck bekommen.

Ach, Unsinn. Das klingt so klugscheißerisch, schließlich sind wir uns nie begegnet. Dennoch … ich weiß nicht. Ich habe das Gefühl, dich zu kennen. Das Gefühl, ich könnte die Dinge hören, die in deinem Kopf vorgehen. Du kommst mir so vertraut vor.

Das geht jetzt zu weit. Ich werde jetzt die Klappe halten.

»O nein, bitte nicht«, sagte ich und blickte verärgert auf meinen Bildschirm. »Hör auf, mich zu durchschauen. Ich hasse das.«

23.29 Uhr

Das geht tatsächlich ein Stückchen zu weit, Dr. William. Trotzdem ist es erstaunlicherweise amüsant. Bin ich wirklich diese furchteinflößende Powerfrau?

Wahrscheinlich nicht.

Doch! Nein, bin ich nicht. Ich bin … grrr, hören wir damit auf.

Stell dir mal vor: Ich habe vor Kurzem eine Auszeit von meiner toughen Karriere nehmen müssen und etwas völlig anderes, wesentlich Spaßigeres begonnen. Und weißt du was? Ich habe es geliebt. Es hatte nicht den Hauch einer Ellbogentätigkeit, und ich war weder gestresst noch erschöpft. Nicht im Geringsten.

Also bin ich vielleicht gar keine furchteinflößende Powerfrau. (Obwohl ich dann auch nicht weiß, wer ich tatsächlich bin.)

William, wie komme ich dazu, so viel von mir preiszugeben, während du mir gar nichts über dich erzählst! Gestern Nacht hast du gesagt, du wünschtest, du hättest mehr aus dir gemacht. Was hast du damit gemeint?

S. x

23.40 Uhr

Was ich damit gemeint habe? Zum Teufel, ich weiß es nicht. Ich nehme an, ich meinte das gewaltige, überwältigende Gefühl, unterfordert zu sein. Wie oft habe ich den Eindruck, als zöge das Leben an mir vorbei und ich wäre nicht mit an Bord. Würde auf der Stelle treten. Gelegenheiten verschenken. Es mir gutgehen zu lassen, doch mich nie wirklich für etwas oder jemanden zu engagieren. Frauen kommen und gehen, doch sie bedeuten mir nichts, und meine Träume rücken in immer weitere Ferne.

Das ist keine sonderlich romantische Voraussetzung für ein Date, oder? Ich bitte aufrichtig um Verzeihung. Du und dein Profil haben mich letzte Nacht ein bisschen verletzlich gemacht. Und jetzt, da ich die Büchse der Pandora geöffnet habe, will es mir nicht gelingen, sie wieder zu schließen. Schlimmer noch, ich habe dich dazu gezwungen, deine zu öffnen.

Wow, ich bin echt schlimm, nicht wahr?

23.59 Uhr

William, da mag zwar was dran sein, aber ich denke, du bist der offenste, ehrlichste Mensch, mit dem ich seit Jahren gesprochen habe. Du verstehst mich, doch ich bin mir nicht sicher, ob mir das gefällt!

00.05 Uhr

Hmmmm. Für mich gilt das Gleiche. Lass uns zu einem unverfänglicheren Thema wechseln. Woher kommst du?

00.07 Uhr

Aus einem kleineren Ort in der Nähe einer größeren Stadt (das galt für Shelley *und* für mich. Auch wenn wir aus verschiedenen Städten stammten. *Verschiedene* Menschen, redete ich mir streng ein). Woher kommst du?

00.17 Uhr

Ich bin eine echte Stadtpflanze. Die freie Natur sieht auf Postkarten immer so wunderschön aus, aber mich langweilt sie nur. Ich weiß nicht, was ich damit anfangen soll.

00.22 Uhr

Ich weiß, was du meinst! Ich plane ständig »Ausflüge aufs Land«, und wenn ich dann da bin, habe ich keine Ahnung, was ich tun soll!

00.30 Uhr

Vielleicht sollten wir uns auf dem Land verabreden. Um ein paar unserer Befürchtungen auszutreiben. Lass uns so tun, als wären wir ein Paar, das ein Liebeswochenende verbringt. (Wenn alles gut läuft, könnten wir uns das zur Gewohnheit machen.)

Ähm, tut mir leid. Ich bin schon wieder zu weit gegangen.

Ah, gerade habe ich wieder einen Blick auf dein Foto geworfen. Weißt du eigentlich, dass du schön bist?

Zunächst war ich total happy und dann total traurig. William betrachtete Shelleys Foto, nicht meins.

00.31 Uhr

Innerlich und äußerlich (fügte er hinzu). Selbst wenn du deinem Foto überhaupt nicht ähnelst, bist du vermutlich noch schön.

Ich hörte auf, mich total traurig zu fühlen, und war stattdessen wieder total glücklich.

00.40 Uhr

Danke, William.
Also, mir gefällt dein Vorschlag, uns auf dem Land zu verabreden, doch das wird aller Wahrscheinlichkeit nach unvereinbar mit meinem Terminkalender sein. Wir sollten uns lieber irgendwo in der Stadt treffen. Ach ja, als Mann ist es dein Job, eine fantasievolle, großartige Idee aus dem Hut zu zaubern. Aber bloß keinen Stress!

Nur fürs Protokoll: Ich finde Ärzte umwerfend, und ich habe keine Ahnung, warum du ständig davon redest, du hättest nichts erreicht und das Leben würde an dir vorbeiziehen. Ich habe zu viel erreicht, und das macht mich ziemlich konfus.

Unser Gespräch hat mich dazu gebracht, mich vor dir zu entblößen, William …

Ich weiß nicht, ob das der Internet-Dating-Etikette entspricht. Ups.

Freches Kichern …

S. x

00.53 Uhr

Ich mag dein freches Gekicher. Oh, ich mag es so sehr, junge Dame. Ich denke, es würde dir guttun, öfter mal frech zu kichern, Business-Frau Shelley. Ich denke, es würde dir guttun, nackt ums Haus zu laufen, zu kichern, zu singen und zu schreien. Und dann solltest du für eine Weile aus deinem Job aussteigen und nach … keine Ahnung, vielleicht nach Berlin ziehen, wo du dich bekiffst und in abgefahrenen Discos an der Spree rumhängst und morgens um halb acht Currywurst isst.

Ich blickte sehnsüchtig auf mein Gipsbein. Das hörte sich in der Tat wundervoll an.

Doch ich klinge schon wieder wie ein Amateurpsychologe. Ich möchte keineswegs andeuten, dass du eine überspannte Tussi bist, die sich selbst befreien muss, nur das: Ich war wirklich berührt, als du sagtest, du würdest dein Leben womöglich mehr genießen, wenn du mal loslassen könntest. Das kam mir so schlüssig vor.

Außerdem schert mich die E-Mail-Etikette einen Dreck. Dieses Gespräch hat auch mich dazu gebracht, mich vor dir zu entblößen, doch das war genau das, was ich brauchte. Bis in sieben Tagen.

X William

Versprich mir, dass du bloß ein Date ausmachst und es dabei belässt, simste mir Hailey um kurz vor Mitternacht.

»Date klargemacht«, schrieb ich zurück und starrte Williams Foto auf meinem Bildschirm an. Das zumindest entsprach der Wahrheit.

Das Treffen sollte in sieben Tagen stattfinden. Als ich um kurz vor eins meinen Laptop herunterfuhr und total aufgewühlt in der Dunkelheit lag, wurde mir klar, dass ich Shelley nicht dorthin gehen lassen durfte. Es war viel zu wichtig. Ich hatte an den zwei Abenden in meinen E-Mail-Gesprächen mit William mehr über mich selbst erfahren als in meinem ganzen zweiunddreißigjährigen Leben. Geschah so etwas nicht dann, wenn man sich VERLIEBTE?

Ich zerrte mir das Kissen unter dem Kopf hervor und fing an, mich damit zu verprügeln. »Ich verbiete dir, dieses Wort JEMALS wieder zu benutzen«, zischte ich. »Dieses Wort ist TABU!«

Kapitel sechs

»Wie du siehst, werde ich ganz bald zurück sein.« Ich stieß eine Krücke in die Luft, um zu demonstrieren, wie mobil ich war.

Margot wirkte völlig unbeeindruckt. »Wir freuen uns, dass du zu uns zurückkommst, Charley«, sagte sie bedächtig, als würde ich mich im Anschluss an ein Praktikum um die Stelle einer Empfangssekretärin bewerben, »aber glaubst du wirklich, du schaffst den Job, solange du an Krücken gehst? Salutech ist nicht unbedingt behindertengerecht.«

»Nun, das klingt für mich nach einem Fall für Carly«, sagte ich aalglatt. Carly von der Personalabteilung, erfreut, etwas zu tun zu haben, notierte »BEHINDERTENZUGANG«, dann unterstrich sie das Wort zweimal, machte zusätzlich einen Kringel darum und fügte zum Schluss ein Sternchen hinzu – nur um ganz sicherzugehen. Margot blickte schaudernd auf meine Krücken.

Ich bin eine gelassene Eins-achtzig-Frau, sagte ich zu mir selbst. *Keine wütende Eins-achtzig-Frau. Ich werde ihr nicht den Gefallen tun.* (Ness hatte mir einmal erklärt, das Einzige, was furchteinflößender sei als eine eins achtzig große Frau, sei eine wütende eins achtzig große Frau.)

Als hätte sie meine Gedanken gelesen, ging Margot einen Schritt weiter und lehnte sich mit der erhabenen Lässigkeit eines Firmenchefs in ihrem Schreibtischsessel zurück. »Ich frage mich, ob du nicht lieber deine Ärzte entscheiden lassen solltest, ob du schon zurückkehren kannst, bevor du irgendwelche festen Absprachen triffst.«

Ich holte tief Luft. »Margot, ich habe mich auf dem Laufenden gehalten, und es liegt auf der Hand, dass du exzellente Arbeit geleistet hast. Du hast wunderbare Voraussetzungen für die Simitol-Lancierung geschaffen.« Ich biss die Zähne zusammen. »Ich bin wirklich beeindruckt, dass du den Gesundheitsminister für uns gewinnen konntest und derart brillante Fortschritte bei den Patientenverbänden erzielt hast. Doch in zwei Wochen gehen wir mit der größten Produkteinführung seit zwanzig Jahren an die Öffentlichkeit, und die Regierung sowie der Verband der Britischen Pharmaindustrie werden jeden einzelnen unserer Schritte verfolgen. Es ist absolut zwingend, dass ich diesen Prozess persönlich begleite.«

»Das sehe ich ganz genauso«, ertönte eine Stimme hinter mir.

Ich erstarrte. *Oh, bitte nicht!*

John sollte doch in Paris auf der Konferenz eines unserer Konkurrenten sein, der ein vergleichbares Medikament in der dritten Entwicklungsphase hatte: Ich hatte meinen heutigen Besuch in der Firma exakt auf seine Abwesenheit abgestimmt. Natürlich war mir klar gewesen, dass ich mich irgendwann mit ihm auseinandersetzen müsste, aber ich wusste auch, dass heute nicht der geeignete Tag dafür war. Doch hier stand er, in seiner vollen Länge von über einem Meter neunzig, gestiefelt und gespornt, strahlend und gebräunt von seinen Flitterwochen auf diesem dämlichen Weingut in Kalifornien und mit diesem dämlichen goldenen Ehering am Finger. Blöd, blöd, blöd. Und trotzdem attraktiver denn je zuvor.

Ich versuchte aufzustehen, doch er kam mir zuvor, lehnte sich zu mir herab, küsste mich auf die Wange und teilte mir mit, wie nett es sei, mich zu sehen. Ich war so überrumpelt von der Situation, dass ich ihn kaum hörte, doch ich kam blitzschnell wieder zu mir, als er diskret mit der Hand über meinen Nacken strich. Er ließ seine Finger für den Bruchteil einer Sekunde dort liegen, dann richtete er sich auf. Ich blickte verstohlen zu Margot und Carly, doch keine von beiden schien etwas bemerkt zu haben.

So ein Lumpenhund. Mir mit der Hand, an der sein neuer *Ehering* steckte, den Nacken zu streicheln?

Und dann stellte ich etwas äußerst Seltsames fest: Mein Nacken kribbelte nicht an der Stelle, die er berührt hatte. Nun, zumindest kaum. Meine Intimteile standen definitiv nicht in Flammen. Als der Schock über unser unerwartetes Wiedersehen nachließ, merkte ich, dass ich ganz ruhig wurde.

Hm? Was hatte denn das zu bedeuten?

»Nun dann, Charley!«, sagte er. »Lambert« nannte er mich nur im stillen Kämmerlein. »Wie geht's dem Star der Firma? Bereit, am Montag das Ruder zu übernehmen?«

Ich nickte und bemerkte sehr wohl Margots zornigen Blick.

John betrachtete mich unterdessen aufmerksam. »Wirst du auch wirklich wieder auf dem Damm sein, meine Liebe?«, erkundigte er sich, jetzt mit menschlicherer Stimme. »Es wird dir nicht zu viel werden?«

»Natürlich nicht«, erwiderte ich munter. »Margot kann damit beginnen, mich per E-Mail auf den neuesten Stand zu bringen.«

Warum hielt ich angesichts Johns Mitgefühls nicht einfach den Mund?

John, der sich vermutlich dasselbe fragte, klopfte sich auf den Schenkel und fasste dreist nach meiner Hand. Ich spürte, wie Margot vor Neid und Argwohn schier explodierte. »Bist du sicher, Lambert?«, murmelte er. »Deine Gesundheit ist mir weitaus wichtiger als Simitol.«

Für einen derart businessbesessenen Mann wie John war das eine ziemlich zweifelhafte Behauptung. Ich blickte ihm skeptisch ins Gesicht, doch ich hatte den Eindruck, er meinte es absolut ernst. »Selbstverständlich bin ich mir sicher!«, verkündete ich strahlend und zog meine Finger zurück. *Ich will tatsächlich nicht, dass er meine Hand hält!* Das war ungewöhnlich. Ich war nicht fix und fertig, schmiedete nicht den illusorischen Plan, ihn Susan Faulkner wieder auszuspannen. *Das liegt daran, dass du damit beschäftigt bist, Shelley Cartwrights Glück zu zerstören*, teilte mir die Stimme in meinem Kopf mit. *Was für ein freundlicher Mensch du doch bist, Charley Lambert! Warum solltest du dir auch die Mühe machen, dir einen eigenen Mann zu suchen, wenn du dir den von jemand anderem unter den Nagel reißen kannst?*

John lächelte, seine Augen bohrten sich in meine. Ich lächelte ihn höflich an und schob mein BlackBerry in die Tasche. »Schön, dass du wieder da bist, Charley«, sagte er nach einer Pause.

Zwanzig Minuten später fuhr ich auf dem Rücksitz eines Taxis über die A1 und versuchte, mir einen Reim auf das Ganze zu machen. Genügte meine E-Mail-Plänkelei mit William, dem Doktor – William, dem völlig Unbekannten, auf den ich keinerlei Anspruch hatte –, wirklich, um sieben Jahre ungetrübte John-MacAllister-Besessenheit auszulöschen?

Ich dachte an William und die Art und Weise, auf die er sich so völlig mühelos in meine Seele geschlichen hatte und bereits in Bereiche vorgedrungen war, denen John nicht mal ansatzweise nahegekommen war – und fühlte mich verwirrter denn je. So musste man sich fühlen, wenn man jemanden eine Zeitlang kannte und anfing, sich in ihn zu verlieben.

»HÖR AUF DAMIT!«, schimpfte ich mich, als das Taxi vor meiner Wohnung am Bordstein anhielt. »DAS *IST* KEINE LIEBE!« Ich reichte dem befremdet dreinblickenden Fahrer sein Geld und machte mich daran, mich die Stufen hochzuschleppen, fest entschlossen, etwas Positives zu tun.

Weil mir jedoch nichts Positives einfallen wollte, beschloss ich, stattdessen Hailey anzurufen.

»Bankettabteilung, guten Tag?«

»Hailey …«

»Hi, Charley-Schätzchen! Erzähl mir bitte nicht, du rufst an, um mit mir über den Internetdoktor zu reden.«

»Ähm, doch … genau deswegen rufe ich an.« Ich lehnte mich gegen den Küchentresen, damit ich ohne die Hilfe meiner Krücken aus dem Fenster blicken konnte.

Ich hörte, wie Hailey mit dem Telefon um die Ecke in die Umkleide der Köche einbog. »Chas«, sagte sie. »Wir haben das doch schon besprochen. Du solltest dich da nicht reinsteigern.«

»Ich weiß. Aber ich habe heute John getroffen und nichts empfunden. Ich muss immerzu daran denken, wie gut William mich zu verstehen scheint.«

»Er versteht dich nicht, Chas. Er kennt nicht mal deinen Namen. Wenn er an dich denkt, sieht er eine Tussi namens Shelley vor sich. *Sie* ist es, mit der er sich verabredet hat.« Sie klang genervt.

»Entschuldige, Hails. Ich gehe dir wirklich auf den Keks, stimmt's?« Ich biss mir auf die Lippe und starrte abwesend aus dem Fenster. Leuchtend bunte Tanker fuhren an Newhaven vorbei, völlig unbeeindruckt von meinem emotionalen Aufruhr.

»Nein, meine Liebe, es ist bloß so … Ich denke, du lebst in einer Fantasiewelt. Es ist toll, wenn du über John hinweg bist, aber du kannst das doch nicht wirklich auf diese eingebildete Liebelei schieben. Hat Shelley die E-Mails eigentlich schon zu Gesicht bekommen?«

»Nein. Sie hat nicht mal danach gefragt. Es kümmert sie nicht. Sie möchte einfach nur, dass ich die Drecksarbeit für sie erledige, und dann erscheint sie auf der Bildfläche und entscheidet, ob William *gut genug* für sie ist. Er ist nicht der Richtige für sie, Hailey! Er ist der Richtige für *mich*!«

»Was willst du tun? Willst du nach London fliegen und bei ihrer Verabredung Mäuschen spielen?«

Das wäre eine Idee. »Keine Ahnung«, murmelte ich.

Hailey seufzte, scheinbar am Ende mit ihrer Geduld. »Hör mal, ich muss jetzt auflegen. Doch ich sage dir ein für alle Mal, dass das aufhören muss. Es ist unmoralisch, es ist selbstsüchtig, es ist verrückt. Verstanden?«

»Hm.« Ich beendete das Gespräch und betrachtete wieder einmal Williams Bild auf meinem Laptopmonitor. Hailey hatte recht: Ich würde ihn loslassen müssen. Es war unmoralisch, es war selbstsüchtig, und es war verrückt.

Doch als ich ihn anschaute mit seinem Pullover und seinem männlichen Bartschatten, erschien plötzlich eine Blase auf dem Bildschirm, die mir verkündete, dass ich eine neue Nachricht erhalten hätte. Unmoralisch, selbstsüchtig und verrückt, dachte ich, stürzte ohne Krücken durchs Zimmer und öffnete die Nachricht, so schnell ich konnte.

Liebe Shelley (Liebe? Ist das zu altmodisch? Ach, egal!),
es ist Mittagszeit, und ich habe den ganzen Morgen an dich gedacht. Das ist doch verrückt! Ich habe beschlossen, jede Menge Hobbys anzufangen, um mich bis zu unserem Treffen zu beschäftigen. Aktuelle Vorlieben: Gedichte schreiben und Cembalostunden.

Gestern Abend habe ich mich nach Schichtende selbst zum Essen eingeladen und mir vorgestellt, du würdest mir gegenübersitzen. Du wärst groß und sogar noch hübscher als auf deinem Foto. Du bist ohne Brille gekommen, weil du dachtest, dann würdest du besser aussehen, aber dann musstest du sie doch aufsetzen, um die Speisekarte lesen zu können. Ich fand dich niedlich damit. Ohne genauso. Ich machte einen unpassenden Scherz über Analverkehr und wurde anschließend knallrot. Du tatest so, als hättest du – typisch Frau – nur ganz wenig Appetit, und dann hast du binnen zehn Minuten ein gigantisches Rumpsteak verdrückt.

Ich sah dir beim Essen zu und hätte am liebsten meine Hand nach deiner ausgestreckt, was ich natürlich – typisch Mann – nicht tat. Doch dann hast du mich dabei ertappt, wie ich dich anschaute, und du hast meine Hand genommen.

Und da kam mein Burger, in echt, und ich hörte auf, über eine imaginäre Frau zu grübeln.

Doch jetzt stehe ich wieder ganz meinen Mann. Scheiß auf Cembali und Gedichte. Ich werde losziehen und Gewichte stemmen, Fußball gucken und Bier trinken. Jemanden vermöbeln, im Idealfall einen Patienten.

Wie wär's mit einem Lokal namens Polpo für unser Treffen? Eine Art italienische Tapasbar, wenn es so etwas denn gibt. Es ist immer ziemlich lärmig dort, wenn wir also nicht miteinander klarkommen, müssen wir nicht in aller Stille dasitzen. Um 20.30 Uhr? Bis dahin bist du doch bestimmt fertig mit deiner Arbeit, oder? Wenn nicht, dann mach eben eine Ausnahme.

X

Ich las die Nachricht dreimal, ein unkontrollierbares Grinsen auf dem Gesicht. Ich wollte William am Tisch gegenübersitzen, italienisch essen und kichern, wenn er geschmacklose Witze über Analverkehr riss. Ich wollte meine Hand nach seiner ausstrecken, genau wie er es sich vorgestellt hatte. Ich wollte das mehr, als es gut für mich war.

War das Internet-Liebe? Nein. Es war viel mehr als das. *Wahre* Liebe? »Schscht«, sagte ich alarmiert zu mir selbst. Doch dann ging mir auf, dass es im Grunde völlig egal war, um welche Art von Liebe es sich handelte. Alles, was ich wusste, war, dass William der wunderbarste, brillanteste Mann war, den ich je kennengelernt hatte. Und deshalb musste ich mich Hailey widersetzen und einen Weg finden, William in mein Leben zu lassen.

Kurz nachdem ich eine Antwort geschickt hatte, trat Sam mit einem Gesicht wie sieben Tage Regenwetter durch meine Haustür. Nein, schlimmer als sieben Tage Regenwetter, die Zeichen standen auf undurchdringliche, trostlose Finsternis. Ich klappte schnell den Deckel von meinem Laptop herunter, damit er nicht sehen konnte, was ich da tat, aber ich hätte mir ohnehin keine Sorgen machen müssen: Er warf nicht einen Blick in meine Richtung. Stattdessen stürmte er zum Schrank hinüber, um sich einen Laib mit geschnittenem Weißbrot und das Nutella-Glas zu schnappen.

»Ach du lieber Himmel«, sagte ich. »Was ist passiert, Bowes?«

Er ignorierte mich und rammte aufgebracht zwei Scheiben in den Toaster.

»Sam? Stimmt etwas nicht?«

»Yvonne«, knurrte er.

»Was ist mit ihr?«

»Es ist vorbei«, sagte er, ließ den Toast Toast sein und stampfte in sein Zimmer. Die Tür knallte hinter ihm zu. Ich starrte ihm mit offenem Mund hinterher.

Zwei Sekunden später stieß er die Tür wieder auf, marschierte zurück zum Küchentresen, schnappte sich den Brotlaib und das Nutella-Glas und trat den Rückweg an. Die Tür knallte erneut.

Ich war sogar noch schockierter als vor ein paar Monaten, als ich von ihrer Verlobung erfahren hatte. Sam und Yvonne waren … sie waren so *süß* gewesen! Einfach entzückend. Glücklich! Wie hatte das passieren können?

Das, Charlotte Lambert, ist der Grund dafür, dass du lieber anderen Leuten hilfst, den Anfang für eine Beziehung zu finden, als selber eine zu führen, dachte ich benommen. »Verflucht«, sagte ich zu dem leeren Zimmer. Niemand antwortete, nur Sams Toast ploppte verloren aus dem Toaster.

Die Liebe ist ein Alptraum, dachte ich. *Planänderung. Hör auf, William zu mailen. Hau ab, bevor das Ganze in einem Riesenschlamassel endet.*

Traurigkeit überkam mich. Es wäre richtig loszulassen: Die Situation war wirklich ungut. William sollte Shelley in fünf Tagen treffen, der Ball war angestoßen und rollte, und es gab nichts, womit ich ihn stoppen konnte. Abgesehen von allem anderen würde ich die zweipoligen Ja/Nein-Argumente, die mir unablässig durch den Kopf gingen, keinen Augenblick länger ertragen können.

Hier gab es nichts zu diskutieren. Ich musste William loslassen. Und das stank mir gewaltig.

Nach ein paar Sekunden humpelte ich zielstrebig zu Sams Schrank, holte ein Weißbrot und sein Extraglas Nutella heraus, dann nahm ich ein Messer aus der Schublade, ging in mein eigenes Zimmer und knallte die Tür hinter mir zu.

Margot stelzte mit zorniger Präzision auf ihren mörderisch hohen Wildleder-Highheels aus meinem Büro. Ihr Rock war so eng, dass er ihre Schamgegend exakt abzeichnete. Sie hatte immer schon seltsame Kleidung getragen, doch in meiner Abwesenheit schien ihre Garderobe eine Metamorphose von »seltsam« zu »alter Schlampe« vollzogen zu haben. Ich fragte mich flüchtig, ob sie damit Johns Aufmerksamkeit erregen wollte, doch ich bezweifelte es. Margot mochte John nicht mehr als mich. Oder sonst einen ihrer Vorgesetzten.

Das hier würde noch härter werden, als ich mir vorgestellt

hatte. Margot hatte unser gesamtes System umgestellt und ließ sich nicht auch nur ansatzweise in die Karten blicken. Alles, was mir helfen würde, meinen Job zu erledigen, blieb ein Mysterium. Informationen dagegen, die irrelevant oder gar irritierend waren, waren mühelos zugänglich.

»Was ist mit Suki Gilpin von der *Mail*?«, hatte ich sie ein paar Minuten zuvor gefragt. »Sie muss doch irgendwas gesagt haben.« Sämtliche Zeitungen hatten von Simitol erfahren, und ein paar davon gaben sich – wie nicht anders zu erwarten gewesen war – alle Mühe, gegen uns zu stänkern. Oder – anders ausgedrückt – eine »provokante Sichtweise« zu liefern. Suki Gilpin war für gewöhnlich die Schlimmste von allen.

»Sie hat angerufen, ja«, hatte Margot mit verschlossenem Gesicht geantwortet.

»Und? Bei ihr muss man ziemlich vorsichtig sein.«

»Ich weiß.« Margot krauste die Nase.

»Na schön. Könntest du mir bitte eine E-Mail mit den Antworten von sämtlichen Pressefuzzis schicken und mich auf den allerneuesten Stand bringen, damit ich weiß, was auf mich zukommt?«, bat ich Margot.

»Ich habe wirklich nicht die Zeit, dir E-Mail-Updates zu schreiben, Charley. Ich habe irrsinnig viel zu tun.«

»*Was denn?* Das würde ich nämlich gerne wissen, Margot. Ich bin nicht zurückgekommen, um Tee zu trinken und die *Vogue* zu lesen.«

Margot verdrehte die Augen und blickte auf ihre Uhr. »Es tut mir leid, Charley, aber ich schaffe es jetzt einfach nicht, mit dir meinen Posteingang durchzugehen. Ich werde mir später dafür Zeit nehmen, einverstanden? Wenn du mich nun bitte entschuldigen würdest, ich muss dringend telefonieren.«

Und damit drehte sie sich um und verließ das Zimmer.

Ich war baff. Nach dreimonatiger Abwesenheit hatte ich vergessen, wie fordernd meine Arbeit war, genau wie ich vergessen hatte, wie karrieregeil Margot war. In den kommenden Wochen würde ich mir keinen einzigen Fehltritt erlauben können, und die Last dieser Verantwortung, kombiniert mit Margots kompletter Weigerung, mir meinen Job zurückzugeben, war bitter.

Ich trommelte nervös mit den Fingern, während ich über ihren jüngsten Trip zur Hauptverwaltung in Washington grübelte, wo sie nichts Besseres zu tun gehabt hatte, als damit zu prahlen, wie erfolgreich sie während meiner Abwesenheit unsere Produkte vertrat. Obwohl sie mir nichts Wissenswertes über ihre Reise berichtete, schmierte sie mir lang und breit aufs Brot, wie sehr sie die Vorstandsvorsitzenden beeindruckt hatte. Offenbar war Bradley Chambers – Vizepräsident von Salutech Global und mein oberster Vorgesetzter, der mich für gewöhnlich anzüglich angrinste und zu befummeln versuchte, wenn er in Europa war – hin und weg gewesen von ihrer erstaunlichen Rundum-Kompetenz. »Er hat mich nicht einmal mit falschem Namen angesprochen«, hatte Margot lässig bemerkt. Auch wenn Bradley Chambers keine Gelegenheit ausließ, bei Meetings möglichst dicht neben mir zu sitzen, nannte er mich stets Sharon.

Ich wandte mich verdrossen meinem Monitor zu, wo eine Instant Message von John eingegangen war.

MacAllister, John: Morgen, Lambert. Benimmt sich Margot?

Es war wie in alten Tagen – eine ungezwungene, leicht unpassende Bemerkung von zwei Menschen, die miteinander flirteten. Trotzdem verspürte ich nichts von meiner früheren, überschäumenden Begeisterung.

Lambert, Charlotte: Nein.

MacAllister, John: Brauchst du Hilfe?

Lambert, Charlotte: Nein. Ich werde das klären.

MacAllister: Das ist jetzt nicht sehr professionell, aber ich denke, es wird dich aufmuntern: Becky, meine persönliche Assistentin, hat Margot gestern Abend bei einem Date mit einem Mann gesehen, der einen Kopf kleiner war als sie.

Ich schnaubte, dann fing ich an zu lachen.

Lambert, Charlotte: Du hast recht. Es muntert mich auf. Wir sehen uns dann später, damit du mich auf den neuesten Stand bringen kannst.

MacAllister, John: Könnten wir das beim Mittagessen erledigen? Was hältst du vom Tower?

Lambert, Charlotte: Leider habe ich keine Zeit, in die Stadt zu fahren … Nächste Woche vielleicht. Oder nein, da lancieren wir gerade das großartige Medikament der Welt. Wie wär's mit 2016?

MacAllister, John: Hmmm. Ich musste übrigens mein Meeting mit Arthur Holford in London am nächsten Mittwoch absagen. Kannst du einspringen? Elf Uhr, in seinem Büro in Marble Arch.

Lambert, Charlotte: Ja.

MacAllister, John: Braves Mädchen. Du und ich: Abendessen später die Woche. Keine Widerrede.

Ich war verwirrt. Das war wirklich seltsam. *Ich geriet gar nicht aus dem Häuschen.* Was um alles auf der Welt stimmte nicht mit mir?

Du hast dich in William verliebt, kam prompt die Antwort. *Du denkst ungefähr alle dreißig Sekunden an ihn und stirbst innerlich bei dem Gedanken, dass er sich mit Shelley trifft. Doch sie wird ihn treffen, denn er gehört nicht dir, Charlotte Lambert. Am Mittwochabend wird sie ihn unter einem Tisch im Polpo geschäftsmäßig bei den Eiern packen, und du wirst ihn für immer verlieren. Dieser peinigende Gedanke hat dein Interesse an John MacAllister auf null schrumpfen lassen. Du Versagerin! Ein Hirngespinst nach dem anderen! Nie ein echter Mann! Nie eine echte Liebschaft! Versagerin!*

Plötzlich erstarrte ich. Mittwoch! Ich würde am Mittwoch beruflich in London zu tun haben! Am Tag von Shelleys und Williams Date! Das bedeutete, dass ich …

Dass ich *was*?

Ich legte meinen Kopf in die Hände und ließ mich vornüber auf meinen Schreibtisch plumpsen. In meinem Gefühlsleben herrschte Chaos. Was war nur los mit mir? Erschöpft sah ich auf die Uhr, um festzustellen, ob der Tag bald zu Ende war.

War er nicht. Es war elf Uhr fünfundfünfzig, und ich war erst seit vier Stunden da. Trotzdem überlegte ich bereits, ob ich über die Feuertreppe flüchten sollte. Ich versuchte, tief durchzuatmen, und beugte mich vor, um an dem Blumenstrauß zu schnuppern, den Ness mir heute Morgen geschickt hatte. »Lass es ruhig angehen!«, stand auf der kleinen Karte aus Recyclingpapier. Toller Vorschlag, wenn man bedachte, dass Margot sich weigerte, mir meinen Job zurückzugeben, und ich schier durchdrehte vor Sorge, Erschöpfung und obsessiver Leidenschaft für einen Arzt, dem ich nie begegnet war.

Ich atmete noch einmal tief ein und griff dann zum Telefonhörer. Ich würde Alan Vicary vom *Guardian* anrufen. Er war stets meine erste Anlaufstelle gewesen, wenn wir mit der Entwicklung eines neuen Medikaments an die Öffentlichkeit gegangen waren. Ein netter, ruhiger Mann, dem Haarbüschel aus den Ohren wuchsen und der mir einmal eine Zigarre mitgebracht hatte, um mich aufzumuntern, nachdem man mich bei einer Pressekonferenz zerfleischt hatte.

»Alan Vicary.«

»Alan! Hier spricht Charley Lambert von Salutech. Wie geht es Ihnen?«

»Charley! Was machen die Brüche? Ist das Bein voll mit Metallstiften? Wir haben an Sie gedacht!«

Das war natürlich gelogen, doch seine beiden Fragen waren heute vermutlich die ersten, die ich beantworten konnte. »Metallstifte sind tatsächlich drinnen, aber ich habe keinen Gips mehr und humpele schon wieder durch die Gegend«, erwiderte ich. »Könnte schlimmer sein.«

»Großartig! Ich habe gehört, das HIV-Wundermittel, an dem Sie all die Jahre gearbeitet haben, soll bald in die Apotheken kommen?«

»In zwei Wochen«, präzisierte ich. »Und weil es tatsächlich ein Wundermittel ist, wissen wir vermutlich beide, dass es einen Riesenwirbel darum geben wird. Daher wollte ich Ihnen mitteilen, dass Sie mich von jetzt an wieder rund um die Uhr auf meinem Handy erreichen, sollten Sie einen Kommentar oder ein Interview mit einem Wissenschaftler benötigen, mit einem Patientenverband, was auch immer. Ich werde es arrangieren.«

Alan klang, als würde er Pfeife rauchen. Es hätte mich nicht überrascht; ich hatte ihn einmal in der Nähe seines Büros in King's Cross zum Mittagessen eingeladen, und er hatte Hausschlappen getragen.

»Sicher, Charley. Obwohl Ihre Kollegin – wie heißt sie noch gleich? Melissa? – mich heute Morgen angerufen und mir mitgeteilt hat, ihre Durchwahl hätte sich geändert, doch sämtliche Pressekontakte würden nach wie vor über sie gehen.«

Es entstand eine unangenehme Pause, die Alan mit wieherndem Gelächter füllte. »Ich nehme an, das hatten Sie jetzt nicht erwartet. Ach du liebe Güte. Nun, Charley, Sie sind der Boss. Ich werde ganz sicher Sie anrufen, wenn ich etwas brauche.«

»Danke, Alan«, sagte ich mit gezwungener Ruhe. »Ja, ich bin immer noch der Boss. Bis Ende nächster Woche dann, bei der Pressekonferenz.«

Bevor ich hinüber an Margots Schreibtisch stürmte und auf sie einprügelte, rief ich eine zufällig getroffene Auswahl anderer Zeitungen an. Alle hatten denselben Anruf von Margot erhalten. Brodelnd grub ich die Fingernägel in meine Handflächen. Wie konnte sie es wagen?

Außer mir vor Zorn schob ich meinen Stuhl zurück, um aufzustehen, doch mit nur einem gesunden Bein flog ich hintenüber und krachte mit einem lauten Schmerzensschrei auf den Fußboden.

»O mein Gott, Charley!« Cassie, meine persönliche Assistentin, kam in mein Büro gerannt. »Was ist passiert?«

Ich war puterrot. »Ach, nichts«, wiegelte ich ab und täuschte ein Lachen vor, doch ich brachte nichts als ein hohles Gewieher zustande. Tränen, die ich absolut nicht zurückdrängen konnte, traten in meine Augen. »Ich habe bloß versucht, zu schnell aufzustehen. Es geht mir gut!«

»Nein, das tut es nicht.« Cassie half mir hoch und verfrachtete mich fachmännisch zurück auf meinen Stuhl, den sie mit ihrem Bein sicherte. Ich kam mir ausgesprochen dämlich vor, noch dazu, weil ich ihre Vorgesetzte war. »Charley, bitte rufen Sie mich, wenn Sie Hilfe brauchen«, sagte sie. »Sie sind ziemlich früh zurückgekommen.«

»Danke«, flüsterte ich, noch immer dunkelrot. Ich sah durch die offene Tür zu Margot hinüber, die an ihrem Schreibtisch telefonierte und sich nun in ihrem Stuhl zurücklehnte, um die entwürdigende Szene zu betrachten. In ihrem Gesicht stand Schadenfreude.

Als sie auflegte, rief ich sie an. »Könntest du bitte kurz zu mir kommen?«

Ein paar Minuten später kam sie mit einer Tasse Tee hineingeschlendert. Mit nur einer, versteht sich.

»Margot, die medizinische Fachpresse hat mir mitgeteilt, du hättest sie innerhalb der letzten vierundzwanzig Stunden kontaktiert, um darauf hinzuweisen, dass du die erste Anlaufstelle für eventuelle Fragen bist.«

»Korrekt.«

»Das Problem ist nur, du bist es nicht. Ich bin das.«

»Seit wann gehen Presseanrufe direkt an die Leiterin der Kommunikationsabteilung?«, fragte sie. »In diesem Büro sitzen zehn Leute, die die Anrufe vor dir entgegennehmen. Zu dir werden nur die wichtigsten durchgestellt. So ist es hier gang und gäbe, Charley.« Sie nahm ein Schlückchen Tee und starrte mich, ohne zu lächeln, an.

Im Grunde hatte sie recht, doch wir beide wussten ganz genau, was sie da tat. Dieser aalglatte kleine Schleimscheißer.

»Nun«, sagte ich, so ruhig ich konnte, »die üblichen Regeln sind momentan außer Kraft gesetzt. Wir lancieren ein ungeheuer wichtiges Produkt. Alles, was Simitol betrifft, läuft zunächst über meinen Schreibtisch.«

Margot zuckte die Achseln. »Schön, wenn du das so möchtest.« Sie schlenderte wieder hinaus, vollkommen unbeeindruckt, und wieder einmal ertappte ich mich dabei, am liebsten in Tränen ausbrechen zu wollen. Mich in mein Bett verkriechen zu wollen. Mein Hosenanzug kniff in der Taille. Sams Mahlzeiten hatten dazu geführt, dass ich ein paar Kilo zugenommen hatte, außerdem hatte ich die ganzen Wochen über keinen Sport treiben können, und nach ein paar Stunden Klimaanlage fühlte meine Haut sich an, als hätte jemand einen Schweißbrenner darangehalten.

Was für ein grauenvoller Tag.

»Hatten Sie einen guten Tag?«, fragte mich Graham vom Sicherheitsdienst, nachdem er mir angeboten hatte, mich nach Hause zu bringen. Ich lehnte meinen Kopf gegen das Seitenfenster seines Wagens, kaum in der Lage, aufrecht zu sitzen.

»Nein«, antwortete ich. »Grauenvoll.«

Graham schnalzte mitfühlend. Dann sagte er: »Margot hat den Laden am Laufen gehalten, nicht wahr? Hat sich richtig ins Zeug gelegt!«

Ich stierte abwesend auf die Massen von Fußgängern, die vor uns den Leith Walk, Edinburghs längste Shoppingmeile, überquerten. »Ja. Alles scheint bestens zu sein. Ich denke, sie hat ihre Sache großartig gemacht. Wirklich großartig.«

»Sie ist schon ein Prachtweib«, fügte Graham verschmitzt hinzu.

Ich warf ihm einen fragenden Seitenblick zu. »Ein Prachtweib?«

Er grinste. »Jawoll. Ich finde, sie sieht ziemlich gut aus.«

Ich zögerte, bevor ich den Schlüssel in das Schloss an meiner Eingangstür steckte, unsicher, wie ich mit dem flatterhaften Wrack umgehen sollte, zu dem Sam seit der Trennung von Yvonne mutiert war. In den fünf Tagen nach seiner überraschenden Verkündigung hatte er zu viel getrunken, weshalb sein Gesicht nun aufgedunsen und ungesund gerötet war; auch mit seiner abendlichen Kocherei war es vorbei, billiges Weißbrot und Nutella standen wieder auf dem Speiseplan. Ich hatte angefangen, unsere Plaudereien bei lappigen Käsemakkaroni, Kohl- und Edamersalat und bizarrem Gebäck zu genießen, doch nun blieb es still in der Wohnung, abgesehen von trauriger Musik, die aus seinem Zimmer drang.

Kurz gesagt: Sam war absolut am Boden zerstört. Er hatte mir lediglich mitgeteilt, Yvonne habe ihn bei einem Seitensprung erwischt. Wann, wie oder mit wem, musste ich noch herausfinden, dennoch war ich schockiert gewesen, nicht so sehr darüber, dass er sie betrogen hatte, sondern darüber, dass ihm das gelungen war, ohne dass ich etwas davon mitbekommen hatte. Wie hatte er das bloß geschafft? *Kleinigkeit*, wurde mir klar. *Er ist schließlich ein Profi!*

Die Vorstellung, dass sich die quirlige, alberne, zarte Yvonne mit ihrem erregten Gequietsche nun vermutlich in ein Häuflein Elend verwandelt hatte, war unsagbar traurig. Das arme Mädchen. Hätte ihre zierliche Mutter nicht gedroht, Sam »windelweich« zu prügeln, sollte er sich in ihre Nähe wagen, hätte ich wohl versucht, sie anzurufen.

Zögernd steckte ich den Schlüssel ins Schloss. *Bitte, lieber Gott*, betete ich, *lass Sam nicht in einer Wolke des Verderbens und übler Gerüche dasitzen, bitte, bitte, bitte.*

Ich trat ein. Und zum ersten Mal an diesem Tag wurden meine Gebete erhört. Sam saß nicht in einer Wolke des Verderbens und übler Gerüche da. Auf dem Couchtisch lagen anstatt des üblichen Weißbrots mit Nutella die kompletten Werke von Shakespeare, und aus dem Badezimmer drang seine Stimme, tiefer als sonst, die irgendetwas über hasenfüßige Jünglinge zum Besten gab.

Ich fing an zu grinsen. Ich kannte diese tief dröhnende, ach-so-vornehme Stimme! Es war seine Bowes-Schauspielerstimme, kurz BSS. Hailey und ich hatten sie so genannt, nachdem wir ihn in einer Uniproduktion den Ödipus hatten spielen sehen. An jenem Abend hatten wir uns gekrümmt vor Lachen.

Kichernd humpelte ich zum Kühlschrank, nahm zwei Fertigmahlzeiten aus dem Gefrierfach und stellte sie in die Mikrowelle. Ich hatte die BSS lange Zeit nicht mehr gehört.

»CHAS«, donnerte Sam und schritt dramatisch durch die Badezimmertür.

»Hallo, Schauspielersamuel, hallo, BSS. Was ist mit dem schmollenden Bowes passiert?«

Sam ließ sich schwungvoll auf den Sessel fallen, einen zufriedenen, doch leicht verlegenen Ausdruck auf dem Gesicht. »Samuel Bowes gliedert sich wieder in den Kreislauf des Lebens ein«, verkündete er etwas weniger dröhnend.

Ich sah nach unserem Mikrowellenessen. Im Grunde hieß ich Mikrowellenessen nicht gut, doch da Sam seine verrückten Kochsessions aufgegeben hatte und ich nicht lange stehen konnte, mussten wir uns wohl oder übel damit zufriedengeben. »Du versuchst also, Arbeit zu finden?«, schlussfolgerte ich vorsichtig. Sams Schauspielkarriere war ein Minenfeld. Er hasste es, darauf angesprochen zu werden, doch wenn man nicht fragte, beschwerte er sich, dass man ihn als Schauspieler nicht ernst nahm.

»Ich werde es versuchen.« Ich sah zu ihm rüber, und genau wie ich es erwartet hatte, war sein Gesicht von einer leichten Röte überzogen. Es fiel Sam recht schwer, über die Schauspielerei zu reden, die allerhand wilde Emotionen in ihm hervorzurufen schien, die wir beide lieber mieden. »Wenn du mit einem halb verheilten Bein wieder arbeiten kannst, kann ich auch meinen Hintern vom Sofa bewegen und mich um ein paar Vorsprechtermine bemühen. Erinnerst du dich an das Demoband, das ich 2010 aufgenommen habe? Ich habe es vor ein paar Wochen an verschiedene Agenten geschickt. Heute Morgen hat mich eine Frau angerufen und gesagt, sie wolle mich kennenlernen! Die arbeitet für PFD, Charley! Die sind riesig!«

Ich grinste und klatschte Beifall. Es war eine gewaltige Erleichterung, Sam so zu sehen. »Brillante Arbeit, Bowes! Wann triffst du dich mit ihr?«

»Morgen«, sagte er. »Ich fahre morgen nach London und bleibe dort bis zum Wochenende. Vielleicht kann ich einem der

Casting Directors persönlich eine meiner DVDs zustecken oder mich mit ein paar Schauspielfreunden treffen. Von mir reden machen, du weißt schon, was ich meine.«

»Davon reden machen, dass der große Bowes in der Stadt ist«, erwiderte ich zerstreut. Das bedeutete, dass Sam während Shelleys und Williams Date am Mittwoch ebenfalls in London wäre. Meine Gedanken rasten, so viele absurde Möglichkeiten schossen mir durch den Kopf. Ohne Frage würde ich mich von den beiden fernhalten müssen, doch vielleicht könnte Sam mir helfen. Vielleicht könnte ich ihn bitten … dazwischenzufahren. Er könnte Shelley verführen und William zum Trost ein Foto von mir überreichen? *Ja, großartig*, dachte ich wütend. *Vielleicht könntest du auch eine Blaskapelle engagieren und mit einem Erotiktänzer noch eins draufsetzen.*

Drei lange Tage waren vergangen, seit ich mich das letzte Mal in Shelleys Profil eingeloggt hatte. Drei Tage, seit ich tief Luft geholt und William per E-Mail unser Treffen bei Polpo am Mittwochabend um neunzehn Uhr dreißig bestätigt und ihm eine an den Haaren herbeigezogene Geschichte aufgetischt hatte, weshalb Shelley sich bis dahin nicht bei ihm melden könnte. Anschließend hatte ich die Zähne zusammengebissen und sie angerufen.

»Wie meinst du das, das Ganze sei ›ein bisschen persönlich‹ geworden?«, hatte sie mich angeblafft. »Charlotte, wenn ich herausfinde, dass du geplaudert hast …«

»Nein, bestimmt nicht! Das meinte ich nicht damit. Ich habe ihm weder deine Adresse noch sonst was gegeben … Die Mails wurden lediglich ein wenig … ähm … intensiv«, schloss ich lahm. Ich wusste, dass mir keine Wahl blieb, also schickte ich Shelley das Passwort zu ihrem love.com-Account, damit sie sich einloggen und sich ein Bild davon machen konnte, wie »intensiv« unsere Korrespondenz nun tatsächlich geworden war. Der

Gedanke an ihren Zorn hatte mich vor Furcht beben lassen, doch ich konnte das Ganze nicht länger verantworten.

So hatte ich nicht ohne Verblüffung ihre E-Mail gelesen, die wenige Augenblicke später eingetroffen war. »Ich bin total begeistert, Charlotte, das ist wirklich gut. Gehst du für deine Klienten immer so weit? Ziemlich erschreckend, doch es trifft genau ins Schwarze. Ich glaube, William weiß nun recht gut, mit wem er es zu tun bekommt.«

Zunächst war ich wirklich erstaunt gewesen, doch nach einer Weile ließ meine Verblüffung nach. Shelley und ich waren schließlich aus demselben Holz geschnitzt. William hatte bei ihr offensichtlich genauso einen Nerv getroffen wie bei mir. Sollte sie sich doch zum Teufel scheren!

Sam sah mich erwartungsvoll an, leicht nervös sogar, um genau zu sein.

»Ähm … entschuldige?«

»Ich habe dich gefragt, ob alles in Ordnung ist. Du warst plötzlich nicht mehr da.«

»Ähm, ja … es geht mir gut, ich bin bloß erschöpft. Ich denke, ich werde jetzt essen, anschließend noch ein paar Stunden arbeiten und mich dann aufs Ohr legen«, sagte ich vage.

»Sei nicht albern. Iss einfach und geh ins Bett«, widersprach er. »Du kannst doch in diesem Zustand nicht arbeiten.«

Ich schüttelte den Kopf. »Mir bleibt keine Wahl. Wir hatten noch nie so viel zu tun wie jetzt.«

Sam schien mich weiterhin drängen zu wollen, doch er wusste, dass es keinen Sinn hatte. »Na schön. Also, was denkst du?«

»Worüber?«

»Ich habe gewusst, dass du nicht zuhörst! Ich …« Auf einmal blickte Sam äußerst unbehaglich drein. »Ich, ähm, ich habe mich gefragt, ob ich vielleicht Katy anrufen und sie bitten könnte, mich bei ihr übernachten zu lassen. Sie hat mir angeboten, jederzeit bei ihr auf dem Sofa pennen zu können … und ich …« Er verstummte.

»Und du kannst nicht bei einem deiner Schauspielerfreunde unterkommen?«

»Nun, Jamie hat sich gerade verlobt, sie werden also die ganze Zeit mit etwas anderem beschäftigt sein. Bei Howard war gerade der Gerichtsvollzieher, der hat nicht mal mehr einen Stuhl. Helly redet nicht mehr mit mir, seit wir … ähm … und Tim ist im Urlaub.«

»Und sonst kennst du niemanden in London? Außer meiner kleinen Schwester, meine ich.«

Sam rammte die Faust aufs Sofa. »Ich habe gerade die Trennung von Yvonne hinter mir, Charley«, sagte er verärgert. »Glaubst du wirklich, ich bin in der Stimmung, eine andere anzubaggern? Die kleine Schwester meiner Vermieterin, um genau zu sein?«

»Komm schon, Sam, du bist immer in Baggerstimmung.«

»Leck mich«, sagte er und stapfte aus dem Wohnzimmer. Seine Tür knallte hinter ihm zu. Zum zweiten Mal binnen weniger Tage starrte ich schockiert hinter ihm her. »Sam?«

Nichts.

»Sam!«

Tentakel der Schuld umwickelten mich. Natürlich würde Sam nicht nach London reisen, um Katy zu verführen. Er würde dorthin fahren, um sein labiles Selbstwertgefühl aufzubauen, einen Fuß in die grauenhafte Welt der Schauspielerei zu bekommen und sich von der geplatzten Verlobung abzulenken. *Charley, du gemeines Miststück*, zischte die Stimme in meinem Kopf. *Sam ist dir ein großartiger Freund gewesen, und das ist dein Dank dafür? Schäm dich!*

Ich erhob mich mühsam vom Sofa, humpelte zu seiner Schlafzimmertür und trat, ohne anzuklopfen, ein. Sam saß weinend auf dem Bett. Er sah aus wie ein hilfloses Kind, zusammengekauert, vor- und zurückschaukelnd. Ich schmolz dahin. »Ach, Sam … ach, mein lieber, guter Sam, es tut mir so leid«, sagte ich und warf mich unbeholfen neben ihn aufs Bett. »Sam, Sam, Sam …« Ich schlang meinen Arm um seine Taille, und er drückte sich schluchzend an meine Schulter.

»Ich vermisse sie«, heulte er. Unbeholfen streichelte ich seinen Rücken. So etwas hatte ich bei Sam noch nie erlebt. »Ich bin so traurig und verwirrt und fühle mich einfach total scheiße«, jammerte er an meiner Schulter.

Fünf Minuten später tischte ich zwei Schüsseln Mikrowellenpampf auf und rief Katy an. »Katy Lambert, bist du bereit, deine große Schwester und ihren Mitbewohner bei dir aufzunehmen?«, fragte ich sie. Sam lächelte mich an, die Augen noch gerötet, und verbrannte sich prompt die Zunge an einem Stück glühend heißer Pastinake. Ich schüttelte verzweifelt den Kopf.

»SUUUPER, JA!«, rief Katy. Ich hörte ein seltsames Windspiel im Hintergrund. »ABGEFAHREN!«

»Sam kommt, weil er ein bisschen für seine Schauspielerei netzwerken möchte, und ich muss zu ein paar Konferenzen«, erklärte ich. »Ich weiß, dass du immer sauer bist, wenn ich für Salutech in London bin und im Hotel wohne, also dachte ich, ich bleibe diesmal bei dir.«

»OBERMEGASUPERGUT!«, brüllte sie und legte auf.

Sam stand auf, um die Würzsoße zu holen, die er großzügig über seiner Schüssel verteilte. »Danke, Chas«, flüsterte er, ganz Mummys tapferer kleiner Soldat.

Nach dem Essen steckte ich Sam ins Bett zu all seinen abscheulichen Männermagazinen. Ohne dass ich es wollte, beschlich mich erneut das unbehagliche Gefühl, das ich wegen unseres

Aufenthalts bei Katy hatte. Natürlich entsprach es nicht der Wahrheit, wenn ich behauptete, dass ich bei ihr übernachtete, weil sie sich über meine Hotelaufenthalte beschwert hatte. Es lag auch nicht daran, dass ich Sam nicht allein in ihrer Nähe haben wollte.

Nein, ich traute mir selbst nicht.

In meinem Kopf formte sich ein Plan, Williams und Shelleys Verabredung am Mittwoch betreffend. Ich wollte bei den beiden hinterhältig dazwischenfunken. Es war ein dämlicher Plan, der die vernünftige Charley zutiefst schockierte. Doch diese vernünftige Seite von mir (oder das, was davon übrig geblieben war) glaubte, dass ich diesen Plan in Gegenwart von Katy und Sam – Menschen aus meiner realen Welt – nicht durchziehen würde. Bei Fremden in einem Hotel, wo ich niemandem Rechenschaft schuldig war, könnte ich mich dagegen nur allzu leicht zu meiner albernen Mission davonstehlen. Vielleicht, *ganz vielleicht*, bestand die Chance, dass ich es in Katys Haus in Brixton, in dem sich für gewöhnlich ein Haufen verrückter, kreativer Leute tummelte, einfach bleiben lassen würde.

Vielleicht.

Kapitel sieben

Am Mittwochmorgen – dem Tag des Dates – wachte ich in Katys Gästezimmer auf und wusste, dass ich den Plan durchziehen musste. All die (vielen) Gründe, warum ich nicht zu Polpo gehen sollte, waren seltsamerweise aus meinem Bewusstsein getilgt: Jetzt ging es ums Ganze. Ich konnte es nicht ertragen, in Was-wäre-wenn-Agonie zu verfallen. Ich musste etwas unternehmen.

Das Problem allerdings bestand darin, dass mein Plan bestenfalls grob umrissen war. Abgesehen von der vagen Vorstellung, dass ich um neunzehn Uhr dreißig im Polpo sein und dabei absolut umwerfend aussehen musste, hatte ich keinen blassen Schimmer, wie ich eingreifen sollte, wenn William und Shelley italienische Tapas aßen. Sollte ich eine Prügelei anzetteln, um seine Aufmerksamkeit zu wecken? (Vielleicht mit Shelley?) Mich in einem Wahnsinnskleid neben sie setzen und tragisch schön aussehen? Hm. Ich könnte natürlich auch in Ohnmacht fallen, damit ein Arzt (sprich William) aufspringen und mir Erste Hilfe leisten musste.

PAH! REISS DICH ZUSAMMEN! Tatsache war, dass Shelley Cartwright heute Abend ins Restaurant marschieren und William mit ihrer geheimnisvollen Kälte bezirzen würde. Letztendlich würde sie ihre Schutzmauern einreißen, und die beiden würden sich wahnsinnig ineinander verlieben und heiraten. Sie würde in sein Doktorhaus in Bloomsbury ziehen, und ich würde in Edingburgh hängen bleiben, mit einem steifen Bein und einem depressiven Mitbewohner, der in der Dusche von grausamen Harpyien sang. Von meiner psychopathischen Stellvertreterin bei der Arbeit ganz zu schweigen.

Margot. Ich schauderte. Es war eine große Erleichterung gewesen, Salutech gestern Nachmittag zu verlassen und zum Flughafen zu fahren. Nichts hatte sich im Büro geändert. Margot hing den Großteil des Tages am Telefon, sprach mit *meinen* Kontakten und weigerte sich, mir mitzuteilen, was los war, mit der Begründung, sie sei »einfach zu beschäftigt«. Es war lange her, dass ich in der Presse-und-Kommunikations-Abteilung bei Salutech gesessen hatte und nicht über jede noch so kleine Kleinigkeit informiert gewesen war. Machtlos zu sein passte so gar nicht zu mir.

Ich schwang die Beine aus dem Bett und humpelte in Katys Küche. Sam im Wohnzimmer schlief noch. Die Morgensonne fiel auf sein engelhaft weiches Haar und ließ ihn aussehen wie ein großes, leicht schmuddeliges Katzenjunges. Katy, er und ich waren gestern Abend ins Fujiyama zum Nudelessen gegangen, und als ich ihm zusah, wie er steif und förmlich mit ihr redete – um absolut klarzustellen, dass er nicht auf Abschlepptour war –, fühlte ich mich noch schlechter als nach meinem Ausbruch von Montag. Sam war momentan alles andere als verführerisch. Ich lächelte zärtlich und schlich in die Küche, wo ein nicht identifizierbarer junger Mensch schlafend auf einem Stuhl saß und eine Flasche Tomatensaft umklammert hielt. Auf Zehenspitzen tapste ich an ihm vorbei, froh, dass ich in naher Zukunft nicht wieder bei Katy übernachten musste. Ich liebte meine ausgeflippte kleine Schwester, doch ihr Lebensstil war mir ein Rätsel. Ich öffnete den Kühlschrank – der so gut wie leer gewesen war, als wir gestern Abend aus dem Haus gegangen waren –, und wie zur Bestätigung entdeckte ich etwa tausend Karotten in den Fächern. »NICHT ESSEN« stand auf einem Zettel, der an einer der Karotten klebte. »MORGEN KURS IM GEMÜSESCHNITZEN.«

Die Milch, die ich gestern gekauft hatte, war verschwunden. Offenbar hatte sie Platz für die Karotten machen müssen. Also kein Kaffee für mich.

Mist. Seufzend ließ ich mich auf den Stuhl neben Tomatensaftboy fallen und fragte mich, was William im Augenblick wohl machte. Frühstückte er? *Was* frühstückte er? Ich stellte mir englische Klassiker vor wie Kedgeree, ein Reisgericht mit Fisch und Eiern, Räucherhering oder Blutwurst. Er wäre ein Filterkaffee-mit-Vollmilch-Mann, der nicht auf solchen trendigen Kram wie Latte Macchiato oder Moccaccino mit Sojamilch stand.

Woran dachte er, während er sich Marmelade auf seinen schlichten Toast strich, nur ein paar Meilen nördlich von mir? Zweifelsohne an Shelley. Natürlich dachte er an sie: Er war verrückt nach ihr und hatte fünf Tage ohne jeglichen Kontakt zu ihr hinter sich bringen müssen. Inzwischen flippte er vermutlich völlig aus.

Da war er nicht der Einzige.

Nach meinem Treffen mit Arthur Holford schlich ich mich zu Selfridges, wo ich ein Muffin aß und mir ein Kleid von Lanvin kaufte. Später saß ich in Katys Wohnzimmer und starrte es an, aufgeregt, aber beschämt. Der Preis war haarsträubend, doch das war es vermutlich wert: Ich hatte begonnen, mir einen Plan für heute Abend zurechtzulegen, und der erforderte ein auffälliges Kleid.

Momentan war der Plan noch recht rudimentär: Kurz vor neunzehn Uhr dreißig würde ich in meinem wunderschönen, grenzwertig glamourösen Kleid ins Polpo gehen und mich an den Nachbartisch von William setzen – der dann sicher schon da wäre –, gutaussehend, aufgeschlossen, attraktiv. Ich ging davon aus, dass Shelley zehn Minuten zu spät käme (das würde ich bei einem Date tun). Mir blieben also exakt zehn Minuten, um unter einem Vorwand ein Gespräch mit ihm zu beginnen und ihm so den Kopf zu verdrehen, dass er sich bei Shelleys Erscheinen wünschte, er wäre mit mir verabredet. Ich würde eine kleine, schicke Mahlzeit zu mir nehmen, dann meinen Pelzmantel überwerfen (ich besaß keinen, aber es war ja noch Zeit) und aus dem Restaurant schweben. William wäre am Boden zerstört, doch – und jetzt kam der großartigste Teil – *ich hätte dem Kellner meine Visitenkarte gegeben und ihn gebeten, sie an William weiterzuleiten*! Am Ende eines grauenvollen langweiligen Abendessens mit Shelley würde sein Herz einen Satz machen, wenn der Kellner diskret meine Karte in seine Hand gleiten ließ. Ta-da!

»Du bist ein absoluter Volltrottel«, teilte mir Hailey vernichtend mit, als ich sie anrief und ihr meinen Plan darlegte. »Ich kann nicht fassen, was du da tust! Im Ernst, Charley, du brauchst eine Therapie.«

Es entstand ein unbehagliches Schweigen. Ich hatte Hailey angerufen, um Zustimmung für meinen Plan zu finden (oder zumindest so etwas wie weiblichen Kameradschaftsgeist). Vermutlich hatte ich meine Erwartungen zu hoch angesetzt.

»Setz dich zum Teufel noch mal in den Flieger und komm zurück«, blaffte sie mich an. Sie klang ziemlich verärgert, und ich stellte fest, dass ich mich defensiv auf dem Sofa zusammenkauerte, auf dem Sam gestern Nacht geschlafen hatte. Seine Bettdecke lag noch da: Ich verkroch mich darunter wie ein gescholtener Hund.

»Komm schon, Hails«, bettelte ich. »Stell dir mal vor, ich hätte dir verboten, dich mit Matty zu treffen, nachdem du dich in ihn verliebt hattest. Hättest du auf mich gehört?«

»Ich *kannte* Matty, bevor ich mich in ihn verliebt habe, du Irre! Charley, ich hatte mich schon drei Monate mit ihm getroffen! DU BIST DIESEM MANN NOCH NIE BEGEGNET!«

Ich zog mir Sams Bettdecke über den Kopf, doch dann warf ich sie von mir auf den Fußboden. Das ließ ich mir nicht bieten. Ich war Charley Lambert, Powerfrau und Enkelin von Granny Helen Lambert. Ich war kein Feigling, und ich würde nicht so mit mir reden lassen. »Hailey«, sagte ich mutig. »Ich habe genug von deiner ständigen Kritik. Du warst in dieser Situation vom ersten Moment an garstig zu mir, und du versuchst nicht einmal, mich zu verstehen. Weshalb bist du so grausam?«

Hailey ging in die Luft wie ein Teenager. »Warum ich so *grausam* bin? Die Frage ist doch wohl eher, warum du dich aufführst wie ein Vollidiot, Charley! Was zum Teufel ist nur los mit dir? Wie kannst du ein Dating-Unternehmen gründen und dich so benehmen? Und was ist mit deinem Job? Was hält Salutech von deinem London-Aufenthalt?«

»Ich bin geschäftlich hier, *für Salutech*!«

»Nun, dann erledige deine verdammten Geschäfte und komm nach Hause, du geistesschwacher *Teenager*!«, brüllte sie. Sie war ernsthaft außer sich.

Inzwischen fühlte ich mich so beschämt, dass ich mich am liebsten in Katys grottenhässliches Sofa eingenäht hätte, doch ich konnte jetzt keinen Rückzieher mehr machen. Etwas, das stärker war als ich selbst, übernahm das Ruder. »Toll zu wissen, dass ich auf deine Unterstützung zählen kann«, klagte ich, als wäre ich das Opfer.

»Du hast keinen Respekt vor anderen Menschen und ihren Beziehungen«, sagte Hailey. Ihre Stimme klang kalt. »Komm nach Hause und bring Charley Lambert mit. Diese Irre, die so tut, als wäre sie sie, geht mir gewaltig auf den Geist.« Damit legte sie auf.

Beachte sie gar nicht, riet mir die Stimme in meinem Kopf. *Sicher, es ist schon ein bisschen verrückt, in Williams und Shelleys Verabredung reinzuplatzen, doch das würde jeder in deiner Situation tun. Vor allem Hailey! Sie sollte hinter dir stehen, anstatt dich zu verdammen!*

Die Stimme wurde entrüstet, und mir fiel ein, dass Hailey eine Affäre mit einem verheirateten Hibs-Fußballer begonnen und deswegen beinahe ihren Job verloren hatte. War ich ihr deswegen aufs Dach gestiegen? Nein. Ich war morgens um zwanzig nach drei mit einer Flasche Scotch in ihrer Wohnung aufgekreuzt und hatte geduldig zugehört, wie sie plante, seinen Schwanz in Brand zu stecken.

Ich wusste, dass mein Plan für heute Abend albern war, doch er war harmlos. (Zumindest halbwegs.) Ich würde mich William lediglich als eine weitere Option präsentieren, mich zurücklehnen und abwarten, was passierte. Es lag an ihm, mich anzurufen oder nicht.

Und dann packte mich wieder der Wahnsinn, ich sprudelte über vor Aufregung und Nervosität bei der Aussicht, endlich Dr. William kennenzulernen. Ich rollte mich auf dem Sofa zusammen und schloss die Augen, stellte mir sein einfühlsames, intelligentes Gesicht vor – nur Zentimeter von meinem entfernt.

Ping, ping, ping, meldete sich mein Posteingang, um neue E-Mails anzuzeigen. Es war inzwischen sechzehn Uhr, und ich versuchte – bislang ziemlich erfolglos –, mich mit Arbeit von meinen Gedanken an heute Abend abzulenken. Katys WLAN nutzend rief ich an ihrem Küchentisch mein Postfach auf meinem Laptop auf. Mein schönes Lanvin-Kleid präsidierte, an einer ungenutzten Glühbirnenfassung baumelnd, majestätisch über der Szene. (Ich wagte es nicht, es in Katys mit Vintage-Klamotten vollgestopften Kleiderschrank zu hängen, weil es dort nach alten Damen roch.) Ich riss meine Augen davon los und konzentrierte mich auf den Bildschirm, der augenblicklich verschwamm. *Ehrlich, William, ich bin absolut gnadenlos zu mir selbst,* hatte ich letzte Woche geschrieben. *Ich wäre gern netter, wenn ich nur wüsste, wie.*

Ich starrte mein Handy an. Je näher der heutige Abend rückte, desto verzweifelter brauchte ich Unterstützung. Solidarität. Jemanden, der mir bestätigte, dass mein Plan brillant war. Ich hatte daran gedacht, Katy davon zu erzählen, doch angesichts ihrer Internet-Dating-Geschichte nahm ich stark an, dass sie mir raten würde, bloß die Finger davon zu lassen. Sam war vor einiger Zeit kurz in der Wohnung gewesen, und ich hatte versucht, den Mut aufzubringen, mich ihm anzuvertrauen, doch er war zu zerstreut, wenn nicht gar panisch gewesen wegen seines Treffens mit der Agentin um siebzehn Uhr. Also hatte ich ihn mit einer Trost spendenden Karotte aus Katys Kühlschrank ins Bad geschickt.

Ich schaute wieder auf meinen Laptop, der jegliche Hoffnung auf Aktivitäten meinerseits aufgegeben und in den Bildschirmschonermodus geschaltet hatte. Mein Blick wanderte über das Foto von Ness, Mum, Dad, Katy und mir letztes Jahr am Strand bei Tantallon Castle. Malcolm war auch dabei. Ness saß auf einem Felsen hinter mir und hatte ihren Arm um meinen Hals gelegt.

Ness! Ich setzte mich auf. Ness würde mich unterstützen! Sie war meine Zwillingsschwester, sie hatte mich nie verurteilt. Niemals. Selbst wenn ich jemanden hatte feuern müssen, weil er einen Journalisten fürstlich bewirtet hatte, um ihn (unerlaubterweise) dazu zu bewegen, über eines unserer Produkte zu berichten, hatte Ness mir den Rücken gestärkt und mir versichert, alles sei in Ordnung. Ich brauchte Ness, und ich brauchte sie jetzt. Sie würde mich verstehen!

»Was ist los, kleine Charley?«

Ness, gute zwanzig Zentimeter kleiner als ich, war die einzige Person auf der Welt, die mich »kleine« Charley nannte.

»Hallo«, sagte ich. Meine Stimme klang krächzend und angespannt.

»Oh, Charley, was ist los, meine Süße?« Ness war dramaturgische Leiterin am Traverse Theatre, und es klang, als wäre sie an dem strahlendsten, schönsten Platz auf der ganzen Welt.

Ich dagegen hockte in Katys karottenverseuchter Küche und brachte vor Scham kein Wort heraus.

»Es geht nicht schon wieder um diesen blöden John, oder? Ach, Charley, ich finde wirklich …«

»Nein. Ness, ich weiß, das klingt verrückt, aber ich glaube, ich habe mich in jemanden verliebt, dem ich nie begegnet bin.«

Wachsames Schweigen. »Bist du bei einer Internet-Singlebörse?«, fragte sie schließlich.

»Nein. Es … es handelt sich um einen Mann, den eine meiner Klientinnen datet. Heute Abend findet ihre erste Verabredung statt. Wir haben angefangen, miteinander zu chatten, und … ich finde ihn umwerfend, Nessie. Ich weiß nicht, was ich tun soll. Ich kann nicht klar denken, weil ich weiß, dass er sich mit einer anderen trifft.«

Ness seufzte. »Ach, kleine Charley … Weißt du denn nicht mehr, was Katy durchgemacht hat? Sie sagt, sie sei fast verrückt geworden bei all diesen Online-Chats.«

»ICH WEISS. Nichtsdestotrotz flirte ich seit Wochen online mit Männern. Mit einigen von ihnen habe ich jede Menge Spaß, und das Schönste ist: Ich empfinde nichts dabei. Doch dann kommt plötzlich dieser Typ, und *bamm*! Ich glaube, ich muss etwas unternehmen, Ness.«

»Und was?« Sie klang besorgt.

Ping, ping, ping machte mein Posteingang. Vor vier Monaten hätte ich das Gespräch beendet, die Ärmel hochgekrempelt und mich in meine E-Mails vertieft. *Niemals* hätte ich meine Schwester während der Arbeitszeit angerufen und schon gar nicht irgendwelche irren Aktionen geplant. Doch die Dinge hatten sich verändert. Irgendwo in London beendete ein großer Mann in einem Pullover mit Polokragen seinen Arbeitstag, um sich mit einer Frau zu treffen, die ihm »so vertraut« erschien und die er für »schön« hielt.

Ness stellte mir eine Frage, doch ich hörte sie nicht. »Bist du in der Nähe eines Computers?«, fragte ich sie.

»Äh, ja?«

»Gut. Dann schicke ich dir etwas«, sagte ich. »Ruf mich zurück, wenn du es gelesen hast.«

Ich mailte ihr das Word-Dokument, in das ich meine Korrespondenz mit William kopiert hatte. Dann starrte ich blind auf die Teilnehmerliste für unsere Simitol-Pressekonferenz und wartete auf ihre Antwort.

Zehn Minuten später klingelte mein Handy.

»Verstehst du, was ich meine?«, fragte ich. »Verstehst du es, Ness?«

Ein paar Sekunden lang sagte Ness gar nichts. »Ja, das tue ich«, erwiderte sie schließlich zögernd. »Und es hat mir fast das Herz gebrochen, all das zu lesen. Er passt so viel besser zu dir als John oder Nathan oder irgendeiner dieser arroganten Idioten, auf die du es abgesehen hattest, Charley. All die Dinge, die er über dich und deine Arbeit schreibt … darüber, loszulassen … Wow! Ich könnte es nicht besser formulieren!«

»Siehst du?«, rief ich triumphierend. »Deshalb darf ich nicht zulassen, dass die Verabredung stattfindet! Er ist mir noch nie begegnet, und er versteht mich genauso gut wie du! Er ist lustig! Und clever! Einfach umwerfend!«

»Das ist er«, pflichtete sie mir bei. »Ihr scheint gut zusammenzupassen.«

»Genau! Und deshalb muss ich die Verabredung verhindern, hab ich recht?«

»Wie willst du das anstellen?«

»Nun, vielleicht bin ich ja in London ...«

»Wie bitte?«

»Hm. Ja. Ich dachte, ich könnte schon früher dort sein, in dem Lokal, noch bevor meine Klientin eintrifft, und womöglich ein Gespräch mit ihm anfangen. Ihm meine Visitenkarte zustecken. Nur damit er weiß, dass ich existiere, Ness.«

»Das kannst du doch nicht machen!«

»Doch, das kann ich! Wie sonst soll ich jemals an ihn herankommen? Heute Abend ist die erste und letzte Gelegenheit, ihn kennenzulernen!«

Ness seufzte. »Ich kann dich nicht davon abbringen, oder?«

Ich spürte, wie mich eine Woge der Wärme durchflutete. Ness gab mir ihren Segen. Zumindest auf gewisse Art. »Nein.«

»Nun, dann ruf mich morgen an. Und pass auf dich auf!«

Ich grinste. »Ich liebe dich so sehr, Nessie, vielen Dank!«

Drei Stunden später ging ich die Beak Street entlang und hielt Ausschau nach dem Polpo. Der köstliche Duft nach ofenfrischer Pizza waberte von einem Restaurant zu meiner Rechten zu mir herüber, und ich fragte mich, ob es nicht besser wäre, meine Mission abzublasen und stattdessen in würdevoller Einsamkeit eine Pizza in mich hineinzustopfen. Abgesehen von allem anderen fing ich langsam an, mich ziemlich unwohl wegen meines äußeren Erscheinungsbilds zu fühlen. Mein Lanvin-Kleid war atemberaubend in seiner Schlichtheit, und meine Highheels (die ich zu den seltenen Gelegenheiten herausholte, wenn ich mich mit einem Mann traf, der größer war als ich) hatten mir bei Katy zu Hause das Gefühl gegeben, etwas ganz Besonderes zu sein. Doch während ich mich durch ein

Meer jeanstragender Soho-Typen schlängelte – von denen mir die meisten aus unerfindlichen Gründen wie Pygmäen vorkamen –, kam ich mir in meinem völlig übertriebenen Aufzug beinahe vor wie eine Zirkusattraktion.

Doch jetzt war an einen Rückzieher nicht mehr zu denken. Ich mochte zwar nach außen hin wie eine durchgedrehte Tussi wirken, doch innerlich fühlte ich mich wie ein liebestoller Teenager. Mein Herz flatterte nicht, es barst förmlich, und alles, woran ich denken konnte, war, dass William und ich nur Minuten davon entfernt waren, unsere grandiose Beziehung wieder aufzunehmen. Ganz gleich, wie albern ich mir vorkam: Ich musste einfach mit ihm reden. *Unbedingt!*

Später würde ich immer noch mit einer Therapie beginnen können.

Ich blieb kurz stehen, um mein Spiegelbild in der Fensterscheibe eines Klamottenladens Ecke Carnaby Street zu überprüfen, und lächelte unsicher. Ich sah gut aus. Richtig hübsch sogar. Jetzt musste ich nur noch die Nerven behalten und einfach ich sein. Schließlich war *ich* es, die William so gefallen hatte: Er hatte sich nicht für die Powerfrau Charley interessiert, die es John angetan hatte, auch nicht für das Ärzte anbetende, emotional defizitäre Mädchen, das Dr. Nathan Gillies an seiner Seite geduldet hatte. Nein. William mochte die ganz normale, unkapriziöse, *echte* Charley Lambert. Wer hätte das gedacht?

Eine kleine Menschenmenge hatte sich vor einem Eingang ein Stück die Straße hinunter versammelt. *Bitte lass das nicht das Polpo sein!*, betete ich im Stillen nervös.

Doch natürlich war es das Polpo. Ein kleiner Laden. Dicht gedrängt standen die Leute vor dem kleinen Absperrband vor dem noch kleineren Eingang und fragten lautstark nach Tischen. Ich geriet in Panik. Welches Restaurant mochte um diese

Zeit schon derart überfüllt sein? Wie um alles auf der Welt sollte ich einen Platz in Williams Nähe finden?

»Mindestens zwei Stunden«, teilte mir der genervte Kellner hektisch mit. Ich spähte über seine Schulter. Meine Panik wurde noch größer. Wahre Menschenmengen türmten sich drinnen bis unter die Dachsparren; das Essen sah fantastisch aus, das Lokal selbst hatte Atmosphäre, auch wenn es ziemlich laut zuging. William hatte recht: Es war ein ausgezeichneter Ort für ein erstes Date. Wenn man denn einen Tisch bekam.

»Ich habe vor, jede Menge Geld dazulassen!«, schrie ich dem Kellner verzweifelt zu. »Ich brauche auch nicht viel Platz. Dürfte ich mich dort in die Ecke setzen?« Ich deutete auf das Ende des Tresens, wo das Personal die Gläser abstellte.

»Nein!«, rief er. »Wie ich schon sagte: ein, zwei Stunden.«

Verdammt! Frustriert ballte ich die Fäuste. *Ich musste ihn sehen! Das war meine einzige Chance!* Wieder starrte ich durch die offene Tür und ließ meinen Blick durchs Restaurant schweifen.

Und dann sah ich ihn. Er saß hinten im Lokal an einem hohen Tisch und las ein Buch. Er trug sogar denselben Pulli mit Polokragen. Er war schön. Ich verspürte ein seltsames Ziehen in der Brust. Bekam ich einen Herzinfarkt?

Eine große Frau drängte sich vor mich und versperrte mir die Sicht. Am liebsten hätte ich ihr meine Fäuste in den bulligen Rücken gerammt. »Ähm, ich stand hier an«, verkündete ich unbeholfen. Sie ignorierte mich und fing an, auf den Kellner einzureden. Ich konnte nur noch Williams Ellbogen sehen und fühlte mich schwach vor Verzweiflung. Die Frau machte einen Schritt zurück und trat mir auf den Zeh. Ein grauenvoller Schmerz schoss mir ausgerechnet das Bein hinauf, das kaum mein eigenes Gewicht tragen konnte.

»Entschuldigen Sie!«, rief ich und stieß sie in die Rippen. »Entschuldigen Sie! Ich habe mir an drei Stellen das Bein gebrochen, und jetzt stehen Sie auf meinem Fuß. Könnten Sie da bitte runtergehen?«

Die Frau ignorierte mich weiterhin, doch der Kellner hatte mich gehört. »Gleich an drei Stellen? Schon gut, schon gut. Sie können sich dort hinten an die Bar setzen, sobald der Herr in dem roten Hemd aufsteht. Glücklich?«

Vielleicht hielt er mich für eine Behindertenaktivistin, doch das war mir egal. Am liebsten hätte ich ihn umarmt.

Ich blickte zu dem Mann im roten Hemd hinüber, der gerade seine Brieftasche einsteckte, und duckte mich hinter die Frau mit dem bulligen Rücken, um ein letztes Mal Haare und Make-up zu überprüfen. Was würde ich tun? Was sollte ich sagen? Wie sollte ich die Sache angehen? Konfrontiert mit der Tatsache, dass ich nun tatsächlich hier war, in einem echten Restaurant voller echter Leute, die aßen und sich laut unterhielten, geriet ich plötzlich ins Wanken. Bullenrücken trat zur Seite und gab den Blick aufs Restaurant frei, doch ich hielt mich verschreckt hinter ihr.

»Bitte sehr«, rief der Kellner und deutete auf den jetzt freien Platz. Ich holte tief Luft und bahnte mir meinen Weg zur Bar, direkt in Williams Blickrichtung. Ich starrte ihn an, gerade als er den Kopf hob und zur Tür schaute. Er war nervös, das konnte ich ihm am Gesicht ablesen, doch das machte ihn nur noch begehrenswerter. Dann schweifte sein Blick zur Bar hinüber und traf auf meinen.

Die Zeit blieb stehen. Ich stierte ihn förmlich an. *Ich bin's!*, riefen meine Augen. *Ich bin die Frau, die du nicht kennst, aber unbedingt kennen solltest!* Für den Bruchteil einer Sekunde weiteten sich seine Augen, als würde er mich erkennen, doch dann furchte er die Brauen und sah sich weiter um, überzeugt, dass ich nicht Shelley war.

Eine Woge unverhältnismäßiger Enttäuschung schwappte

über mich hinweg, und ich stellte fest, dass ich dringend einen Plan brauchte. Der ursprüngliche war in Flammen aufgegangen: Es gab keinen einzigen freien Tisch im Polpo, schon gar nicht in seiner Nähe. Sollte ich in Anbetracht dieses Desasters auf ihn zugehen? Mir einen Vorwand ausdenken? Mit der Wahrheit herausplatzen? Blitzschnell wog ich sämtliche Möglichkeiten gegeneinander ab und beschloss, dass ein Drink der beste Anfang wäre. Ich fing an zu schwitzen und setzte mich. »Fünf Minuten, *per favore*!«, rief mir der Barmann über den Lärm hinweg zu. Er war außergewöhnlich stark behaart.

»Ich habe ein gebrochenes Bein«, rief ich zurück. »Mich interessiert das Chaos nicht.«

Ich drehte mich um und starrte direkt in Williams Richtung. Er las wieder sein Buch. Nervös wandte ich mich ab und fing an, mir das Haar hinters Ohr zu streichen und anschließend wieder zu lösen, eine Angewohnheit, die Hailey mir wohl schon tausendmal vorgehalten hatte.

»So«, sagte der Barmann und räumte die Reste des Tintenfischs ab, den der Mann im roten Hemd bestellt hatte: *»Che cosa vuole da bere?«*

»Ähm, Wein, bitte. Rot. Viel.«

»Welchen?«

»Den Hauswein vielleicht? Auf alle Fälle den mit dem höchsten Alkoholgehalt. Ich möchte auf keinen Fall nüchtern bleiben.«

Der Barmann lächelte. »Das ist das Beste, wenn Sie ein Date haben, *Signorina*. Der Mann wird Sie später schon durchschauen, wenn Sie vorbereiten, jemand anders zu sein.«

»Äh?«

»Wenn Sie vorbereiten … vorbereiten? Nein, *fingere* …«

»Ah, vortäuschen.«

»Sprechen Sie Italienisch?«

»Ja. Ich spreche viel zu viele Sprachen«, murmelte ich und dachte sehnsuchtsvoll an meine Gespräche mit William über meine kostspieligen außerberuflichen Aktivitäten.

Der Barmann blickte erfreut drein. »Ich bringe Ihnen einen Valpolicella«, sagte er. »Der ist sehr viel besser als der Hauswein. Sie müssen nicht mehr bezahlen. Das bleibt unser kleines Gleichnis!«

»Geheimnis?«

»*Sì!* Geheimnis! Ein ganz ähnliches Wort!«

Er fing an, mir einzuschenken, und ich schaute wieder zu William hinüber. Er scannte den Eingang, und wieder begegneten sich unsere Blicke. Ein kleines Lächeln huschte über seine Lippen, als er mich ansah – ein Lächeln des Erkennens, der Anziehung, der Verwirrung? Ich konnte es nicht sagen. Gerade als ich sein Lächeln erwidern wollte, wandte er sich wieder ab, und ich war am Boden zerstört. *Du weißt doch, dass er nicht nach dir Ausschau hält*, sagte ich mir. Der Barmann reichte mir ein großes Glas Roten. *Er wartet auf eine andere. Wenn du mit ihm reden möchtest, dann musst du das jetzt tun.*

Ich schnupperte und kostete. »Der Wein schmeckt fantastisch!«, sagte ich zum Barmann, der mich durch das Gestrüpp in seinem Gesicht hindurch anlächelte und seine Fingerspitzen küsste.

Ich nahm einen Riesenschluck und zwang mich aufzustehen. Jetzt oder nie. Es war neunzehn Uhr siebenunddreißig, und wenn sich meine Vermutung bezüglich Shelleys zehnminütiger Verspätung bestätigte, blieben mir nur noch ein paar Minuten, bevor sie hereinmarschiert kam. *Du hättest gleich zu ihm gehen sollen!*, schimpfte die Stimme in meinem Kopf. *Dummkopf!*

»Verfluchter Mist«, knurrte ich. »Lass mich in Ruhe, ich habe eh schon Angst genug.« Jetzt spielten sich die Dinge in Zeitlupe ab. »Ich bin eine schottische Amazone«, flüsterte ich heiser, nahm mein Weinglas und machte einen winzigen Schritt in Williams Richtung. Schottische Amazone, haha. Ich war ein verschreckter Kobold.

Und dann lief alles schief. Plötzlich trat ein strahlendes Lächeln auf Williams Gesicht. Er stand auf, winkte unbeholfen, dann setzte er sich wieder, nur um gleich darauf erneut aufzustehen. Entsetzt folgte ich seinem Blick, und da war sie. Groß, schmallippig und unverkennbar nervös, bahnte sie sich ihren Weg durch die Menge zu ihm. Ich kannte diesen Gang nur zu gut, denn genauso ging ich in überfüllten Restaurants: seitlich, um mich zwischen den Tischen hindurchschlängeln zu können, stets darauf bedacht, wegen meiner Größe keine Teller zu Boden zu schicken.

Ich hielt den Atem an, als William die Hand ausstreckte, um die von Shelley zu schütteln – oder um sie an sich zu ziehen und ihr einen Kuss auf die Wange zu geben, ich konnte nicht sagen, wofür er sich entscheiden würde –, und dann konnte ich plötzlich nichts mehr sehen. Zornig funkelte ich das albern gekleidete junge Paar an, das mir die Sicht auf William und Shelley verstellte. Diese Trottel! Diese dämlichen, szenigen, lächerlichen …

»Charley!«, rief Katy. Neben ihr stand Sam, der mich mit einer Mischung aus Ungläubigkeit und Furcht anstarrte.

Ich starrte zurück. *Was zum Teufel* …

Die beiden glotzten mich an. »Was zum Teufel machst du denn hier?«, brüllte Katy, sehr zum Vergnügen des behaarten Barmanns.

»Äh, hallo!«, stammelte ich, als sie aus ihrer Starre erwachte und die Arme um mich schlang. Über Katys feschen Vintage-Hut hinweg sah ich, wie sich Shelley setzte und eine trockene Bemerkung machte. William nickte übertrieben, um zu bekunden, dass er *wirklich* nachvollziehen konnte, worüber sie sich beschwerte. Ich fühlte mich elend. Ich musste einschreiten. Aber wie?

»Was *tust* du hier?«, rief Katy, die absolut erfreut wirkte. Sam, alles andere als erfreut, trat an die Bar und küsste verlegen meine Wange. Er trug eine typisch Londoner Strickjacke und hatte seine Hemdknöpfe nur zur Hälfte geschlossen. Um seinen Hals baumelte eine silberne Hundemarke, und obwohl er appetitlich, trendy und jugendlich aussah, spürte ich, dass ich sauer wurde. Sam war immer schon ein Fashion Victim gewesen, doch nun drängte sich mir die Frage auf, ob er sich für Katy so aufgebrezelt hatte.

»Was hast du vor, Bowes?«, fragte ich ihn daher.

»Ich habe mich mit meiner Agentin gleich um die Ecke getroffen«, erklärte er. »Anschließend wollte ich Katy zum Abendessen einladen, um mich bei ihr für die Übernachtungsmöglichkeit zu bedanken.« Ich beäugte ihn misstrauisch, doch dann fiel mir sein verzweifeltes Schluchzen wegen Yvonne am Montagabend wieder ein, und ich ließ fünfe gerade sein. Selbst ich, die ich fünfzehn Jahre lang Zeugin von Bowes' unanständigen Aktionen gewesen war, musste zugeben, dass er heute Abend wohl kaum versuchen würde, Katy anzugraben. Ich lächelte ihn an, auf sein Gesicht trat Erleichterung.

»Ach, ist das *geieieil*!«, kreischte Katy begeistert. »Nach dem Essen können wir alle zusammen in einen Club gehen! In Brixton findet heute Abend ein total abgefahrener Gig statt. Ich wollte mit Sam hingehen!«

Ich dachte an mein Kleid und die hohen Absätze, die hier völlig fehl am Platze waren, und fühlte mich wie eine Frau mittleren Alters auf dem Weg zur Oper. »Ich bin mir nicht sicher, ob ich für einen Gig richtig gekleidet bin …«

»Unsinn! Kein Mensch schert sich um deine Klamotten!«

Ich konnte sehen, wie William zu lachen anfing. Etwas in meinem Innern erstarb. Konnte die humorlose Shelley wirklich einen Scherz aus dem Ärmel schütteln, der ihn zum Lachen brachte? Sam verlagerte sein Gewicht aufs andere Bein, und Shelley und William waren wieder verdeckt. Verstohlen lehnte ich mich zur Seite, um vielleicht um ihn herumblicken zu können.

»Wohin schaust du die ganze Zeit?«, fragte Sam. Katy zog ihren Mantel aus und enthüllte ein taubenblaues Sechzigerjahrekleid, in dem sie abscheulich jung, schlank und hübsch aussah. Sams Augen flogen blitzschnell über sie, bevor er sich wieder mir zuwandte.

»Ich will sehen, ob endlich ein Tisch frei wird«, sagte ich.

»Wir müssen nur noch zehn Minuten warten«, verkündete Sam. »Setz dich doch zu uns.« Er wirkte so begeistert wie ein Fisch mit Fahrrad.

»JAAA!«, rief Katy enthusiastisch. »O mein Gott, Charley, du musst Benoit kennenlernen, den Typen, der heute Morgen in der Küche geschlafen hat. Er ist ein wahnsinnig toller Hang-Spieler – du weißt, was ein Hang ist?«

Ich blickte hinüber zu William und Shelley. Shelley saß kerzengerade da und sprach, ohne zu lächeln. Zu meiner Überraschung hatte William eine unerwartet männliche Haltung eingenommen. Er saß in schrägem Winkel seitlich auf seinem Stuhl, den Arm über die Rückenlehne gelegt, und hörte Shelley auf eine äußerst selbstbewusste Art und Weise zu. Gelegentlich strich er sich mit der Hand über seinen Bartschatten. Während sie ihren verärgerten Monolog hervorsprudelte, lehnte er sich lässig vor und goss gekonnt Weißwein in ihr Glas. Ich war ein wenig überrascht über sein Selbstvertrauen, schenkte dem aber keine große Beachtung. Tatsache war, dass ich hin und weg von ihm war.

Ich zog meinen Blazer aus, noch erhitzter und gestresster als bei meiner Ankunft.

»Kennst du die Leute da drüben?«, fragte Sam und folgte meinem Blick.

»Nein«, erwiderte ich rasch. »Ich dachte nur, die Frau käme mir bekannt vor.«

Der Oberkellner kehrte zurück. »Sie sind jetzt zu dritt?«, fragte er entnervt.

»Ja!«, rief Katy und unterbrach ihre Geschichte über Benoit, den Hang-Spieler.

Der Kellner deutete hinter sich. »Wir hätten dort einen freien Tisch für Sie.«

Der Tisch stand in einer Nische, doch zum Glück zeigte einer der Stühle direkt auf Williams Tisch gegenüber. Ich würde dort sitzen, mich auf ruhige, erwachsene Weise mit meiner Schwester und meinem Mitbewohner unterhalten und gleichzeitig auf aberwitzige, kindische Weise William und Shelley beobachten. Außerdem verhinderte ich so, dass Sam und Katy zusammensaßen. Man konnte ja nie wissen.

Leider hatte Sam in der Zeit, in der ich meine Tasche und den Blazer aufgeklaubt hatte, besagten Stuhl eingenommen. Dieser kleine Mistkerl! Offenbar wollte er unbedingt neben Katy sitzen!

Erschöpft und verzweifelt ließ ich mich auf den Stuhl ihm gegenüber fallen. Wofür hatte ich mir gerade ein Sechshundert-Pfund-Kleid gekauft? Für ein Abendessen, das ich vor Nervosität kaum hinunterbringen würde, gezwungenen Smalltalk mit Sam und Katy und – das war das Schlimmste – einen ganzen Abend mit William und Shelley in meinem Rücken. Das war grotesk! Eine Schande!

»Charley?« Sam musterte mich neugierig. »Alles in Ordnung?«

Katy war zur Toilette gegangen, was ich kaum bemerkt hatte. Ich nickte. »Ja. Ich bin einfach nur müde.«

»Hör mal«, sagte er nach einer kurzen Pause, »ich versuche nicht, Katy anzugraben, okay? Sie ist ein wunderbares Mädchen, und sie war sehr freundlich zu mir. Ich wollte sie wirklich nur zum Abendessen ausführen.«

»Ja, ja«, winkte ich ab. »Schön. Wie läuft's mit der Schauspielerei? Was hat das Gespräch mit der Agentin von FTP – oder wie immer die heißen – ergeben?«

Sam fing an zu lächeln. »PFD. Ich glaube, es ist gut gelaufen«, sagte er. »Mit der Frau zu reden hat mir vor Augen geführt, wie sehr ich die Schauspielerei liebe. Ich muss es noch einmal versuchen, Chas. Ihr gefällt mein Demoband ausgesprochen gut.«

Ich gab mir alle Mühe, Begeisterung zu zeigen. »Wahnsinn, Bowes!«

Sams Lächeln war bereits verblasst. Er blickte verdrossen drein. Die Sache mit Yvonne hatte ihn offenbar hart getroffen, doch aufgewühlt, wie ich war, verspürte ich ein überwältigendes Bedürfnis herauszufinden, wie die Verabredung von William und Shelley lief. Ich warf einen Blick über die Schulter, als wollte ich einen Kellner herbeirufen, und sah, wie William sich vorbeugte. Das Kinn in die Hände gelegt hörte er Shelley zu. Er lächelte. Shelley, leicht errötet, schien lockerer geworden zu sein. Beide tranken ihren Wein sehr schnell. Inzwischen setzte sie auch Gesten ein und – ich hielt den Atem an – fuhr sich scheinbar abwesend mit der Hand übers Schlüsselbein. Dieses Luder! Das war eine meiner typischen Bewegungen! Ich sah, wie Williams Blick abwärtsschoss, genau wie es ihre Absicht gewesen war. Ach, er war so süß, und ach, sie war wirklich gut.

Auf einmal hasste ich Shelley Cartwright mehr als jeden anderen Menschen auf der Welt. Wie konnte sie es wagen, sich übers Schlüsselbein zu streichen? Wie konnte sie es wagen, tatsächlich eine Persönlichkeit zu besitzen? Wie konnte sie es wagen, dort zu sitzen, wo *ich* sitzen sollte? Zur Hölle mit ihr!

»Bist du sicher, dass du diese Leute nicht kennst?«, fragte Sam, als sich Katy breit grinsend zu uns zurückschlängelte.

»Ganz sicher.«

»Nun, dann hör auf, sie anzustarren, du Irre!«

»Leck mich.«

»Leck dich selbst, Charley. Wenn du mit einem Gesicht wie sieben Tage Regenwetter dahocken willst, verzieh dich in einen Burger King. Die haben heute einen Triple Whopper mit Pommes für fünf neunundzwanzig im Angebot.«

»Ha!«, rief Katy und setzte sich. »Letzte Woche habe ich Heilfasten gemacht, was damit endete, dass ich mir nach zwei Tagen einen Whopper reingezogen habe. Welcher Idiot isst schon Gerstengras zum Frühstück?«

»Charley«, antwortete Sam hilfreicherweise. Ich biss die Zähne zusammen. »Bis zu ihrem Unfall hat sie riesige Pakete davon in unserem Kühlschrank gebunkert.«

Katy zuckte die Achseln. »Nun, du siehst auch viel besser aus als ich, Chas. Gratuliere!«

Ich hörte einen Mann hinter mir lachen und wusste, dass es William war. Das Geräusch versetzte mir einen Stich ins Herz, und ich holte tief Luft. Es würde ein schwieriger Abend werden.

Als das Dessert serviert wurde, war ich mehr oder weniger verstummt. Sam und Katy waren betrunken; ich war nicht über einen Schwips hinausgekommen und hatte das grauenhafte Gefühl, dass sich das auch nicht ändern würde, egal, wie viel Wein ich in mich hineinschüttete. Die beiden sprachen über eine Open Mic Session, die jeden Donnerstagabend stattfand und die Katy und Ruben, der Bassist, in Camberwell ins Leben gerufen hatten. Sam hatte angeboten, morgen Abend den Moderator zu geben – »Ich könnte versuchen, diese PFD-Frau einzuladen, damit sie mein Zeug sehen kann« (*Zeug?* Welches

Zeug? War Sam urplötzlich ein Bühnenkomiker geworden? Ein Biogemüseverkäufer?) –, und Katy war entzückt über den Hauptact, einen Oxford-Dandy mit Melone, der auf Mittelenglisch rappte.

William und Shelley, das konnte ich bei einem weiteren plumpen Blick über die Schulter feststellen, waren immer noch da. Sie unterhielten sich angeregt, und William stieß immer wieder sein liebenswertes, dröhnendes Gelächter aus, was mich jedes Mal fast umbrachte.

Als ich mich wieder dem Gespräch an unserem Tisch zuwandte, redete Sam gerade über etwas, das sich Berührungsimprovisation nannte und das er an der Schauspielschule praktiziert hatte. Es klang so unsagbar lächerlich, dass ich aufstand und mich auf den Weg zur Toilette im Untergeschoss machte, was mir einen ausgezeichneten Blick auf Shelleys und Williams Tisch bescherte. Shelley hatte sich zurückgelehnt, die Beine verführerisch überkreuzt, William beugte sich immer noch vor. Sie hatten ihre zweite Flasche Wein fast geleert, und es sah so aus, als hätten sie auch ihren Nachtisch schon gegessen. Shelley hatte etwas auf ihrem Teller liegen gelassen, um zu beweisen, dass sie trotz ihrer Größe von über eins achtzig zart und feminin war. Ich vernahm ihre barsche, unfreundliche Stimme.

Gerade als ich mich umwandte, um die Treppe ins Untergeschoss hinabzusteigen, begegnete William meinem Blick. Er lächelte mich an. Breit. Verzog das ganze Gesicht zu einem aufrichtigen Lächeln, für mich allein. Das Lächeln dauerte höchstens eine Sekunde, doch ich war bezaubert.

Aufgeregt tänzelte ich die Stufen hinunter. Es bestand durchaus noch Hoffnung! Vor dem Spiegel zwickte ich mir in die Wangen. Vielleicht hatte William etwas gespürt, als wir uns zuvor angeschaut hatten. Wenn ich seinen Blick doch nur noch einmal einfangen könnte …

Was dann? *Fantastin*, knurrte die Stimme in meinem Kopf. *Du hast ihm ein paar Sekunden in die Augen geblickt, mehr nicht!*

»Ähm, nicht zu vergessen die zwei Tage voller intensiver Online-Gespräche«, korrigierte ich mich. Mein Kampfgeist kehrte zurück. Ich musste etwas tun. Was schadete es schon, wenn ich ihm meine Karte daließ, wie ich es ursprünglich geplant hatte? Im schlimmsten Fall hätte er nicht den blassesten Schimmer, von wem sie stammte, und würde nie anrufen. Doch im besten Fall hätte er mitbekommen, dass ich ihn anglotzte, und wäre nach einem mittelprächtigen Date mit Shelley neugierig genug, Kontakt mit mir aufzunehmen.

Ich sei die große Frau, die ihn angelächelt hätte, kritzelte ich auf eine Visitenkarte, dann musste ich daran denken, was Hailey gesagt hatte – dass mich die Beziehung der beiden nichts anginge. War das, was ich tat, in irgendeiner Weise zu rechtfertigen? *Du schuldest Shelley Cartwright gar nichts*, beharrte die Stimme in meinem Kopf stur. *Sie an deiner Stelle würde das Gleiche tun.* Nicht ganz überzeugt rückte ich meine Brüste zurecht, so dass sie einen Spalt bildeten, dann schritt ich, die Visitenkarte fest in der Hand, aus der Toilette. Jetzt ging's um die Wurst.

Es ging nicht um die Wurst. William und Shelley waren fort. An ihrem Platz lagen zwei zusammengeknüllte Servietten auf ihren Desserttellern. Ihre Stühle waren vom Tisch abgerückt, als hätten sie es eilig gehabt, das Lokal zu verlassen, um sich …

Panisch hastete ich zum Eingang und spähte hinaus.

… zu küssen.

William, der schöne, perfekte Doktor, und Shelley, die bissige Business-Frau, standen auf der Beak Street und küssten sich auf den Mund. Zögernd trat ich hinaus auf die Straße. Eine Woge verzweifelter Eifersucht spülte über mich hinweg. William löste sich von Shelley und strich ihr eine Haarsträhne hinters Ohr.

Sie war aufgeregt, ihr Gesicht gerötet, und sie strahlte ihn an wie ein verliebter Teenager.

»Charley«, sagte Sam, der plötzlich an meiner Seite auftauchte. Ich ignorierte ihn. William blickte Shelley lächelnd ins Gesicht und stellte ihr eine Frage. Sie nickte heftig. Ein weiteres Date? Ich konnte es kaum ertragen. Dann hob sie das Gesicht und küsste ihn erneut – zögerlich, tastend –, bevor sie in ein Taxi stieg, das an der Ecke zur Lexington Street wartete. William steckte die Hände in die Taschen und schaute ihr immer noch lächelnd nach, selbst als das Taxi schon losgefahren war. Dann drehte er sich um und ging davon.

»Chas?«, wiederholte Sam. Er war total stinkig. »Du hast dich den ganzen Abend über wie eine Vollidiotin benommen. Was um alles auf der Welt ist los mit dir?«

Ich starrte ihn mit leerem Blick an, dann drehte ich mich um und kehrte ins Restaurant zurück. Sam folgte mir. »Nichts«, sagte ich nach einer langen Pause. »Ich hatte bloß einen schlechten Tag. Einen sehr, sehr schlechten Tag.«

Sam musterte mich prüfend, blickte die inzwischen leere Straße entlang und nickte. Doch er wirkte nicht überzeugt.

Kapitel acht

Etwas später ließ ich mich von einer beschwingten, zum Plaudern aufgelegten Katy aus dem Restaurant bugsieren. Sie hatte darauf bestanden, dass ich sie zu dem Gig in Brixton begleitete. In einem schrill kreischenden Zug der Victoria Line rasten wir Richtung Süden, Katy und Sam kichernd auf einer Seite des Gangs, ich stumm zusammengesackt auf der anderen. Auf einmal stellte ich fest, dass ich noch immer meine Visitenkarte in der Hand hielt, die ich dem Kellner für William hatte geben wollen. Tränen der Scham traten mir in die Augen.

Du unverbesserlicher Schwachkopf, schalt ich mich. *Läufst reihenweise den Männern nach und redest dir ein, sie würden dich mögen, dabei tun sie das ganz und gar nicht. Warum sollten sie auch? Du bist ein unsympathischer Klotz!*

Ich war verzweifelt. Der giftigen Atmosphäre bei der Arbeit entronnen humpelte ich durch London, nur um festzustellen, dass die Antwort auf all meine Probleme – William – sich als genauso großes Desaster entpuppte wie alles andere in meinem Leben. Und morgen würde ich dieses Chaos hinter mir lassen und – was? In die giftige Atmosphäre bei Salutech zurückkehren? Aber sicher doch! Was für ein großartiges Leben!

Ich zerfloss vor Selbstmitleid.

Doch dann, an der Victoria Station, setzte ich mich plötzlich auf. Eine Gruppe Geschäftsmänner in Anzug und Krawatte amüsierte sich lautstark am anderen Ende des Waggons, lauter clevere Jungs, aber betrunken. Als ich sie beobachtete, fiel mir etwas ein, das mir während der letzten Woche entfallen zu sein schien.

Meine Arbeit hatte mich immer glücklich gemacht.

Richtig glücklich. Selbst in schwierigen Zeiten. Auch ich hatte in meinem Hosenanzug herumgealbert, genau wie die Kerle dort drüben.

Was um alles auf der Welt war schiefgelaufen? Bis vor drei Tagen hatte ich meinen Job geliebt. Salutech war mein Hafen gewesen, keine Gifthalde. Hatte sich mein Job verändert? Nein! Noch nie war die Arbeit so aufregend gewesen wie jetzt! Margot? Pah, kleiner Fisch! Nein, *ich* war das Problem. Irgendwann während der letzten Wochen hatte ich aufgehört, Charley, die Powerfrau, die schottische Amazone zu sein, und mich in Jammerlappen-Charley verwandelt, den sich in Selbstmitleid suhlenden Labrador.

Tatsache war, dass ich mich seit meiner Rückkehr zu Salutech hatte treiben lassen. Ich war mir so sicher gewesen, dass Margot versuchen würde, mir das Leben zur Hölle zu machen, dass ich genau das tatsächlich zugelassen hatte. Ich war nur darauf fixiert gewesen, mir selbst einzureden, wie unfair das alles war. Außerdem hatte ich viel zu viel Zeit mit First Date Aid und meinen verrückten Fantasien, William betreffend, verschwendet.

Das Resultat war, dass ich meinem kostbaren Job nicht mehr als dreißig Prozent gewidmet hatte. *Warum?* Die jahrelange Erfahrung hatte gezeigt, dass ich mir gar nicht erst die Mühe machen musste, bei Salutech aufzukreuzen, wenn ich nicht mindestens hundert Prozent gab! Und, was noch wichtiger war, die jahrelange Erfahrung hatte auch gezeigt, dass es mich glücklich machte, hundert Prozent zu geben. Es war nahezu skandalös, zehn Tage vor der größten Produkteinführung aller Zeiten nur eine vage Vorstellung von dem zu haben, was um mich herum passierte.

Mein Kopf war auf Leerlauf geschaltet. Wenn ich bereit wäre, mich bei der Arbeit am Riemen zu reißen, könnte ich mich ziemlich schnell am eigenen Schopf aus diesem Schlamassel herausziehen. Die Entscheidung lag auf der Hand. Ich musste zu meinen alten Gewohnheiten zurückkehren: jede Menge harte Arbeit, gesundes Essen, Sport und Beschäftigung – ansonsten würde ich weiterhin traurig und zornig auf mich selbst dahintreiben.

Schluss mit all diesen Hirngespinsten, Charley Lambert, dachte ich und ließ meinen inneren Motivationscoach von der Leine. *Von jetzt an wird keine Zeit verschwendet! Morgen kehrst du nach Edinburgh zurück und bringst dein Leben wieder auf Kurs! ALLES KLAR?!*

Seit langer Zeit erblickte ich einen ersten Hoffnungsstrahl. Hier hatte ich eine Lösung, die *funktionierte*. Das wusste ich, war ich mit diesem Konzept doch jahrelang überaus erfolgreich gewesen.

First Date Aid hatte mir geholfen, während meiner Rekonvaleszenzphase nicht verrückt zu werden, doch die *Erste Hilfe fürs erste Date* hatte mich gleichzeitig von Salutech abgelenkt und mich zu derart peinlichem Verhalten verleitet, dass ich gar nicht daran denken mochte. First Date Aid musste weg. Ich verabscheute den Gedanken, mein nettes kleines Unternehmen aufzugeben, doch die Vorstellung, noch länger diese unzurechnungsfähige Jammergestalt abzugeben, war noch schlimmer. Salutech kam an erster Stelle. Die Firma hatte hundert Prozent meiner Aufmerksamkeit und Kraft verdient. Sie *bezahlte* mich dafür, hundert Prozent zu geben. Vielleicht wäre ich sogar in der Lage, meine beschämende Indiskretion von heute Abend zu vergessen, wenn ich First Date Aid aufgab, um mich voll und ganz auf die aufregendste Produktlancierung in der jüngeren Medizingeschichte zu konzentrieren.

Abgemacht. Abgesegnet. Unterschrieben.

Charley Lambert hatte einen Plan.

Ein klein wenig optimistischer setzte ich mich auf, um Katys und Sams Gespräch zu lauschen, die darüber sprachen, wie wichtig Kreativität in ihrem Leben sei. Ich zog nicht mal ein Kotzgesicht.

Katy hüpfte aufgeregt zum Eingang von etwas, das aussah wie ein Verlies. Es befand sich in einer finsteren Hintergasse nahe der Coldharbour Lane. Die Musik, die uns entgegenwaberte, war nicht unbedingt ansprechend, und ich musste mir alle Mühe geben, Begeisterung zu heucheln. »Den Eintritt übernehme ich!«, rief Katy und drückte einem gigantischen Türsteher einen Kuss auf die Wange. »Alles klar, Garfield?«

Er zwinkerte ihr zu, während der Rest seiner Miene vollkommen reglos blieb. »Du und deine Freunde kommen umsonst rein, Prinzessin«, brummte er.

Pflichtbewusst lächelnd schoben wir uns an ihm vorbei. Vor uns öffnete sich ein Gewölbe, spärlich erhellt von gedämpften Wandleuchtern. Das Rauchverbot schien hier nicht zu gelten, und wäre da nicht der unbarmherzig wummernde Technosound gewesen, hätte man meinen können, in einer Spelunke in Harlem während der Siebziger gelandet zu sein. Fast alle sahen gute fünfzehn Jahre jünger aus als ich, und ausnahmslos alle sahen aus, als würden sie Drogen nehmen.

»Soll ich uns ein paar Pillen besorgen?«, fragte Katy an Sam gewandt. Sie sprach etwas leiser als sonst, als würde ich sie dann nicht hören. Sam nickte aufgeregt.

Ich fühlte mich älter denn je. Katy nahm mir meinen eleganten Blazer ab und warf ihn auf einen Haufen, dann verschwand sie in der Menge, um jemanden namens Pork zu suchen. »Seit wann nimmst du Pillen?«, fragte ich Sam.

»Immer schon.«

»Unsinn! Du hast seit Jahren nichts mehr mit Drogen zu tun, Sam!«

»Charley«, rief er über die Musik hinweg, »halt dich da raus.« Er schien sauer zu sein.

»Warum bist DU eigentlich so schlecht gelaunt?«, brüllte ich. Er schüttelte gereizt den Kopf.

»Bin ich doch gar nicht!«, brüllte er zurück, dann tauchte er ebenfalls in der Menge unter. Ich schaute auf meine Armbanduhr. Dreiundzwanzig Uhr fünfundvierzig. Wenn die Band endlich zu spielen anfing, könnten wir vielleicht in einer Stunde gehen. Ich trat an die Bar und bestellte mir ein Glas Wein.

»Nur Wodka oder Rum!«, schrie der Barmann.

Ich nahm einen Wodka, dann überlegte ich kurz und bestellte zwei weitere, einen für Katy und einen für Sam. Die Gläser balancierend setzte ich mich auf einen Lautsprecher und wartete darauf, dass sie zurückkamen. Die Menge um mich herum wogte und kreischte, die Musik hämmerte. Ich kam mir unglaublich dämlich vor, wie ich hier in meinem schmerzhaft teuren Kleid saß, das ich mir für einen Mann namens William gekauft hatte, der nicht den blassesten Schimmer hatte, dass es mich überhaupt gab. Doch morgen schon würden sich die Dinge ändern. Dann gäbe es in meinem Leben nichts Dämliches mehr und auch nichts Trauriges.

Nach einer Weile tauchten Sam und Katy mit einem strahlenden Grinsen auf ihren strahlend schönen Gesichtern aus der Menge auf. Es war offensichtlich, dass ihre Suche erfolgreich gewesen war. Ich schaute sie prüfend an. »Werdet ihr zwei jetzt die ganze Nacht lang ausflippen?«

Sam kicherte. »Vielleicht!« Er zog seine modische Strickjacke aus und warf sie auf meinen Blazer, dabei nickte er – leicht verlegen – zur Musik. Sam war ein ausgezeichneter Tänzer, was bei

Frauen immer gut ankam, doch nun war ich gespannt zu sehen, wie er unter all den Technofreaks abschnitt.

Ich reichte den beiden gerade ihre Gläser mit Wodka, als ein schmächtiger Asiate mit einer dicken, schwarzen Brille auf die Bühne schlurfte und die Band ankündigte. Katy und Sam jubelten und kreischten, und ich musste mich schwer zusammenreißen, um nicht laut loszuprusten. Sam fühlte sich absolut wohl hier mit seinem halb offenen Hemd und dem peinlichen Männerschmuck, aber mir machte er nichts vor. Als die Band loslegte und er wild in die Luft boxte, zog ich mein Handy aus der Tasche, um ein Video für Hailey aufzunehmen. Es war, als würde unser Sohn zum ersten Mal die Schuldisco besuchen.

Die Band klang wie viel zu viele Bands heutzutage: schneller, ins Ohr gehender Elektro-Rock mit verfremdetem Gesang und bemüht trockenem Humor. Ich strengte mich echt an, doch ich sehnte mich nach einem Stück von Belinda Carlisle und einem Glas Merlot. Doch weil ich beides nicht hatte (und nicht bekommen würde), machte ich es mir auf dem Lautsprecher bequem – der Gott sei Dank nicht angeschlossen war – und lehnte mich gegen die Wand.

Mit einem Ruck fuhr ich aus einem Traum hoch, in dem ich William und Shelley zu einer Technoparty im Wald gefolgt war. Ich hatte keine Ahnung, wo ich war. Verängstigt starrte ich auf ein Meer von winkenden Armen und fühlte, wie laute Musik durch mich hindurchpulste.

Ach ja, Brixton. Ich war mit Sam und Katy dort, und die beiden hatten bescheuerte, gefährliche Teenagerdrogen genommen. Ich suchte die Menge nach ihnen ab und fand sie fast sofort, gegen eine Säule zu meiner Linken gelehnt. Katy stand mit dem Rücken zur Säule, Sam küsste sie gierig auf den Mund.

Für ein paar Sekunden war ich wie erstarrt vor Entsetzen.

Doch schließlich – langsam, nüchtern und sachlich – ließ ich mich von meinem Lautsprecher gleiten und ging zu ihnen hinüber. Ich tippte Katy auf die Schulter, und sie fuhr zusammen und befreite sich von Sam, total beschämt und betrunken. »Hausschlüssel«, sagte ich zu ihr.

»Entschuldige, Chas, wir sind völlig von der Rolle.« Sie kicherte.

Ich streckte die Hand aus. »Schlüssel, bitte.«

Sam – ich brachte es nicht fertig, ihn anzusehen – fasste meinen Arm. »Wollen nur ein bisschen Spaß haben!«, schrie er mir ins Ohr. Ein Spuckefleck landete auf meinem Ohrläppchen. Ich stieß seinen Arm weg und funkelte ihn zornig an.

»Du kannst hier jedes Mädchen haben«, zischte ich. »Jedes Mädchen in Brixton, in London, in ganz Großbritannien. Ich hatte dich gebeten, meine kleine Schwester in Ruhe zu lassen, und nicht mal den Gefallen tust du mir.«

»Ach, entspann dich, Charley«, lallte er. »Ein kleiner Kuss schadet doch keinem. Du solltest es selber mal versuchen. Mach dich ein bisschen locker!«

»Charley, ich bin mit Ruben zusammen«, quiekte Katy. »Wir haben gerade noch gevögelt – es hat nichts zu bedeuten!«

»Und ich versuche, über eine geplatzte Verlobung hinwegzukommen, wenn du dich erinnerst«, fügte Sam hinzu.

»Leck mich«, sagte ich zu ihm, ohne Katy zu beachten. »Sie ist zweiundzwanzig, Sam.«

»Sie sieht verdammt gut aus, und sie hat Lust darauf«, gab er zurück.

Die Wut machte mich fast blind. »Halt die Klappe, halt einfach deine Klappe!«, schnauzte ich. »Ich gehe. Wenn du heute Nacht mit ihr schläfst, rede ich nie wieder mit dir, das kannst du mir glauben.«

»Scheiß drauf.« Er wandte sich wieder Katy zu.

Zwanzig Minuten später kauerte ich, noch immer fassungslos, auf Katys Sofa, wo ich zu dem Schluss kam, dass heute einfach nicht mein Abend gewesen war.

Ich blickte mich im Zimmer um und wunderte mich über meine selbstgewählte Unterbringung in der schlimmsten Nacht seit meinem Beinbruch. Hunderte unerklärliche Aufnahmen von Katy in einem bordeauxroten Catsuit und Zylinder lagen auf dem Tisch verstreut, auf dem sich außerdem die Reste eines Spiegeleis befanden, in denen jemand eine Kippe ausgedrückt hatte. Daneben standen eine halb leere Flasche Bio-Cider und eine Marihuanapflanze aus Plastik, am Topf klebte ein Schildchen mit dem Namen »Stuart«.

Es reichte.

Ich schlurfte die Treppe hinauf in Katys Gästezimmer – mein vorübergehendes Quartier – und entdeckte, dass Sam sein ganzes Zeug einfach auf den Boden geworfen hatte. Ich wurde schon sauer, wenn ich nur seine schicke Lederreisetasche erblickte. Hatte er sie gekauft, um Katy damit zu beeindrucken? »Leck mich«, sagte ich wieder, diesmal zu seiner Tasche. Und dann: »Du schläfst heute Nacht besser auf dem Sofa, Samuel Bowes, denn wenn du mit Katy schläfst, muss ich dich leider umbringen.«

Damit stieg ich ins Bett und zog mir die Decke über den Kopf. Mein Flieger ging um sechs Uhr fünfunddreißig, was bedeutete, dass mir noch genau fünfundvierzig Minuten blieben, bevor ich wieder aufstehen musste – eine Aussicht, die mich normalerweise erschreckte. Im Augenblick allerdings war mir das herzlich egal. Je eher der nächste Morgen anbrach, desto eher konnte ich in die Rolle schlüpfen, auf die ich mich am besten verstand: Charley, die Powerfrau. Charley, die knallharte Powerfrau, wurde mit allem fertig. Sie war eine furchtlose Amazone. Die toughste Amazone, die Schottland je gesehen hatte.

Weder Sam noch Shelley konnten ihr krummkommen. Und Margot sollte sich lieber in Acht nehmen.

Ich drehte mich auf die Seite und versuchte, noch ein bisschen Schlaf zu finden, doch es klappte nicht, weil es nicht dunkel im Zimmer war. Sams Laptopmonitor warf sein unheimliches, künstliches Licht auf den Fußboden. »Lass das«, knurrte ich.

Nichts geschah, also warf ich die Bettdecke zurück und stürmte rüber, um ihn zuzuklappen.

Doch dann blieb mein Blick an etwas hängen. An etwas ganz und gar Merkwürdigem.

Auf Sams Bildschirm leuchtete eine ziegelfarbene Website, auf der oben in Großbuchstaben CYBER LOVE ASSISTANTS stand. *Cyber Love Assistants?* Darunter, etwa so groß wie der halbe Monitor, befand sich das, was meine Aufmerksamkeit geweckt hatte: ein Foto von Shelley Cartwright.

Langsam ließ ich mich aufs Bett sinken. Meine Gedanken rasten und überschlugen sich förmlich vor Erklärungen, doch keine davon ergab Sinn. Ich blickte genauer hin. Hier war nicht nur Shelleys Foto zu sehen, sondern ihr komplettes love.com-Dating-Profil. Es sah aus wie ein Screenshot. Daneben stand etwas geschrieben:

Kunde: Dr. William Thomas
Kandidatin: »Shelley«
Dating-Website der Kandidatin: www.love.com
Kundenbewertung dieser Kandidatin: *****
E-Mails an diese Kandidatin: 11

Perplex lehnte ich mich zurück. Plötzlich fiel mein Blick auf ein Notizbuch, das neben Sams Laptop lag. »Polpo« hatte Sam notiert. »Die Regent Street hinunter, dann links in die Beak Street und nach ungefähr zweihundert Metern auf der linken

Seite – 19.30 Uhr.« Er hatte die Uhrzeit so kräftig unterstrichen, dass sich sein Kugelschreiber durch mindestens zwei Seiten durchgedrückt hatte.

Ich blickte wieder auf den Monitor. Shelley starrte mich an, kühl, selbstbewusst, geschäftsmäßig. »Was um alles in der Welt geht hier vor?«, flüsterte ich.

Unten auf der Seite entdeckte ich ein Feld mit der Aufschrift »User Account: Sam Bowes«. Langsam, ganz vorsichtig – als wollte ich keine schlafenden Hunde wecken – streckte ich den Finger aus und klickte darauf. Ich war völlig durcheinander. Sam hatte ein Benutzerkonto bei Cyber Love Assistants. Und eine Verbindung zu Shelley und William. Bedeutete das etwa …?

Ja, genau das bedeutete es. Ein Bedienfeld öffnete sich, komplett mit einem Posteingang. Darin befand sich eine Nachricht aus der Zentrale von Cyber Love Assistants.

Sam,
ich habe eine E-Mail von William Thomas bekommen. Er schreibt, er sei nicht gerade glücklich über die E-Mails, die du in seinem Namen an eine Frau namens Shelley geschickt hast. Offenbar hält er sie für viel zu intim. Ruf mich morgen bitte an.
Gruß, Steve Sampson

Meine Hand zuckte zurück. In meinem Kopf tobte ein wahrer Wirbelsturm, während ich zu verarbeiten versuchte, was ich da vor mir sah. *Sam* hatte Williams E-Mails geschrieben? *Sam war ein Ghostwriter, genau wie ich?* Und von allen Menschen auf diesem Planeten, für die er hätte tätig werden können, schrieb er ausgerechnet für *William*?

Nein! Sam war ein Weißbrot mampfender, Frauen verschlingender Schuft und so romantisch wie eine gefüllte Hähnchenbrust. Das konnte gar nicht sein! William hatte es geschafft, meine Schale aufzubrechen, etwas, das Sam *niemals* gelungen wäre!

Ich musste halluzinieren. Abgesehen von allem anderen war Cyber Love Assistants ein amerikanisches Unternehmen. Wenn sie nach England expandiert hätten, hätte ich davon gewusst.

Ratlos klickte ich zurück auf die vorherige Seite und starrte wieder auf Shelleys Foto. Darüber leuchtete ein Feld für »Nachrichten« auf. Zu perplex, um an Dinge wie die Privatsphäre anderer Leute zu denken, klickte ich darauf, dann schnappte ich nach Luft, denn da war sie: die gesamte Korrespondenz zwischen Shelley und William.

Ich mag dich ein bisschen zu gern für ein x-beliebiges Mädel aus dem Internet, hatte William letzten Freitag geschrieben. *Du hast etwas Besonderes an dir.*

Ganz unten entdeckte ich etwas, das mich umhaute.

Vor fünf Tagen hatte ich William in Shelleys Namen geschrieben, um die Verabredung zu bestätigen und ihm zu erklären, warum ich bis dahin keinen Kontakt zu ihm halten könne. Hier, in Sam Bowes' Entwurfsordner, stand eine Antwort, die er nie abgeschickt hatte. Ich las sie, eine Hand fest vor den Mund gepresst, als wollte ich verhindern, dass sich mir ein Schrei entrang.

Liebe Shelley,
das ist vermutlich die seltsamste E-Mail, die du je bekommen wirst. Ich beginne mit einer Entschuldigung für den Fall, dass du dich darüber aufregst oder dich gar beleidigt fühlst. Du sollst wissen, dass das absolut nicht meine Absicht ist.

Mein Name ist Sam, und ich bin Ghostwriter für eine Agentur, die sich Cyber Love Assistants nennt. Ich verhelfe den Menschen, die sich aus irgendwelchen Gründen in

Internet-Singlebörsen unwohl fühlen, mit meinen E-Mails zu einem Date. William, mit dem du gechattet hast, ist einer unserer Klienten, und ich bin es, der die E-Mails für ihn verfasst. Nun stellt sich heraus, dass es ihm nicht gefällt, wie persönlich unsere Korrespondenz geworden ist, was ich ihm nicht verübeln kann. Normalerweise würde ich im Namen eines meiner Klienten niemals so weit gehen, doch ich konnte mich einfach nicht bremsen.

Ich weiß nicht, woran genau es liegt, aber ich bin absolut süchtig nach unseren Gesprächen. Mir ist klar, dass es vollkommen unprofessionell ist, die Anonymität aufzuheben und dich auf diese Art und Weise zu kontaktieren – und dann auch noch über die Agentur –, doch ich habe mir lange den Kopf darüber zerbrochen, bevor ich zu dem Schluss gekommen bin, dass mir keine andere Wahl bleibt.

Shelley, angesichts der Tatsache, dass du dich mit mir ausgetauscht hast, würde es mich nicht wundern, wenn du nun denkst: ZIEH LEINE, DU SCHEISSKERL!

Hier endete die E-Mail und damit meine Hoffnung, das Ganze wäre ein Irrtum.

Es war kein Irrtum. Sam, mein Mitbewohner, hatte Williams E-Mails verfasst. *Sam* war mir so sehr unter die Haut gegangen, dass ich mich in eine liebestolle Irre verwandelt und – auf eine grässlich peinliche, unmoralische Art und Weise – versucht hatte, das Treffen von Shelley und William zu torpedieren. Es hatte zudem den Anschein, dass Sam genauso übergeschnappt war wie ich: Wir beide mussten aus genau demselben Grund im Polpo gewesen sein.

Ich stützte meinen Kopf in die Hände. Was hatte das zu bedeuten? Hatte ich mich in Wirklichkeit in Sam verliebt? BITTE NICHT, LIEBER GOTT, BITTE NICHT!

Ich versuchte, einen kühlen Kopf zu bewahren und in Ruhe darüber nachzudenken. Ich stellte mir vor, Sam würde in diesem Augenblick vor mir stehen. Er würde seine albernen, trendigen Klamotten tragen und die Verwegenheit und das Selbstvertrauen ausstrahlen, die nur extrem attraktiven Menschen zu eigen sind. Wahrscheinlich würde er einen Nutella-Toast mampfen und sich mit einem leicht eingeschüchterten Gesichtsausdruck dafür entschuldigen, Drogen genommen und mit meiner kleinen Schwester geknutscht zu haben.

Nein. Ich war nicht in Sam verliebt. Wenn ich mir einer Sache absolut sicher war, dann dieser. Ein hundertprozentiges, kategorisches Nein.

Aber er ist William!, rief die Stimme in meinem Kopf.

Ich schloss die Augen. Was für ein Chaos!

Schon wenige Minuten, nachdem ich Sam kennengelernt hatte, hatte ich gewusst, dass ich mich nie für ihn interessieren würde, ganz egal, wie er aussehen mochte. Er war amüsant, nett und ein talentierter Schauspieler, doch er verkörperte gleichzeitig genau den Typ Mann, der mich kaltließ: Er war schlampig und kindisch, und sein ganzes Leben drehte sich nur um Sex, Essen und Sport.

Trotzdem machte die Tatsache, dass er so ehrliche, mutige E-Mails verfasst hatte – die mir, das konnte ich nicht leugnen, eine gewaltige Dosis Selbsterkenntnis gebracht hatten –, die Dinge äußerst verworren.

Dennoch: *Nein, nein, NEIN!*, dachte ich. *Er schreibt einfach nur gute E-Mails, mehr steckt nicht dahinter!*

Meine hin und her schweifenden Gedanken wurden von dem lauten Knall der ins Schloss fallenden Haustür unterbrochen.

»Na dann, gute Nacht«, hörte ich Katy sagen. Sie klang ziemlich verlegen, und ein paar Sekunden später vernahm ich ihre klackernden Schuhe, als sie *en route* zu ihrem Schlafzimmer an meiner Tür vorbeihuschte. Erleichtert registrierte ich, dass sie allein zu Bett ging.

Nun hörte ich Sam unter mir durchs Wohnzimmer schleichen und versuchte, ihn mir vorzustellen, wie er das Sofa gerade in ein Bett verwandelte. Bin ich tatsächlich in diesen betrunkenen, Pillen einwerfenden Mann verknallt?

Nein, kam die instinktive Antwort, und zwar erfreulich entschieden. *Nein, das bin ich nicht. Bin ich nie gewesen und werde es auch nie sein. Sollen die E-Mails ruhig in ihrer Cyberwelt bleiben, dort, wo sie hingehören. Das Ganze ist doch nichts weiter als ein Hirngespinst! Keine heimlichen Fantasien mehr*, gelobte ich mir selbst. *Nie mehr.*

Und da war sie. Die Antwort. Keine heimlichen Fantasien mehr. Nie mehr. Liebe und das Internet waren zu chaotisch, basta. Da machte ich nicht länger mit.

Zufrieden drehte ich mich auf die Seite und schlief, bis dreißig Minuten später mein Wecker klingelte. Erschöpft, aber hoffnungsvoll bei der Aussicht auf einen Neubeginn, schlich ich mich aus Katys Haus hinaus auf die kalte, regennasse Straße, wo ich ein Taxi anhielt und zum Flughafen flüchtete. Es war nur eine Frage von Stunden, bis ich an meinen Schreibtisch zurückkehren konnte, bereit, mein Leben wieder unter Kontrolle zu bringen.

Kapitel neun

Ich blickte zu Margots Schreibtisch hinüber. Es war schon neun Uhr zweiunddreißig, und sie war immer noch nicht da. Unbehaglich rutschte ich auf meinem Stuhl hin und her und versuchte, die unheilvolle Vorahnung zu unterdrücken, die sich in mir zusammenbraute. Ich wollte DAS GESPRÄCH nicht länger hinausschieben. Ich wollte, dass Margot sich anhörte, was ich mir im Flugzeug überlegt hatte. Und dann wollte ich, dass sie mir meinen Job zurückgab. Und dass sie im Idealfall damit aufhörte, Röcke zu tragen, die alles exakt abzeichneten. Aber eins nach dem anderen.

Ich saß gerade mal eine Stunde an meinem Schreibtisch, doch ich fühlte mich bereits besser. Mein Posteingang war gut organisiert und nach Prioritäten sortiert, und ich arbeitete mich langsam, aber sicher durch die angestauten Mails, die ich in den vergangenen Tagen nicht hatte abtragen können. Ich war bereit, wieder die Kontrolle zu übernehmen. Wäre ich erst einmal mit Margot fertig, würde mich nichts mehr aufhalten können. »Grrr«, knurrte ich leise, um mir Mut zu machen. »GRRR!«

Ich blickte aus dem Fenster auf die lange, gewundene Auffahrt, doch noch immer war keine Spur von ihr zu sehen. Trotz meiner Enttäuschung über Margots Abwesenheit breitete sich ein zunehmendes Gefühl inneren Friedens in mir aus. Es war ein ausgesprochen schöner Herbstmorgen, ein weiches, gedämpftes Licht spielte mit den gelben Blättern, die noch an den Ahornbäumen hingen. Die schmerzlichen Ereignisse der gestrigen Nacht hatte ich bis auf Weiteres fest in meinem inneren Aktenschrank verschlossen.

Über die interne Telefonanlage rief ich Cassie an. »Haben Sie etwas von Margot gehört?«

»Sie ist bei der BBC und gibt Radio Scotland ein Interview«, antwortete Cassie. »Erinnern Sie sich nicht?«

»Ähm, nein?«

Cassie stand von ihrem Schreibtisch auf und kam zu mir herüber. »Sie hat mir gesagt, sie habe Ihnen eine E-Mail geschickt ... In ungefähr zehn Minuten müsste sie auf Sendung sein ... Vielleicht ist die E-Mail ja verloren gegangen.« Es entstand eine Pause. »Sie hat Ihnen keine E-Mail geschickt, oder?«

Ich musste lächeln. Cassie war nicht nur eine fantastische persönliche Assistentin, sie hasste Margot auch genauso sehr, wie ich es tat. »Richtig«, erwiderte ich knapp. »Ich werde sie jetzt anrufen. Könnten Sie inzwischen bitte John informieren, dass Margot im Begriff steht, der BBC ein Interview zu geben, ohne zuvor meine Zustimmung eingeholt zu haben?«

»Dieses kleine Luder!«, rief John ein paar Minuten später. »Sie hat nicht einmal *mir* etwas davon gesagt.«

»Ich habe versucht, sie zu erreichen. Ihr Handy ist ausgeschaltet, aber ich habe die Telefonnummer eines der Produzenten von der Frühstücksshow, Chris heißt er.«

»Zu welchem Thema wollen sie sie interviewen? Verdammt, Lambert, sie *darf nichts* über Simitol verlauten lassen! Sonst müssen wir das Produkt womöglich noch vom Markt nehmen, bevor wir es überhaupt eingeführt haben!«

»Ich weiß. Ich muss jetzt auflegen, John.«

»Du *darfst* nicht zulassen, dass sie Mist baut!«, verkündete er mit Nachdruck. Er klang sehr nervös.

Endlich bekam ich bei meinem fünften Anruf Chris, den Produzenten, ans Telefon. Er reichte mir Margot, die äußerst verärgert klang. »Wir sind in zwei Minuten auf Sendung«, sagte sie übereifrig. »Mach's kurz.«

»Wir werden so lange miteinander reden, wie ich es für richtig halte«, teilte ich ihr mit stahlharter Stimme mit. »Wir sind nicht befugt, vor der offiziellen Markteinführung nächsten Freitag *irgendwelche* Interviews zu geben. Ich muss genau wissen, was für Fragen …«

»Du warst in London«, stieß Margot kurz angebunden hervor. »Was sollte ich tun? Sie brauchten ein Interview für die Frühstückssendung, und mir als deiner Stellvertreterin blieb keine andere Wahl, als für dich einzuspringen.«

»Du hattest sehr wohl die Wahl. Zum Beispiel hättest du mich anrufen oder Cassie bitten können, mich aufzuspüren. Du hättest selbst mit John reden können. Ich werde dieses Verhalten nicht länger tolerieren«, fügte ich entschieden hinzu. Sie schnappte nach Luft, doch ich blieb eisern, was sogar mich selbst überraschte. *Von jetzt an werde ich mich nicht mehr von ihr auf den Arm nehmen lassen. Das ist MEIN Job!* »Und jetzt, Margot, möchte ich genau wissen, worum es in diesem Interview für Radio Scotland geht.«

»Es tut mir leid, aber ich muss auflegen und das Interview geben«, erklärte sie entschlossen. »Vielleicht hast du während deines London-Trips vergessen, dass wir inmitten einer wirklich kritischen Phase stecken.«

»Ich kann dir versichern, dass ich *gar nichts* vergessen habe«, entgegnete ich. »Und jetzt hör bitte auf, in diesem genervten Ton mit mir zu reden, und sag mir, worum es in dem Interview geht.«

Ich hörte ein paar Sekunden zu, dann unterbrach ich sie. »Nein. Das geht gar nicht. Das Interview ist gecancelt. Du kannst solche Fragen nicht beantworten. Du arbeitest in der Abteilung für Markenkommunikation, Margot. Du *weißt*, dass das nicht geht.«

»Was? Das Interview beginnt in dreißig Sekunden – ich kann jetzt unmöglich die ganze Sache abbrechen, und das werde ich auch nicht …«

»Du wirst. Ich bin die Leiterin dieser Abteilung, und ich erteile dir die Anweisung, das Interview *sofort* zurückzuziehen. Alles andere wäre ein klarer Verstoß gegen die Regeln, an die wir hier alle gebunden sind.«

Ich legte das Telefon weg und atmete tief aus. Meine Hände zitterten, mein Herz raste. *Machtgeile kleine Arschkriecherin.* Als ich mich mit meinem Stuhl zum Schreibtisch umdrehte, fing jemand an zu applaudieren. »Sie ist wieder da«, sagte John von der Türschwelle aus. Er schlenderte in mein Büro und strahlte mich dabei auf eine Art und Weise an, die mich noch immer total erregte. Wenn auch nur ein klein wenig. Anstatt auf einem Stuhl Platz zu nehmen, setzte er sich auf meinen Schreibtisch, direkt vor mich.

»Ja, Lambert ist wieder da«, bestätigte ich und versuchte, ein Grinsen zu unterdrücken.

Keine heimlichen Fantasien mehr über ungeeignete Männer, rief ich mir in Erinnerung und wandte mich meinem Bildschirm zu, als wäre unser Gespräch damit beendet. Unglücklicherweise befand sich die Maus direkt neben Johns Hintern, so dass ich leicht eingeschränkt mit meinen Bewegungen war.

»Wie geht's dem Bein?«, fragte er, die Augen auf meinen Oberschenkel geheftet.

»Tut weh.« Ich griff nach einem Stift, zog damit die Maus zu mir heran und öffnete ein Dokument.

John ließ sich nicht beirren. »Würde eine Massage helfen? Oder Reiki? In meiner Freizeit bin ich ein Reiki-Meister. Ich könnte wahre Wunder an deinem Bein vollbringen.«

Ich kämpfte schwer darum, mein Lächeln unter Kontrolle zu halten. John wusste immer noch, wie er mich kriegen konnte.

»Nein, John«, widersprach ich entschieden, »ich möchte nicht, dass du deine Reiki-Künste an meinem Bein erprobst.«

»Dürfte ich dann vielleicht mit meiner Hand darüberstreichen? Lediglich zu medizinischen Zwecken, versteht sich.«

Ich verspürte den vertrauten Drang, die empörte Schulmeisterin zu spielen, und war erstaunt, wie schnell ich in die alte Rolle zurückfand, jetzt, da ich wusste, dass William nicht real war. Trotzdem musste ich jeglichen Flirt vermeiden. *Keine heimlichen Fantasien mehr.* »Ich denke nicht, dass dir mein Bein gefallen würde, John«, erwiderte ich neutral. »Es ist voller Metallstifte.«

»Wunderbar!« Er sprang von meinem Schreibtisch, ging in die Hocke und umschloss mit der Hand meinen Knöchel. »Wo sind sie?«

»John! Was tust du da?!«, rief ich, mittlerweile weniger entschieden. Er war einfach fürchterlich. Und ich war nicht viel besser.

Seine große Hand strich langsam mein Schienbein hinauf, seine Finger betasteten sanft die Knochen. »Herrgott, Lambert, da drin ist ja ein ganzer Werkzeugkasten!« Seine Hand wanderte weiter aufwärts, doch nachdem er einen strengen Blick von mir geerntet hatte, verharrte er an meinem Knie.

»Schluss«, sagte ich ruhig.

John stand auf und tat, als würde er schmollen. »Du trägst halterlose Strümpfe«, bemerkte er auf dem Weg zur Tür. »Wunderbar viktorianisch und sexy, Lambert. Macht das bionische Bein wett. Weiter so!«

»Ich werde dich auf dem Laufenden halten, wie es mit Margot weitergeht, sobald ich mit ihr gesprochen habe«, teilte ich ihm nüchtern mit. Ich wollte, dass er aus meinem Büro verschwand, bevor ich seine Gesellschaft allzu sehr genoss.

»Margot ist eine Nervensäge«, sagte John. »Mit der wirst

du mühelos fertig. Machtgeile kleine Arschkriecherin. Sie hat ihre Sache gut gemacht, als sie hier die Stellung halten musste, aber …«

»*Wie* hast du sie gerade genannt?«, fragte ich und fing an zu lachen.

»Ähm, eine machtgeile kleine Arschkriecherin. Ach, Lambert, jetzt komm mir nicht mit fader Political Correctness. Das Mädel ist nun mal eine Arschkriecherin, und das weißt du!«

Ich konnte nicht aufhören zu lachen. Ich lachte und lachte und lachte, bis ich mich endlich in meinem Stuhl zurücklehnte und die Augen schloss. Der Schmerz und die Enttäuschung der letzten vierundzwanzig Stunden lösten sich in Luft auf, als John mich erfreut anstrahlte.

»Arschkriecherin!«, keuchte ich. Tränen schossen mir aus den Augen. »So nenne ich sie auch!«

»Eine Arschkriecherin mit einem Faible für Zwerge«, fügte er hinzu.

Das gab mir den Rest. Ich hörte erst auf zu lachen, als Margot vierzig Minuten später umgeben von einer dicken, schwarzen Wolke des Zorns in mein Büro rauschte. »Wir müssen reden«, sagte sie und schlug die Tür hinter sich zu. Sie sah aus, als hätte ihr jemand unaufgefordert eine NASA-Rakete in den Allerwertesten geschoben. »Wie konntest du es wagen, das Interview zu canceln, unmittelbar bevor wir …«

»Sagtest du nicht, wir müssen reden?«, fiel ich ihr ins Wort. »Wie kannst *du* es wagen, ein völlig unangemessenes, nicht abgesegnetes Interview in einer Zeit wie dieser zuzusagen?«

Margot sah aus, als würde sie gleich durchdrehen. »Was soll ich deiner Meinung nach denn tun, wenn du dich nach London verpisst, um mit Johns Kumpels rumzumachen?«, fauchte sie.

»Margot«, sagte ich und lehnte mich in meinem Stuhl zurück. »John hat mich gebeten, mich mit Arthur Holford zu treffen, weil der Mann sich mit dem Gedanken trägt, fast eine Milliarde Dollar in Salutech zu investieren. Doch zuvor will er natürlich wissen, wie überzeugend unser Gesamtauftritt ist. Das würde ich nicht gerade ›rummachen‹ nennen. Wie wär's, wenn wir uns dem eigentlichen Thema zuwenden?«

Margots Gesichtsausdruck war eine komplizierte Mischung aus Zorn, Frustration und Schockiertheit. *Sie hat vergessen, dass sie für Charley Lambert, die schottische Amazone, arbeitet*, dachte ich. Tapfer machte ich die Schotten dicht und schärfte meinen Speer. »Es geht doch darum, dass du offenbar Probleme damit hast, die Hierarchie in dieser Abteilung zu akzeptieren. Ich weiß wirklich zu schätzen, was du während meiner Abwesenheit geleistet hast – hervorragende Arbeit –, doch wenn du weiterhin hinter meinem Rücken irgendwelche Dinge machst, mir Informationen vorenthältst und versuchst, Abläufe zu kontrollieren, die in meinen Verantwortungsbereich fallen, wird mir nichts anderes übrig bleiben, als formale Schritte gegen dich einzuleiten.«

Sie starrte mich mit unverhohlenem Hass an. »Das würdest du nicht tun«, flüsterte sie.

»Da täuschst du dich, Margot«, entgegnete ich kühl. »Genau das würde ich tun. Also hör auf damit, mir meine Projekte wegzunehmen, und nutze diesen Nachmittag dazu, mir meinen Job zu übergeben – und zwar ordnungsgemäß. Wenn nicht, werde ich Carly anrufen und eine Abmahnung in die Wege leiten. Wie entscheidest du dich?«

Ich holte tief Luft. *Weiter so, Lambert!* John marschierte durchs Büro und grinste mich frech durch die Glaswand an.

Margot machte auf dem Absatz kehrt. »Na schön. Dann fange ich besser gleich damit an«, murmelte sie und stakste auf ihren hohen Absätzen aus dem Zimmer. Ich war mir ziemlich sicher, dass sie leise »Schlampe« hinzufügte, als sie die Tür hinter sich zuknallte.

Als ich mich wieder gefasst hatte, kam Cassie mit einem Stapel Zeitungen in mein Büro. »Ähm, die heutigen Zeitungsausschnitte, farbig hervorgehoben.« Sie kicherte. »Übrigens: gut gemacht«, fügte sie im Flüsterton hinzu.

»Könnten Sie mir einen Powersalat zum Mittagessen besorgen, Cassie?«, bat ich sie. »Bitte kaufen Sie mir nicht schon wieder so ein minderwertiges Zeug, auch dann nicht, wenn ich Sie darum bitte. Ich muss einen klaren Verstand bewahren, Cassie. Wir fangen heute Nachmittag damit an, die alte Ordnung wiederherzustellen!«

»Kein Problem«, erwiderte sie, dann senkte sie die Stimme erneut und flüsterte: »Super, wie Sie Margot in die Schranken gewiesen haben! Sie ist ein Miststück! Gestern hat sie mir gesagt, wie gewöhnlich ich in meinem Hosenanzug aussähe!«

Ich schnappte nach Luft, aber Cassie winkte ab. »Von einer Person, die Tag für Tag ihre Muschi zur Schau stellt, lasse ich mich nicht beleidigen.«

Zum dritten Mal an diesem Tag brach ich in schallendes Gelächter aus. Die Dinge wendeten sich definitiv zum Besseren.

Später, als ich mich meinem Papierkram widmete und mich nebenbei durch meinen Salat mümmelte, klingelte mein Telefon.

»Ein Mann, der sein Ferkel sprechen möchte, ist am Apparat«, sagte Cassie.

Ich grinste. »Stellen Sie ihn durch!«

Es knackte in der Leitung.

»Dad?«

»Hallo, Ferkel.«

Ich wusste augenblicklich, dass etwas nicht stimmte. »Dad? Geht es dir gut?«

Er seufzte. »Ja, Charley, meine Liebe … ich fürchte nur, meiner Mutter geht es nicht so gut.«

Ich setzte mich besorgt auf. Granny Helen war *nie* krank. »Was ist passiert?«

»Sie … sie hatte einen leichten Schlaganfall, Charley. Wir waren die letzten vierundzwanzig Stunden bei ihr im Krankenhaus. Es geht ihr schon viel besser. Aber sie ist …« Dads Stimme versagte. »Sie ist nicht ganz sie selbst.«

»Ach, Dad … Wird sie sich erholen?«

»Das ist durchaus möglich, doch in ihrem Alter sind die Aussichten nicht unbedingt rosig«, antwortete er traurig.

Ich wurde bleich und versuchte, mir meine lebhafte, kleine Großmutter, die ihre Familie so fest im Griff hatte, als schwache, kranke Frau vorzustellen. Seit meiner frühesten Erinnerung hatte Granny Helen von ihrem Thron aus Anweisungen erteilt und mit ihrem Zepter auf den Fußboden gepocht. Ungeachtet ihres Alters war sie stets das Oberhaupt unserer Familie gewesen.

»Geht es *dir* gut, Dad?«, wiederholte ich meine Frage sanft. Er klang so verloren.

»Nun, ich bin ganz schön geschockt. Es gefällt mir gar nicht, meine Mutter in diesem Zustand zu sehen, Charley. Ich drücke fest die Daumen, dass sie sich wieder erholt.« Er klang nicht überzeugt. »Gleich geht übrigens die Nachmittagssprechstunde los, ich muss mich um meine Patienten kümmern. Könntest du Vanessa und Katy für mich anrufen, Charley? Ich … ich habe einfach nicht den Mut, es ihnen zu sagen.«

»Natürlich. Möchtest du, dass ich heute Abend zu euch komme? Etwas zum Abendessen koche? Zu Granny ins Krankenhaus fahre?«

»Nein, nein, wir sollten es so ruhig wie möglich angehen lassen … Ich rufe dich morgen an. *Au revoir*«, verabschiedete er sich bedrückt.

»Ähm, *au revoir*«, echote ich.

Nein!, dachte ich bestürzt. Granny Helen war nicht mal ansatzweise alt genug für einen Schlaganfall! Und Dad liebte seine exzentrische Mutter. Egal, wie viel er in der Praxis zu tun hatte, er bestand immer darauf, eine ganze Stunde Mittagspause zu machen, um mit ihr an die frische Luft zu gehen: Im Winter tranken sie eine Tasse Tee im Café, im Sommer saßen sie neben dem Springbrunnen und plauderten, während Malcolm um sie herumtappte und die Wiese nach interessanten Dingen abschnupperte. Sie waren echte Freunde.

Komm schon, Granny Helen, dachte ich und schluckte.

Ness war sehr aufgeregt, doch auf eine für sie typische, undramatische, selbstlose Art und Weise. Sie wollte mir unbedingt das Versprechen abnehmen, sie nach der Arbeit anzurufen, um ihr von dem Abend in London zu berichten. Schließlich musste sie wissen, was aus meinem Versuch geworden war, Williams und Shelleys Date zu ruinieren.

»Ich werde dich nicht anrufen«, widersprach ich brüsk, »es gibt nämlich nichts zu erzählen. Nichts als alberne Zeitverschwendung. Am besten vergesse ich das Ganze.«

Ness klang ziemlich erleichtert, wenn auch eine Spur enttäuscht.

Katy meldete sich verschlafen, als ich anrief. »Hi, Chas«, nuschelte sie. Dann: »Oh, Mist. Bist du unten? Soll ich dir die Haustür aufsperren?«

Ich versuchte, sie zu unterbrechen, doch Katy fing an zu kichern, ein heiseres Lachen, das gleich darauf in einen Reizhusten überging. »Verdammt, ich hab mit Sam rumgemacht, oder? Pfui! ’tschuldige, Charley, war’n Fehler.«

Nach dem Gespräch mit Katy – die wegen Granny Helen völlig aufgelöst war – kehrte ich an die Arbeit zurück, wobei ich versuchte, meine Sorge um unsere Großmutter zu vertuschen. Katy hatte ihre Knutscherei mit Sam unter »Einfluss hirnverschmorender Drogen« verbucht und offenbar keine Eile, das Ganze zu wiederholen. Ich hatte ihr geglaubt, dennoch spürte ich, wie erneut Zorn in mir hochstieg, weil Sam mir noch nicht mal eine Entschuldigung gesimst hatte. Auch das gemahnte mich an die Tatsache, dass er keineswegs William war.

Ich widmete mich wieder meinen Aufgaben bei Salutech.

»Wir sind spitze!«, rief Cassie, die auf einem Stapel Simitol-Broschüren auf dem Fußboden meines Büros hockte. Es war achtzehn Uhr fünfundvierzig.

»Das sind wir«, pflichtete ich ihr bei und streckte ihr die Hand zum Abklatschen entgegen.

Als ich um fünf vor neun ins Fitnessstudio stürmte, schlugen mir der Geruch von Chlor, synthetische House-Beats und das surrende Geräusch der Maschinen entgegen. Ich wusste, dass es vermutlich etwas zu früh war, um schon wieder mit dem Training zu beginnen, doch ich hatte es satt, ein dürres, steifes Bein zu haben, und Caro, meine Trainerin, war auf »abgeschlaffte Leute« wie mich spezialisiert. Ich hatte mich die ganze Woche auf heute Abend gefreut.

»Hi, Charley!«, rief mir Heidi zu, die Frau mit den klotzigen Armreifen, die das Kosmetikstudio führte. »Du warst lange Zeit nicht mehr beim Wachsen!« Sie deutete auf meinen Schritt.

Ich rannte in die Umkleide, bevor sie weitere Details über den Zustand meiner Intimteile hinausposaunen konnte. Ein paar Minuten später trat ich umgezogen aus der Kabine und hielt Ausschau nach Caro. Stattdessen stieß ich zu meinem heillosen Erstaunen auf Hailey.

»Was machst du denn hier?«, fragte ich und ging zu ihrem Crosstrainer hinüber. Ihr Gesicht war schweißüberströmt. Sie fing an zu lachen.

»Yo!«, rief sie fröhlich und setzte ihren Kopfhörer ab.

»Seit wann gehst du denn ins Fitnessstudio? Ähm, ich gebe dir jetzt mal lieber keinen Kuss«, fügte ich hinzu.

»Nein, bloß nicht, ich bin total glitschig.«

Es entstand ein verlegenes Schweigen, als wir an unseren schroffen Wortwechsel von gestern Abend dachten.

»Hör mal, wegen …«

»Es tut mir leid, ich …«

»Vergiss es«, sagte ich und lächelte sie an. »Ich bin aus dem Land der Fantasien zurückgekehrt und wieder in der realen Welt angekommen. Was mir sehr viel besser bekommt.«

»Gut. Du siehst übrigens großartig aus. So wie die alte Charley. Was ist passiert?«

»Wo soll ich anfangen? Nun, William war umwerfend, Shelley die typische Firmentussi. Sie haben geknutscht. Sam ist aufgekreuzt, hat eine Pille eingeworfen und Katy geknutscht. Und dann habe ich herausgefunden, dass Sam als Ghostwriter arbeitet, und das ausgerechnet für William. Nun ja, es war ein recht wilder Abend.«

Hailey glotzte mich fassungslos an. »Bowes hat mit deiner kleinen Schwester geknutscht?« Sie stieß einen Pfiff aus. »Wahnsinn. Hast du ihn niedergeschlagen, Charley?«

»Nein, aber genau das hätte ich tun sollen.«

»Hat er … hat er, ähm …«, fragte sie nervös.

»Nein, keine Sorge. Dann wäre er jetzt nicht mehr am Leben.«

»Tja, Katy ist eben total sein Typ«, sinnierte Hailey. »Zierlich, hübsch und cool. Igitt, was für ein Alptraum. Und die Sache mit diesem Internetdoktor ... Wart mal, *wie bitte*?« Sie hielt ihren Crosstrainer an. »Sam hat die E-Mails für ihn verfasst?«

Ich nickte.

»WAS?«

Ich lächelte traurig. »Das ist verrückt, oder? Zu niemandem hatte ich je so einen Draht wie zu William. Ich kann einfach nicht fassen, dass es in Wirklichkeit Sam war.«

»Aber Sam ... Pfui! Er ist ein geiler Köter!«

»Stimmt. Genau das ist ja so verwirrend.«

Hailey sackte über der Kontrollfläche des Crosstrainers zusammen und sah aus, als würde sie gleich in Ohnmacht fallen. »Bowes«, stammelte sie benommen. »Bowes und Charley?«

Ich fuhr entsetzt auf. »Nein! Unsinn. Nie im Leben. Das Ganze war ein unglaublicher Zufall. Wie du schon sagtest, wenn man sich hinter einem Computer verstecken kann, kann jeder in jede Rolle schlüpfen.«

Hailey pfiff erneut. »So ist es. Ich denke, wir sollten uns auf ein paar Cocktails verabreden. Morgen Abend? Wir könnten uns aufbrezeln und ins Tiger Lily gehen.«

»Das wäre prima. Aber Hailey, bist du sicher, dass zwischen uns alles okay ist? Ich war ziemlich außer mir wegen der Dinge, die du gestern zu mir gesagt hast.«

Plötzlich nahm ihr Gesicht einen nachdenklichen Ausdruck an. »Ja, meine Liebe«, sagte sie dann. »Es tut mir wirklich leid. Es ist nur so, dass ... Nun, Matty ist neulich sehr spät von einer Betriebsfeier nach Hause gekommen. Ich war total mit den Nerven am Ende. Dachte schon, er wäre mit einer anderen Frau zusammen gewesen. Ich weiß, dass er so etwas nicht tun würde, doch woher soll ich wissen, ob dort draußen nicht irgendein Mädchen lungert, das nur darauf wartet, ihn in die Fänge zu kriegen?«

»Und was hat das mit William zu tun?«, fragte ich verwirrt.

»Ja, ich weiß, es ist ein bisschen weit hergeholt … Ich schätze, ich bin einfach nicht besonders gut zu sprechen auf Frauen, die ihre Finger nach vergebenen Männern ausstrecken. Shelley hat mir leidgetan. Er war für sie bestimmt, nicht für dich.«

»Aha.«

»Tut mir leid. Ich bin nervig und voreingenommen, aber das nur, weil ich verliebt bin. Dieser Zustand hat mich in eine paranoide Irre verwandelt.«

Ich fingerte an der Schnur meiner Shorts und versuchte herauszufinden, ob ich mich mit dieser Erklärung zufriedengeben konnte.

Ich konnte.

»Schon okay, Hails. Das war alles ein Riesenschlamassel.«

Wir lächelten einander verlegen an. »Übrigens, was machst du hier eigentlich?«, fragte ich sie.

»Ich dachte, es wäre Zeit, ein bisschen abzunehmen.«

»Nicht dass dein Vorbau schrumpft, das wäre eine nationale Katastrophe!«

»Dem wird es an nichts mangeln«, sagte sie und rückte ihre beiden Brüste zurecht, dann startete sie den Crosstrainer, um sich weiterzuquälen. Ihr mächtiger Busen hüpfte euphorisch auf und ab, als wollte er ihre Worte unterstreichen. Nie im Leben hätte ich damit gerechnet, Hailey im Fitnessstudio zu begegnen.

Als ich zu Hause eintrudelte, war es schon fast elf. Mein linkes Bein pochte, und ich hatte ein unglaublich schlechtes Gewissen, weil ich mich nach dreißig Minuten Schlaf und einem anstrengenden Zwölf-Stunden-Arbeitstag tatsächlich noch ins Fitnessstudio geschleppt hatte. Das war unverantwortlich.

Ich fragte mich, was William dazu sagen würde.

Dann stöhnte ich. Nicht William, sondern *Sam*.

Hatte sich Sam so gut in Shelley einfühlen können, weil er seit Jahren mit mir zusammenlebte? Dachte er an mich, als er anfing, Shelleys Arbeitswut auseinanderzunehmen? Soweit ich wusste, war Sam viel zu beschäftigt mit seiner eigenen Routine, die aus Fernsehen, Nutella-Toast-Essen und Frauen-Abschleppen bestand, um mit meinen alltäglichen Aktivitäten vertraut zu sein, geschweige denn sich ein Urteil darüber bilden zu können. Doch vielleicht hatte er mir die ganze Zeit über dabei zugesehen. Vielleicht hatte er sich gefragt, ob hinter Shelleys furchteinflößender Business-Fassade nicht ein liebenswerter, verletzlicher Mensch steckte, und dabei von mir auf sie geschlossen. Entrüstung stieg in mir auf. Der bescheuerte Samuel Bowes sollte mich nicht für eine Irre halten, die im Grunde ganz nett war, wenn sie auf Sparflamme lief! Das passte mir nun ganz und gar nicht!

Nach einem Augenblick des Zorns seufzte ich und stieg schweren Herzens von meinem hohen Ross hinab. Tatsache war, dass ich keinen blassen Schimmer hatte, ob Sam an mich gedacht hatte, als er Shelley auf den Zahn fühlte, und vermutlich würde ich das nie herausfinden. Auf keinen Fall würde ich ihm verraten, dass ich Shelleys E-Mails geschrieben hatte.

Um fair zu sein – auch Sam hatte sich verletzbar gemacht. Ganz sicher hatte nicht nur ich meinen Schutzwall niedergerissen. Hatte er nicht offen zugegeben, dass er das Gefühl hatte, sein Leben würde an ihm vorbeiziehen, dass er sich verzweifelt beruflichen Erfolg wünschte, obwohl er gleichzeitig vor Furcht wie gelähmt war?

Einen Augenblick lang verspürte ich eine nie da gewesene Zärtlichkeit für ihn. Der arme Kerl, gefangen in einer Welt hirnloser Promotion- und gelegentlicher Barjobs. Warum um alles auf der Welt hatte ich gedacht, er, der talentierte Schauspieler, wäre glücklich damit? Nichts an seinem Lebensstil ergab Sinn, doch ich hatte mir nie auch nur ansatzweise die Mühe gemacht, ihn zu hinterfragen.

Sam und William, so dämmerte mir, waren vermutlich grundverschieden. William war im Polpo erstaunlich männlich und selbstsicher, wenn nicht gar großkotzig aufgetreten – und dann war da noch seine Beschwerde an Sams Boss, dass die E-Mails, die Sam für ihn verfasst hatte, »viel zu intim« seien. Was für eine entsetzliche Ironie, sollte sich herausstellen, dass William genauso war wie Dr. Nathan Gillies, sprich: ein arrogantes Arschloch, während sich Sam als interessanter, einfühlsamer, intelligenter Mann entpuppte, der mein Leben auf den Kopf stellte.

Ich legte mich auf meinem Sofa zurück und schloss die Augen. Es war kein angenehmes Gefühl, derartige Gedanken über Sam zu hegen, ganz gleich, wie unschuldig sie sein mochten. Egal, wie hart ich heute gearbeitet hatte, immer wieder schossen mir »Williams« E-Mails durch den Kopf, und ich kam nicht umhin, mich zu fragen, was das zu bedeuten hatte.

»Grrr! Hör auf damit!«

Arbeit, rief mir die Stimme in meinem Kopf kraftlos in Erinnerung. *Arbeit lenkt dich von deinen verrückten Gedanken ab!*

Erschöpft rappelte ich mich hoch und setzte den Kessel auf. Ich konnte nicht leugnen, dass die Arbeit bei mir als Ablenkungsmanöver funktionierte. Ich musste den Stein ins Rollen bringen und First Date Aid schließen, außerdem konnte es nicht schaden, wenn ich meine Salutech-Presserede für nächste Woche noch einmal durchging.

Einer der von Sam angeleierten Miniberichte über *Erste Hilfe fürs erste Date* war gestern gedruckt worden, und mein Posteingang war voll. Als ich all die neuen Anfragen betrachtete, wünschte ich mir sehnsüchtig, ich könnte die Agentur am Leben erhalten – doch dann erinnerte ich mich an den Pakt, den ich gestern Nacht mit mir selber geschlossen hatte, und wusste, dass ich loslassen musste. Salutech kam an erster Stelle. Solange die Pharmafirma Nummer eins war, war ich ein geistig gesunder Mensch. Ich seufzte und wünschte mir, ich hätte ein bisschen mehr Zeit und Energie, mein wahrlich geniales kleines Unternehmen großzuziehen.

Eine nach der anderen ging ich die E-Mails durch und speicherte sie in verschiedenen Ordnern. Neue Klienten würden ein Standardschreiben erhalten, das sie über die Schließung von First Date Aid informierte, während die, die schon länger meine Dienste in Anspruch nahmen, etwas Persönlicheres bekämen.

Hi, mir fehlt einfach die Zeit zur Internet-Partnersuche, deshalb dachte ich, du könntest mir vielleicht helfen, begann die erste Nachricht. Ich verschob sie in den Ordner für Neukunden und klickte die nächste an. *Hallo, Charlotte, ich bin's, Ingrid, erinnerst du dich an mich???!!!* Natürlich erinnerte ich mich an Ingrid mit ihren riesigen Silikonbrüsten. Sie bekam die meisten Anfragen. Ingrid war beliebt. Doch sie wollte »einen etwas intelligenteren Mann, vielleicht jemanden, der im mittleren Management arbeitet?« und hatte mich um Hilfe gebeten, »weil meine E-Mails wirklich dämlich sind!!!«.

Binnen einer Woche hatte ich vier Dates mit Herren des »mittleren Managements« für sie ausgemacht, und allem Anschein nach liefen die Dinge gut für sie: *Ich habe diese Woche mit drei Männern geschlafen!*, schrieb sie. *Und alle haben ganz schön was auf dem Kasten! Mit zwei von ihnen treffe ich mich noch einmal. Danke, Charlotte, es war echt herrlich, mit dir zusammenzuarbeiten, und ich werde dich definitiv meinen verzweifelten Freundinnen weiterempfehlen!!!!*

Ich lächelte. Ingrid und ihre Silikonmöpse waren wirklich

nett. Schade, dass ich sie und ihre »verzweifelten Freundinnen« verlieren würde.

Und dann wurde mir bang ums Herz.

Liebe Charlotte,
ich möchte dir für die Organisation meiner Verabredung gestern Abend danken. Ich habe William in der Londoner Innenstadt getroffen, und alles lief wunderbar. Ich kann nicht leugnen, dass ich zunächst leicht schockiert war über den Umfang der E-Mails, die du in meinem Namen verschickt hast, doch es hat sich herausgestellt, dass du mich hervorragend vertreten hast (wie ist dir das nur gelungen?), und letztendlich war das Date ein voller Erfolg.

Wie dem auch sei, ich brauche deine Hilfe. Bitte ruf mich an, sobald du meine Mail gelesen hast, und wundere dich nicht, wenn du einen Auslandsklingelton hörst.

Mit bestem Dank
Shelley Cartwright

Ich sah auf die Uhr. Es war jetzt zwanzig nach elf. Es wäre das Beste, wenn ich ihr schnurstracks berichtete, dass ich die Agentur schließen würde, doch wollte ich wirklich zu dieser nachtschlafenden Zeit mit ihr reden? Wollte ich jemals mit ihr reden?

Shelley beantwortete mir diese Frage, indem sie mich auf meinem First-Date-Aid-Handy anrief. Der Klingelton schrillte zornig durch mein stilles Wohnzimmer, bis mir keine andere Wahl blieb, als dranzugehen. »Ähm, hi, Shelley«, sagte ich nervös.

»CHARLOTTE!«, brüllte sie. Im Hintergrund war etwas zu vernehmen, das klang wie ein Hurrikan. »HAST DU MEINE E-MAIL NICHT BEKOMMEN?« Ich versuchte zu antworten, doch sie unterbrach mich: »Ich kann dich nicht hören, es ist zu stürmisch hier. Ich bin im Battery Park. Bleib dran!« Ich vernahm das Klackern ihrer Highheels, dann die Geräusche eines Coffeeshops. »Entschuldigung. Kannst du mich jetzt verstehen?«

»Ja.«

»Gut. Battery Park, New York, schrecklich stürmisch. Da ziehe ich den Central Park vor, der ist wunderschön um diese Jahreszeit.«

»Shelley, wie kann ich dir helfen?«, fragte ich müde.

»Richtig. Nun, Charlotte, du musst William weitere E-Mails für mich schreiben.«

Ich schaute mich um, als würde sie mit jemand anderem sprechen. »Entschuldige?«

Shelley bestellte einen Flat White mit einem Mürbeteigkeks. »Mein größter Kunde hatte einen Notfall, deshalb bin ich heute früh rüber in die Zentrale geflogen. Es – ach, egal. Wie dem auch sei, ich werde die kommende Woche über hier sein, weshalb ich mit William lediglich per E-Mail kommunizieren kann.« Sie räusperte sich. »Ähm, wir haben uns heute bereits mehrere Nachrichten geschickt«, erklärte sie verlegen, »aber es lief nicht besonders gut.«

»Verstehe«, sagte ich, wenngleich ich gar nichts verstand.

Als sie weitersprach, klang ihre Stimme ruhiger. »Ich habe Angst, ihn zu verlieren, wenn ich ihm weitere Mails schicke«, sagte sie. »Das Ganze ist mir sehr peinlich, Charlotte, aber ich möchte dich beauftragen, während der nächsten Woche mit ihm in Kontakt zu bleiben. Ich … mag ihn. Und ich kann nun mal keine E-Mails schreiben.«

Gott sei Dank machte die Agentur dicht. »Shelley«, sagte ich behutsam, »es tut mir leid, dass ich dir nicht helfen kann. Mein Angebot beschränkt sich auf die Konversation *vor* dem ersten Date. Alles andere wäre ein Schwindel, bei dem ich mich äußerst unbehaglich fühlen würde …«

»Bitte«, fiel mir Shelley ins Wort. »Bitte«, wiederholte sie, fast flehentlich. »Er ist etwas Besonderes, Charlotte. Ich wäre völlig am Ende, wenn ich das in den Sand setzen würde. Ich bezahle dir, was immer du verlangst. Ich schreibe dir eine Referenz für deine Website – einfach alles.«

Ich war verblüfft. Shelley Cartwright war zu einem menschlichen Wesen geworden. Wie schade, dass ich sie jetzt enttäuschen musste. »Nein, es tut mir leid, das ist wirklich nicht möglich«, beschied ich sie schließlich. »Aus verschiedenen Gründen muss ich die Agentur schließen, da …«

»Aber ich kann es nicht selbst!«, unterbrach mich Shelley wieder. »Ich bin nicht findig genug, nicht witzig. Überhaupt, was soll das heißen, du schließt deine Agentur? Du bist absolut brillant! Was du für mich getan hast, war ganz außergewöhnlich!«

Und das war's. Das gab den Ausschlag. Mein Ehrgeiz schaltete sich ein und übernahm die Führung. Schlicht gesagt: Ihre Worte gaben mir ein gutes Gefühl, und ich wollte mehr. Und selbst wenn ein kleiner Teil von mir – der Teil, den »William« geknackt hatte – wusste, dass es nicht gerade gut für mich war, mein Selbstbewusstsein damit in die Höhe zu treiben, war mir klar, dass ich den Kampf verloren hatte. Ich hatte keine Kraft mehr. Ich war erneut in ihre Fänge geraten.

»Also gut«, hörte ich mich sagen. »Also gut, ich mach's.«

»WUNDERBAR!«, brüllte sie, plötzlich wieder Shelley Cartwright. Ich konnte ihr Gesicht genau vor mir sehen, gerötet und ungehalten, genau wie mein eigenes Gesicht zu den seltenen Gelegenheiten, bei denen ich anderen gegenüber ehrlich mit meinen Gefühlen war. »Und jetzt«, fuhr sie fort, »würde ich dich bitten, dir die E-Mails anzuschauen, die wir beide uns heute geschickt haben – sie sind ziemlich erbärmlich. Ich gebe dir meine Zugangsdaten, damit du sie lesen kannst, und rufe dich in ein paar Minuten noch mal an …«

Ich legte auf, ließ mich aufs Sofa fallen und kratzte mich am Kopf. Wie hatte sie mich so leicht umstimmen können? *Keine Panik*, sagte ich zu mir selbst. *Das ist dein letzter Auftrag. Du kannst all die anderen Klienten ad acta legen und nur noch diesen letzten Job erledigen*. Ich meinte es ernst.

Nur noch ein letzter Job.

Ich hatte mittlerweile so lange nicht mehr geschlafen, dass ich langsam das Gespür dafür verlor, was echt war und was Halluzination. Ich war mir ziemlich sicher, dass Sam mich anstarrte und etwas von wegen »ins Bett schleppen« sagte. Doch Sam war immer noch in London. »Was?«, murmelte ich. Mein Blickfeld verschwamm.

»Chas, wach auf, oder ich sehe mich gezwungen, dich ins Bett zu schleppen.« Sam nahm mir die Brille ab und drückte meine Hand.

»Was? Wo?«

Sam lachte leise. »Ich bin gerade reingekommen und habe die letzten Minuten damit verbracht, dich wach zu rütteln, doch du warst völlig weggetreten. Jetzt erzähl mir bitte nicht, du hast den ganzen Tag gearbeitet.«

Erschöpft schloss ich die Augen. »Hau ab. Ich rede nicht mit dir.«

Ich spürte, wie sich Sam neben mich aufs Sofa setzte. »Tut mir leid«, sagte er ruhig. »Ich bin früher zurückgekommen, um mich persönlich zu entschuldigen.«

Ich öffnete ein Auge. Er sah tatsächlich zerknirscht aus, doch ich erwiderte erst mal nichts.

»Was immer du vielleicht denkst, ich hatte es nicht auf Katy abgesehen. Ich war bloß vorübergehend neben der Spur.«

Ich richtete mich ein Stück weit auf. »Die Menschen werfen sich was ein und machen wahllos miteinander rum, das weiß ich, Sam. Aber musste es ausgerechnet meine Schwester sein?«

Er wirkte beschämt. »Das Zeug hat mich völlig ausgeknocked! Komm schon, Chas, du hast doch auch schon mal Drogen genommen!« Schweigen. »O nein, hast du nicht, oder? Dir gefällt das Gefühl nicht, die Kontrolle abzugeben, stimmt's?« Sein Gesicht verfinsterte sich. »Tut mir leid, ich wollte dich zu allem Überfluss nicht auch noch kränken. Ich kann einfach nicht glauben, dass ich diesen grauenhaften Scheiß genommen habe. Was bin ich doch für ein Arschloch. Ich hasse mich.«

»Sam«, sagte ich müde, »es ist mir egal, mit wem du rummachst. Ich hatte dich nur gebeten, es nicht ausgerechnet mit Katy zu tun.«

»Ich weiß.«

Wieder Schweigen. Länger diesmal. Ich konnte ihm vom Gesicht ablesen, was er dachte – seinem hübschen, unverbrauchten Gesicht, trotz allem. Er hatte mit Katy geknutscht, weil er sich elend fühlte, nachdem er gesehen hatte, wie William und Shelley sich küssten. Mir war es genauso ergangen. Wir beide hatten unsere Hoffnungen zerschmettert gesehen und uns den Dingen zugewendet, die wir am besten konnten – ich hatte mich mit meiner Arbeit abgelenkt, er sich mit dem erstbesten zur Verfügung stehenden Mädchen.

Seit meiner Entdeckung vergangene Nacht war ich so beschäftigt mit mir selbst und meinen eigenen Gefühlen gewesen, dass ich irgendwie vergessen hatte, dass auch Sam hart gelandet war. Was hatte er noch gleich in diesem nicht abgeschickten E-Mail-Entwurf geschrieben? Ihm sei klar, dass es vollkommen unprofessionell sei, die Anonymität auf diese Art und Weise aufzuheben, doch es bleibe ihm praktisch keine andere Wahl?

Sam tat so etwas nicht. Er schrieb keine Liebesbriefe. Erzählte den Frauen nichts von seinen Gefühlen. Ich hatte ihn jahrelang beobachtet und wusste, wie er tickte. Die Vorstellung, dass *ich* es gewesen war, die ihn derart in ihren Bann gezogen hatte, war … seltsam. Fast unheimlich. Ich war mir nicht sicher, ob mir das gefiel.

»Wie läuft's bei First Date Aid?«, erkundigte er sich plötzlich.

Ich erstarrte. »Wieso?«

Sam wich meinem Blick aus, was meine Alarmglocken schrillen ließ. Er verfolgte definitiv irgendeine Absicht. »Keine interessanten Klienten im Augenblick?«

Mist. Worauf wollte er hinaus?

»Keinen bestimmten.« Ich zuckte die Achseln.

Sam ebenfalls. Beides war geheuchelt.

Insgeheim flehte ich ihn an, das Thema fallen zu lassen, doch offenbar hatte er andere Absichten. »Ich habe mich gefragt, ob du eine Klientin namens Shelley hast?«, stieß er mit seltsam gepresster Stimme hervor. »Sie, ähm … sie ist die Freundin eines Freundes. Jemand meinte, sie wolle dich kontaktieren.«

O Gott!, dachte ich panisch. *Langsam zählt er zwei und zwei zusammen! Er fragt sich, warum ich im Polpo war!* Unbehagliches Schweigen breitete sich zwischen uns aus, während ich den Drang niederkämpfte, aufzustehen und davonzurennen oder mich gar aus meinem Wohnzimmerfenster im zweiten Stock zu stürzen. *Sollte ich es ihm einfach sagen? Nein! NIEMALS!* Das würde unsere Freundschaft nicht überstehen. Unser Zusammenleben funktionierte ohnehin nur so gut, weil es in etwa die Tiefe einer Pfütze hatte, nicht die eines Teichs oder gar eines Bergsees.

»Nein, eine Shelley ist nicht unter meinen Kundinnen«, erklärte ich vage. »Da klingelt nichts.«

Sam strahlte und zuckte noch einmal gespielt die Schultern.

Ich musste hier raus. Unbedingt. »Ich glaube, ich gehe jetzt ins Bett«, verkündete ich. Sam rückte zur Seite, so dass ich die Beine vom Sofa schwingen konnte. »Gute Nacht, Bowes.«

»Nacht«, sagte er, in Gedanken längst meilenweit entfernt.

»Ach, nur damit du es weißt, ich mache First Date Aid dicht.«

Sam war schlagartig wieder bei mir. »Du machst *was*?«

»Ich schließe die Agentur. Ich schaffe es nicht mehr, seit ich wieder bei Salutech bin, und mein Job dort hat Vorrang.«

»Das kannst du doch nicht machen! First Date Aid ist genial, und das Geschäft läuft immer besser!«

Schuldgefühle beschlichen mich. Sam hatte all seine Kraft investiert, um mich beim Aufbau des Unternehmens zu unterstützen. Doch ich blieb fest. Ich hatte einen Pakt mit mir selber geschlossen. Wenn ich glücklich sein wollte, musste ich die Finger von der Dating-Agentur lassen. Ich durfte mir keine weiteren verrückten Aktionen leisten!

»Es tut mir wirklich leid, Bowes«, sagte ich sanft. »Ich weiß, wie viel Mühe du da reingesteckt hast. Ich würde dich gerne dafür bezahlen ...«

Sam winkte ärgerlich ab. »Ich will nicht bezahlt werden. Ich will, dass du weitermachst. Es ist ein tolles Unternehmen. Weit besser als diese Scheißfirma, für die du arbeitest.«

»Mir bleibt keine Wahl, Bowes. Es tut mir wirklich leid. Gute Nacht.«

Als ich mir die Zähne putzte, überlegte ich, was Sam wohl denken würde, wenn er die Wahrheit erführe. Vermutlich würde er sich schrecklich darüber aufregen, dass seine Träumereien von Shelley Cartwright geplatzt wären und niemand anders als seine schlaksige, arbeitsgeile Mitbewohnerin sein Herz gestohlen hätte. Doch ich nahm auch an, dass die Sache damit für ihn beendet wäre. Männer tickten anders.

Für Sam liefe das Ganze nach dem Motto ab:

1. Enttäuschung,
2. ein Bier trinken,
3. eine andere suchen.

Gähnend zwirbelte ich ein Stück Zahnseide zwischen den Fingern. Ich sollte versuchen, noch ein bisschen zu arbeiten, aber ich war todmüde.

Dann wurden meine Grübeleien von Handygeklingel und Männergeschrei unterbrochen.

»O MEIN GOTT …« Sam stand in der Badezimmertür und streckte mir mein schrillendes Handy entgegen. Er war weiß wie die Wand. »NEIN!«, kreischte er.

Allmächtiger! Shelley! Ich hatte sie nicht zurückgerufen! Ich schnappte mir das Handy. Mir wurde ganz anders. SHELLEY CARTWRIGHT blinkte auf dem Display. Ich war geliefert.

Sam sah aus, als stünde er kurz vor einer Ohnmacht. »Nein!«, wiederholte er, diesmal eher krächzend.

»Ich wusste nicht, wer diese …«

»UNTERSTEH DICH«, stieß er mit heiserer Stimme hervor. »DU WARST DAS … ICH … ACH DU HEILIGE SCHEISSE!«

Das Handy verstummte. Wir standen uns gegenüber und starrten uns an wie Verrückte, keiner von uns beiden hatte einen Schimmer, was er sagen sollte.

»Mach, dass das nicht wahr ist«, sagte Sam mit kleinlauter Stimme. Ich wünschte verzweifelt, ich könnte es.

Das Handy fing erneut an zu klingeln. Sam ließ sich auf den Klodeckel plumpsen. Seine Arme baumelten seitlich herab. »Scheiße«, sagte er wieder, als würde soeben seine Welt zusammenbrechen.

Ich nahm das Gespräch an. »Ähm, hallo?«, wisperte ich.

»CHARLOTTE!«, brüllte Shelley. »Mailst du William nun für mich oder nicht?«

Ihre Worte dröhnten aus dem Telefon und hallten in meinem totenstillen Badezimmer wider. Aus den Augenwinkeln sah ich, wie Sam den Kopf in die Hände sinken ließ. »Ähm, ja«, murmelte ich. »Ich werde mich so bald wie möglich darum kümmern. Und jetzt muss ich auflegen, Shelley. Bye.« Ich beendete das Gespräch und setzte mich auf den Badewannenrand. Dann fingerte ich hilflos an meiner Bluse herum. Was sollte ich sagen? Was würde Sam sagen?

Nach einer scheinbaren Ewigkeit sah ich ihn an. »Ja. Ich war's«, sagte ich. Dann: »Tut mir leid.«

Nichts.

Ich fuhr fort: »Falls es dir hilft: Ich habe mich in William verliebt. Genau wie du dich in Shelley. Deshalb war ich im Polpo.«

Sam riss schockiert die Augen auf. Sein Kiefer klappte herunter, als wollte er etwas sagen, aber er brachte kein Wort über die Lippen.

Mir wurde klar, dass mir nichts anderes übrig blieb, als das Ganze von der komischen Seite zu betrachten, also grinste ich. Armer Sam. Ich hatte wenigstens achtzehn Stunden gehabt, diese unangenehme Wahrheit zu verdauen. »Wir haben einander diese E-Mails geschrieben, Sam, tut mir leid.«

Sams Kopf sackte zurück in seine Hände.

»Ach, Bowes, jetzt kipp mir bloß nicht um.«

Er blickte auf, und der Anflug eines Lächelns huschte über sein Gesicht. »Du?«, fragte er schließlich.

Ich nickte, reuevoll grinsend, fest entschlossen, alles zu vermeiden, was tiefer gehen, unter die Oberfläche dringen würde. Wenn wir das Ganze überspielten, bestand durchaus die Chance, dass wir dieses Desaster überlebten. »Ich fürchte ja.«

Sams Gesicht verfinsterte sich, als er mir endlich glaubte. »Nein!«, rief er dann mit ziemlich schriller Stimme.

»Doch«, entgegnete ich bestimmt. »Ich habe übrigens herausgefunden, dass du für Cyber Love Assistants arbeitest, du kleiner Mistkerl. Und, glaubst du mir jetzt?«

Nach kurzem Zögern nickte Sam. »Chas. Ich … Mann, ist das dumm gelaufen!«

»Dumm ist nur, dass du für Cyber Love Assistants arbeitest!«

Sam ignorierte mich. »Dann haben wir also Zimmer an Zimmer gesessen und uns E-Mails geschickt?«

»Ja!« Plötzlich dämmerte es mir. »Sam«, fragte ich, sanfter nun, »habt ihr euch deshalb getrennt, Yvonne und du?«

»Sie hat eine E-Mail entdeckt, die ich Shelley geschickt habe«, erwiderte Sam gepresst und starrte auf seine trendigen Jeans. »Oder vielmehr dir, nehme ich an. Ach, herrje, wie frustrierend, Chas. Warum habe ich nicht kapiert, dass *du* für sie arbeitest? Aber egal ... Yvonne hat die E-Mail entdeckt und ist total ausgeflippt. Ich habe versucht, ihr zu beweisen, dass das mein Job ist, und plötzlich ist mir klar geworden, dass ... dass das einfach nicht stimmte. Dass echte Gefühle im Spiel waren. Also habe ich mich von ihr getrennt.«

»Dann hast du sie also gar nicht betrogen?«

»Nun, zumindest nicht körperlich. In Gedanken dagegen schon.« Er seufzte. »Es kann nicht das Richtige mit Yvonne gewesen sein, wenn ich mich in eine andere verliebt habe, aber ich vermisse sie, Chas.«

Wir schwiegen. Sam machte ein äußerst betretenes Gesicht. Es machte ihm anscheinend schwer zu schaffen, dass ausgerechnet ich mich als seine Angebetete entpuppt hatte.

»Ähm«, räusperte ich mich. »Ich denke, wir sollten eines klarstellen: Es betrifft uns nicht wirklich.«

Sam starrte mich verwirrt an.

»Ich meine, wir empfinden nichts füreinander, zumindest nicht *das*, oder?«

»Natürlich nicht, spinnst du?«, rief er aufgebracht.

Ich war ein bisschen verletzt. Wenn ich ihn da so sah, zusammengesackt auf meinem Klodeckel mit dem Blick eines verwundeten Welpen, wusste ich mit Sicherheit, dass ich ihn nicht begehrte, doch es wäre nett gewesen, wenn er nicht ganz so abweisend geklungen hätte. Dennoch ließ ich mir nichts anmerken. Zwischen Sam und mir durfte es nicht zu Missverständnissen kommen. Ich holte tief Luft. »So, so, Cyber Love Assistants. Bowes! Wie konntest du nur?«

»Ach, Steve Sampson möchte nach Europa expandieren, daher hat er eine Art Probelauf gestartet und eine Anzeige in der *Stage* geschaltet, in der er nach originellen Ghostwritern sucht. Ich dachte, ich probier's mal.«

»Steve Sampson soll sich zum Teufel scheren! Das hier ist mein Spielfeld!«

Zum ersten Mal, seit er das Badezimmer betreten hatte, grinste Sam.

»Ach nein«, ruderte ich zurück. »Das ist ja gar nicht mehr mein Spielfeld. Mist. Jetzt wird er vermutlich all meine Klienten übernehmen. Was natürlich nur gut ist«, fügte ich wenig überzeugend hinzu.

Sam blickte mich verärgert an, dann überließ er sich wieder seinen trüben Gedanken.

»Warum hast du mir nicht erzählt, dass du für ihn arbeitest?«, fragte ich ihn. »Das verstehe ich nicht.«

»Es war mir halt peinlich«, sagte er.

»Aber warum?«

»Einfach weil … weil das dein Ding ist. Ich hatte eh schon das Gefühl, mich zu sehr bei dir einzumischen. Ich wollte mich nicht aufdrängen.«

Ich fühlte mich wie eine verzweifelte Mutter. »Ach, Bowes, du Dummkopf! Ich war dir unglaublich dankbar für deine Hilfe! Das hätte ich ohne dich nie geschafft!«

Sam trommelte mit den Fingern auf seinen Oberschenkeln, und ich hätte so einiges dafür gegeben, um herauszufinden, was ihm gerade durch den Kopf ging. »Scheiße«, sagte er schließlich.

»Ich muss ins Bett, Bowes.« Ich wollte unbedingt raus hier.

Wollte nichts als Ruhe und Frieden, um ungestört über all das nachdenken zu können.

Sam nickte abwesend. »Sicher. Gute Nacht.«

Doch gerade, als ich aufstand, um aus dem Badezimmer zu humpeln, schoss seine Hand nach vorne und umschloss mein Handgelenk. »Warte. Shelley hat dich gebeten, William zu mailen, während sie in Amerika ist?«

»Ähm, ja. Woher weißt du das?«

Sam schlug sich aufgeregt aufs Bein. »Wahnsinn! Megawahnsinn!«

Gähnend hockte ich mich wieder auf den Badewannenrand. Ich war am Ende meiner Kräfte. »Wieso Megawahnsinn?«

Sam rutschte auf dem Klodeckel hin und her. »Ich habe heute zum ersten Mal direkt mit William gesprochen. Er hat mir einen Batzen Geld versprochen, wenn ich ihm helfe! Er sagte, die E-Mails, die sie sich geschrieben hätten, seien einfach grauenhaft!«

Da ich nicht verstand, was daran so aufregend sein sollte, und ich außerdem keine Sekunde länger gerade sitzen konnte, rappelte ich mich hoch und humpelte Richtung Bett, Sam dicht auf den Fersen. »Denk doch mal nach, Chas! William und ich stehen in direktem Kontakt! Genau wie du und Shelley! Wir wissen, was sie beide denken! Wir können uns zusammentun! Wenn wir zusammenarbeiten, bringen wir die Beziehung binnen weniger Tage unter Dach und Fach!«

Noch immer voll bekleidet, zog ich mir die Bettdecke über den Kopf. »Tolle Idee«, nuschelte ich.

»Nein, Chas. Du musst dich erst ausziehen.« Sam kehrte mir den Rücken zu.

»Dreh dich ja nicht um«, ermahnte ich ihn, schlüpfte erschöpft aus den Klamotten und legte mich wieder hin.

Sam ließ derweil nicht locker. »Was meinst du? Sollen wir

diese beiden Turteltäubchen nun zusammenbringen oder nicht?«

Ich gähnte erneut. »Warum nicht? Das wäre ein schöner Erfolg, bevor ich die Agentur dichtmache, auch wenn mir die Vorstellung, dass du für Cyber Love Assistants arbeitest, ganz und gar nicht gefällt.«

»Ich arbeite gar nicht mehr für die. Ich hatte bloß einen Einmonatsvertrag, und der ist letzte Woche ausgelaufen. Doch William wollte Shelley auf keinen Fall verlieren, also hat er Steve Sampson gezwungen, ihm meine Handynummer zu geben. Ich arbeite sozusagen auf eigene Rechnung.«

Verschlafen reckte ich die Daumen in die Höhe.

Sam grinste auf mich herab. »Da wäre nur noch eine Sache«, sagte er plötzlich. Sein Gesichtsausdruck hatte sich verändert, was mich augenblicklich in Schrecken versetzte.

»Schieß los«, sagte ich vorsichtig.

»Ich kann nicht zulassen, dass du First Date Aid dichtmachst, Chas. Die Sache ist viel zu cool, um sie so einfach aufzugeben.«

»Mir bleibt nichts anderes übrig. Ich habe meine Entscheidung getroffen.«

»Nun, dann machst du sie eben wieder rückgängig.«

Meine Augenlider wurden schwer. Ich klappte eins herunter und ließ das andere einen schmalen Spalt offen. Sam sah in der Tat ernst aus. »Sam, ich verstehe dich ja, aber ich kann nicht weitermachen. Mir fehlt einfach die Zeit dazu. Sieh mich doch an: Ich bin total ausgebrannt.«

Sam ballte die Fäuste und tänzelte auf der Stelle auf und ab, wie er es schon mit achtzehn, bei unserem ersten Kennenlernen, gemacht hatte. »Ich weiß! Alleine schaffst du das nicht. Wie wär's daher, wenn wir, ähm, wenn wir Partner würden? Ich kann für den Augenblick die Leitung übernehmen, und du steigst wieder ein, wenn du Zeit dafür hast. Vielleicht könntest du dann und wann ein paar E-Mails schreiben, aber den Rest erledige ich. Wir könnten anfangen, auch Männern unsere Dienste als Ghostwriter anzubieten. Was das Verfassen von E-Mails anbelangt, sind sie noch schlechter als Frauen. Was deine Kundinnen nicht wissen, Chas, ist, dass es die Männer nur wenig schert, was sie schreiben. Frauen bewerten die Online-Flirts sehr viel höher. Erinnerst du dich an die Umfrage von letzter Woche? Viele Männer da draußen brauchen Hilfe!«

Ich verfiel in eine Art Totenstarre. »Du willst mein Partner sein? Und bei First Date Aid einen E-Mail-Service für Männer anbieten? Verstehe ich das richtig?«

Er boxte aufgeregt auf meine Matratze, und trotz meiner überwältigenden Erschöpfung musste ich lachen. Er war manchmal wirklich amüsant wie ein kleines Kind. »Ja! Ich könnte die Agentur leiten, mich um den Bürokram kümmern … schließlich habe ich im Augenblick nicht viel anderes zu tun. Ich könnte uns im ganzen Land bekannt machen, mit den PR-Agenturen und Werbeleuten reden … Denk nur daran, wie viele Artikel ich im Sommer für dich an Land gezogen habe!«

Ich dachte über sein Angebot nach. Im Grunde wollte ich die Agentur gar nicht schließen, und wenn Sam die Leitung übernahm, könnte ich mich darauf konzentrieren, E-Mails für unsere weiblichen Kunden zu verfassen – vielleicht mit einem Limit, wie viele Frauen ich gleichzeitig betreute. Schließlich war das die Arbeit, die mir am besten gefiel. Ein Problem damit, den kleinen Profit zu teilen, den ich inzwischen einfuhr, hatte ich nicht: Bei First Date Aid war es mir nie ums Geld gegangen.

Trotzdem machte mir die Vorstellung, die Agentur in andere Hände zu übergeben – und dann auch noch in Sams –, nach wie vor zu schaffen.

»Chas«, sagte Sam in meine Gedanken hinein. »Erinnerst du

dich daran, was ich dir in Williams E-Mails geschrieben habe? Ich möchte mehr mit meinem Leben anfangen. Ich habe noch etwas Geld von der letzten Klinikstudie übrig. Das könnte ich investieren. Du weißt, dass ich gut bin, wenn es um Marketing geht *und* ums Flirten. Wir werden spitzenmäßige Geschäftspartner abgeben!« Er streckte die Hand aus.

Ich schüttelte sie. »Einverstanden, Bowes«, erklärte ich langsam. »Du bist an Bord.«

Er stieß begeistert die Faust in die Luft. »Juchhu! Auf uns, Geschäftspartnerin!«

Ich lächelte schwach, den Kopf erschöpft aufs Kopfkissen gebettet. »Auf uns, ähm … Geschäftspartner!«

Plötzlich beugte sich Sam zu mir herab und küsste mich auf die Stirn. »Schlaf jetzt«, sagte er und stürmte aus dem Zimmer.

Es war ein seltsamer Tag gewesen, wenn man bedachte, was so alles passiert war. Ich drehte mich auf die Seite und fühlte, wie ich in einen komatösen Schlaf sank. Wenn Sam First Date Aid übernahm, wäre ich tatsächlich in der Lage, meine ganze Kraft in Salutech zu stecken und wieder die alte Charley Lambert zu werden. Ich hatte es genossen, ihr heute wieder näherzukommen, und ich hatte den Eindruck, mein Leben wieder besser im Griff zu haben als in den kompletten vier Monaten zuvor.

Kapitel zehn

Am Samstagmorgen wurde ich von lautem Getöse geweckt. Außerdem hatte ich das Gefühl, ein Pelztier hätte in meinem Mund Quartier bezogen. Hailey und ich waren erst um zwei Uhr vierzig von unserer Cocktailrunde zurückgekehrt, und nun bedauerte ich ernsthaft, derart über die Stränge geschlagen zu haben.

Das Getöse hielt an. Verwirrt und genervt tappte ich in die Küche, wo mich ein bemerkenswerter Anblick erwartete.

»Guten Morgen!«, begrüßte mich Sam mit dröhnender Stimme, die gefährlich an seine BSS erinnerte. Er verteilte einen grellgrünen Smoothie aus dem Mixer auf zwei Gläser. Ohne ersichtlichen Grund wummerten Phil Collins' *Serious Hits … Live!* ohrenbetäubend laut aus dem iPod-Dock.

»Ähm?«

Sam grinste. »Ich sagte: ›Guten Morgen!‹«

»Was … was treibst du da, Sam?« Meine Stimme klang wunderbar heiser.

»Ich mache mir etwas Gesundes zum Frühstück, Chas. Es ist harte Arbeit, so gut auszusehen wie ich.«

Er sah in der Tat gut aus. Ich hatte Sam um diese Tageszeit noch nie wach gesehen, und wenn er aufstand – für gewöhnlich gegen Mittag –, dann trug er meist einen schmuddeligen Frotteebademantel und verbrachte den Großteil des Tages DVDs schauend auf dem Sofa. Heute dagegen stand er auffallend aufrecht da und trug eine – pardon? – *kurze Jogginghose*? »Alles in Ordnung mit dir?«, fragte ich ihn misstrauisch.

»Es ist mir nie besser gegangen! Hier, probier mal, Birne mit Rukola!«

Ich nahm einen winzigen Schluck. »Ist das köstlich!«

»Ha! Jetzt müssen wir nur noch in die Gänge kommen und William und Shelley verkuppeln. William hat mich um sieben Uhr früh angerufen und sich nach dem Stand der Dinge erkundigt. Anschließend können wir uns noch einmal richtig über First Date Aid unterhalten, die Planung, Finanzielles, Marketing und so weiter.«

Ich starrte ihn verblüfft an. »Ähm, sicher, Bowes. Aber ich stinke wie eine Dachshöhle. Könnte ich zuerst unter die Dusche gehen?«

Er salutierte.

»Übrigens«, krächzte ich, »was soll das mit den Sportklamotten und dem gesunden Frühstück? Wo ist dein Frotteebademantel?«

»Ach, den habe ich gestern Nacht verbrannt.«

»Du hast was? Wo?«

»Im Kamin«, antwortete Sam und schüttete auch noch die letzten Tropfen aus dem Mixer in sein Glas.

Mein Blick wanderte zum Kamin. Dort, inmitten der Feuerstelle, zwischen einem großen Haufen Asche und verkohlter Scheite, lag ein einsames Stückchen Bademantelgürtel. »Bowes, du bist ein Psychopath.«

Die Anfangstakte von »Take A Look At Me Now« ertönten, begleitet vom Kreischen und Pfeifen des Collins'schen Live-Publikums. Immer noch lachend entfernte ich mich Richtung Dusche. Sam war wirklich zu albern.

»He, Chas«, rief er mir nach, als ich das Zimmer verließ. Ich blieb stehen und wandte mich um. »Vor zehn Jahren hieß es, ich würde niemals über meinen Phil-Collins-Fimmel hinwegkommen. Aber: *Take a look at me now!*«

Während des Frühstücks, bestehend aus Porridge und grünem Smoothie, öffnete Sam sein Notebook und fing an, die Shelley/William-Strategie zu besprechen. »So, wann kommt sie aus New York zurück?«, fragte er und kritzelte einen provisorischen Kalender auf seinen danebenliegenden Notizblock.

»Ich bin mir nicht sicher. Als sie mich am Donnerstag angerufen hat, sagte sie, sie würde eine Woche lang weg sein. Also können wir davon ausgehen, dass sie am Donnerstag, dem siebzehnten Oktober, wieder da ist.«

Sam strich die Tage bis dahin an. »Okay. William gewährt mir direkten Zugriff auf seine E-Mails. Hast du Shelleys Zugangsdaten?«

Ich nickte. »Ja. Sie hat extra ein Benutzerkonto für mich eingerichtet. Glaub mir, sie wird es alle fünf Sekunden überprüfen und mir sofort per Telefon ein Feedback geben.«

»Ist sie so ein Kontrollfreak?«

»Nein, sie mag William einfach.«

Sam sah mich amüsiert an. »Ist sie ein Kontrollfreak?«, wiederholte er, für meinen Geschmack ein bisschen zu betont.

»Nun, ja, ein bisschen schon«, räumte ich widerstrebend ein, ignorierte Sams Grinsen und fuhr meinen Laptop hoch. »Hast du schon in ihre Korrespondenz reingeschaut?«, fragte ich ihn.

Sam gab Honig auf seinen Porridge. »Ja. Grauenhaft. Lies dir das gleich mal durch, damit wir einen Schlachtplan entwerfen können.«

»Ein Schlachtplan ist eine sehr gute Sache, wenn man sich Shelleys Fähigkeiten im Verfassen von E-Mails vor Augen ruft. Jede Mail ist wie ein Schlag ins Gesicht.« Ich loggte mich in Shelleys Posteingang ein. *Sie haben keine neuen Nachrichten* erschien auf der Seite. Ich seufzte enttäuscht.

Sam schaute auf. »Was ist?«

»Nichts«, antwortete ich hastig. Ich wollte mir nicht anmerken lassen, dass ein Teil von mir immer noch bestürzt war, wenn keine neue Nachricht von William eingegangen war. Daran würde ich mich erst noch gewöhnen müssen. Ich schluckte die Reste des Smoothies und öffnete die zuletzt eingegangene Mail.

Hi, hatte William geschrieben. *Hast du Samstagabend Zeit? Mit freundlichen Grüßen, William*.

Ich war entsetzt. »Mit freundlichen Grüßen? *Mit freundlichen Grüßen?* Sam, sie haben *geknutscht*! Da kann er doch nicht ›Mit freundlichen Grüßen‹ schreiben!«

Sam nickte in Richtung meines Computers, um mir zu zeigen, dass da noch jede Menge mehr auf mich zukam. Seine Augen funkelten ausgelassen.

Shelley hatte fünfundfünfzig Sekunden später auf Williams Nachricht geantwortet. Ich zuckte zusammen.

> Muss nach New York. Notfall bei der Arbeit. Müssen uns ein andermal treffen. Es tut mir aufrichtig leid.
>
> Shelley

»Sie ist kalt wie ein Fisch«, befand Sam, der über meine Schulter hinweg mitgelesen hatte.

> He, das ist die schlechteste Ausrede, die ich je gehört habe!! Wann bist du zurück?

»William setzt doppelte Ausrufezeichen? Er ist doch ein Doktor!« Ich war schockiert.

> Keine Ahnung. Ich werde es dich wissen lassen, sobald ich über nähere Informationen verfüge.
>
> Mit freundlichen Grüßen
>
> Shelley

»Nein! ›Mit freundlichen Grüßen‹? Nicht auch noch Shelley!«

»Doch«, sagte Sam. »Kein Wunder, dass sie uns um Hilfe gebeten haben.«

Hi, Shelley …
Was ist denn los? Bricht die Weltwirtschaft zusammen?
W.

Hi, William,
das ist eine komplexe, firmeninterne Angelegenheit, über die ich nicht mir dir sprechen darf.
Mit freundlichen Grüßen
Shelley

Na schön. Teil mir einfach mit, wann du zurückkommst.
☺ William

Ich machte mich über meinen Porridge her. »Grauenvoll, Sam«, murmelte ich. »Einfach grauenvoll. Smileys? Hm? Mit freundlichen Grüßen? Ich fasse es nicht. Guter Porridge übrigens. Ich bin beeindruckt.«

»Danke. Ich habe etwas Honig, Zimt, ein paar Sultaninen und Sahne hinzugegeben«, erwiderte Sam lässig, als würde er jeden Tag ein köstliches Frühstück mit niedrigem glykämischem Index zubereiten. »Also, Chas. Ich denke, das Problem liegt darin, dass Shelley derart brüsk ist, dass William Angst bekommt. Also schreibt er totalen Unsinn, defensive Einzeiler. Fangen wir damit an, Shelley ein bisschen aufzuwärmen.«

»Moment mal. William hat damit angefangen. Seine E-Mail war *fürchterlich*! Er war derjenige, der diese Mit-freundlichen-Grüßen-Epidemie ausgelöst hat …«

»Aber er hat ihr gleich am Morgen nach ihrem Treffen eine

Mail geschickt, und zwar schon um halb acht! Egal, wie er sich ausgedrückt hat – das zeigt eindeutig, wie angetan er ist!«

»MIT FREUNDLICHEN GRÜSSEN?«, brüllte ich. »MIT FREUNDLICHEN GRÜSSEN?«

Wir starrten uns an.

Sam brach als Erster in Gelächter aus, und nach ein paar Minuten fiel ich mit ein.

»Oh Mann«, keuchte ich.

»Auweia«, prustete Sam. »Das ist kein guter Start für unsere Geschäftsbeziehung!«

Ich schüttelte den Kopf.

»Okay, Chas, du hast ja recht. Sie sind beide grottenschlecht. Versuchen wir, *beide* ein bisschen in Fahrt zu bringen. Shelley ist an der Reihe zu antworten, doch vielleicht sollte William ihr eine Guten-Morgen-Mail schicken, damit sie sich – keine Ahnung – etwas begehrter fühlt. Könnte sein, dass sie dann entspannter ist.«

Ich dachte über seinen Vorschlag nach und musste lächeln. Während meiner Korrespondenz mit »William« hatte er zweimal schon am frühen Morgen geemailt, und ich war stundenlang auf einer rosa Wolke durch die Gegend geschwebt. Welcher Frau, die halbwegs bei Verstand war, würde es nicht gefallen, wenn der Mann ihrer Träume schon beim Aufwachen an sie dachte?

Sam holte seinen eigenen Laptop an den Tisch und fing an zu tippen.

Ich dachte an das, was Shelley mir in den vergangenen achtundvierzig Stunden erzählt hatte. Was würde diese E-Mail zu einer ganz besonderen machen? »Ich hab's!«, rief ich plötzlich. »Shelley liebt den Central Park im Herbst. Behaupte doch einfach, dass es dir genauso geht! Dann wird sie denken: *O mein Gott, wir sind ja sooo kompatibel!*«

»Gute Arbeit, Partner, gute Arbeit«, murmelte Sam, und ich

stand auf, um mir die Zähne zu putzen. Als ich fünf Minuten später zurückkehrte, stellte ich überrascht fest, dass er damit beschäftigt war, ein Paar brandneue Laufschuhe zu schnüren.

»Bowes?«, fragte ich verwirrt. »Was ist nur los mit dir?«

»Ich dachte, ich gehe ein bisschen joggen!«, sagte er. »Ich meine es ernst mit dieser Agentur, Chas. Ich denke, wir könnten sogar weltweit expandieren, und dafür will ich in guter Form sein.«

Ich starrte ihn nur an.

»Halt die Klappe und lies die E-Mail, die ich dir geschickt habe«, befahl er lächelnd.

Ich setzte mich an meinen Laptop, doch ich konnte mir nicht verkneifen, derweil sein Jogging-Outfit zu beäugen.

»Komm nicht auf dumme Ideen«, sagte Sam. »Mit deinem geflickten Bein bist du noch Monate nicht in der Lage, das Laufen wiederaufzunehmen.«

Ich schnitt eine Grimasse. Dr. Nathan Gillies hatte angedeutet, dass ich womöglich nie wieder würde joggen können, doch ich hatte seine Worte nach ganz hinten, in eine entfernte Schublade meines Gehirns verbannt.

»Du hast es ernst gemeint, hab ich recht?«, fragte ich ihn und beäugte ihn durchdringend. »Du willst *wirklich* mehr aus deinem Leben machen. Das hatte nichts mit William zu tun.«

Sam entwickelte schlagartig ein großes Interesse an einem Regalfach. »Hm.«

Shelleys Posteingang öffnete sich, und ich las sein Werk.

Guten Morgen, Ms Cartwright!
Wie ist es so in New York heute? Wenn ich dort bin, laufe ich am liebsten an einem Herbstmorgen durch den Central Park. Das ist so erfrischend und schön, dass ich oft in Versuchung gerate, einen beachtlichen Marathon hinzulegen anstatt meiner üblichen paar hundert Meter. Ich amüsiere mich

immer prächtig über die lustigen Eichhörnchen, die dort in großer Zahl anzutreffen sind.

So, was für ein langweiliger Tag gestern. Ich habe jemandem im Ohr herumgefriemelt, aber kaum etwas gefunden. (Einmal habe ich eine kleine Assel mit ihrem Baby entdeckt, die es sich vor dem Trommelfell eines Patienten gemütlich gemacht hatte. Deswegen wurde ich damals für das HNO-Fachjournal fotografiert.)

Zurück zu dir. Entwickeln sich die Dinge da draußen zum Besseren, oder steht die Weltwirtschaft tatsächlich kurz vor dem Zusammenbruch? Dürfte ich dich vorher vielleicht zu einem letzten Abendessen einladen? Um ehrlich zu sein, bitte ich dich gar nicht darum, ich bestehe darauf. Wie viele Tage sind es noch bis zu deiner Rückkehr?

W. x

Ich klatschte in die Hände. »Super, Bowes! Die Idee mit dem Central Park ist brillant! Woher weißt du, dass sie Joggerin ist? Das hab ich dir doch, glaube ich, gar nicht erzählt!«

»Weil sie genauso ist wie du, Chas«, sagte er. »Da muss sie einfach laufen.«

Nur das laute Klingeln meines First-Date-Aid-Handys rettete ihn vor einem gezielten Fausthieb.

»Hallo, hier spricht Char…«

»CHARLOTTE!«, bellte Shelley.

Ich hielt den Hörer vom Kopf weg. »Ähm, hi, Shelley.«

»Er hat mir eine *göttliche* E-Mail geschickt. Hast du sie gelesen? Hast du?« Das Maschinengewehr war zurück.

»Ähm, noch nicht«, log ich.

»Er liebt den Central Park im Herbst, genau wie ich! Oh mein Gott, das ist ja kaum zu glauben!«, schrie sie. Sam, der in etwa fünf Metern Entfernung saß, hörte sie genauso deutlich wie ich, reckte die Daumen in die Höhe, sprang auf und hüpfte in seinen Laufklamotten zur Haustür hinaus.

»Vielleicht sollte ich mit der Antwort noch etwas warten«, schlug ich vor. »Es ist immer gut, ein bisschen geheimnisvoll zu bleiben.« Ich dachte an ihre Fünfundfünfzig-Sekunden-später-Reaktion auf Williams E-Mail am Donnerstag.

»Nein, ich möchte, dass du ihm gleich antwortest«, bellte Shelley. »Ich esse heute an meinem Schreibtisch zu Mittag. Wenn du sofort zurückschreibst, kann ich mitlesen.«

»Na schön, dann werde ich eben ...«

»Bitte mach etwas für Donnerstag, den Achtzehnten, mit ihm aus – das ist der Abend, an dem ich zurückkomme«, befahl sie mir mit schriller Stimme. »Und um seine Frage zu beantworten: Es gibt viel zu tun, aber es wird nicht zu einem Zusammenbruch kommen.«

»Aha. Stehst *du* denn kurz vor dem Zusammenbruch?«

»Nein«, antwortete sie nach einer kurzen Pause. »Aber es ist schon ziemlich stressig. Jede Menge Verantwortung. Ich könnte eine Massage und ein bisschen Schlaf gebrauchen. Oder wenigstens eine kurze Pause.« Sie klang merkwürdig verletzlich.

»Dann pass gut auf dich auf«, sagte ich. »Ich werde William jetzt gleich antworten.« Ich beendete das Gespräch, bevor sie erneut das Maschinengewehr auf mich richtete, und humpelte eilig zum Fenster hinüber.

»BOWES!«, brüllte ich.

Sam, der sich gerade vor der Haustür aufwärmte, blickte zu mir hinauf. »Sie will, dass du sofort zurückschreibst?«

»Ja! Ich habe Ja gesagt, denn sie ist tatsächlich besessen, und sie ist ein Kontrollfreak. Der größte Kontrollfreak, der mir je über den Weg gelaufen ist.«

Sam fing an zu lachen. »Ich komme wieder rauf, Chas.«

Guten Morgen, Dr. William,

ah, eine Einladung zum Abendessen, noch bevor ich meinen Brunch beendet habe! Wie wunderbar! Meine Antwort lautet: Ja, bitte!

Sam kam hereingeschlendert, setzte sich neben mich und las mit, während ich tippte. Er roch nach Persil.

Ich sitze hier an meinem Schreibtisch und kämpfe mit einem gut gemeinten amerikanischen Frühstück/Mittagessen. Die Portionen sind so groß, dass ich kaum ein Viertel davon …

»Nein«, sagte Sam. »Nicht die ›Oh, ich esse nicht viel, oh, ich bin ein zartes Blümelein‹-Masche. Männer hassen diesen Mist.«

»Tatsächlich?«

»Tatsächlich!«

Na gut.

Sam nahm einen Schluck von meinem Kaffee. »Vergiss Shelley, Chas. Sei einfach du selbst, das hat bislang doch auch funktioniert. William hat angebissen.«

Bei seinen Worten wurde mir warm ums Herz. Ich tippte weiter.

Ich sitze hier an meinem Schreibtisch und verspeise einen herzhaften Brunch. Es geht doch nichts über eine anständige Wurst am Morgen.

Sam kicherte.

Ich kann es kaum fassen, dass du genauso gerne im Herbst durch den Central Park joggst – was für ein erstaunlicher Zufall! Ich finde, Laufen baut einen so richtig auf – vor allem vor dieser Kulisse. Ich kann da für eine Stunde komplett abschalten, was zweifelsohne eine Meisterleistung ist.

Ja, die Lage hier ist ziemlich ernst, doch ich tue, was ich kann. Wenn wir schon von Arbeit sprechen – gratuliere wegen der Assel: Das ist ein wahrhaft tiefgreifender Erfolg.

»Lass sie noch etwas weniger Scherzhaftes über die Assel sagen«, bemerkte Sam.

Ich blickte ihn befremdet an. »Aber … nun bausch das mit der albernen Assel doch nicht so auf! Was ist daran nicht witzig? Komm schon, Bowes, ich muss hier wirklich fertig werden …«

Sam ignorierte mich. »Weißt du noch, der Scherz, den ich zu Beginn gemacht habe – dass ich jemandem in der Nase herumwühle? William ist ausgeflippt, und das wird jetzt nicht anders sein. Aber ich meine es ernst: Streichle ein kleines bisschen sein Ego. Wir Männer *lieben* es, wenn man uns Komplimente macht, vor allem, was unsere Karriere anbelangt. Dann fühlen wir uns so groß und männlich.«

Ich warf ihm einen Seitenblick zu und fragte mich unwillkürlich, wie lange es her sein mochte, dass *ihm* jemand Komplimente wegen seines beruflichen Erfolgs gemacht hatte.

Im Ernst (schrieb ich mit einigem Widerwillen), es ist ziemlich beeindruckend, es bis ins HNO-Journal zu schaffen, Assel hin oder her. Du leistest anscheinend fantastische Arbeit.

Du könntest mich nächste Woche Donnerstag zum Essen einladen. Ich sehe dann vielleicht ein bisschen zerzaust aus, weil ich um sechs Uhr dreißig lande … und vielleicht spreche ich den ganzen Abend über mit amerikanischem Akzent, aber wenn dir das passt, ist die Sache abgemacht.

XXX

Sam lachte. »Es erstaunt mich wirklich, dass mir nicht klar war, wer hinter diesen Mails steckt«, sagte er. »Du irrer Workaholic.«

Ich runzelte die Stirn. »Nun halt mal die Luft an, Mr Rotz-grüner-Smoothie-und-Joggingschuhe-um-neun-Uhr-an-einem-Samstagmorgen.«

Sam zuckte die Achseln. »Ich bin jetzt ein Mitglied der britischen Erwerbsbevölkerung. Übrigens«, sagte er und beugte sich vor, einen aufmüpfigen Ausdruck auf dem Gesicht, »bevor du auf Senden klickst, schlage ich vor, du ignorierst Shelleys Wunsch und schlägst William den Freitagabend vor.«

»Kommt nicht in Frage«, erwiderte ich, ohne zu zögern.

»Warum nicht?«

Ich seufzte. Männer und Frauen waren so grundverschieden! Für mich hatte ein Date am Wochenende eine ganz besondere Bedeutung – wegen einer Dienstagsverabredung hätte ich mir ganz bestimmt kein Bein ausgerissen –, aber das konnte ich ihm wohl kaum erklären.

»Grrr. Bowes, das ist kompliziert, aber Fakt ist doch, dass sie eine Frau ist und ihm deshalb unmöglich den Freitagabend vorschlagen kann. Basta. Wenn William den Termin vorschlägt, ist das etwas ganz anderes, da kann sie ohne weiteres Ja sagen.«

Sam setzte ein gequältes Gesicht auf. »Ich komme mit Frauen einfach nicht klar.«

Ich kam ihm keinen Millimeter entgegen.

»Nun, ich sehe schon, dass ich hierbei nicht gewinne, Chas. Dann bleibt es eben bei Donnerstag. Und ich schreibe zurück und schlage stattdessen den Freitagabend vor.«

Doch dann roch ich Lunte. Wenn ein Mann ein Date am Freitagabend vorschlug, wollte er normalerweise Sex. »Was ist denn so besonders am Freitag, Bowes?«, hakte ich misstrauisch nach.

»Ich weiß, was du denkst, aber du irrst dich. Es ist bloß so, dass sie am Donnerstag erschöpft sein wird. Wenn sie sich dagegen am Freitag treffen, kann sie erst einmal ausschlafen und hat das ganze Wochenende noch vor sich.«

Ich musterte ihn, nicht wirklich überzeugt.

»Chas, komm schon! Frauen wie Shelley haben am Wochenende nie etwas vor! Sie stopfen ihre Woche randvoll, doch am Freitag- oder Samstagabend haben sie nichts zu tun – auch wenn sie es nicht zugeben!«

Ich errötete. Er hatte recht. Freitagabend war mein »Mädelsabend«, doch meist verkroch ich mich einfach in meinem Zimmer und plante, was ich am Wochenende alles unternehmen wollte. Es war mir schrecklich peinlich, dass Sam das mitbekommen hatte. »Na schön, dann machen wir es so. Aber jetzt muss ich wirklich weiterarbeiten.«

Nachdem er wieder zum Laufen abgedüst war, spürte ich, wie ich schlechte Laune bekam. Es gefiel mir nicht, dass Sam um mein kleines Geheimnis wusste, und ich kam mir blöd vor, dass er mich durchschaut hatte. Ich schloss meinen E-Mail-Account, erleichtert, mich wieder meiner eigentlichen Arbeit zuwenden zu können, doch gerade als ich eine Dokumentenmappe aus meiner Aktentasche nehmen wollte, hörte ich, wie sich in der Haustür ein Schlüssel drehte, und hereinspaziert kam ein riesiger Blumenstrauß mit Sam dahinter.

»Bowes?«, sagte ich unsicher. Die Smoothies und das Lauf-Outfit waren schwer genug zu verdauen. Jetzt musste ich auch noch damit fertigwerden, dass Sam über Nacht zum Blumenkäufer mutiert war.

»Für dich«, sagte er und trat auf den Tisch zu. Er legte die Blumen ab und ließ sich auf einen Stuhl sinken, um zu verschnaufen. Er verschwand regelrecht hinter den Blumen.

»Was soll das? Warum kaufst du mir Blumen?« Ich war, gelinde gesagt, schockiert. »Sam, wir sind Geschäftspartner, du solltest doch nicht …«

»Die sind gerade für dich abgegeben worden, du Spinnerin.«

Ich errötete noch mehr. Ich Volltrottel! Warum sollte Sam mir auch Blumen kaufen? Knallrot und verlegen zog ich eine Karte aus dem Bouquet und öffnete sie.

Es tut mir so leid, dass deine Großmutter krank ist. Bitte ruf mich an, wenn du Unterstützung mit Krankenhäusern/Ärzten/Behandlungsmethoden brauchst. Ich kenne ein paar Leute und kann dir helfen.

J. x

Ich musste mich setzen. John hatte mir nie auch nur einen Kaffee spendiert, und nun schenkte er mir einen Blumenstrauß von der Größe eines Kleinlasters? Was war nur in ihn gefahren? Was wollte er von mir? Ich fühlte mich hin und her gerissen. Ein Teil von mir wusste, dass ich das alles schon mal durchgemacht hatte, dass John ziemlich eindeutige Signale aussendete, die – wie sich stets herausstellte – doch nichts zu bedeuten hatten. Als ich in London gewesen war, hatte ich mir geschworen, nie mehr von Männern zu träumen, die nicht wirklich an mir interessiert waren.

Seit meiner Rückkehr aber *hatte* John Signale ausgesandt. Deutliche Signale, um genau zu sein. Er hatte wie üblich mit mir geflirtet, mein Bein befummelt und mich mit seinem Zahnpastalächeln angestrahlt, doch ich hatte ihn mehrere Male dabei ertappt, wie er mich auf zärtliche Art und Weise ansah. Gestern hatte ich mich draußen auf eine Bank unter den gelb verfärbten Ahorn gesetzt und im Krankenhaus angerufen, um mich auf den neuesten Stand, Granny Helens Gesundheitszustand betreffend, zu bringen. Während ich mit Mum plauderte, hatte ich plötzlich das Gefühl, beobachtet zu werden. Und da stand er, vor einem Fenster im zweiten Stock, und lächelte mich freundlich an. Als ich ein paar Minuten später durch die Rezeption zum Aufzug ging, öffneten sich die Fahrstuhltüren, und er kam herausmarschiert.

»Komm, lass uns einen Spaziergang machen!«, schlug er vor, fasste mich am Ellbogen und führte mich hinaus. Sein Benehmen überraschte mich. John arbeitete genauso hart und obsessiv wie ich; er war schlichtweg nicht der Typ für Herbstspaziergänge. Ich blickte ihn an, und er grinste auf seine übliche dreiste Art zurück. Wir schlenderten die baumbestandene Auffahrt entlang.

»Lambert … du hast einfach zauberhaft ausgesehen, dort auf der Bank in deinen herbstlichen Wollsachen.« Er strahlte. »Alles okay?«

»Prima«, erwiderte ich kurz angebunden. Ich wusste nicht, worauf er hinauswollte, aber ich wusste, dass ich mir alle Mühe geben musste, um nicht mit ihm zu flirten.

John steckte seine Hände in die Taschen. Sein freches Zahnpastagrinsen verschwand. »Hast du einen neuen Freund, Lambert?«, fragte er plötzlich.

Ich war schockiert. Er hatte sich noch nie nach meinem Liebesleben erkundigt, war stets davon ausgegangen, dass ich Single war. Wieder fingen die Rädchen in meinem Kopf an zu rotieren. Warum fragte er mich das? Hatte das etwas zu bedeuten? Sollte ich Ja sagen, bloß um zu sehen, was dann passierte? *Halt die Klappe*, befahl ich mir selbst, *halt einfach die Klappe.*

Doch es war zu spät. Ich war bereits berauscht von der Möglichkeit, dass John eifersüchtig war, und deshalb setzte ich, anstatt zu leugnen, ein undurchschaubares Gesicht auf. »Warum fragst du?«

Nun war es an ihm, erstaunt dreinzublicken. Ganz offensichtlich hatte er fest damit gerechnet, dass ich verneinen würde.

»Oh. Nun, du schienst sehr *vertieft* in das Telefonat, das du gerade geführt hast«, sagte er. Zum ersten Mal, seit wir uns kannten, klang John MacAllister ein wenig verlegen.

Ich fing an zu lächeln. Er war doch tatsächlich eifersüchtig! Das war der Hammer! »John«, sagte ich sanft, »das war meine Mum. Meine Großmutter hatte einen Schlaganfall und wurde heute aus dem Krankenhaus entlassen. Ich habe angerufen, um mich zu erkundigen, wie es ihr geht.«

John zog eine Augenbraue hoch, und für eine Sekunde entdeckte ich etwas in seinem Gesicht, wenn auch nur flüchtig, das verdächtig nach Erleichterung aussah.

»Das tut mir leid, Lambert. Warum in Gottes Namen hast du mir nicht davon erzählt? Was kann ich tun?«

Ich war gerührt. »Nichts. Es war ein Schlaganfall. Du weißt, was das bedeutet.«

John war stehen geblieben. »Bitte, Lambert«, hatte er leise gesagt. »Lass mich dich doch ab und zu ein bisschen unterstützen.«

Sam beäugte mich neugierig.

»Ähm, die sind doch tatsächlich von John«, stammelte ich. Mein Gesicht wurde puterrot.

Sam machte ein erstauntes Gesicht. »Läuft da immer noch was?«

Es war mir nach wie vor peinlich, dass ich ihn wegen der Blumen so angemacht hatte. Was, wenn Sam nun dachte, ich hätte mir gewünscht, *er* würde mir so einen Strauß schenken? Grrr! »Zwischen John und mir wird immer etwas laufen«, gab ich zurück und lächelte geheimnisvoll.

Sam schüttelte grinsend den Kopf. »Du kleines Luder«, sagte er und verließ zum dritten Mal an diesem Morgen das Haus, um zum Joggen zu gehen.

Ich setzte mich, nahm den Salutech-Ordner aus meiner Aktentasche und arbeitete sechs Stunden ohne Pause durch. Ness und ich würden heute Abend zu meinen Eltern fahren, um Granny Helen zu besuchen, da konnte ich keine verwirrenden Gedanken, Männer betreffend, im Kopf herumschwirren haben. Und wie immer sorgte die Arbeit dafür, dass mir keine Zeit für solchen Unsinn blieb. Als ich mich mit Ness traf, war mein Kopf klar, und ich war wieder Charley Lambert.

Wir saßen auf der hinteren Bank des 44D-Busses, genau an dem Platz, an dem wir als Teenager auf dem Heimweg von der Schule immer gesessen hatten. Ness telefonierte mit ihrer Freundin Sarah, und ich ließ mich gegen das Fenster sacken und starrte hinaus. East Lothian zog an uns vorbei: Kartoffelfelder, über die sich die Dämmerung hinabsenkte, die alte Burgruine und die jetzt grau aussehenden Hügel, die sich in alle Richtungen erstreckten. Obwohl es mich reizte, wieder selbst zu fahren, liebte ich Busfahrten. Seit Jahren schon hatte ich nicht mehr die Aussicht genossen, die Busfenster einem boten.

Ich war müde, doch ich fühlte mich großartig, verspürte ein freudiges Kribbeln. Ich hatte heute jede Menge für Salutech nachgearbeitet und war hochzufrieden damit, dass es sich bei meinem First-Date-Aid-Abgesang um das Projekt William und Shelley handelte. Es fühlte sich gut an, jemandem auf die Sprünge zu helfen.

Wie besprochen hatte Sam Shelley geantwortet und ein Treffen am Freitagabend statt am Donnerstag vorgeschlagen – und ich wartete auf ihren nächsten aufgeregten Anruf aus New York. Ich grinste und fragte mich, ob ich mir am Tag nicht doch ein klitzekleines Zeitfenster für First Date Aid schaffen könnte. Nur um ein bisschen mitzumischen …

»Woran denkst du?«, fragte Ness, die gerade ihren Anruf beendet hatte. Sie trug eine Kniebundhose mit Aztekenmuster, dazu dicke Strümpfe und sah einfach entzückend aus.

Ich schaute aus dem Fenster. Der Bus zockelte durch Haddington. »Mir wird gerade klar, dass ich tatsächlich ein Workaholic bin.«

»Ach was. Und?«

»Und es geht mir gut dabei. Es gibt mir das Gefühl, am Leben zu sein.«

Ness nickte, obwohl klar war, dass sie mir nicht zustimmte. »Workaholics sind irgendwann ausgebrannt«, gab sie nach kurzem Zögern zu bedenken. »Ich möchte nicht, dass dir das passiert.«

Ich erwiderte nichts.

»Wie sind denn im Augenblick deine Arbeitszeiten?«

»Genau so, wie man es in der Woche vor der größten Produkteinführung aller Zeiten erwartet. Ness, bitte halt mir keine Predigt. Ich bin müde.«

Ness sagte nicht: »Das meine ich ja.« Und dafür war ich ihr dankbar. Für ihre Fähigkeit, sich herauszuhalten. Das war in unserer Familie nicht gerade eine Tugend. Wir fielen in kameradschaftliches Schweigen.

Der Bus näherte sich nun East Linton, und mein Handyempfang war bereits auf drei Balken zurückgegangen. Shelley Cartwright in New York musste das gespürt haben, denn sie wählte genau diesen Augenblick, um mich anzurufen.

»CHARLOTTE!«, brüllte sie. Inzwischen hatte ich mich an ihre Begrüßung gewöhnt.

»Shelley.«

»ER HAT MICH ABBLITZEN LASSEN!«, jammerte sie.

Verdammt. Was hatte Bowes angerichtet?

»Ähm, wie das denn?«

Der Bus hielt auf dem großen Platz in der Stadtmitte, und

Ness half mir hinaus, während ich mit meinen Taschen und Johns Blumen kämpfte, um ja nicht das Handy fallen zu lassen. Dann zockelten wir im Schneckentempo die Straße entlang. »MIIIST!«, kreischte es aus dem Telefon. Ness blickte mich beunruhigt an. »Ich habe ihm Donnerstag vorgeschlagen, und er will mich stattdessen am Freitag treffen! VERRRDAMMMT!«

»Ich … ich verstehe nicht, wo das Problem liegt«, sagte ich vorsichtig. »Freitag ist doch wunderbar für ein Date!«

»Ja, schon, aber er hat mir für Donnerstag EINEN KORB GEGEBEN! Ich reiße mir ein Bein aus, und er sagt Nein! Wäre er wirklich an mir interessiert, würde er alle anderen Termine canceln, ganz egal, worum es dabei geht. Er hat bestimmt noch eine andere Verabredung! Das WEISS ich!«

Für einen Augenblick war ich sprachlos: Shelley war wirklich wahnsinnig. Ich dachte an meine eigenen verrückten Aktionen und fühlte mich schlagartig besser. Offenbar konnte die Liebe selbst gestandene Karrierefrauen in durchgedrehte Jammergestalten verwandeln. »Das glaube ich nicht«, antwortete ich, so ruhig ich konnte. »William könnte am Donnerstag alles Mögliche vorhaben. Er könnte sogar auf einer Beerdigung sein!«, fügte ich mit fester Stimme hinzu.

»Er hat eine andere«, beharrte sie. »Ich wusste, dass es nicht hält. Das lag bestimmt an den grauenhaften E-Mails, die ich ihm geschickt habe!«

»Unsinn, Shelley, es ist offensichtlich, dass er dich mag. Hast du denn Zeit am Freitag?«

»Ähm, ja«, erwiderte sie verlegen. »Aber das ist nicht der Punkt. Der Punkt ist, dass er …«

»Nein, *das* ist der Punkt«, fiel ich ihr entschieden ins Wort. »Wenn du Zeit hast, dann triff dich mit ihm.«

Ich hörte, wie Shelley einen Schluck von irgendeinem Getränk nahm. Wahrscheinlich war sie auch noch betrunken.

Großartig. »Na schön«, lenkte sie kleinlaut ein. »Aber könntest du ihm bitte erst eine Abfuhr erteilen? Er soll nicht denken, dass ich an einem Freitagabend nichts vorhabe. Es ist ja möglich, dass sich meine Pläne erst in letzter Minute ändern.«

Ich seufzte. »Sicher. Ich muss auflegen, Shelley. Schönen Nachmittag.«

»Was um alles in der Welt war das denn?«, fragte Ness. Sie sah aus wie ein empörter Kobold. Ich liebte meine Schwester.

Wir standen inzwischen gute fünf Minuten vor der Haustür unserer Eltern. Ein paar späte Rosen kletterten in grimmigem Eifer an der Wand neben der Eingangstür hoch, der Geruch nach Fisch-Pie waberte aus dem offenen Küchenfenster. »Ach, nichts«, wiegelte ich ab. Ich wusste einfach nicht, wo ich anfangen sollte.

Ness lachte. »Was immer es war, es war nichts. Komm schon, spuck's aus.«

»Du glaubst, ich bin komplett durchgeknallt?«, fragte ich ein paar Minuten später.

Ness blickte mich verdutzt an. »Nein«, sagte sie langsam. »Aber ich – die Sache mit Sam ... Was hat das zu bedeuten, Charley?«

»Da gibt es keine ›Sache‹ mit Sam«, entgegnete ich. »Wir haben uns gegenseitig Ghostwriter-E-Mails geschickt, ohne davon zu wissen. Jetzt wissen wir's. Für fünf Minuten war das ganz schön peinlich, dann haben wir beschlossen, unsere beiden Kunden zusammenzubringen. Ende.«

»Aber ... da war so viel Chemie, Charley. Ich habe die Mails gelesen. Glaubst du nicht, du und Sam ...«

»Nein«, widersprach ich entschieden. »Niemals. Nicht in einer Trillion Jahre.«

Ness schüttelte den Kopf, als erwache sie aus einer Trance. »Du hast recht«, sagte sie. »Sam ist ein unverbesserlicher Schürzenjäger.« Ich musste kichern, als ich hörte, wie Nessie Sam als

»unverbesserlichen Schürzenjäger« bezeichnete, dann brach ich in herzhaftes Lachen aus.

»Was ist denn hier draußen los?«, tönte Granny Helens Stimme aus dem Küchenfenster. »Sind das die Zeugen Jehovas, oder sind das meine Enkelinnen?«

Wir grinsten einander an und marschierten ins Haus.

»Es geht ihr besser, als wir erwartet hätten«, flüsterte Mum, als sie uns in der warmen, dampfigen Küche ein Glas Wein einschenkte. »Letzte Nacht hat sie zehn Stunden geschlafen, und als sie aufwachte, hat sie nach einem belegten Brot mit Räucherhering verlangt, mit Kiwi garniert.«

Mum und Dad hatten Granny Helen vor ein paar Jahren nach Kalifornien auf einen ihrer »New Age«-Trips mitgenommen, inklusive komfortabler Hotels und Luxus-Transfers. Meine Großmutter hatte dort einen Narren an Kiwis gefressen – Kiwis waren damals in Großbritannien noch nicht angesagt gewesen – und Mum und Dad nach ihrer Rückkehr einmal die Woche in einen gut zwanzig Kilometer entfernten Supermarkt geschickt, um ihr welche zu besorgen. Als Mum einmal an Weihnachten vergessen hatte, Kiwis zu kaufen, streikte Granny Helen. »Die Frau dort lebt noch im Mittelalter«, beschwerte sie sich. »Serviert einem nicht mal Kiwi zum Frühstück.«

»Das klingt doch ganz positiv«, sagte ich unsicher.

»Definitiv«, pflichtete Mum mir bei. »Sie hat deinem Vater ihren Stock über den Hintern gebraten, als er ihr gesagt hat, Malcolm dürfe nicht bei ihr im Bett schlafen. Wenn er einer sterbenden Frau nicht mal ihren letzten Wunsch erfüllen wolle, habe er eine kräftige Ohrfeige verdient.«

Mir wurde ein bisschen leichter ums Herz. »Klingt für mich nicht gerade nach einer Frau, die im Sterben liegt.«

»Nein«, entgegnete Mum trocken. »Nein, ich glaube nicht,

dass es so schlimm um sie bestellt ist. Dennoch sollten wir uns nichts vormachen: Ein Schlaganfall in ihrem Alter bleibt nicht ohne Folgen.«

Granny Helen war in einer Minute hellwach und in der nächsten müde und benommen. Dad tat unterdessen so, als wäre nichts passiert. Den ganzen Abend über trug er eine Maske der Fröhlichkeit zur Schau und ließ jede Menge schlechte Witze auf Granny Helens Kosten vom Stapel, die sie mit ihrer üblichen Schärfe parierte. *Seht ihr?*, schien er zu sagen, wenn sie ihn wieder einmal zusammenstauchte. *Seht ihr? Es geht ihr gut!* Nach der Fisch-Pie stellte Mum Großmutter zu Ehren einen ganz besonderen Kiwi-Baiserkuchen auf den Tisch. (»Ich habe heute so gar keinen süßen Zahn«, bemerkte Granny Helen und verschlang vier Stück nacheinander.) Dad quälte uns mit einer spektakulären Interpretation von »Ring of Fire« auf seinem Banjo. Sein Spiel hatte sich inzwischen erheblich verbessert, doch man konnte es noch lange nicht als gelungen bezeichnen. Malcolm, der offenbar mit mir einer Meinung war, verzog sich auf seine Decke und legte eine dicke braune Pfote übers Ohr. Granny Helen schlief auf ihrem Stuhl ein.

Als ich Dad zusah, wie er den zerbrechlichen Körper meiner Großmutter auf die Arme nahm und sie nach nebenan zu ihrem Cottage trug, hielt ich den Atem an. »Sie ist wieder ganz die Alte«, sagte er zu niemand im Besonderen.

Die Tür fiel hinter ihm zu. Schweigen senkte sich auf uns herab. »Dad will es nicht wahrhaben«, durchbrach Ness schließlich die Stille.

Mum zuckte die Achseln. »Er ist Arzt, Nessie«, sagte sie. »Er weiß es besser als wir.«

»Ach, Mum, komm schon, Granny Helen ist einundneunzig. Du weißt, was ein Schlaganfall in ihrem Alter bedeutet.«

Ich war erstaunt. Ness sprach selten so unverblümt.

»Der Grund, warum ich so offen rede«, sagte Ness, als hätte sie meine Gedanken gelesen, »ist der, dass ich mir ernsthafte Sorgen um Dad mache.«

»Ich mir ebenfalls«, pflichtete Mum ihr nach einer Weile bei. »Er hängt unglaublich an ihr. Ich weiß nicht, was wir tun, wenn sie …« Sie verstummte.

Wir sahen sie scharf an. Mum wusste *immer*, was zu tun war. Sie wich unseren Blicken aus und fing an, die Teller abzuräumen. »Wir werden ihr ganz einfach die Daumen drücken müssen«, sagte sie entschlossen. Dann setzte sie den Kessel auf, und Ness und ich wussten, dass das Thema damit für sie beendet war.

Als ich in meinem kunterbunten Kinderzimmer langsam in den Schlaf glitt, spürte ich plötzlich, wie etwas an meinem linken Bein vibrierte. »Bloß nicht«, brummte ich und tastete nach meinem Handy.

»Oh nein, verdammter Mist«, sagte ich, als ich Shelleys Namen auf dem Display blinken sah.

HAST DU WILLIAM IMMER NOCH NICHT ZURÜCKGESCHRIEBEN?, simste sie mir ein paar Sekunden später. Ich ignorierte sie. Es gab Wichtigeres, als eine Fremde zu verkuppeln.

Mein Handy fing wieder an zu klingeln, und ich setzte mich erzürnt auf. »Shelley, es ist kurz vor Mitternacht, und ich bin bei meiner Familie. Ich werde William morgen antworten, okay?«

»Ähm … hi, Chas?«

Ich starrte auf mein Handy. Oh, Mist. Auf dem Display war ein Bild zu sehen, das Sam mit einem Kondom über dem Kopf zeigte. »'tschuldige, Bowes.«

»Du gehst ja freundlich mit deinen Klientinnen um«, bemerkte er nachsichtig.

»Tut mir leid, ich bin bloß – sie – ach, grrr.«

Sam lachte leise. »Ich weiß. William ist genauso schlimm. Die beiden treiben mich jetzt schon in den Wahnsinn.«

»Rufst du mich deshalb an? Sitzt dir William im Nacken?«

»Natürlich nicht!« Sam klang gekränkt. »Ich wollte nur hören, ob bei dir alles in Ordnung ist. Hab mir Sorgen um Granny Helen gemacht.« Schweigen. »Ich wollte nur gern wissen, wie es euch verrückten Lamberts geht.«

Ich war gerührt. »Das ist wirklich lieb von dir«, sagte ich lächelnd. »Danke. Nun, Granny Helen geht's nicht unbedingt großartig, Dad will das alles nicht wahrhaben, was Mum ziemlich stresst, ich bin müde ... nur Ness ist so umwerfend wie immer.«

»Das klingt anstrengend, Chas. Jetzt schlaf erst mal ein bisschen ...« Das Ganze war etwas zu weichgespült für Sam, was ihm offenbar auch auffiel, denn er verstummte.

»Danke für deinen Anruf, Bowes. Ich bin übrigens schwer erstaunt, dass du samstagabends nicht im Internet unterwegs bist, um die Damenwelt zu beglücken.«

»Nun, das tue ich doch. Ich sitze hier mit einem Drink und chatte. Wollte mich nur vergewissern, dass es dir gutgeht.«

»Das ist sehr lieb von dir. Doch nun zurück an die Arbeit!«

»Aye-aye. Gute Nacht, Chas.«

Lächelnd rollte ich mich auf die Seite. Sam war vielleicht ein »unverbesserlicher Schürzenjäger«, aber er konnte auch der süßeste Mann der ganzen Welt sein. Manchmal. Und das verblüffte mich immer noch.

Kapitel elf

Am nächsten Morgen wurde ich von einem Richtung Dunbar rauschenden Zug geweckt. Außerdem klopfte Malcolm mit dem Schwanz in einem fort gegen die Küchenanrichte. Die Versuchung, einfach im Bett liegen zu bleiben, war groß, doch ein Riesenberg Arbeit für die Markteinführung von Simitol am kommenden Freitag lag vor mir, und ich musste auch noch die E-Mail für Shelley schreiben. Es war an ihr, William eine Antwort zu schicken, und sie hatte mir über Nacht drei Nachrichten geschickt, in denen sie mich anflehte, ihm *auf der Stelle* zu antworten, denn wenn ich das nicht täte, würde er sicher denken, sie hätte genug von ihm. Meine Verblüffung war groß. Shelley mochte eine knallharte Geschäftsfrau mit dem Auftreten eines Polizeiknüppels sein, doch ihr Selbstwertgefühl war am Boden.

»Wir sind weitaus besser dran, wenn wir uns aus diesem ganzen Beziehungsschwachsinn raushalten«, teilte ich Malcolm ein wenig später mit. »Das führt doch nur dazu, dass sich alle in Geisteskranke verwandeln.« Ich hatte versucht, mich gleich nach dem Aufstehen nach Edinburgh zurückzustehlen, doch ich hatte seinem flehenden Blick nicht widerstehen können. »Sei lieb zu mir«, hatte er wortlos gesagt. »Füttere mich. Geh mit mir spazieren.«

Komme früh nach Hause, textete ich Sam, während Malcolm vergnügt in den River Linn sprang und wie ein großer brauner grinsender Seehund darin herumpaddelte. *Bitte entferne sämtli-*

che freizügigen Damen aus der Wohnung, damit wir uns W & S widmen können.

Malcolm kletterte ans Ufer und schüttelte sich ausgiebig. Tropfen regneten auf mich nieder.

»Du schrecklicher Kerl!«, schimpfte ich lachend und nahm ihn an die Leine. Er blickte liebevoll zu mir auf. Kein menschliches Wesen konnte mich so zum Lachen bringen wie dieser Hund. Momentan machte mir so einiges zu schaffen, doch Malcolm war mir definitiv eine Hilfe.

Als ich zurückkam, blickten Mum und Ness verwirrt auf etwas, das aussah wie ein riesiges, eingefallenes Rosinenbrötchen. Mum zuckte hilflos die Achseln, während Dad einen Pfiff ausstieß. »Ich habe zum Frühstück etwas ganz Besonderes gebacken, Mädels! Eine Art Früchtebrot«, fügte er hinzu, als würde das irgendetwas erklären.

Eine gute Stunde später humpelte ich die Broughton Street entlang, wo Lieferwagenfahrer noch damit beschäftigt waren, Delis und Cafés mit Käse und frischen Backwaren zu versorgen. Die Luft war schneidend kalt, der Ostwind ließ meine Wangen schmerzen. Als ich um die Ecke zur Forth Street bog, sah ich ein zierliches junges Mädchen aus meiner Haustür kommen. Sie trug noch die Kleider vom Vorabend und nahm mich kaum wahr, als sie auf ihren spitzen Highheels davonstakste. Ernsthaft angewidert schnitt ich eine Grimasse. Es war eine Weile her, dass so etwas das letzte Mal vorgekommen war, und wohl aus dem Grund kam es mir noch schäbiger vor als in den Tagen vor Yvonne.

»Hattest du eine angenehme Nacht?«, fragte ich Sam, als ich das Wohnzimmer betrat. Zu meiner Überraschung saß er am Tisch und tippte etwas in seinen Laptop.

»Überraschung!«, rief er und deutete auf ein Fach im Bücherregal, das er freigeräumt und mit Leitz-Ordnern bestückt hatte. Auf allen klebten ordentlich ausgedruckte *First Date Aid*-Aufkleber. Er genoss mein Erstaunen, dann deutete er auf zwei Stapel Visitenkarten in einem Plexiglasbehälter. Ich war baff. Wie hatte er das alles geschafft? Noch dazu in so kurzer Zeit?

»So … über Nacht haben wir unseren ersten männlichen Kunden gewinnen können!«, berichtete er.

»Wow! Weniger als zwölf Stunden, nachdem du die Website auf den aktuellen Stand gebracht hast?«

»Jawoll! Marcus heißt er. Flirtqualitäten wie ein munterer Frosch. Gut gemeint, aber albern und nervend. Ich freue mich schon darauf, ihm zu helfen.«

Ich setzte mich und strahlte Sam an. Im Augenblick überraschte er mich ständig. Plötzlich verspürte ich den übermächtigen Drang, mich auf ihn zu stürzen und ihn zu drücken, doch ich zögerte unweigerlich. Im Augenblick durfte es zwischen uns keinerlei Missverständnisse geben.

»Übrigens«, fuhr er fort, »ich würde gerne mit dir über unser Honorar reden. Ich denke, wir können und wir sollten den Preis anheben. Ach ja, William und Shelley, warum hast du noch nicht geantwortet? William hat mir um Mitternacht eine SMS geschickt und gefragt, ob Shelley ihn wohl vergessen hat und mit irgendeinem Typen aus Manhattan rummacht!«

»Alle Achtung«, sagte ich und ließ mich rücklings aufs Sofa fallen. »Die zwei sind wirklich ineinander verknallt. Und ein bisschen verrückt. Shelley hat mich gestern am späten Abend angerufen und gejammert, William habe sie abserviert. Dann hat sie mir während der Nacht mehrere E-Mails geschickt, um mir mitzuteilen, ich solle das Ganze abblasen. Sie meinte, sie würde einfach die Nerven verlieren.«

»Wie bitte? Er hat sie doch eingeladen! Wieso soll das eine Abfuhr sein?«

Ich winkte ab. »Frag besser nicht.«

»Die sind völlig gaga«, bemerkte Sam.

»Total«, bestätigte ich. »Kaffee?«

»Ja, bitte. Einen starken.«

Ich stand auf und stellte die Espressomaschine an. »Ich glaube, das Einzige, was Shelley davon abbringt, komplett durchzudrehen, ist, wenn William sich für den Freitagabend etwas Megageiles einfallen lässt.«

»Und warum sollte er das tun?«

»Weil sie am Boden zerstört war, dass er seinen Donnerstagstermin ihretwegen nicht abgesagt hat. Es bedarf einer großen Geste, um sie zu überzeugen, dass er es ernst meint.«

Sam schnappte nach Luft. »Ist die bescheuert? Er will Freitagabend mit ihr ausgehen! Wen zum Teufel schert da der Donnerstag?« Er wirkte aufrichtig verwirrt.

Ich zuckte die Achseln. Natürlich war das verrückt. Bescheuert. Dennoch, so peinlich es auch sein mochte, ich konnte nachvollziehen, was Shelley in die Situation hineininterpretierte. Sam, dem klar wurde, dass er von mir nicht die erhoffte Unterstützung bekommen würde, wandte sich wieder seinem Computer zu.

»Was macht sie am liebsten?«, fragte er schließlich genervt. »Vielleicht könnte ich genau das für den Freitagabend vorschlagen.«

Ich wusste es nicht, und zudem wollte ich nicht wirklich darüber nachdenken. Ich war nervös, weil ich mich noch nicht mit meiner Arbeit für Salutech befasst hatte. »Keine Ahnung. Hör mal, Bowes, ich muss mich jetzt wirklich an die Arbeit machen. Schlag ihr einfach etwas vor, was ihr das Gefühl gibt, etwas ganz Besonderes zu sein.«

Sam blickte mich ein paar Sekunden an. Ich konnte die Enttäuschung in seinen Augen sehen. Immerhin hatten wir ein Abkommen getroffen – wir kümmerten uns gemeinsam um William und Shelley, tauschten uns untereinander aus.

Und das war's. Ich brachte es nicht über mich, jemanden zu enttäuschen, daher würde ich Sam helfen müssen, ganz egal, was mich an Arbeit erwartete. Dann würde ich eben erst um Mitternacht fertig werden.

Genüsslich öffnete ich Shelleys frühere E-Mails. »Hm … lass mal sehen, sie geht gern ins Fitnessstudio …«

»Da musst du mir schon etwas Besseres bieten«, unterbrach mich Sam. »Was soll ich denn da vorschlagen? Einen Protein-Shake in der Mitgliederlounge, gefolgt von einem Quickie in der Sauna?«

»Still, Bowes, ich lese … Aha! Sie liebt die Oper, ganz besonders *Die Perlenfischer.*«

Das Duett in Die Perlenfischer *finde ich unglaublich schön*, hatte mir Shelley in ihrer Selbstauskunft Mitte September geschrieben. Die Wucht ihrer Gefühle hatte mich erstaunt: *Ich muss jedes Mal weinen, wenn ich es höre*, stand da, *es ist so tieftraurig.*

Sam wandte sich ab und öffnete eine Google-Seite. »Das wäre genau das Richtige«, sagte er. »Aber *Die Perlenfischer* werden so gut wie nie aufgeführt – keine Ahnung, warum. Shelley hat recht, das Duett ist wirklich unglaublich schön.«

Ich war überrascht. Ich hatte nicht gewusst, dass Sam sich für Opern interessierte, und genau das sagte ich ihm.

»Ich bin kein Kulturbanause, Chas«, sagte er. »Mein Interesse beschränkt sich nicht allein auf Bier und Betthäschen.«

Ich hob skeptisch eine Augenbraue. »Interessant. Dabei hätte ich schwören können, dass mir vorhin ein Mädel in den Klamotten von gestern Nacht über den Weg gelaufen ist«, sagte ich beiläufig. Sam blickte stur auf seinen Laptopmonitor, doch ich konnte sehen, wie seine Wangen rot wurden. »Du läufst rot an, Bowes?«, bemerkte ich. »Alles in Ordnung?«

»Sie war die Erste seit Yvonne«, murmelte er. »Lass es gut sein.«

Etwas beschämt widmete ich mich meinem Kaffee. Sams Angelegenheiten gingen nur Sam etwas an, nicht mich.

»ACH DU LIEBE GÜTE!«

Ich fuhr herum. »Was ist?«

»Es gibt eine im Londoner Coliseum!«

»Wie bitte? Was meinst du?«

»*Die Perlenfischer!* Es gibt eine einzige Aufführung im Londoner Coliseum!«

»NEIN!«

»Doch. Wir müssen nur noch Karten kriegen«, sagte er und lud eine andere Seite hoch. Ein paar Sekunden später donnerte er mit der Faust auf den Tisch. »Mist! Ausverkauft.« Er dachte kurz nach, dann stand er auf und fischte sein Handy aus der Hosentasche. »Lass mich mal machen«, sagte er, meinen Blick meidend, und ging in sein Zimmer.

Ich setzte mich aufs Sofa, um ein paar physiotherapeutische Übungen für mein geflicktes Bein zu machen, und nahm einen Schluck Kaffee. Lächelnd betrachtete ich unser neues »Büro«. Es machte Spaß, mit Sam zusammenzuarbeiten. Solange er an seiner neuen, gesunden Lebensweise festhielt und seine Wochenendliebschaften auf ein Minimum beschränkte, war das Zusammenleben mit ihm eine prima Sache.

»Oh, ich bin der Knüller!«, rief er, als er triumphierend aus seinem Zimmer herausgestürmt kam. »Der absolute KNÜLLER!«

Ich nippte an meinem Kaffee, zuversichtlich, dass er mir eine nähere Erklärung liefern würde. Was er auch tat.

»Zwei Karten, direkt vor der Königsloge, Freitagabend«, sagte er. »Bin ich nun der Herrscher der Welt oder nicht, Chas?«

»Nicht immer, aber immer öfter. Wie zum Teufel ist dir das denn gelungen?«

»Ach, ich kenne da so ein Mädchen …«, winkte er ab. »Mehr muss ich dazu wohl nicht sagen.«

Es war seltsam. Obwohl ich mir sicher war, dass ich meine Gefühle für William nicht auf Sam übertragen hatte, spürte ich, dass mir diese unzähligen Dates einen Stich versetzten. Irgendwann hatten sie aufgehört, lustig zu sein, und stattdessen etwas Unschönes, leicht Geschmackloses bekommen.

Ich wandte mich wieder unserem vorliegenden Fall zu. »Okay, Bowes, dann schreib Shelley schnell ein paar Zeilen wegen der Karten. Sie wird durchdrehen!«

Sam war nicht begeistert von meinem Vorschlag. »Das kann ich nicht. William hat die letzte E-Mail geschickt … Wenn eine Frau nicht antwortet, muss der Mann eben so lange abwarten, bis sie es tut. Er kann ihr nicht einfach noch einmal schreiben. Es ist nie gut, jemanden mit E-Mails zu bombardieren.«

Ich schüttelte den Kopf. Er musste ihr schreiben, und damit basta. »Sie ist verzweifelt, Bowes, du weißt schon.«

Nun, Shelley, ich nehme an, dein Schweigen hat zu bedeuten, dass du entweder vor lauter Schwärmerei für meine Wenigkeit außer Gefecht gesetzt bist oder dass du sauer bist, weil ich am Donnerstag beschäftigt bin.

»Vorsicht, Bowes«, sagte ich, über Sams Schulter blickend.

Allerdings hatte ich vorher zu erwähnen vergessen, dass ich zwei Karten für Bizets *Die Perlenfischer* am kommenden Freitag besorgt habe. Die Oper ist einfach wunderschön; das Duett bringt mich offen gestanden zum Weinen. Eine Absage akzeptiere ich nicht, daher schlage ich vor, dass du Ja sagst.

Ja?

Ich frage mich, wie es dir da drüben wohl gehen mag. Du

wirkst so unglaublich engagiert, Miss Cartwright; ich bin mir ziemlich sicher, dass du dieser Firma den Hintern retten wirst. Du bist wirklich eine erstaunliche Person.

X

»Nett«, sagte ich und reichte Sam seinen Kaffee. »Sehr nett. Dazu kann sie unmöglich Nein sagen.« Wir stießen mit unseren Kaffeetassen an, und ich verspürte einen Anflug von Aufregung. »Ich liebe das!«, sagte ich zu Sam. »Ich weiß, es ist dreist, aber ist es nicht auch ein Riesenspaß?«

Shelley sagte nicht Nein. Zehn Minuten später rief sie mich an und brüllte lauter als ein Nebelhorn, so dass Sam unser Gespräch selbst noch im Badezimmer mithören konnte. »*DIE PERLENFISCHER!* DAS SOLL WOHL SO SEIN! DU MUSST SOFORT ZUSAGEN! UM HIMMELS WILLEN, WAS SOLL ICH BLOSS ANZIEHEN?«

Ich grinste. Wenn diese beiden zueinanderfanden, hatten wir ganze Arbeit geleistet und eine Wahnsinnsstory für unsere Website. *Psychopathischer Workaholic zähmt Arzt mit Neigung zu Ausrufezeichen*, stellte ich mir vor. Sam und ich hätten allen Grund zum Feiern.

Sams Handy fing auf dem Couchtisch an zu klingeln, und ich beugte mich vor, um aufs Display zu schauen. »Mist, Sam, es ist William!«, rief ich.

»Bring es her!«, rief er zurück. »Die Badezimmertür ist offen!«

Ich hielt mir die Hand vor die Augen und tappte, so schnell ich konnte, ins Badezimmer, Sams Handy vor mir ausgestreckt wie einen Schild. Das Wasser in der Wanne wogte, als er sich vorbeugte. »Du bist so was von verklemmt, Chas«, frotzelte er, als er mir das Telefon aus der Hand riss.

»Ich möchte nur nicht deinen Schniedel sehen«, erwiderte

ich geziert. Dann setzte ich mich auf den Klodeckel, wandte das Gesicht ab und hielt mir zur Sicherheit immer noch die Augen zu.

»Hi, William«, meldete sich Sam mit ruhiger Stimme. »Was ist los?«

Eine laute, blecherne Stimme füllte das Badezimmer. Sam hatte William auf Lautsprecher gestellt. »Was los ist? Na, das ist eine sehr gute Frage«, tönte William. Ich war mir nicht sicher, ob ich seine Stimme mochte. Er klang extrem aufgeblasen, als zählte er zu genau der Sorte Mensch, die gescheite Bemerkungen über Champagnerjahrgänge vom Stapel ließ.

»Und?«, sagte Sam. Seine lässige Art beunruhigte mich.

»Bist du im Badezimmer?«, fragte William misstrauisch.

»Ja«, antwortete Sam. »Ich liege in der Wanne.«

William stieß gereizt die Luft aus, und ich machte eine Geste in Sams Richtung, als würde ich ihm die Kehle durchschneiden. Er ignorierte mich.

»Nun«, fuhr William fort. »Ich rufe an, um zu fragen, was du dir dabei gedacht hast, Shelley in meinem Namen in die Oper einzuladen. Ich habe doch gar keine Karten! Ich habe gleich im Internet nachgeschaut, aber das Stück ist restlos ausverkauft! Was zum Teufel soll das?«

»Entspann dich«, sagte Sam.

Ich stieß meinen Arm in seine Richtung. So konnte er doch nicht mit einem Klienten reden!

»Entspann dich, William, ich habe die Tickets für dich besorgt, und zwar die besten im ganzen Saal. Es kostet dich nicht mal was.«

William verstummte schlagartig, dann sagte er nach einem kurzen Augenblick: »Oh. Oh, gut.«

»Ich hatte keine Zeit, dir eine Mail zu schicken, bevor ich die Nachricht abgeschickt habe«, fuhr Sam fort, »doch der Knackpunkt ist der, dass du sie in ihre absolute Lieblingsoper ausführst. Das Duett bringt sie zum Weinen.«

Es entstand eine Pause. Aufgebracht drehte ich mich zu Sam um, um ihm einen strafenden Blick zuzuschicken. Er legte eine Hand über seine Intimteile. *Du SCHWACHKOPF!*, formte ich mit den Lippen.

»Ähm – und woher weißt du das?«, fragte William schließlich verblüfft.

»Es steht in ihrem Profil«, bluffte Sam leichthin. »Sie hat es gestern Abend geändert.« Er winkte mir panisch zu, um mir zu bedeuten, dass ich sofort Shelleys Profil ändern sollte. Ich warf ihm einen weiteren strafenden Blick zu und hastete hinüber ins Wohnzimmer.

»Tut mir leid«, sagte er, als er ein paar Minuten später aus dem Badezimmer kam. Um seine untere Hälfte hatte er ein uraltes *Ninja Turtles*-Badetuch geschlungen, doch seine obere Hälfte sah immer noch so durchtrainiert und gebräunt aus wie damals, als er an der Uni in Wickelhose rumgelaufen war und Noël Coward zitiert hatte. »Tut mir leid, Chas. Ist mir so rausgerutscht.«

»Schon gut«, erwiderte ich. »Ich habe ihr Profil in letzter Sekunde geändert. Später mache ich die Änderung wieder rückgängig, damit sie nichts bemerkt. Trotzdem, Sam, im Ernst – du musst dich konzentrieren.«

»Chas«, sagte er nach einer Weile. »Würdest du mir bitte ein kleines bisschen Respekt entgegenbringen? Nur weil ich nicht so arbeite wie du, heißt das noch lange nicht, dass ich nicht weiß, wie ich mit meinen Kunden umgehen muss. Wenn ich diese Agentur übernehmen soll, musst du mir vertrauen.«

Ich wusste nicht, was ich darauf erwidern sollte. Hatte er recht? *Natürlich nicht*, wehrte die Stimme in meinem Kopf ab. *Es gibt nur* eine *Art und Weise, mit den Klienten umzugehen*. Trotzdem beschlich mich der Verdacht, dass Sam recht haben könnte. Mit einem etwas unbehaglichen Gefühl setzte ich mich hin und öffnete meinen Salutech-Ordner.

Fünf Minuten später lag ich in einem völlig untypischen Sonntagskoma tief schlafend auf der Couch.

Als ich wieder zu mir kam, schlug ich die Augen auf und blickte auf einen sehr großen Penis. »Igitt!«, rief ich und zog mir ein Kissen über den Kopf.

»Oh, tut mir leid«, sagte Sam im Plauderton und stellte den Fernseher aus. »Du hast geschlafen.«

»Und da hast du gedacht, du könntest dir mal schnell einen Porno reinziehen? Mein Gott, Sam! Ich hoffe, du hast dir nicht gerade einen runtergeholt …«

»Hab ich nicht. Dieser Film hat mehrere Preise gewonnen«, erklärte er nachsichtig. »Er ist wirklich sehr schön.«

»Nun, vielleicht könntest du seine Schönheit ein andermal genießen«, schlug ich vor und schlurfte aufs Klo. Ich setzte mich auf die Brille, blickte auf die Badezimmeruhr und stieß einen spitzen Schrei aus.

»Was ist?«, rief Sam. »Chas?«

»ES IST SIEBEN UHR! Ich habe stundenlang geschlafen!«

Ich hörte ihn im Wohnzimmer lachen. »Das hast du. Du sahst total süß aus. Einmal hast du sogar am Daumen gelutscht. Du brauchtest die Pause.«

Ich wusch mir die Hände und tappte zurück ins Wohnzimmer, nervös und voller Sorge. Der Tag war fast vorüber, und ich hatte nichts erreicht, gar nichts. Anders als normale Menschen konnte ich es mir nicht leisten, faul auf dem Sofa herumzuliegen. Dazu hatte ich viel zu viel zu tun. Doch Sam hatte andere Pläne.

»Wir gehen ins Pub«, verkündete er. »Los, komm.«

Sofort geriet ich in Verlegenheit. Einerseits kannte ich nun

Sams Einstellung bezüglich meiner Arbeitswut und hatte das Gefühl, ihm beweisen zu müssen, dass auch ich lässige, spontane Pub-Abende genießen konnte. Andererseits war nicht zu leugnen, wie dringend ich die Arbeit erledigen musste, die ich mir mitgebracht hatte. Leicht beklommen verlagerte ich das Gewicht auf mein gesundes Bein und überlegte, was ich tun sollte. Doch Sam regelte die Angelegenheit auf seine Weise, indem er mir meinen Mantel brachte und eine Kosakenmütze auf meinen Kopf stülpte.

»Ähm, gib mir zehn Minuten, um mich umzuziehen, Bowes«, bat ich, was voraussetzte, dass ich mich fürs Mitkommen entschieden hatte.

»Nö«, sagte Sam und zog mich aus der Wohnungstür. »Wir gehen so, wie wir sind. Bloß um die Ecke ins Barony.«

Ich folgte ihm gehorsam. Noch nie zuvor war ich in einer Trainingshose im Pub gewesen.

Ich setzte mich und beobachtete Sam, der mit dem Barmann plauderte, während dieser unsere Drinks fertig machte. Er war teils umhüllt von den Dampfwolken, die aus der gerade geöffneten Spülmaschine aufstiegen, doch ich konnte sehen, wie ihm ein alter, betrunkener Mann begeistert auf die Schulter klopfte. Eine Frau, die aussah, als wäre sie mit einem der Bandmitglieder verheiratet, kam zu ihm hinüber und kniff ihn in die Wange, erfreut, ihn zu sehen. Ich lächelte. Ich lebte hier nun wie lange? – seit zehn Jahren? – und kannte keine Menschenseele in diesem Pub. Tatsache war, dass ich auch erst dreimal hier gewesen war.

Mir gefiel das Barony. Ich fühlte mich geborgen in diesem Pub mit seiner rauchverfärbten Decke, der lauten Band und der farbenfrohen Bar. Alle Gäste klopften mit den Füßen den Takt zu den Van-Morrison-Coverversionen, nur ein einziges

Paar nicht, das sich offenbar gestritten hatte und einander nun geflissentlich ignorierte. Er starrte in sein Bierglas, sie las zum unzähligen Male ein Dryden-Zitat, das auf die Wand gepinselt war. *Du bist besser dran ohne diesen Beziehungsmist*, sagte ich mir wieder einmal und dachte daran, wie übergeschnappt William und Shelley inzwischen waren. Ganz offensichtlich war es so, dass man keine Liebe ohne Drama bekam, und auf Drama konnte ich getrost verzichten.

»Woran denkst du gerade?«, fragte Sam und stellte ein Glas Wein vor mich auf den Tisch. Er hielt ein Pint mit einer dunklen, trüben Flüssigkeit in der Hand.

»Ich dachte, wie schön es ist, dass wir ein so nettes Lokal gleich um die Ecke haben.«

Sam grinste. »Du kommst doch eh nie hierher, Chas.«

Ich errötete. »Trotzdem gefällt es mir!«

»Ha! Du solltest dir ein Zeitfenster in deinem aberwitzigen Terminplaner schaffen, dann könnten wir öfter auf einen Drink hierhergehen. Du und ich in unseren Jogginghosen. Ist das ein Date?«

Ich nickte halbherzig.

»Nein, nein«, wiegelte er hastig ab. »Ich meine natürlich kein richtiges Date, ich wollte nur …«

Wir wandten uns unseren Drinks zu und lauschten schweigend der Band. Nach ein paar Minuten ertappte ich mich dabei, wie ich begeistert zur Musik mitwippte, und stellte fest, dass Sam mich amüsiert beobachtete.

»Was ist?«

»Nichts. Es ist bloß schön, dich mal total relaxed zu erleben!«

»Ich bin andauernd relaxed!«

Sam zog skeptisch eine Augenbraue in die Höhe. »Chas, ich möchte dich nicht in Verlegenheit bringen«, fing er unbeholfen an.

»Dann tu's nicht«, fuhr ich dazwischen.

»Ähm … ich wollte nur … ich habe nur … ich habe nur gerade an ein paar Dinge gedacht, die du in deinen E-Mails gesagt hast. Darüber, dass die Arbeit dein Leben auffrisst, und … Ach, Mist …« Er verstummte und nahm einen großen Schluck aus seinem Glas, wobei er meinem Blick gezielt auswich.

»Ich habe bloß so getan, als wäre ich Shelley«, sagte ich missmutig und trank meinen Wein.

Sam wirkte nun noch verlegener. Es hatte den Anschein, als hätte er dieses Gespräch geplant und dabei vergessen, dass er komplett unfähig war, tiefer gehende, bedeutungsvolle Gespräche zu führen. »Dann willst du gar keine Veränderungen, oder?«

»Nein«, erwiderte ich mit fester Stimme. »Nein. Nächste Woche Freitag präsentieren wir Simitol der ganzen Welt. Kannst du dir auch nur ansatzweise vorstellen, was für eine Wahnsinnssache das ist? Überall auf der Erde wird das Medikament zu haben sein, und, was noch bedeutender ist, selbst die ärmsten Länder werden es sich leisten können, wegen der gestaffelten Preise, zu denen wir es anbieten …«

»Ja, ja«, fiel mir Sam ins Wort. »Das ist genau das, was ich meine, Charley. Ja, das ist eine Wahnsinnssache. Ja, das ist verblüffend. Aber was ist mit dir? Wie passt *dein Leben* in all das rein?« Er wurde puterrot. Es lag auf der Hand, dass diese Worte das Tiefgründigste waren, was Sam je zu mir gesagt hatte. Wie um dies zu kompensieren, steckte er einen Finger ins Ohr und pulte darin herum.

Ich trank meinen Wein aus und starrte das leere Glas an. Ich kam mir blöd und bevormundet vor. Was ging es Sam an, wie ich mein Leben regelte? Unweigerlich machte ich die Schotten dicht. »Ich bin glücklich, viel beschäftigt und erfolgreich«, verkündete ich steif. »Ich führe das Leben, das ich mir immer gewünscht habe. Hörst du? Das ist das, was ich will.« Damit stand ich auf und ging zur Toilette.

Als ich zurückkam, war Sam in ein Gespräch mit einem hübschen, jungen Mädchen vertieft, das einen Tisch hinter uns saß. »Ich pendle zwischen London und Schottland«, dröhnte er mit seiner Bowes-Schauspielerstimme.

Ich zog mein BlackBerry aus der Tasche und fing an, meinen Posteingang bei Salutech durchzugehen.

Kapitel zwölf

MacAllister, John: Ich muss schon sagen, dein Outfit heute gefällt mir ausgesprochen gut, Lambert. Die Art und Weise, wie du deine frisch gebügelte weiße Bluse in dieses mädchenhafte Röckchen gesteckt hast …

Lambert, Charlotte: Das hast du doch direkt aus *Bridget Jones.*

MacAllister, John: Ach, Lambert, sei nett zu mir. Ich durchlebe gerade eine grauenvolle Zeit.

Lambert, Charlotte: Ärger mit den Kollegen in Washington?

John MacAllister schreibt, teilte mir das Dialogfeld mit. Dann verschwand es. John MacAllister hatte aufgehört zu schreiben. Ich schürzte die Lippen. Was hatte er vor?

John MacAllister schreibt, leuchtete das Dialogfeld nach einer längeren Pause wieder auf.

MacAllister, John: Nein. Eher privat.

Erstaunt lehnte ich mich zurück. Das war nicht Johns Stil. Er konnte auf lüstern machen, auf mächtig, aber *Gefühle*? Nein. Niemals!

Hatte das etwas mit Susan zu tun? Irgendwo tief in mir drinnen regte sich ein aufgeregter Tentakel der Hoffnung, doch ich kämpfte ihn nieder. Nein, das hatte ich schon mehrere Male durchgemacht. Und, was das Wichtigste war, John war inzwischen verheiratet. UNTER KEINEN UMSTÄNDEN wäre ich an einer Wiederaufnahme unseres früheren Techtelmechtels interessiert, jetzt, da er einen Ring am Finger trug. Es war schon damals falsch gewesen, und es würde jetzt noch zwanzigmal falscher sein.

MacAllister, John: Darf ich dich zum Essen einladen? Am Mittwochabend im Oloroso?
XXX

Ich starrte auf den Monitor, mittlerweile noch schockierter als zuvor. *Sei ganz vorsichtig*, ermahnte ich mich.

Lambert, Charlotte: Okay, John (tippte ich mit spitzen Fingern), das könnten wir gleich mit einem Briefing wegen der Pressekonferenz am Freitag verbinden.

Ich schloss das Dialogfeld und ging offline. Ein Briefing wegen unserer (riesigen) Produkteinführung am Freitag. Das war alles.

Mein Kopf fuhr herum zur Tür, wo urplötzlich Margot erschienen war, ein saccharinsüßes Lächeln auf dem Gesicht. »Zeit für ein kleines Gespräch?«, fragte sie affektiert.

Margot war erstaunlich handzahm, seit ich ihr letzten Donnerstag mit einer Abmahnung gedroht hatte. Ich wusste, dass sie etwas vorhatte – was mir ziemliche Sorgen bereitete –, doch je mehr ich mich in die Arbeit stürzte, desto weniger kümmerte mich das. Ich hielt das Heft wieder in der Hand, und das wussten wir beide.

»Ich habe zehn Minuten«, sagte ich vorsichtig und warf einen Blick auf die Uhr.

»Wunderbar«, erwiderte Margot. »Ich wollte dich lediglich auf den neuesten Stand bringen, was Freitag anbelangt.«

Margot, das musste ich zugeben, als ich ihre Unterlagen

durchblätterte, hatte hervorragende Arbeit geleistet, was das Programm anbetraf. Genau das teilte ich ihr mit und wurde dafür mit einem machtgeilen Arschkriecher-Lächeln belohnt.

»Danke für deine Zeit«, sagte sie zehn Minuten später. »Ist das nicht toll, dass wir wieder zusammenarbeiten?«

Ich sah ihr nach, als sie und ihr scheußlicher Minirock aus meinem Büro verschwanden. Und spürte ein leichtes Frösteln.

Der Mittwoch kam, der Tag meines Abendessens mit John. Um neunzehn Uhr stand ich einfach auf und verließ mein Büro. Cassie erklärte ich, dass John und ich in letzter Minute ein Meeting im Stadtzentrum hätten. »Ich rufe dir einen Wagen«, sagte sie. Margot, die übertrieben langsam an uns vorbeistöckelte, blieb abrupt stehen. »Ein Meeting? Mit wem?«, fragte sie freundlich. Ich hatte mein Büro die ganze Woche über nicht vor zweiundzwanzig Uhr verlassen.

Ich ignorierte ihre Frage. »Ich brauche keinen Wagen«, sagte ich zu Cassie. »Johns Assistentin hat bereits einen für ihn bestellt, und ich fahre selbst. Bis morgen, Mädels!« Und in olympiaverdächtigem Tempo sprintete ich zur Tür hinaus.

Als ich auf die A1 Richtung Stadtmitte auffuhr, stellte ich fest, dass ich tatsächlich mit feuchtklammen Händen das Lederlenkrad meines Wagens umklammert hielt. »Immer langsam, Lambert!«, wies ich mich selbst zurecht. Ich traf mich schließlich nur mit John, den ich seit mittlerweile sieben Jahren kannte! *Mit dem du seit sieben Jahren ins Bett gehen willst!*, fügte meine innere Stimme hinzu. Ich schüttelte den Kopf, um diesen Gedanken zu verbannen. Es handelte sich hierbei um eine Einladung zum Abendessen. Mehr nicht. Ich hatte mir versprochen, nicht mehr von Männern zu träumen, die sich nicht wirklich für mich interessierten, und dieses Versprechen wollte ich halten. Vor allem, wenn es um Männer ging, die nicht nur nicht an mir interessiert waren, sondern die noch dazu seit Ewigkeiten ihre Spielchen mit mir trieben *und* mittlerweile geheiratet hatten.

Ich zwang mich, nicht länger über John nachzudenken, sondern mich vielmehr mit First Date Aid zu beschäftigen. Shelley hatte auf Williams Einladung in die Oper mit einer nonchalanten E-Mail reagiert (»Wag es ja nicht, ihm zu verraten, wie aufgeregt ich bin«, hatte sie gedroht), und jetzt, da Date Nummer zwei feststand, hatten Sam und ich beschlossen, uns auf oberflächliches Geplänkel zu beschränken, bis Shelley aus New York zurückkehrte. Auf meine Empfehlung hin hatte »William« ihr gemailt und sich nach ihrer Familie erkundigt. »Männer reden viel zu viel von sich«, hatte ich zu ihm gesagt, während ich Weetabix in mich reinschaufelnd durch die Küche gerannt war und gleichzeitig E-Mails verschickt, meine Notizen für die bevorstehende Konferenz gesucht und eine Strickjacke gebügelt hatte. »Frauen bemerken immer, wenn ein Mann keine Fragen stellt.«

In der New Town stieg ich aus dem Wagen und strich mein neues Stella-McCartney-Kleid glatt. Ich hatte lange gebraucht, um mich zu entscheiden: Ich brauchte etwas, das elegant genug war für die Arbeit, wenn ich meine Strickjacke darüber trug, doch gleichzeitig sollte es eng und, nun ja, aufreizend genug für ein späteres Date sein. Und es sollte auf keinen Fall so aussehen, als hätte ich mir extra ein neues sexy Kleid gekauft, um John heißzumachen.

»Lambert! Du hast dir extra ein neues sexy Kleid gekauft, um mich heißzumachen!«, sagte John erfreut, als der Kellner mich zu meinem Platz ihm gegenüber führte. Wir saßen vor dem vom Boden bis zur Decke reichenden Fenster im Oloroso, zwischen uns flackerte verführerisch eine Kerze in einer orangefarbenen Glasröhre, ein Meer aus rotem Leder erstreckte sich vor dem Fenster, das einen wunderbaren Ausblick aufs Schloss bot. Man konnte fast meinen, draußen sei es schon dunkel, doch ganz im Norden hing noch eine leichte Röte über dem River Forth. Ich ließ ein paar Sekunden lang den Blick über den Fluss schweifen und versuchte, ein bisschen von der entspannten Abendstimmung auf mein rasendes Gehirn zu übertragen.

»Es ist nicht sexy, und es soll dich auch nicht heißmachen«, sagte ich so ruhig, wie es mir möglich war. »Ich habe es schon eine ganze Weile.«

»Unsinn, Lambert. Es ist neu. Und du siehst hinreißend darin aus, meine Liebe.«

Ich sah ihm direkt in die Augen. »Hör auf damit, John. Ich bin deine Pressesprecherin.«

Belastendes Schweigen hing zwischen uns in der Luft, während wir beide versuchten, diese Aussage zu verdauen. Sah ich mich tatsächlich *ausschließlich* als die Leiterin seiner Kommunikationsabteilung? Eher nicht, wenn ich ehrlich war. John lächelte. Und für mein recht geschultes Auge steckte hinter diesem Lächeln mehr als nur Höflichkeit. Ich hatte den deutlichen Eindruck, dass er den heutigen Abend absolut nicht als formelles Essen mit der Firmensprecherin von Salutech verstand. Ich atmete langsam und tief durch, bemüht, die Situation unter Kontrolle zu bringen. *Er ist verheiratet, er ist verheiratet, er ist verheiratet.*

»Tut mir leid, Lambert«, sagte er. »Das Problem ist, dass ich eine fatale Schwäche für Powerfrauen habe.«

Ein Kellner trat an unseren Tisch und schenkte Bollinger in mein Glas.

Ich lächelte leicht. »Nun, wie schön, dass du gerade eine geheiratet hast«, bemerkte ich.

»Autsch«, murmelte John. Seine Augen bohrten sich in meine, und er bedachte mich mit dem unglaublich attraktiven, wissenden Lächeln, das mich bei unserer ersten Begegnung dazu gebracht hatte, mich schlagartig in ihn zu verlieben.

»So«, sagte ich munter und öffnete meine Speisekarte. »Wie komme ich zu diesem unerwarteten Vergnügen? Du hast doch nicht vor zurückzutreten, oder?«

John blickte mich überrascht an. »Natürlich nicht! Ich habe vor, ein ganz großes Tier zu werden, Lambert. Ein riesiger, fetter Tigerkater mit einem Bentley und Zigarre. Im Augenblick bin ich allerdings nur ein leicht übergewichtiger Bauernhofkater. Alles andere liegt noch in weiter Ferne.«

Ich versuchte, keine Miene zu verziehen, aber das war unmöglich. »John, der dicke Bauernhofkater«, prustete ich. »Du Armer.«

Auch John gelang es nicht, ernst zu bleiben. Ich mochte ihn am liebsten, wenn ihn der Übermut packte. »Ja, nur ein verwilderter Bauernhofkater«, bestätigte er und stieß mit mir an. Er griff an seinen Kragen und lockerte seine Krawatte, und ich, sosehr ich mich auch bemühte, konnte meinen Blick nicht von seinem Hals losreißen. Verdammt sollte er sein!

»Nein, Lambert«, sagte er irgendwann. »Ich wollte dich heute Abend zum Essen einladen, weil ich dich heute Abend zum Essen einladen wollte. Wir sind immer viel zu beschäftigt, und ich vermisse es, dich mal für mich zu haben.«

»Du hattest mich noch nie für dich«, sagte ich, an meine Gabel gewandt. Ich wusste nie, was ich tun sollte, wenn John aufhörte, dreist zu sein, und seine warmherzige Seite hervorkehrte.

»Du weißt, was ich meine, Lambert. Ich vermisse es, mit dir in der Kantine zu Mittag zu essen. Unsere Lasagne-Dates sind mir sehr ans Herz gewachsen«, fügte er mit trauriger Stimme hinzu.

Ich biss nicht auf den Köder an. *Er ist verheiratet, er ist verhei-*

ratet, er ist verheiratet. »Wir planen diese Markteinführung schon seit Ewigkeiten … klar haben wir viel um die Ohren. Doch nun ist der große Moment gekommen!«

John klappte seine Speisekarte zu. »Lambert«, sagte er. »Hör auf damit.«

»Pardon?«

»Ich sagte: Hör auf damit«, wiederholte er mit diesem unmöglichen Lächeln. »Ich will nicht über die Arbeit reden.«

Ich spürte, wie ich innerlich in Panik ausbrach. *Worüber sollen wir denn sonst reden?*, fragte ich mich. *Für mich gibt es kein anderes Thema als die Arbeit! Ich bin langweilig! Er wird schrecklich enttäuscht von mir sein!*

»Also gut«, erwiderte ich so zuversichtlich wie möglich. Ich vertiefte mich in die Speisekarte und betete um eine Erleuchtung.

Während wir mit unserer aufwendigen Spargelvorspeise beschäftigt waren, fragte mich John nach Granny Helen aus. »Ich kann meine Verbindungen spielen lassen, Lambert«, sagte er ernst. »Wenn sie die beste privatmedizinische Versorgung braucht, die es gibt, dann werde ich dafür sorgen, dass sie sie auch bekommt.« Er blickte mich forschend an, als wäre er ganz versessen darauf, dass ich ihn ernst nahm.

»Vielen Dank, aber sie ist einundneunzig, und sie hatte einen Schlaganfall. Ich glaube nicht, dass man da viel tun kann.«

»Ich bin mir sicher, dein Vater sieht das anders«, widersprach John sanft. »Es klingt mir ganz danach, als würde der arme Kerl sehr an seiner Mutter hängen. Ich biete dir meine Hilfe an, Lambert. Du kannst mich rund um die Uhr anrufen.«

Meine Spargelspitze blieb auf halbem Weg zum Mund in der Luft hängen. »Danke«, sagte ich, aufrichtig gerührt. Ich spürte einen leichten Schauder. Es wäre gefährlich leicht, John an mich herankommen zu lassen, wenn es das war, was er beabsichtigte. Ich sah ihn an: groß, tadellos gekleidet, unerträglich gutaussehend und plötzlich so … real. Nicht der aalglatte, sexy Boss, sondern ein Mensch, ein ganz normaler, anständiger Mensch mit Gefühlen.

Sei vorsichtig, ermahnte ich mich wieder.

Während des Hauptgangs drehte sich das Gespräch um John. Ich erfuhr, dass er einen Bruder hatte; eine Tatsache, die mir bislang vollkommen unbekannt gewesen war. *Ach du liebe Güte!*, dachte ich. Gleich zwei rotzfreche MacAllisters machten Schottland unsicher? *Sperrt eure Töchter ein!*

Ich wurde gerade ein bisschen lockerer, als er die Bombe platzen ließ. »Du hast mich gar nicht nach Susan gefragt«, sagte er.

»Ich … ähm … entschuldige«, stammelte ich und wurde auf der Stelle knallrot. »Tja dann, wie geht es ihr?«

»Sie hat eine Affäre«, verkündete er. »Hat mich letzte Woche verlassen. Hat ihre Sachen gepackt und ist das Wochenende über in die Staaten geflogen.« Er steckte sich eine Gabel voll Fisch in den Mund und kaute, während er aufmerksam mein Gesicht betrachtete.

Es kostete mich gewaltige Anstrengung, mir nichts anmerken zu lassen. »Ach, John, das tut mir leid«, sagte ich ruhig. »Geht es dir gut?«

»Sehr gut«, sagte er achselzuckend und spreizte die Hände. »Wirklich, es geht mir gut. Sie hat ihren reichen amerikanischen Ehemann für diesen dicken Bauernhofkater verlassen, der hier vor dir sitzt, und scheinbar haben ihr die Platinkreditkarten gefehlt, an die sie so gewöhnt war, denn nun ist sie mit einem noch reicheren Amerikaner durchgebrannt.«

Ich betrachtete ihn stumm, hatte nicht den blassesten Schimmer, was ich sagen sollte, doch glücklicherweise schien er auch nicht zu erwarten, dass ich mich dazu äußerte. »Es fing während unserer Flitterwochen in Kalifornien an«, erzählte er mit einem schiefen Lächeln. »Wir waren bei dem Besitzer eines Weinguts zum Essen eingeladen – dort hat sie ihn kennengelernt. Er sieht echt komisch aus, Lambert. Ganz normal, bis auf einen riesigen Wasserball unter dem Hemd. Am liebsten hätte ich mit einer Nadel hineingestochen, um festzustellen, ob sein Bauch dann flacher wird.«

Ich prustete in meine Serviette.

»Natürlich habe ich ihn nicht mit einer Nadel gepikt. Im Grunde war mir das alles ziemlich gleichgültig. Ich habe Susan geheiratet, weil ich dachte, einen Ring am Finger zu haben würde mir helfen, über dich hinwegzukommen, aber leider stellte sich heraus, dass der Ring nicht den gewünschten Effekt zeitigte.«

»Sind die Herrschaften zufrieden?«, fragte unser Kellner, der plötzlich neben meinem Ellbogen erschien. Er trug die glänzendsten Schuhe, die ich je gesehen hatte. Ich starrte darauf, als hinge mein Leben davon ab.

»DAS ESSEN IST GROSSARTIG!«, verkündete ich. »WIRKLICH KÖSTLICH!« Was hatte John da gerade gesagt? Hatte er das tatsächlich gesagt, genau die Worte, nach denen ich mich seit Ewigkeiten gesehnt hatte? Jetzt, da er sie ausgesprochen hatte, war ich wie betäubt.

John, der soeben zum ersten Mal in den sieben Jahren, die wir nun zusammenarbeiteten, verletzlich gewirkt hatte, entspannte sich und lächelte mich liebevoll an. »Gemach, gemach, altes Mädchen«, murmelte er.

Ich sah erst ihn an, dann auf meinen Schoß. Mein Herz hämmerte. Ich konnte es kaum erwarten, was er als Nächstes sagen würde, auch wenn ich mich gleichzeitig davor fürchtete.

»Ich sehne mich nach dir«, sagte er ruhig. »Jetzt genauso sehr wie vor meiner Heirat.«

Nach einer ungläubigen Pause öffnete ich den Mund und murmelte etwas.

»Wie bitte?«, fragte John und beugte sich vor.

»Ich sagte, du sehnst dich danach, mit mir zu schlafen, John. Das ist alles.«

John lachte. »Ja, nun, das ist in der Tat korrekt«, pflichtete er mir bei. »Und du willst mit mir schlafen.« Ich wollte gerade protestieren, als er die Hand hob und weitersprach: »Vergiss den Sex«, sagte er nachdenklich. »Zwischen uns ist es nie nur um Sex gegangen. Wir sind Seelenverwandte, Lambert, und das weißt du.«

Ich dachte über diese Behauptung nach. Ich wollte uns gern als Seelenverwandte sehen, mir gefiel diese Vorstellung. Doch waren wir das tatsächlich? Wir hatten noch nie wirklich miteinander geredet! Bis vor ein paar Minuten hatte ich nicht einmal von seinem Bruder gewusst! Mit zittriger Stimme wies ich ihn darauf hin.

John schüttelte den Kopf. »Ich würde eher sagen, dass wir nicht ›miteinander reden‹, wie du es ausdrückst, Lambert, weil es uns ›zu schnell auf gefährliches Terrain‹ führt. Terrain wie dieses, meinst du, nicht wahr?«

Ich wusste nicht, was ich sagen sollte, also nahm ich eine winzige Gabel von unserem Hauptgericht. Hatte er recht? Ich war zu schockiert über seine Worte, um das beurteilen zu können.

»Wir *sind* Seelenverwandte, Lambert. Entschuldige, ich sollte Charley zu dir sagen. Wir sind aus demselben Holz geschnitzt. Wir wollen dieselben Dinge, und wir verfolgen unser Ziel auf ganz ähnliche Weise.«

»Aber … aber du kennst mich doch gar nicht, John. Du weißt weder, was für mich wichtig ist, noch, wie ich über dies oder jenes denke …«

»Ach, hör auf damit. Wir arbeiten beide hart, damit wir gut

leben können, Charley. Ende der Geschichte. Ich wette, ich kann deine Küche beschreiben, meine Liebe, denn sie wird genauso aussehen wie meine. Ich beobachte dich bei der Arbeit, und es ist, als würde ich mir selbst zusehen, nur dass du die schöneren Beine hast. Du bist ich, ich bin du.«

Ich dachte an unsere erste Begegnung vor sieben Jahren zurück. Ich, total eingeschüchtert in meiner kirschroten Bluse; er, Mr Supercool in seinem perfekt gebügelten weißen Hemd mit dem offenen Kragen.

»Ich muss ebenfalls an jenen Tag denken«, sagte John, der mich nicht aus den Augen ließ. »Ich habe gesehen, wie eingeschüchtert du warst, aber ich habe auch die enorme Stärke und den Mut gesehen, die in dir stecken, und das war's. Ich war hin und weg. Seitdem ist kein Tag vergangen, an dem ich dich nicht begehrt habe.«

Ich öffnete den Mund, um etwas zu erwidern, aber es drang kein Laut daraus hervor. »Schluck wenigstens, bevor du mich mit offenem Mund anstarrst«, sagte John nachsichtig.

Himmelherrgott!, dachte ich. *Darauf hast du sieben lange Jahre gewartet! Gib Gas!* Doch irgendetwas kam mir nicht richtig vor. Ich legte mein Besteck ab. »John, wir sind uns vor über sieben Jahren das erste Mal begegnet. Wenn es stimmt, was du behauptest – und ich bin nicht überzeugt, ob ich dir glauben soll –, warum sagst du mir erst jetzt, was du für mich empfindest?«

»Aus demselben Grund, warum du es nicht getan hast«, erwiderte er schlicht. »Ich bin zielstrebig und ehrgeizig. Wir zwei würden, wenn wir ein Paar wären, bei Salutech nichts als Ärger kriegen. Bradley Chambers würde uns vermutlich beide feuern, aus reiner Bosheit. Er hatte immer schon ein Auge auf dich geworfen, der dreckige alte Saftsack!«

Ich verdrängte diesen Gedanken, zumal ich Chambers' schleimige Avancen so gut wie möglich ignoriert hatte.

Johns Blick wurde versöhnlicher. »Es waren so viele Risiken damit verbunden«, sagte er. »Und ich wollte dich auf keinen Fall in meinem Team entbehren müssen. Du hast unser Öffentlichkeitsprofil verändert. Buchstäblich erneuert. Du bist ein wahres Wunder!«

Obwohl mir diese Vorstellung gefiel, hatte ich immer noch ein Problem mit dem, was er sagte. »Deine Gefühle können nicht wirklich tief gehen, wenn du Salutech an erste Stelle gestellt hast, John. Es gibt Menschen, die jederzeit ihre Karriere für die eine Person in ihrem Leben aufs Spiel setzen würden.«

Ich rechnete mit einer witzigen Bemerkung, doch stattdessen nickte John nachdenklich. »Ich habe mich oft das Gleiche gefragt«, sagte er. »Bin ich verrückt? Bin ich ein kaltes, halbtotes Monster, das die Firma über die Frau seiner Träume stellt?«

Vor Rührung schnürte sich mir die Kehle zusammen.

»Oh, Lambert«, sagte John, »bitte kein Drama.« Er wurde tatsächlich rot. »Der Punkt ist: Ich bin der Chef dieser Firma. Ohne mich keine Kohle. Der Druck, den diese Scheißkerle in Washington auf mich ausüben, ist mitunter ziemlich unerträglich, und ich nehme an … ich nehme an, das war ein Hinderungsgrund. Aber man kann seine Gefühle nicht ewig unterdrücken, Charley.« Auf einmal wirkte er ausgelaugt und erschöpft. »Ich kann meine Gefühle nicht länger ignorieren. Ich bin bereit, meinen Job aufs Spiel zu setzen.«

Ich war sprachlos. Er schien es hundertprozentig ernst zu meinen.

»Nur fürs Protokoll«, fuhr er fort. »Ich denke jeden einzelnen Tag an unser kleines Schäferstündchen in der Besenkammer. Es war herrlich, bis diese dämliche Oma aufgetaucht ist. Blöde Alte.«

Ungewollt fing ich an zu kichern. »Diese Oma hat dir keinen Mopp in den Hintern geschoben und dich gezwungen, eine Affäre mit Susan anzufangen«, gab ich zu bedenken. »Das ist ganz allein auf deinem Mist gewachsen.«

John stellte sein Weinglas zu heftig auf dem Tisch ab; ein Spritzer schoss über den Rand und breitete sich auf der Tischdecke aus. »Verdammt, Charley, ich habe dir doch gerade *erklärt*, warum ich mit ihr zusammen war. Ich hatte am nächsten Morgen noch nicht mal gefrühstückt, da hatte ich schon diesen Scheißkerl Bradley Chambers am Handy, der mich wegen irgendwas zur Schnecke machte. Es war, als hätte er geahnt, dass ich auf das beste Pferd im Stall scharf war. Also habe ich mir die nächstbeste Frau geschnappt.«

»Das beste Pferd im Stall?«, fragte ich überrascht.

John brach in Lachen aus. »Siehst du?«, sagte er. »Wir sind absolut gleich! Ich schütte dir gerade mein Herz aus, und alles, was du mitbekommst, ist, dass Bradley Chambers dich ›unser bestes Pferd im Stall‹ nennt. Wir sind tatsächlich aus demselben Holz geschnitzt, Charlotte Lambert!«

Ich starrte ihn an, noch immer total verunsichert. Ich wollte ihm so gerne glauben. Ihm vertrauen. Ihm nahe sein. Seine Worte machten Sinn, doch ich wollte mir das Herz nicht noch einmal brechen lassen. Ich musste wissen, ob er es wirklich ernst meinte. Und ich musste mir absolut sicher sein, dass seine Ehe vorbei war.

Aus meiner Handtasche ertönte ein Klingeln. Verlegen tastete ich nach meinem Handy. »Mist, entschuldige, John …«

John lächelte. »Geh ruhig dran«, sagte er.

Und das tat ich, genau wie ich alles andere tat, was John mir sagte.

»HALLO?« Vermutlich klang ich genau wie Shelley.

»Ähm, Chas?«

Es war Sam. Verdammt! Warum bloß hatte ich das Gespräch angenommen?

Ich stand auf und ging hinüber zur Bar. »Ich kann jetzt nicht reden, ich …«

»Kein Problem.« Er gähnte. »Dann frage ich dich eben später.«

»Was willst du mich später fragen?« Ich spürte, wie er grinste.

»Ich dachte, du könntest jetzt nicht reden.«

»Spuck's aus.« Ich genoss es, John zu beobachten, der über den Forth blickte und dabei unglaublich gut aussah.

»Ach, es geht nur um William und Shelley. Du hast dich in deiner letzten E-Mail nach Williams Familie erkundigt, und ich wollte mehr über Shelleys Familie in Erfahrung bringen, bevor ich antworte. Nur für den Fall, dass es irgendwelche Übereinstimmungen gibt, mit denen ich sie beeindrucken kann.«

Ich sah, wie John unsere Champagnergläser nachfüllte. »Ich habe herausgefunden, dass Shelleys Bruder ebenfalls am St. Mary's Hospital arbeitet, genau wie William. In der Forschung.«

»Aha. Bruder … Forschung … St. Mary's …« Plötzlich hielt er inne. »Warte mal. Woher weißt du, dass William am St. Mary's arbeitet? Das habe ich nie geschrieben!«

Ich errötete, was Sam zum Glück nicht sehen konnte. Woher ich das wusste, lag auf der Hand: Ich hatte William gestalkt.

»Du hast William gestalkt, hab ich recht?« Er kicherte. »Wie konntest du nur, Chas!«

Ich war zu verlegen, um etwas zu erwidern. Sam lachte jetzt laut. »Haha! Du warst wirklich in William verliebt! Du warst in *mich* verliebt, Chas! Hahaha!«

Das war zu viel. »Ich habe gerade ein Date mit John«, unterbrach ich ihn.

Sam hörte auf zu lachen. »Im Ernst?«

»Ja. Ich muss auflegen.«

Er stieß einen Pfiff aus. »Ich habe mich schon gefragt, was das sexy Kleid zu bedeuten hat. Na dann, viel Spaß. Und geh nicht gleich mit ihm ins Bett.«

Ich lächelte. »Alles klar.«

»Im Ernst, Chas. Verkneif dir das! Du bist echt heiß, also lass ihn zappeln! Moment mal. Ist er nicht verheiratet?«

»Scheinbar nicht mehr. Seine Frau fliegt dieses Wochenende nach Amerika, um ein neues Leben mit einem Kerl zu beginnen, den sie während ihrer Flitterwochen mit John kennengelernt hat.«

Sam stieß einen weiteren Pfiff aus. »Irre.«

Als ich mich wieder unserem Tisch näherte, fühlte ich mich absolut aufregend. Ich war eine heiße Braut in einem sexy Kleid, und der Mann, den ich seit sieben Jahren begehrte, flehte mich an, ihm eine Chance zu geben. War das nicht wunderbar?

»So«, sagte ich, als ich wieder Platz nahm. »Kannst du mir beweisen, dass Susan dich tatsächlich verlassen hat? Ich muss mir diesbezüglich ganz sicher sein.«

John sah mich ein paar Sekunden an, dann zückte er mit resigniertem Gesichtsausdruck sein Handy.

»Willst du sie anrufen?«, fragte er. »Oder die SMS lesen, die sie mir geschickt hat, um mir mitzuteilen, dass es aus ist? So hat sie mit mir Schluss gemacht: per SMS. Sehr modern, findest du nicht? Sie ist wirklich weg, Lambert. Sie holt am Wochenende nur noch ihre Sachen ab, dann fliegt sie in die Staaten, und ich sehe sie vermutlich nie wieder. Ich bin absolut fertig mit ihr.«

Er wirkte nicht besonders amüsiert, also schüttelte ich den Kopf, und er steckte das Handy wieder ein. Er war tatsächlich fertig mit Susan. Er war Single, und er wollte mich.

»Na schön«, fuhr ich fort, doch mit weniger fester Stimme als zuvor. »Ich glaube dir, was Susan anbelangt. Und, nur fürs Protokoll, es tut mir leid. Trotzdem würde ich gerne wissen: Warum jetzt? Was hat dich zu diesem Kurswechsel bewogen, John MacAllister?«

»Ich habe es einfach nicht mehr ausgehalten«, erwiderte er

schlicht. »Mein Leben fühlte sich mit jedem Tag ohne dich kleiner, trauriger an.« Zu meiner großen Verlegenheit spürte ich, wie meine Lippe anfing zu zittern. Ich war seltsam berührt. John war tatsächlich irgendwie kleiner geworden. Bescheidener. Menschlicher.

»Charley, ich habe noch nie so etwas empfunden wie an dem Tag, an dem ich dich in diesem Krankenhausbett schlafen sah.«

Meine Lippe zitterte stärker.

»Und als ich dir dann sagte, dass ich heiraten würde, habe ich gefühlt, wie du komplett dichtgemacht hast.«

»Was für ein Wunder«, erwiderte ich.

John nickte. »Und als du dann wieder zu Salutech zurückkamst, warst du irgendwie verändert. Du warst so brillant wie immer, aber deine Gedanken waren woanders. Und ich bekam Angst, du hättest jemanden kennengelernt.«

Da lagst du gar nicht so daneben, dachte ich traurig und erinnerte mich, wie sehr ich wegen der E-Mails mit William aus dem Häuschen geraten war.

»Der Gedanke, du könntest mit einem anderen zusammen sein, war gräulich«, gestand John und blickte erstaunt auf, als ich anfing zu lachen. »Was ist daran so komisch, Lambert?«

»›Gräulich‹! Was für ein mittelalterliches Wort!«

»Nun, ich bin doch ein Mann im ›mittleren Alter‹. Ein Mann, der eine schöne, junge Frau bittet, ihm eine Chance zu geben, obwohl er sie gar nicht verdient hat.«

Und da waren sie. Die Worte, von denen ich geträumt hatte. Um ehrlich zu sein, waren sie sogar *noch besser* als in meinem Traum. Niemals hätte ich mir vorstellen können, dass John sein Herz zur eingehenden Prüfung vor mich auf eine gestärkte, blütenweiße Tischdecke legen würde. Ich war davon ausgegangen, dass er – sollte es denn tatsächlich endlich so weit sein – eher herumdrucksen würde.

Ich sah ihn an, seine ganzen ein Meter neunzig, und er erwiderte meinen Blick.

»Charley? Gibst du mir eine Chance?«

Ich nahm mein Glas und stürzte meinen Champagner hinunter. Meine Hände zitterten heftig. Aus irgendeinem Grund blieb mir das Wort »ja« in der Kehle stecken. Was war es, das mich zögern ließ?

»Denk drüber nach. Ich gehe inzwischen zur Toilette«, sagte John abrupt. Er stand auf, strich mir behutsam mit einem Finger über die nackte Schulter, dann verschwand er.

Ich starrte aus dem Fenster auf die Lichter, die am Forth blinkten. Irgendwo dort lag Johns schicke Zweitwohnung; er besaß ein in Wohnraum umgewandeltes Zolllager an der Flussmündung, ganz in der Nähe der teuren Bars und schicken Austernlokale. Ich stellte mir vor, in seinem Bett aufzuwachen. Er würde mit einer Cafetière und einem Korb leckerer Croissants auf mich zukommen, während anspruchsvoller Jazz aus den Lautsprechern seiner mehrere tausend Pfund teuren Bang-&-Olufsen-Anlage tönte. Mit John zusammen zu sein war alles, was ich mir je erträumt hatte. Schon seit Jahren malte ich mir aus, wie wir zusammen zur Arbeit fuhren, über die Machtspiele in der Firma lachten, unsere Hoffnungen und Befürchtungen bezüglich Salutech miteinander teilten. Wir würden unsere Wochenenden in seinem Wahnsinnshaus am Loch Lomond verbringen. Vielleicht würden wir sogar die Schar überaus begabter, mehrsprachiger Kinder bekommen, von der ich immer schon geträumt hatte.

Das alles könntest du haben, dachte ich. *Das Leben, das du immer wolltest. Einen perfekten Job, ein perfektes Zuhause, einen perfekten Partner – alles.*

Es gab nur ein kleines Problem, und da ich John nun schon so lange kannte, hatte ich das Gefühl, dass das unser endgültiger Stolperstein sein könnte. Plötzlich verwandelte sich meine Euphorie in Traurigkeit.

John kam von der Toilette zurück und setzte sich wieder. »Nun?«, hakte er vorsichtig nach, als ich schwieg.

Ich schüttelte den Kopf.

»Was willst du?«, fragte er. »Gleich morgen früh mache ich einen Termin beim Scheidungsanwalt aus. Ich rufe Bradley Chambers an und teile ihm mit, dass wir zusammen sind. Alles, Lambert. Du musst mir nur sagen, was du willst.«

Ich starrte ihn an, nun wirklich verblüfft. Das war die Trumpfkarte. Das Versprechen, von dem ich gedacht hatte, er könnte es mir nicht geben. Doch nun sagte mir John MacAllister endlich, dass er alles tun würde, um mit mir zusammen zu sein. Er würde sogar seinen Job riskieren und sich mit Bradley Chambers anlegen.

»Und Susan verlässt England am Wochenende?«

»Susan verlässt England am Wochenende.«

»Nun dann … ja!«, hörte ich mich sagen. »Ja! Ruf mich an, wenn sie weg ist, denn dann werden wir … wir … wow! Champagner, John, mehr Champagner!«

Zwei Stunden später verließ ich glücklich und betrunken das Oloroso, betrat den Aufzug und lehnte mich gegen die Wand, während John den Knopf fürs Erdgeschoss drückte. Was für ein Abend!

»Ich bin so aufgeregt!«, sagte ich schüchtern.

John sah mich ein paar Sekunden an, dann stellte er sich direkt vor mich. »Es tut mir leid«, sagte er im Plauderton. »Ich weiß, dass wir beschlossen haben, bis nächste Woche zu warten, aber ich werde dich trotzdem einfach schnappen und vergewaltigen.« Und damit beugte er sich zu mir herab und küsste mich voller Verlangen.

Einen kurzen Augenblick erwog ich, mich zu wehren, doch ich wusste, dass ich keine Chance hatte. Also erwiderte ich seinen Kuss, fuhr mit den Händen unter sein Jackett, streichelte ihm den Rücken und drückte mich an ihn.

Plötzlich öffneten sich die Aufzugtüren mit einem lauten *Ping!*, und wir fuhren auseinander, nur um festzustellen, dass wir in einem leeren Firmenvorraum standen. John strich sein Jackett glatt und bot mir seinen Arm. »Ich werde dich zwei Meter um die Ecke zur George Street geleiten«, erklärte er, »und dann ein Taxi heranwinken.«

»Aber ich wohne doch nur …«, wandte ich ein, doch John legte mir einen Finger auf die Lippen.

»Es ist mir schnurzpiepegal, wo du wohnst, Charley Lambert. Du kommst mit mir nach Hause. Das ist ein Befehl.«

Kurze Zeit später sah ich mich staunend in Johns Apartment um. John lächelte und hängte seinen Blazer auf.

»Ich freue mich, dass es dir gefällt«, sagte er und nahm mir die Strickjacke ab. Seine Hände auf meinen Schultern ließen mich erschaudern, und er drückte mir einen meisterhaft platzierten Kuss auf den Nacken. Ich atmete scharf ein und spürte, wie ich schwach wurde. Ich wusste, dass ich zumindest warten sollte, bis Susan außer Landes war und auf ihrem neuen Weingut wohnte, doch die Chance, dass ich das wirklich tun würde, war, realistisch betrachtet, verschwindend gering. Ich war hier. John war hier. Wir hatten sieben Jahre auf diesen Augenblick gewartet.

Johns Apartment erstreckte sich über das gesamte Obergeschoss des alten Zolllagers, drei riesige Wände bestanden komplett aus Spiegelglas. Draußen führte ein Balkon über die gesamte Länge, darauf standen erlesene Möbelstücke aus Treibholz, warme, gelbe Lichtkugeln hingen von der Dachkante herab. Das Innere wurde geschickt mit einer Kombination aus größeren, roten Lichtkugeln erhellt, außerdem von hochtechnisch aussehenden Strahlern an diversen Regalen sowie mehreren sanft leuchtenden Kugeln, die auf dem Holzfußboden verstreut standen. Riesige, leicht verschlissene Inkateppiche lagen unter manchen der ausgesprochen teuren Möbelstücke, eine makellose schwarze Küche erstreckte sich über die Ziegelwand an der Rückseite des Raumes. Abgetrennt wurde sie durch einen langen, marmornen Frühstückstresen, genau wie bei mir. Ich verkniff mir ein Grinsen. John hatte recht gehabt: Wir hatten in der Tat denselben Geschmack, was einigermaßen ärgerlich war.

»Wo ist dein Schlafzimmer?«, fragte ich plötzlich.

»Ach, Lambert, wo bleibt die Romantik?«, fragte John, einen gespielt pikierten Ausdruck auf dem Gesicht.

Ich grinste. »Ich erkundige mich lediglich aus architektonischem Interesse«, teilte ich ihm mit.

John drehte sich um zu einer Metalltür. »Dort«, sagte er und drückte auf einen Lichtschalter. Ich schnappte nach Luft – es war überwältigend. Weitere Lichtkugeln waren auf dem Fußboden arrangiert. Das Bett war riesig und eine der Wände komplett aus Glas. Ich grinste vor Begeisterung. »Wow.«

Und dann: »HILFE!« Die Lichter waren plötzlich ausgegangen, eine automatische Jalousie fuhr vor dem deckenhohen Fenster herab. »John! Ich kann nichts sehen! Mach das Licht an!« Hinter meiner rechten Schulter ertönte ein teuflisches Kichern. »Auf der Stelle!«

»Zwing mich doch!«, knurrte er heiser, irgendwo hinter meiner linken Schulter.

Ich fühlte mich gleichzeitig verschreckt und total erregt. »Wo bist du?«, fragte ich leise.

Ein tiefes Lachen, diesmal von irgendwo vor mir.

Ich zitterte auf eine Weise, die kaum dem Alkohol zuzuschreiben war. »John …«, sagte ich. Mein Atem ging zusehends schneller, und ich konnte nur schwer fassen, dass ich in wenigen Minuten mit John MacAllister vögeln würde. Vorausgesetzt, ich fand heraus, wo er sich versteckte.

Ich schrie auf, als sich ein Finger an meinem Knöchel emportastete und dann wieder verschwand. Ich streckte die Hände aus in die Richtung, in der ich ihn vermutete, doch ich griff in die Luft. Ein weiteres leises Lachen ertönte, diesmal anscheinend von der anderen Seite des Zimmers, in der Nähe des Betts.

»John!«

»Lambert, ich sollte dir mitteilen, dass ich die riesigste Erektion aller Zeiten habe. Du musst sie nur finden und dich dann ganz schnell damit befassen.«

Ich atmete langsam ein, voller Vorfreude auf diese Verheißung.

Als ich mich in die Richtung bewegte, aus der seine Stimme gekommen war, hörte ich ein tiefes Lachen zu meiner Linken. »Sie wird nicht kleiner«, sagte er leise.

Ich tastete in die Dunkelheit, doch wieder fasste ich ins Leere. Das war unerträglich. Zwischen meinen Beinen fing es an zu pulsieren. »Lange halte ich das nicht mehr aus«, sagte ich. »Wenn du nicht zu mir kommst, John MacAllister, reiße ich mir die Kleider vom Leib und besorge es mir selbst!«

Ich hörte ein leises Stöhnen, diesmal ganz nah bei mir. »Das würde ich sehr, sehr gerne … aber ich will etwas sehen, Lambert. Und ich kann meine Nachtsichtbrille nicht finden.«

Ich bebte vor Lachen. »Du irrer Perversling! Soll dich doch der Teufel holen! Flitzt mit deiner Riesenerektion durchs Zimmer und quälst mich! Ich ziehe mich jetzt aus!« Ich öffnete den Reißverschluss meines Stella-McCartney-Kleids, das mit einem leisen, weichen Geräusch zu Boden fiel.

»Himmelherrgott«, murmelte John. Es klang, als würde er direkt vor mir stehen. »Charlotte Lambert lässt in meinem Schlafzimmer ihre Hüllen fallen!«

Ich zog BH und Höschen aus und stand dort in der Dunkelheit. Mein ganzer Körper pulsierte. »Korrekt«, teilte ich ihm mit. »Ich bin nackt und nur allzu bereit.«

Wieder stieß ich einen spitzen Schrei aus, als aus dem Nichts eine Hand auftauchte und meine Brustspitze streifte. »Volltreffer«, murmelte John atemlos. Ich machte einen plötzlichen Ausfallschritt zur Seite, und dann hatte ich ihn.

Meine Hand schloss sich um seinen Arm, und ich schwenkte zu ihm herum, drückte meinen Körper gegen seinen. Er versenkte seine Hände in meinem Haar, zog meinen Kopf zurück und küsste mich ausgesprochen leidenschaftlich. Wir schnappten beide nach Luft, als er mit seiner Erektion in die Lücke zwischen meinen Oberschenkeln glitt. Wie versprochen, war sein Ständer riesig. Er liebkoste damit meine Klitoris und küsste gleichzeitig meinen Nacken und meine Schultern. Ich klammerte mich an seinen Oberkörper, strich mit der Hand über seinen Rücken, umfasste seine muskulösen Pobacken und zog ihn in mich hinein.

»Lambert, ich …«, murmelte er heiser. »… ich weiß nicht, was ich tun soll. Ich will dich schmecken, ich will in dir sein, ich will dich sehen, ich will deinen wunderschönen Mund an meinem Schwanz spüren …«

»Genau«, sagte ich und fuhr ihm mit beiden Händen durchs Haar. Dann stieß ich ihn zu Boden auf etwas, das sich wie ein ausgesprochen teurer Teppich anfühlte. »Ich schlage vor, wir probieren all das in exakt dieser Reihenfolge. Punkt eins: Schmeck mich!«

Ich lehnte mich gegen das Fußende des Betts, während John sich mit Küssen einen Weg von meiner Brust über meinen

Bauch zu meinem Schritt bahnte. Dort angekommen verharrte er, so dass ich nichts als seinen heißen Atem auf meiner Haut spürte und anfing, mich zu winden und ihn anzuflehen weiterzumachen. Eine unwillkommene Erinnerung an Hailey schoss mir durch den Kopf, an ihre funkelnden Augen, als sie zu mir sagte: »Ich wette, er schafft es, dich im Bett zum Schreien zu bringen!«

Als ich endlich Johns fordernde Zunge spürte und seine Finger an Orte schlüpften, an denen ich nie damit gerechnet hatte, tat ich genau das.

»OH MEIN GOTT!«, kreischte ich. »JOHN!«

Kapitel dreizehn

»Ich habe keine Ahnung, was du so komisch findest, Lambert«, sagte John. Er trug seinen Lieblingsgesichtsausdruck zur Schau, eine Mischung aus leicht verschnupft, hochgezogener Augenbraue und schelmischem Zwinkern.

Ich zog mir die teure Federdecke vors Gesicht, doch ich hörte nicht auf zu lachen. »Es ist nur …« Ich brach ab und lachte noch mehr.

John blickte an seinem nackten Körper hinab. »Lachst du über meine Figur?«, fragte er. »Mal ehrlich, Lambert, ich sehe nicht, was es da zu lachen gibt!«

»Nein!«, kicherte ich. »Es ist nur so … Als du gestern Abend im Restaurant zur Toilette gegangen bist, habe ich über den Fluss geblickt und mir vorgestellt, die Nacht mit dir zu verbringen, und tatsächlich fängt dieser Tag genauso an wie in meiner Fantasie! Du bringst mir eine Cafetière und einen Korb mit leckeren Croissants ans Bett!«

John grinste. »Du bist ganz genauso ein Angeber, wie ich es bin«, sagte er. »Ich habe diesen Riesenaufwand auf mich genommen, um dich zu beeindrucken. Jetzt könntest du zumindest ein Croissant essen und die Klappe halten. Ich habe auch ein dunkles Brötchen gekauft, so ein grauenvolles Ökoteil, für den Fall, dass du beschließt, schwierig zu sein«, fügte er hinzu.

»Das Brötchen ist wunderbar«, sagte ich. »Wie dreist übrigens, dass du davon ausgegangen bist, ich würde mit zu dir kommen.« John lächelte und schlüpfte zu mir ins Bett.

»Nun, das war doch klar.« Er grinste und beugte sich vor, um meine linke Brustwarze zu küssen. »Immerhin hast du sieben Jahre darauf gewartet, Lambert.«

Als wir fünfundzwanzig Minuten später durch die frühmorgendlichen Straßen von Leith schossen, wurde ich langsam wieder nüchtern.

Ich drehte den Kopf und sah ihm beim Fahren zu. Er wirkte gestärkt, entspannt und unbestreitbar happy. »Hör auf, mich anzustarren, Lambert«, sagte er, ohne zu mir zu blicken.

»Ich dachte, du wolltest mich von jetzt an Charley statt Lambert nennen«, sagte ich, »um mir zu zeigen, dass du es ernst meinst.«

»Wenn du möchtest, werde ich dich Charley nennen«, sagte er und legte eine große, warme Hand auf meinen Schenkel.

»Wir müssen sehr, sehr vorsichtig sein«, sagte ich leise.

John stellte das Radio aus. Das Prasseln des Regens wurde lauter. »Ich weiß. In einer Zeit wie dieser … ich gehe davon aus, dass du mit niemandem darüber reden wirst.«

»Ganz gewiss nicht«, sagte ich. Jemand, der Hailey sehr ähnlich sah, joggte vor uns über die grüne Fußgängerampel. Ich beugte mich vor und wischte mit dem Ärmel über die Windschutzscheibe, aber es regnete zu stark, als dass ich mir sicher hätte sein können. Außerdem joggte Hailey nicht. Nicht in Leith und auch sonst nirgendwo. Ich lehnte mich wieder zurück und versuchte, das gewaltige Ausmaß dessen zu begreifen, was gerade passiert war. Ach du lieber Himmel! Grrr!

Fünfzehn Minuten später saß ich an meinem Schreibtisch, die Augen gesenkt, fest davon überzeugt, dass alle wussten, was John mit mir angestellt hatte, nachdem ich das »grauenhafte« Vollkornbrötchen verspeist hatte. Die Erinnerung daran machte mich glücklich, doch sie jagte mir auch Angst ein. John hatte recht: Wir wären beide erledigt, wenn Bradley Chambers Wind von der Sache bekam.

Ich drehte meinen Stuhl zum Fenster, um tief Luft zu holen und mich zu beruhigen. Morgen war der Tag der Markteinführung, und heute Abend würden wir alle nach London fliegen. Es war das absolute Highlight meiner Karriere, da konnte ich es mir schlichtweg nicht leisten, dass sich mir vor lauter wirren Gedanken der Kopf drehte – nichts, was nicht mit Salutech zusammenhing, hatte jetzt noch etwas darin zu suchen.

Deshalb reagierte ich ziemlich gereizt, als ein paar Minuten später eine E-Mail von Sam mit dem Betreff »William/Shelley« in meinem Posteingang landete.

> Guten Morgen, du verruchtes Weib, ich dachte, wir wären gestern Abend übereingekommen, dass du nicht mit deinem Boss ins Bett gehst? Ich weiß, dass du heute nichts mit unserem Traumpaar zu schaffen haben willst, aber könntest du vielleicht trotzdem auf Williams E-Mail antworten? Ich finde ja, wir sollten die zwei schmoren lassen: Die scheinen beide durchzudrehen, wenn sie nicht sofort eine Antwort bekommen. Tut mir leid, dass ich dich darum bitte, aber so, wie ich dich kenne, hast du das in zwanzig Sekunden erledigt.
>
> Schönen Tag
> Bowes, stellv. Geschäftsführer von First Date Aid
> X

»Zur HÖLLE mit William und Shelley«, murmelte ich. »Ich habe zu tun!«

Doch ich hatte noch nie gut Nein sagen können, wenn mich jemand um einen Gefallen bat. Sobald ich konnte, öffnete ich

Shelleys Postfach und las Sams letzte Mail. Wie immer hatte er gute Arbeit geleistet. Wie geplant erkundigte sich »William« nach Shelleys Familie.

Ohne mir wirklich bewusst zu sein, was ich da tat, schoss ich ein wenig übers Ziel hinaus.

Meine Familie … nun, mein Vater gelangte durch die Erfindung vibrierender Lusteier zu einem gewissen Vermögen. Jetzt leitet er ein Nudistencamp auf Ibiza. Meine Mutter ist Kunstdiebin und wurde das letzte Mal gesehen, als sie sich 2003 im Gebüsch rund um Dramlanrig Castle herumdrückte. Am nächsten Tag wurde in der Weltpresse über den Diebstahl von Leonardos *Madonna mit der Spindel* berichtet. Seither habe ich nichts mehr von ihr gehört. Allerdings fließt jedes Jahr eine große Summe anonym auf mein Bankkonto, daher nehme ich an, dass sie am Leben ist. Ach ja, mein Bruder hat eine Affäre mit dem Milchmann. Langweiliges Zeug.

Mist! Die Arbeit ruft. Ich muss Schluss machen. Gott sei Dank fliege ich bald zurück. Ich fasse es einfach nicht, dass wir in *Die Perlenfischer* gehen, du kannst dir gar nicht vorstellen, wie viel mir das bedeutet. Das ist das beste zweite Date, das ich je hatte.

Shelley x

John marschierte an der Glaswand der Presseabteilung vorbei und warf ein gigantisches Lächeln in meine Richtung. *Ach, scheiß drauf*, dachte ich glücklich und fügte eine ganze Reihe von Küssen hinzu.

xxxxxxxxxxxxxxxxxxxxxxxxxxxxxxxxxxxxxxxxxxxxxxxxxxxxxxx

Gerade als ich Shelleys Postfach schloss und mich wieder an die Arbeit machte, leuchtete eine Instant Message auf meinem Bildschirm auf.

MacAllister, John: Ich weiß, dass wir vorsichtig sein müssen …
MacAllister, John: ABER …
MacAllister, John: Du meine GÜTE, Lambert! Ich kann nicht aufhören zu grinsen.
MacAllister, John: Du hast den göttlichsten Körper, den zu verwöhnen ich jemals das Vergnügen hatte.
MacAllister, John: Ich bin heute eine wandelnde Erektion.

Ich wurde tiefrot und blickte über den Rand meines Bildschirms, um festzustellen, ob mich irgendjemand beobachtete. Dann senkte ich den Kopf und arbeitete. Dass die Sache mit John Gestalt angenommen hatte, half mir, alles andere auszublenden und mich einzig und allein auf die morgige Präsentation zu konzentrieren. Ohne Pause arbeitete ich bis zwanzig Uhr durch, dann traf ein Wagen ein, der mich zum Flughafen brachte. Sämtliche Punkte waren abgehakt, die Leute gebrieft, die Probleme ausgebügelt. Als wir abhoben, wusste ich, dass wir bereit waren.

Vielleicht wird mein Leben jetzt wirklich perfekt, dachte ich, als unser Flieger in dem funkelnden Lichterlabyrinth von London landete. Bei der Arbeit war ich wieder ganz oben. Margot hatte sich irgendwie verdünnisiert. Der Wahnsinn meiner William-Phase hatte sich in Luft aufgelöst. John wollte ein neues Leben mit mir beginnen. Sam führte mein brillantes kleines Unternehmen für mich. Und meine Familie war so unverbrüchlich und liebevoll für mich da wie immer.

Ich wusste wirklich nicht, was ich noch mehr wollte.

Drei Stunden später, umhüllt von luxuriösen Decken und dem schlummernden John, beschloss ich, dass ich tatsächlich nicht mehr wollte. Was bedeutete, dass ich mein Ziel erreicht hatte: Alles war perfekt.

Der heutige Freitag, so war mir klar, würde ein Tag voller Koffein, Stress und Schwierigkeiten werden. Anders als alle anderen Pharmaunternehmen in Großbritannien hatten wir unsere Büros nicht in der Nähe von Heathrow, so dass wir die Presse nicht so leicht zu uns einladen konnten. Morgens würden wir zwischen diversen Fernsehstudios hin und her rennen und am Nachmittag Interviews im Claridge's geben. Am Ende des Tages fände eine in letzter Minute organisierte Mini-Pressekonferenz statt. So etwas hatte es bei einem pharmazeutischen Produkt schon lange nicht mehr gegeben. Heute war in der Tat ein großer Tag. Der Druck war gewaltig.

Glücklicherweise hatte ich auf alles eine Antwort parat sowie einen Plan B für jedes Problem und war in der Lage, jegliche potentielle Panne rechtzeitig abzuwenden.

Ich sah, wie John mich voller Stolz beobachtete, und spürte, wie ich anfing zu glühen. Die letzte Nacht war sogar noch spektakulärer gewesen als die vorherige. Johns Faszination, meinen Körper betreffend, gab mir ungeahntes Selbstvertrauen. »Lieber Gott, Lambert«, hatte er gekeucht. »Du setzt meine Eier in Brand, junge Dame! *Warum haben wir so lange damit gewartet?*«

Zwischen ein und drei Uhr in der Früh hatte ich vier Orgasmen – mein persönlicher Rekord.

Im Foyer der Rundfunkanstalt stießen wir mit Margot und dem Vorstand eines Patientenverbandes zusammen, die gerade von einem Interview mit Radio 2 kamen. »Ist absolut brillant gelaufen«, berichtete Margot glücklich. »Keinerlei Probleme.«

Sie lächelte mich freundlich an. Ich schauderte. Ich traute ihr noch immer nicht über den Weg.

Wir kamen überein, uns gemeinsam ein Taxi nach Shepherd's Bush zu nehmen, wo wir uns aufteilen und verschiedene BBC-Anfragen abarbeiten würden. John saß auf der Rückbank des Taxis zwischen Margot und mir, zwei unserer Wissenschaftler hatten auf den Klappsitzen Platz genommen und plapperten munter drauflos. Sein Oberschenkel war fest gegen meinen gedrückt. Mein ganzer Körper kribbelte vor Erregung. Endlich! Endlich! Endlich!

Als wir durch Notting Hill fuhren, zog ich mein Handy aus der Tasche, um meinen übervollen Anrufbeantworter abzuhören. Von den Medien waren fünf Nachrichten eingegangen, zwei von Cassie und ärgerlicherweise auch eine von Sam. »He, Chas, hoffe, es läuft gut. Ich habe gestern Abend eine Nachricht von einer neuen Klientin bekommen, die um dringenden Rückruf bittet. Sie hat darauf bestanden, mit einer Frau zu sprechen ... Ihren Namen hat sie mir nicht genannt, aber hier ist ihre Telefonnummer ...«

Nicht ohne Verwirrung notierte ich mir die Nummer, als mein Handy zu klingeln begann.

»Charley Lambert?«, meldete ich mich.

»Hi, Charley, hier spricht Cassie. Die *Mail* fragt an, ob später jemand für ein Telefoninterview zur Verfügung steht. Hier ist die Handynummer der Journalistin.«

Ich notierte auch diese Nummer und zwickte John unauffällig in den Hintern. Er reagierte mit einem schulmeisterlichen Kopfschütteln und einem Blick, der mir das Gefühl gab, wahrhaft ungezogen zu sein.

Hör auf zu flirten und befass dich lieber mit dem Telefoninterview, befahl ich mir streng.

Ich wählte die Nummer der Journalistin und lehnte meinen Kopf gegen das Taxifenster, während die Verbindung hergestellt wurde.

»Hallo?«, meldete sich eine Frauenstimme. Margot telefonierte ebenfalls, und ich hielt mir das Ohr zu, um besser verstehen zu können.

»Hi, hier spricht Charley Lambert, Sie wollten mich wegen des Artikels in der *Mail* sprechen?«

Es folgte eine Pause.

»Wie bitte?«, sagte die Frau, die seltsam vertraut klang. Ich fragte mich, ob ich schon einmal mit ihr gesprochen hatte. »Worum geht es?«

»Ähm …« Ich zögerte verwirrt. Ach, *Mist*, dachte ich plötzlich, zog mein Notizbuch aus der Tasche und stellte fest, dass mir ein fataler Fehler unterlaufen war: Ich hatte meine neue First-Date-Aid-Klientin angerufen anstelle der *Mail*-Journalistin.

Ich senkte meine Stimme so, dass sie kaum mehr als ein Flüstern war. »Es tut mir leid«, sagte ich. »Ich habe da etwas durcheinandergebracht. Hier spricht Charlotte von First Date Aid. Man hat mir ausgerichtet, ich möge Sie anrufen, wenngleich jetzt nicht unbedingt der beste Zeitpunkt dazu ist …«

»Was?«, fragte die Frau.

»Was?«, bellte Margot in ihr Handy.

Und dann blieb mir das Herz stehen. Langsam blickte ich auf und schaute auf mein Display, gerade als Margot aufblickte und auf ihr Display schaute. Dort leuchteten die Worte *Margot: aktive Verbindung.*

»Ich muss Sie hier rauslassen«, sagte der Taxifahrer. »Der Rest der Wood Lane ist gesperrt.«

Margot starrte mich an. Panik durchflutete mich.

Es war Margot, die First Date Aid kontaktiert hatte. Und es war Margot, die ich gerade zurückgerufen hatte.

In einer Art Schockzustand stieg ich aus dem Taxi und blieb wie erstarrt vor der U-Bahn-Station Wood Lane auf dem Gehsteig stehen. John folgte mir und fischte sein eigenes klingelndes Handy aus der Tasche. »Zwei Minuten«, sagte er und ging ein kleines Stück die Straße hinauf. Die Wissenschaftler waren ins Gespräch vertieft, so dass ich mit Margot, die soeben aus dem Taxi kletterte, allein war. Auf ihrem Gesicht spiegelte sich nackte Bosheit.

Mit einem bösartigen Glitzern in den Augen trat sie auf mich zu. »Ich hätte es wissen müssen«, sagte sie leise. »Bei einem Ego wie deinem … Natürlich hast du dir noch einen netten kleinen Nebenerwerb aufgebaut. Ein großer Job genügt dir nicht, hab ich recht, Charley?«

»Wovon redest du?«, fragte ich zögernd.

»Ach, halt die Klappe, Charley. Und wag es ja nicht, mir mit diesem Vorgesetztenscheiß zu kommen.« Das unheimliche, schleimige Lächeln, das Margot während der letzten Woche zur Schau getragen hatte, war verschwunden. An seine Stelle war etwas getreten, das mir Angst machte. Wenn sie irgendwem davon erzählte, befände ich mich in einer äußerst kompromittierenden Situation. Ich wäre schlicht und ergreifend erledigt.

»Nun, das ist wirklich eine nette Überraschung«, bemerkte sie und stemmte die Arme in die Hüften. »Da suche ich ganz unschuldig nach Hilfe, um mein Liebesleben in Gang zu bringen – denn anders als du, Charley, bin ich bescheiden und weiß, dass es Dinge gibt, in denen ich nicht so gut bin –, und da, schau her, was ich entdeckt habe!«

»Bitte hör auf damit«, sagte ich leise. »Ich arbeite nicht mal mehr für die Agentur. Ich habe die Leitung einem Freund übertragen … Können wir die Sache nicht einfach auf sich beruhen lassen?«

Margot fing wieder an zu lachen. »O nein, Charley, tut mir

leid, das können wir nicht. Schließlich bist du die Oberpedantin, was Salutech anbetrifft, nicht wahr? Du bist doch diejenige, die verlangt, dass jeder, der für die Presseabteilung arbeitet, hundertprozentigen Einsatz zeigt. Hm?«

Ich starrte sie mit offenem Mund an.

Margot verschränkte die Arme vor der Brust. »Was die Pressekonferenz heute Abend anbelangt«, fuhr sie fort. »Die leite *ich*. Ich denke nicht, dass du in der Lage bist, die Firma an einem so bedeutenden Tag wie diesem zu repräsentieren.«

Wie betäubt schüttelte ich den Kopf. »Nein«, widersprach ich. »Nein, Margot, du weißt, ich kann nicht ...«

Sie hob abwehrend eine Hand. »Doch, du kannst, Charley. Weil ich nämlich nicht nur beweisen werde, dass du Salutech nicht deine volle Aufmerksamkeit widmest, sondern noch dazu ...«

Sie unterbrach sich, als John zu uns trat. »So, meine Damen, Zeit zum Aufbruch.« Zusammen mit den Wissenschaftlern schritt er voran, nicht ohne mir zuvor ein flüchtiges Lächeln zugeworfen zu haben.

Margot schnaubte verächtlich. »Genau darauf wollte ich gerade zu sprechen kommen. Ich werde außerdem beweisen ...«

»Was?«, fiel ich ihr ins Wort.

»Dass du eine Affäre mit John hast«, erklärte sie, als spräche sie mit einem begriffsstutzigen Kind eine Rechenaufgabe durch. Ich blieb stehen.

»Du hast am Mittwochabend nach eurem ›Geschäftstreffen‹ mit ihm geschlafen. Ich weiß zwar nicht, ob das ein Kündigungsgrund ist, doch wir beide wissen, dass Bradley Chambers in Washington ein Auge auf dich geworfen hat. Und wir beide wissen, dass er nicht allzu erfreut darüber sein wird, wenn er erfährt, dass John dich flachlegt.«

Mein Handy fing wieder an zu klingeln. »Entschuldige,

Charley, aber es gibt Probleme mit Sky News«, sagte Cassie. »Könntest du bitte dort anrufen?«

»Okay«, sagte ich langsam. »Ich werde sehen, was ich tun kann.«

»Danke. Außerdem muss ich dir leider mitteilen, dass Tierschutzgruppen heute Morgen eine riesige Internetkampagne gegen uns gestartet haben. Du solltest besser SOFORT online gehen.«

»Klar«, sagte ich. »Mache ich.« Ich beendete das Gespräch und spürte, wie meine kostbare Welt wieder einmal zerbröckelte.

Ich hatte es nicht geschafft. Nichts war perfekt. Die Euphorie von letzter Nacht kam mir plötzlich absurd und peinlich vor, wie eine jämmerliche, kleine Selbstbeweihräucherung. Margot verachtete mich, und jetzt hatte sie mich auch noch in der Hand. Je nachdem, wie bösartig sie tatsächlich war, könnte ich am Ende des Tages sowohl Salutech als auch John und sogar First Date Aid verloren haben. Sie würde kaum Gnade walten lassen.

»Na schön, dann übernimm du die Pressekonferenz«, lenkte ich verzweifelt ein. Wir näherten uns dem Eingang des BBC Television Centre, einem Ort, der mich für gewöhnlich mit aufgeregter Vorfreude erfüllte, doch jetzt verspürte ich nichts als Verzweiflung. Würde sie das fürs Erste besänftigen?

Sie lächelte höflich. »Ich will außerdem alle wichtigen Interviews geben. Und die Videokonferenz mit Washington am Schluss leiten.« Ich starrte sie fassungslos an. »Ich will deinen Job«, erklärte sie freundlich. »Und ich werde deinen Job kriegen, aber nicht, weil ich mich John MacAllister gegenüber wie eine Hure verhalte. Ich werde ihn kriegen, weil du verdammt noch mal deinen Platz räumen und mich beweisen lassen wirst, wie gut ich bin. Kapiert?«, fügte sie hinzu, als ich kein Wort hervorbrachte.

Ich blickte nach vorn zu John und den Wissenschaftlern, die voll aufgeregtem Enthusiasmus und Tatendrang in die Rezeption einliefen. Unser bester Patientenanwalt, der auf einem der Sofas auf uns gewartet hatte, sprang auf und schüttelte ihnen herzlich die Hände. Alle lachten und lächelten.

Das war ihr Tag, nicht meiner. »John«, rief ich. Er drehte sich um.

»Sei vorsichtig«, flüsterte Margot, ohne dass ihr Plastiklächeln verrutschte. Wir betraten zusammen die Rezeption.

»John, ähm, mir geht es gar nicht gut. Keine Ahnung, was mit mir los ist. Ich denke, während der nächsten Stunde wäre es besser, wenn Margot mich vertritt.« Ich ließ mich auf eine farbenfrohe Bank fallen und spürte, dass ich im Grunde die Wahrheit sagte. Es ging mir wirklich nicht gut. »Ich stoße zu euch, wenn ich mich wieder besser fühle«, fügte ich schwach hinzu.

»Lambert?«, sagte John und ging vor mir in die Hocke. »Was ist los? Soll ich einen Arzt rufen?«

Aus den Augenwinkeln bemerkte ich Margots warnenden Blick. »Nein, nein«, wehrte ich schnell ab. »Das wird schon wieder. Vielleicht sind es nur der ganze Kaffee und der leere Magen. Margot macht das schon.«

John warf Margot einen Blick über die Schulter zu, die ihm ihr kompetentestes Business-Lächeln schenkte. Dann schaute er wieder zu mir. »Na schön«, sagte er schließlich. Als er mit Margot zusammen ins Innere des Fernsehzentrums verschwand, drehte er sich noch einmal um und warf mir einen verwirrten, besorgten Blick zu.

Verzweifelt sackte ich auf meiner Bank zusammen.

Eine Stunde später, inzwischen hatte ich sämtliche Nachrichten auf meinem BlackBerry beantwortet, trug ich mich an der Rezeption ein und ging in die Kantine, um etwas zu essen. »Das kann sie doch nicht machen«, murmelte ich vor mich hin, während ich lustlos einen laschen Bagel mümmelte. *Doch, das kann sie*, widersprach die Stimme in meinem Kopf auf der Stelle. *Sie hat genug gegen dich in der Hand, um dich binnen zwanzig Minuten von deinem Schreibtisch zu verbannen.*

Hailey, dachte ich. Hailey war während einer Krise stets mein sicherer Hafen. Doch sobald sie ans Telefon gegangen war, wusste ich, dass mein heutiger Anruf ein Fehler war: Aus irgendeinem Grund wirkte sie seltsam und ein wenig distanziert. »Sag Margot schlicht und einfach, sie soll sich ihr BlackBerry in den Hintern schieben«, wimmelte sie mich zerstreut ab.

Ich war auf mich selbst gestellt.

Ich hatte mich gerade wieder auf die bunte Bank gesetzt, als Margot in die Rezeption gefegt kam, lachend und aufgeregt mit John und den anderen plaudernd. Sie drehte einen BBC-Ausweis zwischen den Fingern, und mir wurde wieder ganz elend vor Furcht. Ich stand auf und glättete nervös den Blazer meines Hosenanzugs. John kam zu mir und führte mich ein Stück von der Gruppe weg.

»Geht es dir besser, Lambert?«, fragte er aufrichtig besorgt. Gerade als ich zu einer Erwiderung ansetzte, erschien Margot an seiner Seite.

»Die Presseinterviews im Claridge's beginnen in fünfundzwanzig Minuten«, sagte sie. »Unser Wagen wartet. Wir müssen los.«

»Ich komme, sobald ich hier fertig bin«, erwiderte John, ohne den Blick von mir zu wenden. Doch dann zupfte der wissenschaftliche Leiter an seinem Ärmel, und John blieb nichts anderes übrig, als sich von mir abzuwenden und mich mit Margot allein zu lassen.

»Eine kleine E-Mail an Bradley Chambers, um ihm mitzuteilen, womit du dich in letzter Zeit befasst hast«, zischte mir

Margot mit strahlender Miene zu. »Eine einzige, mehr braucht es nicht. Ich denke, es ist das Beste, wenn du für heute das Handtuch wirfst, Charley.«

John wandte sich wieder uns zu. »Nun, Charley, alles klar?«

Ich ließ den Kopf hängen. »Nein«, stotterte ich. »Ich … ich sollte besser ins Hotel zurückkehren. Es tut mir so leid.«

Verblüfftes Schweigen. »Aber«, wandte John ein, »in zwei Stunden beginnt die *Pressekonferenz*. Ich – Charley, wir brauchen dich!« Er blickte mir prüfend in die Augen, auf der Suche nach dem üblichen Funkeln, nach der knallharten Unternehmenssprecherin, die stets zu kämpfen bereit war, doch er fand nichts.

Besorgt führte er mich zu der Bank zurück und bedeutete mir, mich zu setzen. Sein Daumen strich sanft über meinen Unterarm. »Lambert?«

Ich hatte keine Kraft mehr. Tränen strömten mir aus den Augen. Ein Anblick, der ihn sichtlich erstaunte.

»Oh mein Gott«, sagte er. »Du bist ja wirklich krank.«

Ich nickte, da ich meiner eigenen Stimme nicht traute. »Nun geh schon«, flüsterte ich. »Margot ist gut vorbereitet. Sie wird ihre Sache gut machen.«

Kapitel vierzehn

Als ich am nächsten Morgen aufwachte, hatte ich keinen blassen Schimmer, welchen Wochentag wir hatten, und für ein paar segensreiche Sekunden verharrte ich in einem angenehmen Niemandsland: keine Erpressung, keine Furcht, keine Schande.

Doch es dauerte nicht lange, bis alles wieder auf mich einstürzte. Ich spürte, wie sich mein ganzer Körper verspannte, als ich an gestern dachte und jeden einzelnen grauenvollen Moment noch einmal erlebte, angefangen bei dem Telefongespräch mit Margot bis hin zu meinem verfrühten Rückflug nach Edinburgh. *Was würde Margot als Nächstes tun?* Was immer ich mir einzureden versuchte, Tatsache war, dass ich in weniger als vierundzwanzig Stunden von der Leiterin der Presseabteilung zur wandelnden Zielscheibe geworden war. Ich war voll und ganz von ihrer Gnade abhängig.

John hatte mir spät am gestrigen Abend eine E-Mail geschickt, um mir mitzuteilen, dass alle über mein Fehlen enttäuscht gewesen seien. Margot hatte »ganz anständige Arbeit« geleistet, doch er hatte ihre Pläne durchkreuzt, auch noch die Abschlussvideokonferenz mit Bradley Chambers in Washington zu übernehmen, indem er selbst eingesprungen war. Ich war nicht überrascht: John ließ nur sehr wenige Leute in die Nähe des hochheiligen Chambers. *PS*, schrieb er. *Ich hatte Mühe, gestern an etwas anderes zu denken als an dich und wie du dich wie ein pfirsichweiches Äffchen an mich geschmiegt hast. Ich bin bezaubert von dir, Lambert. Hin und weg. X*

Ich brachte ein grimmiges Lächeln zustande. Wenigstens hatte ich den Boss auf meiner Seite.

Doch mein Lächeln schwand, als mir bewusst wurde, dass genau das Teil des Problems war. Und wenn John herausfand, dass ich nebenbei eine Agentur gegründet hatte, würde er mich womöglich schneller fallen lassen, als ich »geschmeidiges, pfirsichweiches Äffchen« sagen konnte.

Meine Gedanken wurden von einer dröhnenden Bassbaritonstimme unterbrochen, die aus der Dusche schallte und (was einigermaßen erstaunlich war) »Vorwärts, Christi Streiter« schmetterte. Sam sang ein Kirchenlied? Ich konnte mir ein Grinsen nicht verkneifen. Abgesehen von dem Mädchen letztes Wochenende – das offenbar ein Ausrutscher gewesen war –, war Sam nicht wiederzuerkennen. Verschwunden war der ungepflegte Chaot, mit dem ich so viele Jahre zusammengewohnt hatte, an seine Stelle getreten war ein hart arbeitender, souveräner, inspirierender Bursche, der sich regelmäßig rasierte, daran dachte, den Müll runterzubringen, und ausgezeichnete, bodenständige Salate zustande brachte.

Das Rauschen des Wassers verstummte und damit auch Sams Gesang, sehr zu meiner Enttäuschung. »CHAS?«, brüllte er und stürmte aus dem Badezimmer in die Küche. »Bist du jetzt wach? Ich mache uns Frühstück!«

»Hallo, du seltsam munterer Antimorgenmuffel«, begrüßte ich ihn, als ich ein paar Minuten später in die Küche geschlurft kam.

Sam holte frische Beeren und zwei edel aussehende Joghurts aus dem Kühlschrank. »Bio«, verkündete er beiläufig.

Ich signalisierte meine Anerkennung und setzte mich an die Frühstückstheke. Er stellte Früchte und Joghurt vor mich hin und holte dann einen Glasbehälter mit einem absolut umwerfend aussehenden Müsli darin. »Kaffee?«, fragte er. »Ich habe einen köstlichen kolumbianischen gekauft.«

Ich ließ meinen Löffel sinken. Das konnte ich nicht länger ertragen. »Sam, was ist denn mit dir los?«

Er lachte. »Mir geht es großartig, das ist mit mir los!«

Ich beobachtete ihn, wie er geschäftig durch die Küche eilte, Schüsseln mit gesunden Lebensmitteln in der Hand. »Die letzte Woche war einfach *wunderbar*, ich *liebe* es, mich um unsere Agentur zu kümmern! Alles läuft hervorragend, Chas, ich denke, wir könnten wirklich großen …« Er verstummte und steckte sich einen Löffel voll Joghurt in den Mund. »Ist das Leben nicht *großartig*?«, fragte er glücklich.

Und da brach ich kurzerhand in Tränen aus.

»Brrr!« war alles, was Sam zu meiner Leidensgeschichte sagte. »Schlimme Sache.«

Ich nickte kläglich, und Sam legte für einen Moment seine Hand auf meine. »Mach dich nicht fertig«, sagte er. »Ich weiß, wie du bist. Es *wird* eine Lösung geben.«

»Und wenn schon. Selbst wenn ich meinen Namen von der First-Date-Aid-Website gelöscht hätte, nachdem ich dir die Agentur übergeben hatte, kriegt sie mich immer noch mit John dran. Sie weiß, dass ich was mit ihm hatte.«

Sam zuckte zusammen. »Nun, das ist gar nicht gut, auch wenn ich mir nicht vorstellen kann, dass so was gegen deinen Arbeitsvertrag verstößt.«

»Ach, komm schon, Bowes! Du weißt doch, wie das bei Salutech ist.«

Unbehagliches Schweigen senkte sich zwischen uns.

»Vielleicht solltest du einfach versuchen, das Ganze für heute zu vergessen«, legte Sam mir schließlich unsicher nahe. »Warte einfach ab, wie es sich am Montag entwickelt.«

Ich starrte missmutig in mein Müsli. In schwierigen Situationen war Sam absolut unbrauchbar. Warum konnte er nicht einfach mit mir *reden*? Richtig reden, so wie er es tat, wenn er vorgab, William zu sein?

»Wie wär's, wenn wir dich ein bisschen aufmuntern, indem wir William oder Shelley anrufen, um herauszufinden, wie das große Date gelaufen ist?«, schlug er vor. »Es hat gestern Abend stattgefunden!«

Nach kurzem Zögern zuckte ich die Achseln. Ich könnte es wenigstens versuchen. Also zog ich mein Handy aus der Tasche, damit wir es zuerst bei Shelley probieren konnten.

»CHARLOTTE!«, zischte Shelley. »ICH BIN IN SEINEM SCHLAFZIMMER! ER MACHT GERADE RÄUCHERHERING!«

Trotz allem musste ich lächeln. »Dann ist es also gut gelaufen?«

»JAAA. DIE OPER WAR TOLL. DANN HAT ER MICH BETRUNKEN GEMACHT, UND ICH ... UPS!«

Sam fing an zu lachen und schlug sich schnell die Hand vor den Mund. Ich war dankbar dafür, dass Shelley an diesem so düsteren Vormittag für ein wenig Heiterkeit sorgte.

»Ich freue mich für dich«, sagte ich zu ihr. »Dann überlasse ich dich mal deinem Frühstück! Genieß es!«

»MÖCHTEST DU EINE REFERENZ FÜR DEINE WEBSITE? ICH VERDANKE DIR SO VIEL, CHARLOTTE.«

Sam nickte heftig.

»Ja, sehr gerne. Das wäre großartig.«

»ICH SCHICKE DIR HEUTE NOCH EINE MAIL. ICH KANN ES NICHT FASSEN, CHARLOTTE, ICH HABE EIN KLEID GETRAGEN, IN DEM ICH WIRKLICH FLACHBRÜSTIG AUSSAH, ABER ER HAT MICH ANSCHEINEND TROTZDEM ATTRAKTIV GEFUNDEN!«, zischte sie.

»Ist wahnsinnig gut gelaufen«, flüsterte William ein paar Minuten später. Wir hörten, wie er den Bratrost herauszog, um den

Räucherhering zu inspizieren. »Sie hat ein umwerfendes Kleid getragen, Sam – ihr Vorbau sah darin wirklich enorm aus!«

Ich schüttelte verzweifelt den Kopf.

»Wow.« Sam lachte leise. »Und jetzt?«

»Nun, ich hatte gehofft, du hättest ein paar Vorschläge für mich. Ist es in Ordnung, wenn ich sie zum Abendessen zu mir einlade?«

Sam machte ein überraschtes Gesicht. »Selbstverständlich! Nichts ist so besonders wie ein selbstgekochtes Abendessen von jemandem, der einem wirklich etwas bedeutet.«

Auch ich blickte überrascht drein, hatte ich doch nicht damit gerechnet, dass Sam so etwas sagen würde. Ich war davon ausgegangen, dass ein perfektes Date für ihn einen Nacktringkampf für zwei in seinem Bett bedeutete.

»Das ist gut …«, sinnierte William.

»Und, William, bist du mit unserem Service zufrieden?« Sam hatte wieder auf seine neue Arbeitsstimme geschaltet, die ich in letzter Zeit sehr häufig zu hören bekommen hatte.

»Könnte nicht zufriedener sein«, sagte William. »Vielen Dank.«

»Vielleicht hast du Lust, mir eine Empfehlung für unsere Website zu schicken? Natürlich nur mit deinem Vornamen.«

»Weißt du was?«, flüsterte William. »Genau das werde ich tun.« Er fing an, mit dem Besteck zu klappern.

»Dann überlasse ich dich mal wieder deinem Räucherhering«, sagte Sam. »Genieß den Vormittag! Bye!« Er legte auf und hob die Finger zum Siegeszeichen, was ich nicht erwiderte.

»Nicht schon wieder, Bowes!«, sagte ich stattdessen.

Sam sah mich fragend an. »Was meinst du?«

»Räucherhering! Er hat dir nicht gesagt, dass er Räucherhering macht, du Trottel!«

Sam stand da wie ein begossener Pudel. »Ich bin nicht sehr gut in diesen Dingen, oder?«, murmelte er schließlich.

»Sei nicht albern«, widersprach ich bedrückt. »Du bist großartig. Sogar besser als ich«, fügte ich hinzu, was ich auch so meinte.

»Unsinn.« Urplötzlich stellte Sam seine Kaffeetasse ab, marschierte ohne Vorwarnung zu mir und zog mich in seine Arme. Verblüfft blieb ich auf meinem Hocker am Tresen sitzen, steif wie ein Holzklotz. Sam und ich umarmten uns nicht oft. »Danke«, sagte er.

»Wofür?«, fragte ich verwirrt.

Er löste seine Arme. »Dafür, dass du mir einen Tritt in den Hintern gegeben hast. Irgendwann wusste ich, dass du hinter Shelley steckst, aber egal. Dank deiner E-Mails bin ich … ähm … nun … bin ich aus meinem Koma erwacht.« Verlegen kehrte er zu seinem Hocker zurück.

Ich errötete. Die Vorstellung, einen derart positiven Einfluss auf das Leben eines anderen Menschen genommen zu haben, gefiel mir ausgesprochen gut. Ganz besonders, wenn es sich dabei um Sam handelte, in dem so viel brachliegendes Potential steckte.

Die anschließende Stille wurde von der Türklingel unterbrochen. Sam sprang auf. »Aha! Ich habe Ness und Hailey zum Brunch eingeladen«, erklärte er und drückte auf den Türsummer, um sie einzulassen. »Du warst so verflucht beschäftigt seit deiner Rückkehr zu Salutech, dass ich dachte, du könntest ein bisschen kameradschaftliche Unterstützung gebrauchen.«

Ich verspürte eine große Woge der Dankbarkeit. Sam hatte recht. Es hatte meinem Selbstwertgefühl definitiv gutgetan, mich wieder in die Arbeit zu stürzen, doch gleichzeitig war nicht viel Zeit für Freunde geblieben. Sam war dieser Tage ausgesprochen umsichtig. Wenn wir doch nur …

Ich unterbrach mich. Wenn wir doch nur … ach was, vergiss es!

Hailey hatte ungefähr zehntausend Würstchen mitgebracht und sah ganz anders aus als sonst in ihrem fließenden Blumenmusterkleid. In Anbetracht der Tatsache, dass ich sie in nichts anderem kannte als in knallengen, sexy Klamotten, fragte ich mich unweigerlich, ob diesmal Matty bei der Wahl ihrer Kleidung die Hand im Spiel gehabt hatte. »Das sind die besten Würstchen, die du je zwischen die Zähne gekriegt hast«, verkündete sie. »Allein gestern habe ich sechs Stück davon verschlungen. Verkneif dir deinen Kommentar, bis du sie selbst probiert hast.«

Ness, die zu den nervtötenden Menschen gehörte, die höchstens ein halbes Würstchen im Jahr zu sich nahmen, lachte nervös. Sie hatte Obst mitgebracht.

Hailey schob Sam zur Seite und übernahm das Regiment in der Küche. »Bowes, das hier ist nicht dein Platz«, teilte sie ihm mit. Dann legte sie mindestens fünfzehn Würstchen in die Bratpfanne und zog einen gigantischen Laib Brot aus ihrer Tasche, den sie gleich darauf in Scheiben schnitt. Während sie Butter darauf strich, bellte sie Ness, die sie offenbar zu ihrem Souschef ernannt hatte, Befehle zu. Ich beobachtete sie, und plötzlich wurde mir klar, wie ironisch es im Grunde war, dass *ich*, die achso-kaltschnäuzige Powerfrau, lediglich ein winziges Fünkchen ihres Selbstbewusstseins besaß. Im Laufe meiner Karriere hatte ich zwei Mitarbeiter entlassen müssen, und beide Male hatte ich anschließend auf der Toilette geweint. Hailey feuerte aufsässige Köche und drückebergerische Kellner mit der gleichen Gelassenheit, mit der Sam Popel wegschnippte.

Während Hailey Ness herumkommandierte, schweiften meine Gedanken zu Salutech ab, und ich fing an, mich zu fragen, ob Margot mich im Büro von nun an genauso behandeln würde. Margot war ebenso ungestüm wie Hailey, doch ihr fehlten der Witz, der Charme und die mitreißende Begeisterung, die Hailey in ihrem Umfeld beliebt machten. Ich schauderte. Die machtgeile kleine Arschkriecherin hatte von Anfang an vorgehabt, mich fertigzumachen, und zwar exakt von der Sekunde an, in der sie unsere Abteilung betreten hatte. Ich hatte es schon vor langer Zeit aufgegeben, ihre Beweggründe herausfinden zu wollen. Doch nun war es so weit: Sie konnte mich als Wischmopp benutzen, es sei denn, mir käme innerhalb der nächsten achtundvierzig Stunden eine wirklich clevere, um nicht zu sagen brillante Idee. Eine bittere Aussicht.

»Sind die Portionen für Zwerge?«, fragte Hailey Ness, die Obst in Schüsseln schnitt.

Ness kicherte. »Entschuldige. Ich bin eben an Sarah gewöhnt. Sie isst wie ein Spatz.«

Das stimmte: Sarah war sogar noch zierlicher als Ness. (Granny Helen hatte die beiden »die Lesbenkobolde von Edinburgh« genannt, als sie ihr Sarah das erste Mal vorgestellt hatte. Zum Glück hatte Sarah das komisch gefunden.)

Hailey schnaubte, kippte zwei von Ness' Obstsalaten in eine Schüssel und hielt sie Ness unter die Nase. »*Das* ist eine anständige Portion«, verkündete sie. »Anders als du, Ness, habe ich einen gesunden, kräftigen Mann zu beköstigen. Nimm das bitte zur Kenntnis.«

Die Dynamik in Haileys Haushalt musste höchst amüsant sein. Ich konnte mir lebhaft vorstellen, wie die typische Zubereitung einer Mahlzeit aussehen mochte: Hailey, die geräuschvoll gewaltige Portionen zusammenwarf, während Matty mit einem Laserschwert Dosen öffnete. »Wie läuft's eigentlich mit Matty?«, fragte ich sie.

Sie drehte sich nicht um. »Wirklich gut«, antwortete sie bedächtig. »Wirklich, wirklich gut. Ich glaube sogar …« Sie verstummte.

»Was?«, hakte Ness nach.

»Ich glaube, wir steuern auf das Ta-tamtadam, tamtam-tadam zu.«

Fast wäre ich in Ohnmacht gefallen.

Sam, der in der hohen Kunst der Diplomatie weniger bewandert war als wir, schnappte nach Luft. »DU? DU *HEIRATEST*?«

Hailey zeigte ihm den Stinkefinger. »Niemand ist weniger für die Ehe geschaffen als du, Bowes«, teilte sie ihm herablassend mit. »Denk mal dran, wie es für uns war, als du die Katze aus dem Sack gelassen hast!«

Ich sah, wie Sam schmerzlich getroffen das Gesicht verzog, und verspürte plötzlich das Bedürfnis, ihn in Schutz zu nehmen. »Lass ihn in Ruhe, Hails«, sagte ich zu ihr.

Sam winkte ab. »Ach, sie hat ja recht. Aber im Ernst, Hailey. Du willst dich verloben? Hast du mit ihm schon darüber gesprochen?«

Hailey drehte sich um, ein rätselhaftes Lächeln auf dem Gesicht. Im Schwung legte sich das fließende Kleid kurz an ihren Bauch, der mir sehr viel runder vorkam als sonst.

Oh mein Gott, dachte ich. *Sie ist schwanger!* Ich umklammerte Halt suchend die Stuhllehne. Erst Sam, der sich verlobte – wenn auch nicht für lange –, und jetzt eine SCHWANGERE Hailey? Das war zu viel für mich. Sam, Hailey und ich waren seit ewigen Zeiten Singles gewesen!

Sam quetschte Hailey nach ihrer möglicherweise bevorstehenden Verlobung aus (Matty war kürzlich bei einem Juwelier in Stockbridge gesichtet worden), und ich versuchte, mich mit der Vorstellung zu versöhnen, dass sie ein Baby bekam. Das alles kam mir einfach zu bizarr vor, als dass ich mich freuen konnte. *Hailey, eine Mutter?* Wie hatten wir so alt werden können? Würde mich bald dasselbe Schicksal ereilen?

Meine Gedanken flogen zu John. Unsere »Beziehung« – wenn man es denn schon eine Beziehung nennen konnte –

war zwar verwirrend, doch darüber hinaus war ich einfach nur heilfroh, nach all den Jahren an diesem Punkt angekommen zu sein. Ihn zu küssen ließ meine Knie zittern, und seine anzüglichen Nachrichten verdrehten mir den Kopf, als wäre ich wieder ein verknallter Teenager; es war so gut wie unmöglich, ihn bei der Arbeit auch nur um Armeslänge auf Distanz zu halten. Am liebsten hätte ich mir auf die Brust getrommelt und Besitz heischend verkündet, dass er *mir* gehörte. Trotzdem war es nach wie vor demütigend, dass ich mit einem Mann ins Bett ging, der gerade mal zwanzig Sekunden lang Single gewesen war – noch dazu unfreiwillig, schließlich hatte Susan *ihn* verlassen, auch wenn er behauptete, mit ihr fertig zu sein.

Doch es gab eben keine perfekte Beziehung, rief ich mir vor Augen, zog mein Handy aus meinem Morgenmantel und las noch einmal die Nachricht, die er mir in der Früh geschickt hatte: *Sie holt gerade ihre Sachen ab. Bald bin ich ganz dein, Charlotte Lambert. Zieh vorsichtshalber schon mal deine Sachen aus. X*

Ich lächelte. Noch immer konnte ich nicht glauben, dass das hier wirklich passierte.

»Chas?«, blaffte Hailey. Ich blickte auf. Sie legte Würstchen zwischen die Brotscheiben, ohne sie vorher zumindest zu halbieren.

»Ja?«

»Was hat das zu bedeuten?«

Sam schlurfte zum Kühlschrank, um seinen Ketchup herauszunehmen, und blickte drein wie ein schuldbewusster Hund.

»Bowes hat uns von deinem Date mit John erzählt«, sagte Hailey mit zusammengekniffenen Augen. »Stimmt das?«

Ich wappnete mich. Ich konnte bereits spüren, wie ihre Stimmung umschlug. Ich wollte keine weitere Lektion erteilt bekommen: Schließlich fühlte ich mich schon elend genug. »Ja«, sagte ich schlicht. Das Wort drang über meine Lippen, ohne dass ich es aufhalten konnte. Ein großes, glückliches, schuldbewusstes Lächeln breitete sich auf meinem Gesicht aus. »Und bevor du mich fertigmachst: Ich bin keine Schlampe. Es ist aus mit seiner Frau, und er will mit mir zusammen sein. Endgültig.«

Drei verblüffte Gesichter starrten mich über den Berg Wurstsandwiches hinweg an. »Im Ernst?«, fragte Ness. Sie sah besorgt drein.

»Ja, im Ernst«, bekräftigte ich, leicht verletzt. Sieben Jahre hatten meine Freunde mich immer wieder zu meinem Flirt mit John ermutigt, da sollten sie jetzt besser kein anderes Lied singen, dachte ich. Nun war ich am Zug. John gehörte mir. Ich hatte quasi ein halbes Leben lang gewartet, und endlich, endlich war er mir in den Schoß gefallen. Buchstäblich. Und es wäre besser, sie hielten die Klappe, sollte ihnen das nicht passen.

Hailey öffnete den Mund, vermutlich um irgendeinen selbstgerechten Mist wie »Das geht doch alles viel zu schnell!« zu trompeten, doch Ness kam ihr zuvor, indem sie laut »Jippiiieee!« rief, zu mir rannte und an mir hochsprang, um mich zu umarmen. »Endlich! Das hat aber auch lange genug gedauert!«

Sam starrte mich noch ein paar weitere Sekunden verblüfft an, doch dann flitzte er zu mir und schlang die Arme um Ness und mich. »Das ist ja ein wahres Wunder, Chas!«, rief er. »Du hast wahrhaftig lange genug auf ihn gewartet.« Er kniff mich in die Wange, als spielte er in einem Cockney-Drama. Hailey hatte die Hände in die Hüften gestemmt.

»Hör auf damit«, sagte ich zu ihr. »Er liebt mich schon die ganze Zeit. Es war ein Fehler, dass er Susan geheiratet hat, und das weiß er. Wenn du gehört hättest, was er mir gesagt hat, würdest du dich für mich freuen«, fügte ich hinzu.

Hailey wirkte nicht überzeugt. »Nun, wenn du dir da so sicher bist.«

Ich nickte. »Absolut.«

Offenbar legte das einen Hebel in Haileys Kopf um, denn sie schnappte sich ein Wurstsandwich und toastete mir damit zu. Ein wenig verhaltener als Ness und Sam, aber es war definitiv ein Vertrauensvotum. »Nun dann, Glückwünsch, Chas. Auf dich und John. Wow! Und jetzt raus mit der Sprache: Wie laufen die Dinge hinter der Schlafzimmertür? Hat er dich zum Schreien gebracht?« Ness wurde bleich, und Sam flüchtete ins Badezimmer. Ich fing an zu lachen und begann zu erzählen. Zum ersten Mal seit vierundzwanzig Stunden wurde ich ein bisschen zuversichtlicher. *Vielleicht gibt es ja doch einen Weg, der aus diesem Chaos herausführt*, dachte ich hoffnungsvoll. Schließlich war ich kein schlechter Mensch. Ich würde einfach das Beste aus einem Leben machen, das sich als alles andere als perfekt entpuppt hatte.

Der Vormittag ging in den Nachmittag über, der Himmel klarte auf, während wir in meinem Wohnzimmer saßen und plauderten. Wir lachten uns schief über Ness' Geschichten, die von einem verrückten Theaterautor handelten, mit dem sie an einem Skript arbeitete. Er war im Theater aufgetaucht, als Frau verkleidet in der Hoffnung, Ness würde »dem Lesbentum abschwören« und ihn lieben. Sie war sich nicht sicher, ob er das als Scherz meinte, denn inzwischen hatte er eine Oper und vier Gedichte geschrieben, die ihr gewidmet waren. Sam zeigte uns die funkelnagelneue Website von First Aid Date und kringelte sich vor Lachen über die Bewertungen, die William und Shelley abgegeben hatten. Shelley hatte eine urkomische Kampfschrift verfasst, während William mit einem untypisch übertriebenen Loblied auf Sams Fähigkeiten als E-Mail-Ghostwriter aufwartete. »Das sind schon zwei!«, prustete er. »Ich wette, sie sitzen Seite an Seite, ihre BlackBerrys in der Hand, und schreiben ihre Empfehlungen, ohne auch nur den leisesten Schimmer zu haben!«

»Sollen wir beide hochladen?«, fragte ich ihn. »Es könnte extrem peinlich werden, wenn sie ihre Namen entdecken und feststellen, was passiert ist!«

»Peinlich? Das ist nicht peinlich, das ist köstlich, Chas!« Er kicherte. »Außerdem sind William und Shelley nun wirklich keine außergewöhnlichen Namen.«

Schließlich luden wir beide Empfehlungen hoch, nachdem wir übereingekommen waren, dass die zwei, wenn sie es wirklich ernst miteinander meinten, ohnehin reinen Tisch wegen dieser Ghostwriter-Sache machen müssten. Als wir damit fertig waren, prosteten wir uns fröhlich mit unseren Teetassen zu. »Auf unser BRILLANTES kleines Unternehmen, Chas!« Sam strahlte. Sein Gesicht war gerötet vor Aufregung.

»*Dein* Unternehmen«, korrigierte ich nicht ohne einen Anflug von Traurigkeit.

Hailey kehrte unterdessen mit einem verdächtig roten Gesicht aus dem Badezimmer zurück. »Telefonsex?«, fragte Sam. Sie errötete noch mehr.

Sam schaute amüsiert drein. »War's wild?«

»Hä?«

»Nun, du siehst aus, als hättest du gerade einen Orgasmus gehabt.«

»Kümmere dich um deine eigenen Angelegenheiten, Bowes!«, wies sie ihn streng zurecht.

Ein unbehaglicher Ausdruck trat auf ihr Gesicht, und ich wusste, dass sie Hilfe brauchte.

»Mein Job steht auf der Kippe«, verkündete ich daher laut. Sämtliche Köpfe flogen zu mir herum. Ich spürte, wie Hailey mich dankbar ansah.

Als ich Ness und ihr von meinem Kummer bei Salutech erzählte, merkte ich, wie sich Hailey entspannte – wenn auch nicht ganz. Ich hoffte, dass alles in Ordnung mit dem Baby war.

Vorausgesetzt, es gab ein Baby. Ich nahm mir fest vor, so bald wie möglich einen Abend nur für uns zwei einzuplanen.

Alle kamen überein, dass ich einen Weg finden würde, über Margot zu triumphieren. »Du hältst die Abteilung zusammen«, erklärte Ness ernst. »Ohne dich würde Salutech implodieren! Sämtliche Wissenschaftler würden sich atomisieren, und was dann?«

»Das ist genau das, was Dad dazu sagen würde, Vanessa Lambert!«

Ness machte ein nachdenkliches Gesicht. »Dad ist im Augenblick ein bisschen durch den Wind, Charley. Ich habe ihn gestern angerufen, um herauszufinden, wie es Granny Helen geht, und weißt du, was er gesagt hat? ›Es geht ihr gut, Nessie. Sie hat nichts, was man nicht mit einem guten Scotch und einem Pfeifchen wieder hinkriegen würde.‹ Dabei ist er *Arzt*!«

»Dein Vater ist schon 'ne Nummer für sich«, bemerkte Sam schmunzelnd.

Ich stellte fest, dass ich, ungeachtet meiner Sorgen wegen der Arbeit, glücklich war. Ich liebte die drei Menschen in diesem Zimmer. Was auch immer in meinem Leben passierte, heute hatte ich Gesellschaft, Spaß und leckeren Tee.

Mein Handy klingelte. »Wenn man vom Teufel spricht«, sagte Sam und reichte mir das Telefon. »Dr. Lambert höchstpersönlich.«

»Daddy!«

Schweigen.

»Dad?«

Und dann hörte ich Dads Stimme, leise und unsicher, die mir mitteilte, dass Granny Helen gestorben war.

Der Nachmittag verwandelte sich schlagartig, die ausgelassene Stimmung wich Traurigkeit. Langsam wanderte die Herbstsonne über den Fußboden, und weil ich ein dringendes Bedürfnis nach Trost und Geborgenheit verspürte, zündete ich ein Feuer im Kamin an, um das wir dann, in Decken gehüllt, saßen. Mum hatte Dad den Hörer aus der Hand genommen und erklärt, dass Dad und sie noch im Krankenhaus seien und dass es ihnen lieber wäre, wenn wir erst morgen zu ihnen kämen.

Ness kauerte sich aufs Sofa und weinte zwei Stunden still vor sich hin. Hailey versuchte, die Stimmung aufzulockern, indem sie darüber sprach, wie wunderbar Granny Helen gewesen sei, und briet noch mehr Würstchen. Sam, der sich stets unwohl dabei fühlte, jenseits seiner Schauspielerei Gefühle zu zeigen, umarmte mich unbeholfen, bevor er sich ins Bad verdrückte, um »ein ausgiebiges abendliches Bad« zu nehmen, obwohl es gerade mal vier Uhr war.

Ich saß die meiste Zeit über schweigend da und hörte denen zu, die etwas sagten. Ich verspürte nichts als Schock und Unglauben; die Trauer war noch nicht ganz zu mir durchgedrungen. Für mich war es nicht vorstellbar, dass Granny Helen nicht mehr unter uns war, schließlich war sie unser Familienoberhaupt. Die Anführerin der Lamberts. Anführer verschwanden nicht einfach.

Schließlich verabschiedete sich Ness, um zu Sarah zu gehen, und Hailey musste nach Hause und für Matty kochen, der im Augenblick auch an den Wochenenden arbeiten musste, wenn im Dezember aus seinen Gärten ein Weihnachtswunderland werden sollte.

Blieben also nur noch Sam und ich. Schweigend saßen wir auf dem Sofa, guckten *Findet Nemo* und anschließend *Bridget Jones*, und Sam stand ab und zu auf, um Holz nachzulegen und Tee zu kochen. Zweimal erhielt er Anrufe von Frauen, doch zweimal unterbrach er sie und teilte ihnen mit, er sei bei einer Freundin, die ihn dringend brauchte. Zweimal drückte ich seine Hand, dankbar dafür, dass er mich nicht allein ließ. Im Laufe des Abends kochte er ein Risotto, und ich lächelte, als ich die absolute Konzentration bemerkte, mit der er die Champignons schnitt. Er war noch immer ein Kindskopf, ja, aber er gab sein Bestes, sich zu ändern. Zum Besseren.

Irgendwann während des dritten Films bei unserem DVD-Marathon schlief Sam ein, seitlich zusammengerollt in Fötushaltung auf dem Sofa. Binnen Sekunden war ich wieder allein mit mir und kämpfte gegen all die Gedanken, Sorgen und Ängste an, die mich den ganzen Tag über in verhaltener Form begleitet hatten. Der Schock über Granny Helens Tod, meine ernste Sorge um Dad und eine bleibende Furcht, was das für unsere Familie bedeuten könnte. Hinzu kam die Angst wegen Margot, kombiniert mit einem heftigen Anflug von Panik, wenn ich mir bewusst machte, wie viel Arbeit während der vor mir liegenden Wochen auf mich zukommen würde. Vorausgesetzt, ich hatte dann überhaupt noch einen Job. Ich dachte an John und fragte mich, wie unsere Beziehung wohl laufen würde (und warum er mich bisher nicht angerufen hatte), ich dachte an Hailey, die vielleicht schwanger war, und ich machte mir Sorgen um Ness, die wegen des Todes unserer Großmutter untröstlich gewesen war. *Ratter, ratter, ratter.* Die Rädchen in meinem Gehirn drehten sich unaufhörlich. Erschöpft versuchte ich, einfach abzuschalten.

Doch je mehr ich mich darum bemühte, desto mehr schwirrte mir der Kopf. Was hatte ich heute eigentlich *zustande gebracht*? Nichts! Herumzusitzen, Würstchen zu essen und Tee zu trinken mochte ja ganz nett sein, aber ich hatte absolut nichts erreicht, und das war angesichts meines Kriegs mit Margot unentschuldbar. Wenn ich tatsächlich gezwungen wäre, mich gegen sie zu verteidigen, müsste ich bei der Arbeit noch brillanter sein als bisher. Ich fing an, mich über mich selber zu ärgern.

Wer, zum Teufel, war ich, dass ich mich bei meinen Freunden darüber beschwerte, Margot wolle mir den Job wegnehmen, und dann nichts, aber auch gar nichts dagegen tat? Wir hatten soeben das bedeutendste Produkt in unserer ganzen Firmengeschichte lanciert, warum also hatte ich den Tag nicht dazu genutzt, die Berichterstattung zu überwachen? Warum hatte ich nicht meine Kollegen überall in Europa angerufen, um mich zu erkundigen, wie es bei ihnen lief? Warum glich ich nicht Zahlen ab und bereitete Berichte vor?

Weil du eine Pause brauchst, legte mir eine leise Stimme in meinem Kopf nahe. Ich blendete sie aus. Eine Pause konnte ich mir gönnen, wenn die Kampagne reibungslos verlief und ich Margot unter Kontrolle gebracht hatte. Vorsichtig, um Sam nicht zu stören, griff ich über die Sofalehne und angelte nach meiner Tasche. Ich zog meinen Laptop heraus, dazu einige Salutech-Ordner, und vertiefte mich in die Arbeit. Ich musste um meinen Job kämpfen.

»Was zur Hölle tust du da?«

Ich machte einen Satz in die Luft. »Entschuldige, Sam, habe ich dich geweckt? Ich versuche nur, ein bisschen Arbeit nachzuholen.«

»Nein«, sagte Sam. Er wirkte ernsthaft verärgert. »Nein«, wiederholte er, diesmal freundlicher. Er rappelte sich hoch, klopfte ein Kissen auf und setzte sich neben mich. »Du hast gerade deine Großmutter verloren. Gönn dir eine Pause. Nur ein einziges Mal.«

Ich zuckte zusammen. Irgendwo tief im Innern leuchtete mir das ein, trotzdem fand ich es wichtiger, mich hinter die Arbeit zu klemmen. »Das Zeug hier muss noch vor morgen früh erledigt werden«, widersprach ich stur.

»Morgen ist Sonntag«, widersprach Sam. Sanft, aber entschlossen konfiszierte er meinen Computer und stellte ihn auf den Tisch. »Und davon abgesehen ist es zwei Uhr vierundfünfzig. Mitten in der Nacht. Niemand auf der Welt verlangt, dass du jetzt an der Simitol-Kampagne arbeitest, schon gar nicht, wenn du gerade deine Großmutter verloren hast, Charley.«

Ich starrte ihn an, als hätte er mir ins Gesicht geschlagen. *Du hast deine Großmutter verloren.* In diesem Moment wurde mir bewusst, dass Granny Helen tatsächlich gestorben war. Aus heiterem Himmel sah ich sie vor mir, wie sie auf einem Stuhl vor ihrem Cottage saß – Ness und ich waren damals fünf Jahre alt – und uns Käsescheiben mit ihrer selbstgemachten Pflaumenmarmelade zusteckte. »Ihr seid die beiden magersten Mädchen auf dieser Seite des Forth«, hatte sie erklärt. »Wenn irgendwer etwas anderes behauptet, brate ich ihm mit dem Stock eins über.« Ich hatte seit Jahren nicht mehr an diesen Tag gedacht, doch jetzt war die Erinnerung daran überdeutlich und bittersüß. »Sam«, sagte ich, während mir die Tränen in die Augen traten. »Granny Helen ist tot.«

»Es tut mir leid«, murmelte er. »Sie war einfach umwerfend.«

Ich schluckte.

»Wirst du jetzt aufhören zu arbeiten oder nicht? Du solltest dich ausweinen und anschließend ins Bett gehen!«

Eine Träne rollte langsam an meiner Nase entlang. »Ich will arbeiten«, flüsterte ich.

Sam setzte sich wieder neben mich. Ich rückte ein Stück zur Seite, damit er es sich bequem machen konnte. Eine weitere Träne floss über meine Wange.

»Arbeit ist keine Lösung«, sagte er. »Weder hierfür noch für andere Probleme.«

Ich knabberte am Nietnagel meines Daumens und hoffte, Sam würde still sein. Ich wollte das jetzt nicht hören.

»Hör mal, Chas, du hast mir *gesagt*, dass du dich hinter deiner

Arbeit versteckst«, bemerkte er. Ich war alarmiert. Bislang war es ein unausgesprochenes Gesetz zwischen uns gewesen, dass wir nicht auf das zurückgriffen, was wir uns als William und Shelley geschrieben hatten. Ich stand auf und wankte zu meinem Zimmer, dicht gefolgt von Sam. »Du hast *gesagt*, du könntest nicht loslassen«, beharrte er. Ich sah ihn nur an und stieg ins Bett. Er schien das Ganze nicht gerade zu genießen, trotzdem bohrte er weiter. »Willst du denn gar nichts deswegen tun?«

Ich wusste, wie glücklich er in letzter Zeit gewesen war, und mir dämmerte – nur ganz flüchtig –, dass ich vielleicht tatsächlich etwas tun wollte. Tief im Innern war mir klar, dass es nicht gut war, wenn der Job mein ganzes Leben bestimmte. Mir war klar, dass es nicht richtig war, wie eine Besessene zu arbeiten, wenn gerade meine Großmutter gestorben war. Auch Sam arbeitete inzwischen jeden Tag, und doch hatte er … Freiraum. Und eine Leichtigkeit, die ich, auch das war mir klar, nicht besaß.

Doch der Rahmen der Möglichkeiten war begrenzt. Meine Situation war anders als seine. Es war wunderbar für Sam, sich in die Arbeit für First Date Aid zu stürzen und ein anständiges, gesundes Leben zu führen, weil er Lust auf etwas Neues hatte. Langeweile, Faulheit und ständiger Geldmangel waren bei ihm der Auslöser für die Veränderung gewesen. Er hatte nichts zu verlieren. Ich dagegen startete von einer ganz anderen Position aus; hatte Geld, Erfolg und Verantwortung. Ich hatte alles zu verlieren.

Also schüttelte ich den Kopf. »Meine Arbeit ist zu wichtig. Ich weiß, dass du das nicht verstehen kannst, Sam, aber bitte mach es mir nicht noch schwerer. Mein Job ist für mich lebenswichtig, so einfach ist das.«

Damit zog ich mir die Bettdecke über den Kopf, und Sam verließ mein Zimmer. Ich hörte, wie er sich aufs Sofa setzte, und stellte mir vor, wie er, das Kinn in die Hände gestützt, überlegte, was er bloß mit mir anstellen sollte. Ich hasste diese Vorstellung. *Hasste* sie ganz fürchterlich.

Und deshalb beschloss ich, meine beruflichen Aktivitäten von nun an für mich zu behalten. Sam wusste im Augenblick zu viel von mir, hatte zu viele Ansichten zu meinem Lebensstil, die von meinen eigenen Ansichten abwichen. Was mir gar nicht gefiel.

Kapitel fünfzehn

»Morgen, Charley!«, rief Graham vom Sicherheitsdienst, als ich die Schranken passierte.

Immerhin war mein Name noch nicht von der Mitarbeiterliste gestrichen worden.

»Bleib ganz ruhig, bleib ganz ruhig«, murmelte ich, während ich meinen Wagen auf dem Parkplatz abstellte. Der gestrige Tag in meinem Elternhaus war niederschmetternd gewesen, und jetzt fühlte ich mich Margots Hasskampagne noch ungeschützter ausgeliefert als am Freitag. Dass John mich das ganze Wochenende über nicht angerufen hatte, hatte die Sache auch nicht gerade besser gemacht. Angeblich war Susan am Samstag ausgezogen. Doch warum hatte er sich dann nicht am Sonntag gemeldet? Hatte sie ihre Meinung vielleicht geändert? Oder *er*?

Als ich den Lift betrat, spürte ich, wie Panik in mir aufstieg. Ich hatte keinen Schlachtplan, keine Verteidigungsstrategie – nichts. Es gab nichts, was ich tun konnte, um Margot davon abzuhalten, meine Geheimnisse zu enthüllen, und nichts, was ich tun konnte, falls John tatsächlich beschlossen hatte, dass wir doch nicht füreinander bestimmt waren. Das Gefühl der Machtlosigkeit war verheerend.

»Morgen«, sagte Margot, als sie ein paar Minuten später in mein Büro marschiert kam. Sie schloss die Tür hinter sich. »Also, wie stellst du dir die vor uns liegende Woche vor?«

Ich musterte sie nervös. »Wie meinst du das?«

»Ich beziehe mich auf unsere kleine Unterhaltung vergangenen Freitag, Charley. Doch falls du eine Gedächtnisauffrischung brauchst, kommt hier die Kurzfassung: Ich will dich aus dem Weg haben. Ich will, dass du damit aufhörst, mich die Drecksarbeit erledigen zu lassen, damit ich der Firma beweisen kann, welche Fähigkeiten in mir stecken.«

»Ich habe dich niemals die ›Drecksarbeit‹ erledigen lassen«, erwiderte ich langsam. »Ganz im Gegenteil: Ich habe dich nur ein einziges Mal nicht unterstützt, und das war, als du dich geweigert hast, mir meinen Job zurückzugeben.«

»Wie auch immer«, entgegnete Margot gelangweilt. »Du weißt, was passiert, wenn du nicht kooperierst. Ich werde Chambers anrufen, und er wird dich feuern. Na, klingt das gut?«

Ich stellte mir Chambers' Anruf vor, nachdem er von meinen Missetaten erfahren hatte. »Du glaubst also, Sharon, dass man dir die Chance gibt, die Verantwortung für das öffentliche Profil von Großbritanniens größtem Pharmaunternehmen zu übernehmen – und was machst du? Du schreibst im Internet Liebesbriefe! Entschuldige, Sharon, aber das kann ich kaum glauben! Du bist mein bestes Pferd im Stall!«

Doch leider bist du trotzdem draußen, würde als Nächstes kommen.

»Und was willst du?«, fragte ich Margot, unfähig, mein Grauen zu verbergen.

Sie setzte sich. »Nun, ich möchte die Kommunikation mit den anderen europäischen Büros übernehmen«, teilte sie mir mit. »Ich will die Hauptkontaktperson sein.«

Ich zuckte die Achseln so unverbindlich wie möglich. »Sonst noch was?«

»Der Ärztekongress nächste Woche. Den will ich leiten.«

Erleichtert atmete ich aus. Den Kongress konnte niemand ohne entsprechende Erfahrung leiten. John wäre damit auf keinen Fall einverstanden.

Margot fuhr fort, Aufgaben aufzulisten, die man ihr nie bewilligen würde. Doch sie musste meine Gedanken gelesen haben, denn auf ihr Gesicht trat ein vernichtender Ausdruck. »Wenn du denkst, dass John mich das ohnehin nie machen lassen würde, hast du dich geschnitten, Charley. Denn *du* wirst dafür sorgen, dass ich zum Ziel komme.«

Meine Furcht kehrte zurück. *Sie wird vor nichts haltmachen. Wenn ich nicht ganz schnell einen Plan aus dem Ärmel zaubere, werde ich ruckzuck arbeitslos sein* – eine Aussicht, die mir mit jeder Minute realistischer vorkam. Im Ernst – was sollte ich tun, wenn ich meinen Job verlor? Wie würde es sich anfühlen, vor John zu stehen und ergeben zu nicken, wenn er mir mitteilte, ihm bliebe nichts anderes übrig, als mich zu entlassen? Und wie würde unsere Beziehung das überstehen? Gar nicht. Sie würde es gar nicht überstehen, denn darüber würde ich nicht hinwegkommen: mein Geliebter, der mich gefeuert hatte. Niemals.

»Aha«, sagte ich zu Margot, bemüht, ruhig und bestimmt zu klingen. »War's das?«

Margot lächelte und steckte sich ihren Kugelschreiber auf eine Art in den Mund, die ich wahrhaft abstoßend fand. »Genau genommen nicht. Ich dachte, ich könnte die Dienste von First Date Aid kostenlos in Anspruch nehmen.«

»Wie ich schon sagte: First Date Aid ist nicht länger meine Firma. Ich habe sie gegründet, als ich krankgeschrieben war, und ich habe sie zeitgleich mit meiner Rückkehr zu Salutech meinem Kollegen übergeben. Da wirst du dich mit Sam auseinandersetzen müssen.«

»Ich will aber *dich*, Charley.« Sie lachte blechern. Ein so boshaftes Gelächter hatte ich noch nie gehört. »Ich verrate dir etwas«, fügte sie verschwörerisch hinzu. »Es gibt da einen Mann, der mir gefällt. Ich werde dir sein Profil zeigen, und du bringst die Sache ins Rollen, hm?«

»Nein«, beharrte ich stur. »Genau das könntest du nämlich gegen mich verwenden. Vergiss es.«

Margot lachte wieder, lauter diesmal. »Ach, Charley, ich habe genügend Beweise. Ich kann dich tausendmal drankriegen. Ich bin zum Beispiel im Besitz dieser rührenden Mails, die zwischen John und dir hin- und hergegangen sind. Und vor Gericht hättest du sicher einige Mühe zu beweisen, dass du nicht die ›Charlotte‹ bist, deren Name auf der Website steht.«

»Wie bist du an meine privaten Mails gekommen?«

»Ich habe Keith aus der IT-Abteilung einen runtergeholt«, sagte sie leichthin. »Aber jetzt geh mal auf love.com, dann zeige ich dir den Mann, der in Frage kommt. Sollte nicht lange dauern – er ist die ganze Zeit online, er …«

»Wie bitte? Du hast jemandem einen *runtergeholt*, damit er sich in meinen Account einhackt?«

Margot lachte wieder ihr giftiges Lachen. »Ich hab nichts gegen Sex, Charley«, erklärte sie. »Am liebsten mit so vielen verschiedenen Männern wie möglich. Ach, du liebe Güte, wie pervers, nicht wahr? Wie soll die zugeknöpfte Charley Lambert, die vermutlich nur einmal im Jahr die Hüllen fallen lässt, Befehle von jemandem entgegennehmen, der auf Sex steht?«

Ich war sprachlos.

»Und jetzt lass uns einen Blick auf diesen Typen werfen«, sagte Margot und lehnte sich über meinen Schreibtisch, um love.com zu öffnen. »Den Typen auf Adult FriendFinder kann ich im Schlaf schreiben«, sagte sie und tippte ihre Login-Daten ein. »Aber es sind die Normalos, bei denen ich mich schwertue, Charley. Die langweiligen Trottel von all den Nullachtfünfzehn-Partnervermittlungen. Leute wie du.«

Ich lachte hohl. Ich befand mich in den Fängen einer Irren.

Doch dann erschien Margots neuestes Objekt der Begierde auf dem Bildschirm, und mir verging das Lachen.

Denn dort strahlte mir Matty entgegen. Haileys Matty. »Jetzt online!«, verkündete sein Profil munter. Ich hatte das Gefühl, die Welt um mich herum würde ein kleines bisschen enger.

»Er wirkt auf mich ausgesprochen begeisterungsfähig«, fuhr sie fort. »Ich stehe eigentlich eher auf eine etwas düstere Aura, aber der hier ist ein ganz Versauter, auch wenn er vielleicht nicht so aussieht. So was merke ich auf eine Meile Entfernung.«

»Wie?«, flüsterte ich fassungslos.

»Ach, ich hab's mit hunderten solcher Typen getrieben. Der Kerl zählt genau zu der Sorte, die mit Fremden vögelt und anschließend nach Hause zu Frauchen rennt, um Lasagne zu essen.«

Mir wurde noch elender zumute. Meine geliebte Hailey … war wahrscheinlich schwanger. O mein Gott.

Ich brauchte weitere Informationen. »Und das ist derjenige, der ständig online ist?«

»Genau. Er ist allzeit bereit.«

Am liebsten hätte ich geweint.

»Du schickst ihm noch heute Morgen ein paar Zeilen, klar? Ich habe am Mittwochabend Zeit.« Und damit rauschte Margot aus meinem Büro.

Wie in Trance starrte ich auf meinen Computer. Ich hatte nicht die leiseste Ahnung, was ich tun sollte. Alles, woran ich denken konnte, war Haileys begeistertes Gesicht, als sie uns erzählt hatte, dass sie mit Matty zusammenziehen würde – und was war mit der bevorstehenden Verlobung? War es möglich, dass Margot nicht nur mein Leben ruinierte, sondern auch Haileys?

Ja, dachte ich, *das war möglich*. Ich stützte den Kopf in die Hände und wünschte mir, dass ich irgendwie den Stecker rausziehen und einfach eine Weile in den Ruhezustand wechseln könnte.

Mein Handy vibrierte in meiner Tasche. Ich zog es heraus,

dankbar für jegliche Ablenkung von meiner momentanen Situation.

Shelley rief an.

»Hi, Shelley«, murmelte ich.

»Ah, hallo«, erwiderte sie. Da sie nicht in den Hörer brüllte, wusste ich sofort, dass etwas nicht stimmte. Es stellte sich heraus, dass William nichts mehr von sich hatte hören lassen, seit sie am Samstagmorgen gegangen war. »Ich weiß einfach nicht, was ich tun soll«, sagte sie verlegen. »Da dachte ich, du hättest vielleicht einen Rat für mich.«

Sie klang furchtbar beschämt, und ich hatte großes Mitgefühl mit ihr. Die arme Shelley, sie heischte so verzweifelt nach Bestätigung, dass sie über ihren Schatten gesprungen war und mich angerufen hatte, so demütigend das für sie auch sein mochte. Ich stellte mir vor, wie sie in ihrem Büro saß, paralysiert, unfähig, sich auf irgendetwas anderes zu konzentrieren als auf ihr Handy. Und wieder einmal stellte ich fest, dass Shelley Cartwright und ich im selben Boot saßen: Beide hockten wir an unserem Schreibtisch, starr vor Furcht, und warteten darauf, dass etwas passierte.

»Ach, Shelley, ich befinde mich in genau derselben Situation«, hörte ich mich zu meinem Erstaunen sagen. »Auch ich warte darauf, dass mich ein Mann anruft. Er hätte das schon Samstagabend tun sollen. Doch wenn er der Richtige ist, wird er sich melden. Ich muss bloß abwarten und dafür sorgen, dass mein Leben unterdessen nicht zum Erliegen kommt.«

Verblüfft über meine Weisheit lehnte ich mich zurück. Vielleicht sollte ich als Dating-Coach arbeiten, wenn man mich bei Salutech feuerte.

»Oh, das tut mir leid zu hören«, erwiderte Shelley verdattert und unternahm einen unbeholfenen Versuch, kameradschaftliches Mitgefühl zu bezeugen. »Ich bin mir sicher, er wird dich anrufen.«

»Das Gleiche gilt für dich, Shelley«, sagte ich freundlich. »William mochte dich wirklich. Wenn ich irgendetwas weiß, dann das.«

Ich hörte, wie sie nervös die Luft ausstieß. »Hoffentlich hast du recht, Charlotte«, sagte sie. »Hoffentlich.«

Nur Sekunden, nachdem ich das Telefonat mit Shelley beendet hatte, bekam ich die E-Mail, auf die ich das ganze Wochenende gewartet hatte:

MacAllister, John: Lambert. In mein Büro. Sofort.
XXX

Erleichterung brach über mich herein wie eine Sintflut, und zwar mit solch einer Heftigkeit, dass ich mich ein wenig unbehaglich fühlte, weil John eine derartige Macht über mich besaß. *Ach, komm schon, das ist doch ganz normal*, redete ich mir ein und dachte an Shelley. *Wir sind doch alle gleich. Alle irgendwie verrückt.*

Bevor ich mich auf den Weg zu John machte, rief ich Sam an und bat ihn herauszufinden, warum William Shelley nicht angerufen hatte. Aus welchem Grund auch immer bedeuteten die zwei mir inzwischen sehr viel. Doch als ich um die Ecke zu Johns Büro bog, vergaß ich sie schlagartig. Alles, was ich jetzt wissen wollte, war, ob Susan tatsächlich am Samstag das Land verlassen hatte. Ich wollte über unsere Zukunft reden. Das wäre zumindest ein positives Thema.

»Ach, Charley, guten Morgen«, begrüßte mich John geschäftsmäßig, während die Tür hinter mir zufiel, damit seine persönliche Assistentin Becky auch ja jedes einzelne Wort mitbekam. Ich konnte ihn erst ansehen, als ich hörte, dass die Tür hinter mir ins Schloss gefallen war.

»Sie ist weg«, sagte er leise. »Die Scheidung ist im Gange. Ich gehöre dir, Lambert, und ich werde alles tun, was du willst. Es ist wahr!«, fuhr er fort, als ich wie betäubt dastand. »Ich habe das ganze Wochenende an dich gedacht, Lambert. Konnte kaum aufhören zu wichsen«, fügte er hinzu, als gäbe er einen Kommentar zum Wetter ab.

Ich gab mir alle Mühe, nicht zu grinsen, doch ich konnte nicht anders. »Warum hast du mich dann nicht angerufen?«, fragte ich, wofür ich mich sofort hasste. Ich war immer seine Kriegerin gewesen, die furchtlose Amazone von Salutech. Bedürftigkeit konnte ich nicht ausstehen.

Johns Lächeln wurde noch breiter. »Weil Susan tonnenweise albernes Zeug abholen musste und ihr Auszug um einiges länger gedauert hat als erwartet.«

»Nun, es tut mir leid, dass es so enden musste«, erwiderte ich lahm. Selbstverständlich empfand ich nichts dergleichen.

»Ach, sei still, Lambert«, sagte John. »Susan zu heiraten war das Dümmste, was ich je getan habe. Schuljungendenken. Eine Frau heiraten, um eine andere zu vergessen? Verrückt! Und doch kam am Ende alles so hin, wie es sein sollte.« Er stand auf, umrundete seinen Schreibtisch und führte mich zum Sofa in der Sitzecke, die von Beckys Schreibtisch aus nicht einsehbar war. Warum mussten auch sämtliche Büros über derart moderne, »kommunikative« Glaswände verfügen? Ich spürte, wie mich ein Schauer durchlief, als er mir seine Hand ins Kreuz legte. Trotz all meiner Verzweiflung wünschte ich mir schlagartig, ich könnte mir die Kleider vom Leib reißen und »Nimm mich! Sofort!« rufen, doch ich widerstand dieser Versuchung.

John setzte sich und fuhr sich mit der Hand durchs Haar. »Es ist ein bisschen chaotisch«, räumte er ein, »doch sie besteht auf einer schnellen Scheidung. Bald gibt es nur noch uns beide, Lambert. Wir werden zusammen um den See stapfen und ständig wilden Sex haben. Klingt gut, oder?«

Ich war begeistert von dieser Aussicht, die mir vorkam wie

ein Märchen. Ein etwas ungewöhnliches Märchen vielleicht, aber nichtsdestotrotz ein Märchen. Charley Lambert bekam ihren schönen Prinzen.

»Wäre es möglich, dass ich kurz deine wunderbaren Brüste anfasse?«, fragte John. Seine Augen funkelten verschmitzt.

»Könntest du einer Dame zumindest ein paar Sekunden Romantik zugestehen, John?«

John setzte ein spitzbübisches Gesicht auf. »Es ist deine eigene Schuld, Lambert. Du solltest besser nicht so göttlich aussehen und noch dazu einen hervorragenden Job machen.«

Ich strahlte töricht, obwohl ich mir alle Mühe gab, das nicht zu tun.

»Wie wär's mit einem Quickie im Wandschrank?«, fragte er hoffnungsvoll.

Mein warmes Lächeln kühlte ein klein wenig ab. »Nein!«

»Auf der Toilette?«

»Nein.«

»Dürfte ich kurz deinen Hintern anfassen?«

»John!«

Er wirkte auf eine komische Weise schuldbewusst, dann wurde er ernst, beugte sich vor und gab mir einen langen, sehnsuchtsvollen Kuss. »Es tut mir leid«, murmelte er. »Sieben lange Jahre des Wartens treiben einen Mann in den Wahnsinn.«

Ich lächelte verständnisvoll.

»Bist du denn vielleicht an Rührei auf Toast in der Kantine interessiert?«, fragte er.

Und so verbrachten wir die ersten fünfunddreißig Minuten als Paar in einer leeren Kantine mit Blick auf die A1 und stopften trockene Rühreier auf kaltem Toast in uns hinein. Ich erzählte ihm von Granny Helen und dass ich mir Sorgen um Dad machte, und er erzählte mir, wie blöd er sich vorkomme, weil er die falsche Frau geheiratet hatte.

Ein winziges bisschen zuversichtlicher kehrte ich an meinen Schreibtisch zurück. Vielleicht gab es doch eine Lösung für dieses Chaos mit Margot. Ich wusste nur noch nicht, welche.

Sam rief mich am späten Vormittag an, um mir mitzuteilen, dass er mit William gesprochen habe, der just in diesem Moment am Telefon hing und bei Interflora das extravaganteste Bouquet für Shelley orderte, das man sich vorstellen konnte. »Jemand hatte ihm geraten, erst am Dienstag bei Shelley anzurufen«, erzählte er. »Wer um alles in der Welt kommt bloß auf eine derart bescheuerte Idee? Ich denke, wir sollten ein Handbuch schreiben, Chas.«

Ich lächelte schwach. »Es macht Spaß, den beiden zu helfen.«

Er pflichtete mir bei, doch ihm war das Ganze ein bisschen zu zeitaufwendig.

Ich konnte ihm nicht widersprechen. »Du hast recht, Bowes«, bekräftigte ich. »Warum betreiben wir so viel Aufwand bei William und Shelley? Warum bedeutet es uns so viel, dass sie zusammenkommen?«

Sam zögerte, und als er antwortete, hatte ich das Gefühl, einen Schlag in die Magengrube zu bekommen. »Wahrscheinlich, weil *wir* es nicht können. Zusammenkommen, meine ich.«

Bedeutungsschweres Schweigen breitete sich zu beiden Seiten der Leitung aus. Sam hatte absolut recht. Wir konnten nicht zusammenkommen. Nie. Das war unmöglich. Wir beide wussten, dass zwischen uns etwas Großes, Bedeutsames passiert war, und wir beide waren bereit, es auf die richtige Art und Weise zu kanalisieren. *Wie berührend*, dachte ich. *Und wie wahr. Shelley und William mussten sich ineinander verlieben, weil Sam und ich es nicht konnten.*

»Du hast recht, Bowes«, sagte ich langsam. »So hatte ich das noch nie betrachtet.«

Ich hörte ihn leise lachen. »Ich wünsche dir einen guten Nachmittag, Chas«, sagte er sanft. »Lass dich nicht von diesen Mistkerlen unterkriegen. Du bist besser als die alle zusammen.«

Ich legte auf. Sam Bowes steckte voller Überraschungen.

Dann marschierte Margot in mein Büro, und mit dem Frieden war es vorüber.

»Ich möchte für diesen Nachmittag ein Meeting einberufen«, verkündete sie, »damit du mir offiziell die Projekte überantwortest, die ich haben will.«

Ich holte tief Luft. Ich hatte mir genau überlegt, welche Projekte ich ihr anvertrauen könnte, ohne meinen Job aufs Spiel zu setzen, doch der Ärztekongress war auf keinen Fall für sie drin. Ich hatte John vorgeschlagen, Margot »als Anerkennung für die harte Arbeit, die sie in letzter Zeit geleistet hat« die Leitung zu übergeben, aber er hatte nur gelacht. »Das meinst du doch nicht ernst, Lambert«, hatte er kopfschüttelnd erwidert. »Ich würde eher dem Labrador deiner Eltern die Verantwortung für den Kongress übertragen als ihr!«

Nun versuchte ich, Margot eine beschönigte Version seiner Worte zu verkaufen, aber die interessierte sie nicht. »Klär das«, verlangte sie barsch.

Es entstand ein unbehagliches Schweigen.

»Hast du diesem Typen schon eine E-Mail geschickt?«, durchbrach sie schließlich die Stille und setzte wieder dieses schmierige Lächeln auf.

Ich fühlte mich noch elender. Matty.

Ich hatte sein Profil ein paarmal aufgerufen, und jedes Mal war er online gewesen, strahlte mir sein rundes Gesicht vom Monitor entgegen. Der Versuch herauszufinden, was da eigentlich vor sich ging, hatte mich fast in den Wahnsinn getrieben. Abgesehen von allem anderen arbeitete er gerade in einem entlegenen Garten in der Wildnis von Fife, wo er keinen Empfang hätte, selbst dann nicht, wenn er auf der Spitze eines Telegraphenmasts hockte. Es ergab einfach keinen Sinn. *»Warum tust du das?«*, hatte ich sein Foto zornig angeknurrt.

»Ich habe ihm noch keine E-Mail geschickt«, teilte ich Margot mit. »Du hast doch gemeint, dass er verheiratet ist. Ich … ich war mir nicht sicher, ob du dich wirklich darauf einlassen willst.«

Margot gab ihr abstoßendes Lachen von sich. »Du bist nicht nur verklemmt«, sagte sie, »sondern auch noch spießig. Schick ihm einfach eine Anfrage – und zwar *jetzt.* Alles andere braucht dich nicht zu scheren – was interessiert dich, ob er verheiratet ist?«

Es interessierte mich sehr wohl. Kaum etwas interessierte mich mehr. Margot zog die Augenbrauen hoch. »Ein Anruf bei Chambers!«, flüsterte sie drohend. »Tu's einfach!«

Also tat ich es.

Der Nachmittag verstrich auf eher unerfreuliche Weise. Ich übertrug Margot die weniger wichtigen Projekte, was ich damit vor mir selbst rechtfertigte, dass ich schließlich kein Kontrollfreak wäre und sie ihr ohnehin irgendwann übertragen hätte. Die großen Projekte dagegen behielt ich mir vor, weswegen ich schon wieder in Panik geriet.

Der Höhepunkt des Nachmittags war ein begeisterter (ohrenbetäubend lauter) Anruf von Shelley, die mir mitteilte, dass William ihr Blumen geschickt habe. »EIN BOUQUET MIT ABSOLUT FANTASTISCHEN PFINGSTROSEN!«, brüllte sie.

Doch dann sagte sie etwas, womit ich nicht gerechnet hatte. Während der qualvollen Stunden, in denen sie auf ein Lebenszeichen von William gewartet hatte, hatte sie unsere First-Date-Aid-Website aufgerufen, als würde ihr dies das Objekt ihrer Begierde näherbringen.

»Ich würde mich gern nach deinem Partner erkundigen«,

bellte Shelley. »Nach dem, der die Firma von dir übernommen hat. Ich nehme mal an, dieser Sam ist wirklich nur ein Geschäftspartner, sonst hättest du am Wochenende wohl kaum auf eine Nachricht von einem Mann gewartet, oder?«

Ich bestätigte ihre Vermutung. Shelley fragte mich weiter über die Agentur aus. Und dann, gerade als das Telefonat zum Ende zu kommen schien, stellte sie eine sehr seltsame Frage. »Warst du mal mit diesem Sam zusammen, Charlotte?«

»Nein!«, erwiderte ich schockiert.

»Nicht mal ein Flirt?«

»Nicht mal ein Flirt.«

»Schade«, sagte sie nachdenklich, dann beendete sie auf typische Shelley-Cartwright-Weise das Gespräch.

Der Tiefpunkt des Nachmittags war mein Chat mit Matty gewesen. Binnen zehn Minuten hatte ich eine Antwort erhalten. Matty hatte bereitwillig einem Rendezvous am Mittwochabend zugestimmt.

»Du bist echt gut bei diesem Online-Dating-Mist, Charley«, stellte Margot fest, als sie mein Büro verließ. »Deine kleine Agentur wird sich vermutlich recht gut entwickeln, sobald du Salutech auf den Knien verlassen hast.« Damit rauschte sie pfeifend zur Tür hinaus.

Bitte, lieber Gott, betete ich. *Hilf mir. Sende mir ein Zeichen.*

Doch Gott blieb stumm.

»Bowes?«, rief ich und schloss die Wohnungstür hinter mir. Den ganzen Nachhauseweg über hatte ich mich darauf gefreut, ihn zu sehen. Ich hoffte, er würde mich aufmuntern können, indem er mit mir über das Chaos lachte, zu dem sich mein Leben entwickelt hatte, und mich mit Whisky abfüllte.

Die Wohnung war still.

Enttäuscht machte ich mir ein paar Champignons auf Toast,

dann schickte ich, immer noch nervös und unglücklich, eine SMS an John, in der ich ihn fragte, ob er Lust hätte, mit mir was trinken zu gehen. Er hatte den ganzen Nachmittag über in einer Vorstandssitzung gehockt, so dass uns keine Zeit geblieben war, etwas auszumachen. *Das klappt leider nicht*, schrieb er zurück. *Ich habe Freunde aus Frankreich zu Besuch und koche uns gerade was zum Abendessen. Habe ihnen gerade von Susans und meiner Trennung erzählt, vielleicht ist es noch ein bisschen zu früh, dich vorzustellen ... Doch lass dir das gesagt sein: Je eher ich ein großes Stück Boeuf für meine teure Lambert weichklopfen kann, desto besser.*

Bei dem Gedanken, dass John durch und durch männlich mit einem Fleischklopfer vor seiner Marmorarbeitsfläche stand, verspürte ich einen heftigen Anflug mädchenhafter Erregung.

Ich telefonierte eine Stunde lang mit Ness, die mir riet, lieber Matty zur Rede zu stellen, als mit Hailey zu sprechen. Anschließend verfasste ich etwa zwanzig verschiedene E-Mails an Matty, die ich eine nach der anderen wieder verwarf. Der Augenblick, in dem ich auf Senden drückte, würde eine Kette von Ereignissen in Gang setzen, an deren Ende Hailey als Single mit gebrochenem Herzen dastünde. Möglicherweise schwanger.

Das brachte ich nicht über mich. Nicht heute. Und obwohl ich mich dafür hasste, so schwach zu sein, wenn ich doch für meine Freundin stark sein musste, wandte ich mich meiner Arbeit zu, tauschte ein paar unanständige Mails mit John über *saucissons* aus, dann verkroch ich mich mit eingekniffenem Schwanz ins Bett.

Ich rollte mich gerade erschöpft zusammen, als mein Handy zu klingeln begann. Ein beklommenes Gefühl beschlich mich. Auf dem Display leuchtete Shelleys Name. Schon wieder. Meine Begeisterung darüber, sie in Liebesdingen zu unterstützen, ebbte spürbar ab. William hatte ihr Blumen geschickt, was wollte sie denn noch?

Doch Shelley rief nicht an, um mich um Hilfe zu bitten: Sie rief an, um – einigermaßen großspurig, wie ich fand – ihre Absicht zu verkünden, Sam und mir mit unserer Agentur »unter die Arme zu greifen«.

Leicht defensiv erinnerte ich sie daran, dass ich Geschäftsfrau genug war und First Date Aid ausgesprochen gut lief. »Außerdem ist es nicht länger an mir, mir darüber Gedanken zu machen …«

»Nein, nein«, unterbrach sie mich. »Hör mal, Charlotte, ich verwandle gut laufende Firmen in hypererfolgreiche Millionenunternehmen. Mit minimalem Aufwand verschaffe ich dir ein Riesenkapital und helfe dir, First Date Aid so groß zu machen, dass du bis ans Lebensende ausgesorgt hast.«

»Aber … wir wollen gar nichts Großes daraus machen«, widersprach ich lahm. Natürlich war das gelogen. »Das ist wirklich nett von dir, doch …«

»Ich möchte dir für das danken, was du für mich getan hast«, tönte Shelley laut. »William und ich haben uns heute Abend drei Stunden lang unterhalten. Ich glaube, er ist der perfekte Mann für mich. Ich habe mich meiner Sache noch nie so sicher gefühlt, schon gar nicht nach so kurzer Zeit.«

Trotz allem musste ich lächeln. »Oh, das ist ja wunder…«

»Tatsache ist, Charlotte, dass du über ein ausgezeichnetes Geschäftsmodell verfügst, das wir aggressiv ausbauen und in andere Länder expandieren könnten. Du hast nur einen einzigen Konkurrenten – in den USA –, willst du etwa, dass er herkommt und dir Europa vor der Nase wegschnappt?«

»Ähm …«

»Nein«, antwortete sie an meiner Stelle. »Das willst du nicht. Und genau aus dem Grund habe ich kurzfristig zwei Plätze für dich und Sam bei einem extrem wichtigen Investmentdinner am Donnerstag reserviert. Kommt um neunzehn Uhr ins Balmoral Hotel und fragt an der Rezeption nach der MDW-Veranstaltung.«

Ich sagte zu, wenn auch nur, um das Gespräch zu beenden. Das wäre wirklich das Allerallerletzte, was ich für First Date Aid machen würde. Danach würde ich mich komplett zurückziehen und mich zu tausend Prozent auf Salutech konzentrieren. Etwas anderes würde mir ohnehin nicht übrig bleiben.

Kapitel sechzehn

Am Donnerstagabend trippelte ich die Forth Street entlang auf meine Haustür zu, ein Baguette und Schinken aus dem Deli in der Hand. Mein Plan für den Abend war recht schlicht: Baguette essen, Schinken essen, mich finster über Johns französische Freunde beschweren, die immer noch bei ihm zu Besuch waren, und anschließend ins Bett gehen.

Ich hatte eine herausfordernde Woche hinter mir. Margot hatte mehrere meiner kleineren Projekte übernommen, und es war angenehm gewesen, nicht ganz so viel um die Ohren zu haben, auch wenn sie es absolut nicht verdient hatte. Zu meiner Erleichterung hatte Bradley Chambers beschlossen, nächste Woche schon von Washington nach Edinburgh zu kommen, weshalb es außer Frage stand, ihr meine Großprojekte zu überantworten. Sogar Margot wusste, dass sie sich besser nicht mit Chambers anlegte, dem hundertprozentig eine Sicherung durchbrennen würde, wenn ich meine Abteilung nicht sichtbar im Griff hatte.

Bei meinen Eltern herrschte nach wie vor düstere Stimmung. Laut Mum war Dad völlig von der Rolle, und weitere zwölf Patienten waren ins neue Ärztehaus in Dunbar übergewechselt, weil er seine Arbeit immer noch nicht wiederaufgenommen hatte. »Wir sind ziemlich am Arsch«, hatte Mum angespannt verkündet. Sie benutzte sonst nie Schimpfwörter. Ich machte mir ernsthafte Sorgen.

Doch da war zumindest der große, gutaussehende, witzige Mann, der meine Tage aufheiterte. Was zwischen uns ablief, war intensiv und ziemlich unanständig, und sehr zu meinem Verdruss waren seine Freunde die ganze Woche über geblieben und würden erst morgen abreisen. Wir hatten nur minimalen Körperkontakt, abgesehen von schändlichen zwanzig Minuten in einem leeren Sitzungssaal im zweiten Stock am Mittwochmorgen. *Ich bin so was von scharf auf dich! Es treibt mich noch in den Wahnsinn!*, hatte er mir kurz vorher gesimst, während er mir bei einer Sitzung direkt gegenübersaß. Als ich nicht antwortete, hatte er mich gequält angeblickt und mir einen ganzen Schwall weiterer Nachrichten geschickt. *LAMBERT! Mein Penis braucht dich dringend! Erbarme dich!*

Lächelnd ging ich die Treppe hinauf. Sein Penis und ich würden sehr bald schon zusammenkommen. Und in der Zwischenzeit würde ich ein leckeres Abendessen, bestehend aus französischem Baguette und etwas Schinken, verspeisen.

Noch während ich mit meinem Schlüssel hantierte, wurde die Wohnungstür aufgerissen.

»Bowes?«, rief ich erstaunt aus. »Ist das ein *Anzug*, Bowes?«

Sam lächelte unsicher. »Dachte, ich sollte mir Mühe geben.«

Er sah wunderbar aus. Der Anzug saß wie maßgeschneidert und war von einem ungewöhnlichen Grau, das, zusammen mit seinem schmal gestreiften, modischen Hemd, seine Augen noch grüner und leuchtender erscheinen ließ. Seine Haare wirkten gepflegt, und er duftete nach einem eleganten Herrenparfüm. Plötzlich stolz auf meinen so gutaussehenden Mitbewohner, steckte ich seinen schicken Schal – der ein ganz kleines bisschen ausgefranst war – in sein Jackett und zog seinen Wollmantel glatt. »Wer immer sie ist – sie kann sich glücklich schätzen, Samuel Bowes. Du siehst hinreißend aus!«

Sam schüttelte den Kopf. »Ich wusste, dass du es vergessen würdest. Heute findet diese Investmentveranstaltung im Balmoral Hotel statt, Chas.«

»O nein!« Ich schlug mir das Baguette vor die Stirn.

Sam blickte auf seine Armbanduhr. »Zum Glück bist du heute um einiges früher nach Hause gekommen als sonst. Komm, stell deine Sachen ab, und los geht's!«

»Aber mein Baguette!«, wehrte ich erschrocken ab.

»Vielleicht begegnen wir heute jemandem, der in uns investieren will, so dass wir uns in ganz Europa ausbreiten können!«, rief Sam. »Scheiß auf dein Baguette!«

»Aber – aber was ist mit Margot? Ich habe ihr gesagt, dass ich nichts mehr mit First Date Aid zu tun habe. Was ist, wenn heute Abend einer der Salutech-Investoren anwesend ist und jemandem davon erzählt? Sie wird es herausfinden, Sam, da bin ich mir ganz sicher!«

Sam drehte sich um und spreizte die Finger zum Siegeszeichen. »SCHEISS AUF MARGOT!«, verkündete er. »Keine Angst, Chas. Wir behaupten einfach, dass First Date Aid meine Firma ist. Du stehst doch gar nicht mehr auf der Website! Sag halt, du bist meine Begleitung oder sonst was, aber *komm verdammt noch mal mit*! Ich habe keinen blassen Schimmer von Investoren!«

Mit einem letzten sehnsüchtigen Blick auf mein Baguette gab ich nach und rannte in mein Zimmer, wo ich meine Bürobluse gegen ein tiefrotes Seidenhängerchen tauschte, das John besonders gut gefiel, dann warf ich mir wieder meinen Blazer über und stürmte zu Sam. »Also gut, Bowes«, sagte ich und klapperte in meinen Pumps die Treppe hinunter. »Auf geht's, besorgen wir unserer Firma ein paar Anleger! Oh, pardon – *deiner* Firma meinte ich natürlich!«

Sam lachte, bot mir den Arm an, und so legten wir, einträchtig plaudernd, die Strecke hügelan zum Balmoral Hotel zurück.

»Wir kommen zur MDW-Veranstaltung«, teilte Sam der Rezeptionistin mit. »Samuel Bowes, First Date Aid«, fügte er schüchtern hinzu.

Die Frau blickte auf ein Blatt Papier und nickte. »Hier entlang, bitte.«

Wir folgten ihr durch die große Lobby und zwei opulent ausgestattete Empfangssäle und grinsten einander selbstbewusst an. Es fühlte sich seltsam an, in einen Erwachsenen-Geschäftsmodus zu schalten, wenn es sich bei fraglichem »Geschäft« um einen Flirtservice handelte, den wir von unserem Sofa aus betrieben.

Die Rezeptionistin führte uns ins Number One, ein elegantes, Michelin-Stern-bewehrtes Restaurant, in dem ich schon einmal mit ein paar Kollegen gegessen hatte. »Bitte«, sagte sie und wies uns einen Tisch in der Ecke zu. Ich sah Sam an, der genauso verwirrt wirkte wie ich.

Die Rezeptionistin bot mir an, mir meinen Mantel abzunehmen. »Entschuldigen Sie«, sagte ich. »Ich denke, hier liegt ein Irrtum vor. Wir sind wegen einer Investmentveranstaltung hier, nicht um zu speisen.«

Die Frau nickte. »Alle Delegierten dinieren zuerst«, erklärte sie. »Die Präsentationen und der anschließende Empfang beginnen nebenan um einundzwanzig Uhr.«

Sam war begeistert. »Das ist großartig!«, quietschte er. »Vielen Dank!« Samuel Bowes aß nun mal nicht alle Tage in einem Sterne-Restaurant.

Die Rezeptionistin, die direkt ins Fadenkreuz von Sams Strahlen geriet, war augenblicklich verloren. »Kein Problem, Sir«, gab sie einfältig lächelnd zurück. Ein paar Sekunden später zog sie sich mit hektischen roten Flecken am Hals zurück.

Ich setzte mich lachend. »Ach, Bowes! Du kannst es wohl nicht sein lassen!«

Sam schüttelte feierlich den Kopf. »Nein, nie.«

Ein Kellner erschien und reichte uns die Speisekarten. »Champagner?«, fragte er. Wir sahen einander an wie aufgeregte Schulkinder. »JA, BITTE!«

Nachdem wir bestellt hatten, beäugten wir die Gäste um uns herum und spekulierten über potentielle Investoren. Zu meiner großen Erleichterung kannte ich niemanden. »Ich glaube, der Typ mit dem Schnurrbart kommt in Frage«, sagte Sam. »Er wird dich lieben, Chas. Eine groß gewachsene Powerfrau, die Firmenchinesisch spricht. Na mach schon, zeig deine Brüste!«

Ich wollte lachen, doch ich fühlte mich gleichzeitig getroffen. Obwohl ich wusste, dass er mich nicht verletzen wollte, konnte ich es gar nicht leiden, wenn Sam mich »groß« oder »riesig« nannte. Seine Vorliebe für kleine, gertenschlanke Frauen gab mir stets das Gefühl, unförmig und unweiblich zu sein. Doch dann riss ich mich zusammen und trank einen Schluck Champagner. Im Grunde war es egal, was er dachte: Wir waren Geschäftspartner und Wohnungsgenossen.

»Wie geht's dir im Moment, Chas?«, erkundigte sich Sam.

»Ähm …« Ich konnte es nicht sagen. »Nun … es ist ein ständiges Auf und Ab. Aber im Großen und Ganzen ganz okay. Die Sache mit John hilft mir natürlich.«

Sam blickte mich nachdenklich an. »Ich habe ganz schön Respekt vor dir«, sagte er. »Du hast ein hartes Jahr hinter dir, aber du lässt dich nicht unterkriegen. Was absolut bewundernswert ist.«

Seine Anerkennung tat gut. Ich hätte nie gedacht, dass Sam so viel Notiz von meinem Leben nahm, das sich so sehr von seinem unterschied.

»Ich hoffe, John gibt dir das, was du willst«, fügte er nach einer Pause hinzu.

Ich nickte enthusiastisch.

Sam wartete offenbar auf eine ausführlichere Antwort.

»Es läuft wirklich gut zwischen uns«, erzählte ich ihm, unsicher, worauf er hinauswollte. »Ich bin glücklich. Er war wirklich sehr süß wegen Granny Helen, und … ach, ich weiß nicht, wir haben einfach viel Spaß zusammen.«

Sam lächelte, ziemlich höflich, wie ich fand. Der Kellner servierte uns Tunfisch-Carpaccio. Es sah unglaublich gut aus auf einem Bett aus orientalischem Gemüse.

Ich stürzte mich mit Begeisterung darauf, wurde jedoch rüde unterbrochen.

»Iiiih!«, rief Sam. Sämtliche Anwesende, Gäste und Personal, erstarrten.

»*Was ist?*«, zischte ich.

»Die haben den blöden Fisch gar nicht gekocht!«, flüsterte Sam. »Sieh nur, der ist roh!«

Ich prustete los. »Ach, Bowes! Das muss so sein! Das ist Carpaccio.«

»Oh«, sagte er verlegen. Ich lachte noch mehr. Manchmal kam es mir wirklich so vor, als hätte ich einen kleinen Bruder.

»Hör auf zu lachen«, sagte er, offenbar verletzt. »Wir dinieren nicht alle ständig in Nobelrestaurants, Chas.«

Ich verstummte reumütig. »Ach, Bowes … Ich gehe doch auch nur dorthin, weil es meine Arbeit verlangt«, log ich. »Sonst würde ich vermutlich Servietten klauen und rohen Tunfisch ausspucken wie jeder normale Mensch.«

Sams Gesicht hellte sich auf, und ich machte mir einen mentalen Vermerk, mir jeglichen Spott zu verkneifen. Sam war nicht mehr der furzende Teenager, der sich auf meiner Couch lümmelte; er war ein ausgesprochen brillanter, lieber Kerl, der Respekt verdient hatte.

Irgendwie kamen wir wieder auf John zu sprechen.

»Bist du in ihn verliebt?«, erkundigte sich Sam interessiert.

Ich dachte über seine Frage nach und stellte zu meiner Überraschung fest, dass ich es nicht wusste. Ich überlegte, ob das merkwürdig war, aber wir waren schließlich gerade erst zusammengekommen, da konnte ich das noch gar nicht wissen. »Ich bin sehr glücklich«, antwortete ich daher mit fester Stimme.

»Aha. Ist John denn in dich verliebt?«

Langsam fing ich an, mir Sorgen zu machen. Worauf wollte er hinaus? Seit wann hatte Sam Bowes, der sich nie häufiger als einmal mit einer Frau verabredete, so viel Interesse an der Liebe? »Ähm … keine Ahnung. Er war ungemein leidenschaftlich. Vergiss nicht, er hat Susan geheiratet, um über mich hinwegzukommen, und als das nicht funktioniert hat, war er fertig mit ihr«, betonte ich. »Das ist schon ziemlich aussagekräftig.«

Sam machte ein nachdenkliches Gesicht. »Aussagekräftig oder verrückt, kommt darauf an, wie man es sieht.«

Ich errötete. Ich konnte die Vorstellung nicht ertragen, dass meine Freunde John ablehnend gegenüberstanden, nachdem ich so lange auf ihn gewartet hatte. »Sam«, sagte ich verlegen, »ich habe dir doch erklärt, dass John versucht hat, eine schwierige Situation bei der Arbeit zu vermeiden. Ja, er hat vielleicht einen etwas merkwürdigen Weg gewählt, aber der Punkt ist doch, dass er Salutech oberste Priorität einräumen musste. Er ist immerhin der Geschäftsführer.«

Sam blickte mich ruhig an. Nach einer Weile zuckte er die Achseln. »Aha.«

Sein Ton gefiel mir gar nicht. »Leck mich«, murmelte ich. Ich schenkte mir Champagner nach, zur großen Bestürzung des Kellners, der sogleich herbeigeschwebt kam. Es gab ein peinliches Gerangel, als er versuchte, mir die Flasche aus der Hand zu nehmen. Ich schäumte, wohl wissend, dass Sam mich mit einem herablassenden Gesichtsausdruck beobachtete. Was hatte er bloß?

Als sich der Kellner entfernt hatte, berührte er meine Hand. »Entschuldige, Chas«, sagte er leise. »Ich wollte weder dich noch John kränken. Ich will nur, dass du glücklich bist.«

Ich sah ihn misstrauisch an. Er wirkte aufrichtig, doch mir war die Andeutung, ich könnte mit John unglücklich werden, nicht entgangen.

»Bestimmt wirst du glücklich werden!«, fügte er hinzu, da er offenbar das Gleiche gedacht hatte.

Mit beträchtlicher Mühe riss ich mich wieder zusammen. Ich wusste nicht, warum Sam und ich momentan in so viele Fettnäpfchen tappten, doch ich wollte, dass das aufhörte. Wir waren schließlich mehr als nur alte Freunde – wir waren Geschäftspartner, und es war unsere Pflicht, eine gemeinsame Front zu bilden.

Ich zwang mich zu lächeln. »Auf First Date Aid!«, rief ich und hob mein Glas. »Lass uns heute Abend die reichen Leute ausnehmen, Samuel Bowes!«

Wir ließen die Gläser klirren.

Beim Hauptgericht, das Sam zur »besten Mahlzeit, dich ich je gegessen habe« erklärte, ließ er beiläufig fallen, dass er nach einem gestrigen London-Trip in die Endauswahl für eine »Riesenrolle« in einem »Riesenstück« gekommen sei. »Ist das nicht TOTAL aufregend?«, fragte er strahlend.

»Absolut! Heißt das, dass das Stück in London aufgeführt wird?«, fragte ich, insgeheim hoffend, dass dem nicht so wäre. Ich genoss das Zusammenleben mit dem komplett neuen, praktisch veranlagten, hygienisch-reinen Sam.

»Jawoll. Am Garrick. Charing Cross Road, im West End«, fügte er hinzu, als ich ihn fragend anblickte. »Es wäre der *Wahnsinn*, wenn ich die Rolle kriegen würde!«

»Wow, Bowes! Das ist auch so schon der Wahnsinn! Gratuliere!«

Sam grinste. »Noch nicht. Das letzte Vorsprechen ist am Montag.«

Der Alkohol floss in Strömen, und Sam und ich wurden peinlicherweise völlig betrunken. Leider bekamen wir auch noch einen Lachanfall. Keiner von uns beiden schien in ein nobles Sterne-Restaurant zu passen. Zweimal belud ich meine Gabel, nur um alles runterfallen zu lassen, als ich das Essen zum Mund führte. Dem folgte ein verzweifelter, gar nicht damenhafter Kampf, das Ganze wieder auf meinen Teller zu verfrachten; ein Kampf, der uns die Missbilligung der Nadelstreifenträger einbrachte und zu weiteren Lachsalven führte. Ersticktes Schnauben tönte durch das ansonsten stille, zivilisierte Restaurant; der Kellner lächelte bemüht. Und bloß um Sam zu beweisen, dass ich tatsächlich nur aus beruflichen Gründen Michelin-Stern-befugt war, stibitzte ich eine Balmoral-Serviette. (Die ich ein paar Minuten später zurücklegte, als er gerade mal nicht hinschaute.)

Sam brachte das Ganze auf eine neue Ebene, als das Dessert serviert wurde: Er versuchte, sich einen Weg durch die weinbrandgetränkte Hülle zu bohren, die seine Mango-Eiscreme umgab. Sie entpuppte sich als fester denn erwartet, sein Löffel prallte daran ab und flog ihm aus der Hand. Er schoss über den Tisch, knallte mit einem lauten *Ping!* gegen die Wand und landete dann auf dem Fußboden. Sam und ich starrten entsetzt darauf, dann fingen wir wieder an zu kichern.

»Hör verdammt noch mal auf damit!«, flüsterte ich ihm zu und versuchte, mein Gesicht zu verdecken.

»Hör du doch auf!«, zischte er zurück. Er hielt sich die Serviette vor den Mund, doch das half auch nichts.

Ich gackerte laut und wandte den übrigen Gästen verlegen den Rücken zu, doch ich konnte einfach nicht aufhören. »Du zerstörst gerade unsere Chancen, einen Anleger für unser Unternehmen zu finden«, flüsterte Sam. »STECK DIR UM HIMMELS WILLEN EINE SOCKE IN DEN MUND!« Dann hielt er sich den Bauch und lachte, bis ihm die Tränen kamen. Die gut gekleideten Investoren betrachteten uns mit stummer Entrüstung. Mir war klar, dass keiner auch nur einen halben Penny für uns rausrücken würde.

»Shelley wird nie mehr mit uns reden«, japste ich ein paar Minuten später. Das viele Lachen hatte mich völlig erschöpft. Sam, der ähnlich fertig aussah, hing zusammengesackt über dem Tisch und lud Würfelzucker in seinen Kaffee. Ich zog eine Augenbraue in die Höhe.

»Der Zucker kostet nichts«, brachte er zu seiner Verteidigung hervor.

Wir stießen mit unseren Kaffeetassen an. »Ich bin in der Tat ziemlich betrunken«, gab ich zu. »Und ein bisschen besorgt, ob ich noch ernst und kompetent klinge.«

Sam schlürfte seinen Kaffee. »Weder noch, Chas.« Wir kicherten.

Die Anzugmänner waren in eine erhitzte Debatte über irgendwelche Finanzangelegenheiten vertieft, und ich starrte sie an, beeindruckt und eingeschüchtert von ihrem Vokabular und ihrer Bestimmtheit. Das Selbstvertrauen, das Leute mit Geld unweigerlich ausstrahlten, brachte mich jedes Mal aus der Fassung.

»Ich denke, wir haben uns eh jede Chance versaut, die Typen zu beeindrucken«, stellte Sam sehr richtig fest. »Ich für meinen Teil würde zumindest nicht in zwei Bekloppte investieren, die in der Ecke mit Löffeln werfen!«

Jugendliche Aufsässigkeit nahm von mir Besitz. Zum Teufel mit diesen Anzugträgern! Ich hatte keine Lust, nach nebenan zu gehen und einen auf erwachsen zu machen. Bei Salutech musste ich den ganzen Tag über vernünftig sein; ich vermisste das Gekicher, die Frotzeleien, die blöden Witze, die wir gerissen hatten, als wir First Date Aid im Sommer gegründet hatten. Im Augenblick wünschte ich mir nichts mehr, als mir meinen Schlafanzug anzuziehen und zusammen mit Sam dämliche Filme zu schauen. Eine Rotzgöre zu sein, die sich keinen Deut darum scherte, was andere von ihr dachten.

Ich schaute ohne Begeisterung auf die Investoren. Sie schienen ihre Gespräche zu beenden, offenbar rückten die Präsentationen und der anschließende Empfang näher.

»Denkst du, was ich denke?«, fragte Sam in meine Gedanken hinein. In seinen Augen blitzte es aufrührerisch.

»Ich denke, ich will mich verdrücken!«, flüsterte ich.

»Ich mich auch!«

Ich blickte verstohlen zur Tür. »Sie können uns doch nicht zwingen zu bleiben, oder?«

»Nein, Chas, sie werden sogar heilfroh sein, wenn wir verschwinden!«

Einer der Anzüge sah mich überdrüssig an. *Um Himmels willen*, war auf seinem Gesicht zu lesen. Ich hoffte bei Gott, dass Shelley keinen von diesen Leuten persönlich kannte.

»Wir werden Shelley doch nicht enttäuschen, oder?«, fragte Sam, als hätte er meine Gedanken gelesen. »Ich fürchte, sie wird für unsere Anwesenheit hier bezahlen müssen.«

»Glaub ich nicht. Veranstaltungen wie diese werden von stinkreichen Risikokapital-Anlegern finanziert.«

Sam strahlte. »Nun, dann würde ich sagen: Lass uns abhauen, Chas. Wir machen 'ne Flasche Scotch auf und gucken *Dirty Dancing*.«

Sam war der beste Geschäftspartner auf der ganzen Welt.

Wir tranken unseren Kaffee aus, warteten, bis der Kellner verschwunden war, und verließen in flottem Trab das Restaurant, feixend wie zwei ungezogene Kinder.

Betrunken schwankte ich durch die Lobby, Sam in seinem eleganten Anzug schritt selbstsicher voran. Als ich ihn betrachtete, überkam mich ein Gefühl großer Zärtlichkeit. Der Samuel Bowes, der da vor mir hermarschierte, mochte vielleicht ein bisschen angeschickert sein, aber er war ein durchaus akzeptabler, ansehnlicher und äußerst liebenswerter junger Mann. Der Chaot, der die letzten zehn Jahre über auf meinem Sofa gegammelt hatte, war verschwunden.

Ich dachte daran, wie er sich in den E-Mails, die er in Williams Namen geschrieben hatte, noch vor wenigen Monaten über den Stillstand in seinem Leben beschwert hatte. Es war ein Aufschrei aus tiefster Seele gewesen, ein sehnsuchtsvolles Verlangen nach einer Aufgabe und nach Geltung. *Ich habe das gewaltige, überwältigende Gefühl, unterfordert zu sein*, hatte er gesagt. *Wie oft habe ich den Eindruck, als zöge das Leben an mir vorbei und ich wäre nicht mit an Bord.* Jetzt zog es bestimmt nicht länger an ihm vorbei. *Du bist ein cleveres Bürschchen, Bowes*, dachte ich voller Zuneigung. *Ich werde dich aufrichtig vermissen, wenn du nach London gehst.*

Draußen angekommen stand uns der Sinn noch gar nicht nach Heimkehren, deshalb schlenderten wir ziellos über die Asphaltpiste der Princess Street, Edinburghs exklusiver Einkaufsmeile, und malten uns aus, was wir mit First Date Aid tun würden, sollte es uns irgendwie gelingen, einen großen Investment-Deal zu landen. Es war ein bisschen unklar, woher ich die Zeit nehmen sollte, mich damit zu befassen, doch ich wusste, dass es eine Möglichkeit geben würde.

»Wir müssen unsere Sache echt gut machen, wenn Shelley so scharf darauf ist, uns zu unterstützen«, sagte ich und ließ mich auf eine kalte Bank fallen.

»Wir bauen die großartigste Agentur der Welt auf«, erklärte

Sam, ohne zu zögern. Er setzte sich neben mich. Wir blickten hinüber zum Balmoral Hotel. In einer der hinteren Räumlichkeiten war eine Firmenfeier in vollem Gange: Übergewichtige Männer in Hemden tanzten zu einer Musik, die wir nicht hören konnten, während die Frauen versuchten, sich verführerisch in ihren funkelnden Kleidern zu verrenken. Stumm beobachteten wir das hemmungslose Treiben unter der glitzernden Discokugel.

»Mir gefällt mein Leben«, bemerkte Sam aus heiterem Himmel.

»Gut«, sagte ich und spürte, wie ich anfing, mir Sorgen zu machen. Kommentare wie dieser riefen in mir stets das dringende Bedürfnis hervor, mein eigenes Leben ebenfalls zu mögen.

Mochte ich mein Leben?, fragte ich mich und schnitt eine Grimasse. Was war mit Margot und ihrer Erpressung, Dads Depression und den Problemen bei der Arbeit? Was war mit dem grauenvollen Wissen, dass Hailey betrogen wurde? Die Dinge waren in der Tat alles andere als perfekt. Ich schlug mir die Hand vor die Stirn. Da war es wieder: »perfekt«. Hatte ich William nicht geschrieben, ich wolle mich von meinem Perfektionismus verabschieden? Dass ich vermutlich sehr viel glücklicher wäre, wenn ich einfach mal loslassen könnte?

Mein Unbehagen wurde sogar noch größer, als ich an meine E-Mail-Korrespondenz mit »William« dachte. Tatsache war, dass ich während jener Zeit einige entscheidende Dinge über mich selbst herausgefunden, doch diesbezüglich nichts unternommen hatte. Sam dagegen hatte beschlossen, sein Leben umzukrempeln. Vor vier Monaten war er ein arbeitsloser, gelangweilter, ungesund lebender Faulpelz gewesen; jetzt leitete er eine Firma, ging zu Vorsprechterminen, trieb Sport und ernährte sich ausgewogen. *Warum habe* ich *mich nicht verändert?*, fragte ich mich. *Habe ich versagt?*

Doch was sollte ich ändern? Sollte ich meinen Job kündigen, bloß weil mein Privatleben ständig zu kurz kam?

Natürlich nicht! Mein Job war mein Leben!

Und genau darin besteht das Problem, stichelte die nervende leise Stimme in meinem Kopf, die nie still war, egal, in welche entlegene Ecke ich sie auch verbannte.

Sam sah mich an. »Was zum Teufel war das denn, Chas?«

»Was?«

»Du hast soeben einen inneren Kampf epischen Ausmaßes ausgefochten«, sagte er sanft. »Inklusive eines Schlags gegen die Stirn.«

Ich winkte ab. »Ich mache mir bloß Sorgen. Dad, die Arbeit, Hailey, du weißt schon.«

Sam nickte skeptisch. »Hast du Lust auf ein halbes Snickers?«, fragte er, zog einen zerdrückten Schokoriegel aus seiner Tasche und brach ihn in zwei Hälften. »Hmm, lecker Schokolade …«

Ich schüttelte den Kopf. »Nein, danke.«

»Jetzt hab dich nicht so, bloß weil es Junkfood ist«, sagte Sam und nahm einen herzhaften Bissen.

»Nein«, log ich. »Ich bin bloß satt.«

»Lügnerin.«

»Ich lüge nicht. Ich bin satt!« Ich hörte selbst, wie lahm ich klang.

»Unsinn. Niemand ist satt nach einer so piekfeinen Mahlzeit. Iss ein bisschen Schokolade, Quatschkopf!«

Ich kicherte. Ermutigt wedelte er mit dem halben Schokoriegel vor meinem Gesicht herum.

»Hör auf damit!«, befahl ich ihm. Sam hörte nicht auf. Stattdessen packte er mich und nahm mich in den Schwitzkasten. »QUATSCHKOPF! Iss die Schokolade!«, rief er in bester Krümelmonstermanier und rammte mir das Snickers ins Gesicht. Ich drehte und wand mich, doch vergebens. Je mehr ich mich anstrengte, desto mehr musste ich lachen. Auch Sam lachte. Ich unternahm einen letzten Versuch, mich zu befreien, als ich ein schreckliches Geräusch vernahm. Ich schnappte nach Luft. Bowes hatte gefurzt!

»NEEEEIIIIN!«, kreischte ich und schlug um mich. »Lass mich los. Dreh deinen ekelhaften Hintern von mir weg!«

Sam brach vor Lachen zusammen, ließ mich los und wedelte mit den Händen. Ich rannte eingeschnappt los, um Abstand zwischen uns zu bringen. »Entschuldige!«, jaulte er, inzwischen völlig hysterisch.

»Du kannst mir das Snickers übrigens geben«, sagte ich sauer. »Das ist das Mindeste, was du tun kannst, um dein schlechtes Benehmen wiedergutzumachen. Barbar!«

Endlich erholte Sam sich von seinem Lachanfall und warf mir den halben Riegel rüber. Dann hielt er seine Hälfte hoch, als würde er einen Toast ausbringen. »Auf uns!«, erklärte er. »Auf die besten Geschäftspartner aller Zeiten. Ich bin ein Banause, der nicht weiß, was ein Tunfisch-Arpeggio ist. Du bist ein Workaholic, der keine Ahnung von Schokolade hat … Mensch, der Furz stinkt vielleicht.«

Ich lachte wieder. »Tunfisch-Carpaccio!«, rief ich. Sam saß wie ein kleiner Wicht auf der Bank und wedelte immer noch den Gestank weg, völlig unbekümmert über seinen Fauxpas.

»Tunfisch-was?«, fragte er blinzelnd.

Ich verschränkte die Arme vor der Brust. »Hör auf. Hör auf damit! Wir müssen über ernste Dinge reden. Ich mache mir noch in die Hose, wenn ich weiterlachen muss.«

Sam klopfte auf das freie Stück Bank und erklärte es kurzerhand zur furzfreien Zone. »Richtig, ernste Dinge«, sagte er und versuchte, eine ernste Miene aufzusetzen. Es gelang ihm nicht ganz. »Hmmm … na gut, dann erzähl mir, was mit Hailey los ist.«

Ich verzog das Gesicht. »Ach, Bowes«, sagte ich bekümmert, »das ist vielleicht eine Sauerei.« Und dann erzählte ich ihm die ganze traurige Geschichte.

»Oh nein!«, rief Sam, als ich geendet hatte. »Nein!« Er wirkte aufrichtig betroffen. »Wie konnte er das unserem geliebten Busenwunder antun? Hailey ist ein wunderbarer Mensch!«

Ich nickte niedergeschlagen.

»Was für ein ARSCHLOCH!«, schimpfte Sam.

»Weiß Gott, mit wie vielen Frauen er sich hinter ihrem Rücken getroffen hat«, sagte ich.

»ARSCHLOCH!«, wiederholte Sam, noch zorniger diesmal.

Seine Verärgerung war ansteckend, und ich spürte, wie Wut in mir hochstieg. Wie konnte Matty Hailey erst bei sich einziehen lassen und sie dann so hintergehen? Sie lächerlich machen, und das auch noch in aller Öffentlichkeit? Er wusste, dass ich eine Dating-Agentur führte! Kam er denn gar nicht auf den Gedanken, ich könnte ihn auf einer der Singlebörsen-Websites entdecken? Oder war ihm das egal? Hatte Margot recht, wenn sie behauptete, er zählte zu der Sorte Männer, die sich mit fremden Frauen zu einem versauten Fick trafen und anschließend nach Hause rannten, um mit Frauchen Lasagne zu essen? Ich kochte innerlich. Damit würde er nicht davonkommen! Das war ja abscheulich! Er lebte mit meiner *besten Freundin* zusammen!

»Ich muss ihn zur Rede stellen«, sagte ich plötzlich. »Und zwar jetzt. Das darf nicht länger so weitergehen, keine Sekunde!«

Sam nickte. »Ja. Was für ein ARSCHLOCH. Gib's ihm, Chas!«

Er sah auf seine Uhr. »Zweiundzwanzig Uhr neunundvierzig. So spät ist es noch gar nicht!«

Ich wappnete mich und wählte Mattys Nummer.

Schon beim ersten Klingeln wusste ich, dass es falsch war.

»Nein«, flüsterte ich Sam zu. »Nein, wir machen einen Fehler. Ich bin betrunken.«

Ich wollte schon auflegen, doch es war zu spät. Hailey war bereits an Mattys Handy gegangen. »Chas?«

Sie klang verwirrt. *Charley, du dämlicher Schwachkopf*, schalt ich mich zornig.

»Oh …«, stammelte ich. »Hi!« Meine Stimme klang viel zu schrill.

Am anderen Ende der Leitung herrschte Schweigen. »Warum rufst du Matty an?«, erkundigte sich Hailey misstrauisch.

Ich scheute zurück wie ein Pferd vor einem Hindernis. »Ich wollte mit ihm über das Weihnachtswunderland reden, das er gerade gestaltet«, plapperte ich. Ich merkte, dass ich lallte, und wurde noch wütender auf mich selbst. Was für eine dämliche Aktion! »Mir war so festlich zumute …«

Dann sagte Hailey etwas ausgesprochen Seltsames: »Schläfst du mit meinem Freund, Charley?«

»Wie bitte?« Ich brauchte einen Moment, um zu begreifen, was sie da sagte.

»Du hast richtig gehört.«

Ich war verblüfft. »Nein! Ich schlafe definitiv nicht mit Matty!«

»Was soll der Mist?«, flüsterte Sam.

Eine weitere Pause entstand. Als Hailey weitersprach, klang sie absolut grauenvoll. »Warum zur Hölle rufst du ihn um diese Zeit an? Sag mir die Wahrheit, Charley!«

Ich wusste nicht, wie mir geschah, aber ich wusste, dass ich dieses Gespräch auf der Stelle beenden musste. »Da gibt es nichts zu erzählen. Ich sitze hier mit Sam, wir sind betrunken, und wir mussten gerade an das Weihnachtswunderland denken …«

»LÜG MICH NICHT AN!«, brüllte Hailey in den Hörer.

Ich war zutiefst schockiert. Ich wusste nicht, wie ich in diesen Schlamassel hineingeraten war, aber ich wollte so rasch wie möglich wieder raus.

»Du sagst mir jetzt auf der Stelle, warum du Matty anrufst«, fauchte Hailey. »Hast du was mit ihm?«

»Nein!«, schrie ich. Und weil ich nicht wusste, was ich sonst tun sollte, holte ich tief Luft und erzählte ihr haarklein, warum ich ihren Freund heute Abend angerufen hatte. Was sollte ich sonst tun? Sam starrte auf seine Schuhe, hörte zu und nickte. »Arschloch«, flüsterte er, als ich berichtete, dass Matty Margot binnen Minuten geantwortet hatte.

»Leck mich!«, sagte Hailey schließlich. »Leck mich, du betrunkene, wahnhafte Fantastin! Wenn ich herausfinde, dass du meinem Freund hinterherschnüffelst, Charley, dann schwöre ich dir …« Sie zögerte. »Ach, verpiss dich einfach.«

Sie legte auf.

Ich ließ mein Handy sinken. »Ist nicht besonders gut gelaufen«, sagte ich mit bebender Stimme. Ich fühlte mich wie traumatisiert. Was zum Teufel sollte das? Warum um Himmels willen verdächtigte Hailey mich? Ausgerechnet *mich*? Meine Lippen fingen an zu zittern. Ich hatte es stets ziemlich abstoßend gefunden, wenn Betrunkene weinten, doch im Augenblick erschien es mir höchst verlockend, denn ich war a) sehr aufgebracht, b) extrem alkoholisiert und c) in der Gesellschaft von jemandem, der (wenn auch nur zufällig) mehr über mich wusste als sonst wer auf der Welt. *Sam versteht mich wirklich*, dachte ich betrunken. *Wenn ich vor Sam nicht weinen kann, dann kann ich es vor niemandem*. Ich ließ eine Träne die Wange hinabrollen. »Sie sagt, ich wäre eine betrunkene, wahnhafte Fantastin, Sam. Und sie glaubt, ich würde mit Matty schlafen. Mit MATTY!«

Sam rutschte näher an mich heran. »Komm schon«, sagte er. »Sie ist einfach ausgeflippt. Du hast ihr wirklich schlimme Nachrichten überbracht.«

»Nein!«, jammerte ich. »Ich hatte das Gefühl, sie würde mich schon seit Längerem verdächtigen, Sam. WARUM BLOSS?« Jetzt flossen die Tränen erst so richtig. Ich fühlte mich elend. Hailey war meine allerbeste Freundin. Sam begriff nicht, wie stark das Band zwischen uns war. Es war heilig. »Heilig«, murmelte ich. »Zwischen Hailey und mir besteht ein heiliges Band … ich darf sie nicht verlieren, Sam. Ohne Hailey bin ich aufgeschmissen!«

Ich hatte schreckliche Angst, meine kostbarste Freundin zu verlieren. Hailey hasste mich und schien allen Ernstes zu glauben, ich hätte etwas mit ihrem Partner. Auch wenn ich das nicht verstehen konnte, wusste ich, dass es ein riesiger, unverzeihlicher Fehler gewesen war, Matty an einem Donnerstagabend um zehn vor elf anzurufen. Warum hatte ich nicht bis morgen warten können?

»Ich bin eine schreckliche, dumme Person«, heulte ich.

Sam legte seinen Arm um mich. »Wein dich aus«, murmelte er. »Wein dich nur aus. Lass das Gefühl zu. Spür es. Leb es aus.«

Wieder war mir klar, dass Sam etwas sehr Komisches sagte, wie so oft, wenn er betrunken war. Trotz meiner Tränen musste ich lächeln. »Woher hast du denn all die Sprüche?«, fragte ich ihn und drückte mir meinen Schal an die Wange, um die Tränen zu stoppen.

»Schauspielschule«, antwortete er und nickte weise. »Weinen ist okay, Charley. Lass es einfach zu.«

Also heulte ich noch ein bisschen mehr.

Schließlich versiegten meine Tränen, und wir kamen überein, dass es ausgesprochen dämlich gewesen war, Matty in meinem betrunkenen Zustand anzurufen, weswegen ich mich gleich morgen früh entschuldigen würde. Trotzdem war ich nach wie vor wütend auf mich. Welcher betrunkene Trottel benahm sich derart rücksichtslos? Und wenn wir schon dabei waren: Warum war ich heute Abend derart von der Rolle? Ich seilte mich von der Veranstaltung im Balmoral Hotel ab? Versuchte, *Servietten* zu klauen? Was sollte das? Ich besuchte ständig edle Restaurants! Ich befand mich in einem sonderbaren Rausch, hinter dem definitiv mehr steckte als nur der Alkohol. Ich war völlig atemlos, aus dem Gleichgewicht. Manchmal, wenn mir meine Klientinnen schrieben, um mir zu berichten, wie ein Treffen gelaufen war, schilderten sie genau das. Doch ich war nicht auf einem Date. Ich besuchte mit meinem Mitbewohner eine Geschäftsveranstaltung.

Sam nahm seinen Arm von meiner Schulter, und ich spürte schlagartig, wie mir die kalte Luft in den Nacken schnitt. »Jetzt sehe ich bestimmt aus wie ein Monster«, sagte ich und versuchte, mich zusammenzureißen. »Ist meine Wimperntusche sehr verschmiert?«

Sam beugte sich vor und musterte mich prüfend. Er musste sich große Mühe geben, meine Augen ins Visier zu nehmen. Ich starrte auf seine Haut und staunte, wie jugendlich sie war. Wieso hatte ich mehr Fältchen als Sam, obwohl ich mit militärischer Entschlossenheit und teuren Gesichtscremes dagegen vorging? Genau diese Frage stellte ich ihm.

Sam grinste. »Bleib so, dann sehe ich mir deine Falten mal genauer an.« Er beugte sich noch weiter vor. »Hm«, sagte er. Ich konnte seinen Atem auf meinem Gesicht spüren, er roch nach Wein und Mango. »Keine zu sehen«, murmelte er.

»Soll ich mal lächeln?«, fragte ich.

»Gute Idee«, erwiderte er. »Und dann mach mal das Gesicht, das du immer aufsetzt, wenn du versuchst, ein Problem zu lösen.«

Ich dachte an Margot und spürte, wie sich meine Gesichtszüge veränderten. Ich lachte. »Ziehe ich oft so ein Gesicht?«

»Ja. Nun, es tut mir leid, du hast tatsächlich ein paar Fältchen, Chas. Aber sie sind sehr charmant. Lächle noch mal.«

Ich lächelte. Sam lächelte zurück. Ein paar Sekunden blieben wir einfach so sitzen und lächelten einander an. Ich spürte, wie ich erneut außer Kontrolle geriet. Seltsam. Am liebsten wäre ich mit ihm in den Park gerannt, um eine Hütte zu bauen oder auf Bäume zu klettern.

»Woran denkst du?«, fragte er.

»Hm. Daran, dass ich jetzt gerne in den Princes Street Gardens auf Bäume klettern würde«, gab ich zu. Sam kicherte. »Und woran hast du gedacht?«

»Das ist ein bisschen seltsam«, sagte er nach einer kurzen Pause. »Ich habe an die E-Mails gedacht, die wir uns geschickt haben. Und daran, dass seitdem alles ein bisschen verwirrend ist.«

Der Lärm der Stadt schien plötzlich zu verstummen. Beunruhigt starrte ich Sam an. Ich hatte alles Erdenkliche unternommen, um sicherzustellen, dass es eben nicht verwirrend zwischen uns wurde. Warum musste er ausgerechnet jetzt darauf zu sprechen kommen? »Verwirrend? Inwiefern?«, fragte ich ihn nervös.

Sam hatte das entschlossene Gesicht aufgesetzt, das er immer zur Schau trug, wenn er etwas Unangenehmes zu verkünden hatte. Das erste Mal war mir das aufgefallen, als eine Kommilitonin im Studentenwerk auf ihn zugekommen war und ihn gefragt hatte, wann sie sich wieder treffen würden. Er hatte genau dieses Gesicht gezogen und ihr mit etwas banger, aber entschiedener Stimme mitgeteilt, dass es kein weiteres Treffen geben würde. Sie hatte ihm ein Glas Snakebite ins Gesicht gekippt – damals unser Lieblingsgetränk, eine Mischung aus Bier, Cider und Sirup.

»Verwirrend insofern, als wir uns im Grunde ineinander verliebt haben, auch wenn wir danach nichts davon wissen wollten«, sagte er mit fester Stimme.

Ich errötete und fing an zu stammeln. »Aber … wir wussten

doch nicht … uns war doch nicht klar … es ist doch weiter gut gelaufen … kein Problem … das ist doch nichts Peinliches … wir sind beide in einer Beziehung … nun ja, ich zumindest, und du wahrscheinlich auch bald wieder … alles ist wunderbar, Sam …«

Sam betrachtete mich perplex. »Dem stimme ich zu«, erwiderte er bedächtig. »Aber ich habe noch nie so etwas empfunden wie damals bei diesen E-Mails. Ich finde, wir sollten die Probe aufs Exempel machen.«

Ich hatte das Gefühl, gleich in Ohnmacht zu fallen. Warum konnte er nicht einfach die Klappe halten? »Die Probe aufs Exempel? Was meinst du damit?«, nuschelte ich.

»Uns vergewissern, dass wir nicht füreinander bestimmt sind«, verkündete er. »Dass nichts hinter den E-Mails steckt.«

Ich konnte sehen, wie nervös er war, doch er reckte entschlossen das Kinn vor.

»Ähm … und wie soll das funktionieren?«, fragte ich unbehaglich.

Sam blickte starr zu Boden, und in diesem Augenblick erkannte ich, dass er weit mehr als nur nervös war. Er wirkte fast wie gelähmt vor Angst.

»Ich denke, wir sollten uns küssen. Nur um uns zu beweisen, dass nichts dahintersteckt. Eine Art wissenschaftliches Experiment.«

Wir schwiegen peinlich berührt. Sam grub die Fingernägel in seine Oberschenkel, während ich das Für und Wider abwog, einfach aufzustehen und davonzulaufen.

Doch dann hörte ich, wie ich sagte: »Vielleicht.«

Panik. *WIE BITTE?* Ich konnte doch nicht einfach meinen Mitbewohner küssen! Und mein Mitbewohner sollte bloß nicht denken, ich würde ihn küssen wollen!

Beruhige dich, flehte ich mich selbst an. *Versuch, ganz cool zu bleiben*. In Anbetracht der Tatsache, dass Sam es absolut ernst zu meinen schien und ausnahmsweise mal ziemlich erwachsen wirkte, zwang ich mich, seinen Vorschlag gleichfalls ernst zu nehmen.

Nach ein paar Sekunden fieberhaften Nachdenkens musste ich zugeben, dass die Idee gar nicht so absurd war. Seit London war ich tatsächlich verwirrt gewesen, was mein Verhältnis zu Sam anbelangte. Nichtsdestotrotz war ich mir sicher, dass keine echten Gefühle im Spiel waren. Ich hatte mich mehrere Male gefragt, ob ich Sam mehr als nur mochte, und die Antwort war jedes Mal dieselbe gewesen: NEIN! Was sprach also gegen einen einzigen Kuss, wenn zwischen uns nichts war? Ich hatte schon immer zu den Menschen gezählt, die handfeste wissenschaftliche Beweise schätzten. Ein kurzer, leidenschaftsloser Kuss würde vermutlich einen dicken Schlussstrich unter die Sache ziehen.

Genau das teilte ich Sam mit. Er dachte darüber nach, dann nickte er. Und da wurde mir klar, dass ich soeben eingewilligt hatte, ihn zu küssen.

Wieder stieg Panik in mir auf.

»Wie sollen wir an die Sache rangehen?«, fragte ich in bester Wissenschaftlermanier.

»Keine Ahnung. Ich könnte meinen Arm um dich legen, du siehst mich an, und dann beugen wir uns langsam vor?«

Ich überlegte. »Nein«, sagte ich schließlich. »Das klingt zu romantisch.«

»Stimmt. Nun, dann lass uns einfach bis drei zählen und uns dann ein Küsschen auf die Lippen drücken. Fackeln wir nicht lange, bringen wir es hinter uns.«

»Okay«, stimmte ich zu. »Klingt nach einem Plan.«

Keiner von uns regte sich.

»Bowes?«, sagte ich. »Machst du's nun oder nicht?«

»Wir wollten doch bis drei zählen.«

»Ach, richtig. Du zählst.« Betrunken, wie ich war, fürchtete ich mich plötzlich sehr vor diesem Kuss. *Das ist ein wissenschaftliches Experiment! Reiß dich zusammen!*, schalt ich mich.

»Also gut«, sagte Sam und lehnte sich zu mir vor. »Eins, zwei, drei …« Ich erstarrte. Er verharrte gute zehn Zentimeter vor meinem Gesicht. »Du siehst aus, als hättest du Angst, Chas.«

Ich hatte Angst. Meine Hände zitterten. Doch irgendetwas sagte mir, dass dieses Experiment unerlässlich war. Also schüttelte ich den Kopf und behauptete, es würde mir gutgehen.

»Nun dann, eins, zwei, DREI«, zählte Sam. Er schloss die Augen, ich tat das Gleiche, und ein paar Sekunden später spürte ich, wie seine Lippen meine berührten.

Sams Lippen waren warm und fühlten sich tatsächlich ziemlich gut an. Eine kurze Pause entstand, in der wir beide überlegten, was wir als Nächstes tun sollten. Ich fand, wir sollten die Lippen leicht öffnen, nur damit wir sagen konnten, wir hätten uns richtig geküsst. Sam dachte anscheinend das Gleiche, denn er fing an, meine Oberlippe zu küssen. Sehr sanft, sehr ausführlich. Ein unerwartetes Prickeln lief mir das Rückgrat hinab. Ich schauderte.

Sam fuhr zurück. »Was ist?«

»Nichts. Nur ein Krampf. Wahrscheinlich, weil ich betrunken bin.«

Wir sahen einander ein paar Sekunden argwöhnisch in die Augen.

Das hat sich gut angefühlt, dachte ich bestürzt. Zu meinem großen Entsetzen wurde mir klar, dass ich nichts gegen einen weiteren Versuch einzuwenden hätte.

»Nun?«, fragte ich nervös.

»Nun?«, wiederholte Sam. Sein besorgter Blick hielt meinen fest, also sagte ich das, was er offenbar zu hören wünschte.

»Genau, wie wir gedacht hatten«, erklärte ich lauthals. »Nichts.«

Sam nickte energisch, ganz offensichtlich erleichtert. »Ja. Ich denke, ich sollte jetzt nach Hause gehen. Ich bin fix und fertig.«

»Ich auch«, pflichtete ich ihm bei und sprang auf, da ich unbedingt die Erste sein wollte, die aufbrach.

Für zwei Menschen, die so betrunken waren wie wir, legten wir den Heimweg in erstaunlicher Geschwindigkeit zurück, ohne viel miteinander zu reden.

Kapitel siebzehn

Ich wachte auf und blickte in zwei Augen, die mich aus einer Nasenlänge Entfernung anstarrten. Lächelnd streckte ich mich und kuschelte mich an ihn. Zwar fühlte ich mich so erschöpft, als hätte ich mich gegen eine ganze Horde knüppelschwingender Höhlenmenschen zur Wehr gesetzt, doch wenigstens war ich mit einem absolut traumhaften Mann im Bett.

»Jippie!«, rief John und rollte sich sofort auf mich. »Lambert ist aufgewacht!« Er ließ seine Hand über meinen Bauch abwärtsgleiten.

»Nein«, widersprach ich und hielt seine Hand fest, bevor sie tropische Feuchtgebiete erreichte. »Nein, John, ich bin zu müde.«

Ich *war* müde. Hundemüde, um genau zu sein. John und ich hatten bis drei Uhr morgens gearbeitet, und der Wecker hatte um sechs geklingelt. Ich war so müde, dass ich mich fragte, ob ich nicht eigentlich schon tot war.

Heute war Mittwoch, der Tag des Ärztekongresses, eine der wichtigsten Veranstaltungen bei der Simitol-Markteinführung. Es war außerdem der Tag von Granny Helens Beerdigung, weshalb ich vom Kongress freigestellt worden war und einer schadenfrohen Margot meine Aufgaben übertragen hatte. John hatte sich große Sorgen gemacht, wie Bradley Chambers – der die ganze Woche wie ein kleines, zorniges Nagetier gewütet hatte – reagieren würde, wenn ich den Kongress nicht leitete. Doch John würde es ihm erst in letzter Minute sagen, damit er keinen Einspruch erheben konnte, und um Margot sämtliche Stolpersteine aus dem Weg zu räumen, hatten wir gestern Nacht bis zum Umfallen gearbeitet.

»Grrr«, grunzte ich, als Johns Hand wieder zu wandern anfing.

Er hielt inne. »Was ist los, Lambert? Hast du Verstopfung?«

»Ich muss aufstehen und noch einmal den Papierkram durchsehen, bevor ich nach East Linton fahre.« Ich hatte Mum und Dad versprochen, um neun Uhr bei ihnen zu sein, damit wir alle zusammen frühstücken konnten.

John lachte leise und kniff mir in die Brustwarze. »Hm. Nun, ich werde deinen Ungehorsam dieses eine Mal übersehen«, sagte er und rollte sich aus dem Bett.

Ich schleppte mich in die Dusche und versuchte die Tatsache zu ignorieren, dass meine Gesichtshaut heute Morgen aussah wie durchscheinender Kohl.

»Nun, Lambert«, sagte John, der plötzlich neben mir auftauchte. »Ich bin der Überzeugung, dass der heutige Tag besser läuft, wenn wir einen belebenden Quickie einlegen.«

»Du Tier«, sagte ich und reichte ihm die Seife.

Er wusch sich widerwillig das Gesicht, dann legte er die Seife weg. Ein rebellischer Ausdruck trat in seine Augen. »Du hast recht«, sagte er. »Ich *bin* ein Tier, komplett triebgesteuert. Und es tut mir leid, aber mein Trieb verlangt, dass ich mich mit dir auf der Stelle paare.«

Ohne weiteres Gewese hob er mich auf die Arme und trug mich zurück ins Bett. »Ich *kann* nicht«, jammerte ich. »Ich muss noch meine Unterlagen durchgehen, und dann muss ich zu meinen Eltern fahren, John. John, geh runter … *oh! Oh! Oo-ohhh!«*

Und das war's.

Etwas später fuhr ich schuldbewusst über die A1. Warum hatte ich heute Morgen nachgegeben? Warum hatte ich nicht klar und deutlich Nein gesagt? Warum konnte ich überhaupt nie Nein sagen?

»Es tut mir leid, Granny Helen«, flüsterte ich. Ich stellte mir vor, wie sie den Kopf schüttelte und etwas über die Jugend von heute vor sich hin murmelte, und rang mir ein tapferes Lächeln ab. Ich fürchtete mich vor dem Tag, der vor mir lag. Ich wollte, dass meine Eltern mir eine Stütze waren, doch in Wirklichkeit war es eher umgekehrt. Von all den Malen, die ich für meine Eltern hatte da sein müssen, war dies das schlimmste: Dad war praktisch außer Gefecht gesetzt, und sogar Mum – die stärkste, kompetenteste Frau des ganzen Universums – wirkte zerbrechlich und unsicher. Plötzlich merkte ich den beiden ihr Alter an, merkte, dass sie an ihre Grenzen stießen, und das gab mir das Gefühl, entwurzelt und verletzlich zu sein.

Hailey hatte Ness in einer knappen SMS mitgeteilt, dass sie heute nicht zum Begräbnis erscheinen würde. Seit Donnerstagnacht hatte ich es immer wieder bei ihr probiert, doch sie hatte all meine Anrufe weggedrückt und mir schließlich eine brüske *Verpiss dich*-SMS geschickt. Hailey hatte Granny Helen geradezu verehrt, und es entsetzte mich, dass sie aus Hass auf mich die Beerdigung boykottierte. Weil ich nicht wusste, wie ich mir sonst helfen sollte, hatte ich ihr eine lange E-Mail geschrieben, in der ich mich für meine mangelnde Sensibilität entschuldigte und mein Verhalten damit erklärte, dass ich bei dem Anruf betrunken gewesen sei. Allerdings blieb ich dabei, dass alles, was ich ihr über Matty erzählt hatte, der Wahrheit entsprach.

Ness hatte darauf hingewiesen, dass Hailey inzwischen mit Sicherheit bei love.com reingeschaut hatte, um zu sehen, ob meine Geschichte stimmte, deshalb begriffen wir beide nicht, weshalb sie mich nun schnitt. Warum sollte ich die Schuld daran tragen? Und warum in Gottes Namen verdächtigte sie *mich*, mit Matty zu schlafen?

Um kurz vor neun betrat ich die Küche meiner Eltern, und sämtliche Gedanken an Hailey – und alle anderen auch – lösten sich in der kummerschweren, abgestandenen Luft auf. Von dem üblichen geschäftigen Treiben war nichts zu merken: Dad lehnte am Herd und starrte mit ausdruckslosem Gesicht auf Malcolm, Malcolm lag auf seinem Hundebett und starrte mit ausdruckslosem Gesicht auf Dad, und Mum tischte ganz unmütterlich Frosties und H-Milch auf. Katy und Ness, die schon gestern Abend angekommen waren, sahen schön aus, aber traurig. Katy trug ein schwarzes Vintage-Kleid mit einer groben Strickjacke, dazu einen raffinierten Haarreifen aus den 1980ern. Ness wirkte jung und frisch in ihrem hübschen Hemdblusenkleid und den Stiefeln. Wie immer kam ich mir groß, langweilig und steif vor in dem schlichten, schwarzen Etuikleid, das ich für gewöhnlich bei der Arbeit trug.

Zum Glück begrüßte mich Malcolm mit wilder Begeisterung, schob mit der Nase meine Tasche zur Seite und wedelte nicht nur mit dem Schwanz, sondern mit dem ganzen Körper. Er sprang sogar an mir hoch und versuchte, mir einen Hundekuss zu geben, und ich wusste sofort, wie schlecht die Dinge standen, wenn Mum dafür nicht mit ihm schimpfte.

Nachdem ich alle rasch umarmt hatte, setzte ich mich, aß ein paar Frosties und hörte Ness zu, die mir erklärte, wie der heutige Tag ablaufen sollte. Wir wurden von dem nicht enden wollenden Klingeln meines Handys unterbrochen, das ich schließlich aus der Tasche zog, um es genervt zum Schweigen zu bringen. »Dämliches Ding«, knurrte ich, gerade als es erneut zu schrillen begann. Es war John, und nachdem ich ein paar Sekunden gezögert hatte, beschloss ich, doch besser dranzugehen. Ich schlenderte hinüber ins Wohnzimmer.

»Hallo, Lambert. Lebst du noch, mein armes Mädchen?«, fragte John.

Es war ein äußerst angenehmes Gefühl, dass sich jemand um mich Sorgen machte. »Es geht mir ganz gut«, sagte ich leise. »Aber es ist ziemlich traurig hier.« Ich hörte Dad die Treppe hinaufschlurfen. Seine Schritte klangen wie die eines alten Mannes.

»Ach, Lambert«, sagte John so freundlich, dass meine Unterlippe zu zittern anfing. »Wenn ich irgendwas für dich tun kann, lass es mich bitte wissen.«

Ich nickte, da ich meiner Stimme nicht traute.

»So, Lambert«, sagte er dann, »kommen wir zur Sache. Es tut mir so, so leid, das zu hören, aber ich, nun … ich muss dich bitten, für ein, zwei Stunden in die Firma zu kommen.«

Ich schwieg einen Augenblick, um mir klar zu werden, ob er vielleicht Witze machte.

»Lambert?«

»Ähm … meinst du das im Ernst?«

»Es tut mir so leid, aber ja, es handelt sich um einen Notfall. Die Beerdigung ist heute Nachmittag um zwei, stimmt's? Bis dahin bist du definitiv zurück.«

»Was ist passiert? Kann nicht jemand anders einspringen?«

»Ich erklär's dir, wenn du hier bist. Chambers hat kategorisch verlangt, dass du kommst.«

»Ich – ich *kann nicht*, John, heute wird meine Großmutter beerdigt!«

John seufzte. »Lambert, ich weiß nicht, wie ich es sagen soll, aber ich denke, ich muss … Nun, er sagte, er werde es als grobes Fehlverhalten auslegen, wenn du nicht zur Arbeit erscheinst.«

Ich war sprachlos.

Doch John war noch nicht fertig. »Ich weiß, das Timing ist grauenvoll, aber …«

»Bitte, tu mir das nicht an«, flüsterte ich.

Ich hörte, wie eine Tür geöffnet wurde, dann ertönte im Hintergrund Bradley Chambers' Stimme. »Ist sie unterwegs?«, bellte er. »Wenn nicht, soll sie sich schleunigst ins Auto setzen. Das ist ein Befehl!«

Eine Stunde später saß ich zusammengesunken auf dem Sofa in Johns Büro, während er im Zimmer auf und ab schritt und mir händeringend erklärte, dass Bradley Chambers Margot schlichtweg untersagt hatte, den Kongress zu leiten. Ich hörte, was er sagte, doch ich konnte es einfach nicht glauben.

»Es tut mir leid, John«, sagte ich vorsichtig und streckte eine Hand aus, um ihn zum Schweigen zu bringen. »Verstehe ich das richtig? Du hast mich gebeten, für ›ein, zwei Stunden‹ in die Firma zu kommen, damit ich anschließend den Kongress leite? Hast du mich wirklich derart ausgetrickst?«

John blickte mich gequält an. »›Ausgetrickst‹ würde ich das nicht gerade nennen, Charley. Ich … Chambers hat mich angewiesen, dich herzuholen und dir erst zu erklären, worum es geht, wenn du hier bist.«

Ich starrte ihn mit offenem Mund an. »Und damit warst du *einverstanden*? Ausgerechnet an dem Tag, an dem meine Großmutter beerdigt wird?«

Die Tür flog auf, und Chambers marschierte herein. John machte einen Satz in die Luft, fast so, als ginge er in Habachtstellung. Ohne nachzudenken, tat ich es ihm nach. Warum hatte dieser fette kleine Widerling so viel Macht über uns?

»Sharon«, dröhnte er und bedachte mich mit einem unangenehm lüsternen Blick. »Tut mir leid, Sie zu belästigen.« Fast hätte ich gelacht. »Belästigen« war nicht unbedingt das Wort, das ich gewählt hätte. »Hier geht es um ein Riesengeschäft«, fuhr er fort. »Bei den anderen Kongressen in Europa hatten wir jede Menge Schwierigkeiten, deshalb brauche ich *Sie*, Sharon«, sagte er.

»Ich bin Charley«, blaffte ich. »Sie wissen, dass ich Charley heiße.«

Bradley Chambers blickte mich verdutzt an. »Ich dachte, das wäre unser kleiner Scherz«, erwiderte er steif. »Ich sagte doch, dass Sie mich an eine junge Frau namens Sharon erinnern.«

»Nun, ich bin nicht Sharon«, entgegnete ich. »Würden Sie das bitte akzeptieren? Und nun wüsste ich gerne, ob mein Job von diesem Kongress abhängt oder nicht.«

Chambers kniff die Augen zusammen und sah jetzt genauso aus wie die dreckige kleine Kanalratte, die er war. »Nun, es ist wirklich sehr schade, dass Sie das so formulieren«, sagte er aalglatt, »aber ich würde mich schon sehr schwertun, eine Unternehmenssprecherin zu beschäftigen, die sich weigert, ihre Arbeit zu tun.« Er starrte mich mit seinen kleinen, abstoßenden Knopfaugen durchdringend an, und ich spürte, wie mir die Galle hochkam. Ich warf John, der hinter ihm stand, einen flehenden Blick zu, doch er wich mir aus.

Ich war auf mich selbst gestellt. Und so, in die Enge getrieben und vor Schock wie gelähmt, gab ich schließlich nach. »Also gut«, erklärte ich steif. John konnte mich nicht einmal ansehen. Ich stand auf und schloss einen Knopf an meinem Blazer. »Dann mache ich mich mal besser auf die Suche nach Margot und teile ihr mit, dass ich den Kongress leiten werde.«

»Sicher, Charley.« Margot lächelte frostig. »Du kannst einfach nicht loslassen, oder?« Ich stand hölzern vor ihrem Schreibtisch.

Ich schüttelte den Kopf, flehte sie an, kein Theater zu machen, doch es war so, als würde ich einem rasenden Stier mit einem roten Tuch winken.

»Nichts auf der Welt könnte mich davon abhalten, an der

Beerdigung meiner Großmutter teilzunehmen«, sagte sie und reichte mir den Kongressordner. »Du bist echt ein sonderbarer, kalter Mensch.«

Du bist echt ein sonderbarer, kalter Mensch, wiederholte ich verbittert, während ich meinen Computer hochfuhr. Vermutlich war ich innerlich längst tot.

Ich zog mein Handy aus der Tasche und versuchte, mir zu überlegen, was um alles in der Welt ich meinem Dad sagen sollte.

Während ich über dieses grauenvolle Dilemma nachdachte, bekam ich eine SMS von Hailey: *Habe meine Meinung geändert*, stand da. *Wir können unsere Differenzen ein andermal klären. Werde Granny Helens Begräbnis nicht wegen eines Streits versäumen. Manche Dinge sind einfach zu wichtig. X*

Ich starrte mein Handy an, als hätte ich soeben eine Ohrfeige bekommen. Noch nie hatte jemand ein so wahres Wort gesprochen.

»Was zum Teufel habe ich mir nur dabei gedacht?«, fragte ich mein Büro. »WAS ZUM TEUFEL?« Selbstverständlich würde ich zu der Beerdigung meiner Großmutter gehen, wie hatte ich auch nur eine Sekunde daran zweifeln können? Ich schaute auf die Uhr. Vor exakt sechs Minuten hatte ich Chambers' Erpressung nachgegeben, doch schon jetzt waren diese sechs Minuten die beschämendsten meines Lebens.

Ich stand auf und zog gerade meinen Blazer an, als John in mein Büro schlüpfte.

Ich konnte ihn kaum ansehen. Dieser große, starke Mann, nach dem ich mich sieben Jahre verzehrt hatte, war ein rückgratloser Feigling. »Ja?«, fragte ich und ging zum Garderobenständer hinüber.

»Ich wollte nur schnell schauen, ob es dir gutgeht, Lambert«, erklärte John verlegen. »Wie ich sehe, bist du bereits auf dem Weg zur Konferenz. Prima, altes Mädchen. Ich weiß, es ist schrecklich, aber du hast die richtige Wahl getroffen. Ich werd's auch wiedergutmachen …«

Ich schaute ihn verwundert an.

»Chambers war in letzter Zeit sehr schwierig«, fuhr John fort.

»John«, unterbrach ich ihn. »Die Situation ist eindeutig – du brauchst mir nichts zu erklären. Aber ich werde deshalb nicht die Beerdigung meiner Großmutter verpassen.«

John blickte mich schockiert an. »Lambert«, sagte er unsicher. »Du kannst da nicht hingehen …«

»Ich muss«, widersprach ich kurz angebunden und zog meinen Mantel an. »Du hast kein Recht, mich zu diesem Kongress zu zwingen, und Chambers auch nicht.«

Sein Blick war plötzlich besorgt. »Lambert, es tut mir leid, aber du musst wirklich …«

»Muss ich NICHT!«, unterbrach ich ihn zornig. »Ich muss überhaupt nichts! Ich habe mir den Tag freigenommen und bin dafür bis nach drei Uhr morgens aufgeblieben! ICH WERDE ZUR BEERDIGUNG MEINER GROSSMUTTER GEHEN!«

Ich nahm meine Handtasche und marschierte zur Tür, doch John verstellte mir den Weg. Ich schnappte nach Luft. »John!«

Aus der Nähe erkannte ich, dass er nicht nur besorgt aussah, sondern tatsächlich Angst zu haben schien. Vor wem? Vor mir? Vor Chambers? Was war nur los mit ihm? John war einer der toughsten Typen der ganzen Firma! »Margot wird das perfekt hinkriegen«, erklärte ich mit fester Stimme. »Bitte geh mir aus dem Weg.«

John rührte sich nicht vom Fleck, doch er fasste meinen Arm. »Margot wird das *nicht* perfekt hinkriegen«, widersprach er mit erhobener Stimme. Er hatte in meiner Gegenwart noch nie die Stimme erhoben, doch das kümmerte mich in diesem

Augenblick nicht im Geringsten. Dieser Mann war nicht dafür geeignet, mein Boss zu sein, geschweige denn mein Liebhaber. »Sie kann dir nicht das Wasser reichen, Charley. Außerdem trägt sie schon wieder so einen Mini, bei dem man alles sehen kann. Chambers wird …«

»Was zum Teufel wollen Sie damit sagen? Warum sollte ich den Kongress nicht leiten können?«, fragte Margot und kam in mein Büro gestürmt. Die Glaswände boten nun mal keine hundertprozentige Privatsphäre. »Nun?« Die Hände in die Hüften gestemmt stand sie da und funkelte John an.

»Margot, bitte«, sagte John verärgert.

»Nur zu Ihrer *Information*, John, ich bin besser für diesen Kongress gerüstet als Charley«, fuhr Margot fort. Ihre Stimme steigerte sich zu einem schrillen Kreischen.

»Genug!«, brüllte John. Sein Gesicht hatte einen Rotton angenommen, den ich noch nie zuvor bei ihm gesehen hatte. Neben seinem linken Auge pulsierte eine Ader. »Margot, bitte verlassen Sie auf der Stelle dieses Büro. Ich muss mit Charley sprechen.«

Margot rührte sich nicht vom Fleck. »Bin ich in eine berufliche Auseinandersetzung hineingeraten oder in einen Liebesstreit?«, spottete sie. »Schmollt die arme kleine Charley, weil John und seine Frau doch nicht getrennt sind?«

Schweigen.

»*Was* hast du gesagt?«, fragte ich sie mit tödlich ruhiger Stimme.

Margot grinste. »Oh, wow«, sagte sie leise. »Du glaubst tatsächlich, er wäre fertig mit ihr! Nun, das ist er nicht, Charley! Vergangenen Donnerstag hat er mit Susan und Bradley Chambers zu Abend gegessen, damit sein hochheiliger Boss den Braten nicht riecht. *Jämmerlich.*«

»Halt verdammt noch mal die Klappe!«, brüllte John und

wirbelte zu ihr herum. Aus seinem Mund flogen Speicheltröpfchen. »Wie kannst du es wagen, über mein Privatleben zu reden?«

Vergangenen Donnerstag – Margot musste sich das ausgedacht haben, vergangenen Donnerstag hatte John doch seine französischen Freunde zu Gast gehabt, die die ganze Woche geblieben waren! Plötzlich lehnte ich mich Halt suchend gegen meinen Schreibtisch. Vielleicht waren ja gar keine französischen Freunde bei John zu Besuch gewesen. Vielleicht war Susan gar nicht mit dem reichen Besitzer eines Weinguts durchgebrannt. Plötzlich fühlte ich mich sehr schwach. Nichts ergab mehr einen Sinn.

John brüllte jetzt Margot an, die zurückbrüllte und ihm drohte, Chambers von ihm und mir zu erzählen oder so ähnlich – ich war mir nicht sicher. Mein Gehirn war plötzlich wie benebelt, und ich nahm alles um mich herum wahr, als wäre ich unter Wasser. Verschiedene wirre Gedanken schossen mir durch den Kopf. *John und seine Frau hatten sich gar nicht getrennt. Er hat so eine Angst, für Aufregung zu sorgen, dass er alles tut, um mich am Verlassen meines Büros zu hindern, ja sogar vor körperlicher Gewalt nicht zurückschreckt.*

Ist es das, was ich für mich möchte? Einen Job wie diesen? Einen Mann wie diesen?

Wogen der Erschöpfung rollten über mich hinweg. Ich hatte nicht mehr als zwei Stunden geschlafen, und meine Augen brannten noch immer von der harten Arbeit der vergangenen Nacht. *Wofür das alles? All die Plackerei? All das Engagement? Salutech schert sich einen Dreck um dich! John schert sich einen Dreck um dich!*

Nein, dachte ich und starrte blind auf ein Fleckchen Fußboden zwischen Margot und John. Nein, die einzigen Menschen, denen ich wirklich etwas bedeutete, waren meine Eltern und meine Schwestern. Doch für die hatte ich so gut wie nie Zeit.

Schluss damit!, rief die Stimme in meinem Kopf. *Das darfst du nicht länger tun.*

Ich zögerte, überrascht von dieser Einsicht. Doch dann kam mir ein weiterer, sehr viel deutlicherer Gedanke: *Ich will das nicht.*

Und so stand ich wie in Zeitlupe auf, nahm die Familienfotos von meinem Schreibtisch und steckte sie in meine Handtasche.

Ich will das nicht, wiederholte ich mit zunehmender Verblüffung, meine eigenen Gedanken bestärkend. Ich wusste, dass das der Wahrheit entsprach.

Ich straffte die Schultern. »Ich kündige«, sagte ich.

»Ach ja?«, schrie Margot. »Nun, wie steht's denn damit, John? Deine kleine Schlampe hat nebenbei eine Firma aufgebaut, als sie mit gebrochenem Bein zu Hause war. Ausgerechnet eine *Dating-Agentur*!« Sie spuckte das Wort aus, als hätte sie Exkremente im Mund.

John fuhr überrascht zu mir herum. »Unsinn«, schoss er, wieder an Margot gewandt, zurück. »Das ist unmöglich. Sie arbeitet rund um die Uhr.«

Was leider Gottes der Wahrheit entsprach.

»Ich kündige«, wiederholte ich.

John ignorierte mich. »Beweis es«, zischte er Margot an.

Endlich setzte mein Gehirn wieder ein.

»Ich kündige«, erklärte ich laut. »Hört mir eigentlich jemand zu? Ich werde jetzt gehen und nicht mehr zurückkommen. Wenn ihr mich wegen der Kündigungsfrist verklagen wollt – nur zu. Ich will mein Leben zurückhaben.«

Zwei Gesichter starrten mich fassungslos an.

»Wie bitte?«, fragte John.

»Du hast richtig gehört«, sagte ich. »Wir können das via E-Mail oder telefonisch besprechen, ich kann auch gerne noch mal reinkommen und eine formelle Kündigung einreichen, aber jetzt werde ich auf der Stelle zur Beerdigung meiner Großmutter fahren.«

John war völlig entgeistert. »Du kannst nicht gehen«, sagte er ungläubig. »Du kannst doch nicht einfach so – *gehen.*«

»Ich muss«, erwiderte ich bedächtig. »Ich bin zweiunddreißig, fast dreiunddreißig, und ich habe kein Leben. Außerdem braucht mich mein Vater.« Die Worte blieben mir im Halse stecken. Schnell ging ich um John herum und raus aus meinem Büro.

»Wie zum Teufel soll ich das Chambers erklären?«, fragte John, der mir dicht auf den Fersen folgte. Er klang fast wie ein kleines Kind.

»Du kriegst das sicher hin«, antwortete ich leise. »Du bist doch darin geübt, ihm etwas vorzumachen.«

Wie aufs Stichwort hastete Chambers auf mein Büro zu, als hätte er Lunte gerochen.

»Schon unterwegs zur großen Show, Sharon?«, fragte er misstrauisch.

Ich blickte ihn von oben bis unten an, diesen abscheulichen kleinen Scheißkerl, der sich erdreistet hatte, mir mehr als nur einmal an den Hintern zu fassen. »Leck mich, Fettsack«, sagte ich zu ihm.

Und dann kehrte ich John MacAllister zum ersten und letzten Mal den Rücken zu. Ich reichte Cassie meinen Sicherheitsausweis und schritt aus der Presseabteilung von Salutech. Meine Autoschlüssel klingelten laut in der Stille.

Als ich unten aus dem Fahrstuhl stieg, sackten mir vor Schreck fast die Beine weg. Eine stark geschminkte Frau mit tadelloser, extrem voluminöser Frisur stürmte durch den Haupteingang. »Wo finde ich John MacAllister?«, fragte sie den Wachmann. Sie war Amerikanerin. Sie hatte scharfe Krallen. Blutrot. Obwohl sie nicht besonders laut sprach, hatte sie etwas Furchterregendes an sich. So furchterregend, dass ich einen Augenblick wie angewurzelt stehen blieb und sie anstarrte. Und dann wurde mir klar, dass sie Susan Faulkner war. Jetzt Susan MacAllister. Oh ja, ich hatte ihr Foto stundenlang angestarrt.

Der Wachmann bemühte sich, ihr zu erklären, dass sie einen Termin bräuchte, doch Susan lächelte nur eiskalt und drohte mit stahlharter Stimme: »Wenn Sie versuchen, mich aufzuhalten, werde ich handgreiflich. John MacAllister ist mein Ehemann. Ich habe soeben herausgefunden, dass dieses Dreckschwein eine Affäre mit seiner Pressefrau hat. Wenn Sie mich zu ihm lassen, werde ich *nur ihn* umbringen, wenn nicht, dann werden eben beide dran glauben.«

»Sie finden ihn im zweiten Stock«, schaltete ich mich ein, plötzlich zum Leben erwacht, und stellte einen Fuß in den Lift, um die Türen aufzuhalten. »Und ja, er hatte eine Affäre mit seiner ›Pressefrau‹, tut mir leid. Er hat behauptet, Sie wären mit einem anderen Mann nach Amerika durchgebrannt. An Ihrer Stelle würde ich ihn definitiv umbringen.«

Sie starrte mich einen Augenblick entgeistert an, und ich sah, wie sich ihr Gesichtsausdruck veränderte. Dann stieß sie einen markerschütternden Kriegsschrei aus und stürmte in den Aufzug.

Ich lächelte und trat hinaus in die Welt.

Fünfzehn Minuten später stapfte ich den äußerst fußgängerunfreundlichen Randstreifen an der A1 entlang und kam mir ziemlich dämlich vor. Während meiner filmreifen Kündigung hatte ich die Logistik völlig außer Acht gelassen, vor allem die

Tatsache, dass mein Auto Salutech gehörte. Dass mir ein fahrbarer Untersatz fehlte und keine Bushaltestelle in Sicht war, machte mir meinen großartigen Abgang nicht unbedingt leichter, doch ich ging davon aus, binnen der nächsten zwanzig Minuten auf einen Bus zu stoßen, der mich zu meinen Eltern bringen würde. Das war alles, was im Augenblick zählte.

Ich hatte Ness nicht erreichen können, also hatte ich schließlich Sam angerufen, der versprochen hatte, herzukommen und mich abzuholen. Allerdings rechnete ich nicht damit, ihn allzu bald zu sehen: Er besaß nämlich kein eigenes Auto.

Ich war immer noch wie vor den Kopf geschlagen von den Ereignissen der letzten Stunde, und zwar derart, dass ich nicht mal wusste, wie ich mich eigentlich fühlte. Als Sam sich danach erkundigt hatte, hatte ich eine Art Knurren von mir gegeben, dann war ich über ein Schlagloch gestolpert und hatte mein Handy fallen lassen. In meiner Brust verspürte ich eine unglaubliche Leichtigkeit, doch ich war mir bewusst, dass das durchaus der Atemlosigkeit des Schocks zuzuschreiben war und nicht etwa einem metaphysischen Freiheitsgefühl.

Doch trotz all der Gedanken und Emotionen, die in mir herumwirbelten – Panik, Unglauben, Erstaunen, Zorn, Freude –, gab es etwas, dessen ich mir absolut gewiss war, und das war die Tatsache, dass John nicht der Mann war, für den ich ihn gehalten hatte.

Er war ein Schwächling.

Was mich zutiefst schockierte. John war mir stets als der stärkste, selbstsicherste Mann vorgekommen, den ich kannte, und genau das war es, was mich sieben Jahre lang in Bann geschlagen hatte.

Und ebendieser John hatte solchen Schiss vor Bradley Chambers, dass er mich ins Büro gelockt hatte, um mich – ja, was? Mich zu *kidnappen*? Was hatte er eigentlich vorgehabt?

Mich zusammengeschnürt in den Kofferraum zu verfrachten und auf dem Kongress wieder rauszuholen? Das war doch lächerlich! Die Vorstellung, dass er sich mir in den Weg gestellt und mich davon abgehalten hatte, das Gebäude zu verlassen ... Das war wirklich ziemlich krank.

»John ist ein Schwächling«, sagte ich laut. »Ein Schwächling!«

Doch dann kam mir ein anderer Gedanke. Ein ziemlich drastischer. *Ich bin ebenfalls nicht gerade die Stärkste.* Hatte ich mich nicht abgeschunden für Salutech? Hatte ich nicht noch vor einer guten Stunde meine Familie an einem der schwersten Tage im Stich gelassen, nur weil Bradley Chambers verfügt hatte, dass das so sein sollte?

»*Ich* bin ein Schwächling«, murmelte ich und löste meine Strümpfe von einem Brombeergestrüpp.

»ICH BIN EIN SCHWÄCHLING!«, versuchte ich es, ein bisschen lauter diesmal, und fühlte mich großartig. Ich war keine schottische Amazone oder sonst eine starke Kämpferin. Ich war bloß ein weiterer schwacher, ganz und gar nicht perfekter Mensch, eine junge Frau, die ihr Leben mit Arbeit verwechselte, weil sie im Grunde keine Ahnung hatte, wie sie leben sollte.

»ICH BIN NICHT STARK!«, brüllte ich und musste unweigerlich grinsen. »JUCHHU!«

Ein LKW-Fahrer hupte mich an, offenbar verblüfft über den Anblick einer eins achtzig großen Frau, die in Kostüm und hohen Schuhen über den Grasstreifen stolperte und dabei laut vor sich hin schimpfte. Ich winkte ihm zu. »JA!«, schrie ich und fühlte, wie sich meine Schulterblätter lockerten. »ICH BIN EINE IRRE!«

Hinter mir ertönte eine weitere Hupe. Ohne mich umzudrehen, hob ich die Hand und rief: »VERPISS DICH!«

»Charley!«, schrie eine Männerstimme. »Steig ins Auto ein, du Wahnsinnige!«

Ich fuhr herum. »SAAAM! Sammyyyyyyyyyy!«

Sam grinste, beugte sich vom Fahrersitz zu mir herüber und öffnete die Beifahrertür. »Ach du liebe Güte«, sagte er, als ich meine Tasche auf die Rückbank schleuderte und hineinsprang. »Ach du liebe Güte, jetzt bist du völlig durchgedreht!«

»Jippieee!«, jubelte ich. »YEAH!«

Sam fuhr los und drückte dabei das Gaspedal durch, weil sich hinter uns ein weiterer LKW näherte. Er lachte. »Oh, Chas, was für ein glorreicher Tag!«

Wir beide juchzten ein bisschen, dann lehnte ich mich im Sitz zurück und versuchte, es mir bequem zu machen. »Warte«, sagte ich, zog meine Schuhe aus und warf sie durchs Fenster auf den Randstreifen. Dann legte ich die Füße aufs Armaturenbrett und lachte über die vielen Laufmaschen in meinen Strümpfen.

»Wir nehmen sie auf dem Rückweg wieder mit«, schlug Sam vor.

»Gute Idee«, stimmte ich zu. Wir mussten beide lachen, und ich fühlte mich wie befreit. Seit Sam und ich letzten Donnerstag unser wissenschaftliches Kussexperiment durchgeführt hatten, hatte ich mich bei John zu Hause verkrochen. Sam hatte zu meinem Entsetzen mitgekriegt, wie sehr ich unseren Kuss genossen hatte, und mich nicht so einfach davonkommen lassen. Fast jeden Tag hatte er mich unter dem Vorwand angerufen, noch irgendeine wichtige Frage zu First Date Aid zu haben. Allerdings hatte er dabei so komplett normal gewirkt, dass ich mir keine weiteren Gedanken machte. Für ihn war unser Kuss offenbar kein Thema gewesen.

Und das Schöne war: für mich in diesem Moment auch nicht!

»Ich bin eine freie Frau, Sam!«, rief ich plötzlich. »Ich bin FREIEIEIEI!«

Sam klopfte mir begeistert auf die Schulter, die Augen auf

die Straße gerichtet. »Ich bin so verdammt stolz auf dich, Charley«, sagte er, plötzlich bewegt. »Endlich bist du raus aus diesem Dreckloch! Du hast ja keine Ahnung, was das für die Leute bedeutet, die dich gernhaben!«

Ich blickte ihn von der Seite an. Obwohl es November war, trug Sam eine Sonnenbrille. Mit seinem Haar, das im kühlen Luftzug des offenen Fensters flatterte, sah er aus wie ein Filmstar. »Danke, dass du mich abgeholt hast, Bowes«, sagte ich. »Hast du den Wagen geklaut?«

Er grinste. »Nein. Er gehört Sheryl.«

»Wer ist Sheryl? Jetzt sag bloß nicht, das Auto gehört einer deiner Gespielinnen, Bowes!«

»Nein«, entgegnete er, leicht eingeschnappt. »Sheryl von unten.«

»Ach«, sagte ich verblüfft. »Aber du kennst die Greens doch gar nicht.«

»Egal«, erwiderte er. »Du musstest abgeholt werden. Ich bin mir sicher, du würdest das Gleiche für mich tun.«

Das würde ich. Vor mir tat sich soeben eine ganze Welt voller neuer Möglichkeiten auf. Ich würde Zeit haben, mir einen Wagen zu leihen und einem Freund zu helfen. Einen Spaziergang zu machen. Ich könnte jemandem etwas zu Abend kochen. »Ich fühle mich wie neugeboren«, sagte ich.

Sam lächelte.

»Es ist, als würde ich noch einmal von vorn anfangen, Sam. Ich mache mir zwar vor Angst fast in die Hose und werde vermutlich bald die Panik kriegen, aber im Augenblick bin ich einfach nur froh und glücklich und aufgeregt! Weißt du, was ich meine?«

»Ja«, sagte er. »Das weiß ich.«

Wieder blickte ich ihn von der Seite an und stellte fest, wie sehr er sich für mich freute. Am liebsten hätte ich geweint. *Wir hatten es geschafft!* Hatten gehandelt! Wir hatten unsere Ängste besiegt und unser bisheriges Leben über Bord geworfen! Ich glühte förmlich vor Begeisterung. Wäre Sam nicht gewesen, wäre ich wohl nie hier gelandet. Ich hätte mir mein Leben niemals zurückerobert.

»Wir haben es geschafft, Bowes«, sagte ich. »Und zwar zusammen.«

Sam blickte gefährlich bewegt drein. »Korrekt.«

Ich sah ihm eine Weile beim Fahren zu und dachte darüber nach, wie sehr ich es liebte, mit Sam zusammen zu sein. Nicht nur, dass er albern und herzensgut war, bei ihm fühlte ich mich *geborgen*. Ich verspürte nicht den Drang, jemand anders zu sein, wenn ich bei ihm war, ich musste nicht tüchtig sein, nicht stark, nicht geistreich. Es war okay, wenn ich mich idiotisch benahm oder langweilig war, und dafür liebte ich ihn.

»So, dann ist John also ein echter Flachwichser«, stellte Sam nach ein paar Minuten fest.

Ich schnaubte, nicht ohne traurig zu sein. »Ja. Aber vermutlich ist er inzwischen tot. Seine Frau kam in die Lobby gerauscht, als ich gegangen bin. Sie ist ein Eisklotz, und sie wird ihm an die Kehle gehen, daran hege ich absolut keinen Zweifel.«

Sam boxte mich auf die Schulter. »Hu!«, sagte er. Dann: »Und, hast du irgendeinen Plan?«

Ich überlegte einen Moment. »Nein«, antwortete ich dann wahrheitsgemäß.

»Braves Mädchen.« Er legte seine Hand auf mein Bein und drückte es. Seltsamerweise wollte ich, dass er seine Hand dort ließ, doch er griff zur Gangschaltung und stimmte – in echter Bowes-Manier – begeistert in einen Song der Backstreet Boys ein, der aus Sheryl Greens Autoradio tönte.

Ich schloss die Augen und schlief ein.

Am Nachmittag um vierzehn Uhr schritt ich langsam hinter Mum und Dad durch den Gang der Krematoriumskapelle. Die beiden hatten fest die Arme umeinander geschlungen. Nessie, Katy und ich taten es ihnen gleich, und ich fühlte mich stark und beschützt von meinen beiden schönen Schwestern rechts und links von mir.

Wir nahmen auf der Kirchenbank Platz, und ich fühlte, wie von hinten jemand meine Schulter drückte. Es war Hailey. »Ich hab dich lieb«, murmelte sie. Eine Träne rollte ihr übers Gesicht.

Sam, der neben ihr saß, lächelte mich freundlich an. »Ich bin so stolz auf dich, Chas«, flüsterte er. Und genau dieser Moment – ihm in seine schönen, grünen Augen zu blicken – bewirkte, dass ich losließ und anfing zu weinen. Ich weinte und weinte und weinte.

Heute war einer der traurigsten Tage meines Lebens, doch es fühlte sich an, als sei er gleichzeitig einer der glücklichsten. Wie ungewiss mir die Zukunft im Augenblick auch erschien – ich wusste, dass ich bereit war für die Herausforderung. Bereit für das Unbekannte. Endlich bereit herauszufinden, wer Charlotte Lambert wirklich war.

Kapitel achtzehn

»Was zum Teufel hast du denn hier zu suchen?«, murmelte ich, verschlafen, doch ziemlich amüsiert. Malcolm drehte sich um, um sich zu vergewissern, dass ihn niemand entdeckt hatte, dann wedelte er mit dem Schwanz. »Malcolm, wenn sie dich hier oben erwischen, kriegst du schrecklichen Ärger.« Er wedelte noch heftiger und grinste mich an, als wäre ich die umwerfendste Frau auf der Welt. »Geh runter, bevor wir ausgeschimpft werden«, sagte ich zu ihm. »Nun mach schon, du verrücktes Viech.«

Malcolm verwarf diesen Vorschlag und beschloss, stattdessen zu meinem Bett zu trotten, wo er seine Nase freudig unter meine Bettdecke steckte.

»Nein!« Ich sprang aus dem Bett, hielt auf dem Treppenabsatz Ausschau nach Anzeichen menschlichen Lebens und schlich, als die Luft rein war, mit ihm die Stufen hinunter. »Du bist ja ein ganz unartiger Junge«, sagte ich zu ihm, als er mit seinem breiten Kopf gegen die Schranktür stieß, hinter der sein Fressen aufbewahrt wurde. Ich maß ihm sein Trockenfutter ab und fügte ein bisschen Wasser hinzu, dann versuchte ich, die Schüssel auf den Boden zu stellen, bevor er seinen Kopf darin versenkte – doch vergeblich.

Ich setzte mich an den Küchentisch und schaute ihm liebevoll lächelnd beim Fressen zu. Draußen war es kalt und schön. Grelles Winterlicht fiel durch die kahlen Zweige und erhellte winzige Spinnweben und alten Staub auf dem Küchenfenster.

Eine Katze saß auf unserem Torpfosten und fixierte einen einsamen Vogel, der von Dads Apfelbaum herab sein Liedchen trällerte. Es war herrlich still, das einzige Geräusch kam von dem Entlüftungsrohr der Heizungsanlage, das nach draußen führte und eine Dampfsäule in die Luft entließ. Sie schlängelte sich empor und löste sich dann auf.

Ich ging hinüber zum Herd, vorbei an den Gläsern von gestern Abend, rotfleckigen Weingläsern und Scotch-Tumblern voll mit geschmolzenem Eis. Es war eine schöne Beerdigungsfeier gewesen. Nach einem unbeholfenen, traurigen Start hatten wir uns entspannt und uns Geschichten über Granny Helen erzählt, die meisten davon sehr komisch. Meine Tanten, Onkel und Cousinen, eine Handvoll Nachbarn, außerdem Hailey, Sam und Sarah, waren bis zum bitteren Ende geblieben und schliefen jetzt noch tief und fest, verteilt übers ganze Haus und Granny Helens Cottage nebenan. Malcolm und ich waren die Einzigen, die schon auf den Beinen waren. Ich verspürte noch immer das Gefühl der Geborgenheit, das ich schon gestern empfunden hatte, was an den Menschen lag, die mich umgaben: Bei ihnen konnte ich mich sicher fühlen.

»Ich habe keinen Job mehr«, teilte ich Malcolm mit und nahm den Kessel mit dem kochenden Wasser vom Herd. Er legte seinen Kopf schräg, was lustig aussah, und leckte sich die Reste seines Frühstücks von der Nase. »Ach, Malcolm«, sagte ich zu ihm, »ich liebe dich.« Das genügte ihm als Aufforderung, hochzuspringen und sein Gesicht an meinen Bauch zu drücken.

»Morgen«, ertönte eine verschlafene Stimme von der Tür her. Es war Sam, der sich in eine alte Decke gehüllt hatte. Nach der Nacht auf dem Sofa hatte er eine äußerst lustige Irokesenfrisur. »Zu einer Tasse Tee würde ich nicht Nein sagen«, teilte er mir mit. Er zog einen Stuhl unter dem Küchentisch hervor, gähnte und fuhr sich mit den Fingern durchs Haar.

Ich stellte zwei Tassen nebeneinander und dachte, wie nett es doch war, Sam in meinem Elternhaus zu haben. Ich hatte mich so darauf gefreut, John das erste Mal mit herzunehmen, doch ich hatte auch überlegt, ob ich vielleicht erst einmal herkommen und ein bisschen sauber machen sollte. Bei Sam, der bis vor Kurzem die häuslichen Gepflogenheiten eines Schweins gehabt hatte, plagten mich keine derartigen Sorgen. Mit Sam war alles entspannt.

Als ich merkte, dass ich meinen Mitbewohner mit meinem Exliebhaber verglich, wandte ich mich einem anderen Thema zu. »Warum bist du so früh auf, Bowes?«, fragte ich.

Er schwieg einen Augenblick.

»Ich muss sofort zurück nach Edinburgh«, sagte Sam schließlich. Er schien sich mit aller Kraft auf den Vogel zu konzentrieren, der draußen auf dem Torpfosten saß.

Ich setzte mich und stellte eine Tasse Tee vor ihn hin. »Was ist los?«

Eine Weile erwiderte Sam nichts, doch als er zu sprechen anfing, klang seine Stimme verändert. »Chas«, sagte er. Ich blickte alarmiert auf. »Ja?«

»Ich habe den Job.«

Im ersten Moment hatte ich keinen blassen Schimmer, wovon er sprach, doch dann fiel es mir wieder ein. Die Rolle am Garrick Theatre. In *London*. Nicht in Edinburgh.

Ich wusste, dass ich mich für ihn freuen sollte, aber ich tat es nicht. Warum wurde mir Sam ständig weggenommen? Ich hatte gerade meinen Job gekündigt – da war es doch wohl an der Zeit, dass wir mit unserem Unternehmen durchstarteten! Nein, gestrichen: Jetzt war es an der Zeit, dass wir als Menschen zusammen durchstarteten!

Ich zwang mich, daran zu denken, dass es für ihn »der absolute Wahnsinn« war, diese »Riesenrolle« in diesem »Riesenstück«

zu spielen. Offenbar hielt er sie für die Rolle seines Lebens. »Gratuliere!«, rief ich mit schriller Stimme. »Hast du die Rolle bekommen, die du so gern haben wollest?« Ich versuchte, ein glückliches Gesicht aufzusetzen.

Er nickte, kaum in der Lage, sein Grinsen zu verbergen. »Im Ernst, Charley, ich habe eine der Hauptrollen ergattert!«

»Oh mein Gott!«, sagte ich ohne rechte Begeisterung. »Toll! Das ist ja der Wahnsinn! Ich freue mich für dich!« Den Tränen nahe umklammerte ich seinen Arm. »Ich bin ja so glücklich, Bowes! Und stolz«, fügte ich hinzu. Ich *war* stolz auf ihn. Trotzdem empfand ich eine bedrückende Traurigkeit, die mich verwirrte.

»Danke«, sagte Sam verlegen. »Das sind für mich die besten Nachrichten, die ich je bekommen habe. Elf Jahre lang nichts, und dann – bum!«

Ich zog ein Gesicht, das Ehrfurcht und Freude ausdrücken sollte.

Aber ich freute mich nicht. Ich war bloß traurig und gleichzeitig ziemlich besorgt. Ein Grund, weshalb ich mir ziemlich sicher gewesen war, bei Salutech kündigen und ein neues Leben beginnen zu wollen, war der, dass ich davon ausging, dass Sam bei mir sein und exakt das Gleiche tun würde. Die Vorstellung, plötzlich ganz auf mich allein gestellt zu sein, machte mir zu schaffen.

»Heißt das, du reist schon bald ab?«, fragte ich. *Gib mir wenigstens noch ein paar Tage, nur damit ich durchstarten kann. Ich brauche dich!*

Doch ich wusste, dass mir dieser Wunsch nicht erfüllt werden würde. Es stand Sam sozusagen im Gesicht geschrieben. »Ich muss noch heute los«, erklärte er verlegen. »Es tut mir leid, Chas. Ich habe den Anruf gestern bekommen, die Proben beginnen am Montag. Ich würde gerne noch einen Tag bleiben, aber dann hätte ich nur noch den Sonntag, um mir in London eine Bleibe zu suchen.«

Ich nickte auf eine hoffentlich verständnisvolle Art und Weise, während Sam erklärte, dass das Stück von Mitte Dezember bis Februar aufgeführt werde. Als er erwähnte, er werde es zwischendrin nicht schaffen, nach Edinburgh zu kommen, weil er auch jedes Wochenende auf der Bühne stehen müsste, wurde mir noch schwerer ums Herz. Wenn es gut lief, bestand zudem die Chance, dass es bis in den Sommer hinein verlängert wurde.

»Du könntest dir überlegen, gleich ganz nach London zu ziehen«, platzte ich heraus in der Hoffnung, er würde widersprechen.

Er tat es nicht. Stattdessen nickte er nachdenklich. »Wenn alles glattläuft, wäre das natürlich eine Option.«

Die darauf folgende Stille wurde nur von Malcolm unterbrochen, der laut schmatzend seine Klöten leckte.

Ich trank einen Schluck Tee und lächelte strahlend. »Nun, Bowes, ich bin absolut begeistert. Auf dich!« Ich prostete ihm so überschwänglich mit meiner Tasse zu, dass ein ganzer Schwall Tee auf seinem hübschen Schalkragenpyjama landete. »Oh Mist! Tut mir leid!«

»Ach, egal«, sagte er leichthin und wischte den Tee mit einem Küchentuch ab. »Das ist ganz schön aufregend, nicht wahr?« Er zögerte. »Ich bin dir echt dankbar.«

Ich beäugte ihn vorsichtig und wartete darauf, dass er fortfuhr.

»Das hätte ich nie allein geschafft«, erklärte er. »Diese E-Mails haben alles verändert. Ich hätte einfach weiter rumgelungert und Junkfood in mich hineingestopft. Diesen Job habe ich dir zu verdanken.«

Exakt!, dachte ich. *Wir sind ein Team! Tu mir das nicht an!*

Sam trank seinen Tee aus und stand auf. »Wir sollten uns besser verabschieden«, sagte er ans Fenster gerichtet. »Kann sein, dass wir uns eine Weile nicht mehr sehen. Obwohl du mit deiner vielen neuen Freizeit ruhig mal für ein Wochenende nach London kommen könntest. Wir könnten einen draufmachen.«

»Klingt gut«, antwortete ich. Wir wussten beide, dass ich nicht kommen würde.

Ich stand auf. »Nun dann, bye-bye«, sagte ich und umarmte ihn. »Gratuliere!«

»Ich hoffe, deinem Dad geht es bald wieder besser«, sagte er und ging zur Tür. »Und ich hoffe, dass du dir eine richtige Auszeit nimmst, Chas. Ich weiß, dass du wieder in First Date Aid einsteigen wirst, aber erst mal solltest du dir eine Pause gönnen. Was dir selbst mit einem gebrochenen Bein und gebrochener Hüfte nicht leichtgefallen ist.«

»Ich werde mir eine Auszeit nehmen. Aber ich freue mich auch darauf, First Date Aid zusammen mit dir voranzubringen«, fügte ich hoffnungsvoll hinzu. Ich betete, Sam würde mich damit nicht auch noch im Regen stehen lassen.

Zu meiner großen Erleichterung nickte er begeistert. »Unbedingt! Schauspieler haben ein lockeres Leben, Chas. Ich werde jede Menge Zeit haben. Vermutlich telefonieren wir täglich miteinander!«

Jetzt fühlte ich mich richtig elend. Natürlich würden wir nicht jeden Tag miteinander telefonieren. Bald schon wäre er völlig von seinem neuen Leben absorbiert, und ich würde meine Tage damit verbringen, stumm herumzusitzen und im Auftrag von total Fremden E-Mails an total Fremde zu senden.

»Ich *hoffe*, dass wir jeden Tag miteinander telefonieren«, fügte Sam nach einer Pause hinzu. Sein Gesicht hatte sich verfinstert, und ich stellte fest, dass er selber ziemlich traurig aussah. Ich hatte plötzlich einen Kloß im Hals. Das konnte doch nicht wahr sein!

»Um was für ein Stück handelt es sich eigentlich?«, fragte ich, als Sam zum Abschied Malcolm umarmte.

Sam lächelte. *»Der Sturm.«*

Ich schnappte nach Luft. Obwohl ich keine Ahnung von Shakespeare hatte, war mir *Der Sturm* durchaus ein Begriff. Sams althergebrachte Anmache, die er schon seit unserer ersten Begegnung an der Uni von Glasgow benutzte, stammte aus Shakespeares *Sturm*. Ich wusste nicht, warum, doch ich durchlebte ein eigentümliches Wechselbad der Gefühle, als ich den jungen Mann, der da vor mir stand, betrachtete. »Wow, Sam! Wen spielst du?«

Sams Lächeln ging in ein breites Grinsen über. »Den Ferdinand!«

»Erzähl mir nicht, dass das der Kerl ist, den du immer zitierst?«

»Doch! Volltreffer!«

»Brillant«, sagte ich, nun aufrichtig amüsiert. »Nun, dann lass uns mal hoffen, dass das Mädel, das die Miranda spielt, hübsch ist und du es ehrlich meinst, wenn du den Vers zitierst!«

Sam lachte verlegen. »Ähm, ja, das will ich hoffen.«

Inzwischen standen wir an der Tür, ein kalter Luftzug fegte durch die Küche. »Ich bin so froh, dass alles so gekommen ist«, sagte Sam und lächelte, bevor er sich endgültig zum Gehen wandte. Eine leichte Röte kroch seinen Nacken empor. »Du hast mein Leben völlig verändert, Chas.«

Und damit sprang er die Stufen hinunter und verschwand um die Ecke, die Hände tief in den Hosentaschen versenkt, den Mantelkragen gegen den kalten Wind hochgeschlagen.

»CHARLEY?« Erschrocken kam ich wieder zu mir. Hailey stand hinter mir in der Küche, während Malcolm aufgeregt um sie herumsprang. Sie sah besorgt aus.

»Hi«, sagte ich. Meine Stimme klang, als wäre ich benebelt.

»Bist du taub? Ich habe dreimal deinen Namen rufen müssen, bevor du mich gehört hast.«

Ich lächelte. »Nein, ich bin nicht taub. Nur …« Ich verstummte. *Nur total am Boden zerstört*, dachte ich.

Hailey sah mich misstrauisch an. »Warum stehst du da in der Tür? Du siehst doch nicht etwa Gespenster, oder?« Ich konnte mir das Lachen nicht verkneifen. Sie sah Sam nicht unähnlich, zerknittert und mit zerrauftem Haar nach der Nacht auf dem anderen Sofa, wo sie sich gleich unter drei Schlafsäcken verkrochen hatte.

»Nein. Ich habe bloß Sam rausgelassen. Er musste nach Edinburgh zurück.«

Hailey nickte weise. »Ja. Wir hatten eine nette kleine Unterhaltung, nachdem gestern Abend alle ins Bett gegangen waren. Wahnsinn, dass er die Rolle bekommen hat, nicht?«

Ich nickte. Schweigen senkte sich über uns herab. Wir hatten uns gestern zusammengerissen, weil es die Situation erforderte, doch jetzt stand der grauenhafte Anruf von letzter Woche zwischen uns. Obwohl ich am liebsten aufgebraust wäre, weil sie mich verdächtigt hatte, mit Matty zu schlafen, fiel es mir schwer, etwas anderes als Zuneigung für Hailey zu empfinden, die dort mit ihrem seltsamen stacheligen Heiligenschein auf dem Kopf vor mir stand. Mein alter Schlafanzug spannte sich über ihrem neuerdings runden Bauch.

»Ich bin nicht schwanger«, teilte sie mir mit, als sie meinem Blick folgte. »Ich bin fett.«

Ich blieb an der Tür stehen, unsicher, was ich sagen sollte. Glücklicherweise hatte Hailey beschlossen, das Gespräch zu führen. »Frustessen nennt man so was«, erklärte sie, »oder vielmehr Frusttrinken. Ich hatte Matty schon lange Zeit in Verdacht, dass er mich hintergeht.« Sie starrte mich trotzig an, als wollte sie mich herausfordern, ihr zu widersprechen. Ich erwiderte nichts, ging nur langsam zum Tisch hinüber und setzte mich. Dann bedeutete ich ihr, das Gleiche zu tun.

Hailey holte sich einen Schlafsack aus dem Wohnzimmer, setzte sich und legte ihn sich über den Bauch, etwas, was ich sie noch nie hatte tun sehen. Hailey hatte einen umwerfenden Körper, wohlgepolstert, mit wogendem Busen, auf den sie immer sehr stolz gewesen war. Jetzt war sie es nicht mehr. Sie versteckte sich. Der Tag mit den zwanzig Würstchen ergab jetzt sehr viel mehr Sinn.

»Und bevor du fragst«, sagte sie, »es ist mir nie auch nur ansatzweise in den Sinn gekommen, dass du mich mit Matty hintergehst. Doch ich wusste, dass er Mittwochabend irgendwo unterwegs gewesen war, deshalb habe ich sein Handy durchforstet … In meinem durchgeknallten Zustand dachte ich, er hätte dich gevögelt, wenn du ihn am nächsten Abend um kurz vor elf anrufst …« Sie zog den Schlafsack enger um sich. »Tut mir leid«, sagte sie verlegen. »Du hast versucht, mir zu helfen, und ich habe mich wie eine Psychopathin aufgeführt.«

Ich konnte es nicht ertragen, Hailey derart gebrochen und beschämt zu sehen. »Nein«, sagte ich leise. »*Mir* tut es leid. Ich war betrunken. Es ist unverzeihlich, dass ich um diese Uhrzeit angerufen habe.«

»Aber du wolltest Matty sprechen, nicht mich!«, sagte sie. Ihre Augen blitzten. »Du hast das Richtige getan! Wie konnte ich dich nur jemals verdächtigen? Ich … ach, Mist«, sagte sie, offenbar empört über sich selbst.

»Hör auf damit, Hails«, sagte ich. »Hör auf, dich so zu quälen. Du trägst keine Schuld an der Sache. Matty ist derjenige, der sich vergaloppiert hat.«

Sie nickte nachdenklich. »Kann ich Tee machen?«, fragte sie schließlich. Ihre Stimme zitterte.

»Natürlich.«

Eine Träne fiel auf ihre Wange. »Und könntest du mich vielleicht in den Arm nehmen?«

Nach einer sehr langen Umarmung, während derer wir beide ein bisschen weinten, zogen wir uns an, machten mit Malcolm einen Spaziergang, und Hailey erzählte mir, was los war.

Von dem Moment an, in dem sie zu Matty gezogen war und ihn deshalb sehr viel häufiger sah, hatte sie festgestellt, dass er sich oft ziemlich seltsam benahm. Er war launisch und kam oft erst spät nach Hause mit einer Reihe bizarrer Ausreden, außerdem verbrachte er viel zu viel Zeit mit seinem iPhone. »Erinnerst du dich, wie verblüfft wir darüber waren, dass er stets online war, während er in diesem abgeschiedenen Garten arbeitete?«, fragte sie mich. »Er war gar nicht da! Er arbeitet in einem Büro, Charley, in einem dämlichen Büro!«

Am Tag, nachdem ich Hailey von Matty und Margot erzählt hatte, war sie ihm zur Arbeit gefolgt und ziemlich erstaunt gewesen, als er an der Peripherie von Edinburgh Richtung Musselburgh vor dem Gebäude eines Inkassobüros geparkt hatte. Abends um halb sechs war er in die Stadt zurückgefahren und hatte sich mit einer Frau, die er offensichtlich nicht kannte, in der Lobby eines schäbigen Hotels in der Nähe des Bahnhofs getroffen. Sie hatten jeder zwei Drinks »und einen Teller GARNELENSPIESSE« bestellt – »EINEN TELLER GARNELENSPIESSE, Chas! Was für ein Balzspiel ist das denn?« –, dann waren sie nach oben verschwunden. Er war um Viertel vor neun zu Hause gewesen und hatte Hailey wie üblich umarmt, sein Abendbrot gegessen und sich ein Bad eingelassen. »Sein verfluchtes iPhone hat er mitgenommen«, murmelte Hailey finster. »Zweifelsohne, um die nächste Schlampe an Land zu ziehen.« Hailey war am nächsten Tag ausgezogen und wohnte vorübergehend bei ihrer Mutter in Falkirk.

»Ich kann kaum glauben, was ich da höre«, sagte ich. Malcolm galoppierte kopfüber in eine Schar Tauben und bellte aufgeregt, als sie davonflatterten.

»Deshalb war ich auch so blöd zu dir«, erklärte Hailey, »als es um William, den Internetdoktor, ging. Ich hatte Matty schon lange in Verdacht und war irgendwie überzeugt, dass alle Frauen hinterhältige Ehemänner-Diebinnen sind.«

Sie warf einen Stock für Malcolm. »Man kann einen Ehemann nur dann stehlen, wenn er gestohlen werden will«, fügte sie traurig hinzu. »Ich komme mir so dämlich vor.«

Ich nahm ihre Hand, die in einem warmen Handschuh steckte. »Du bist nicht dämlich.«

Nach kurzem Hin und Her überredete ich Hailey, in Sams Zimmer zu ziehen. Sie weigerte sich zunächst und behauptete, ich würde Frieden und Ruhe brauchen und nicht einen neuen Untermieter, doch als ich ihr alles über Salutech erzählt hatte und die beängstigend unsichere Zukunft, der ich entgegenblickte, willigte sie schließlich ein. »Ich werde auf dich aufpassen«, sagte sie liebevoll. »Damit du nicht wieder losstürmst und es mit der ganzen Welt aufnimmst.«

Ich lächelte dankbar. »Da könnte ich Hilfe gebrauchen.«

In nachdenklichem Schweigen umrundeten wir den Smeaton Lake, Hailey tief in Gedanken an Matty versunken, ich in Gedanken an Sam. Ich wollte nicht, dass er nach London ging. Ich wollte, dass er blieb und mit mir in der Wohnung abhing oder ins Barony ging. Ich wollte, dass er mir absurde Mahlzeiten kochte und absurde Filme einlegte.

Dennoch beschloss ich, heute nicht über Sam zu sprechen. Es gab Wichtigeres zu klären.

»Sam und ich haben uns geküsst, nur um sicherzugehen, dass unsere E-Mails bedeutungslos waren«, hörte ich mich sagen. Ich hätte mich ohrfeigen können! Hatte ich nicht gerade beschlossen, *nicht über ihn zu reden*? Konnte ich mich denn gar nicht mehr auf mich selbst verlassen?

Mit sichtlicher Mühe riss sich Hailey von ihren Gedanken los, wo immer sie gerade gewesen sein mochten. Ich sah, wie sie versuchte, das eben Gehörte zu verarbeiten. »Oh mein Gott!« Sie sah aus, als wollte sie in Ohnmacht fallen. »Ihr habt WAS?«

Ich zuckte die Achseln, in der Hoffnung, völlig unbewegt zu wirken. »Es war bloß ein Experiment. Rein wissenschaftlich.«

»WANN? WO?«

»Irgendwann letzte Woche, am späten Abend. Wir waren betrunken, es hatte nichts zu bedeuten!«

Hailey blieb stehen und starrte mich an. »Hast du mit Bowes geschlafen?«, flüsterte sie.

»Natürlich nicht!« Warum hatte ich bloß meinen Mund nicht gehalten?

»Gott sei Dank!« Hailey atmete auf. »Das wäre absolut ekelhaft gewesen. Du und Bowes? Igitt! Das schlimmste Paar aller Zeiten!«

»Da hast du vollkommen recht.« Ich lachte. Ziemlich laut. Hailey *hatte* recht. Sam und ich – das wäre schauderhaft.

Als wir weitergingen, hing ein sonderbares Schweigen zwischen uns, das Malcolm durchbrach, indem er in den gefrierenden See sprang und ein paar Sekunden darin herumpaddelte, bevor er wieder an Land schoss.

»Obwohl, Charley«, bemerkte Hailey gedankenverloren, »vielleicht solltest du besser nicht auf mich hören. Ich meine, was zum Teufel verstehe ich denn schon von Männern? Ich bin mit jemandem zusammengezogen, dem es gefällt, mit einem Hundehalsband ans Fußende vom Bett gebunden zu werden.«

Ich prustete los, und nach ein paar Sekunden stimmte Hailey mit ein. Wenige Minuten später klammerten wir uns hilflos aneinander und brüllten vor Lachen.

Als wir in mein Elternhaus zurückkehrten, waren die Freunde und Verwandten fort, der Geruch nach Eiern, Schinkenspeck und Veränderung lag in der Luft. Dad schwirrte in der Küche herum, wie er es seit Wochen nicht mehr getan hatte, röstete Brot im Ofen, plauderte mit Ness und Katy und trug – aus Gründen, die mir nicht klar waren – einen Fes. Ich blickte Ness an und zog fragend die Augenbrauen hoch, doch sie zuckte nur lächelnd die Achseln. Dad war eben eine Nummer für sich.

»Ferkel!«, rief er aus, als wir die Küche betraten. »Und Hailey! Setzt euch und frühstückt!« Malcolm sprang aufgeregt durch den Raum, ein großes, nasses Monster, das uns wie verrückt liebte. Dad gab ihm eine Scheibe Toast und versuchte, reumütig dreinzublicken, als Mum ihn bat, das sein zu lassen. »Auf geht's zu einem aufregenden neuen Kapitel«, verkündete er, als wir uns setzten, um zu essen. Mum lächelte geheimnisvoll, und wir spitzten interessiert die Ohren.

»In letzter Zeit trat offenbar eine Störung in meinem Glückszentrum auf«, teilte Dad uns nachdenklich mit. »Doch heute Morgen bin ich mit der unumstößlichen Überzeugung aufgewacht, meine Mutter würde mich mit Kiwis bewerfen, wenn sie wüsste, wie sehr ich Trübsal blase.« Er kicherte. »Sie war ein absoluter Tyrann, meine Mutter«, räumte er ein.

Alle lachten und stießen auf Granny Helen an.

»Deshalb habe ich beschlossen, ein bisschen Spaß zu haben«, fuhr er fort.

Katy nickte wissend, wohingegen Ness und ich verwirrte Blicke austauschten.

»Wir sind heute früh aufgestanden und haben beschlossen, die Praxis dichtzumachen«, verkündete er stolz und legte den Arm um Mums Schultern. »East Linton braucht wirklich keinen eigenen Doktor, jetzt, da es das neue Ärztehaus in Dunbar gibt, und wir spüren den Ruf der Wildnis!«

»Oje«, murmelte Hailey.

»Wir werden wieder nach Indien reisen!«, rief Dad. »Aber diesmal für richtig lange! Bis Weihnachten!«

Ich schnappte nach Luft, und Ness klatschte in die Hände. »Das ist der Wahnsinn!«, brüllte Katy.

»Katherine …«, fing Mum an, doch Katy hatte bereits die Arme um sie geschlungen.

Ich wollte gerade vorschlagen, dass ich für diese Reise aufkam, da ich ihnen mit meinem gebrochenen Bein das letzte Indienabenteuer verdorben hatte, doch Dad kam mir zuvor: »Keine Vier-Sterne-Hotels. Wir werden mit dem Rucksack unterwegs sein.«

»Großartig!«, rief Hailey. »Oh, wie ich diese Lamberts liebe!«

Dad fuhr fort, seinem verblüfften Publikum zu verkünden, dass sie ihre Reise in einem Aschram beginnen wollten, um ein wenig »spirituelle Erleuchtung« zu finden, und anschließend Indiens altes, verrostetes Schienennetz nutzen wollten. »Ich will Curry«, schwärmte Dad. »Und Mangos. Und Götter!«

Während wir zusammen frühstückten und lachend Pläne schmiedeten, ertappte ich mich bei dem Gedanken, wie schade es doch war, dass Sam so früh hatte aufbrechen müssen. Er hätte die ausgelassene Stimmung und den Schinkenspeck geliebt. Und Dad. Das war das Gute an Sam. Er fand meine Familie großartig.

»Was ist mit dir, Charley?«, fragte Dad vorsichtig. »Was hast du als Nächstes vor?«

Ich dachte über seine Frage nach. Die Wahrheit war natürlich, dass ich keinen blassen Schimmer hatte. Mein Leben erstreckte sich erschreckend leer vor mir – abgesehen von First Date Aid hatte ich nichts –, und obwohl ich froh war, Salutech entronnen zu sein, konnte ich doch nicht so tun, als sei ich sonderlich zuversichtlich, was meine Zukunft anbetraf.

Dad, der meine Sorge anscheinend spürte, klopfte mir auf

den Rücken. »Es ist ganz egal, was du tust, mein Ferkelchen. Du bist frei! Du kannst tun, was immer du möchtest! Spring ins Moor, lauf durch die Felder!«

»Dad, du bist verrückt!«

Zum ersten Mal erzählte ich meinen Eltern von First Date Aid und war überrascht über das Ausmaß ihrer Begeisterung.

»Ach, herrjemine!«, rief Dad aus. »Du dreister kleiner Amor … Wenn Jane mich wegen eines gutaussehenden jungen Inders verlässt, werde ich deine Dienste ganz sicher in Anspruch nehmen.«

Mum ignorierte ihn. »Wirst du davon deinen Lebensunterhalt bestreiten können, Charley?«, fragte sie besorgt.

Ich erzählte ihnen von dem Riesenaufschwung, den Sam dem Unternehmen verschafft hatte, seit wir Partner geworden waren. Er hatte wichtige Medien für die Berichterstattung gewonnen, unsere Dienste auf männliche Kunden ausgeweitet und unsere Website so auf Vordermann gebracht, dass sie nicht mehr nur nett und funktional war, sondern derart genial, dass man allein fürs Anschauen bezahlen würde. »Er hat schier Unglaubliches geleistet!«, schwärmte ich.

»Charleys Dating-Agentur ist brillant«, berichtete Hailey meinen Eltern voller Überzeugung. »Ihr könnt sehr stolz auf sie sein. Ich denke da nur an diese hässliche Frau, die aussah wie fauliges Gemüse … Charley ist es gelungen, ihr ein Date mit dem bestaussehenden Mann von ganz Brighton zu verschaffen, da sieht man mal, wie gut sie ist!«

»Ach ja, Sonia«, erinnerte ich mich. »Ja, bei ihr habe ich mir richtig Mühe gegeben. Und als sie mir am Tag danach mailte, wie gut es gelaufen sei, hätte ich mich fast in den Zug nach London gesetzt, um sie zu umarmen! Das arme Mädchen hatte absolut kein Selbstvertrauen, und es war wirklich toll, ihr helfen zu können.«

»Du liebst das ja wirklich«, stellte Ness fest, die mich nicht aus den Augen gelassen hatte. »So hast du nie über Salutech gesprochen.«

»Das stimmt, du hast immer so abgeklärt gewirkt, so geschäftsmäßig, wenn du von deiner Arbeit erzählt hast«, pflichtete Katy ihr bei.

»Hört, hört!«, rief Dad. »Unser cleveres, tapferes kleines Ferkel geht seinen eigenen Weg! Auf Ferkel!«

Wir stießen mit unserem Orangensaft an. Ich strahlte. Doch trotz allem verspürte ich einen Anflug von Traurigkeit. Der Grund dafür war Sam. Sam Bowes – ohne den First Date Aid nicht mehr als ein Hobby geblieben wäre – verließ vermutlich soeben zum letzten Mal meine Wohnung, voller Zielstrebigkeit und Ehrgeiz, unterwegs zu größeren, verheißungsvolleren Zielen. Es war das Ende einer langen gemeinsamen Zeit. Und das tat weh.

Sehr viel später, als Ness, Katy und Hailey längst aufgebrochen waren und ich Mums und Dads Haus gründlich aufgeräumt, die Bilder in meinem alten Zimmer neu arrangiert, Malcolm noch einmal rausgebracht und anschließend ein formelles Kündigungsschreiben an Salutech verfasst hatte, legte ich mich aufs Bett und versuchte, mich zu entspannen.

Binnen dreißig Sekunden stellte ich fest, dass das Motto »Immer mit der Ruhe!« ausgesprochen schwierig umzusetzen war.

Ein paar Minuten später ging ich schon wieder nach unten, machte mir einen Kräutertee und zwang mich, mich aufs Sofa zu setzen und ihn ganz langsam zu trinken. Ich versuchte, tief und langsam ein- und auszuatmen, so wie es erleuchtete Menschen taten. *Ein … und aus. Ein … und aus.*

DU SOLLTEST DICH ZUERST UM DEINE FIRST-DATE-AID-E-MAILS KÜMMERN, meldete sich die Stimme in meinem

Kopf lautstark zu Wort. *ODER LOSZIEHEN UND DIR EINE ZEITUNG KAUFEN. ODER DEN OFEN REINIGEN. ODER ALLES DREI TUN. UND ZWAR AM BESTEN GLEICH.*

Ich öffnete ein Auge und sah Malcolm vor mir sitzen. Er starrte mich verwirrt an. »Ich versuche, mich zu entspannen«, erklärte ich ihm. »Versuche, einfach zu *sein*, wenn du verstehst, was ich meine.«

Sein Blick drückte Zweifel aus.

Als ein paar Minuten später mein Handy klingelte, sprang ich auf und schnappte danach, als hinge mein Leben davon ab. Wie ich es schaffen sollte, ohne meine Arbeit geistig halbwegs gesund zu bleiben, war mir ein Rätsel.

Es war Shelley, die mich anrief, um mir von einer weiteren Investorenveranstaltung zu erzählen, zu der sie Sam und mich in der nächsten Woche angemeldet hatte. Seltsamerweise war sie gar nicht beleidigt gewesen, als ich ihr nach dem verunglückten Abend im Balmoral eine E-Mail geschickt hatte, in der ich mich bei ihr für ihr Engagement bedankte und ihr ehrlicherweise gestand, dass es uns nicht gelungen war, irgendwelche Geldgeber an Land zu ziehen. *Kein Problem, es gibt andere Optionen*, hatte sie zurückgeschrieben, in Gedanken offenbar woanders. Für gewöhnlich redete Shelley nicht so. Jetzt schnitt sie das Thema erneut an. »Es handelt sich wieder um ein Abendessen«, bellte sie, »diesmal im Kitchen. Geschlossene Gesellschaft, das ganze Restaurant wurde für diese Veranstaltung gemietet. Ihr zwei MÜSST da hin. Das ist eine Riesenchance.«

Ich lächelte. Irgendwann hatte ich angefangen, Shelley Cartwright zu mögen, ungeachtet ihrer dampflokähnlichen Art. Es berührte mich sehr, dass sie so eifrig darauf bedacht war, First Date Aid zu unterstützen. »Ich werde hingehen«, sagte ich, »aber du musst nur eine Person auf die Gästeliste setzen. Sam ist mittlerweile nach London umgezogen.«

Es entstand eine kurze Pause. »Oh«, sagte Shelley schließlich, offenbar verstimmt.

Sofort fühlte ich mich gekränkt. Dachte sie etwa, ich wäre unfähig, ohne Sam etwas aufzuziehen? »Shelley, es ist wirklich in Ordnung für mich, wenn ich allein hingehe«, sagte ich, vielleicht ein bisschen zu defensiv. »Ich habe die Agentur eine ganze Zeitlang allein geführt, bevor Sam eingestiegen ist. Außerdem habe ich über zehn Jahre in einem großen Unternehmen gearbeitet.«

»Tatsächlich?«, sagte Shelley nachdenklich. Sie war ganz offensichtlich mit ihren Gedanken woanders.

»Ja. Ich habe angefangen mit …«

»Richtig«, unterbrach sie mich. »Nun, ich werde dich auf die Gästeliste setzen lassen. Wann kommt dein Partner nach Edinburgh zurück?«

Stand sie auf Sam, oder was war los? Auf der Website war ein hübsches Foto von ihm (es waren prompt mehr als nur ein paar E-Mail-Anfragen eingegangen, ob man ihn daten konnte). Was, wenn Shelley es gesehen hatte und sich ein Stückchen Bowes sichern wollte? Bemüht nicht eingeschnappt zu klingen, teilte ich ihr mit, dass ich keine Ahnung hätte, wann Sam zurückkehrte – wenn er überhaupt wiederkam –, woraufhin sie das Gespräch zerstreut beendete. Es lag auf der Hand, dass es sie nicht interessierte, was ich zu sagen hatte.

Ich ließ es dabei bewenden. Unsere Agentur lief glücklicherweise auch sehr gut ohne sie.

Ich beschloss, mir zwanzig Minuten zu gestatten, in denen ich ein paar E-Mails für First Date Aid erledigen wollte, vielleicht um Shelley zu beweisen, dass wir ihre Hilfe nicht brauchten. Entspannen konnte ich auch noch am späteren Nachmittag.

Entschlossen fuhr ich meinen Laptop hoch und loggte mich ein.

Mehrere Nachrichten waren eingegangen, eine davon von

einer gallespuckenden Klientin, die mit einem Mann ausgegangen war, der, wie sich herausstellte, eine Frau hatte (was allem Anschein nach meine Schuld war), doch ich war weit mehr interessiert an der zuletzt eingegangenen Mail, die erst vor fünfzehn Minuten gesendet worden war.

»Eine Nachricht für Charley Lambert« stand in der Betreff-Zeile. Sie stammte von Sam. Ich lächelte erfreut. Es gefiel mir, dass er sich noch kurz bei mir gemeldet hatte. Der Gedanke war irgendwie tröstlich.

> Ich habe eine Freundin namens Charley Lambert, begann die E-Mail.

Hä? Halb stirnrunzelnd, halb lächelnd, las ich weiter.

> Sie führt erst seit wenigen Stunden ein neues Leben in Freiheit, hat sich von einigen schädlichen Dingen aus der Vergangenheit verabschiedet – und auch von einigen schädlichen Menschen – und fängt gerade an, ihren eigenen Weg zu gehen.

Malcolm sprang neben mich aufs Sofa. »Sam hat mir eine sehr nette E-Mail geschickt«, teilte ich ihm mit. Meine Stirn hatte sich wieder geglättet, jetzt grinste ich.

> Sie hat Angst. Sie weiß nicht, ob sie es schaffen wird, aber ich weiß es: Sie wird es schaffen. Sie hat keine Ahnung, wie es ihr gelingen soll, einfach nur still dazusitzen (ich wette, sie liest diese Nachricht binnen einer Stunde, nachdem ich sie abgeschickt habe), aber ich weiß, dass sie es lernen wird. Sie bringt alles fertig, dieses Mädchen, denn sie ist einfach unglaublich. Das Leben ohne sie wird kälter sein und längst

nicht so schön wie mit ihr. Ich werde Charley Lambert vermissen, sehr sogar, und ich bin traurig, dass ich nicht da sein werde, wenn sie diesen neuen Weg beschreitet.

Ich schlang die Arme um mich. Es war so schön, das von Sam zu hören. So schön, dass mir ein Schauder das Rückgrat hinablief. Im Ernst: Es war prickelnd. Im richtigen Leben sagte er mir solche Dinge nie. Es war, als hätte ich William zurückbekommen.

Bitte richte ihr aus, dass alles gut werden wird. Denn das wird es. Es gibt dort draußen niemanden, der so ist wie sie, und ich bin verdammt glücklich, sie in meinem Leben zu haben.
Sam X

Ich las die E-Mail dreimal, glücklich und lebendig auf eine Art und Weise, wie ich mich seit meiner Korrespondenz mit William nicht mehr gefühlt hatte. *Hier* war der Mann, der mein Leben auf den Kopf gestellt hatte. Direkt hier, in meinem Posteingang. Der verblüffende Mann, der meine Gedanken lesen konnte, der mich dazu brachte, mich verletzlich zu fühlen, besonders, funkelnd und atemlos zugleich.

Ich stellte fest, dass ich weinte. Ich stellte fest, dass es ganz egal war, ob William oder Sam oder Barack Obama diese Nachrichten geschrieben hatte. Was zählte, war allein die Tatsache, dass ich mich in den Mann verliebt hatte, der hinter diesen Mails steckte. Und dieser Mann, so unpassend und unwahrscheinlich das auch sein mochte, war Sam.

Ich war in Samuel Bowes verliebt. »Was soll ich nur tun, Malcolm?«, weinte ich. »Ich liebe Sam! Aber der ist gerade nach London gezogen!«

Doch Malcolm war eingeschlafen.

Kapitel neunzehn

Als mein Zug aus dem Hauptbahnhof von Edinburgh abfuhr, stellte sich die Furcht ein. Ich hätte mich nie darauf einlassen dürfen. Es war fast eine Woche her, seit ich mich von Sam verabschiedet hatte, und seitdem hatte ich kaum an etwas anderes gedacht. Es war eine recht emotionale Zeit gewesen, und alles deutete darauf hin, dass ich mich in einen zwanghaften Volltrottel verwandelt hatte.

Ich hatte nicht versucht, ihn mir auszureden, denn das wäre mir ohnehin nicht gelungen. Sobald ich an ihn dachte (schätzungsweise zweimal pro Minute), hatte ich mich nicht mehr unter Kontrolle. Eine gewaltige Woge hatte mich in meinem lecken Boot den Fluss der Liebe hinuntergespült; ich konnte nicht steuern, ich konnte nur auf eine kurze, relativ gnädige Fahrt hoffen.

Anfangs war ich stinksauer darüber gewesen. Warum von allen Männern auf der ganzen Welt ausgerechnet Sam? Sam und ich passten überhaupt nicht zusammen, wir waren …

Doch jedes Mal, wenn ich diesen Gedankengang einschlug, hielt ich abrupt inne. Sam und ich hatten die E-Mails geschrieben, daran war nichts zu rütteln. Und das bedeutete, dass wir vermutlich weitaus besser zusammenpassten, als ich mir eingestehen mochte.

Nach einer Weile hatte ich es gewagt, mir auszumalen, wir wären ein Paar; eine Vorstellung, bei der ich mir noch vor ein paar Wochen vor Lachen in die Hose gemacht hätte, und dennoch eine Vorstellung, die mir erschreckend leichtfiel. Sam gehörte in mein Leben. Ich brauchte nichts zu verändern: Er stand bereits im Mittelpunkt meines Universums. Ich erinnerte mich daran, wie wir bei meinen Eltern gewesen und zusammen in der windigen Kälte spazieren gegangen waren; Sam hatte Stöckchen für Malcolm geworfen. Wie wir zusammen im Pub gewesen waren und Sam lachend von einem Vorsprechen erzählt hatte; wie ich ihm stolz die Hand geschüttelt hatte. Am meisten aber schockierte mich, wie mühelos ich mir vorstellen konnte, dass wir zusammen aufwachten und uns schlaftrunken angrinsten. Das war mein Lieblingsbild. Der Gedanke, dass er mir so nahe wäre, rief eine intensive Sehnsucht in mir hervor – nicht die ohnmächtige Begierde, die ich für John empfunden hatte, aber zehnmal schöner.

Und dann überkam mich jedes Mal tiefe Traurigkeit, weil ich wusste, dass das nie passieren würde. Dieser Traum war einseitig. Sam schwärmte bestimmt schon von einer der scharfen Hauptdarstellerinnen und ließ sich darüber aus, wie heiß eine meiner neuen First-Date-Aid-Klientinnen war. Doch das Wichtigste war, wie ich mir immer wieder ins Bewusstsein rief: ICH WAR NICHT SAMS TYP UND WAR ES AUCH NIE GEWESEN. Punkt. ICH WAR NICHT SAMS TYP. Er stand auf zierliche Mädels, bei denen er im Schlafzimmer einen auf starker Mann machen konnte, wie er mir immer wieder auf die Nase gebunden hatte.

Das ständige Wechselbad von kitschig-süßen Glücksgefühlen und bitterer, niederschmetternder Enttäuschung brachte mich um. Ich war meinem Gefängnis bei Salutech nur entronnen, um in einem weitaus schlimmeren Kerker zu landen. Gnade gab es keine, nur reine Folter.

Davon abgesehen vermisste ich meinen Wohnungsgenossen. Ich fühlte mich wie ein Streuselkuchen ohne Streusel. Als ich letzte Woche in mein Apartment zurückgekehrt war, um Hailey beim Einziehen zu helfen, hatte ich einen Stapel Kartons vorgefunden, den Sam im Flur in eine Ecke gestellt hatte. Aus einem davon lugte sein Teddybär. Ohne nachzudenken, fischte ich den Bären heraus, nannte ihn Bowes junior und versteckte ihn in meinem Bett. Er durfte auf meinem Kopfkissen schlafen, und ich setzte ihn jeden Morgen auf, wenn ich mein Bett machte, und lehnte ihn mit dem Rücken gegen das Kissen. Ich hatte ihn auch schon ein-, zweimal auf die Nase geküsst.

Die Tatsache, dass Sam völlig ungeniert einen Teddy hatte, machte ihn in meinen Augen noch liebenswerter. Ich platzte schier vor Liebe. Es war grauenhaft. Ich betete, dass das bald vorübergehen möge und dass ich ihn in dem Zustand nicht zu Gesicht bekäme.

Daher war es ziemlich beunruhigend, dass ich mich in einem Zug nach London wiederfand und den ganzen Tag mit ihm verbringen sollte.

Es war Shelleys Schuld. Sie hatte vor ein paar Tagen angerufen und voller Aufregung trompetet, sie habe einen Freund überreden können, einen Artikel über First Date Aid für die *Sunday Times* zu schreiben. »SO EINE CHANCE GIBT ES IM LEBEN NUR EINMAL!«, hatte sie ins Telefon gekreischt und mir klargemacht, dass nicht mal ein radioaktiver Fallout eine Entschuldigung wäre, die Fahrt nach London nicht anzutreten. »Die machen tolle Fotos von euch«, fügte sie aufgeregt hinzu, ohne die leiseste Ahnung, wie wundervoll und gleichzeitig erschreckend das in meinen Ohren klang. Wieder versicherte sie mir, wie bestrebt sie sei, unserer Agentur auf die Füße zu helfen, und dieses Mal machte ich mir nicht die Mühe, sie zu bremsen. Ich war ohnehin sprachlos.

Zwei Minuten, nachdem ich »Ja« gekrächzt und aufgelegt hatte, rief Sam an. »WAAAHHHNSINN!«, quietschte er wie ein kleines Kind. »DIE *SUNDAY TIMES*!«

»Wahnsinn, die *Sunday Times*«, wiederholte ich wenig begeistert.

Ich hatte die letzte Nacht über nicht geschlafen und kam mir vor wie ein Wrack.

In dem verzweifelten Bemühen, mich abzulenken, schleppte ich mich nun zum Speisewagen, um mir eine beruhigende Tasse Tee zu gönnen – die mich nur noch aufgeregter machte –, dann setzte ich mich auf meinen Platz und öffnete meine Post, die ich bei meinem Aufbruch heute früh in die Tasche gestopft hatte. Bislang hatte sich das Stillsitzen für mich als schwierig entpuppt, doch vielleicht wäre ich nun in der Lage, eine Stunde lang nichts zu tun. Oder zumindest fünfzehn Minuten.

Es war gar nicht so einfach, mit einer lebenslangen Gewohnheit zu brechen. Diese Woche hatte ich mich zweimal dabei ertappt, wie ich morgens um halb sieben unter die Dusche sprang, was meiner neuen Mitbewohnerin nicht verborgen geblieben war. Gestern Morgen dann kam Hailey ins Badezimmer marschiert, während ich gerade am Einseifen war, und schnauzte mich an: »GEH WIEDER INS BETT, DU IRRE!« Ich tastete nach einem Handtuch, während sie wie ein Rausschmeißer an der Tür stehen blieb und darauf wartete, dass ich das Badezimmer verließ. Sang- und klanglos ergab ich mich und zog mich in mein Zimmer zurück.

Ganz zuoberst in meinem Poststapel: ein Kontoauszug, den ich nicht ansah. Die Aussicht auf ein Leben ohne regelmäßiges Einkommen war zu beängstigend, um mich damit im Augenblick zu befassen. Ich entdeckte drei Briefe von Sam, die ich zu denen in meiner Tasche legte. Und dann fiel mein Blick auf etwas, das mein Herz einen Schlag aussetzen ließ: Ich hielt einen Brief von Salutech in der Hand.

Es handelte sich allerdings lediglich um eine Bestätigung von der Personalabteilung, dass meine Kündigung eingegangen sei.

Da ich eine Führungsposition bekleidet hatte, würde der Geschäftsführer über alles Weitere in meinem Fall entscheiden.

Ich schluckte nervös. Was mochte das bedeuten? Würde ich in die Firma kommen und mit John persönlich reden müssen?

Nach all den Jahren war es äußerst seltsam, nichts als Kälte zu empfinden bei dem Gedanken, ihn zu sehen. Ich vermisste ihn nicht, ich begehrte ihn nicht, ich hatte nicht mal Mitleid mit ihm. Ich wollte einfach nur einen Strich unter das Ganze ziehen und ihn so schnell wie möglich vergessen. Tag für Tag wurde mir klarer, dass er und ich nicht die mindeste Chance gehabt hatten. Nicht nur, weil er mich wegen Susan belogen hatte, nicht nur, weil er Angst vor Chambers hatte, nicht nur, weil ich mich auf Nimmerwiedersehen von der Firma verabschiedet hatte. Nein, unsere Beziehung war von vornherein zum Scheitern verurteilt gewesen, weil ich mich längst in einen anderen verliebt hatte.

»Verflixt.« Ich seufzte. Ich hatte es gerade mal eine Minute geschafft, nicht an Sam zu denken.

Ich steckte den Brief zurück in meine Handtasche und damit hoffentlich auch meine Gedanken an die Firma. Es war superwichtig, dass Sam und ich während des Interviews und der anschließenden Aufnahmen als perfekte Geschäftspartner auftraten. Sam hatte mir versprochen, nicht zu furzen, und ich hatte (mir selbst) versprochen, mich in seiner Gegenwart nicht aufzuführen wie eine Verrückte.

Ich öffnete den letzten Brief, der weit interessanter aussah: ein handgeschriebener, sehr teuer aussehender Umschlag mit etwas Festem darin. Eine Einladung zu einem exklusiven Wellnesstag? Ein fetter Scheck? Vielleicht eine Valentinskarte, die jemand drei Monate zu früh abgeschickt hatte, nur um ganz sicher zu sein, dass sie auch ankam?

Doch in dem Umschlag steckte nichts davon, stattdessen

zog ich eine dicke Hochglanzkarte mit einem Schwarzweißfoto zweier wunderschöner Menschen heraus, die an einem mondbeschienenen Strand Händchen hielten und einander tief in die Augen blickten. Sie sahen aus, als würden sie sich gleich die Kleider vom Leib reißen und übereinander herfallen. Hinter ihnen warf der Vollmond einen Streifen geriffelten Lichts aufs Wasser. Ich blickte wieder auf die beiden wunderschönen Menschen. Der schöne Mann war Samuel Bowes, die schöne Frau eine blöde Schlampe namens Katia Johnson. *DER STURM:* SONDERVORSTELLUNG war in Kirschrot in eine Ecke des Fotos gedruckt.

Ich starrte die Einladung an und spürte, wie mir das Herz brach, wenigstens ein bisschen. Katia Johnson musste Miranda, Sams Bühnengeliebte, sein. Er hatte sie diese Woche bereits in DREI E-MAILS erwähnt. Und natürlich passte sie genau in Sams Beuteschema. Sie war klein und hübsch und trug ein hauchzartes Kleidchen, das der Seewind bauschte. »Hör auf, ihn so anzuglotzen«, zischte ich ihr zu, betroffen über die grenzenlose Liebe in ihren Augen. Sams Gesicht war offen und verletzlich; er erwiderte ihren Blick mit einer Eindringlichkeit, die mich zum Heulen brachte. Irgendwann während meiner Sam-Manie hatte ich offenbar vergessen, dass er sehr viel Zeit damit verbrachte, leidenschaftliche Küsse mit seiner Bühnengeliebten auszutauschen. Ob die Küsserei auch jenseits des Probenraums weiterging?

Grrr! Hör auf damit! Ich verdrehte die Augen. *Bitte, lieber Gott, mach, dass ich mich in jemanden verliebe – egal, in wen, nur nicht in Samuel Bowes.*

»Hi«, sagte ein noch wunderschöneres Mädchen, das ein seltsames Fell-Outfit trug, »ich bin Alice, deine Stylistin.« Sie sah nicht älter aus als achtzehn. Ich schüttelte ihr die Hand und versuchte, fröhlich zu wirken. Warum war eine Stylistin hier? Ich hatte den Großteil der letzten Woche damit verbracht, ein passendes Outfit zu finden, hatte jeden einzelnen Laden in Edinburgh durchstöbert! Sogar nach Glasgow war ich gefahren!

»Kaveh möchte, dass ihr zwei richtig flippig und hip ausseht«, erklärte sie ruhig. »Ich habe ein paar tolle Ideen für dich, Charley.« Sie wandte sich Sam zu, der ausgesprochen gut aussah in seinen schmalen Jeans, den bizarren Lederschuhen und einem klassischen Hemd. »Du kannst wahrscheinlich so bleiben, wie du bist«, sagte sie zu ihm. »Tolle Schuhe, übrigens.«

Ich stapfte davon, um mich umzuziehen. Dieser Vormittag verlief definitiv nicht so, wie ich es mir erhofft hatte. Kaveh, der »Art Director«, ein bebrillter Mann mit Segelschuhen und einer knöchellangen Tweedhose, hatte uns mitgeteilt, dass er uns spontan, jung und lustig haben wollte. Das fing überhaupt nicht gut an, hatte ich doch keine Ahnung, wie ich das bewerkstelligen sollte. Ich war nichts davon. *Ich bin der strenge Business-Typ*, dachte ich finster. *Pyjamapartys unter Teenagern sind nicht mein Ding.* Noch schlimmer war, dass der Fotograf mich sofort nach meinem Eintreffen bat, meine Brille abzunehmen – ein Ding der Unmöglichkeit: Ohne Brille war ich blind wie ein Maulwurf (und sah auch so aus) – außerdem bekam ich nur verschwommen mit, wie Anna, die Journalistin von der *Sunday Times*, unverhohlen mit Sam flirtete.

Alice hielt ein sehr kurzes Kleid mit üppigen Chiffonärmeln in einem Nude-Ton in die Höhe. »Perfekt«, verkündete sie. »Dazu kombinieren wir eine beerenfarbige Strumpfhose und Stiefeletten mit Keilabsätzen ... Vielleicht sollte ich den Hairstylisten holen, damit er dir einen Out-of-Bed-Look verpasst«, überlegte sie. Ich kochte, war ich doch heute Morgen extra eine Stunde eher aufgestanden, um sicherzustellen, dass mein Haar nicht aussah, als käme ich gerade aus dem Bett!

Fünfundvierzig Minuten später starrte ich völlig entsetzt

mein Spiegelbild an. »Das geht nicht!«, rief ich gequält. »Ich sehe aus, als wäre ich mindestens zwei Meter groß.« Die Keilabsätze waren gigantisch. Damit würde ich Sam meilenweit überragen. Das Kleid war ganz nett, aber es reichte mir kaum bis über den Hintern, und in meiner »Out-of-Bed-Frisur« steckte eine alberne Schleife. Es war nicht zu leugnen, dass ich aussah wie ein riesiges Kleinkind.

Alice lächelte. »Mach dir keine Gedanken wegen deiner Größe. Ihr werdet sowieso im Liegen fotografiert. Deine Beine sind übrigens großartig.«

Es war mir schnurzpiepegal, ob wir im Liegen oder von der Decke hängend fotografiert wurden: So, wie ich aussah, konnte ich schlicht und einfach nicht vor die Kamera treten. Sam und ich waren ohnehin schon gleich groß, da durfte ich doch nicht noch Absätze tragen! Ich versuchte, sie zu überreden, mir ein Paar flache Schuhe zu geben, aber sie weigerte sich. »Es wird toll aussehen«, schwärmte sie. »Deine schönen, langen Beine mit den klotzigen Stiefeln … Geradlinig, kantig … und dazu jede Menge sanfter Chiffon … echt supi!«

Am liebsten hätte ich geweint.

Als ich endlich herausgeschlichen kam, die Augen fest auf den Boden geheftet, lag Sam bereits auf einer Chaiselongue inmitten eines grellweißen Kubus. »Na toll«, murmelte ich. Er wirkte so natürlich und entspannt wie Malcolm, der vor dem Kamin schnarchte.

Ich versuchte, unbemerkt zu ihm zu gelangen – ein ziemlich unsinniges Unterfangen –, doch noch bevor meine Keilabsatzstiefeletten dreißig Zentimeter zurückgelegt hatten, blickte er auf und stieß einen Pfiff aus. »Wow, Chas! Du siehst ECHT HEISS aus!«

Ich wurde knallrot und spürte sofort, wie Kaveh, der Art Director, sauer wurde. Leuchtend rote Gesichter sahen nicht gut aus vor grellweißem Hintergrund. Ich trippelte zum hinteren Ende der Chaiselongue und setzte mich, damit Sam nicht bemerkte, wie riesig ich war. »Ich sehe total bescheuert aus«, murmelte ich.

Sam zog die Augenbrauen hoch. »Du siehst absolut nicht bescheuert aus«, widersprach er mit fester Stimme. »Du siehst großartig aus, aber leider merkt man, wie unwohl du dich fühlst.«

Ich nickte kläglich. »Sie lassen mich nicht mal meine Brille tragen.«

Sam war erstaunt. »Die Brille – das bist doch du, Chas.«

Ich zuckte die Achseln. »Aber sie wollen nicht ›mich‹.«

Sam stand auf. »Lass mich mal machen«, sagte er. »Das wird ein Zeitungsbericht, keine Fantasystory.«

Verblüfft beobachtete ich, wie er zu Kaveh hinüberschlenderte und in meine Richtung deutete. Kaveh unterbrach ihn nach ein paar Sekunden, offenbar um mein Styling zu verteidigen, doch Sam hob die Hand und gebot ihm Einhalt. Selbst als sich der Fotograf einmischte, schüttelte er beharrlich den Kopf, höflich, aber unnachgiebig. Alle drehten sich zu mir, und dann sprach wieder Sam, und zwar ausgesprochen selbstsicher. Ein angenehmes Gefühl der Wärme stieg in mir empor. Sam verteidigte mich. *Mich*, nicht das, was Kaveh, Alice und die anderen Modefuzzis aus mir machen wollten. Das Verlangen, das ich seit Sams Umzug nach London verspürt hatte, nahm eine komplett neue Dimension an. Ich war richtig, richtig, *richtig* heftig in Samuel Bowes verliebt.

Ich wette, die dämliche Katia Wunderschön ist mir zuvorgekommen, dachte ich traurig, als mir einfiel, wie Sams Bühnenpartnerin ihn auf dem Foto angehimmelt hatte. Keine Schauspielerin konnte einen solchen Ausdruck vortäuschen.

Endlich wurden die Aufnahmen gemacht, ich trug die hübsche, schmal geschnittene pflaumenfarbene Hose, die ich mir für diesen Anlass gekauft hatte, und als Oberteil einen Kompromiss, der sich irgendwo zwischen meinem geschmackvollen Pullover und Alice' Chiffonkleid-Schocker bewegte. Meine Frisur war wieder normal – abgesehen von einer Klemme, mit der man meinen Pony zur Seite gesteckt hatte. Der Look gefiel mir recht gut, vor allem die flachen Halbschuhe, in denen ich mich richtig gut bewegen konnte.

Sam und ich wurden kunstvoll auf der Chaiselongue drapiert und wiederholt angewiesen, unsere Köpfe zurückzuwerfen und jugendlich frisch zu lachen. Zunächst war das recht qualvoll gewesen. Doch nach ein paar Versuchen hatte mir Sam zugeflüstert, dass Kaveh heute Morgen in einem lila Cape aufgekreuzt war, und ich hatte zurückgeflüstert, dass ich seinen Teddy entdeckt und ihn Bowes junior genannt hatte. Wir kriegten einen Lachanfall, Kaveh hatte, was er wollte, und die ganze peinliche Angelegenheit nahm ein zügiges Ende. Nach dem Nachmittagstee, zu dem winzige Sushi-Häppchen gereicht wurden (»Essen die in dieser Stadt denn gar nichts?«, fragte ich Sam im Flüsterton), setzten wir uns mit Anna, der Journalistin, zu einem sehr netten Interview zusammen. Je mehr wir über unsere Agentur sprachen, desto mehr kamen wir in Fahrt. Ich blickte zu Sam hinüber und wusste, dass er genauso stolz war wie ich, und dann wurde ich noch trauriger, weil er sich gleich wieder in die Schauspielerei stürzte. Wir waren ein brillantes Team! Er sollte bei mir in Edinburgh sein, mir grauenhafte Omeletts backen und Mails an durchgeknallte Klientinnen schicken!

Gegen Ende des Interviews betrat eine sehr elegante Frau das Studio. Es dauerte ein paar Sekunden, bis ich wusste, wer sie war und woher ich sie kannte, doch als sie ihr BlackBerry herauszog und anfing, ungeduldig eine E-Mail einzutippen, erinnerte ich mich schlagartig. Ich fing an zu grinsen.

»Shelley!«, rief ich und eilte nach dem Interview auf sie zu. »Endlich!«

Shelley blickte von ihrem BlackBerry auf, und wieder hatte ich das Gefühl, mich selbst zu sehen. Auch wenn ich vielleicht noch nicht die Kunst des Entspannens beherrschte, so wusste ich doch, dass wir nicht länger in derselben Welt lebten. Ich hing nicht an meinem BlackBerry, trug keinen Hosenanzug, dachte nicht mehr wie sie. Ich war keine Powerfrau. Ich war bloß eine normale Frau. Die jede Nacht ganze acht Stunden irre gut schlief und anfing zu begreifen, dass es ein Leben außerhalb des Büros gab.

»CHARLOTTE LAMBERT!«, bellte sie und streckte ruckartig die Hand aus. »Mein Gott! Was für ein Vergnügen, endlich!«

Ohne jede Befangenheit trat sie einen Schritt zurück und musterte mich. »Du siehst gut aus«, verkündete sie schließlich. Ich nickte, um mich für das Kompliment zu bedanken, und fragte mich, ob ich mich jemals an ihre Art gewöhnen würde. Sam prustete erstickt, was er als Husten zu tarnen versuchte, doch Shelleys Augen glitten zu ihm. »Nun«, sagte sie und machte wieder einen Schritt nach hinten, um ihn von Kopf bis Fuß zu mustern. »Sam, ich bin Shelley Cartwright, eine von Charlottes Klientinnen. Eine ehemalige Klientin, um genau zu sein«, fügte sie mit einem kurzen, glückseligen Lächeln hinzu. Doch das Lächeln verschwand so rasch, wie es gekommen war, und Margaret Thatcher kehrte zurück. »Wart ihr zufrieden mit dem Interview?«

»Ja«, sagte Sam. »Es war toll, dass sich die Journalistin so sehr für …«

»Ausgezeichnet«, fiel ihm Shelley dröhnend ins Wort. »Soweit ich weiß, erscheint der Artikel in der kommenden Sonntagsausgabe.«

»Vielen Dank dafür, Shelley«, sagte ich. »Das ist uns eine wirkliche Hilfe.«

Sie winkte ab. »Gern geschehen. Wie lange bist du in London, Charlotte? Habt ihr zwei noch Zeit für ein Dinner?«

Unbedingt, dachte ich sehnsüchtig, noch immer völlig high, weil Sam sich derart für mich eingesetzt hatte. Wie gerne wäre ich noch ein bisschen länger mit ihm zusammen! »Mein Zug geht in neunzig Minuten«, sagte ich stattdessen traurig.

Shelley nickte abwesend, und wieder fiel mir auf, dass sie in Gedanken ganz woanders war. Was war nur los mit ihr? Sams Handy klingelte. Mit freudigem Gesicht nahm er das Gespräch an. *Grrr!*, dachte ich. *Verfluchte Katia!*

Shelley blickte ihm hinterher, und ich fragte mich nicht zum ersten Mal, ob sie vielleicht ebenfalls auf Sam stand. Es kam mir zwar ausgesprochen unwahrscheinlich vor, aber trotzdem: Jede Frau auf der Welt verliebte sich irgendwann in Sam.

»Ich habe gehört, er habe während der Proben wahre Begeisterungsstürme ausgelöst«, sagte sie.

Ich war überrascht. »Woher weißt du das?«

»Ach«, erwiderte sie leichthin. »David, der Intendant, ist mein Cousin. Ich konnte es kaum glauben, als er mir erzählte, er habe Sam besetzt. Den Namen kenne ich doch!, dachte ich. Wie dem auch sei: David schwärmt von dem jungen Meister Bowes.«

Mir schwoll vor Stolz die Brust. Natürlich schwärmte er von Sam! Mein Sam Bowes war der Beste!

Dann ließ Shelley die Bombe platzen. »Die Chemie zwischen ihm und der jungen Frau, die die Miranda spielt, ist ganz außergewöhnlich«, bemerkte sie fachkundig. »Das war unter anderem der Grund dafür, dass Anna, die *Times*-Journalistin, diesen Artikel bringen wollte: Sie hatte vor Kurzem einen Artikel in der *Stage* über die beiden gelesen, in dem sie als das schönste Paar in der gesamten Theaterlandschaft bezeichnet wurden!«

Schock und Enttäuschung trafen mich wie eine Eisenfaust. Das schönste Paar in der gesamten Theaterlandschaft?

Ja, natürlich waren sie das! Hatte ich nicht Katia Wunderschön auf der Einladung erblickt und gedacht, dass sie die Personifikation von Sams perfekter Frau war? »Ja«, sagte ich tapfer. »Ich nehme an, sie sind auch jenseits der Bühne ein Paar?«

Shelley nickte, und ich wollt auf der Stelle sterben.

Das Timing war besonders grausam. Ausgerechnet an dem Tag, an dem ich mir meine Gefühle für Sam eingestanden hatte, hatte er nach London gehen und sich in eine andere verlieben müssen. Das war sogar mehr als grausam.

Ich bemühte mich – mit eher begrenztem Erfolg –, mich zusammenzureißen, da ich wusste, dass Shelley mich beobachtete. »Schade, dass du heute Abend nicht hier bist«, sagte sie nachdenklich. »Einer meiner Kontakte würde gern in ein britisches Projekt investieren und sucht nach etwas mit hoher Popularität, auch wenn es sich um substanzlose Anlagen handelt.«

Ich zuckte zusammen.

»Nicht dass First Date Aid substanzlos wäre«, fuhr Shelley aalglatt fort, »aber im Vergleich zu den Ölfeldern im Mittleren Osten ist euer Unternehmen durchaus überschaubar.« Sam kam zu uns zurückgeschlendert. »Ich erzähle Charlotte gerade von einem Kontakt, der ganz versessen darauf ist, in ein Unternehmen wie eures zu investieren«, erklärte Shelley. »Ihm gefällt, was er über First Date Aid hört. Er würde euch gern kennenlernen, während ihr in London seid.«

Sam sah mich an, doch ich konnte ihm nicht in die Augen blicken. *Du vögelst Katia Wunderschön*, dachte ich unglücklich. *Zieh einfach Leine und lass mich in Ruhe.*

»Ich würde ihn liebend gern kennenlernen«, sagte Sam im selben Augenblick, in dem ich verkündete: »Tut mir wirklich leid, aber ich kann nicht.«

»Bist du GANZ sicher, Charlotte?«, fragte Shelley ungehalten. »Könntest du nicht morgen früh zurückfahren?«

Ich setzte ein finsteres Gesicht auf. Alles, was ich jetzt wollte, war, hier endlich rauszukommen, weg von Shelley, weg von Sam und all den schönen Menschen im Studio. »Nein«, erwiderte ich kurz angebunden. »Tut mir leid, ich muss mich um meinen Hund kümmern. Meine Eltern sind verreist.«

»Du kümmerst dich um Malcolm?«, fragte Sam überrascht.

Tat ich nicht. Ich hatte den Vorschlag gemacht, aber Mum hatte abgelehnt und ihn bei dem Ehepaar Jones in East Linton untergebracht, damit er sein tägliches Bad im River Linn nicht vermisste. »Ja«, log ich.

»Aber Hailey könnte ihn doch versorgen?« Sam klang ernsthaft verwirrt. Am liebsten hätte ich ihm eine verpasst. *Zieh LEINE!*, dachte ich wütend. *Lass mich in Ruhe und geh zu deiner süßen kleinen Freundin!*

Shelley verschränkte die Arme. »Ich biete euch hier etwas ganz Besonderes«, verkündete sie mit frostiger Stimme. »Das ist eine Gelegenheit, nach der ein junges Start-up-Unternehmen lange suchen muss.«

Sam starrte mich an. Ich kannte das Gesicht, das er zog: freundlich, wenngleich ein wenig verwirrt. Und dann stellte ich fest, dass ich gleich anfangen würde zu heulen. *Nein!*, dachte ich. *NEIN! Bitte, bitte nicht!* Den Blick gesenkt schielte ich verstohlen zur Tür. Vielleicht sollte ich mich einfach aus dem Staub machen, egal, wie seltsam das wirken würde: Sie sollten bloß nicht merken, dass ich weinte. Doch gerade, als ich die Tür entdeckt hatte, fühlte ich, wie sich eine Hand um meine schloss.

»Charley?«, fragte Sam sanft. Mein Gesicht war heiß und gerötet, und ich wusste, dass ich geliefert war. Zwei große, hilflose Tränen rollten aus meinen Augen und tropften zu Boden. »Charley! Was ist denn los?«

Ich schüttelte den Kopf und wünschte mir, ich könnte mich in einer Wolke aus Schall und Rauch auflösen. Vor mir trat Shelley unbehaglich von einem Fuß auf den anderen.

»Entschuldige«, sagte Sam zu ihr. »Könntest du uns bitte eine Sekunde allein lassen?« Ohne meine Hand loszulassen, führte er mich aus dem Studio. Draußen angekommen lehnte ich mich zwei ganze Minuten lang gegen seine Schulter und fing an zu schluchzen, wohl wissend, dass das die unpassendste Schulter war, die ich mir hatte aussuchen können. Doch mir blieb keine Wahl: Die Schluchzer kamen heraus, ob ich das nun wollte oder nicht. Als ich mich endlich wieder beruhigte, nahm Sam meine Handtasche und zog ein Päckchen Taschentücher heraus, das ich immer dort verstaut hatte. Er hielt mir eins vor die Nase und befahl mir, mich zu schnäuzen, was ich auch tat. Sam kicherte, wischte mir die Nase ab und warf das Taschentuch mit spitzen Fingern in einen Mülleimer.

Ich versuchte zu lächeln. Wie ich wohl aussehen mochte mit meiner roten Nase, dem dicken Studio-Make-up und der verlaufenen Wimperntusche?

Sam legte mir die Hände auf die Arme. »Bitte verrat mir, was los ist«, sagte er ruhig. »Du bist schon den ganzen Tag durch den Wind.«

Der Gedanke, ihm einfach die Wahrheit zu erzählen, schoss mir durch den Kopf. Was hatte ich zu verlieren? Sam ging mit einer wunderschönen Schauspielerin, ich hatte längst verloren! Doch ich konnte es nicht. Konnte es nicht ertragen, das Mitleid in seinem Gesicht zu sehen, wenn er mir erklärte, dass er mich »als Freundin sehr schätzte, aber …«. Und überhaupt: Ich fing an zu begreifen, dass Sam und ich im echten Leben nicht so miteinander kommunizieren konnten wie per E-Mail.

Es hatte keinen Sinn. Ich brauchte gar nicht erst mit ihm zu reden.

»Ich mache einfach eine schwere Zeit durch«, sagte ich daher. »Es ist nicht leicht, mit alldem fertigzuwerden. Kennst du diese Tage, an denen du morgens aufwachst und feststellst, dass dir alles zu viel ist?«

Sam nickte mitfühlend. »Du hast ganz schön was durchgemacht«, sagte er. »Klar, dass es dir schlechtgeht.«

Wir sahen einander an. Sam lächelte warm, während ich ihn mit traurigen, verquollenen Augen anstarrte. Dann wandte ich den Blick ab. Es war zu schmerzhaft. Ich wollte nur noch hier raus, in den Zug springen und nach Schottland zurückkehren, wo ich hingehörte.

Doch Sam hatte andere Pläne. »Bleib«, bat er. »Lass uns heute Abend was zusammen machen. Wir müssen uns nicht mit diesem Investor treffen, wir können einfach nur abhängen, wenn du möchtest. Du könntest zu mir kommen und dir mein grauenhaftes Apartment angucken! Wenn du willst, mache ich dir sogar ein ekelhaft gesundes Abendessen!«

Ich wollte so gerne. Wollte spontan sein, wollte mit Sam abhängen, doch ich fühlte mich überfordert. Was sollte ich zu ihm sagen? Worüber sollte ich mit ihm reden, außer über die Tatsache, dass ich mich in ihn verliebt hatte?

»Bitte, Chas«, sagte Sam. »Du fehlst mir.«

Ich schniefte laut. »Bist du denn gar nicht mit Katia verabredet?«

»Doch, eigentlich schon. Wir wollten bei mir zu Hause proben.« Ein Lächeln huschte über sein Gesicht, was mir einen Stich ins Herz, gefolgt von einem Schlag in die Magengrube, versetzte. »Aber mit Katia bin ich ständig zusammen. Den heutigen Abend würde ich gerne mit dir verbringen.«

Was blieb mir anderes übrig, als die Nase hochzuziehen und Ja zu sagen?

»Die Gegend, in der ich wohne, ist ziemlich übel. Wir können auch anderswo in ein Pub gehen und eine Pie essen«, schlug Sam vor. »Oder einen Salat«, fügte er schnell hinzu.

Ich lächelte. »Danke, Bowes. Du bist der Beste.«

Als wir wieder hineingingen, bestürmte uns Shelley weiter wegen ihres Kontakts. »Nur auf einen Drink! Eine Stunde werdet ihr doch wohl erübrigen können, Herrgott noch mal!«, dröhnte sie mit ihrer Nebelhornstimme. »Es werden noch jede Menge Meetings auf euch zukommen … außerdem will er euch doch nur kennenlernen. Nun kommt schon!«

Sam versuchte, sie mir zuliebe abzuwimmeln, doch ich lenkte ein. Es lag auf der Hand, dass wir das Studio nicht verlassen würden, bevor wir einem Treffen zugestimmt hätten, und trotz meines labilen Zustands war mir klar, dass das eine einmalige Gelegenheit wäre. Erfreut marschierte Shelley davon, um ihren Kontakt anzurufen.

»Um neunzehn Uhr im Mandarin Oriental in Knightsbridge«, bellte sie bei ihrer Rückkehr, dann entspannten sich kurz ihre Gesichtszüge. »Mit deiner Hilfe habe ich den Mann meiner Träume kennengelernt, Charlotte«, sagte sie. Plötzlich klang ihre Stimme menschlich und warm. »Ich wollte mich unbedingt revanchieren, und etwas anderes ist mir nicht eingefallen. Viel Glück.«

Und damit drehte sie sich um und fegte, in ihr BlackBerry brüllend, von dannen. Das Klackern ihrer Absätze hallte durchs Studio.

»Ich wünschte, sie würde damit aufhören, uns in Nobelhotels zu schicken«, sagte Sam unglücklich. »Ich weiß einfach nicht, wie ich mich an solchen Orten benehmen soll, Chas.«

Ich sah ihn an, vergaß meinen Ärger über »das schönste Paar in der gesamten Theaterlandschaft« und lachte. »Weißt du was, Bowes? Ich auch nicht. Lass uns mit ihm etwas trinken, und dann machen wir, dass wir aus Knightsbridge rauskommen.«

Wir schüttelten uns die Hände.

Sam verabschiedete sich, um die beiden letzten Probenstunden mitzubekommen, und ich ging auf eine rasche Pediküre und einen Kaffee zu Harvey Nichols, während ich mir fröhlich vormachte, Sam sei nicht länger Teil »des schönsten Paars in der gesamten Theaterlandschaft«. Ich malte mir aus, wie er seine Romanze mit Katia Wunderschön beendete, weil sie so unkompliziert und sorglos war (und er selbstverständlich schwierige, verkrampfte Workaholics bevorzugte). Außerdem betete ich, dass seine heutige Herzlichkeit ein Zeichen seiner tiefen, alles verzehrenden Liebe für mich gewesen war.

Um Viertel vor sieben brach ich nur widerwillig auf. Ich wollte nicht in die Realität zurückkehren. Denn in der Realität war nichts von alldem wahr.

Wir trafen uns vor dem Hotel, und obwohl ich ihn doch erst vor zwei Stunden gesehen hatte, machte mein Herz einen Satz. *LIEB MICH!*, beschwor ich ihn. *NICHT KATIA!* Er sah wahnsinnig schön aus und gleichzeitig ein bisschen erschöpft. Am liebsten hätte ich ihn unter meine Fittiche genommen und ihn ein bisschen aufgepäppelt.

Wir blickten an dem beeindruckenden Hotelgebäude empor, strafften die Schultern und gingen hinein.

Beinahe augenblicklich befanden wir uns in einer merkwürdigen Situation. Die Bar war fast leer, abgesehen von einem vermögend aussehenden Paar aus dem Mittleren Osten, also setzten wir uns und bestellten etwas zu trinken. Doch noch bevor unsere Drinks serviert wurden, trat die Empfangsdame zu uns und fragte, ob ich Charlotte Lambert sei, die sich hier mit jemandem von Holden Steiner treffen wolle. »Ähm, ja?«, sagte ich.

»Der Herr hat angerufen und mich gebeten, Ihnen auszurichten, er werde sich etwas verspäten.« Sie würdigte mich keines Blickes und lächelte stattdessen Sam an. »Wenn Sie möchten, können Sie unterdessen in Ihr Zimmer einchecken.«

Ich erklärte ihr, dass wir keine Hotelgäste seien, doch nun lächelte sie mich an und reichte mir einen eleganten weißen Umschlag. Drinnen befand sich eine gedruckte Nachricht: *Ich habe ein schlechtes Gewissen, weil ich dich derart bedrängt habe, in London zu bleiben. Bitte nimm dir auf meine Kosten ein Zimmer. Shelley.*

Sprachlos zeigte ich Sam die Nachricht. »Heilige Mutter Gottes!«, rief er. »CHAS! Hast du ein Glück.«

Die Empfangsdame, die ihn offensichtlich mehr als nur nett fand, riss die Augen von ihm los und knipste wieder ihr Lächeln an. »Willkommen in unserem Hotel, Miss Lambert«, sagte sie freundlich. »Ich werde jemanden schicken, der Ihnen nun Ihr Zimmer zeigt.«

Das Zimmer war unglaublich. Das Bett war größer als meine Wohnung, der Blick über den Hyde Park atemberaubend. Wäre ich in Begleitung des Mannes meiner Träume gewesen, wäre dies das tollste Hotelzimmer gewesen, das ich mir vorstellen konnte. Zwar war ich tatsächlich mit dem Mann meiner Träume hier, doch er säuselte süßes Shakespeare'sches Liebesgeflüster ins Ohr dieser blöden Schlampe mit ihren hauchzarten Kleidchen.

»Darf ich auf deinem Bett hüpfen?«, fragte er in meine Gedanken hinein.

»Ja«, antwortete ich. Und dann: »Mein Gott, Bowes! Sieh dir das an!«

Sam sprang auf meinem Bett wie auf einem Trampolin, während ich Shelley eine Dankeschön-SMS schickte und dann unter einem ausgeklügelten Vorwand das Ehepaar Jones anrief, damit Sam dachte, ich würde es bitten, für mich einzuspringen und Malcolm zu versorgen. Vielleicht würde ich mich nach einer luxuriösen Nachtruhe und dem großartigsten Frühstück aller Zeiten hinlänglich gewappnet fühlen, das Sam-Chaos hinter mir zu lassen. In London.

Vielleicht.

»Auf geht's«, sagte ich müde. »Lass uns diesen Investor treffen.« Das Leben konnte mitunter äußerst grausam sein.

Unten in der superschicken Bar machten wir uns zu kompletten Idioten, indem wir drei verschiedene Geschäftsmänner fragten, ob sie hier seien, um in uns zu investieren. Peinlicherweise war das bei keinem der Fall.

Als es auf halb acht zuging, rief ich Shelley an. »KLEINEN MOMENT«, brüllte sie, obwohl sie sich in einem stillen Zimmer zu befinden schien, »ICH RUFE IHN GLEICH MAL AN!«

Ein paar Minuten später meldete sie sich wieder und teilte uns etwas verlegen mit, dass sich Mister Investor von Holden Steiner rettungslos verspätete. Er wäre noch mindestens bis Mitternacht in seinem Büro in St. James. Es täte ihm leid. »Das ist echtes Pech«, murmelte sie laut. »Ich lade euch zum Abendessen ein. Lass es auf die Zimmerrechnung setzen, Charlotte. Das ist mir jetzt wirklich sehr peinlich.«

Ich zögerte. Sam und ich hatten uns von der Investmentveranstaltung davongeschlichen, ohne einem einzigen Anleger auch nur die Hand geschüttelt zu haben. Mehr, als Essen durchs Restaurant zu schießen, albern zu kichern und fast eine Serviette zu stehlen, hatten wir nicht zustande gebracht. Es war mir unangenehm, eine so großzügige Einladung anzunehmen. Das Restaurant gehörte Heston Blumenthal, das Essen würde ein Vermögen kosten!

»Ach, vielen Dank, aber wir machen das schon«, sagte ich.

»DAS ESSEN GEHT AUF MICH!«, tönte es aus meinem Handy. »DU BIST IN LONDON GEBLIEBEN, WEIL ICH DICH DARUM GEBETEN HABE.«

Ich knickte schnell ein. Man müsste schon mit Dummheit geschlagen sein, um ein Abendessen bei Heston auszuschlagen, außerdem hatte ich das Gefühl, Sam würde mir das nie verzeihen.

Aus unfassbarem Glück hatte jemand seine Reservierung storniert, so dass Sam und ich kurze Zeit später in einem spartanisch, aber äußerst ansprechend eingerichteten Speiseraum saßen und auf die Karten starrten, die klangen, als hätte sie ein durchgeknallter Professor aus dem neunzehnten Jahrhundert ausgetüftelt.

»Meinen die das ernst?«, fragte Sam, nachdem er ein paar Minuten geschwiegen hatte. »Schweineohren? Muschelketchup?« Es schaute mich befremdet an. »Was soll der Scheiß?«

Ich zuckte die Achseln. »Typisch Heston Blumenthal«, sagte ich. »Die Leute sind verrückt nach dem Zeug.«

Sam blickte deprimiert drein. »Ich hab's satt«, sagte er kindisch. »Ich will ein Vindalho mit Naan-Brot und Papadams.«

Aus keinem ersichtlichen Grund war ich überzeugt, das alles wäre meine Schuld. »Nun, dann hol dir ein Curry«, blaffte ich zu meiner Verteidigung. »Ich werde dieses preisgekrönte Weltklassemenü genießen, und du ziehst dir eine Schachtel Take-away-Müll auf einer Bank rein. Abgemacht?«

Wir starrten einander an, bis Sam einlenkte. »Entschuldige«, sagte er, »ich bin ein Blödmann.«

Ich lächelte. »Entschuldige. Ich auch.«

Sam kniff die Augen zusammen, und ich wusste sofort, dass er etwas ausheckte; so etwas sah man ihm auf eine Meile Entfernung an. »Bist du müde, Chas?«, fragte er mich nach einer kurzen Pause.

Ich nickte. Ich war um sechs Uhr aufgestanden, um den Zug nach London zu erwischen.

»Dann willst du also wirklich in einem steifen Nobelrestaurant rumsitzen und ein Essen in dich hineinstopfen, das du nicht im Mindesten verstehst?«

Verdammt! Natürlich wollte ich das nicht. Widerstrebend schüttelte ich den Kopf.

»Als du ein anständiges Curry ›eine Schachtel voll Takeaway-Müll‹ genannt hast, warst du da lediglich gereizt?«

Ich nickte, noch widerstrebender.

Sam klatschte sich triumphierend aufs Bein. »Das dachte ich mir! Also, wir holen uns jetzt was beim Inder und essen in deinem Wahnsinnshotelzimmer mit Surround-TV und all dem Mist.«

Das war ein sehr verlockender Gedanke – allein an diesem Tisch zu sitzen erschöpfte mich –, doch ich hatte Angst zu gehen. »Wir können doch nicht einfach so aus einem Restaurant von Heston Blumenthal spazieren!«, flüsterte ich.

Sam musterte mich prüfend. »Schwör beim Leben deiner Mutter, dass du dieses Zeug hier einem guten indischen Essen vorziehst, und ich bleibe.«

Ich schaute ihn an.

»Indisch oder Muschelketchup«, sagte er leise. Er sah aus, als würde er gleich losprusten.

»Also dann, gehn wir«, seufzte ich.

Sam nahm meine Hand und drückte sie. »Du gehst nach oben, und ich mache mich auf die Suche nach einem Takeaway-Inder. Bis gleich.«

Und damit sprintete er davon und überließ es mir, dem erstaunten Kellner zu erklären, dass wir nun doch nicht hier dinieren würden. »Sind Sie ganz sicher, Madam?« Er sah aus, als würde er gleich in Ohnmacht fallen. Ich grinste entschuldigend und flüchtete.

Sobald ich wieder in meinem Zimmer war, wurde mir klar, dass mich die Aussicht, mit Sam allein zu sein, erschreckte, ganz besonders in einem Zimmer, das zu opulenten Liebesnächten einlud. Es zählte nicht, dass wir schon hunderttausendmal in meiner Wohnung zusammen zu Abend gegessen hatten. Die Dinge hatten sich geändert. Also bestellte ich beim Zimmerservice eine Flasche Wein auf eigene Kosten. Es war mir egal, dass ich arbeitslos war: Nüchtern zu sein war keine Option. Daher genehmigte ich mir, während ich auf Sam wartete, mehrere fertig gemixte Wodka Tonics aus der Minibar. Das wiederum ermöglichte es mir, die Dinge von der komischen Seite zu sehen, als zwanzig Minuten später das Telefon in meinem Zimmer klingelte.

»Hallo, hier spricht Catrina von der Rezeption«, meldete sich eine ausgesprochen wohlartikulierte Frauenstimme. »Hier unten steht ein Mann, der behauptet, Sie würden ihn erwarten. Er hat eine Plastiktüte mit Take-away-Curry bei sich. Ist das korrekt, Miss Lambert?«

Ich hielt das Mundstück mit der Hand zu und kicherte, konnte ich mir doch lebhaft vorstellen, wie Bowes mit seiner Plastiktüte lässig vor sich hin pfeifend ins Mandarin Oriental schlenderte und sich wunderte, warum er aufgehalten wurde.

»Ähm …«, sagte ich, dann musste ich wieder lachen. Nicht ohne Mühe riss ich mich zusammen. »Ja, er ist mein Freund«, sagte ich. »Er wird nicht über Nacht bleiben. Wir möchten nur zusammen essen.«

Schweigen. »Also gut«, sagte Catrina. »Bitte rufen Sie uns an, damit wir die leeren Schachteln abholen können, dann müssen Sie nicht in dem Curry-Geruch schlafen.«

Ich erschrak und versprach Catrina, genau das zu tun.

»Dumm gelaufen«, sagte Sam vergnügt, als er bei mir ankam. »Sie halten uns für Proleten!«

»Das sind wir, Bowes. Wir essen Take-away-Curry im Mandarin Oriental.«

Er stellte die Schachteln mit wunderbar duftendem Curry auf einen niedrigen, glänzenden Couchtisch, den er ans Fenster zog, damit wir auf dem Fußboden sitzen und beim Essen die Pferde auf der in Flutlicht getauchten Rotten Row beobachten konnten. Sam war sehr erleichtert, als er meinen Wein sah. »Gott sei Dank«, sagte er. »Ich habe eine Flasche gekauft, aber sie hat bloß zwei neunundneunzig gekostet. Wahrscheinlich purer Brennspiritus.«

Ich schenkte uns beiden ein großes Glas ein.

Kurz danach fing ich an, mich richtig zu entspannen, und ich erinnerte mich, warum ich Sams Gesellschaft so sehr genoss. Alles war so easy.

Vorausgesetzt wir blieben an der Oberfläche.

Wir kamen auf meine Eltern zu sprechen, die sich in ihrem vorgerückten Alter in ein Rucksackabenteuer gestürzt hatten. Sam schien begeistert zu sein von ihren Geschichten. »Im Augenblick arbeiten sie ehrenamtlich in einem Tigerreservat«, erzählte ich. »Mum schrieb in ihrer letzten E-Mail, dass Dad immer wieder versucht, Tigerbabys mit in ihre Unterkunft zu schmuggeln.«

Sam kicherte. »Ich bin so froh, dass es ihm wieder gutgeht. Dein alter Herr ist echt der Wahnsinn.« Er tauchte sein Naan-Brot in mein Masala.

Ich war froh, dass Sam meinen verrückten Vater toll fand. Dr. Nathan Gillies hatte sich nur zweimal zu einem Familienbesuch herabgelassen und dabei meinen Dad komplett auflaufen lassen. Und obwohl ich mit John nur so kurz zusammen gewesen war, so wusste ich doch, dass ich mich unwohl gefühlt hätte, ihn in die verrückte Bruchbude einzuladen, in der ich meine Kindheit verbracht hatte.

Als hätte er meine Gedanken gelesen, fragte Sam mich später nach meinen Gefühlen für John. Mein Herz machte einen Satz. *Jaaaa!*, dachte ich begeistert. *Er ist eifersüchtig!* Doch dann fiel mir wieder ein, dass Sam der männliche Part des »schönsten Paars in der gesamten Theaterlandschaft« war. Er erkundigte sich bloß nach John, weil er mein Freund war. *Mein Freund, mein Freund, mein Freund*, skandierte ich im Stillen.

Vielleicht würde ich Sam tatsächlich in ein paar Monaten (Jahren?) wieder ausschließlich als Freund betrachten können. Im Augenblick tat ich das definitiv nicht. Welche geistig gesunde Frau sehnte sich danach, einen Freund so leidenschaftlich zu küssen, wie ich Sam küssen wollte? Ich konnte es nicht ertragen, wie gut er aussah, da auf dem Fußboden, den Rücken gegen einen Sessel gelehnt, abwesend mit einem Finger im Ohr pulend, die Pferde unter uns betrachtend.

»John«, sagte ich langsam und versuchte, mir klar zu werden, was ich für ihn empfand. John ging es laut Cassie nicht besonders gut. Als seine Frau in sein Büro marschiert war und ihn wegen der Affäre mit mir zur Rede gestellt hatte, war Chambers offenbar komplett durchgedreht und hatte gedroht, ihn zu feuern. Hätte er nicht gerade seine Pressesprecherin verloren, hätte er seine Drohung vermutlich sogar wahrgemacht. Nun schien Washington John rausekeln zu wollen, was seine Fetter-Tigerkater-Pläne aller Wahrscheinlichkeit nach ernsthaft in Gefahr brachte.

»Er tut mir fast leid«, antwortete ich Sam wahrheitsgemäß. »Er hat echt kolossalen Mist gebaut.«

»Aber du würdest es immer noch gern mit ihm treiben«, stellte Sam fest.

»Nein. Absolut nicht. Und zwar nicht, weil er verheiratet ist. Das Kapitel ist einfach abgeschlossen. John ist Teil eines Lebens, das ich nicht mehr führen möchte.«

»Wow«, sagte Sam. Er wirkte aufrichtig überrascht. »Ich hätte nie gedacht, dass ich dich das einmal sagen hören würde!«

Ich lächelte reuevoll. »Ich auch nicht. Doch je länger ich nicht mehr bei Salutech bin, desto mehr stelle ich fest, wie sehr ich dort mein Leben vergeudet habe. John, die Firma – alles war verkehrt.« Ich spießte ein Stück Lamm auf meine Plastikgabel und kaute in nachdenklichem Schweigen. »Ich bin ein ganz schöner Dummkopf gewesen«, gab ich zu. »Ein irrer, Hosenanzüge tragender Dummkopf.«

»Ach, du sprichst von dem Workaholic Charley. Sei nicht so streng mit ihr. Sie ist gerade dabei, ihr Leben in Ordnung zu bringen.«

Als wir aufgegessen hatten, war Sam offenbar betrunken, denn er öffnete allen Ernstes die Flasche Wein, die er beim Inder gekauft hatte. Der Wein roch – wie vermutet – nach Brennspiritus, der ein flüchtiges Techtelmechtel mit ein paar sehr minderwertigen Trauben gehabt hatte. »Zum Wohl«, sagte er und zog zum Nachtisch zwei Karamellriegel aus der Jackentasche. Ich schüttelte verzweifelt den Kopf – nur mit Sam aß ich so ein Zeug –, doch dann dachte ich: Ach, was soll's?, und streckte die Hand aus.

Seltsamerweise machte ich mir in Sams Gegenwart weniger Gedanken um meine Figur.

Nach dem Essen schleppten wir uns vollgefressen und betrunken aufs Sofa, von wo aus wir aus dem Fenster in den Nachthimmel starrten. Ich war froh über den Verlauf des heutigen Abends. Alles hatte sich halbwegs normal angefühlt. Wir hatten nicht miteinander geflirtet – und leider auch nicht geknutscht –, und ein Teil der Befangenheit, die mich zuvor geplagt hatte, war von mir abgefallen.

Deshalb war ich sehr verunsichert, als Sam plötzlich verkündete, er würde sich seltsam fühlen.

»Ach?«, sagte ich, augenblicklich auf der Hut.

»Du nicht?«, fragte er und starrte reglos aus dem Fenster.

Ich fühlte mich ein bisschen betrogen. Hatte ich mich nicht gerade dazu beglückwünscht, diesen Abend ohne irgendwelche peinlichen Momente verbracht zu haben? *Ich fühle mich schon die ganze Zeit absolut seltsam!*, hätte ich am liebsten geblafft. *Jetzt bring mich nicht noch mehr durcheinander!*

»Seltsam, inwiefern?«, erkundigte ich mich, darum bemüht, lässig zu klingen. Sollte er doch den ersten Schritt machen.

Doch das tat er nicht. Er blickte einfach nur frustriert drein.

»Chas, wir haben uns vor zwei Wochen geküsst. Hast du kein seltsames Gefühl deswegen? Ich schon.«

Ich war sprachlos. In meinem Kopf explodierten eine Million Gedanken. Meinte er »seltsam« in positivem oder in negativem Sinne? Hatte Sam unseren Kuss so lange in Erinnerung behalten? Oh Gott! Wie dachte er darüber? Und wie dachte er über mich? War es gut oder schlecht, dass er so gequält dreinblickte?

Wie erstarrt saß ich da, wohl wissend, dass ich irgendetwas erwidern musste. Sollte ich ihm die Wahrheit sagen? Lügen? In einer fremden Sprache antworten? Grrr!

»Ein *etwas* seltsames Gefühl habe ich schon«, sagte ich leichthin, als wäre das hier alles ein dummer Scherz. »Ich meine, es ist in der Tat ein wenig seltsam, dass man jemanden küsst, um zu beweisen, dass man ihn *nicht* mag!« Plötzlich bekam ich Panik. War das zu viel? Klang das nach einem Wink mit dem Zaunpfahl? O Gott, o Gott.

»Sehr seltsam sogar«, pflichtete Sam mir bei. Ich schenkte sämtlichen Scotch aus meiner Minibar in zwei Gläser und schob ihm eins zu. »Aber als Experiment war es natürlich sehr aufschlussreich«, fuhr er fort und stellte sein Glas Brennspiritus ab. »Findest du nicht?«

Scher dich zum Teufel, Bowes, dachte ich finster. *Wag es ja nicht, mir den Schwarzen Peter zuzuschieben – ich werde dir nicht in die Hände spielen!* »Argh«, erwiderte ich hilfreich. Das war der unverbindlichste Laut, den ich zustande brachte.

Sam zwang sich zu einem Lachen. »Ach du liebe Güte! Müssen wir unser Experiment etwa noch einmal wiederholen?«

Wie bitte? Hatte er das gerade wirklich gesagt? Ich sah ihn an, das Blut schoss mir ins Gesicht. »Du hast doch behauptet, du hättest nichts dabei empfunden«, erinnerte ich ihn mit einer mir sehr fremden Stimme. »Warum willst du den Test dann noch einmal machen?«

Jetzt wurde auch Sam rot. »Nein, *du* hast behauptet, *du* hättest nichts empfunden.«

»Ich habe für uns beide gesprochen! Schieb das nicht mir in die Schuhe!«

Inzwischen erinnerte Sams Gesichtsfarbe an einen Puter.

MIST!, rief eine Hälfte meines Gehirns. *WAS ZUM TEUFEL IST DENN HIER LOS?*

Pause. *ICH HABE KEINEN BLASSEN SCHIMMER!*, rief die andere Hälfte.

Dann machten beide Gehirnhälften gemeinsame Sache und brachten mich dazu, etwas komplett Verrücktes zu tun. »Wenn du nicht überzeugt bist, macht es mir nichts aus, es noch einmal zu probieren«, hörte ich mich selbst sagen. Meine Stimme klang, als gehörte sie einer anderen Person.

Sam hielt seinen Scotch mit beiden Händen fest umschlossen.

Oje, dachte ich. *Jetzt habe ich es zu weit getrieben. Er weiß, wie ich für ihn empfinde, und das stößt ihn ab. Er hält mich für verrückt und würde am liebsten weglaufen. Er …*

»Du hast recht, wir sollten es noch einmal versuchen, nur um sicherzugehen«, sagte er.

Ich stutzte.

Und dann fingen meine Hände an zu zittern. Nicht nur ein bisschen, sondern heftig. Sie bebten regelrecht. Ich klemmte sie zwischen meine Knie, aber auch meine Unterarme zitterten unübersehbar. Rasch lehnte ich mich vor, um das peinliche Schauspiel zu verbergen, doch Sam streckte die Hand aus und zog eine meiner Hände hervor. »Charley«, sagte er sanft. »Alles ist okay. Wir werden Freunde sein, egal, was passiert.« Meine Hand zitterte noch mehr. Sie kam mir vor wie ein Pressluftbohrer. *HÖR AUF DAMIT!*, befahl ich mir selbst. *HÖR ENDLICH AUF ZU ZITTERN. HÖR AUF, DICH WIE EINE BEKLOPPTE AUFZUFÜHREN.* Doch das Beben wollte nicht aufhören.

»Ich bin nicht angespannt!«, stieß ich strahlend hervor, auch wenn meine Zähne klappernd aufeinanderschlugen. Sam hielt meine Hand fest in seiner, doch das machte keinen Unterschied – seine Hand zitterte einfach mit.

Wie beim letzten Mal waren wir plötzlich wie erstarrt und sahen einander einfach nur an. Und während wir das taten, spürte ich, wie sich etwas in mir veränderte. Ich war in diesen Mann verliebt, und ich konnte nicht länger so tun, als wäre das nicht der Fall. Meine Hände hörten auf zu zittern. Ich liebte Sam. Ich würde ihn küssen. Na und? Und ohne so richtig zu wissen, was ich da tat, beugte ich mich vor und legte meine Lippen auf seine. Für den Bruchteil einer Sekunde war er zu überrascht, um zu reagieren. Doch dann erwiderte er meinen Kuss. Langsam, sanft. Unsere Lippen berührten sich kaum. Er umschloss meine Oberlippe, dann rutschte er zu meiner Unterlippe. Seine Hand legte sich leicht um meine Taille, was in mir ein köstliches, warmes Prickeln auslöste, das sich bis in die letzte Faser meines Körpers ausbreitete.

Sams Kuss wurde fester, dann rückte er ein paar Zentimeter

von mir ab, um mich anzusehen. »Charley Lambert«, sagte er sanft. Ich erwiderte seinen Blick, dann schaute ich schnell zur Seite. Es war mir fast unerträglich, ihm aus so geringer Distanz in die Augen zu sehen.

»Ja, die bin ich«, flüsterte ich unsicher.

Zu meiner Bestürzung rückte Sam noch ein Stück weiter von mir ab und nahm seine Hand von meiner Taille. Die andere hielt weiterhin meine fest, doch sie fühlte sich plötzlich schlaff an. »Nun?«, fragte er.

Ich konnte nicht antworten. Brachte es nicht über mich, ihm die Wahrheit zu sagen: dass ich seinen Kuss so sehr genossen hatte wie noch keinen anderen zuvor; dass ich meinte, in ihn verliebt zu sein. Ich wusste, dass er nicht dasselbe empfand, egal, wie schön unser Kuss gewesen war. Er war Sam Bowes, männlicher Part des »schönsten Paars in der gesamten Theaterlandschaft«.

Also zuckte ich die Achseln, als wollte ich die Frage an ihn zurückgeben.

Sam wirkte deprimierend erfreut. »Alles so, wie ich dachte«, erklärte er mit fester Stimme. *»Nada.«*

»STIMMT!«, kreischte ich überspannt. »Ich wette, da ist tonnenweise mehr Chemie im Spiel, wenn du Katia küsst, hab ich recht?«

Sam nickte. »Ja. Tonnenweise mehr Chemie. Ich liebe es, mit Katia zu knutschen! Sie ist der Hammer! Ich könnte sie den ganzen Tag lang küssen! Nun ja, genau das tue ich ja auch ständig. Haha. Tja, so weit, so gut. Wir haben unser Experiment also wiederholt und unsere Schlüsse gezogen. Zum Wohl!« Er stieß sein Glas gegen meinen Tumbler.

Und ich kippte vier Fingerbreit Scotch in einem Zug runter.

Kapitel zwanzig

Strahlend trat ich einen Schritt zurück, um den Weihnachtsbaum zu bewundern. Er sah einfach toll aus! Kein moderner, spartanisch geschmückter Baum mit glänzenden Goldkugeln und weißen Lichtern, sondern ganz so, wie Mum und Dad ihn liebten: groß, ausladend, verrückt, vom Fuß bis zur Spitze vollbehängt mit ausgefallenem Weihnachtsschmuck, knallbunten Lichtern, Schokoladennilpferden, kleinen Holzschächtelchen und verschiedensten anderen seltsamen Dingen, die Dad über die Jahre angehäuft hatte. Ich lachte, als ich seinen Lieblingsholzgecko auf die Spitze setzte. Jeder normale Mensch hätte dort einen Stern angebracht.

Ich konnte mir nur vage vorstellen, welche aberwitzigen Schätze Dad aus seinem Rucksack zaubern würde, wenn die beiden nächste Woche heimkehrten. Ich wappnete mich bereits für die Möglichkeit, dass er sich lange graue Dreadlocks hatte wachsen lassen und eine Kette mit bunten Perlen um den Hals trug.

Malcolm, dem ich ein festliches Rentiergeweih aufgesetzt hatte, tat so, als würde er mich nicht bemerken, als er ein Schokonilpferd von einem der unteren Zweige zupfte und zu seinem Hundebett brachte. In diesem Haus war nichts und niemand normal! Ich hatte beschlossen, die Woche vor Weihnachten in meinem Elternhaus in East Linton zu verbringen, damit ich Malcolm aus der Obhut der Eheleute Jones befreien, Granny Helens Sachen durchgehen und das Haus festlich herrichten konnte, bevor Mum und Dad aus Indien zurückkehrten. Ich genoss es sehr, wieder hier zu sein. Noch immer hatte ich keinen anderen Ort auf der Welt gefunden, an dem ich mich mehr zu Hause fühlte als hier bei meinen Eltern.

Wohl zum zwanzigsten Mal heute stellte ich mir vor, dass Sam das Weihnachtsfest im Lambert'schen Hauptquartier verbrachte.

Anstatt langsam abzusterben, waren meine Gefühle für Sam immer intensiver geworden. Jedes Mal, wenn er mir eine E-Mail wegen First Date Aid schickte, schlug mir das Herz bis zum Hals, nur für den Fall, dass diese Mail die entscheidende wäre. Doch sie war es nie. Die Nachricht, die er mir heute geschickt hatte, war mein letzter Strohhalm.

> Chas! Wie geht es meiner verschollenen Mitbewohnerin? Ich vermisse dich, und ich kann einfach nicht glauben, dass du heute Abend nicht zur Premiere erscheinst. Das nenne ich schlechtes Benehmen. Sehr schlechtes Benehmen.

Es gab einen verdammt guten Grund dafür, dass ich nicht kam: Er hatte etwas mit Katia Wunderschön, diesem verfluchten Miststück, und es käme unverzeihlichem Masochismus gleich, nach London zu fahren und ihnen beim Knutschen zuzusehen.

> Doch wie dem auch sei, wenden wir uns der Arbeit zu. Zunächst einmal denke ich, wir sollten ein paar freiberufliche Ghostwriter einstellen. Fünf dürften genügen. Momentan werden wir von Hilfe suchenden Singles förmlich überschwemmt. Shelley hat uns mit diesem Artikel in der *Sunday Times* wirklich einen Riesengefallen getan. Soll ich eine Anzeige aufgeben?
>
> Kommen wir zum zweiten Punkt: Es gibt große

Neuigkeiten! Die erste Hochzeit steht uns ins Haus. Erinnerst du dich an diesen Robert – den aus Belfast mit der Weide voller Lamas? Er hat sich nonstop mit Jemma getroffen und ihr gestern Abend die alles entscheidende Frage gestellt. JIPPIE!

Gestern haben wir uns übrigens mit William und Shelley zum Mittagessen getroffen, und als Shelley kurz zum Pieseln gegangen ist, hat er mir erzählt, dass er später bei Tiffany vorbeischauen wolle. Das kann nur eins bedeuten! Witzigerweise scheint Shelley noch immer nicht zu ahnen, dass ich Williams Ghostwriter war. Es ist ulkig, mit den beiden zusammen zu sein. Sie sprach die ganze Zeit von dir und war ziemlich sauer, dass du heute Abend nicht kommst. Ich bin übrigens genauso sauer.

Wie geht's dir eigentlich? Bist du glücklich? Traurig? Sprich mit mir. Hör auf, mir von der blöden Arbeit zu berichten, und schreib mir stattdessen, wie du dich fühlst.

Melde dich, und zwar bald.

Xxxx

Ich liebte seine Mails. Genau genommen liebte ich Sam. Und ich hasste es, dass er schrieb: »*WIR* haben uns übrigens mit William und Shelley zum Mittagessen getroffen«. Dieses »Wir« war wie ein Schlag ins Gesicht.

Unser Abschied an jenem Novemberabend in London war kurz und schmerzlos verlaufen. Catrina von der Rezeption des Mandarin Oriental hatte sich offenbar so sehr wegen des Curry-Geruchs in meinem Zimmer gesorgt, dass sie von sich aus jemanden hinaufgeschickt hatte, der die leeren Schachteln abholen sollte, was mir einen wunderbaren Vorwand geliefert hatte, den Abend zu beenden und Sam aus meinem Damenzimmer zu werfen. Nachdem er sich aus dem Staub gemacht hatte, hatte ich mich am Fußende meines gewaltigen Betts auf den Boden gesetzt und fast eine Stunde lang meinen Kopf in den Händen vergraben, um mir klarzumachen, dass ich ihn wohl oder übel loslassen musste.

Doch das konnte ich nicht. Am nächsten Morgen war ich nicht in der Lage gewesen, mein Fünf-Sterne-Frühstück zu verspeisen, und hatte mich seitdem jeden einzelnen Tag nach ihm gesehnt.

»Glaubst du, Sam empfindet etwas für mich?«, fragte ich Malcolm. Malcolm trottete zu mir, legte seine Schnauze in meinen Schoß und seufzte tief. Ich seufzte ebenfalls. »Das ist nicht gerade die Antwort, die ich hören wollte, Malcolm.«

Mein Handy piepte, um anzuzeigen, dass eine SMS eingegangen war. Überrascht stellte ich fest, dass Shelleys Name auf meinem Display erschien. Seit ihr Investor an jenem Abend nicht aufgekreuzt war, hatte ich auf ihre Nebelhornanrufe verzichten müssen. Wahrscheinlich meinte sie, mich inzwischen genug für meine Hilfe entlohnt zu haben – und in Anbetracht der Rechnung, die ich bei meiner Abreise hinterlassen hatte, konnte ich ihr keinen Vorwurf machen.

Doch da war sie wieder: sparsam im Umgang mit Worten, großzügig mit ihrem Sarkasmus. *Du kommst heute Abend nicht zu Sams Premiere*, schrieb sie. *Warum nicht?*

Ich lächelte kurz, amüsiert über Shelleys unverkennbare, direkte Art. Doch das Lächeln verschwand schnell wieder, denn Shelleys Frage war berechtigt.

Ich seufzte. Malcolm ebenfalls. In den letzten paar Wochen hatten sich die Dinge für mich sehr verändert. Ich schlief, ich zwang mich zu einem gemäßigten Arbeitspensum und bastelte mir langsam, aber sicher sogar so etwas wie ein Sozialleben zusammen. Es stellte eine tägliche Herausforderung dar, nicht zu viel zu tun, doch es lief definitiv anders. Meine Gefühle für Sam dagegen blieben unverändert. Ich versuchte alles, um über ihn hinwegzukommen, angefangen bei zwei Internet-Dates (grauenvoll) bis hin zu einer Chakren-Reinigung (auch nicht viel besser).

»Ich kann heute Abend nicht zur Premiere fahren, weil es mich umbringen würde, ihn mit seiner Freundin zu sehen«, teilte ich Malcolm mit. »Also werde ich einfach weiter vor mich hin dümpeln und abwarten, bis es endlich vorübergeht, und zwar hier in Schottland.« Malcolm blickte mich bestätigend an.

Shelley dagegen tischte ich dieselbe an den Haaren herbeigezogene Ausrede auf, die ich bei Sam bereits angebracht hatte – dass ich das Taufmahl für das Baby meiner Cousine organisieren müsse (das noch nicht mal geboren war, doch das nur nebenbei) –, dann schob ich mein Handy unters Sofakissen und suchte verzweifelt nach etwas, was mich von der misslichen Situation ablenken würde.

Ich zog eine Schachtel, die Granny Helen gehört hatte, zu mir heran. Ness und ich waren während der vergangenen Wochen nach Dads Anweisungen ihre Besitztümer durchgegangen, doch es lag immer noch ein Haufen Arbeit vor uns.

Ich drehte die Schachtel um. »FOTOS«, stand in Granny Helens schwungvoller Handschrift darauf. Ich lächelte. Meine Großmutter mochte vielleicht körperlich nicht mehr hier sein, doch ihr Geist war stets präsent. Ich stellte mir vor, wie sie jetzt mit ihrem Gehstock auf meinen schmuddeligen Pulli (einen von Dads aussortierten) deuten und mich fragen würde, ob ich noch zu retten sei.

Die Schachtel war voller Umschläge, allesamt gesteckt voll mit kleinen Sepia-Fotos. Jeder einzelne war mit Grannys eindrucksvoller Krakelschrift versehen, und dank ihrer sorgfältigen Beschriftung stieß ich unverzüglich auf einen ganz besonderen: »CHRISTIANS EINSCHULUNG«, stand auf einem Umschlag.

Ich zog die Fotos heraus und fing augenblicklich an zu lachen. Der kleine, vierjährige Dad trug Tweedshorts und Kniestrümpfe. Auf dem ersten Foto blickte er bestürzt in die Kamera, doch auf dem zweiten war er wie immer: ein Spaßvogel, besser gesagt: ein Affe. Er hing kopfüber in einem Baum im Garten, der Inhalt seiner Schultasche purzelte um ihn herum zu Boden. Auf dem dritten Foto stand er wieder mit den Füßen auf der Erde, die Schultasche gepackt, einen furchterregend finsteren Ausdruck auf dem Gesicht. Ich vermutete, dass Granny Helen ihm in der Zwischenzeit einen ordentlichen Klaps auf den Allerwertesten verpasst hatte.

Eifrig darauf bedacht, weitere Fotos zu finden, zog ich einen Umschlag aus der Schachtel, der sich anders anfühlte als die anderen.

Ich drehte ihn um. »JACK« stand darauf. Ich zog fragend eine Augenbraue in die Höhe.

Granddad Jack war der Großvater, den ich nie kennengelernt hatte. Er war während des Zweiten Weltkriegs Hauptmann bei der Luftwaffe auf Malta gewesen und abgeschossen worden, als Granny Helen mit Dad im sechsten Monat gewesen war. Dad hatte nie viel über diese Tragödie gesprochen, doch die enge Bindung an seine Mutter zeigte deutlich, wie sehr ihm ein Vater letztlich gefehlt hatte.

Ich öffnete den Umschlag, aufgeregt bei der Aussicht, gleich Fotos von meinem Granddad in den Händen zu halten. Doch anstelle von Fotos zog ich ein sorgfältig gestapeltes Bündel Papiere heraus.

Ich musste es nicht öffnen, um zu wissen, dass es sich um Briefe handelte.

Der erste Brief war in einer spinnenhaften Handschrift geschrieben, die ich noch nie zuvor gesehen hatte und die ein ziemlicher Kontrast zu Granny Helens ausladendem Gekrakel war. Ich zögerte, die Stirn in Falten gezogen. War es in Ordnung, dass ich die Korrespondenz meiner toten Großeltern las? Ich stellte Malcolm diese Frage, doch er wedelte nur träge mit dem Schwanz. Ich überlegte ein paar Minuten und beschloss, es zu wagen. Fanden die Menschen nicht genau auf diese Art und Weise verblüffende Dinge über ihre Vorfahren heraus?«

»Das würde jeder an meiner Stelle tun«, sagte ich zu Malcolm und öffnete das Bündel so vorsichtig, wie ich konnte.

In der Mitte lag ein Brief, der in drei Umschlägen steckte. Es musste etwas ganz Besonderes sein, das spürte ich, noch bevor ich ihn aufgefaltet hatte. Das Zimmer lud sich förmlich auf vor Emotionen. Ich fing an zu lesen. *Meine Süße*, stand da in ordentlicher, zur Seite geneigter Handschrift. Ich lächelte bei der Vorstellung, dass Granny Helen jemandes »Süße« war.

Ich danke dir tausendmal dafür, dass du mir schreibst, und auch für das Stück Yardley-Seife. Was für ein Luxus! Die Kameraden waren schrecklich neidisch!

Ich trage deinen Brief in meiner Tasche, damit ich ihn den ganzen Tag und die ganze Nacht bei mir habe. Er glüht warm durch mein kratziges Hemd und spendet mir Trost, meine Liebe! Er schenkt mir Kraft in der Stille der Nacht, wenn die Geräusche um mich herum feindlich und furchterregend klingen und ich mich nach dem vertrauten Klirren sehne, wenn du deine Teetasse auf die Untertasse stellst. Er beruhigt mich, wenn die anderen um mich herum zornig werden, in Panik geraten oder barsch miteinander reden.

Es tut mir leid, dass es so lange gedauert hat, bis ich dir antworten konnte, doch leider bleibt uns nur wenig Zeit zum Schlafen, von Erholung ganz zu schweigen. Dieses Versäumnis bedeutet jedoch keineswegs, dass meine Gefühle für dich nachlassen, geliebte Helen. Wenn ich morgens aufwache, denke ich an dich, du bist den ganzen Tag über bei mir, liebevoll und wunderschön, bis ich erschöpft ins Bett falle. Ich träume von unseren Spaziergängen am Meer im April und von unseren Sommerpicknicks in den Hügeln Südostenglands.

Oh, ich sehne mich so nach unserem gemeinsamen Leben zurück, mein Schatz. Ich muss aufhören, Tompkins ruft mich.

Ich liebe dich und vermisse dich von ganzem Herzen.

Für immer der deine

Jack

Tief gerührt ließ ich den Brief sinken. Ich hatte mir nie richtig bewusst gemacht, was verliebt sein in der Generation meiner Großeltern bedeutet hatte. An irgendeinem Punkt hatte ich offenbar beschlossen, dass es sich ausschließlich um förmliche Arrangements gehandelt haben musste, dass diese Verbindungen nur auf Zuneigung und Respekt basierten. Wie kurzsichtig ich doch gewesen war! Ein paar Minuten blieb ich reglos sitzen und starrte überwältigt in die Ferne, dann suchte ich nach Granny Helens Antwort.

Und die riss mich ziemlich abrupt aus meiner Träumerei.

Du hast diesen letzten Brief nie und nimmer selbst verfasst, Jack, hatte Granny Helen am 1. Dezember 1941 geschrieben. Ich war ein wenig entrüstet: Selbst für Granny Helen war das ganz schön ruppig. *Hältst du mich für blöd? Der Brief war pure Poesie, und du, mein Lieber, bist alles andere als ein Poet. Trotzdem bist du ein schneidiger Bursche, ein grandioser Kerl, also lasse ich dir das durchgehen. Du bist mein liebenswerter Dummkopf.*

Ich entspannte mich. So hatte das also funktioniert: Granny Helen schickte eine Rakete los und schoss sie ab, bevor sie Schaden anrichten konnte. Herrlich, wie sie ihn schneidig, grandios nannte – diese Seite hatte ich nie an ihr kennengelernt.

Es war schön, von dir zu hören, Jack, egal, wer diesen Brief geschrieben hat. Ich vermisse dich und denke jeden Tag an dich. Hier ist es ruhiger als üblich; die meisten Frauen aus der Stadt sind in Dunbar und helfen in irgendeinem Lager, weshalb ich die meiste Zeit über völlig auf mich gestellt bin. Ich habe schon eine Maschine zum Kartoffelstampfen konstruiert, um nicht zu verblöden. Zu viele schwangere Frauen werden zu nutzlosen Schwabbeltieren.

Die Übelkeit ist jetzt vorbei, und ich vertilge fast so viel wie das fette Pferd von den Duries.

Gestern Nacht habe ich geträumt, du würdest in der Küche stehen und Harfe spielen. Was habe ich gelacht! Als ich aufgewacht bin, war ich traurig, weil du so weit weg bist. Ich zähle die Tage bis zu deiner Rückkehr. Nein, ich zähle die Stunden! Komm wohlbehalten heim, mein schöner Soldat.

Deine Helen

Ich blickte auf den Brief hinab und spürte, wie mir die Tränen in die Augen stiegen. Es wäre mir nie in den Sinn gekommen, dass meine schnippische Großmutter zu solch offenen Gefühlsäußerungen fähig gewesen war.

Doch ihr Vorwurf, Jack habe diesen Liebesbrief von jemand anderem schreiben lassen, überraschte mich wirklich. Warum behauptete sie das? Hatte sie tatsächlich gemeint, was sie da sagte?

Ein Gedanke formte sich in meinem Kopf. Plötzlich aufgeregt fing ich an, nach Granddad Jacks Antwort zu suchen.

Helen, mein Schatz, natürlich habe ich den Brief geschrieben! Kleingläubiger Thomas! Übrigens schreibe ich Briefe für die meisten Kameraden in meiner Staffel. Es wäre Wahnsinn, sie selbst schreiben zu lassen, sie würden binnen weniger Tage ihre

Liebsten vergraulen! Nein, meine Liebe, ich bin vielleicht nicht der ordentlichste Mann in meiner Einheit – ich habe heute Morgen wegen des Zustands meiner Stiefel Ärger gekriegt –, aber ich schreibe verdammt gute Liebesbriefe.

Ich schnappte nach Luft. Dieses Talent lag offenbar in unserer Familie! Unsicher, ob ich lachen oder weinen sollte, gab ich ein merkwürdiges Geräusch von mir. Mein Großvater hatte ein ganz ähnliches Geschäft betrieben wie ich! Ich wühlte weiter in der Schachtel, begieriger denn je, ein Foto von ihm zu finden.

Bald schon wurde ich belohnt. In einem Umschlag, beschriftet mit »HOCHZEIT HELEN/JACK«, steckten Fotos von den glücklichsten Menschen, die ich je gesehen hatte. Fasziniert betrachtete ich die Bilder meines Großvaters. Granny Helens schöner Soldat hatte seine Frau anscheinend über alles auf der Welt geliebt. Hier war nichts von der typischen Reserviertheit der 1930er-Jahre zu finden: Granddad Jack hielt seine Braut fest im Arm und küsste sie auf fast allen Fotos auf die Wange. Auch Granny Helen hatte ihr Glück nicht verbergen können. Ihr Lächeln schien all die herausgeputzten Leute um sie herum anzustecken.

»Hallo«, flüsterte ich ihnen zu, während eine Träne auf Dads alten Pulli tropfte. Einen dicken Kloß im Hals, wandte ich mich wieder dem Brief zu.

Du wirst dich fragen, warum ich so gut im Schreiben bin. Welcher Veterinär schreibt schon Liebesverse?

Die Antwort, meine Liebe, ist, dass ich schreibe, wie ich schreibe, weil ich dir begegnet bin. Du hast mich zu diesem schwärmerischen Schreiberling gemacht. Du hast mein unbeholfenes Geschwafel in Poesie verwandelt. Weil ich dich liebe, mein Mädchen. Ich verzehre mich nach dir! Es ist nicht gerade einfach, dich zu lieben, das kann ich nicht leugnen.

Würde ich mir meine Traumfrau ausmalen, wäre sie bestimmt nicht wie du. Sie wäre zum Beispiel ein bisschen respektvoller! Doch das ist egal, meine Helen. Du bist die Einzige für mich. Übermorgen beginnt mein Urlaub, mein Schatz! Ich werde zu dir kommen!

Nun liefen mir die Tränen ungehindert über die Wangen. Ich drehte das Blatt um, um nach dem Datum zu sehen: der 13. Dezember 1941. Granddad Jack war am nächsten Tag ums Leben gekommen. Kurz nach Einbruch der Dunkelheit war er auf der Suche nach einer in Not geratenen Maschine übers Mittelmeer geflogen – und war selbst abgeschossen worden.

Ich versuchte, mir das Ausmaß dieser Tragödie vorzustellen, zumal ich nun wusste, wie sehr die beiden einander geliebt hatten. Kein Wunder, dass Granny Helen nie mehr geheiratet hatte. Kein Wunder, dass sie ein so streitsüchtiger alter Stinkstiefel geworden war.

»Es tut mir so leid, Granny Helen«, flüsterte ich. »Du Arme!«

Der nächste Brief stammte von Staffelführer Tom Derbyshire, der erklärte, was passiert war, und die Briefe meiner Großmutter an ihren Mann beilegte. Er schrieb, Granddad Jack sei ein tapferer Pilot gewesen, der für sein Land das höchste Opfer gebracht habe. Dann fügte er in persönlicherem Ton hinzu, dass Jack bei den Jungs der 238. Staffel sehr beliebt gewesen sei, nicht zuletzt, weil er ihnen beim Schreiben ihrer Liebesbriefe geholfen habe. Granny Helen habe allen Grund, stolz auf ihn zu sein.

Ich ließ die Briefe sinken, um sie nicht mit meinen Tränen zu verschmieren, konnte ich doch diese Tragödie, den schrecklichen Verlust nicht ertragen. Meine arme Granny, im sechsten Monat schwanger und fast verrückt vor Liebe, hatte ihren schönen jungen Ehemann nie wiedergesehen.

Malcolm blickte mich unbehaglich an, während ich weinte.

Ich betrachtete noch einmal die Hochzeitsfotos, ihr ansteckendes Lächeln. »Gott sei Dank weißt du, wie viel er für dich empfunden hat«, flüsterte ich. Darin lag ein gewisser Trost.

Mein Tränenfluss wurde gebremst vom Piepen meines Handys, das eine eingehende SMS ankündigte. Ich fuhr mir mit dem Ärmel übers Gesicht und öffnete die Nachricht.

Sie war von Sam. Schniefend versuchte ich, mich zu konzentrieren: *Wollte nur noch einmal sagen, wie traurig ich bin, dass du heute Abend nicht kommst. Dir würde das Stück gefallen, ich sehe die meiste Zeit über aus wie ein Volltrottel. Wenn wir schon dabei sind, von Volltrotteln zu sprechen: Du bist ein Volltrottel, weil du nicht kommst. Ich vermisse dich. XXX.*

»Lass mich in Ruhe«, sagte ich laut. »Wirfst mir Krumen von deinem schicken Designertisch zu, an dem du dein dämliches Londoner Frühstück mit der dämlichen Katia Wunderschön isst.« Ich fühlte mich elend.

Ich griff gerade in die Schachtel mit den Fotos, verzweifelt bemüht, nicht länger an Sam zu denken, als mein Handy erneut zum Leben erwachte.

»HÖR AUF!«, brüllte ich. »ICH WILL DICH NICHT SPRECHEN!« Doch natürlich blickte ich trotzdem aufs Display. Es war nicht Sam.

Es war Hailey.

Ich war mir nicht sicher, ob ich rangehen sollte. Sie war gestern Morgen mit Ness zusammen nach London gefahren, um Weihnachtseinkäufe zu erledigen. Anschließend wollten sie sich in Schale werfen und zu Sams Premiere gehen. Ich fürchtete, dass sie mich anrief, um mir von Sams neuer Freundin zu berichten.

Dennoch meldete ich mich, nur für den Fall, dass sie angenehmere Neuigkeiten für mich hatte. »Hails?«

»Hallo!«, rief sie aufgeregt. Im Hintergrund war ein Straßensänger zu hören, der »Winter Wonderland« zum Besten gab, außerdem das lärmige Treiben der festlich gestimmten Londoner. Das Wohnzimmer meiner Eltern fühlte sich plötzlich ziemlich weltabgeschieden an.

»Ähm, wie geht's euch beiden? Habt ihr eine schöne Zeit?«

Hailey ging nicht auf meine Frage ein. »Chas«, sagte sie. »Ich rufe an, weil ich ziemlich sauer auf dich bin. Du solltest verdammt noch mal hier sein! Es ist superaufregend! Außerdem ist Sam total enttäuscht, weil du nicht kommst!«

Ich erstarrte. Die blöde Ausrede, die ich Sam aufgetischt hatte, stimmte nicht mit dem überein, was ich Hailey und Ness erzählt hatte. Ich hoffte, sie hatten sich diesbezüglich nicht ausgetauscht.

»Tja, so ist das nun mal«, seufzte ich und versuchte, bedauernd zu klingen.

»Geh mir nicht auf die Nerven«, schimpfte Hailey, »erklär mir lieber noch mal, warum du nicht kommen kannst?«

Ich wechselte das Thema. »Wie geht es Sam?«, fragte ich. »Ist er nervös?«

»Oh, der macht sich fast in die Hose. Wir haben gestern mit ihm zu Mittag gegessen, und er ist mindestens zwanzigmal aufs Klo gerannt. Der Arme!«

Mein Herz fing an zu schmelzen.

»William und Shelley waren auch dabei«, fügte Hailey hinzu. »Das ist vielleicht ein Paar!«

NEIN! Hailey und Ness waren auch bei dem gemütlichen Pärchen-Lunch gewesen! Pfui! Shelley und William, Sam und Katia Wunderschön ... in heiterer Runde mit meiner Zwillingsschwester und meiner besten Freundin. Das war einfach ekelhaft. Zu grausam, um es in Worte zu fassen.

»Da hast du recht«, sagte ich abwesend. »Wie findest du die zwei?«

Hailey kicherte. »Ganz schön seltsam. Laut, selbstbewusst, die erinnern mich an zwei Dampfloks, auch wenn ich sagen würde, Shelley ist definitiv der Boss. Was für eine Kombination! Die beiden zusammenzubringen war wirklich eine Supersache!«

Ich wollte sie gerade nach Katia und Sam fragen, doch sie redete weiter: »Shelley hat wieder nach dir gefragt. Ist sie eine Lesbe oder was? Sie hört ja gar nicht mehr auf!«

»Nein, sie ist bloß ein bisschen seltsam und direkt.« Ich wappnete mich. »Und … ähm … wie war Katia?«

»Ganz nett«, antwortete Hailey skeptisch, »obwohl ich finde, dass sie eine ziemlich arrogante Tussi ist, Chas. Ich kann mir nicht vorstellen, wie ihr Mann es mit ihr aushält.«

Der Straßensänger im Hintergrund stimmte »Santa Claus Is Coming To Town« an. »Ihr WAS?«, versuchte ich ihn zu übertönen.

»Hä?«, brüllte Hailey.

»Hailey, sagtest du gerade, sie sei verheiratet? KATIA WUNDERSCHÖN?«

Hailey fing an zu lachen. »Ach, das ist ein guter Name! Ja, sie ist verheiratet.«

»Sie ist nicht mit Sam zusammen?«

»NEIN!«, schrie Hailey, aufrichtig entsetzt. »Wie kommst du denn darauf?«

»Shelley hat einen Artikel in der *Stage* erwähnt«, erwiderte ich zögernd. »Über Sam und Katia, das heißeste Paar im West End oder so ähnlich.«

»Ach, ja, Bowes hat ihn mir gezeigt. Aber das war doch auf die Bühne bezogen, nicht auf das Privatleben! Er hatte nie was mit ihr. Sie ist eine total blöde Kuh, Chas! Selbst Bowes kennt Grenzen!«

»Richtig«, sagte ich benommen.

»In Wahrheit hat Bowes momentan einen ziemlichen

Durchhänger. Seit drei Monaten hat er keine Frau mehr abgeschleppt – ich weiß auch nicht, was mit ihm los ist, er …«

Doch ich hörte ihr nicht länger zu. Ich hatte alles gehört, was ich hören musste. Sam war Single! *Single!* So schnell wie möglich wimmelte ich Hailey ab und fing an zu grübeln. Sam war Single. Sollte ich es nicht wenigstens versuchen? Ich schaute auf die Uhr. Wahrscheinlich würde ich es gerade noch rechtzeitig nach London schaffen, vorausgesetzt, ich wäre bereit, Hals über Kopf aufzubrechen und eine Unsumme für ein Last-Minute-Flugticket auszugeben.

Nein, dachte ich verärgert. *Kommt nicht in Frage!*

Aber warum eigentlich nicht? Ich starrte den Stapel Briefe an, den Granny Helen und Granddad Jack einander geschrieben hatten. Granny Helen hatte ihre große Liebe verloren, doch immerhin hatte sie den Mut gehabt, sich auf den Mann ihres Lebens einzulassen. Irgendwann hatte sie beschlossen, das Risiko einzugehen. War ich wirklich so jämmerlich, dass ich den Rest meiner Tage damit zubrächte, mich zu fragen, was Sam für mich empfand?

Nein, beharrte ich. *Diese Situation ähnelt keineswegs der meiner Großeltern. Sam liebt Mädels, die er durchs Schlafzimmer schleudern kann. Er würde sich einen Bandscheibenvorfall holen, wenn er das bei mir versuchte!*

Doch sehr zu meinem Unmut ging mir Granny Helen nicht mehr aus dem Kopf. Ich stellte mir vor, wie sie vor siebzig Jahren in ebendiesem Raum gesessen und ein Telegramm gelesen hatte, das sie über den Tod ihres Mannes informierte. Wie am Boden zerstört, wie aufgebracht und wie allein sie sich gefühlt haben musste in dem Wissen, dass der Mann, den sie mehr als alles auf der Welt liebte, ihr einen Tag vor seiner geplanten Rückkehr für immer entrissen worden war. Es war eine Tragödie von einem Ausmaß, wie ich es selbst kaum ermessen konnte.

Aber sie wusste, dass er sie liebte.

Und deshalb, das sah ich ein, würde ich nach London reisen und Sam gestehen müssen, dass ich ihn liebte – egal, wie viel Angst mir das machte. Was wäre, wenn ich heute von einer Klippe stürzte? Was, wenn Malcolm mich verspeiste? Ich würde sterben, ohne je erfahren zu haben, ob meine Gefühle auf Erwiderung stießen!

»Hallo, Charley«, zwitscherte Hailey, als ich sie ein paar Sekunden später zurückrief. »Hast du deine Meinung etwa geändert?«

»JA«, blaffte ich. »ICH KOMME NACH LONDON!«

»Wow, du klingst ja enthusiastisch«, sagte sie, offenbar erstaunt. »Alles in Ordnung?«

»NEIN! ICH BIN IN SAM VERLIEBT, UND ICH KOMME NACH LONDON, UM IHM GENAU DAS ZU SAGEN! ICH MACHE MIR VOR ANGST FAST IN DIE HOSE!«

Kurzes Schweigen am anderen Ende der Leitung.

»Entschuldige«, sagte Hailey. »Hast du gerade gesagt …«

»JA. ICH BIN IN BOWES VERLIEBT. Tut mir leid, Hails. Ich hätte es früher erwähnen sollen. Und ja, ich muss es ihm sagen.«

»Oh Gott«, flüsterte Hailey. »Ich glaube, ich muss mich erst mal hinsetzen.«

Warum zur Hölle sollte er meine Liebe erwidern?, fragte ich mich und rannte die Treppe hinauf, um meine Handtasche zu holen. *Nun, sieh dir Mum und Dad an. Die zwei sind der schlimmste Alptraum füreinander! Aber lieben sie sich auch? Ja, und zwar von ganzem Herzen! Sie sind seit fünfunddreißig Jahren zusammen!*

»Ich fahre nach London«, teilte ich Malcolm mit. »Sei brav. Ich werde das Ehepaar Jones bitten, herzukommen und dich zu retten.«

Doch gerade als ich zur Haustür hinaussprintete und mir

Mums alten Anorak schnappte, hatte ich plötzlich einen Geistesblitz. Einen wahrhaft genialen Geistesblitz. »Gut überlegt, Lambert«, murmelte ich, drehte mich um und rannte wieder nach oben, wo ich zwei sehr wichtige Dinge in meine Handtasche stopfte.

Malcolm beobachtete mit seinem freundlichen Lächeln, wie ich zum zweiten Mal binnen weniger Minuten zur Haustür stürmte. »Halt dich von der Schokolade am Weihnachtsbaum fern!«, warnte ich ihn und stürmte hinaus, um in meinen Wagen zu steigen.

»Mist!«, brüllte ich. Ich hatte doch gar keinen Wagen mehr! Ohne zu zögern, bog ich links ab zur Hauptstraße, wo ich schnurstracks die Taxizentrale ansteuerte, die sich eines äußerst unzuverlässigen Austin Maestro rühmte.

»MRS GILBERT!«, schrie ich, als ich in das winzige Büro stürmte. »Ich brauche Ihre Hilfe! Könnten Sie mich nach Edinburgh zum Flughafen fahren?«

»Zisch ab, Charley«, knurrte sie schlecht gelaunt. »Ich brauche einen Zwei-Stunden-Vorlauf.«

Ich trat von einem Fuß auf den anderen. »Mrs Gilbert«, beharrte ich. »Ich glaube, Sie verstehen nicht. Es gibt da einen jungen Mann. Er popelt in der Nase und isst Junkfood, aber ich liebe ihn. Ich muss zu ihm und es ihm sagen, bevor es zu spät ist!«

Mrs Gilbert blickte gereizt von ihrem Sudokurätsel auf und musterte mich abschätzig.

»In sechseinhalb Stunden hüpft er auf einer Shakespeare'schen Insel herum«, schrie ich, als würde das irgendwas nützen. »Ich muss zu ihm! Er muss wissen, was ich für ihn empfinde!« Ich starrte sie flehend an.

»Um Himmels willen«, murmelte sie und blickte wieder auf ihr Sudoku, als suche sie dort nach einer Eingebung. Nach ein paar Sekunden lieferte das Zahlenrätsel scheinbar die gesuchte Antwort. »Als würde sich irgendwer aus eurer verrückten Familie in einen normalen Menschen verlieben!« Sie seufzte und nahm ihre Autoschlüssel von einem Haken unter dem Tresen.

»ALFIE!«, rief sie. »DU MUSST ÜBERNEHMEN! SCHON WIEDER EIN DRAMA BEI DEN LAMBERTS!«

Kapitel einundzwanzig

Als ich am Garrick Theatre eintraf, blieben mir keine zehn Minuten mehr. Eine kleine Schar Paparazzi stand rauchend in der Tür und wartete auf die Handvoll berühmter Schauspieler, die laut Sam heute Abend erwartet wurden. Bei dem Gedanken, dass echte Schauspieler kommen würden, um Sam zu sehen, schwappte eine Woge des Stolzes über mich hinweg. Mein Bowes!

Viele Leute saßen bereits auf ihren Plätzen, doch die Bar war nach wie vor umlagert von lächelnden, plaudernden, gut angezogenen Zuschauern.

Ich hielt Ausschau nach Hailey und Ness, die mein Ticket hatten, und stellte fest, dass mich viele Gesichter verwirrt anblickten. *Ach, Mist,* dachte ich plötzlich. *Obermist!* Zum ersten Mal seit fünf Stunden schaute ich an mir hinab und schnappte nach Luft. Ich trug immer noch meine alte Jeans, die üblicherweise für die Spaziergänge mit Malcolm herhalten musste, dazu grellrosa Socken und schlammverkrustete Wanderschuhe. Am schlimmsten aber war Dads ausgebeulter alter Pullover, der mir bis über die Oberschenkel reichte. Das halbe Fell von Malcolm schien daran zu kleben. Mums uralter Winteranorak, so schäbig und abgetragen, dass selbst sie ihn längst aussortiert hatte, vervollständigte das Bild.

Ich sah aus wie eine Bäuerin! Gerade wollte ich mich dezent zurückziehen, als ich Hailey meinen Namen rufen hörte. Ich zuckte zusammen. Sie stöckelte mit ihren Highheels auf mich zu, das Kleid, das wir letzte Woche zusammen für sie ausgesucht hatten, stand ihr ausgezeichnet. Hailey war nach wie vor traumatisiert von ihrer Erfahrung mit Matty, aber sie hatte aufgehört, sich mit Essen zu trösten. Nun sah sie wieder aus wie Hailey: kurvig, vollbusig, zum Anbeißen.

»Oh, Hailey, du siehst umwerfend aus!«, stellte ich fest und lehnte mich zurück, um sie zu bewundern.

»Und du siehst grauenhaft aus«, erwiderte sie und musterte stirnrunzelnd mein Outfit. »Hast du auch noch ein Schwein und ein paar Hühner mitgebracht?«

»Ich glaube nicht, dass ich in diesem Aufzug bleiben kann. Vielleicht sollte ich versuchen, mir schnell etwas zum Anziehen zu kaufen …«

»Unsinn.« Hailey nahm meine Hand. »Bist du … ähm … bist du dir mit Bowes sicher? Dass du in ihn verliebt bist, Chas? Du bist doch nicht etwa krank oder so?«

»Nein, ich bin nicht krank. Ich liebe ihn bloß. Ich weiß, dass das verrückt ist, Hailey, aber diese E-Mails … die haben irgendwie alles verändert!«

Hailey betrachtete mich zweifelnd und versuchte, einen Sinn in das hineinzubringen, was ich sagte. Für ein paar Sekunden wirkte sie leicht amüsiert, doch dann umwölkten sich ihre Gesichtszüge. »Ich will nicht, dass du verletzt wirst, Chas«, sagte sie ruhig. »Wir beide wissen, wie Sam ist. Ich könnte es einfach nicht ertragen, wenn es dir so erginge wie mir mit Matty.« Ihre Fassade bröckelte, so dass ich einen flüchtigen Blick auf ihr noch immer gebrochenes Herz werfen konnte.

»Ich verstehe dich, Hails«, sagte ich. »Und ich weiß, dass es ein Risiko ist. Aber ich glaube, Sam hat sich wirklich verändert. Die E-Mails haben einen riesigen Wandel bei ihm bewirkt. Bei mir übrigens auch.«

Hailey wirkte nicht ganz überzeugt. »Nun … Ness sagte

schon, sie wären etwas ganz Besonderes gewesen«, räumte sie schließlich ein.

»Sie haben mein Leben verändert«, erwiderte ich schlicht. »Und das von Sam! Sieh nur, wie sehr sich die Dinge verändert haben – für beide von uns!« Ein sexy Teenager starrte mich an, als wäre ich ein Haufen Scheiße.

Hailey ließ meine Worte eine Minute lang sacken, dann zuckte sie die Achseln. »Tja, das kann ich nicht leugnen, Chas. Ihr zwei habt wirklich eine absolute Kehrtwende vollzogen!«

»EXAKT!«

Es entstand eine spannungsgeladene Pause. »Na schön«, sagte Hailey langsam. »Das ist wirklich der Hammer.«

»Das musst du mir nicht sagen. Ach, verdammt, ich hab schreckliche Angst, Hailey.«

»Kopf hoch«, sagte sie amüsiert und durchquerte das Foyer. »Shelley hat ungefähr zehn Millionen Pfund hingeblättert, um dir auf den letzten Drücker einen Platz zu besorgen. Sie bringt mich um, wenn ich dich nicht rechtzeitig herbeischaffe.«

»Shelley?«

Als wir die Treppe hinaufgingen, drehte Hailey sich um und lächelte. Sie wirkte ziemlich schuldbewusst, was mir ganz schön Sorgen bereitete, aus Gründen, die ich selbst nicht benennen konnte. »Hm. Ja, Shelley. Wir sitzen bei ihr. Sie hat uns die Königsloge gemietet.«

»Wow!«, sagte ich. »Obwohl … Könntest du vielleicht vor ihr nicht über Sam und mich sprechen? Ich finde es merkwürdig, wenn eine Klientin davon weiß …«

»ACH DU LIEBE GÜTE!«, brüllte Shelley, als wir um die Ecke bogen und im ersten Stock ankamen. Sie klammerte sich Halt suchend an Williams Arm. »Sie ist hier, William! Es ist so weit!«

»Charleyyyy!«, rief Ness und stürmte auf mich zu, um mich

zu umarmen. Auch sie trug ein wundervolles Kleid und hohe Absätze. Ich atmete ihr köstliches Parfüm ein, den Duft ihrer Haare und krümmte mich innerlich. Verglichen mit ihr, musste ich stinken wie ein Komposthaufen.

Ich löste mich von ihr und wandte mich einer äußerst aufgeregt dreinblickenden Shelley zu. »Was meinst du damit, ›Es ist so weit!‹?«

»Ich bin so froh, dass du Vernunft angenommen hast, Charlotte!«, rief sie, meine Frage komplett ignorierend, und rieb sich freudestrahlend die Hände.

Dann änderte sich ihr Gesichtsausdruck, und sie schauderte voller Entsetzen, als wäre ich von Kopf bis Fuß voller Pestbeulen. »Ach, du Schreck! Was … Was *soll* das, Charlotte?«

»Hi, ich bin William Thomas«, stellte sich William vor, als wäre das nicht offensichtlich. Er schüttelte mir sehr fest die Hand, und ich roch ein altmodisches Eau de Cologne.

»Fass sie nicht an, William!«, zischte Shelley. »Sie ist schmutzig! Charlotte, wie siehst du bloß aus! Ein Desaster! Das könnte alles ruinieren!«

»Was meinst du damit, *alles ruinieren*?« Langsam wurde ich ungehalten, zumal ich sah, dass Ness hinter vorgehaltener Hand kicherte und Hailey noch immer so schuldbewusst dreinblickte wie Malcolm, als wir ihn 2007 mit den Resten unseres Weihnachtstruthahns erwischt hatten. Irgendwas – mich betreffend – ging hier vor, und ich hatte keinen blassen Schimmer, was.

Der erste Gong ertönte.

»Kann mir bitte jemand verraten, was hier gespielt wird?«, fragte ich.

»Haha!«, gackerte Shelley, als wäre sie bei *Verstehen Sie Spaß?*.

»Haha!«, lachte William lauthals. »Da haben wir dich mit eigenen Waffen geschlagen! Es hat funktioniert! Du bist hier, Charlotte! Wunderbar!«

Gedankenfetzen flatterten durch meinen Kopf, doch ich konnte sie nicht festmachen. Zum Glück griff Shelley ein. »Das war alles meine Idee!«, trompetete sie mit ihrer Nebelhornstimme. »Du und Sam! Es hat funktioniert! Hat mich ganz schön Zeit gekostet, aber immerhin bist du gekommen!«

»Wie bitte?«, fragte ich völlig verwirrt. »Wieso Sam und ich? Was soll mit uns sein?«

Shelley lachte dröhnend. »William und ich haben unsere Referenzschreiben auf eurer Website entdeckt. Da wussten wir, dass wir beide die Dienste von First Date Aid in Anspruch genommen hatten!«

»Nicht alle Shelleys schreiben sich so wie meine«, mischte sich William ein.

»Das ist richtig«, sagte ich, auch wenn ich noch immer nicht wusste, worauf sie eigentlich hinauswollten.

»Wir haben herausgefunden, dass ihr zwei heimlich versucht habt, uns zusammenzubringen«, bellte Shelley. »Diese *Perlenfischer*-Aktion war einfach genial. Und diese einfühlsamen Mails, als ich in New York war … Ach, Charlotte, du Schlitzohr! Doch leider hast du deine Spuren nicht ganz verwischt, junge Dame, so dass wir dir auf die Schliche kommen konnten. Haha!«

Shelley sprach nicht gerade leise. Die anderen Theaterbesucher, die unterwegs zu ihren Plätzen waren, starrten uns an.

»Wir sind sehr dankbar, dass ihr euch solche Mühe gemacht habt, uns zusammenzubringen«, sagte William. »Was für durchtriebene Manöver! Doch wir beide waren wirklich begeistert von den E-Mails, die ihr euch gegenseitig geschrieben habt. Ein bisschen verrückt und mitunter zu viel des Guten, doch eine riesengroße Sache!«

Ich betrachtete sie mit zusammengekniffenen Augen. Sie waren immer noch dieselben Personen.

»Wir konnten nicht glauben, dass die beiden Menschen, die die Nachrichten verfasst hatten, kein Paar waren«, erklärte Shelley lautstark. »Man hatte den Eindruck, eine Liebesgeschichte zu lesen!« Der zweite Gong ertönte, ein Platzanweiser schwebte auf uns zu, um uns aufzufordern, unsere Plätze einzunehmen, doch er hatte sichtlich Respekt vor dem Donnerkeil in unserer Mitte. »Also«, fuhr sie fort, »haben wir beschlossen, uns zu revanchieren und selbst ein bisschen zu kuppeln. Dich und Sam zusammenzubringen.«

Ich wurde blass. »Wie bitte?«

Shelley brach in aufgeregtes Gelächter aus. »HAHAHA! Investorendinner, du liebe Güte! Erinnerst du dich noch an das Event im Balmoral Hotel? Die MDW-Veranstaltung? Das stand für *Mit Denselben Waffen*! Wir haben euch mit eigenen Waffen geschlagen! HAHA!«

»Diese Frau hier ist verdammt clever«, verkündete William stolz.

Ich stand da wie vor den Kopf geschlagen, während Shelley frohlockend erzählte, wie sie alles arrangiert hatte: das Dinner im Balmoral Hotel, die Nacht im Mandarin Oriental und sogar das Fotoshooting für die *Sunday Times* – alles nur, um Sam und mich in romantische Situationen zu bringen. »Es war meine Idee, euch zwei auf dieser Chaiselongue zu drapieren«, berichtete sie. »Kaveh war natürlich eingeweiht! Was für ein Triumph! Und ihr habt euch geküsst, zweimal sogar!«

»Woher zum Teufel weißt du das denn?«, fragte ich schockiert. Das hatte unmöglich jemand mitbekommen können!

»Sam hat mir davon erzählt. Ich habe ihn gestern in die Mangel genommen. HAHA!«

»Und?«, fragte ich ängstlich. »Was hat er sonst noch gesagt?«

Jetzt blickte Shelley zum ersten Mal unbehaglich drein. »Nun, er war nicht gerade mitteilsam. Hat behauptet, es habe sich um ein wissenschaftliches Experiment gehandelt. Trotzdem, er muss einfach dasselbe für dich empfinden! Das ist doch nach diesen E-Mails gar nicht anders möglich!«

Als der letzte Gong ertönte, führte William Shelley zur Tür unserer Loge. »Dein Plan wird schon aufgehen, mein Liebling«, besänftigte er sie, »da bin ich mir ganz sicher.«

Ich schüttelte ungläubig den Kopf. Geschah das alles wirklich?

Shelley zerrte mich hinter sich her, mein Handgelenk umklammernd, als wäre ich ein aufsässiges Kleinkind. Dabei freute sie sich diebisch darüber, dass Sam und ich sie nicht durchschaut hatten. »Also *wirklich*«, prustete sie. »Habt ihr wirklich geglaubt, der Investor hätte euch versetzt? Und überhaupt: Wer würde schon in eine Dating-Agentur investieren? HAHA! Ich wollte, dass du Samuel im Mandarin Oriental verführst, weshalb hätte ich dir sonst das Zimmer buchen sollen?«

William legte ihr liebevoll die Hand auf den Rücken, als er sie in unsere Loge geleitete. »Sie hat sämtliche Register gezogen«, verriet er und schaute seine Freundin zärtlich an.

Ich war beeindruckt, das ließ sich nicht bestreiten. Shelley hatte uns nicht nur ausgetrickst, sie hatte uns tatsächlich mit eigenen Waffen geschlagen. Natürlich hatte sie hinter den teuren Hotels, den exklusiven Abendessen und dem Champagner gesteckt, wieso war mir das nicht aufgefallen?

Ich spürte, wie William mich von oben bis unten musterte. »Jetzt müssen wir uns erst einmal dieses alberne Stück ansehen«, sagte er leicht widerstrebend. »Aber mach dir keine Sorgen, Charlotte. Wir haben für alles gesorgt, du wirst dir den Mann heute Abend schnappen, merk dir meine Worte! Obwohl dein Outfit ein Problem sein könnte …«, fügte er hinzu und verschwand in der Loge.

»Was das anbetrifft, übernehme ich«, mischte sich Shelley ein. »Ich muss bloß schnell noch telefonieren …« Ohne auch nur einen einzigen Blick in meine Richtung zu werfen, folgte sie ihm zu ihrem Platz und zischte etwas in ihr BlackBerry.

»Sie hat mich so lange genervt«, sagte Hailey und schaute mich verlegen an, »bis ich ihr verraten habe, dass du in Bowes verliebt bist. Das war wohl ein Fehler. Ähm, tut mir echt leid, Chas.«

»Das sollte es auch.«

Ich hatte keine Ahnung, welche weiteren Überraschungen Shelley für mich auf Lager hatte, aber ich war mir ziemlich sicher, dass sie mir gar nicht gefallen würden.

Es dauerte eine Weile, bis ich mich in die Handlung einfand. Auch wenn ich nicht unbedingt ein Shakespeare-Fan war, kannte ich das Stück doch gut, schließlich stammte Sams berühmter Anmachspruch aus dem *Sturm*. Ich war neugierig geworden, als ich sah, wie er zu Unizeiten reihenweise die Mädchen aus Nachtclubs und Bars abschleppte, also hatte ich Sam gebeten, mir sein Exemplar zu leihen. Ich hatte das Stück gelesen, kein Wort verstanden und ihn bitten müssen, mir auf die Sprünge zu helfen. Sam hatte mit solch einer Begeisterung darüber referiert, dass ich angebissen und Shakespeares *Sturm* wieder und wieder gelesen hatte. Am Ende hatte ich es sogar zu meinem Lieblingstheaterstück erklärt. (Es war das einzige, das ich verstand, aber das zählte nicht.)

Sam und ich hatten uns über die Jahre hinweg diverse Inszenierungen angeschaut, und ich war äußerst enttäuscht gewesen über die Luschen von Mirandas, die auf der Bühne gestanden hatten. »Nun, Chas, das ist auch eine miese Rolle«, hatte Sam erklärt. »Miranda spricht all diese Verse und hat dennoch so gut wie keine Tiefe. Nur eine wirklich herausragende Schauspielerin kann sie zum Leben erwecken.« Katia Wunderschön, so schien es, war solch eine wirklich herausragende Schauspielerin. Sie war von subtiler Weiblichkeit, gleichzeitig stark und unbeugsam, überdies zeigte sie wahre Bühnenpräsenz. *Gott sei Dank ist sie verheiratet*, dachte ich. Was Sam auch von ihr halten mochte, ich für meinen Teil bewunderte sie.

Und dann betrat Sam die Bühne. Das Herz schlug mir bis zum Hals. Lachend schlenderte er herbei, plauderte mit zwei anderen Männern und sah dabei entspannter und natürlicher aus als in unserem Wohnzimmer. Der Intendant hatte den Schauplatz auf eine imaginäre Insel vor der Küste Ägyptens verlegt, das Stück spielte kurz vor dem Zweiten Weltkrieg, und Sam trug einen schicken cremefarbenen Safarianzug. Sein Haar war zur Seite gegelt, und er hielt eine dünne Zigarette in der Hand. Das Bühnenlicht tauchte ihn in die warmen Farben des Spätnachmittags, und nicht mal sein buschiger Schnurrbart konnte seine Schönheit beeinträchtigen. Ich erwartete die Bowes-Schauspielerstimme zu hören, doch als er anfing zu sprechen, erkannte ich diese sanfte, gefühlvolle Stimme kaum.

Ich fing an zu lächeln.

Ein paar Sekunden später stellte ich fest, dass ich von einem Ohr zum anderen grinste, und warf Shelley einen schnellen Seitenblick zu, um mich zu vergewissern, dass sie nichts bemerkt hatte. Natürlich hatte sie etwas bemerkt. »NA ALSO!«, zischte sie und hielt albernerweise die Daumen in die Höhe. Ich schüttelte nur den Kopf.

Als zwei Stunden später der Vorhang fiel, war ich noch mehr in Sam verliebt als zuvor. Das Publikum flippte schier aus und spendete stehend Beifall. Die Schauspieler kamen triumphierend auf die Bühne, ekstatisch, Sam grinste über beide Backen. Als er an der Reihe war, sich zu verbeugen, und nach vorne trat, konnte ich sehen, dass er restlos glücklich war. Ich klatschte noch lauter. »Bravo!«, brüllte ich und strahlte zu ihm herab.

Er blickte auf, entdeckte mich, und sein Gesichtsausdruck veränderte sich. Er riss die Augen auf und winkte mir aufgeregt zu, ohne sich auch nur eine Sekunde um die Etikette zu scheren. Das Publikum folgte seinem Blick und entdeckte mich mit meinen schmuddeligen Klamotten und meinem fettigen Topfschnitt. Doch das war mir egal. Ich hielt die Augen auf Sam gerichtet und applaudierte, so fest ich konnte. *Ich liebe dich*, dachte ich. *Ich liebe dich über alles!*

Egal, ob ich aussah wie eine Bäuerin, ich musste Samuel Bowes sagen, was ich für ihn empfand. Und – genau wie der gute alte Frankie Boy – ich musste es auf meine Weise tun. Nicht so, wie Shelley oder sonst wer es sich vorstellte. Ich hatte genug davon, mich in anderer Leute Beziehungen einzumischen. Ich hatte genug davon, dass sich andere Leute in meine Beziehung einmischten. Das hier ging nur mich etwas an.

»Setz dich«, befahl Shelley und deutete auf einen Platz in der Ecke der Theaterbar, in der wir kurze Zeit später landeten.

Ich gehorchte, da ich davon ausging, dass es besser wäre, zunächst einmal mitzuspielen. Unser Trüppchen sank auf die Stühle um mich herum, und ein aufgekratzter Schauspieler in einer roten Weste bot uns Champagner an. Ich nahm drei Gläser.

»Nun, Charlotte, du musst dir keine Sorgen machen. Ich habe einen Plan«, sagte Shelley in einem Ton, der vermutlich beruhigend wirken sollte. Was er nicht annähernd war. Sie zog ihren Stuhl näher zu mir heran und blickte auf die Uhr. »Ach, wunderbar. Die Klamotten müssten jede Minute per Kurier gebracht werden«, sagte sie. »Meine Freundin Araminta ist Einkäuferin bei Fenwick.«

In ihrem Gesicht war keine Spur von Ironie zu erkennen. Sie war wirklich erstaunlich.

»Shelley, das ist ausgesprochen lieb von dir, aber ich kann mir keine so teuren Klamotten mehr leisten«, fing ich an.

»Du kaufst das Zeug doch nicht«, unterbrach sie mich. »Ist schon alles geregelt.« Sie kicherte. William streichelte zärtlich ihren Arm. »In der Zwischenzeit habe ich dafür gesorgt, dass du die Dusche in den Garderobenräumen benutzen kannst. Du wirst sehen, in null Komma nichts siehst du wieder menschlich aus.«

Sie war verrückt. Und William genauso.

»Also, wie sieht dein Plan aus?«, fragte ich sie und tat so, als könnte ich ihre Antwort kaum abwarten.

Shelley tippte sich an die Nase. »Das überlass mal besser mir.« Sie gab ein schrilles Gackern von sich. »Wie dem auch sei ... bevor ich auf den grünen Knopf drücke, Charlotte, will ich wissen, wieso du so lange gebraucht hast, zur Sache zu kommen. Ich nehme an, du magst Samuel schon seit einer ganzen Weile.«

Ich nickte widerwillig. »Da liegst du richtig.«

»Nun, was hat dich *aufgehalten*?« Sie blickte William Unterstützung heischend an. »Bist du so schwer von Begriff?«

Ich versuchte, einen finsteren Blick aufzusetzen, doch ich musste wider Willen lächeln. Typisch Shelley! »Nun, zunächst einmal hast du mir erzählt, er wäre mit Katia zusammen«, erinnerte ich sie. »Ich habe erst heute herausgefunden, dass das nicht stimmt, und mich sofort in den nächsten Flieger gesetzt. Ich glaube also kaum, dass man mir einen Vorwurf machen kann.«

Shelley errötete. »Ach«, erwiderte sie lebhaft und betrachtete ihr teures Armband. »Ich wollte dich nur ein bisschen eifersüchtig machen. Damit du um ihn kämpfst. War vermutlich ein Fehler.« Gleich darauf hatte sie sich von ihrer Verlegenheit erholt. »Nun, am Ende hast du's ja doch kapiert, Charlotte. Und nun schlage ich vor, du lehnst dich zurück und überlässt alles Weitere mir. HUHU! HIER DRÜBEN!« Ein Motorradkurier mit vier Fenwick-Tüten erschien an der Tür zur Bar. Shelley eilte auf ihn zu, ohne mir auch nur einen einzigen Blick zuzuwerfen.

Perplex sah ich ihr nach. Natürlich rührte es mich, dass sie so sehr darauf bedacht war, Sam und mich zusammenzubringen, doch das Ausmaß ihrer Bemühungen war schon ein wenig erschreckend. *Gott sei Dank bin ich nicht mehr so*, dachte ich, insgeheim schaudernd. Dank Sam war es nun fast zwei Monate her, dass ich aus meinem alten Leben bei Salutech stolziert war.

Sam. Meine Handflächen kribbelten. *Ich muss Sam finden, bevor Shelley mir zuvorkommt*. Ich sah, wie sie dem Kurier den Empfang der Tüten quittierte, während sie etwas in ihr Black-Berry brüllte, und wusste, dass das meine einzige Chance war.

»Ich gehe mal schnell zur Toilette«, sagte ich zu den anderen. Hailey wedelte mit der Hand und schnappte sich eins von meinen Champagnergläsern.

Ich duckte mich unter der Samtkordel hindurch, die vor den Treppenaufgang gespannt war, und schlich mich hinauf zu unserer Loge. Wenn mein Plan funktionieren sollte, musste ich mich beeilen. Oben angekommen vergewisserte ich mich, dass mich niemand beobachtete, dann stahl ich mich durch eine schmale, schwere Tür neben der Loge, auf der »Privat« stand.

Sie führte zu einem schmalen Gang mit schwarzen Vorhängen auf beiden Seiten. Blaue Glühbirnen spendeten schwaches Licht. Während der Pause hatte ich beobachtet, wie ein Techniker hinter dieser Tür verschwunden war. Ich zögerte einen Augenblick und überlegte, wie groß die Wahrscheinlichkeit sein mochte, dass ich erwischt und rausgeworfen wurde. Doch ich hatte einen Plan und fürchtete mich nicht, ihn umzusetzen. Zwar war ich nicht mehr länger Charlotte Lambert, die schottische Amazone, doch ich war Charley, die das tun wollte, was sie für das Beste hielt.

Ich folgte dem schmalen Gang um eine Ecke und ein paar Stufen hinunter. Und da war sie. Bingo. In gedämpftem Licht und wunderbar still: die leere Bühne.

Ich trat an den Bühnenrand und blickte in die Dunkelheit des Zuschauerraums.

Ein paar Minuten atmete ich tief ein und aus, fühlte mich seltsam gestärkt von der Stille um mich herum. Doch dann meldete sich die Stimme in meinem Kopf zu Wort. *Dein Plan ist dämlich und komplett verruckt*, schimpfte sie. *Außerdem ist er so romantisch wie ein Fischstäbchen!* Ich versuchte, die Stimme zu ignorieren, doch sie wurde immer lauter. Furcht machte sich in meinem Verdauungsapparat bemerkbar, und ich hatte plötzlich das Gefühl, vom Inhalt meiner Handtasche niedergedrückt zu werden. *Du bist ein Schwachkopf*, teilte mir die Stimme mit. *Vermutlich trinkt Sam gerade mit all diesen Fatzken Champagner – was willst du da tun? In die Garderobe hereinplatzen, ihn zu einer Toilette zerren und ihm zeigen, was du in deiner Tasche mit dir herumschleppst? Wie durchgeknallt bist du eigentlich?*

Ich setzte mich auf den Bühnenrand, ließ meine Beine in den Orchestergraben baumeln und fragte mich, ob ich meinen Plan nicht besser fallen lassen und mich davonstehlen sollte. Ich sah aus wie eine Bäuerin, nein, eher wie eine Landstreicherin, roch nach Hund, und meine ungewaschenen Haare klebten zusammen, als hätte ich ein Pfund Schmalz hineingeschmiert. In diesem Aufzug konnte ich unmöglich mit Sam reden.

»Wow«, sagte eine Stimme hinter mir. Vor Schreck wäre ich fast von der Bühne gefallen.

Es war Sam, der in der Mitte der Bühne stand, frisch geduscht, in einem schicken Hemd mit einer noch schickeren Hose, bereit für seine große Glitzerparty. Er sah zum Anbeißen aus.

»Das ist ja ein ganz besonderes Outfit«, sagte er und musterte schaudernd meine Klamotten.

Ich nickte. »Dafür habe ich stundenlang die Geschäfte durchstöbert.«

Sam kam zu mir herüber und setzte sich neben mich. Ich atmete seinen sauberen, männlichen Duft ein, der einfach umwerfend war und mich schmerzhaft an meinen eigenen Hundegeruch erinnerte.

»Ich habe heute Morgen geduscht«, platzte ich heraus.

Sam kicherte. »Wir haben Monitore in unseren Garderoben, damit wir verfolgen können, was auf der Bühne los ist«, erzählte er mir. »Plötzlich habe ich diese seltsam gekleidete Gestalt herumschleichen sehen.«

»Ich wollte mir nur einen Eindruck verschaffen«, teilte ich ihm mit. »Dir grünes Licht für deine Schauspielerei geben ...«

Sam lächelte nachsichtig. Ich konnte kaum ertragen, wie gut er aussah.

»Wo ist dein Kolonialherrenschnurrbart?«, trompetete ich in die Stille hinein.

»Der war nur angeklebt«, erwiderte er. »Seit sechs Wochen versuche ich schon, mir einen anständigen Schnauzer wachsen zu lassen – aber keine Chance. Außer ungleichmäßigem Flaum kommt da nichts. Die Perückenmacherin hat ihn extra für mich angefertigt. Gefällt er dir?«

Ich nickte, unfähig, auch nur ein Wort herauszubringen.

Da siehst du's, teilte mir die Stimme in meinem Kopf mit. *Im richtigen Leben funktioniert das nicht. Nur, wenn ihr euch E-Mails schickt. IHR KÖNNT NICHT MITEINANDER REDEN.*

Ausnahmsweise einmal hatte mein Kopf recht. Hier saß ich, allein mit Sam, und platzte fast, weil ich ihm so viel sagen wollte, doch ich bekam kein Wort heraus.

Was bedeutete, dass ich zu Plan B greifen musste.

Wie in Zeitlupe steckte ich meine Hand in die Tasche und zog mein Notebook heraus, das ich Sam reichte.

Verwirrt streckte er die Hand danach aus, während ich das gigantische schwarze Trumm hervorholte, das meine Eltern als Laptop benutzten, und auf meinen Knien platzierte. Ich öffnete es, und auf dem Bildschirm erschien ein IM-Dialogfeld mit einem ungeduldig blinkenden Cursor.

»Ich verstehe nicht …«, sagte Sam. Ich nickte, um ihm zu bedeuten, den Laptop auf seinen Knien ebenfalls zu öffnen. Das tat er, ein amüsiertes Lächeln auf den Lippen.

»Was soll das, Chas?«, fragte er und blickte auf den Bildschirm, der genauso aussah wie meiner. »Was geht hier vor?«

Ohne auf seine Frage einzugehen, fing ich an zu tippen.

Charley: Hallo.

Ich richtete die Augen zur Decke und betete, dass er darauf anspringen würde. Ein paar Sekunden später hörte ich seine Tastatur klappern.

Sam: Noch einmal: Was zum Teufel ist hier los?

Was zum Teufel hier los war, war die schlichte Tatsache, dass ich ihm nun meine Liebe gestehen würde. Wobei ich die oberromantische Kommunikationsform des Instant Messaging nutzte. Es war mir völlig schnuppe, dass das vermutlich die seelenloseste Art der Liebeserklärung war, die man auf der ganzen Welt finden mochte: Tatsache war, dass sich unser beider Leben wegen unserer Online-Gespräche für immer grundlegend verändert hatte.

Das E-Mail-Schreiben funktionierte. Das Miteinander-Reden nicht. Noch nicht.

Als der Heathrow Express vor ein paar Stunden vom Flughafen Richtung Paddington gedüst war, hatte ich in Erwartung dieses Gesprächs die beiden IM-Accounts eingerichtet. Das Schöne war, dass ich keinerlei Druck verspürte, mir im Vorhinein zu überlegen, was ich sagen wollte. Ich wusste, dass meine Finger von allein anfangen würden zu schreiben, wenn die Zeit gekommen war. Genau wie damals, als »William« und »Shelley« einander E-Mails geschickt hatten. Das Ganze war so mühelos gewesen wie Atmen.

Da war ich nun also, blickte auf ein dunkles Meer von Stühlen, bereit, eine Liebes-Mail auf Dads Ungetüm von Laptop zu schreiben. Vermutlich hatte Shelley inzwischen einen Suchtrupp losgeschickt, ich musste mich also beeilen.

Ich holte tief Luft.

Charley: Ich wollte mit dir über uns reden.
Charley: Irgendwie war ich dazu nicht fähig, so von Angesicht zu Angesicht.
Charley: Deshalb habe ich mir, ähm, na ja, diesen kleinen Plan ausgedacht.

Es entstand eine qualvolle Pause.

Sam: Ich höre zu.
Charley: Bowes, ich
Charley: Entschuldige, ich meinte Sam.
Charley: Also, Sam, ich fürchte, unsere E-Mails im Oktober haben ziemlich viel bei mir bewirkt.
Sam: Ach, komm schon, Chas, bei mir doch auch! Du weißt, dass nicht nur du dich verändert hast! Sieh uns nur mal an!
Charley: Augenblick. Ich rede nicht über Jobs oder Lifestyle oder sonstigen Mist. Ich rede über

Charley: Gefühle.
Charley: Ganz besondere Gefühle, dich betreffend.

Jetzt war es raus. Das konnte ich nicht mehr zurücknehmen.

Sam nahm die Hände von der Tastatur, was mich aus dem Konzept brachte. Würde er gleich die Flucht ergreifen? Oder wollte er einfach nur zuhören?

Er hob wieder die Hände und half mir so aus der Misere.

Sam: Ich höre immer noch zu. X
Charley: Ich hatte mich irgendwie ein bisschen in Willian
Charley: Sorry, Williannm
Charley: Grrr! W I L L I A M
Charley: Blöder Laptop
Sam: Schon okay, Charley. Warum stresst du dich so?
Charley: Danke.
Charley: Ich hatte mich in William verliebt. Und als ich dann herausfand, dass du dahintersteckst, dachte ich: Na, das war's dann wohl.

Ich atmete tief ein. Ich wusste, dass das eine äußerst nervenaufreibende Angelegenheit würde, aber da musste ich durch.

Charley: Aber offenbar war's das ganz und gar nicht.
Charley: Es spielte gar keine Rolle, wer die Mails geschrieben hatte.
Charley: Ich empfinde immer noch dasselbe für den Verfasser.

Sam regte sich nicht. Er sagte kein Wort. Ich wandte vorsichtig den Kopf, gerade so weit, dass ich die roten Flecken an seinem Hals sehen konnte, die sich bis zu seinem Haaransatz ausbreiteten. Am liebsten hätte ich meinen Laptop in den Orchestergraben geworfen und seinen weichen, flaumigen Nacken geküsst.

Es machte mir Sorgen, dass Sam noch immer nichts erwiderte. Und deshalb machte ich Nägel mit Köpfen.

Charley: Was ich dir eigentlich sagen will, Sam, ist, dass mir klar geworden ist, dass ich mich in dich verliebt habe.

Immer noch nichts.

Charley: Ich weiß, dass du für mich nicht dasselbe empfindest, das ist schon in Ordnung.
Charley: Ich erwarte mir von diesem Gespräch auch gar nicht mehr als
Charley: ach, keine Ahnung. Eine Bestätigung, dass es dir nicht so geht, vielleicht. Nur fürs Protokoll, du verstehst …

Ich hörte auf zu tippen, obwohl ich am liebsten noch zweitausend Sätze hinzugefügt hätte, um Sam dazu zu bringen, mich zu lieben. Doch ich hatte mir selbst versprochen, es nicht kompliziert zu machen. Sag, was du zu sagen hast, und wenn er dir nicht entgegenkommt, sieh zu, dass du wegkommst. Bring ein paar hundert Meilen zwischen euch. Kehr zu Malcolm zurück.

Nach einer gefühlten Ewigkeit fing Sam an zu schreiben. Ich dachte, mir würde gleich das Herz stehen bleiben.

Sam: Du riechst nach Malcolm.
Charley: Bist du eifersüchtig?

Sam kicherte.

Wie zum Teufel kannst du hier rumsitzen und Witze reißen?, dachte ich verzweifelt. *Siehst du nicht, was ich geschrieben habe?*

Sam fing wieder an zu tippen.

»*DA* SIND SIE!«, zischte eine laute Stimme.

Sam hielt inne.

Die Stimme kam von irgendwo über uns. Enttäuscht blickte ich auf und sah zwei Köpfe aus der Loge lugen, in der wir zuvor gesessen hatten. Natürlich gehörten sie Shelley und William. Und natürlich starrten sie auf uns herab.

Ich blickte wieder auf meinen Computer, auf dem gerade eine Nachricht eingegangen war.

Sam: Wir haben Gesellschaft.

Charley: Lass mich das machen.

Sam: Wirklich, Chas, ich glaube nicht, dass ich das kann.

Sam: Dieses Gespräch, meine ich.

Sam: Ich muss an dieser Stelle aufhören, sorry.

NEIN!, dachte ich verzweifelt. *Nein! Shelley wird mir das nicht ruinieren!*

Ich stellte den Laptop auf die Bühnenbretter und stand auf.

»Shelley, verzieh dich!«, rief ich. »Und William auch!«

Verblüfftes Schweigen, dann blickten die zwei über den Rand der Loge ragenden Köpfe einander an, bevor sich ihr erstaunter Blick wieder auf mich richtete. »Meinst du uns?«, bellte Shelley.

»Ja, euch zwei. Verzieht euch!«

Nichts passierte.

»SEID IHR TAUB?« Langsam wurde ich sauer. »VERZIEHT EUCH! Ich will und brauche eure Hilfe nicht, ihr müsst euch nicht einmischen. Lasst uns einfach in Ruhe, ja?«

»Undank ist der Welten Lohn …«, rief Shelley empört.

»Pah!«, kam William ihr zu Hilfe.

Die teuer gestylten Köpfe verschwanden.

Ich schloss kurz die Augen, dann wandte ich mich wieder an Sam. Ich musste ganz ruhig bleiben, wenn wir dieses Gespräch führten.

Doch als ich mich umdrehte, war Sam verschwunden.

Mein Laptop stand einsam und verlassen auf dem Boden.

Ich hatte das Gefühl, durch die Bühnenbretter zu sacken und in einer nasskalten Kellergarderobe zu landen. Ich hatte Sam gerade eben meine Liebe gestanden, und er hatte die Flucht ergriffen. Es war so peinlich, dass ich knallrot wurde. Und dann durchflutete mich eine gewaltige Woge entsetzlicher Scham.

Wie hatte ich nur so blöd sein können? Wie hatte ich auch nur *eine Millisekunde* lang annehmen können, dass Sam Interesse an mir hätte? Ich schlug mir die Hand vors Gesicht. Ich musste diesen Ort verlassen, das war klar, und zwar so schnell wie möglich.

Ich stopfte die beiden Laptops in meine Tasche und schlüpfte hinter die Kulissen, dann drehte ich mich ein letztes Mal um, um mich zu vergewissern, dass ich nichts vergessen hatte. Nein, da lag nichts. Gerade als ich mich zum Gehen wenden wollte, bemerkte ich aus den Augenwinkeln eine Bewegung.

Es war Sam, der auf die Bühne zurückkehrte. »Nein, warte, Chas!« Er lachte, als hätten wir gerade bei einem Plauderstündchen mit Sherry und Buttergebäck zusammengesessen.

»Ich muss los«, entgegnete ich gepresst. »Vergiss, was ich gesagt habe. Bye.«

Damit drehte ich mich um und ging.

Ich hörte, wie Sam hinter mir herstapfte, und fing an zu rennen. Auf keinen Fall würde ich zulassen, dass er mich noch mehr in Verlegenheit brachte! Ich schoss die schmale Treppe hinauf und hatte es fast bis nach oben geschafft, als er mich an einem meiner schlammverkrusteten Wanderschuhe erwischte. Ich zog den Fuß in die Gegenrichtung und glitt dabei aus dem

Schuh heraus. Schnell kraxelte ich die restlichen Stufen zur Tür hinauf.

»STOPP!«

Ich rannte ohne meinen Schuh weiter.

»Mensch, Cinderella! Reiß dich zusammen!«

Ich hatte es fast geschafft, als Sam sich wie ein Rugbyspieler auf mich warf. »Chas!«, rief er halb lachend, als ich hart auf dem Boden landete, und hielt meine Taille umklammert.

»Runter von mir, verflucht noch mal!«, fauchte ich, doch er ließ nicht los.

»Jetzt hör doch mal auf zu zappeln!« Inzwischen lachte er richtig.

Wie konnte er es wagen? Hielt er das etwa für *komisch*?

»Charley«, keuchte er und gab sich alle Mühe, mich zu bändigen, »als ich sagte, ich könnte dieses Gespräch mit dir nicht führen, meinte ich natürlich online! Ich möchte mit dir von Angesicht zu Angesicht reden!«

»Unsinn!«, erwiderte ich entrüstet. »Du bist aufgestanden und davonmarschiert!«

»HÖR VERDAMMT NOCH MAL AUF, DICH ZU WINDEN!«, brüllte Sam. »HIMMELHERRGOTTNOCHMAL!«

Ich gehorchte. Zum einen hatte ich nicht mehr viel Kampfgeist in mir, zum anderen war ich mir nicht sicher, ob der Schritt meiner Hundeausführjeans hielt, wenn ich weiter so zappelte. Der Stoff war mit der Zeit ziemlich dünn geworden.

»Danke«, sagte Sam. »Wenn ich dich loslasse, versprichst du mir dann, nicht abzuhauen?«

»Versprochen.« Ich klang so belämmert, dass Sam erneut in Gelächter ausbrach. Er ließ mich los und richtete sich auf, dann streckte er mir eine Hand entgegen, um mich hochzuziehen. Ich stemmte mich selbst hoch. Dieser Gang war viel zu eng. Kein Wunder, dass mich Sam darin in die Enge treiben konnte.

Es entstand eine Pause, während derer er – vergeblich – darauf wartete, dass ich seinen Blick erwiderte.

»Chas«, sagte er leise. Er nahm meine Hand, und ich zuckte zurück. »Bitte sei nicht mehr sauer. Ich bin nur gegangen, um die kleine Kamera über der Bühne auszuschalten. Sonst hätten alle in der Garderobe mitverfolgen können, was wir miteinander besprechen. Sieh mal.« Er führte mich zu einer weiteren Loge, die die Bühne überblickte. Sie war voller Monitore und Schaltpulte, aus dem Schreibtisch ragte ein großes Mikrofon.

»Hier sitzt die Inspizientin«, erklärte Sam. »Sie teilt den Schauspielern die Szenenwechsel mit, gibt den Bühnentechnikern Zeichen für die Umbauten und koordiniert Licht und Ton. Schau, hier ist einer der Monitore, auf denen man uns beobachten kann.«

Widerstrebend blickte ich in die entsprechende Richtung. Da stand tatsächlich ein Bildschirm, auf dem die leere Bühne zu sehen war. »Na schön«, lenkte ich ein. »Dann sag mir doch bitte, was du mir sagen wolltest, und dann verschwinde ich. Ich muss unbedingt duschen.«

»Das kannst du wohl sagen. Ich denke die ganze Zeit, Malcolm ist hier.«

Ich gab mir alle Mühe, ein ernstes Gesicht zu machen, aber das war äußerst schwierig. Sam hielt noch immer meinen schlammigen Schuh in der Hand, ich war voller Hundehaare, wir beiden waren schweißgebadet von unserem Ringkampf.

Als ich einmal angefangen hatte zu lachen, konnte ich nicht mehr aufhören. Ich setzte mich auf den Schreibtischstuhl, legte den Kopf aufs Pult der Inspizientin und schüttelte mich vor Lachen.

Sam ließ sich auf einen Stuhl neben mir fallen.

»Ich bin gekommen, um dir mit Hilfe von Dads Riesentrumm meine Liebe zu gestehen«, brachte ich hervor. »Und du machst mich platt wie ein Rugbyspieler. Ich stinke nach Hund. Wir brüllen uns hier an. Oh Bowes, es tut mir so leid. Natürlich sind wir nicht füreinander bestimmt.«

Sam lachte, dann hielt er abrupt inne. Ohne Vorwarnung beugte er sich vor, streckte einen Finger aus und fuhr damit über meinen Handrücken.

Es war, als bekäme ich einen Elektroschock.

Er zog seinen Finger zurück, doch ich starrte wie gebannt auf meine Hand, als erwartete ich, dass dort, wo er mich berührt hatte, eine silberne Linie zurückblieb.

Sam lehnte sich auf seinem Stuhl zurück und beobachtete mich. Ich versuchte, seinen Blick zu erwidern, doch ich konnte es nicht. Ich hatte keinen Schimmer, wie es jetzt weitergehen sollte.

»Du musst nichts sagen«, brach ich das Schweigen nach einer spannungsgeladenen Pause. »Ich verstehe dich auch so.«

Sam schenkte mir ein warmes Lächeln.

»Und lächle mich nicht so an«, fügte ich hinzu. »Ich werde es überleben. Ich habe schon Schlimmeres überstanden.«

Ich bekam einen weiteren Elektroschock, diesmal an der linken Hand. Sam hatte seine Hand auf meine gelegt. Er wirkte nervös, doch gleichzeitig ziemlich glücklich. »Charley«, sagte er ruhig. »Du hast mein Leben verändert.«

»Ja, ja, ja. Aber du stehst nur auf zierliche Mädels. Ich muss es doch wohl wissen, schließlich sind wir lange genug befreundet.«

Wieder eine Pause. »Bist du jetzt fertig?«, fragte Sam.

Ich dachte über seine Frage nach, zuckte die Achseln und nickte. Ja, das war alles, was ich hatte sagen wollen.

»Ähm – Chas, würdest du mich bitte mal ansehen, du Verrückte?«

Ich sah ihn an.

»Außerdem könntest du aufhören, so zu tun, als interessiere es dich nicht, was ich zu sagen habe.«

Unwillkürlich musste ich grinsen.

»Deine E-Mails haben mir bewusst gemacht, dass ich mein Leben vergeude. Was meinen Job anbelangt, meine ich natürlich«, fügte er hastig hinzu. »Mein geliebtes Nutella werde ich mir von dir ganz bestimmt nicht ausreden lassen.«

Ich wedelte abschätzig mit der Hand.

»Aber alles andere«, fuhr er fort, »alles andere musste sich ändern. Deinetwegen. Als ich herausfand, dass du hinter den Mails steckst, habe ich versucht, mich gegen meine Gefühle zu wehren. Nichts für ungut, Chas, aber es ist nicht gerade einfach, sich in jemanden wie dich zu verlieben.«

Bevor ich auch nur ansatzweise begriff, was er gerade gesagt hatte, musste ich an den Brief von Granddad Jack an Granny Helen denken, den ich heute Morgen gelesen hatte: *Es ist nicht gerade einfach, dich zu lieben, das kann ich nicht leugnen. Würde ich mir meine Traumfrau ausmalen, wäre sie bestimmt nicht wie du. Sie wäre zum Beispiel ein bisschen respektvoller!*

Und dann wurde mir klar, was Sams Worte bedeuteten, und mir klappte der Unterkiefer herab. Ich suchte seinen Blick und stellte fest, dass der Ausdruck auf seinem Gesicht plötzlich verletzlich war.

Ich musste ganz sicher sein. »Entschuldige, Sam. Hast du gerade gesagt, es wäre nicht gerade einfach …«

»… wenn man sich in dich verliebt«, vervollständigte Sam den Satz. »Ja, du Dummerchen. Das habe ich gesagt.«

Tief im Innern verspürte ich ein wunderbares Kribbeln. Nichts Unanständiges, etwas Reines, Wonnevolles, als würden die Engelein singen. Sam merkte, dass ich mich entspannte, und entspannte sich ebenfalls. Er drückte meine Hand.

»Könntest du mir noch einmal erklären, worauf du hinauswillst?«, bat ich ihn. Mein Lächeln geriet ein wenig außer Kontrolle.

Sam seufzte. »Ach, du bist wirklich eine Irre«, stellte er resigniert fest. »Aber eine lustige. Eine herausfordernde, eine clevere. Die Art, die die Leute nicht mehr loslässt. Du hast keine Ahnung, wie viel Fröhlichkeit du verbreitest, Chas.«

Außer Freude hörte ich auch Erleichterung aus seinen Worten heraus. Natürlich konnten Sam und ich von Angesicht zu Angesicht miteinander reden. Natürlich war es nicht nötig, dass wir ausschließlich via E-Mail kommunizierten. Wir mussten einfach nur ehrlich miteinander sein.

Sam lehnte sich auf seinem Stuhl vor und beugte sich dann wieder zu mir. Seine Hände glitten zu meinen Unterarmen, die wie verrückt zu kribbeln begannen. »Noch einmal zum Mitschreiben, Chas: Ich habe mich in dich verliebt. Du hast mir mein armes, unschuldiges Herz gestohlen, du verrückte Nuss!«

Irgendwo in der Ferne ertönte großer Jubel, gefolgt von Gläserklirren und aufgeregtem Gelächter.

»Du verpasst deine Party«, hörte ich mich selbst sagen. Ich war so happy, dass ich fast platzte. Sam ging über meine Worte hinweg.

»Ich finde, wir sollten unser drittes wissenschaftliches Experiment starten«, schlug er vor. »Wir haben uns schon zweimal geküsst, wie wär's mit einem dritten Mal?«

Mein Herz schlug Purzelbäume. »Gute Idee. Obwohl ich mir bereits nach Experiment Nummer eins ziemlich sicher war«, gab ich zu.

»Ich auch. Was ist nur los mit uns? Warum zur Hölle haben wir nichts gesagt?«

Aus der Bar unten drang weiterer Jubel zu uns herauf, gefolgt von dem unerwarteten Geräusch eiliger Schritte. Nervös blickte ich in den noch immer leeren Zuschauerraum, doch

Sam streckte die Hand aus und drehte mein Gesicht zu seinem. »Hier kann uns niemand finden«, sagte er voller Überzeugung. »Das hier ist unser geheimes wissenschaftliches Labor. Wo wir wichtige Experimente durchführen können.«

Ich schauderte, als er meinen Hals berührte.

Eine Pause trat ein, während derer ich mich fühlte wie ein überschäumendes Champagnerglas.

»Ist das eine weitere Pattsituation?«, fragte ich schließlich.

Sam grinste. »Nein.« Und dann küsste er mich, und zwar richtig.

Es fühlte sich richtig an. Mehr als richtig. Ich schlang meine Arme um seinen Hals, und wir rückten dichter zusammen, küssten uns noch inniger. Es war ein schöner Kuss. Nein, ein wunderschöner, der schönste Kuss, den ich je bekommen hatte. Voller Zärtlichkeit, Liebe, Verständnis, Humor.

Sam hörte auf, mich zu küssen, und zog mich fest in seine Arme. Er vergrub seinen Kopf in meinen nicht unbedingt appetitlichen Haaren, und ich konnte seinen warmen Atem auf meinem Nacken spüren. Vermutlich roch er Malcolm, aber das war jetzt egal.

Ich lehnte mich zurück, um ihn erneut zu küssen, als ich hörte, wie eine Tür aufgestoßen wurde. Eine mir inzwischen allzu vertraute Nebelhornstimme trompetete: »HIER SIND SIE ALSO!«

Sam und ich fuhren auseinander und spähten über den Rand der Inspizientenloge in den Zuschauerraum. Shelley stand in der Tür, hüpfte auf und ab und zeigte mit dem Finger zu uns hinauf, während durch die Türen zu ihrer Linken und Rechten champagnerbewehrte Zuschauer hereinströmten. Alle jubelten, hoben ihre Gläser und deuteten auf uns.

Hailey donnerte den Mittelgang entlang und schrie: »Das ist ja der absolute Wahnsinn!«

Ich warf Sam einen verdutzten Blick zu, als jemand drei Hochrufe auf uns ausbrachte. Einen kurzen Augenblick schien er genauso verdutzt zu sein wie ich, doch dann, endlich, dämmerte es ihm. Er rückte meinen Ellbogen zur Seite, der auf dem Schaltpult lag, und schnitt eine Grimasse. »Ach du liebe Güte«, sagte er. »Um Himmels willen!«

»Was ist denn?«

Unten ging das Jubeln unvermindert weiter. »KÜSST EUCH NOCH EINMAL!«, brüllte jemand. Woher zum Teufel wussten sie, dass wir uns geküsst hatten?

Sam deutete auf einen Schalter, unter dem ein rotes Licht aufgeflammt war. »Den hast du vor ein paar Minuten bei deinem dramatischen Zusammenbruch angeknipst. Damit ruft die Inspizientin das Publikum herein, wenn es sich in der Bar aufhält. Der Schalter ist für das Mikrofon hier.«

Entsetzt starrte ich das Mikro an, das nur wenige Zentimeter vor unseren Mündern in die Höhe ragte. »Dann wurde also unser gesamtes Gespräch live in die Bar übertragen?«

»Scheiß drauf!«, rief Sam, bevor ich in Panik ausbrechen konnte. »Wen kümmert das schon? Ich liebe dich, und ich will, dass die ganze Welt das weiß!« Er beugte sich zum Mikrofon vor und sagte laut und deutlich: »Ich wiederhole: Ich liebe Charlotte Lambert.« Und dann schnappte er mich und küsste mich unter tosendem Applaus noch einmal. Die Reihen füllten sich, und ein zweites Mal an diesem Abend gab es Standing Ovations.

»Wer ist sie?«, rief jemand.

»Meine verflixte Schwester!«, schrie Ness zurück. Ich glaube, ich hatte sie noch nie zuvor fluchen hören. »Sie ist verflucht noch mal die Beste!«, fügte sie hinzu.

Sam strich mir das fettige Haar hinters Ohr. »Ich werde verrückt!«, sagte er mit einem Blick auf das Chaos unter uns. Wir beide grinsten in die Menge, dann wandten wir uns wieder einander zu.

»DAS WAR ALLES MEINE IDEE!«, trompetete Shelley heiser. Jemand hatte sich am Mischpult zu schaffen gemacht, und die Klänge von »I Wish It Could Be Christmas Every Day« schallten durch den Zuschauerraum. Die Hälfte der betrunkenen Menge hüpfte im Takt dazu, die andere deutete auf uns und verlangte, dass wir runterkamen und eine Rede hielten.

»Na los«, sagte Sam und nahm meine Hand.

»Auf gar keinen Fall! Sieh mich doch mal an!«

Er zog mich aus der Loge. Die Tür fiel hinter uns zu, die Musik und das Gejohle verstummten abrupt.

»Natürlich habe ich nicht gemeint: ›Komm, lass uns auf die Bühne gehen und uns zum Affen machen‹«, sagte er und fiel in einen flotten Trab. »Unsinn! Ich meinte natürlich: ›Komm, lass uns abhauen!‹ Die sind allesamt betrunken, tanzen zur Musik und werden uns in zwei Minuten vergessen haben!«

»Danke«, sagte ich und drückte seine Hand. Er gab mir einen raschen Kuss und zog einen imaginären Hut. Selbst dieser Sekundenkuss brachte die Schmetterlinge in meinem Magen zum Flattern. Sam und ich! Bowes 'n' Chas! Ich konnte mein Glück kaum fassen.

Sam lächelte mich an und verlangsamte seinen Schritt, ohne meine Hand loszulassen.

Er zog mich ein paar Stufen hinunter und durch die Bühnentür ins Freie, vor der ein Mann mit einem Burger in der Hand Mahler hörte. Wir platzten in das Chaos auf der freitagabendlichen Charing Cross Road, auf der ganze Rudel betrunkener, singender Ausländer umherschlenderten. Hell erleuchtete Imbissstände verkauften lauwarme Pizza, aus den Autos der coolen Jungs, die an der Ampel auf Grün warteten, wummerte Musik. Sam trat auf der Stelle in eine weggeworfene Take-away-Schachtel vom Chinesen, während ich mit einer Gruppe betrunkener Männer beim Junggesellenabschied zusammenstieß und meine Tasche fallen ließ. Lachend blieben wir stehen, beseitigten Essensreste und hoben meine Tasche auf, dann küssten wir uns wieder. »Ich freue mich so wegen uns«, verkündete er und umarmte mich fest.

Ich spürte, wie ernst er es meinte, und fühlte mich unfassbar glücklich. »Ich auch, Bowes«, sagte ich und drückte eine widerspenstige Haarsträhne, die der scharfe Winterwind aufgestellt hatte, zurück an Ort und Stelle. »Ich denke, das mit uns wird schon klappen.«

»Das denke ich auch.« Er küsste mich wieder und strich mir mit dem Daumen sanft über die Kinnlinie. Dabei lächelte er mich auf eine Art und Weise an, die mich weit weg von den lärmigen Trinkern und beschleunigenden Motoren auf der Charing Cross Road beförderte. »Komm«, sagte er und nahm meine Hand. Er zögerte, dann blickte er mit ulkig gefurchter Braue nach rechts und links. »Obwohl mir gerade eine fantastische Idee kommt, wo wir hingehen könnten, Chas«, sagte er schließlich. »Hast du Lust auf einen Kebab?«

Und in dem Augenblick wusste ich, dass mein Leben nicht perfekt war und niemals perfekt sein würde.

Aber es war verdammt gut.

Dank

Einen Roman zu schreiben ist eine wundervolle Herausforderung. Genau wie eine Rucksackreise durch Südamerika.

Beides gleichzeitig zu tun ist allerdings schlichtweg verrückt. Dass ich das dennoch durchziehen konnte, ohne den Verstand zu verlieren, habe ich allein all den großartigen Menschen in meinem Leben zu verdanken. Danke deshalb zunächst einmal all denen, die ich während meiner Tour kennengelernt habe – Reisende wie ich und Einheimische –, für die angenehme Gesellschaft, die Geschichten und den Freiraum, wenn ich in Schreiblaune war. Mein besonderer Dank gilt den vielen Leuten, die mir geholfen haben, als ich krank war, vor allem Hannah Coffin, Amy Phillips und der Belegschaft der Secret Garden Hostels in Cotopaxi und Quito.

Danke auch meinem wunderbaren Mann George, der verstand, dass ich losziehen und einen Teil dieses Buchs ganz allein schreiben musste … und dafür, dass er mir ein so vortrefflicher Reisegefährte war, wenn wir zusammen unterwegs waren. Das Gleiche gilt für Tania und Bert.

Danke auch Chris Parkin, der mir einen Artikel aus der *Sunday Times* über eine Dating-Agentur gemailt hat. Ich hoffe, du stimmst mit mir überein, dass er mehr wert war als nur einen Blogeintrag.

Vielen Dank an Rory McClenaghan, der mir meine Fragen zum Thema Ghostwriting beantwortet hat.

Mein Dank gilt zudem Cressida Toro für ihre unschätzbare

Einführung in die Welt der Unternehmenskommunikation sowie Ellie Tinto, die mich dazu gebracht hat, endlich mit dem Buch anzufangen. Danke an Dr. Alpesh Kothari und Dr. Michael Rayment für ihre Auskünfte zu gebrochenen Beinen – sollten sich dennoch Fehler finden, so gehen sie definitiv auf meine Kappe.

Danke an Jennie Green und die Great-Leap-Forward-Mädels für ihre Hilfe und Gastfreundschaft in Edinburgh.

Ich danke meiner liebenswerten Familie, die meine Schriftstellerkarriere so gelassen nimmt. Vielen Dank meinen Freunden, die mein Buch so aufgeregt und bereitwillig jedem anpreisen, der ihnen zuhört.

EIN GROSSES DANKE geht an meine Agentin Lizzy Kremer von David Higham Associates, die schlicht und einfach die beste Agentin der Welt ist. Entschuldige, dass du jedes Mal die Spanisch sprechenden Besitzer des Hostels an der Strippe hattest, wenn du versucht hast, mich zu erreichen.

Ein weiteres großes Dankeschön gilt meiner Lektorin Celine Kelly für einfach alles, vor allem dafür, dass sie wirklich an dieses Buch geglaubt hat. Danke natürlich auch den exzellenten Mitarbeitern des Penguin-Verlags, mit denen ich während des vergangenen Jahres zusammengearbeitet habe – Liz Smith, Francesca Russell und Anna Durkacz, um nur einige zu nennen. Eure Begeisterung und Zielstrebigkeit, mich aus der Reserve zu locken, haben mir unendlich geholfen.

Ich danke auch Ania Corless, Tine Nielson und Stella Giatrakou bei David Higham, die dafür gesorgt haben, dass mein Buch in so vielen Sprachen erscheint, außerdem Harriet Evans und Laura West für andere Dinge.

Ich bin wirklich ein Glückspilz.

Lucy Robinson

Lucy Robinson ist in Gloucestershire, England, aufgewachsen. Ihre Schriftstellerkarriere begann mit einem beliebten Blog auf marieclaire.co.uk, auf dem sie ihre Leser mit ihrem lachhaft erfolglosen Liebesleben unterhielt. Bald wurde auch das Fernsehen darauf aufmerksam, und Channel 4 drehte eine beliebte Dokumentation über Lucys Dating-Alltag im Zeitalter der Online-Partnersuche. Aufgrund einer verfrühten Midlife-Crisis ließ Lucy schließlich alles stehen und liegen und verbrachte sechs Monate in Buenos Aires, wo sie nicht nur ihren Debütroman »Happy End für Anfänger« schrieb, sondern auch ihren Traummann traf. Der ist zwar großartig, hat aber ihren Dating-Blog ruiniert. Sie lebt dennoch glücklich mit ihm in London.

Außerdem von Lucy Robinson bei Goldmann lieferbar:

Happy End für Anfänger. Roman (auch als E-Book erhältlich)

GOLDMANN
Lesen erleben